달빛조각사

달빛 조각사 17

ⓒ 남희성, 2007

발행일 2024년 10월 1일 | 발행인 김명국 | 발행처 주식회사 인타임 | 출판 등록 107-88-06434 (2013년 11월 11일) | 주소 서울시 구로구 디지털로31길 38-21 이앤씨벤처드림타워 3차 507호 | 전화 070-7732-2790 | 팩스 02-855-4572 | 이메일 in-time@nate.com | ISBN 979-11-03-89937-0 (04810) 979-11-03-32686-9 (세트) | 이 책은 주식회사 인타임이 저작권자와의 계약에 따라 발행한 것이므로 내용의 전부 또는 일부를 사용하려면 반드시 양측의 동의를 받으셔야 합니다. 잘못된 책은 구매처에서 바꿔 드립니다.

달빛조각사 17

남희성 게임 판타지 소설

The Legendary Moonlight Sculptor

INTIME

contents

영웅의 짧은 고뇌

"드디어 대지의 궁전!"

"우리 헤르메스 길드가 북부를 정복하기 위하여 도착했다."

"전쟁의 신 위드도 끝장이야. 오늘로써 아르펜 왕국도 멸망하여 하벤 제국은 대륙을 통일하겠지."

북부 정벌군의 헤르메스 길드 유저들은 가슴에 차오르는 흥분과 기대를 억누르기 힘들었다.

사상 최대 규모의 정예 병력이 대륙 북부에 결집했다.

아르펜 왕국과 북부 유저들과의 전투를 성공적으로 치르고 나서 전쟁의 신 위드의 목숨까지도 빼앗으리라.

덤으로 대지의 궁전의 철저한 파괴는 당연!

하늘에 떠 있는 천공의 섬 라비아스도 상당히 웅장했지만, 어쩌면 저것조차도 오늘 내로 정복하고 추락시킬 수 있으리라.

'강자가 약자를 짓밟는 방식을 철저히 보여 주리라.'

'대지의 궁전이 저렇게 생겼군. 산봉우리에 걸쳐서 지어지다니 기발한 발상이기는 한데, 북부에서 보물은 많이 모아 놨을까? 다른 왕국의 궁전을 약탈하고 파괴하는 즐거움을 또 누릴 수 있다니. 전리품이 더 늘어나게 됐어. 절대로 다른 이들에게 뒤처지면 안 되겠지.'

'후후후, 기사단의 멈추지 않는 돌격으로 쓸어버려 주마. 방송 출연 확실히 할 거야.'

'미개한 북부의 마법 실력으로는 나 돌풍의 핸드라미드 님을 막지 못하지. 대량 학살을 위해서 바람의 마법처럼 확실한 게 또 있을까. 미개한 놈들에게 4단계 바람 마법을 펼치면 생방송에서도 깜짝 놀라겠지? 이름을 크게 알릴 수 있겠지.'

'재수 없게 다리가 무너져서 정말 오랜만에 죽음을 경험하는 일을 당했지만 오늘 너희에게 철저히 보복해 주지.'

헤르메스 길드 유저들은 자신들의 용맹과 무력을 자랑하기 위해서 벼르고 있었다.

〈로열 로드〉에서 대단한 관심거리가 된 북부라고 해도 그들이 보기에는 로자임 왕국과 브렌트 왕국이 있는 대륙 동부보다 뒤떨어지고, 미개척지보다 조금 나은 수준이다.

유저들은 대부분 시작한 지 얼마 되지 않아 약하고, 보잘것없는 장비들을 착용했다.

무기와 기술, 개개인의 전투력. 모든 부분에서 우스웠다.

지금까지 싸우고 정복해 오면서 북부는 초보 유저들의 숫자만 많을 뿐이라는 인식이 확고하게 자리 잡았다.

그렇다는 말은 약자들을 대상으로 실컷 무력을 과시해 가면서 제멋대로 설칠 수 있다는 뜻!

오늘의 결전은 방송으로도 생중계가 될 것이기 때문에 전쟁에 참여한 헤르메스 길드의 유저들은 한껏 들떠 있었다.

—현재 군대의 사기는 높습니다. 알카사르의 다리에서 경험한 재난은 완전히 잊힌 모습입니다.
—완벽한 진형을 갖추면 2군단의 공성 병기들을 앞세워서 공격합니다.
—각 기사단장들은 적들이 움직이면 계획되어 있는 초반 돌격 진행 경로에 따라 대응합니다. 중요한 전투인 만큼 기사단 단위의 개별 행동은 불허합니다.
—기사단들 간의 통신을 강화하여 전쟁에서 멋지고 웅장한 모습을 보여 줍시다.

헤르메스 길드의 지휘통신 채널로 군단장들이 중간 지휘관 역할을 하는 유저들에게까지 직접 명령을 내렸다.

전쟁의 규모가 그들이 경험해 본 것 중에는 가장 크기에 명령이 완벽하게 수행될 수 있도록 진형 유지에 각별한 관심을 쏟았다.

하벤 제국의 기사단은 칼날 같은 군기로 일제 돌격과 우회 공격, 진형 파괴에 익숙했다.

'너무 쉽고 간단한 싸움이기에… 오히려 누구도 따라오지 못할 엄정한 군기를 보여 주면서 승리해야겠지.'

북부의 유저들이 할 수 있는 행동이라고 해 봐야 날파리 떼처럼 무작정 덤벼드는 것이 고작일 테니 하벤 제국군은 발전된 집단 전술로 마음껏 밟고 주무를 수 있었다.

군단장들의 지휘 채널에는 헤르메스 길드의 수뇌부 역시 참여했다.

방송을 통해서 전투 장면도 지켜볼 수 있지만 일선 지휘관들의 원활한 전쟁 수행을 위하여 지휘권에 간섭하지는 않는다. 단, 전투가 끝나고 나서 군단장들의 성과에 대한 평가가 이루어진다.

햇살이 따스하고 바람은 살랑이면서, 시원한 날씨는 더없이 화창하고 맑았다.

대지의 궁전 앞에서 펼쳐지는 하벤 제국군과 북부 유저들의 대결전의 서막이 벌어지려 하고 있었다.

제1군단장이며 북부 정벌군의 총사령관 드라카가 군대를 뒤로한 채 홀로 말을 몰고 100미터 정도 앞으로 나섰다.

"자신의 능력에 걸맞지 않게 전쟁의 신이라는 별명을 가진 위드여, 위대한 하벤 제국군이 비루하고 가난한 아르펜 왕국을 정복하기 위해 왔노라. 네가 진정한 국왕이며 이 땅을 다스리는 주인이라면 지금 이 자리에 나타나라!"

드라카의 외침은 평원과 대지의 궁전에까지도 쩌렁쩌렁하게 울려 퍼졌다. 사자후와 비슷한 스킬인 통솔의 외침이었다.

샤먼의 소리 확대 마법까지 부여되다 보니 소리가 멀리까지 퍼졌다.

북부 유저들이 바로 그를 비난했다.

"우우우!"

"썩 꺼져라, 헤르메스 길드 놈아!"

"우리 위드 님은 나오라면 나오는, 그런 분이 아니야!"

그러면서도 내부적으로는 드라카의 외침에 대해서 호기심을 가지고 있었다.

"위드 님이 여기서 나타나시는 걸까?"

"지금 대지의 궁전에 있는 거야?"

하벤 제국군을 막기 위하여 모였지만 위드가 이곳에 있는지는 북부 유저들도 가장 궁금해하는 부분이었다.

전투를 조금이라도 할 줄 아는 유저들이 왕궁을 지키기 위해 북부 전역에서 이곳으로 모였다. 하벤 제국군의 정면에서 기다리거나, 하루나 이틀 전에 도착해서 저마다 원하는 자리를 차지한 채 기다리고 있었다.

그보다 더 후방의 넓은 평원과 산악 지대에서도 막대한 수의 유저들이 상황이 어떻게 되는지를 지켜보고 있다.

레벨이 높은 이들일수록 죽음으로써 잃어버리는 게 크기 때문에 기왕이면 승산이 있는 전투라고 생각해야만 함께 싸울 것이다.

위드가 전투를 이끄느냐 혹은 대지의 궁전을 포기하느냐에 따라서 그들의 대응도 달라지리라.

"어디야?"

"위드 님이 오긴 한 거야?"

"정보력이 뛰어난 헤르메스 길드가 저렇게 부르는 걸 보면 있는 거 아닐까? 저놈들은 웬만한 건 다 알고 있잖아."

북부 유저들은 위드를 찾기 위하여 소란스러웠다.

드라카가 노리는 것도 이런 효과였다.

전투가 벌어지기 전에 그를 불러서 위드가 이 자리에 있는지를 확인할 수 있다.

명목상의 아르펜 왕국의 국왕이 아닌 전쟁의 신 위드이기 때문에 방어 전략의 핵심 역할을 할 게 아닌가.

그가 등장하게 만드는 것만으로도 대응하기에 편해진다.

만약 드라카의 부름에도 위드가 나타나지 않는다면 북부 유저들의 전투 의지를 약화시킬 수 있으니 일석이조의 효과를 갖는다.

드라카는 잠시 기다려 보았지만 군중 사이에서 위드는 나타나지 않았다. 까마득히 높은 곳에 위치한 대지의 궁전에서라도 위드가 등장했다면 환호 소리가 들렸을 텐데 잠잠했다.

'한 번의 부름으로는 부족하다는 말인가? 이 자리에 없는 건 아니겠지. 대지의 궁전이 부서지면 아르펜 왕국의 손해가 정말 막심할 텐데 말이야. 어느 쪽이든 목적은 손쉽게 달성할 수 있을 것 같다.'

드라카는 다시 목청을 드높였다.

"지금 하벤 제국군의 제1군단장 드라카가 아르펜 왕국의 국왕 위드에게 정정당당한 결투를 신청한다. 숨어 있지 말고 어서 나타나라!"

결투 신청!

하벤 제국군 북부 정벌군의 군단장들을 대표하는 총사령관인 드라카의 결투 신청은 전쟁의 방향을 바꿀 수도 있는 사건이다.

왕국 규모의 전투에서는 기사들이 앞장서서 결투를 벌이며 병사들의 사기를 높이기도 하지만, 이처럼 한쪽을 대표하는 이들끼리의 승부는 위험성이 크다.

물론 이 결투 신청은 헤르메스 길드의 정보부에서 세밀한 분석을 마치고 내린 결론을 바탕으로 했다.

"위드의 모험 내용을 분석하였을 때, 조각술 스킬 중 몇 가지는 추측이 가능합니다."

"종족이나 직업을 바꾸고, 재앙을 일으키며, 원하는 대로 부하를 만들고, 고위 몬스터들의 사냥에 유용한 검술을 가지고 있습니다."

"그중에서 특별히 경계해야 할 것은 재앙 발생과 부하 생성인데, 자주 사용하지 못하는 것을 보니 아마도 다른 직업 스킬들처럼 대단한 페널티를 가지고 있을 것입니다. 다른 직업들의 비기 스킬들을 근거로 판단할 때 레벨이나 스킬 숙련도의 감소, 혹은 소모되는 스탯이 있을 것으로 추정합니다."

"발생시키는 재앙의 위력은 가히 살인적입니다. 위드가 재앙을 일으킬 때마다 그 효력이 크게 증가하고 있는데, 단순히 스킬 숙련도의 증가 때문은 아닌 것으로 판단됩니다. 영향을 받는 면적이나 사전 예측이 불가능한 유형 모두 주의할 필요가 있습니다."

"조각술 최후의 비기 퀘스트를 통해서도 무언가를 얻었을 것이라고 추측되지만 아직 구체적인 정보가 입수되지 않았습니다. 현시대로 돌아오고 나서 종적을 감추고 해당 스킬을 쓴 흔적도 없는 것으로 보아서, 자유롭지 못한 어떤 제약이 있을 수 있습니다."

"스킬이 어떤 것이라도 퀘스트에 얽매여 원하는 만큼의 성장을 하지 못하였을 테니 멜버른 광산 때에 비하여 전투적인 발전은 크지 않을 것입니다."

"사막의 대제왕이 사람들에게 각인시킨 이미지가 실로 대단해도 실상은 완전히 다를 것입니다. 위드의 현재 전투 역량을 파악해 볼 필요가 있습니다. 또한 잠재적인 불안 요소를 제거하기 위하여 조각술 최후의 비기도 빠르게 알아내야 합니다. 그 스킬이 예술과 관련이 깊은 것이라면 의외로 일은 쉽게 풀릴 수도 있을 겁니다."

"멜버른 광산에서의 전투를 감안하였을 때 그 외의 어떤 변수도 개입되지 않았을 경우 드라카 군단장이 패배할 가능성은 20% 이하입니다."

정보부에서는 위드를 철저히 분석해 보고 드라카가 이길 수 있다고 판단했다.

일반적으로 예술 계열의 조각사가 전투 계열 직업을 이기려면 거의 2배 이상의 노력이 필요하다. 스탯이나 유용한 전투 스킬에서 차이가 있기 때문이다.

그러나 위드는 단순한 잣대로 잴 수 없는 인간이다.

그는 강해지기 위하여 닥치는 대로 많은 노력을 해 왔고, 그 덕에 보통의 전투 계열 직업들이 얻지 못하는 특수한 스킬들을 활용할 수 있게 되었다.

그런 부분들을 충분히 감안하더라도 드라카는 헤르메스 길드가 내세울 수 있는 강력한 기사로서 베르사 대륙에서 다섯 손가락 안에 꼽히는 강자였다.

이번 결투 신청 역시 즉흥적인 게 아니라 전투 계획의 일부에 해당했다.

드라카는 결투를 위하여 최상의 무구들을 지급받았으며, 대룩에서 세 손가락 안에 드는 사제와 샤먼에게 축복을 받았다. 그것으로도 모자라서 특별한 제물을 바쳐 힘을 얻는 흑마법으로 7시간 동안 강화했으니 완전한 준비를 끝내 놓은 셈이다.

"지금 우리 대장들끼리 결투가 벌어지는 거야?"

"완전 재밌겠다. 당연히 위드 님이 이기겠지?"

"어이가 없네. 드라카가 누구길래 저렇게 기고만장이야?"

"바보야, 드라카를 몰라?"

"누군데?"

"발렛 호수의 영주이자 아나볼릭 기사단의 단장이며 기사 중의 기사로, 열네 번의 결투를 연속으로 승리해서 파헬른의 전설을 세운… 아무튼 겁나 재수 없는 놈 있어."

드라카는 무력으로 너무나도 널리 알려진 랭커였다.

북부 유저들은 전쟁 등에는 관심이 없어서 그의 이름을 모르는 이들도 꽤 되었지만, 그에 대하여 금방 말이 퍼졌다.

"싸가지 없다며?"

"어리고 예쁜 여자도 무지 밝힌다던데."

"이거 진짜 확실해. 변태 중의 상변태래."

"끄아아, 인간 망종이네."

아무래도 헤르메스 길드에 우호적이지 않은 군중이다 보니 비호감에 가깝게 정보가 전달되기 마련.

그럼에도 드라카의 레벨이나 전투 경력 등이 전해져서 가슴을 졸이며 긴장하게 되었다.

전쟁의 신으로 추앙받는 위드였으며 바드레이와도 자웅을 겨룰 수 있으리라고 믿었지만, 헤르메스 길드를 대표하는 유저

1명의 전력도 엄청났다.

베르사 대륙의 강자들이 모인 집단. 그 사실을 북부 유저들에게 확실히 각인시키는 효과도 어느 정도는 노리고 있었다.

결투 제안으로 대지의 궁전과 그 주변이 들썩이는 와중에도 위드는 나타나지 않았다.

'차라리 나타나 주면 좋을 텐데. 이 드라카 님이 모든 관심의 대상이 될 기회란 말이다.'

드라카는 일대일 결투에 이길 자신이 있었다.

하벤 제국이 전 대륙을 정복한다면 그 이후로는 이러한 공을 세울 기회도 줄어든다.

바드레이를 넘어서지는 못해도 지휘관으로서 확실한 2인자 정도는 도모해 볼 수 있지 않겠는가.

오늘의 결투를 위해 많은 준비를 해 온 드라카는 진심으로 승부를 원했다.

"위드여, 사막의 대제왕으로서 모험을 하며 대륙을 질타하지 않았는가. 그때의 자신감은 어디로 간 것인가. 또한 아르펜 왕국의 국왕으로서 사람들 위에 서려면 지위가 갖는 무게감과 명예도 막중하다고 할 것이다. 그럼에도 불구하고 겁쟁이처럼 꼬리를 말고 나타나지 않을 작정인가!"

드라카가 짐짓 화를 내며 고함을 질렀다.

상대편을 압도하며 질서 정연하게 서 있는 하벤 제국군 진영은 물론이고 북부 유저들도 조용했다.

위드가 등장하느냐, 마느냐가 전쟁의 향방을 결정하는 초미의 관심사가 되었다.

그러나 30초 이상 시간이 지난 후에도 아무런 변화 없이 잠잠했다.

"아르펜 왕국의 국왕 위드! 나 드라카가 그대의 땅을 정복하러 왔다. 네가 국왕으로서 자부심을 가지고 있다면 당장 나와서 나를 막아 봐라! 아니면 이미 대지의 궁전을 벗어나서 아직 전쟁과는 관련이 없는 안전한 다른 지역으로 도망친 것이냐!"

드라카가 다시 한 번 외쳤음에도 북부 유저들 사이에서는 누구도 나오는 사람이 없다.

끝을 모를 정도로 모여 있는 북부 유저들이 쥐 죽은 듯이 잠잠했다.

사람은 많지만 정작 위드는 없는 상황!

"정말 없어?"

"위드 님이 몸을 사릴 리가 없는 분인데… 아예 안 오신 것 아니야?"

"무슨 사정이라도… 혹시 정말… 그냥 도망간 건 아니겠지?"

북부 유저들의 진영이 갑자기 시끌벅적하게 변했다. 기다렸던 위드가 보이지 않기 때문이었다.

'실망스럽군. 나타나려면 진작 등장했겠지. 이 분위기로 봐서는 결투가 벌어지지 않겠어. 모든 준비에도 불구하고 이렇게 허무할 수가.'

드라카는 아쉬웠지만 이 결투 제안만으로도 얻은 것이 적지 않다.

아르펜 왕국의 국왕이 위드임을 몇 번이나 강조하며 결투를 청했다. 하지만 그가 나서지 않았다는 사실로 북부 유저들을 흔들어 놓았다.

전쟁의 당사자라고 할 수 있는 위드가 이 자리에 없으며 어쩌면 도망쳤으리라고 추측할 수 있기에, 북부 유저들도 적극적으로 참여해야 할 이유를 잃어버린 것이다.

그럼에도 전투는 벌어지겠지만, 북부 유저들이 쉽게 와해될 수 있는 심리적인 밑바탕을 깔아 놓았다.

그때 북부 유저들 사이에서 걸어 나오는 사람이 있었다.

"보자 보자 하니 정말 못 들어 주겠구나. 북부의 사람 중 1명인 전사 카몬이 드라카 너에게 도전하겠다!"

전사 카몬.

현재 레벨은 430에 달하며 과거 브리튼 연합에서 활동하던 유저였다.

그는 도시 모라타 시절에 일찌감치 북부로 이주해서 살아왔다. 북부 유저들 사이에서는 대단한 인기인이었으며, 쑥쑥 부대에 속했다.

전쟁을 위해 모인 북부 유저들 중에도 레벨이 높은 사람의 숫자만 몇만 명에 달한다. 그들 중에서 참지 못하고 1명이 앞으로 나온 것이다.

드라카는 가볍게 웃었다.

"전사 카몬이라고 했나? 미안하지만 그런 이름은 들어 본 적도 없군."

사실 예전에 스쳐 가면서 얼핏 들은 적은 있었다.

헤르메스 길드의 통신 채널에서 정보부대를 통해 그에 대한 보고가 올라왔지만 비중 있는 것은 아니었기에 그냥 모르는 척했다.

"용기는 가상하지만 하벤 제국의 군대를 이끄는 몸으로서 아무나하고 상대해 줄 수는 없다. 누가 나 대신 저 전사를 꺾을 텐가?"

드라카가 뒤로 물러서자 하벤 제국군 측에서도 1명의 유저가 말을 탄 채로 천천히 나섰다.

"기사 나델리어트, 전사 카몬의 대결 신청에 총사령관 드라카 님을 대신해서 응한다."

"너는 들어가라. 내가 결투를 신청한 건 저 드라카라는 사람이다."

"나를 꺾으면 그 후에 싸울 수 있을 것이다. 너 역시 위드를 대신해서 나온 것은 마찬가지이지 않나?"

"일리는 있는 말. 그렇다면 승부를 벌여 보도록 하지."

짧은 도끼를 든 카몬과, 검과 넓은 방패를 든 기사 나델리어트의 결투가 대신 벌어졌다.

"카몬 님, 이기세요!"

"풀죽신교 만세! 놈들을 잘근잘근 씹어 먹어요."

"아니지, 반드시 살려서 독버섯죽의 은총을 부여해 줘야 합니다!"

북부 유저들은 열화와 같은 응원을 보냈다.

반면에 하벤 제국군의 진영은 어떤 소란도 없이 잠잠했다.

승리를 확신하고 있으니 요란하게 응원을 펼칠 이유도 없기 때문.

헤르메스 길드에는 카몬 정도의 유저가 널리고 널렸다.

엄정한 군기를 바탕으로 가만히 기다리고 있는 대군이 더 심한 압박감을 준다는 걸 잘 알고 있기도 했다.

　"차압! 대지 갈라 쪼개기!"

　카몬이 달려오다가 도끼를 강렬하게 내려치며 공격을 가했지만 나델리어트는 넓은 방패로 막아 냈다.

　'못된 헤르메스 길드 놈들! 단숨에 죽여 버릴 것이다.'

　'레벨에 비해서 전투 방법이 단조롭군. 하긴 몬스터와의 싸움에는 능숙하더라도 일대일 승부를 많이 경험해 보지는 못했겠지.'

　서너 번의 큰 기술 공격이 끝나고 나서의 잠깐의 허점을 노린 나델리어트의 반격 개시.

　"방패 가로 치기."

　방패로 밀어 쳐서 카몬의 균형을 흩뜨려 놓은 후에 장검을 휘둘렀다.

　"흔들림의 일격, 물결 관통, 강제 파쇄의 검."

　상대방이 어찌할 수도 없는 스킬의 연속 작렬.

　짧은 도끼로 막아 내지 못하는, 방패와 검을 이용한 공격들이 이어졌다.

　그리고 간단히 승부가 결정지어졌다.

　무참히 두들겨 맞은 카몬이 회색빛으로 변해서 사라진 것이었다.

　"세상에……."

　"카몬 님이었는데……."

　북부 유저들 사이에 긴 침묵이 흘렀다.

하벤 제국군 측에서는 역시 당연한 승리라는 듯이, 그대로 늘어서서 가만히 있을 뿐 기뻐하지도 않았다.

물론 길드 통신 채널로는 몰래 축하의 말이 오고 갔다.

—나델리어트 님. 저 불라보입니다. 축하드립니다. 멋진 전투였습니다.
—플레보레헷 성의 영주 골타입니다. 요즘 사냥 열심히 하시더니 대단하시네요. 검과 방패술의 스킬이 완숙의 경지에 오르신 듯.
—세 달쯤 전에 같이 던전 사냥 했던 마법사 밀레드인데요, 승리 축하드리고, 다음에 한번 같이 사냥 가시죠. 좋은 던전 알아 놨습니다.
—하하하, 모두 감사드립니다. 이게 다 여러분이 좋게 봐 주신 덕분 아니겠습니까. 그리고 제가 나설 수 있는 기회를 주신 드라카 님에게 특별히 더 감사드립니다.

참으로 화기애애한 길드 채널이었다.

그 후로도 북부 유저들 9명과 헤르메스 길드 유저 9명 간의 결투가 펼쳐졌다.

"이번에는 이기세요, 키타오호 님!"

"인삼죽의 복수를 해 주세요!"

북부의 자존심을 지키기 위해 유저들이 나섰지만 결과는 10전 전패!

헤르메스 길드는 대륙의 고레벨 유저들이 넘쳐 나는 상태였고, 스킬과 장비에서도 압도적인 우세를 보이고 있었다.

북부의 유저들은 혈기만 믿고 덤벼들어서 싸우는 족족 박살이 났다.

결투의 승자가 정해진다기보다는 어른이 어린이를 가지고 노는 것처럼 압도적인 승리.

헤르메스 길드의 능력이 상상이 안 될 정도로 대단하다는 인식을 갖게 만들기에 충분했으나, 실상은 이것도 전쟁 계획의 일부.

북부 유저들은 무작위로 나선 것이지만, 헤르메스 길드에서는 별도의 선발을 마쳤다.

결투에 참여할 이들에게는 특별한 장비의 지원과 축복이 부여되었다. 참여하는 유저들 또한 전투 실력에 비해서는 명성이 낮은 이들로 구성하여, 북부 유저들의 자괴감을 더 크게 끌어냈다.

총 열 번의 압도적인 승리를 거두고 나서 드라카가 외쳤다.

"전쟁의 신 위드는 진정 이 자리에 없는가? 그렇다면 더 이상 의미 없는 결투를 이어 나가진 않을 것이다. 마지막으로 1분의 기회를 준다. 위드, 그대가 나타나서 나와 싸우자. 이 시간이 지나면 하벤 제국군은 진격하여 대지의 궁전과 모든 것을 파괴할 것이다!"

드라카의 목소리는 더욱 커졌다.

지상에서 멀리 떨어진 라비아스, 그곳에서도 귀가 밝은 조인족들은 충분히 들을 수 있었다.

침묵의 1분.

하지만 끝까지 위드는 나타나지 않았다.

"아르펜 왕국의 국왕 위드는 나타나지 않는구나. 역시 사막의 대제왕 같은 수식어는 소문 속에서만 얻어진 헛된 명성에 불과했다. 그대를 일국의 국왕이며 전쟁의 신으로 대우해 준 내가 부끄러울 뿐. 국왕이 자신의 왕국을 지키지 않는다면 아르펜 왕국은 이미 몰락한 것이나 다름없다. 하벤 제국군이여,

모두 진격하라!"

하벤 제국군이 일제히 호응했다.

"우하!"

제국군 병사들은 한꺼번에 검을 뽑았다.

결투의 연이은 승리로 사기는 최고치!

하벤 제국군은 결투가 벌어지는 사이 핵심 전략무기라고 할 수 있는 마법병단과 궁병들의 세밀한 배치를 끝냈다. 북부 유저들의 돌진을 원천적으로 봉쇄하기 위한 중장갑 보병과 방패사단의 편성도 마쳤다.

기사단의 호위 아래 거대한 공성 병기들이 굉음을 내며 전진했다.

"마구 쏴라!"

"발사! 발사! 목표는 그 무엇이든!"

"전투를 오늘 내로 끝낸다. 대지의 궁전에는 내일의 태양이 떠오르지 않을 것이다!"

공성 병기들이 작동되면서 거대한 불덩어리들이 쏘아졌다.

북부 유저들이 모여 있는 한복판에서부터 대지의 궁전으로 올라가는 산 중턱으로도 불덩어리들이 마구 떨어져서 일대에 화재를 일으켰다.

사람이 워낙 많아서 화재 진압은 정령술과 물의 마법으로 금방 이루어졌지만, 수십 명에서 수백 명씩 죽어 나갔다.

"북부를 지킵시다."

"풀죽신교의 용사들이여, 이 자리에 우리 시체를 묻을 각오로 싸워서 막아 내요!"

"독버섯죽 부대, 최후의 한 사발이 눈앞에 있다. 피하지 말고 즐겨 보자!"

"크흐흐, 우린 풀죽신교의 이단아. 쌀죽, 닭죽. 이런 흔해 빠진 죽들은 그만 됐어. 독버섯죽? 목숨만 걸면 먹을 수 있는 거 아닌가? 우린 무려 세상의 어둠을 지배하는 벌레죽 부대다. 고소하면서도 소금을 뿌리지 않아도 간이 되어 있는 맛과 씹을 때의 아삭한 식감, 영양분도 충분하지. 구워 먹을 필요도 없다. 하루 세 끼 바퀴벌레와 꼽등이를 갈아 마시고 있으니⋯⋯."

"으악, 벌레죽이다!"

"여기 미친 벌레죽 유저가 있어요!"

북부 유저들의 맹공격도 개시되었다.

활이 있으면 화살을 쏘고, 마법사들은 미리 주문을 외워 둔 마법을 하벤 제국군 진영으로 날렸다.

"으아아아아!"

전사들은 저마다 있는 힘껏 땅을 박차며 하벤 제국군을 향하여 달렸다.

기사들도 말이나 황소를 타고 평원을 거침없이 질주했다. 대대적인 돌격과 공격이 개시된 것이다.

"공성 병기부터 부숴요!"

"칡죽 부대의 목표는 공성 병기로 합니다."

"역사와 전통의 쇠고기죽 부대여, 우린 닥치는 대로 해치웁시다!"

풀죽신교 유저들이 수십만 명 단위로 장관을 이루며 움직이고 있었다.

그리고 하벤 제국군이 원거리 공격을 시작했다.

"북부의 연약한 놈들에게는 얼음 마법이 제격이지. 얼음 확산탄!"

"이것도 맛봐라. 물결 폭발!"

"마법의 힘 앞에 전부 죽을지어다. 전역 천둥!"

하벤 제국의 마법병단에 의한 공격으로, 돌격하던 북부 유저들의 일각이 처참하게 무너졌다.

환상적이라고 할 수 있을 정도로 구분이 불가능한 수백 가지 다양한 마법들의 폭발과 집중.

북부 유저들은 하벤 제국군과 맞서서 싸우기 위하여 최대한의 속도로 돌격했다.

그러나 그들의 앞에서 대지가 갈라지고 폭발했으며, 초고열의 화염이 사방으로 퍼지고 있었다.

세상의 마지막이라고 표현할 수 있을 만큼의, 극악에 달한 위력이었다.

하늘에는 하벤 제국의 궁수대가 쏜 목숨을 앗아 갈 화살이 점처럼 가득하다. 그 점들이 빛살처럼 빠르게 떨어져서 북부 유저들을 무작위로 쓰러뜨렸다.

헤르메스 길드는 원거리 공격이 도달하는 이 죽음의 영역을 마법 파괴 지대라고 불렀다.

삼분의 일 정도만이 천운으로 간신히 그 마법 파괴 지대를 뚫고 하벤 제국군에 다가갔지만 중장갑 보병들이 막아서고 있었다.

"방벽 진형!"

헤르메스 길드 지휘관의 명령에 따라 중장갑 보병들은 동료에게 바싹 몸을 붙이고 방패를 앞으로 세웠다.

　앞에서 볼 때는 오직 전체를 가리는 넓은 방패밖에 보이지 않았다.

　터더덩!

　"뚫려! 뚫리란 말이야!"

　사선을 넘어온 북부 유저들의 혼신을 다한 공격에도 방패는 꿈쩍도 하지 않았다.

　"일제 반격!"

　지휘관의 말이 떨어지자마자 중장갑 보병의 방패들이 치워지더니 검과 창이 나타났다.

　2열과 3열, 4열에서 대기하던 중장갑 보병들이 앞으로 튀어나가 유저들을 마구 베었다.

　"커어억!"

　"컥!"

　그러고는 약속이라도 한 것처럼 1열이 전진하여 방패를 앞에 펼쳤다.

　방벽 진형으로의 회귀!

　중장갑 보병을 압도하는 돌파력을 갖추지 못한다면 진형은 절대로 깨지지 않는다.

　넓은 지역이라면 기사단의 속력이나 변화무쌍한 타격 방식을 이용해서 갈기갈기 찢어 놓을 수 있을 것이다. 그러나 이곳에서는 중장갑 보병이 밀집해서 넓게 경계선을 펼치고 있으니 그런 수단을 쓰는 것도 불가능했다.

제멋대로 싸우는 개인들이 모인 유저 집단과 진형을 형성한 채로 전술을 활용하는 하벤 제국군의 전투력은 진형에 따라 몇 배씩이나 차이가 벌어졌다.

"몽땅 몰려갑시다. 뭐라도 해 봐야지요."

"1명씩 가서는 의미가 없습니다. 때를 놓치지 말고 다 같이 가요!"

대지의 궁전을 지키기 위해 모인 북부 유저들이 일제히 움직이는 모습은 바다에서 일어나는 거친 해일과도 같았지만, 하벤 제국군은 그 위력을 간단히 막아 내고 처리했다.

전투병과에 따라 원거리 공격 범위를 정하고 달려드는 적들을 삼분의 일 이하로 감소시킨다.

그러한 위협을 견디고 다가오더라도, 중장갑 보병의 준비된 방어선을 넘어서지 못했다.

전장의 사신이라고까지 불리는 절대적인 마법병단과 궁수 부대의 힘!

"궁수님들, 이쪽으로 공격해 주세요!"

"놈들이 원거리 공격을 하지 못하도록 계속 견제해야 합니다. 우리 중에 용기 있는 궁수와 마법사가 이렇게도 없단 말입니까! 으아악!"

북부 유저들이 제멋대로 쏘는 화살과 마법은 장거리를 날아가는 도중에 위력이 급격히 줄었다.

하벤 제국은 기사단이나 보병사단마다 원거리 공격과 마법의 위력을 줄이는 보물들을 가지고 있었으므로 다소의 피해는 있더라도 견뎌 냈다.

집단과 개인의 차이가 계속 철저히 일어나는 셈이다.

기사 출신 지휘관들의 특별한 능력. 부대 전체의 방어력 강화, 생명력 확대, 밀집대형에서의 피해 분산 등으로 더더욱 철벽과도 같았다.

북부 유저들의 방대한 인원은 대단했지만 제대로 쓰이지를 못했다. 넓은 지역을 가득 채우고 있음에도 불구하고 차례대로 격파되어 사라져 갔다.

전투의 초반부터 위드가 없다는 사실을 알게 되고, 하벤 제국의 막강한 화력에 다시금 놀랐다.

레벨이 높은 유저들일수록 어차피 승산이 없다고 생각하게 되면 우물쭈물하기 마련.

고여 있는 물처럼 나서지 못하는 이들로 인해서 북부 유저들의 과감하던 돌격 속도 역시 점점 느려져만 갔다.

'됐어. 승리다.'

'끝난 것이나 다름이 없군.'

하벤 제국군은 북부를 침략한 이후로 벌여 온 여느 전투들처럼 싱거운 승리를 거두리라 생각했다.

매번 반복되는 승리지만 오늘은 특히 북부 전체를 격파하는 것과 다름없기에 전투가 끝난 후에 더 크게 축배를 들 수 있으리라 생각했다.

❧

위드는 대지의 궁전에서 전투가 벌어지는 것을 가만히 지켜

보았다.

드라카가 외치는 소리도 충분히 들렸지만 결투에 나서지는 않았다.

"벌써부터 밑천을 전부 드러낼 수는 없지. 그리고 저놈들의 어디가 믿을 만하다고……."

양측의 병력이 모이는 중립 지점에서 결투를 벌이더라도 헤르메스 길드가 어떤 야비한 수단을 동원할지 모른다.

"저놈들을 신뢰하느니 차라리 우리 동네에서 곗돈 모아 튄 최 아저씨를 더 믿겠어."

눈에 보이지 않는 저주나 암습은 물론이고, 혹은 결투에 승리한 후라도 공격 마법을 집중적으로 당하게 될지도.

영화를 보면 영웅들이 용기 있게 나섰다가 비겁한 수단에 의해서 쓰러지는 경우가 한둘이던가.

힘이 부족해서 당하는 거야 감수할 수 있지만, 치졸한 수법이나 야비한 음모에 당하고 싶진 않았다.

'뒤통수를 쳐도 내가 치고, 음모를 꾸며도 내가 꾸민다!'

위드의 인생에서 양보하고 싶지 않은 자존심 문제였다.

"어차피 전쟁은 제대로 시작도 하지 않았고 말이야."

북부 유저들이 이곳에 대거 모였다.

아르펜 왕국과 조금이라도 관련이 있는 이들 그리고 자유를 원하는 사람들이 뜻을 함께하고 있었다.

그들이 가장 강력한 시기는 초반이 아니라, 하벤 제국군이 지쳤을 무렵.

북부 유저들이 완전히 포기하기 전에 뒤집어 놔야 하니 시기를 절묘하게 잘 판단해야 했다.

"그나저나 헤스티거 이놈은 어디를 간 거야. 설마하니 도망을 친 것은 아닐 테고……."

"대제왕께서 내린 명령은 수행해야 한다. 하지만 이미 목숨을 잃은 나에게, 이 세상에서 살아가는 이들을 해칠 자격이 있는 것일까?"

헤스티거는 대지의 궁전에서 깊은 고뇌에 빠져 있었다.

"나쁘거나 좋은 일이라도 삶을 살아가는 인간들이 선택하고 또 그 운명을 따르는 것이 아닌가. 세상을 좋게 이끌려고 한다는 대제왕의 뜻을 모르는 바는 아니지만… 나는 현재의 결정권을 갖지 못한 과거의 인간에 불과하다."

맑은 하늘 아래로 구름이 지나간다.

바람에 머리카락이 날리면서, 절정 미남인 그의 얼굴이 잠깐씩 드러났다.

호수처럼 깊은 푸른 눈과, 강인함과 여린 마음을 동시에 갖춘 헤스티거.

"올바른 일이라고 해서 사람들의 인생을 강제할 수는 없다. 자신이 원하는 인생을, 또 그에 대한 결과를 책임지면서 살아야 하지 않겠는가. 단 한 번의 인생이기에 더더욱, 고귀함을 모르는 자라고 해도 함부로 내가 그들을 막아서는 안 되리라."

위드가 조각 부활술을 써서 하벤 제국군을 몽땅 해치워 버리라고 했더니 멋진 장소에서 혼자 고민에 잠겨 있었다.

"대제왕께서 베푼 은혜를 생각하면 그분의 뜻은 무조건 따르는 것이 옳겠지만… 어렵구나. 차라리 나의 목숨을 다시 거두어 가신다면 흔쾌히 응할 수 있으련만."

헤스티거는 전형적인 영웅의 표본과도 같은 인물이기에 스스로 양심에 따라 잡다한 생각이 많았다.

궁전의 절벽 끝에서 바람을 맞으며 아슬아슬하게 서 있는 그의 눈에 하벤 제국군이 보였다.

헤스티거가 판단하기에도 대단한 군세였다.

"인간들은 참 많구나. 대부분 약하고 훈련도 제대로 되어 있지 않은 듯 보이지만."

전쟁의 시대에 싸울 때에는 위드가 이끄는 사막 전사들과 함께 저런 병력을 단숨에 짓밟았다.

어떤 왕국이 자랑하는 강력한 군대라고 해도 우두머리를 베어 버리고 돌격 몇 번 성공시키면 저절로 흩어져 버렸다. 사막 전사들이 절대적인 전투 능력을 발휘하면서 적 병사들의 사기를 밑바닥까지 추락시켜 버렸기 때문이다.

그때의 악명은 실로 대단해서, 전쟁터에서 싸우기도 전에 적군이 알아서 탈영하거나 스스로 목숨을 끊었다.

사막 전사로서의 피가 끓어오를수록 점점 싸우고 싶은 마음이 사그라든다.

"저들도 삶이 있겠지."

전쟁의 시대에서의 무수한 전투.

엠비뉴 교단 이후에도 대륙을 떠돌며 정의를 실현한다면서 숱한 살생을 벌였다.

헤스티거는 지나간 인생을 되돌아보며 후회하고 있었던 것이다.

"이대로 바람처럼 떠나고 싶구나. 자유롭고 흔들림 없이 세상의 모든 생명들을 사랑하고 존중하며 마지막 시간을 보내고 싶다. 비록 대제왕의 명령은 수행하지 못할지라도……."

자칫하면 위드가 귀중한 레벨까지 손해 보며 사용한 조각 부활술이 헛수고가 되어 버릴 수 있는 상황!

그때, 헤스티거의 두 눈에 하벤 제국의 기사들이 열 번의 결투를 전부 이기는 모습이 보였다.

위드와 헤어지고 나서도 모험과 사냥을 계속했다.

869라는 괴물과도 같은 레벨을 가진 그에게는 멀리 있는 것도 가까이 선명하게 보였다.

하벤 제국군이 공성 병기 등을 사용하여 대지의 궁전이 있는 산을 타격하고 북부 유저들을 학살하는 순간에도 그는 움직이지 않았다.

위드에게는 불행하게도 헤스티거의 결심은 이미 굳어지고 있었다.

"떠나야겠다, 먼 곳으로… 전투가 벌어지지 않는 곳으로. 말로만 듣던 바다를 보고 싶구나."

그리고 그 순간!

"아빠!"

아르펜 왕국의 주민, 대지의 궁전 부근을 떠돌며 사냥을 하는 한스가 있었다.

그는 아르펜 왕국을 지키기 위하여 자발적으로 기꺼이 나섰고 활로 적의 군대와 싸우기로 했다. 다른 주민들처럼 국왕에 대한 충성심이 최고치에 달해 있었던 것이다.

한스는 제국군을 향해 몇 번의 활을 쏘았지만, 곧 날아온 마법 공격에 그 지역 전체가 초토화되며 사망하고 말았다.

머리를 양 갈래로 묶은 7세의 어린 딸 수잔나가 그 광경을 보고 뾰족한 비명을 지르며 달려갔다.

하지만 하벤 제국군 쪽에서 또 다른 화염 마법이 날아왔다.

그들의 마법병단에서는 일일이 목표 지역을 확인하고 공격하는 것이 아니었다.

원거리 공격이 시도된 지역을 우선 타격 범위로 삼는다. 그리고 1차 공격 후, 혹시라도 살아남은 이들이 있을 수 있기에 잠시 후 2차 공격까지도 이어지게 된다.

"으아아앙!"

헤스티거는 눈물을 펑펑 흘리던 수잔나가 불에 타서 목숨을 잃는 것을 보았다.

베르사 대륙의 수많은 주민들 중 하나에 불과하였지만 영웅의 분노를 사기에는 충분하고도 넘치는 장면이었다.

"어떻게 저렇게 잔인할 수가! 저들에게는 최소한의 도의도 없는 것인가."

그리고 후회.

"내가 조금만 일찍 나섰더라면……. 전부 내 책임이야. 아직도 살아갈 날이 많은, 사랑받고 사랑할 수 있는 소중한 목숨이, 내가 망설였기 때문에 사라져 버리고 말았다."

그 후에는 빠른 이해.

"지나간 내 삶이 잘못된 것은 아니었다. 누구든 자기 삶의 방식을 결정할 수 있겠지만 그것을 전부 존중해 줄 필요는 없다. 정의를 위해서 누구도 노력하지 않는다면 어떻게 정의가 이루어질 수 있을 것인가. 정의를 위해서 목숨을 바치겠다는 결의를 나는 너무 쉽게 잊어버린 게 아니었을까."

전형적인 전개에 이은 추측.

"대제왕께서도 먼저 이 모든 사실들을 경험해 보셨던 게 아닐까. 대제왕의 명령에는 그토록 깊은 의미가 있었던 것을! 내가 진정한 부하라면 곧바로 믿고 따랐어야 했다."

결론.

"악은 악이야. 이것이 정의라면 기꺼이 내 칼에 피를 묻힐 것이다. 악을 방치해 둘 순 없다. 대제왕의 명령대로, 전부 죽여 버릴 것이다."

영웅 드라마나 영화에서 심심치 않게 등장하는 고뇌와 결정의 과정이 끝났다.

"숲의 갑옷 소환. 대지의 칼 소환."

헤스티거의 몸에 하이엘프 전사의 갑옷과 칼이 나타났다.

원래대로라면 조각 부활술로는 기존의 장비들을 가져올 수 없었다. 하지만 헤스티거는 목숨을 잃었어도 하이엘프들과 그들의 숲에 있는 나무들은 그를 기억하고 있었다.

"우리의 친구이며 영웅 헤스티거가 돌아왔어요."

"선량하고 여린 그를 위하여… 숲이 보관하고 있던 그의 물건을 보내 주도록 해요."

"장난을 좋아하는 요정들이여, 숲의 친구들이 이 물건들을 필요로 하는 사람에게……."

"알았어요. 그 사람은 우리 요정들에게도 친구. 늦장 부리지 않고 바로 전해 줄게요."

엘프의 숲에 보관되어 있던 갑옷과 칼이 요정의 힘에 의해서 도착.

헤스티거는 엘프들처럼 호리호리한 몸이 아니었다.

특수한 모험을 수행하고 나서 희귀한 엘프 장인들이 드워프와 협력하여 그를 위한 갑옷과 칼을 만들어 주었다. 인간 마법사는 위력이 강한 마법을 발달시켰지만, 엘프들의 마법에는 깊이가 있었다.

헤스티거의 몸에 마법 갑옷과 칼이 저절로 착용되었다.

—낄낄낄낄. 우히히히힛!

"성령의 정화!"

—끼야아아악!

이리엔의 몸에서 강력한 빛이 뿜어져 나와 유령을 소멸시켰다. 수르카는 여기저기 뛰어다니면서 주먹질과 발차기를 했고, 로뮤나는 마나가 모이는 족족 공격 마법을 펼쳤다.

팔로스 제국의 보물 탐색!

늘으로 변한 호수에서 어느 정도 성과는 있었지만, 보물에 깃들인 원혼들이 너무나도 많았다.

사린의 갑옷

마폰 왕국의 왕실 기사 사린이 착용하던 갑옷. 사린은 왕국을 대표하는 최고의 기사이며 백작의 작위를 가진 귀족이었다. 그는 사막 부족들로 이루어진 팔로스 제국에 항거하기 위하여 기사단을 이끌고 남하하였다. 그리고 벨로스 공국과 연합하여 사막 부족들을 막기 위한 방어선을 펼쳤지만 아무런 의미 없이 뚫리고 패배하고 말았다. 그가 남긴 갑옷은 사막 전사들의 전리품으로 팔로스 제국의 보물 중의 하나가 되었다. 땅속에 600년간 묻혀 있어서 갑옷의 방어력과 내구력은 매우 안 좋은 상태이다. 때때로 으스스한 한기가 들면 갑옷에 잠들어 있는 사린의 영혼이 튀어나올 것이다.

내구력: 32/51

방어력: 54

제한: 레벨 455. 기사 전용.

옵션: 역사적 가치를 가진 유물. 자기 자신이 매우 빨리 공포에 휩싸이게 된다. 스스로 기품과 명예를 감소시킨다. 흑마법 +1. 기사 스킬 +2. 공격 시마다 약 13%의 확률로 이상한 힘에 의하여 괴력을 발휘할 수 있다.

대체로 당장은 쓸모가 없는 갑옷들!

솜씨 있는 대장장이라면 그래도 군침을 삼킬 만한 물건이었다. 신전에서 고위 사제에게 정화 작업을 받은 후에 대장장이들이 복원하면 원래의 상태로 되돌리는 것이 가능하다.

전쟁의 시대 대장장이들의 솜씨들을 견주어 보고 복원하면서 참고한다면 대장장이 스킬 숙련도가 부쩍 오르게 된다.

대장장이들에게는 황금과도 같은 아이템인 것이다.

그 외의 골동품들은 너무 낡아서 부서진 후 잔해만 남아 버린 것이 많았다.

위드의 명령을 받은 팔로스 제국의 사막 전사들이 아무래도 이후의 보물 보관 상태에 대해서는 그리 신경을 쓰지 않은 탓일 것이다.

"갈수록 힘들어지고 있습니다. 더 이상은 그물로 놈들을 묶어 놓을 수가 없겠는데요."

제피가 그물로 기사들의 유령을 가두어 놓은 채로 말했다. 낚시꾼의 이런 스킬이 없었다면 갑자기 대량으로 출몰하는 유령들과 한꺼번에 싸워야 했을 것이다.

"춤추기도 한계예요!"

화령은 땅에 주저앉았다.

부비부비 댄스!

스쳐 지나가는 유령들까지도 매혹시킬 수 있는 그녀의 춤.

그렇지만 춤으로 인한 체력 소모가 상당히 컸다.

수르카, 이리엔, 벨로트 등은 이곳을 발견하고 처음에는 환호성을 질렀었다.

"아싸, 대박이다!"

"사제복을 바꿀 수 있겠어요. 여기서 실컷 벌면 대사제의 복장이나 성녀의 옷으로……."

어느새 위드를 따라 물들어 버린 재물 욕심!

이곳은 스킬 숙련도와 레벨을 올리기에는 최적의 장소, 동시에 보물 탐색도 가능하다.

팔로스 제국의 보물을 최초로 찾아낸 이들이 얻어 내는 당연한 대가였다.

유령들이 출현할 때마다 전투가 벌어졌는데, 팔로스 제국의 보물들을 캐낼수록 점점 잦아진다.

특히 밤과 새벽에는 그들 일행만으로는 감당하지 못할 정도로 많은 유령들이 출몰하였다.

아침이 되면 상당히 많이 사라지기는 했지만, 체력적으로 힘든 사냥터이며 발굴 장소였다.

체력이 남으면 무조건 땅을 파서 보물을 얻거나 때때로 유령들을 퇴치해야 했으니 베르사 대륙의 어떤 던전들과 비교하더라도 최고의 장소라고 할 수 있었다.

마침 전쟁의 시대에 기사로 활약했던 유령들의 레벨도 400~500대 정도라서 상대하기 적당했다.

유령들은 살아 있는 생명들을 오랫동안 접하지 못하여서 약화되어 있고 생명력이 많지 않아 사냥하기가 힘들지도 않았다. 오염된 땅과 장비에 깃든 저주들을 해제하느라 이리엔의 신성력과 신앙심은 날로 늘어났다.

그러나 점점 유령들이 많아지면서 한계가 찾아왔다.

로뮤나가 스태프를 내려놓으며 말했다.

"더 이상은 못 해."

"저도 무리예요."

벨로트도 줄이 3개나 끊어진 하프 연주를 중단했다.

"그냥 우리 대지의 궁전으로 가요."

수르카가 의견을 내놓았다.

다들 하벤 제국과 싸우고 싶었다. 발굴만 아니라면 진작 떠났을 텐데 그러지 못했던 것이다.

"으음, 저도 가고는 싶지만요, 일을 이렇게 벌여 놓고 가도 될까요?"

제피는 잠시 생각에 잠겼다.

이곳에서 그들이 찾아낸 보물들은 상당했다.

이대로 떠나 버리면 이곳은 깨어난 유령들의 천국으로 변하게 될 것이다.

일행들의 레벨이 전반적으로 440대에 달하기 때문에 버틸 수 있었던 것이지, 어지간한 유저들에게는 곧바로 무덤이 될 장소였다.

그렇지만 제피는 금방 고개를 끄덕였다.

"가죠!"

자신이 언제부터 책임감 있는 인생을 살아왔던가.

즐겁게 지내면 그것으로 충분했던 것을.

레벨이 높은 유저에게 전쟁터는 자신의 실력을 발휘할 수 있는 놀이터와도 같았다.

착실한 성격의 이리엔도 활짝 웃었다.

"어서 가요!"

그녀는 이곳이 유령들의 서식지로 변한다 해도 전혀 걱정되지 않았다.

'위드 님이 있는걸, 뭐.'

바르칸도 퇴치하고, 드래곤 아우솔레토까지 사냥한 위드!

위드가 어떻게든 손쉽게 해결하리라는 믿음이 있었다.

벨로트가 울상을 지었다.

"근데 제때 도착할 수 있을까요? 전투가 이미 벌어져 버렸을 텐데요."

제피가 잠시 한숨을 내쉬었다.

"유린이에게 부탁해 봐야죠."

유린의 그림 이동술!

화가의 비기 중에서 주변 사람들에게 가장 큰 혜택과 도움을 주는 스킬이었다.

물론 그런 부탁을 할 때마다 어느 정도의 잔소리는 각오해야 하지만.

용사의 강림

"현재 시청률은 6.8%대에서 머무르고 있습니다. 방송이 진행되면서 시청률이 계속 하락 중입니다."

"시청자 게시판에는 정규 프로그램을 방송해 달라는 요청들이 올라오고 있는데요. 이례적인 일입니다."

"특집 프로그램의 광고 판매 횟수가 줄어서 재방송에서는 매진을 못 시킬 것 같습니다, 국장님!"

〈로열 로드〉와 관계가 있는 방송국들은 낮은 실시간 시청률에 울상을 지었다.

대지의 궁전 전투의 초반부이기는 하지만 기대가 컸던 만큼 아쉬움이 많은 시청률이었다.

하벤 제국군의 북부 침략!

헤르메스 길드가 대륙 정벌의 마지막 과업을 달성하는 단계였다.

방송국 관계자들이 예상하기에 기록을 갱신할 정도의 흥행이 이루어질 요소가 많았다.

위드와 바드레이의 경쟁 구도는 사람들이 꾸준히 궁금해하는 부분이며, 베르사 대륙의 북부는 이야깃거리들을 끊임없이 만들어 내서 시청자들을 많이 자극한다.

다수의 초보자들이 시작하는 지역이므로 대부분의 뉴스 프로그램에서 북부의 소식이 메인으로 비중 있게 다루어질 정도였다.

북부 침략의 초창기에 유저들이 방어를 위해 나서고 아르펜 왕국의 도시들이 정복당하는 매번의 전투마다, 예상했던 대로 최고의 시청률이 갱신되었다.

그런데 전쟁이 진행될수록 점점 시청률이 바닥을 향하여 떨어지고 있었다. 대지의 궁전 전투는 시청자들의 외면을 받았다고 해도 과언이 아니었다.

"도대체 사람들이 안 보는 이유가 뭐요?"

"하벤 제국군이 너무 강하기 때문인 것 같습니다. 시청자들도 매번 아르펜 왕국의 패배만을 보고 있을 뿐만 아니라, 전투 방식도 강력한 원거리 부대를 활용하는 것으로 지나치게 단순하다 보니 재미가 없지 않겠습니까."

"끄응, 이런 식은 곤란한데. 무언가 볼만한 구경거리들이 많이 나와 줘야 하는데."

"전쟁으로 인한 불만이 시청률로 나타나고 있는 것 같습니다. 더 이상은 보고 싶지 않다는 시청자들이 많은데요."

물론 6.8% 정도의 시청률이라면 아직도 그럭저럭 낮지는 않은 수치였다.

하지만 〈로열 로드〉의 북부 소식만 전하더라도 심야 시간에 4~5%의 시청률이 기록될 정도의 꾸준한 인기를 누리고 있다.

하벤 제국군이 북부 침략을 하면서, 〈로열 로드〉와 관계된 모든 방송국들은 경쟁적으로 특집 프로그램을 편성하기로 하고 최대한의 역량을 기울였다.

어느 채널을 보더라도 북부 전쟁이 실시간으로 중계되었는데, 이것도 역효과를 불러일으켰다.

대지의 궁전이 위기에 빠졌는데도 7%의 시청률을 넘어서지 못하는 건, 방송국들로서는 자칫하면 적자를 낼 수도 있는 상황이었다.

최첨단 제작 비용에 따른 부담과, 하벤 제국과 아르펜 왕국의 전쟁이기 때문에 헤르메스 길드와 위드에게 막대한 로열티 수입을 약속했기 때문이다.

방송국의 연출 회의에서는 전쟁 중계부 PD들의 탄식과 한숨 쉬는 소리가 들렸다.

"이것을 어떻게 해야 할지……. 영상이나 음향, 진행에 아무 문제가 없어서 더 어렵습니다."

"전쟁에서 새로운 이벤트나 아이디어가 나타나는 것도 아니고……. 아르펜 왕국이 대대적인 반격을 가하면 좋으련만 전혀 기대할 수가 없겠죠? 이렇게 아르펜 왕국이 망하고 나면 앞으로 방송 프로그램도 전면적으로 손을 봐야 될 겁니다. 북부의 이야기들도 지금처럼 인기를 끌지 못할 것이고요."

"시청자들이 〈로열 로드〉에 갖는 흥미가 줄어들 수 있다는 점이 문제입니다."

"이사회에서 최근 프로그램 편성과 시청률에 대한 질책을 경영진에 전달했다고 하는데요. 〈로열 로드〉가 최고의 인기를 달리는 만큼 다른 방송국과 차별화해서 초보자들을 위한 편성을 하는 게 더 낫지 않겠느냐며……."

"언제는 다른 방송국들이 다 전쟁을 중계하는데 우리 방송국은 절대 빠지면 안 된다더니. 우리더러 어쩌라는 겁니까."

"우리도 최선을 다하고 있습니다. 결과만 보고 잘하고 잘못하고를 판단하는 건 누구나 할 수 있는 일이죠."

다른 방송국들이 심각한 고민에 빠져 있음에도 불구하고 KMC미디어는 특집 프로그램의 방송 시간을 추가 편성하면서 소신을 가지고 밀어붙였다.

제작 회의를 주도하는 강 부장의 굳건한 믿음 덕분이었다.

'내가 본 위드. 그 인간이 과연 이대로 몰락한다고? 아니야. 진짜 밑바닥에 떨어뜨려 놓더라도 기어서 올라올 녀석이야. 그에게 위기가 아니었던 적이 있던가? 뭐, 멜버른 광산에서 죽기는 했지만 돌발적으로 벌어진 일. 예정된 위기는 위기라고 볼 수 없지. 어떤 꼼수든 준비해 놨을 것이야.'

강 부장은 위드의 모험을 성공적으로 몇 차례 중계하면서, 방송국 내에 승진을 앞두고 있다는 이야기까지 돌았다.

"시청자들은 등을 돌린 게 아니라 기다리고 있을지도 모릅니다. 하벤 제국은 강한 만큼 도처에서 미움을 사고 있을 것이고, 관심이 없을 수는 없는 노릇이죠. 위드와 아르펜 왕국이 전면적인 반격에 나선다면 시청률이 갑작스럽게 오를 수도 있습니다."

"그게 근거가 있는 주장입니까?"

"개인적인 믿음은 있지만 구체적인 근거는 없습니다."

"아니, 아무 근거도 없이 다른 프로그램들에 피해를 주면서까지 이대로 계속 밀어붙이자니, 말이 됩니까?"

"그래야만 미래를 대비할 수 있습니다."

"미래요?"

"우리 방송국이 하벤 제국과 아르펜 왕국 사이에서 꼭 중립을 지킬 필요는 없지 않습니까?"

방송국이 예민하게 생각하는 부분을 강 부장이 먼저 꺼냈다.

명문 길드들끼리의 다툼이나 국가 간 분쟁에 있어서 방송국은 가능한 한 공정성을 지키기 위해 중립을 유지하려고 했다.

어느 한 세력이나 왕국에 호의적으로 방송을 한다면 다른 왕국의 유저들이 반발할 것이고, 그곳에서의 방송 협조가 어려워진다.

분쟁에 있어서 방송국이 결정적인 영향력을 끼치거나 여론을 주도할 수 있기 때문에 어느 한쪽의 손을 들어 주기 어렵다는 측면도 있었다.

"강 부장님이 무슨 말씀을 꺼내시는 건지 믿을 수가 없군요. 중립을 지키지 않는다면 앞으로 방송을 위하여 헤르메스 길드의 협조를 받기 어려울 수 있습니다."

"그건 정말 큰 문제입니다. 중앙 대륙을 정복한 제국인 만큼 숱한 방송 차질이 벌어질 수가 있어요."

"방송국 운영에 결정적인 타격을 받게 될 겁니다."

"모두 어떤 우려를 하고 계신지 압니다. 그러나 정말 하벤 제국이 현재의 기세대로 대륙을 통일했을 때도 생각을 해 봐야 합니다. 시청자들이 과연 그러한 결과를 좋아하겠습니까?"

방송국 관계자들 역시 앞으로의 상황을 심각하게 우려하고 있었다.

하벤 제국은 레벨이 높거나 많이 가진 자들에게는 살기 좋겠지만 대중적인 반발이 심했다. 아르펜 왕국에 비교할 수가 없을 정도였다.

경제적으로나 기술적으로 발전했기 때문에 중앙 대륙에서 활동하는 유저들이 많다. 그렇지만 북부 대륙만큼의 새로움이나 활기는 없었다.

대륙이 전부 온전히 하벤 제국의 영토가 되고 나면 유저들은 지금처럼 행복하지 못할 것이다.

강 부장은 힘 있게 말을 이었다.

"어떤 반격도 못 한 채로 아르펜 왕국이 완전히 처참하게 몰락할 수도 있습니다. 하지만 그렇다고 해서 베르사 대륙의 역사가 다 끝나는 것은 아니지요. 시청자들은 계속 그리워할 겁니다. 〈로열 로드〉에서 빛났던 숱한 영웅들… 추억과 역사를. 그리고 위드는 그 대표적인 인물입니다. 역사는 계속 이루어질 것입니다."

"그러니까 위드와 아르펜 왕국의 입장으로 편향된 방송을 하자는 말씀입니까?"

"답변드리기 조심스럽지만 제 의견은 일단은 그렇습니다. 방송의 공정성을 이야기하기에 앞서서 시청자들이 무엇을 원하는지를 살펴야 합니다. 제 말은 시청자들의 입맛에만 맞추자는 게 아닙니다. 무엇이 앞으로를 위해 조금 더 나은 방향인지. 그게 옳은 길이라면 우리 방송국에서 과감하게 나설 수도 있을 것입니다."

제작 회의에서는 밤샘 토론을 했다.

하벤 제국의 독재에 대하여 과연 올바른 방향이라고 찬성하는 사람이 몇이나 되겠는가.

베르사 대륙의 유저들이 자유를 잃어버리고 막중한 세금에 시달리게 된다면, 그때는 현재와 같은 방송은 불가능하다.

유저들은 자유를 꿈꿀 것이다.

아르펜 왕국과 위드의 입장에서 방송을 한다면, 하벤 제국의 통일 후에도 시청자들의 열렬한 지지를 받을 수 있을 것이다.

〈로열 로드〉는 지금까지 큰 인기를 끌어왔으며, 앞으로도 경쟁할 만한 다른 가상현실은 나오기 힘들다.

다른 유수의 게임 개발 업체들은 가상현실을 위한 기술 개발과 투자 비용이 중소 국가의 예산을 넘어설 정도로 천문학적인 것을 파악하고 나서 전부 손을 떼어 버렸다.

성공하면 떼돈을 벌 수 있을지라도, 어중간하게 완성되어서는 수입이 한 달 운영비에도 미치지 못할 정도로 운영 비용도 크다.

설혹 무제한에 가까운 자금이 투자된다고 하더라도, 현재는 기술 축적이나 인프라 구축에만 10년 이상은 소요될 것이라는 예상이 나왔다.

〈로열 로드〉에서 개척되지 않은 지도 밖의 수많은 세상들.

상상도 못 할 비경과 모험의 땅들이 잠들어 있다.

역사적인 왕국들의 문화유산, 유저들의 노력으로 이룩한 도시들.

이미 전 세계의 수억 명이 즐기는 가상현실이 되어 있는 만큼 〈로열 로드〉의 아성은 하벤 제국의 통치 이후에도 단단할 것이다.

〈로열 로드〉에서 발표한 통계를 분석해 보니 아직까지 80%에 달하는 유저들의 레벨이 130 이하의 초보자 단계에 머무르고 있다.

매일 30만 명 이상의 신규 유저들이 등록되고 있다. 그들이 세상을 떠돌아다니게 되면 〈로열 로드〉는 꾸준히 발전해 나가게 된다.

가상현실은 현대의 인간들에게 또 다른 하나의 세계가 되어 있는 것이다.

KMC미디어는 방송국 사장단 회의까지 열어서 방침을 결정했다.

"좋습니다. 단기간의 시청률이나 광고 판매에는 연연하지 않도록 하지요. 아르펜 왕국, 특히 유저들을 위한 방송을 합시다. 결국 시민의 편에 서는 것이 가장 공정한 길이 될 것입니다."

"이해해 주셔서 감사합니다, 사장님."

"저에게 고마워하실 필요는 없습니다. 우리 역시 추억을 그리워하는 세대이지요. 〈로열 로드〉라는 곳에서 새로운 역사가 계속 쓰일 것입니다. 우리 KMC미디어는 더 많은 사람들이 좋은 경험을 갖게 되길 바랍니다."

"휴우, 대단하군. 정말 어디까지가 사람의 끝일까?"

바트는 대지의 궁전에 엿새 전부터 도착해 있었다.

쉬운 몬스터들이 나오는 던전이나 숲의 파티 사냥으로 조금씩 레벨을 올리고, 상인으로 활동을 하면서 돈을 벌었다.

북부에는 유저들이 워낙 많이 있기 때문에 좋은 물건을 가져다 놓기만 하면 금세 팔린다. 몇 골드씩의 수익이라도, 수백 명을 상대하다 보면 만만치 않은 거금이 되었다.

"돈을 버는 재미만 한 게 없군. 물론 예상 불가능한 온갖 위협들도 존재하지만."

대기업의 총수까지 했던 만큼 경제에 대한 감각은 남달랐다.

적은 돈을 모아서 점포를 세우고, 믿을 만한 NPC를 고용하고, 품목과 거래량을 조절했다. 투자 부분에서는 때론 과감한 결정이 필요했지만, 바트는 익숙한 경험들을 가지고 있었다.

"돈이 막 벌릴 때 회수를 하면 안 돼. 시작이 늦었는데도 남들보다 더 앞서 나가려면 달리는 호랑이에 올라타야 하지."

그가 보기에 북부 대륙에는 먼저 줍는 사람이 임자라고 해야 할 정도로 기회가 널려 있었다.

다른 직업들도 그렇겠지만 상인에게는 정말로 꿈의 대륙이었다.

부족한 인구는 신규 유입되는 유저들로 메꾸어지고 있었으며, 각 도시들의 생산력은 팽창하는 중이다.

다른 상인들도 적극적으로 활동했지만 경험 부족으로 인해

미흡한 측면이 많았다.

제대로 자본금도 마련해 놓지 않은 채로 회수가 늦어지는 물품에 거액을 투자한다거나, 몇 푼 되지도 않는 돈을 벌려고 경쟁이 치열한 품목에 발을 담그고 있다. 혹은 초보 상인 시절 때부터 제법 이득을 봤던 물품의 거래를 고집스럽게 그대로 유지하는 것은 흔하디흔한 실수다.

"무기류는 지금까지 이득을 많이 가져다줬지만… 대장간의 생산력이 최근에는 그에 미치지 못하는군. 무기 상인 경쟁자들도 늘어났고 그들 때문에 마진이 많이 줄어들었으니 직물류로 갈아타 볼까. 모라타에 새로운 가죽 갑옷들이 많이 나왔던데, 벤트 성까지만 가져가서 팔면 대박 확정이야. 회전율이 좋아서 마차 두세 대만큼의 물량을 한나절이면 다 팔 수 있을 테지."

바트는 그런 면에서 변화의 시기마다 과감한 결단과 투자를 해냈다.

매일의 시세를 확인하고, 다른 도시들의 정보에 귀를 기울였다. 모라타와 바르고 성채, 벤트 성에서 작은 점포를 운영하면서 기회만 엿보이면 전 재산이라도 투자해서 상단을 꾸려 교역을 했다.

상단과 점포의 자본금이 많지 않기 때문에 북부가 떠들썩해질 정도의 큰 무역 이득을 거두지는 못했다. 하지만 적어도 활동하는 도시들에서는 바트의 이름이 가끔씩 알려질 정도는 되었고, 시장 상인들과도 안면을 텄다.

"돈이 더 많이 있다면 생산에도 투자하고 농장도 만들 텐데. 농부들만 고용하더라도 쏠쏠하게 벌리는 것 같군. 목축업 분야도 전망이 매우 밝고."

아르펜 왕국은 농업과 목축업 분야에 경쟁력이 뛰어났다.

전사들에게는 그러한 분야들이 상관이 없을 테지만, 상인에게는 왕국 전체에서 땅과 건물을 비롯해 생산되는 모든 물품이 거래의 대상이 될 수 있다.

간단히 도시 인근의 포도 농장에만 투자하더라도 상당한 마진을 쉽게 거둘 수가 있었다.

니플하임 제국의 유물이나 예술품을 비롯하여 수많은 물품들이 쏟아져 나오는 시기에, 아르펜 왕국의 상인들은 황금의 시대를 살아갔다.

상인들의 대활약이 없었다면 왕국의 눈부신 발전도 불가능했을 것이다.

마판과 가몽을 선두로 하여 북부에서는 각 분야에 영향력을 갖춘, 대상인으로 불리는 유저들이 속속 나타났다.

특산품 개발.

장인들을 고용하여 대형 공방 운영.

난관에 빠진 마을들에 신속한 생필품 공급.

광산 채굴.

목장 운영.

과중한 세금과 차별이나 규제가 없는 자유로운 상업의 발달은 아르펜 왕국의 특별한 경쟁력이 되어 국경의 구석구석까지 상인들의 발길이 닿게 했다.

상인들의 활동은 도시 발전과 기술 개발, 생산력의 확대, 인구 증가의 결과로 이어졌다.

아르펜 왕국의 국왕이 조각사 위드이기 때문에 특별히 문화 분야의 경쟁력이 남달랐다. 예술의 발달, 국경의 확장에 있어서 유리함이 많았으며, 주민들의 행복과 충성도를 항상 높게 유지시켰다.

문화의 혜택은 부수적으로는 주민들의 지식수준도 약간이나마 상승시켜 준다.

학자들의 탄생은 왕국의 운영을 효율적으로 하여, 낭비되는 예산을 감소시키고 마법사의 비율을 늘려 주었다.

상인이 만약 국왕이 된다면 직업의 특성이 어떻게 작용하게 될지 기대될 정도였다.

바트는 현재 상당한 재산을 모으고 있었지만, 하벤 제국의 침략을 막기 위한 전투를 구경하기 위해서 전투 물자를 산더미처럼 사서 대지의 궁전에 왔다.

"팝니다, 팔아요! 레벨 250에서 330까지 되시는 유저들이 쓸 만한 잡다한 물품들요!"

초보자들을 위한 상품보다는 중급 레벨들을 위한 물건들 위주로 가져왔다.

그 이유는, 초보자들을 위한 물품은 가져와 봐야 비싼 가격은 못 받을 테고, 어차피 30분 내로 다 팔려 버릴 것이기 때문이다.

이렇게 유저들이 많은 장소에서는 가격만 맞는다면 무엇이든 팔린다.

유저들만큼이나 상인들도 몰려서 온갖 물품들을 거래하고 있었다.

"마법 물품! 보호를 위한 마법 물품입니다. 최하 500골드짜리부터 있습니다요."

"쥐 고기! 갓 잡은 신선한 쥐 고기! 들판에서 잡아서 아직도 신선해요."

"프레야 교단의 성수와 은총의 촛대 팝니다. 물량은 딱 1시간 팔 것 정도만 남아 있어요."

마법 물품 거래 상인, 교단 전속 상인들까지 볼 수 있었다.

"뭐, 어디까지 다녀 보셨소? 북쪽으로 올라가서 비경의 산맥에도 가 보셨다고? 그렇다면 쓸 만한 퀘스트용품이 있는데 뭐와 이어지는지는 모르오. 단돈 50골드니 일단 사 보시구려."

"에헴, 내 모험 기록인데… 중간에 뭐, 죽긴 했는데요, 안달리아 마을 옆의 숲에 들어가 보시려면 참고삼아 구입해 보세요. 아직 사냥 파티도 거의 없는 곳입니다. 단돈 15골드에 모셔 볼게요."

일부에서는 퀘스트용품, 모험 기록, 지도도 판매했다.

시장 바닥도 이만한 곳이 없었다.

바트는 적당한 가격에 물품들을 다 팔아 버리고 나서 홀가분해졌다.

"벌써 다 팔다니, 장사가 이렇게 잘되면 돈 버는 맛이 나지."

이제는 서윤과 위드를 가까이에서 보고 싶은 마음도 굴뚝같았다.

하지만 수많은 인파 사이에서 그들을 발견하기란 불가능했다. 물론 두 사람이 나타나기만 한다면 떠들썩해지겠지만, 바트는 도저히 가까이 다가갈 수도 없으리라.

"여기 어디엔가는 있겠지? 부디 오늘 안전해야 할 텐데."

༄ ༁

"언니, 이쪽으로 오세요."

서윤은 삶은콩죽 부대를 따라다니고 있었다.

남자 여섯, 여자 넷으로 구성된 작은 파티.

알카사르의 다리 전투를 겪으며 친해진 사람들끼리 함께 다녔다.

'북부에 저렇게 강한 여자가 있었나? 무기를 다루는 실력도 일품이고, 공격 사이로 뛰어드는 용기도 놀라웠어.'

'나보다 강하겠지. 올해 내로 따라잡아 준다.'

'예쁠 것 같다. 저 가면을 벗은 모습을 보고 싶은데.'

남자들은 은근히 서윤을 의식하고 있었다.

전투 중에 보여 준 엄청난 실력은 물론이고, 가면을 쓰고 있음에도 불구하고 자연스럽게 우러나오는 눈부신 미모.

얼굴을 제외한 나머지 부분에서는 결점을 찾을 수 없는 최상의 미를 가지고 있다.

가면을 벗은 모습이 기대되면서도, 설혹 예쁘지 않은 얼굴이 나올 것 같아서 걱정까지 했다.

'신이 한 사람에게 모든 아름다움을 주진 않았겠지. 뭐, 얼굴을 보면 실망하고 말 거야.'

'환상처럼 간직하는 편이 좋을지도.'

서윤에게는 범접할 수 없는 분위기가 있어서 남자들이 말도 걸지 못했다. 그럼에도 서윤과 친하게 지내는 여성 유저를 통해서 그녀에 대해 조금씩 알아 갔다.

"언니 직업이 광전사예요? 그거 엄청 얻기 어렵다고 소문났잖아요. 전투에 푹 빠져야 한다던데."

"응……."

아침에 지저귀는 새보다도 훨씬 곱고 예쁜 목소리.

남자들은 태연한 척 앞에서 걸으며 생각했다.

'목소리가 예뻐야 미인이지. 저 목소리로 바가지를 긁는다면 행복이다. 집에 완전 빨리 들어오고 말 거야.'

'크윽, 안 돼. 나의 이상형 기준이 무너지고 있어. 이건… 아, 나 앞으로 여자를 사귈 수 있을까?'

'미녀란 무엇인가, 논문을 쓰고 싶군. 나뿐만 아니라 모든 남자들이 관심 있어 할 내용이지.'

'신도 가끔 실수하지 않았을까. 저 가면 속에 평범한 얼굴만 있더라도 끝내주는 건데. 처음엔 신비한 느낌을 주더라도 곧 자랑하고 싶어서라도 본인이 진작 가면을 던져 버렸을 거야. 아직까지 안 벗는 걸 보면 가리는 게 낫기 때문이겠지. 아쉽다.'

남자들은 머릿속에서 상상의 인물을 그려 나가고 있었다.

"언니는 대학생이에요?"

"휴학했어."

"남자 친구는요?"

서윤은 있다는 의미로 가볍게 고개를 끄덕였다.

'으아…….'

'안 돼.'

'신이여.'

'절망. 완전 절망.'

남자들은 좌절에 빠지고 말았다.

자신의 여자 친구가 아님에도 불구하고 뼛속까지 울려오는 진한 상실감.

'남자 친구야 바뀌는 것이니까.'

그렇더라도 막상 서윤을 편하게 대할 수는 없었다.

분위기와 미모, 목소리가 너무나도 우월하다. 자신과 같은 세상에 있는 존재가 아니라, 아름답고 아련한 꿈속의 세상에서 잠깐 나타난 것 같은 느낌.

"언니는 취미가 뭐예요?"

"요즘은… 조각."

"잘해요?"

"배우고 있어."

"자취하세요?"

"응."

"청소하고 빨래하고 밥 챙겨 먹기 귀찮지 않아요?"

"재밌고 즐거워. 남자 친구 밥도 해 주고 그래."

"성가시잖아요."

"행복해."

슬슬 하벤 제국군과의 전투가 고조되어서 삶은콩죽 부대가 출전할 차례가 되었다.

서윤은 살짝 뒤로 물러났다.

"언니?"

"난… 싸울 수 없어."

"왜요, 겁이 났어요? 괜찮아요. 다 같이 싸우러 가잖아요."

"싸울 수 없어. 내가 위험에 빠지거나 죽으면 그 사람에게 안 좋거든. 그의 생명력도 줄어들어."

"그게 무슨 말인지……. 아무튼 알았어요. 그럼 싸우지 않아도 돼요."

서윤의 말을 들은 동료들의 표정이 대번에 나빠졌다.

자랑스러운 풀죽신교의 일원으로서 하벤 제국군에 대항하지 않는다니 실망스러움이 밀려왔다. 동료들이 모두 죽으러 가는데 혼자 살려고 하다니, 갑작스러운 배신감마저 들었다.

동료였던 여자가 냉정하게 말했다.

"여긴 위험하니까 어차피 싸우지 않을 사람은 필요 없어요. 다음에 봐요, 언니."

"응."

서윤은 고개를 흔들면서도 더 이상 자세한 설명은 못 했다.

슬로어의 결혼반지.

배우자가 위기에 빠지면 생명력을 50%나 전달해 줄 수 있다.

반대로 자신이 위기에 빠지면 위드의 생명력을 빼앗아 오게 될 것이다. 그녀는 위드를 위하여 전투를 포기하고 전장을 벗어나기로 했다.

꙰

북부의 유저들은 모두가 차돌처럼 단단한 믿음을 가지고 있었다.

"이번에야말로 하벤 제국군을 막아 낼 수 있을 거야."

"대지의 궁전에서는 충분하지. 우리도 진짜 많이 모일 테고, 또 위드 님이 지휘를 해 주실 거 아냐."

"암, 위드 님의 지휘만 따르면 돼. 마법 같은 지휘력으로 어떻게든 하벤 제국군을 격파하고 말걸."

"알카사르의 다리에서도 적잖은 피해를 줘서 놈들도 예전 같지는 못할 게 틀림없지."

전쟁의 신 위드가 다스리는 아르펜 왕국.

베르사 대륙에 실존하는 왕국이지만 어딘가 동화책 속에 나오는 느낌이 다분했다.

모험으로 탄생하여 작은 도시에서부터 짧은 기간 왕국으로 눈부시게 발전을 하였기에 유저들도 용기와 도전 정신을 만끽하며 살아갔다.

보리빵 몇 개만 가지고 신나게 퀘스트를 하기 위해 사람들이 살러 가고 열광하는 아르펜 왕국.

이번만큼은 하벤 제국을 물리칠 수 있으리라는 기대와 자신감이 깨어진 것은 전투가 벌어진 직후부터였다.

하벤 제국군의 마법 공격력은 대지를 파헤치고 산을 무너뜨릴 것처럼 느껴질 정도로 거세게 북부 유저들을 휩쓸었다.

폭발, 폭발, 폭발.

빽빽하게 밀집해서 몰려 있던 유저들이 불구덩이에서 떼죽음을 당했다.

하벤 제국군의 화살과 마법을 수단으로 한 무차별 공격이 북부 유저들이 모여 있는 곳들을 난타하고 있었다.

"모두 견뎌 냅시다! 이 마법이 끝나면 우리에게도 반드시 기회가… 꽤액!"

"인내하고 풀죽신교의 힘을 보여 줍시다!"

북부 유저들이 갖는 희망은 하벤 제국이 자랑하는 마법병단에도 마나의 한계가 있을 거란 점이었다. 마법사의 공격력은 전장에서 다른 이들이 감히 흉내도 낼 수 없을 정도이지만 오래 지속되지는 않는다.

그러나 그것도 하벤 제국군을 너무 얕본 것이었다.

중앙 대륙을 통일한 마법병단과 제국의 군대는 보통 강력한 게 아니었다.

"마법이 계속 날아오잖아요!"

"어떻게 이럴 수가… 말도 안 돼요."

"계속 돌격합시다. 놈들에게 쉬는 시간을 주면 절대로 못 이깁니다."

지휘관이 없는 북부 유저들은 개인들의 판단에 따라 휩쓸려서 돌격하다가 또는 한꺼번에 머뭇거렸다. 그러다가 마법이 일제히 날아오면 피하기 위해서 흩어졌다.

일대일의 싸움이라면 사람들의 판단이 효과적인 경우가 많지만, 다수의 싸움이 된다면 그들끼리 뒤엉켜 버리거나 공격할 시기를 놓쳐 버린다.

싸울 사람들이 각자 생각을 하면 진형을 이루고 체계적인 전투를 하는 적을 뚫을 수가 없다.

포르우스 강을 넘은 이후부터 덤벼들었던 풀죽신교의 유저들은 초보들이 많아서 단순하게 돌격만 했다.

운이 좋으면 하벤 제국군의 기사와 보병에게 약간이라도 피해를 줬지만, 그것도 대부분 봉쇄되어서 통하지 않았다.

하물며 대지의 궁전 앞에는 전쟁을 처음 경험하는 사람들이 많았다.

더군다나 레벨이 높은 이들은 목숨을 거는 각오를 다졌다고 해도 몸을 사리기 마련.

전체 인원 중에 일부에 불과하더라도 그들 때문에 돌격이 지연되는 정체 현상이 발생했다.

"지금 다가가는 건 의미가 없습니다. 놈들의 마법이 중단되었을 때를 노립시다."

"곧 마나가 떨어질 겁니다. 제가 마법사라서 압니다. 저들도 간신히 버티고 있을 거예요."

"갑시다! 돌격 준비!"

하벤 제국의 마법병단은 마나 소모를 최소화하는 장비들을 착용하고 있었다.

애초에 모험이나 사냥을 하는 유저들이 아닌 마법사 전투 군단의 개념이기 때문에 장비들도 그에 맞춰서 착용했다.

그렇기 때문에 방어력은 빈약하지만, 그런 만큼 중장갑 보병의 보호를 철저히 받는다. 마법병단은 3~4배나 되는 마나와 마력을 가지고 전장을 움켜쥐는 전략무기가 된 것이다.

"모이고 응축한 힘이여, 터져라. 파이어 필러!"

콰콰콰콰콰콰!

수십 미터나 되는 불의 기둥이 북부 유저들이 모여 있는 전장에서 솟구치기 시작했다.

믿을 수 없게도 마법병단이 발현시킨 것은 대광역 화염 마법이었다!

베르사 대륙의 역사에는 한 시대를 좌우하는 천재 마법사들이 다수 나타났었고, 그들이 연구한 수많은 마법들이 탄생과 소멸을 반복했다.

경지가 높은 마법사들은 수명이 다해 가거나 연구에 몰두하고 싶어지면 던전에 틀어박힌다. 그리하여 제자를 남기지 못한 경우에는 던전에 그들의 연구 결과나 마법이 남았다.

침입자에게 쉽게 모든 보물을 안겨 주지 않기 위하여 몬스터와 함정은 필수!

하벤 제국은 중앙 대륙을 통일하고 나서 던전과 유적의 발굴 작업을 적극적으로 이루어 냈다.

명문 길드들로 조각조각 나뉘어 있던 시기, 국왕과 귀족의 권력이 그대로 간직되어 있던 과거에는 특별한 던전들은 발굴 허가를 얻어야 했다.

하벤 제국은 모라타의 대도서관을 본떠서 던전에 대한 정보를 한곳에 모으고 정보부의 분석을 바탕으로 숨겨진 장소들을 마구 찾아냈다.

화염의 상위 마법 파이어 필러도 그런 식으로 발견되었던, 최소 50인의 마법사들이 동원되어야 쓸 수 있는 전쟁용 공격 마법이었다.

"으아… 대단하다."

"엄청나네, 진짜."

"무섭긴 한데 여기서는 따뜻하다."

"동남아로 온 것 같아. 그렇지?"

북부 유저들은 상당수가 오히려 신기하다고 구경을 했다.

하늘을 꿰뚫을 것처럼 솟구친 불기둥들은 그저 황홀하다는 말로도 표현이 안 될 정도였던 것이다.

장엄한 순간, 도망치다가 죽는 사람들도 있었지만 상당수는 멍하니 구경하다가 죽어 갔다.

조금 먼 곳에 있던 북부 유저들도 처음 보는 어마어마한 규모의 마법에 감탄을 드러냈다.

그들이 생각하기에 초반에 불기둥에 휘말린 사람들이야 딱하고 안되었지만 공격 범위를 약간만 벗어나더라도 위험과는 상관이 없는 것처럼 느껴졌던 것이다.

"과연 헤르메스 길드다. 별 마법을 다 가지고 있네."

"진짜 와서 보길 잘했어. 이런 마법을 또 언제 보겠냐. 학교 가서 자랑해야지."

하지만 곧 그들에게도 끔찍한 위험이 다가왔다.

"파이어 필러 토네이도 스트림!"

마법병단이 2차로 발동되는 마법을 외웠다.

파이어 필러는 화염의 기둥을 세우는 것.

최소 50인의 고위 마법사가 소모하는 막대한 양의 마나에 비해서는 위력이 약한 게 사실이다. 장대하게 솟구치는 화염 기둥에 직접 닿지 않으면 별다른 타격이 없었다.

그렇지만 2차로 발동되는 마법이 완성되자 불기둥들이 변화하기 시작했다.

땅에 닿아 있는 아랫단부터 회전하기 시작하여 위로 올라가더니 곧 거대한 불의 회오리가 되었다.

파괴 범위가 수십 배나 넓게 확장되었을 뿐만 아니라 불의 회오리들이 그 자리에 가만히 있지 않고 제각각 돌아다니기 시작했다.

움직이는 불의 회오리들은 북부 유저들의 진영을 처참하게 휩쓸었다.

예측할 수 없는 경로로 움직이면서 강력한 흡입력으로 주변에 있는 사람들을 빨아들였다.

"안 돼! 타서 죽는 건 처음이란 말이야."

"우, 움직일 수가 없다. 곧 저기로 빨려 들어가 버리고 말겠지. 나 곤잘레스가 이렇게 허무하게……."

화염 계열의 공격 마법은 북부 유저들을 절망으로까지 몰고 갔다.

북부의 수많은 유저들이 모여 있다고는 해도 그들은 마법과 화살의 공격 지대를 통과하지 못하고 대부분 쓰러졌다.

일방적으로 학살당하던 북부 유저들에게 변화가 생긴 것은 그때였다.

"간악한 군대와 맞서 싸우는 이들이여, 적을 보며 두려워하지 마라! 사막의 모래 폭풍보다 뜨겁고 험한 것은 없으며 우리의 육신은 흙으로 다시 돌아가게 될 것이니, 마지막까지 가치 있는 마음은 용기이리라!"

어디서인지 쩌렁쩌렁한 목소리가 북부 유저들의 귓속에 들려온 것이다.

세계를 구하는 용사의 외침을 들었습니다.
체력이 회복됩니다. 체력의 최대치가 50%까지 증가합니다. 전투와 관련된 모든 스탯이 한계를 넘어갑니다. 자신의 투지에 따라서 최대 2배의 스탯 능력을 발휘할 수 있습니다. 열두 종류의 신들의 다양한 축복이 당신에게 부여될 것입니다.

"갑자기 뭐지?"

"누구야? 이런 축복 능력이 있다니, 말도 안 되잖아."

"거짓말 같아. 이런 거 텔레비전에서도 본 적 없는데."

"주변에 사제도 없는데……."

북부 유저들은 마법 공격을 당하며 경황이 없는 와중에도 주위를 둘러보았다.

워낙에 많은 인원이 몰려 있기 때문에 앞선 선두 부분이 아니라면 하벤 제국군의 맹공격에도 불구하고 여유가 있었다.

아르펜 왕국의 수도인 대지의 궁전!

가까운 위치에 있는 이들은 볼 수 있었다. 한쪽 귀퉁이의 절벽에서 풀잎과 나무를 엮어 놓은 것만 같은 엘프 갑옷을 착용하고 있는 전사를.

흔한 전사 1명이라면 금방 고개를 돌려 버렸을 테지만, 그의 얼굴을 알아본 몇 명은 황당하고 어이가 없었다.

"헤스티거?"

"헤스티거다!"

"말도 안 돼! 헤스티거가 어떻게 여기에 나타나?"

"전쟁의 시대 영웅 아니야?"

아르펜 왕국의 유저들에게는 필수 시청 프로그램이라고 할 수 있는 위드의 모험.

전쟁의 시대를 휘젓고 다닌 사막의 대제왕 그리고 엠비뉴 교단까지 격파하는 그 한복판에 사막 전사 헤스티거가 있었다.

재능과 외모, 지휘 능력까지, 모든 면을 겸비한 사막 전사.

일부에서는 그의 팬클럽까지 만들어 놓고 열광하고 있을 정도였다.

"그냥 똑같이 생긴 사람?"

"저 미친 외모의 동일인이 있을 리가 없잖아!"

"얼굴은 그렇지만 몸매까지 같다는 건 절대 불가능하지. 진짜 헤스티거 같은데."

"방금 그 축복도 불가능한 거 아니었어?"

바람이 불어오면서 헤스티거의 머리카락과 망토가 휘날리기 시작했다.

"꺄아악! 진짜 헤스티거야!"

"어머, 어머!"

여성들의 반응은 단연 폭발적이었다.

그녀들의 마음을 놀이 기구를 탄 것처럼 뒤흔들어 놓을 정도의 외모.

귀족처럼 고급스러운 분위기에, 몸매에서 느껴지는 넘치는 힘과 야성미.

근육으로 다듬어진 몸매만 놓고 보자면 검치 등과 비슷했지만 결정적으로 차이가 나는 부분은 얼굴이었다.

흰칠한 몸매의 완성은 키와 얼굴!

대지의 궁전에서부터 밀물처럼 헤스티거가 나타났다는 이야기들이 퍼지기 시작했다.

헤스티거가 큰 소리로 외쳤다.

"아르펜 왕국을 지키는 전사로서 그리고 사막 대제왕의 영원한 부하로서 헤스티거가 이곳에 있는 이들에게 명하노니, 나와 함께 싸워 저들을 물리치자!"

북부 유저들의 눈앞에 일제히 메시지 창이 떴다.

띠링!

세계를 구하는 용사의 부하!
헤스티거는 아르펜 왕국의 국왕으로부터 이번 전투에 대한 지휘권을 위임받았습니다. 앞으로 아르펜 왕국의 군대는 그의 명령을 따를 것입니다. 헤스티거가 이곳에 와 있는 당신에게도 묻고 있습니다. 아르펜 왕국을 통솔하는 그의 부하가 되어서 함께 하벤 제국과 싸울 것입니까?
그의 부하가 되는 것을 승낙하면 지휘에 따라야 합니다. 헤스티거의 찬탄이 나오는 지도력은 때때로 당신의 의지와 상관없이 강제로 육체의 자유를 빼앗아 갈 수 있습니다. 또한 전쟁 중에 원하지 않더라도 필요에 의해 목숨을 바쳐야 할 수도 있을 것입니다. 그러나 위대한 용사의 지휘를 따른다면 매우 귀중한 전투 경험을 얻게 됩니다. 적과 싸워서 승리했을 경우 경험치와 스탯을 얻을 가능성을 높입니다. 아르펜 왕국의 국가 공적치도 평소보다 더 많이 쌓일 것입니다.

세계를 구하는 용사의 부하!

용사는 한 시대에 단 1명만이 존재한다.

엠비뉴 교단을 물리칠 당시에, 위드가 전직을 통해 세계를 구하는 용사가 되었다. 그 후에는 헤스티거가 업적을 세워서 가장 뛰어난 그 직업을 이어받았다.

전일, 전이도 전투 능력만 놓고 본다면 그리 뒤떨어지는 것은 아니었지만 신앙심과 기품 등 전체적인 능력에서는 헤스티거가 최고를 자랑했다.

위드의 심술로 인해 팔로스 제국은 물려받지 못했지만, 헤스티거야말로 그의 실질적인 후계자라고 할 수 있었다.

"진짜 헤스티거? 그러면 어떻게 해야 하는 거야."

"내가 용사의 부하라고? 곰도 사냥을 못하는데."

북부 유저들은 당황스러웠다. 전혀 예상도 하지 못하던 전개였기 때문이다.

그렇지만 고민의 시간은 길지 않았다.

"헤스티거라니… 진짜 끝내주잖아! 용사의 부하라면 영광 아닌가."

"요거, 요거, 고스톱으로 따지면 스리고에 피박, 광박, 멍청이에 흔들고 5광쯤 되는 상황?"

"역시 위드 님이 어딘가에 있었어!"

"헤스티거가 그냥 나타난 게 아냐. 국왕 폐하께서는 우리를 버리지 않았다. 세계를 구하는 용사의 부하가 되어서 저들을 물리치자!"

"헤스티거도 풀죽신교의 일원! 독버섯죽 명예회원님께서 나타났다아!"

"우와아아아아아아아! 저를 부하로 삼아 주세요! 평생 두고두고 부려 먹으셔도 좋아요. 저는 노예예요, 노예!"

하벤 제국의 가공할 힘 앞에 주눅 들어 있던 북부 유저들이 폭발했다!

"부하가 되겠습니다!"

"저는 원래 명령을 따르는 걸 즐기고 있습니다. 부디 아프게

때려 주십시오!"

그리고 몇 초 후.

띠리리리리링!

"크오오오!"

"우린 모두 다 함께다!"

유저들 사이에서 거대한 함성이 울려 퍼졌다.

그 이후로도 초 단위로 빠르게 올라가는 동료들의 숫자는 모든 두려움을 떨쳐 내기에 충분했다.

차분히 생각해 본다면 그들 모두가 결국은 하벤 제국과 싸우기 위해서 이미 여기에 모인 인원이었다. 그럼에도 확실하게 하나의 집단으로 수치화되는 것은 더욱더 크나큰 용기를 이끌어 내었다.

"사막의 전사들은 물러나면서 싸우지 않는다. 더 강한 적이라도 부수려면 덤벼들어야 한다. 전군, 전속력으로 돌격하라!"

헤스티거의 명령이 떨어지자마자 유저들은 자신의 몸을 이끄는 강한 흐름을 느꼈다.

흐르는 강물의 거센 물살이 앞으로 밀어내는 느낌과 함께 두 다리가 저절로 움직이면서 하벤 제국을 향하여 뛰어가게 된다.

그것도 보통의 달리기가 아니었다.

유저들은 민첩과 체력의 수치에 따라서, 혹은 달리기와 관계된 스킬에 의해서 이동속도가 결정된다.

방어를 위해 가벼운 가죽 갑옷만 걸쳐도, 초보들은 생각보다 빨리 달리지도 못하고 금방 지쳐 버린다. 사냥감이 도망가더라도 잡지를 못하니, 평지보단 던전 사냥을 좋아하는 이유 중의 하나이기도 하다.

레인저들은 특수한 스킬을 발동시켜서 숲에서 일시적으로 빨라질 수 있었지만, 유저들은 대부분 그런 스킬을 가지지 못했다.

보통 때 토끼가 뛰어가는 걸 멍하니 지켜보기만 하는 수준이었다면, 지금은 휙 하고 지나쳐 버릴 정도로 이동속도가 빨라졌다.

100미터 달리기를 기준으로 한다면 10초도 채 걸리지 않을 정도였다.

> 세계를 구하는 용사가 집단 스킬 '맹렬한 의지의 날벼락 돌격'을 발동합니다.
> 이동속도가 최대 129%까지 빨라집니다. 집단 스킬의 특성상 속도의 최대
> 치는 가장 느리게 달리는 이에게 맞춰집니다. 모든 부하들에게 적용됩니다.

북부 유저들이 기마병을 능가하는 빠른 속도를 내면서 하벤 제국을 향해서 달리기 시작했다.

"간다!"

"복잡하게 생각할 필요가 없었잖아? 이렇게 죽으나 저렇게 죽으나……."

"나 같은 놈은 이 세상에 넘쳐 나. 나 하나쯤이야 뭐, 있으나 마나 달라질 게 없겠지. 크흐흑!"

북부 유저들의 대돌격!

아직 화염 마법의 여파가 남아서 크기는 줄었지만 불의 회오리가 여전히 돌아다니고 있었다. 땅도 갈라지고 이글이글 타올랐으며, 곳곳에서 전기 충격도 일어났다.

죽으려고 시도하는 게 아니라면 감히 뛰어가지 못하고 기다렸으리라.

그러나 북부 유저들에게 지금 생각 따윈 없었다.

대지의 여신 미네의 축복이 부여됩니다.
30초 동안 입는 피해를 68%까지 감소시킵니다.

프레야 여신의 축복이 부여되었습니다.
신앙심과는 담을 쌓고 지낸 당신이지만 여신은 용사 헤스티거를 총애하고 있습니다. 그의 부하가 된 당신에게 특별한 신체를 부여합니다. 굶주림과 투지 부족으로 인하여 위축되어 있던 신체 능력이 정상화되었습니다.

정의와 봄의 신, 발데르가 당신에게 반지를 부여합니다.

발데르의 반지
능력이 알려지지 않은 반지입니다. 무언가 좋은 일이 있을 것 같습니다.
내구력: 70/70

군신 아트록이 축복을 내립니다.
동료들과 함께 싸울 때 전투력이 증가합니다. 전쟁 중에 발휘하는 공격력을
추가하고, 더 많은 경험치를 얻을 수 있습니다.

"우오오오오! 축복, 축복! 생전 처음 받아 보는 축복이다."

"최고다! 이 기분이면 무조건 간다!"

"내가 바로 말룸 마을의 미친개 엘파인이다! 왈왈왈왈, 컹컹
컹컹, 멍멍멍멍!"

"난 꼬냑 성의, 눈에 보이는 게 없는 스카티다. 거기 그대로
기다려라, 이놈들!"

결국 죽음을 향하여 달려가고 있지만, 평소 접하기 힘든 여
러 신들의 축복은 그들을 잠깐이라도 행복하게 만들어 주었다.

북부 대륙에 퍼져 있는 풀죽신교!

종교적인 구속력이라기보다는 일상생활 자체에서 북부 전체
를 아우르는 집단 구성체였다.

모험과 자유를 만끽하는 북부의 유저들은 당연하게 풀죽신
교에 소속된다. 현실에서는 의사나 은행원, 연구원 등 저마다
다른 직업에 종사하더라도 〈로열 로드〉에 접속하면 풀죽신교
에 빠지게 되었다.

"풀죽, 풀죽, 풀죽!"

누군가가 외치니 군중 전체가 하나가 되어서 동시에 고함을
질렀다.

모든 스트레스가 해소되는 또 하나의 생활.

이성보다는 본능과 해방감을 맛보았다.

현실에서 가슴속에 쌓이기만 하던 막대한 분노와 억압되었던 감정이 끓어오른다.

하벤 제국의 침략으로 인하여 마지막 보루마저 정복당하고 말 것이라는 괴로움.

마음 깊은 곳에 누적되어 있던 모든 압박감이 봇물처럼 터져 나왔다.

"모든 죽 부대여, 우리에게 계획이 무슨 필요냐. 그대로 돌격하자!"

"풀죽!"

일어나는 대재앙

    북부의 유저들은 밀물처럼 밀고 들어왔다.

    앞뒤 가리지 않고, 훗날은 생각하지도 않은 채 있는 힘껏 전력을 다해서 질주했다.

    하벤 제국의 막강한 공격력은 감히 덤벼들지 못하게 하는 높고 큰 공포의 장벽과도 같았다. 하지만 그 심리적인 한계를 뚫고 나니 전력을 다한 돌격이 이루어졌다.

    시작과 끝을 알 수 없는 인원이, 그것도 각자 낼 수 있는 최대한의 가장 빠른 속도를 내며 달린다.

    하벤 제국의 마법과 화살, 공성 병기의 공격은 계속되고 있었지만 그 포화를 뚫고도 진군해 오는 유저들이 속출했다.

    헤르메스 길드의 군단장들은 갑작스럽게 벌어진 변화에 경악했다.

    "상황이 이상합니다."

    "저도 보고 있습니다. 저 헤스티거가 진짜입니까?"

"정보부에서도 아무 이야기가 없었습니다만. 지금은 진위 여부나 가릴 때가 아닌 것 같습니다."

경험이 적은 지휘관이라면 놀라고 당황하여 엉뚱한 실수를 저질렀을 수도 있다. 그러나 하벤 제국의 군단장들은 다수의 전쟁을 겪은 만큼 냉정함을 유지했다.

"마법병단과 궁병들에게 총동원령을 내리지요. 적들의 일시적인 대공세에도 흔들리지 말고 계속 공격을 합시다. 놈들이 거세게 저항을 시작했을 뿐, 우리가 불리해진 건 아닙니다."

"총동원령으로 공격한다면 최대 피해를 줄 수 있는 시간이 오래가지 못합니다. 불과 5분도 되지 않아서 병력이 지치고 나면 공격력은 절반 이하가 됩니다."

"마법 파괴 지대를 통과하고 살아서 접근하는 적들은 많지 않을 것입니다. 그 후에는 지금처럼 중장갑 보병과 기사단이 적들을 막으면 됩니다. 우리의 군대도 많은 만큼, 적들에게 휩쓸릴 염려 따위는 하지 않아도 됩니다."

군단장들은 짧은 토의를 벌인 끝에 강력하게 대처하기로 결정했다.

현재 하벤 제국군의 북부 정벌군은 총 170만의 병력을 자랑한다. 전투 중 손실, 점령 지역의 배치, 알카사르의 다리 붕괴에 따른 피해 등으로 인하여 감소한 병력이었다.

"총원 전투 배치! 1급 전투경계를 시작한다."

"궁병들은 순차적으로 사격! 마법사들은 위력보다는 지속력이 강한 마법을 써라!"

하벤 제국의 헤르메스 길드 유저들에게도 비상이 걸렸다. 각자 지휘하는 병력이 적들과 직접 마주 싸우기 위해서 대기 상태에 들어갔다.

그동안의 전투는 원거리 공격으로 거의 끝장을 낼 수 있었지만 이번에는 유저들이 너무 많고 너무 빨리 달려오고 있다.

분명 사람들이 뛰어오는 것인데도 범람하는 물이나 홍수처럼 느껴지는 대대적인 군대.

높고 두꺼운 방조제나 댐도 최대 한계를 넘어서게 되면 한꺼번에 무너질 수 있다는 생각이 스쳐 지나갔다.

"닥치는 대로 쏴라!"

공격이 마법 파괴 지대로 집중되었다.

"으어억!"

"켁!"

섬광과 폭발이 일어날 때마다 비명도 제대로 내지 못하고 죽어 가는 유저들이 숱하게 많았다.

독을 퍼트려서, 레벨이 낮은 유저들은 아예 사망시켜 버리고 무사히 넘어가더라도 중독으로 신체 능력을 떨어뜨렸다.

그러나 희생자들을 뛰어넘어서 너무나도 빠르게 많은 유저들이 질주해 오고 있었다.

"드디어 내가 왔다. 돌진 베기!"

"모든 힘을 한 점으로 끌어모아… 강격!"

북부 유저들이 하벤 제국군에 마구 덤벼들면서, 중장갑 보병들이 들고 있는 방패에 불꽃이 튀었다.

초급 스킬들은 간단히 방패에 가로막혔다.

하벤 제국군의 최정예 중장갑 보병을 공격력이 약한 초보들이 뚫기란 현실적으로 무리가 있었다.

"힘껏 미세요!"

"공격은 하실 필요가 없습니다. 그냥 마구 밀어 버려요!"

"으쌰으쌰!"

누가 먼저 제의한 것인지는 모르지만, 초보 유저들은 달라붙어서 중장갑 보병을 손으로 밀었다.

힘과 체력에 있어서도 초보와 레벨 200 이상의 유저들은 현격한 차이가 있다. 그럼에도 수백 명씩 달라붙어서 밀어붙이니 중장갑 보병들이 아무리 버티려고 해도 땅을 헤집으며 뒤로 밀려갔다.

"반격!"

촤차창!

중장갑 보병들이 방패를 거두고 뛰쳐나오면 초보 유저들은 저항도 못 하고 목숨을 잃었다. 무기나 방패를 들고 있지 않았으니 당연한 결과였다.

"상관하지 말고 계속 밉시다. 우리가 할 수 있는 건 이것뿐입니다!"

"대륙 끝까지 밀어 버립시다!"

유저들이 더 많이 달라붙으면서 중장갑 보병의 진형을 무너뜨렸다.

감수성이 예민한 어린 소녀 유저들은 눈물까지 펑펑 쏟고 있었다.

"으흐흑, 아르펜 왕국은 정말⋯⋯."

"언니들, 오빠들! 우리 희망을 잃지 말고 싸워요!"

그녀들의 여린 마음속에는 이 전쟁이 명확하게 정의되어 있으리라.

간악한 하벤 제국과 순수하고 착한 아르펜 왕국과의 전쟁!

실제로 바드레이와 헤르메스 길드가 높은 세율과 여러 규제들을 통하여 이권을 장악하고 주민들을 힘들게 하는 부분은 있었다.

그래도 인생을 좀 오래 살아 보면 지배층이란 그놈이 그놈이란 사실도 알게 된다. 그러나 이들은 위드의 진면모를 모르다 보니 조금 더 악질적인 제국의 침략에 맞서서 싸웠다.

북부 유저들 중에서 레벨이 높은 이들은 진형이 무너지는 틈을 타서 중장갑 보병들을 1명씩 제압했다.

"놈들은 방어만 하고 있습니다. 마음껏 공격합시다!"

"가까이 달라붙으면 안전해요. 쉴 틈을 주지 않고 계속해요."

"레벨이 400 넘는 분들! 앞에서 한 놈씩 없애지 말고 그대로 돌파하세요. 공간만 열어 주시면 나머지는 저희가 처리하겠습니다!"

북부 유저들의 숫자가 워낙에 많은 만큼, 철벽인 줄 알았던 중장갑 보병 집단도 피해를 봤다.

"이런, 안 좋게 됐군."

북부 정벌군에 속해 있는 헤르메스 길드 유저들의 얼굴이 굳었다.

'여기까지 올 줄은……. 저렇게 많은 유저들이 우리와 끝까지 해보겠다고 싸우다니 말이야. 그래 봐야 도저히 안 될 텐데.'

'우리가 나쁜 짓을 어지간히 많이 하긴 했나 보군.'

그럼에도 불구하고 패배를 떠올리는 헤르메스 길드 유저는 1명도 없었다.

중앙 대륙에서의 전쟁은 헤르메스 길드의 유저라고 하더라도 아차 하면 목숨을 잃어버릴 정도로 치열했다. 잠시도 방심해서는 안 되었다.

하지만 지금의 전장에서는 공격을 당하더라도 간지러운 수준에 불과하다. 아무리 거세게 덤벼들더라도 죽는 쪽은 대부분 북부 유저들이다.

궁병들과 마법병단은 전력의 핵심이었다.

모든 방어진이 돌파당하지 않는 이상 그들은 건재할 것이며, 일반 보병들은 방어에만 전념하면 며칠이라도 버틸 수 있을 것이다.

원거리 공격 부대의 살상 능력을 고려한다면, 몇 시간만 지나더라도 하벤 제국군은 자신들의 수십 배가 넘는 병력도 이길 수가 있는 것이다.

이번의 전투에서도 빛나는 승리를 쟁취하리라.

"적당히 절반쯤 죽으면 나머지는 알아서 흩어질 줄 알았는데……. 정면 승부 외에 다른 방법은 없다. 이곳에 있는 사람은 가리지 말고 모두 죽여라!"

"앗, 벌써 시작했다."

이리엔은 동료들과 함께 전장에 도착했다.

유린의 그림 이동술의 특성상 대지의 궁전에 있는 산봉우리 중의 하나였다.

평원에는 온통 유저들로 가득했고, 저 지평선 끝까지 배치되어 있는 하벤 제국군을 향하여 달려가는 모습들이 보였다.

"먼저 갈게요!"

수르카가 절벽을 뛰어내리더니 바위들을 박차며 뛰어갔다.

몸이 날렵한 권사이기에 가능한 묘기!

"저도 갑니다."

로뮤나는 대충의 위치를 파악하고는 전장 근처로 텔레포트로 이동했다.

적진에 마법 공격을 퍼붓기 위해서는 공격 범위까지 다가가야 한다. 바람의 방향이나 병사들의 배치까지 감안하여 자리를 잡아야 했다.

벨로트와 화령은 대지의 궁전에 있는 성문 근처로 향했다.

음유시인들과 연주가들이 전장에 나서는 이들을 위한 무대를 꾸며 놓고 있었다.

직업이 서로 다르다 보니 전쟁터에서는 동료들도 흩어지게 되는 것이다.

이리엔은 전장의 후방에서 유저들에게 축복을 걸어 주기로 했다.

유린은 그녀의 곁에 머물러 있는 제피를 보며 물었다.

"나가서 안 싸워요?"

제피는 가볍게 고개를 끄덕였다.

"이 전투도 중요하지만 나에게는 당신이 소중하기에. 당신을 안전하게 지켜 주고 싶기 때문이라오."

느끼한 말투!

여자들은 그럼에도 불구하고 자신을 아껴 주는 사람을 좋아한다는 것을 경험을 통해 충분히 알고 있었다.

이런 위험한 전쟁터에서 능력을 발휘하여 유린에게 자신의 새로운 모습을 보여 주리라.

유린은 고개를 절레절레 저었다.

"할머니가 그러셨어요. 남자가 세상 돌아가는 것도 모르고 여자 치마폭에 있어서는 안 된다고."

"으음."

"잘 싸워 봐요. 저야 괜찮으니."

유린은 화가로서 전투 능력이 부족했다.

위드처럼 성장시킬 수도 있었겠지만 그녀는 몬스터를 때려 잡을 필요가 별로 없었다.

그림을 그려 주다 보면 어지간한 몬스터들과도 친화력이 생긴다. 이곳에는 몬스터도 없을뿐더러, 하벤 제국군이 다가오면 그림 이동술로 훌쩍 피해 버리면 되는 것이다.

제피는 슬그머니 평원을 향해 움직였다.

사실 그도 전장에 오자 적들과 싸우고 싶어서 몸이 근질거리던 참이었다.

꽉. 째재잭! 째째, 째째째째째!

구악! 꼬꼬꼬옥! 꼬곡꼬오!

천공의 섬 라비아스에서는 성질 급한 새들이 모여서 지저귀고 있었다.

지상에서 전투가 벌어졌음에도 불구하고 어째서인지 조인족들은 참전하지 못했다.

새들은 자유로웠지만, 수십 마리 이상이 모이면 대장 새를 따라서 집단행동을 하는 종족 특유의 습성을 가지고 있었다.

대장 새의 영역에 가까이 붙어서 활동할수록, 유능한 대장의 뒤를 따를수록 전투 능력은 2~3배로 늘어나게 된다. 반면에 대장 새보다 먼저 앞장서서 비행하며 먹이를 빼앗는다면 무리에서 따돌림을 당하거나 적대도가 쌓였다.

라비아스의 통치자.

전쟁이 벌어졌는데도 불구하고 황금새는 가만히 깃털만 고르면서 나뭇가지에 앉아 있었다.

조인족 중에서 가장 뛰어난 전사 울극도 독수리의 모습을 하고 앞에서 얌전히 기다렸다. 그를 따라서, 숫자를 헤아리기 힘들 정도로 많은 조인족 NPC들도 움직이지 않았다.

"무슨 일이야, 짹짹!"

"꼬꼬댁! 우리도 싸우고 싶다."

꼬고꼬꼬꼭!

새들이 아무리 불만을 표시해도 황금새는 움직이지 않았다.

불만으로 울어 대는 새들 중에는 심지어 막 알에서 깨어난 유저들도 있었다.

조인족을 선택해서 시작한 유저들은 필수적으로 다양한 알에서 깨어난다.

조인족이라고 해도 워낙 종류가 다양하기 때문에 어느 정도는 사전에 선택이 가능했다. 참새나 청둥오리처럼 알을 한꺼번에 여러 개를 낳는 조류를 선택하면 동시에 태어난 유저 형제들과 친해지면서 시작할 수도 있었다.

그들은 함께 어미 새로부터 먹이를 잡는 법과 나는 법을 배우고 익힌다.

둥지를 떠나면 그때부턴 스스로 날갯짓을 하며 살아가지만, 그 전에는 아니다. 뱀이나 다른 어떤 위험에 의해서 둥지를 떠나기 전에 목숨을 잃으면, 유저는 다시 새로운 알이 깨어날 때까지 기다린 후에야 〈로열 로드〉를 시작할 수 있다.

조인족은 종족의 인기가 대단해서 대기 순서를 최소 한 달이상은 기다려야 했다.

훗날 조인족들이 더 늘어나고 알을 많이 낳게 된다면 인구도 빨리 늘어나게 될 것이다.

이미 천공의 섬 라비아스를 중심으로 지상에서도 조인족들이 알을 낳고 있어 출생률은 빠르게 높아지는 중이었다.

째재잭!

꼬끼오오오오!

까악! 까아아아아악!

구구구. 구구구구국!

새들이 화를 내며 우는 소리는 갈수록 격렬해지고 잦아졌다.

영롱한 목소리로 우는 새들.

조인족들 중에는 벌써 몇 번의 탈피를 마친 두루미와 같은 종족도 출현했다.

하지만 그들조차도 참을성은 더 이상 없었다.

지상에서 전투가 격렬해지고 있는데 왜 조인족들은 출전할 수가 없단 말인가.

풀죽 공수부대로 자원한 인간 유저들도 하염없이 기다리기는 마찬가지였다.

"왜 저들은 안 싸우는 거야?"

"이러다가 우리, 엉뚱한 곳에서 손가락만 빨다가 하벤 제국 구경도 못 하는 거 아닌지 몰라."

하벤 제국 한복판에 떨어지기로 한 풀죽 공수부대.

목숨을 내던지기로 한 용맹한 유저 1만여 명은 그들을 태워 주기로 한 조인족들이 출동하기만을 기다렸다.

이들은 용기와 실력을 겸비한 최정예들이었다.

그러나 어떤 설명도 없이, 조인족을 다스리는 황금새는 자신의 깃털만 가지런히 고르고 있었다. 둥지와 땅, 나무, 하늘에서 새들이 항의의 뜻으로 세차게 지저귀는 소리가 진동하는데도 아무 관심 없다는 듯!

그때에 위드가 와삼이를 타고 등장했다.

황금새는 그제야 기다리고 있었다는 듯이 위드의 오른쪽 어깨에 내려앉았다. 왼쪽 어깨에는 은새가 있었다.

"위, 위드 님이다."

"국왕 폐하닷!"

세상살이 좀 하고 웬만한 사기라면 안 당할 정도로 의심이 많고 눈치가 빠른 사람이라면 알아차릴 수 있는, 극적인 등장을 위한 사전 연출!

위드가 부드럽게 말했다.

"조인족 여러분, 반갑습니다. 인간 영웅분들도요."

"……."

숨이 멎을 것만 같은 침묵이 흘렀다.

조인족들은 늦게 시작한 탓에 고레벨 유저가 거의 없다. 대신 초보들이라면 누구나 위드에 대해서 잘 알고 있었다.

전쟁의 신 위드를 직접 본 것만도 대단한 영광이었다.

게다가 조인족들이 특히 위드를 선망할 수밖에 없는 이유가 따로 있었다.

위드는 물론 모험가이며 아르펜 왕국의 국왕이기도 했지만, 조각술 최후의 비기 퀘스트에서 그가 한 벌새의 여행을 텔레비전으로 본 유저들이 매우 많았다. 그들은 종족 선택도 벌새를 따라서 많이 했다.

체형이 너무 작으면 장점도 있지만 전투와 생활에 크나큰 불리함도 생긴다. 그렇지만 탈피를 통해 종족의 한계를 벗어날 수 있기에 상관이 없었다.

조인족들은 계절마다 종족 퀘스트도 수행할 수 있다.

상당히 까다로운 퀘스트들을 달성해야 하지만 그 대신 체중을 늘리거나 몸의 특정 부위를 강화하거나 번식을 하는 것도 가능했다.

오리류의 조인족을 선택한 유저들은 거의 대부분 새끼들을 낳는 것을 꿈으로 삼았다.

직접 알을 보듬어서 키워 낸 새끼 오리들을 데리고 베르사 대륙의 멋진 강가를 헤엄치며 다니는 일이 너무나도 환상적이었기 때문이다.

오크들만큼은 아니더라도, 일찍 새끼들을 낳으면 그 새끼들이 계속 번식한다는 점 또한 다른 종족들에 비해서 경쟁력 있는 장점이다.

"짹짹. 엄마, 위드 님이다."

"날개에 사인이라도 해 주세요."

위드가 등장하자마자 새들이 그의 주변을 가득 둘러싸고 깃털이 날릴 정도로 파닥거렸다.

새우깡을 들고 갈매기로 가득 찬 해수욕장을 걷는 것처럼 위험한 상황!

위드는 조인족들이 놀라지 않게 사자후를 터트리지 않고 차분히 말했다.

"아르펜 왕국을 위해서 나서 주신 여러분에게 국왕으로서 감사드립니다."

짹!

"아르펜 왕국은, 아시다시피 처음부터 제가 국왕의 욕심을 가지고 만든 것이 아닙니다."

꼬꼬댁!

우연히 얻어걸리기는 했지만, 왕국이 건설되고 나서 얼마나 탐욕스러운 미소를 지었던가.

위드는 이미지 관리를 위하여 밤새도록 연습했던 선한 미소를 지었다.

"북부를 모험하는 도중에 모라타의 사람들을 구하게 되었고,

마을이 생겨났습니다. 그들을 보살피다 보니 조금이라도 사람들이 살 만한 곳이 되었고, 여행자들이 방문하면서 도시로 규모가 커졌습니다. 저와 모험가들은 북부 전체를 사람이 살 수 있는 곳을 만들기 위하여 노력했고, 모두의 힘이 합해져서 북부 대륙에 아르펜 왕국이 자리를 잡게 되었습니다."

흡사 건국의 아버지와도 같은 이야기.

"……?"

조인족들은 갑자기 뻔한 이야기를 하는 위드의 행동에 의아함을 느꼈다.

그들은 빨리 싸우지 않는다고 아우성을 치고 있던 참이다.

높은 하늘에서 보기에 지상의 전투는 대단히 격렬했다. 빛과 화염, 바람 폭풍, 독 안개가 퍼지면서 사람들이 죽어 나가고 병사들과 기사들이 싸우고 있었다.

조인족들은 당연히 아르펜 왕국의 편에 서서 하벤 제국과 싸워 줄 테니 전투를 허락하기만 하면 된다. 이 급한 시기에 군이 여기까지 와서 이야기를 늘어놓는 위드가 이상하기 이를 데 없었던 것이다.

그러나 위드에게는 전쟁의 승리를 넘어 꼭 조인족들을 직접 만나 봐야 할 이유가 있었다.

천공의 섬 라비아스.

이곳은 조인족의 세계다.

조인족은 자유로이 살아갔고, 어느 국가에도 소속되지 않았다. 하지만 이제 아르펜 왕국에 포함되었고, 그렇기 때문에 국왕이 직접 내정 창을 통해서 특별한 명령을 내리거나 세율을 조절하는 게 가능해졌다.

원래 없던 세금이 갑자기 생기면 얼마나 저항이 심하겠는가.

마치 쌈짓돈을 털리는 기분!

그럴 때를 위해서라도 좋은 국왕의 인상을 강렬하게 심어 줘야 했다.

"아르펜 왕국이 위기에 빠져 있습니다. 여러분이 지켜 주기 위해 나선 것에 진심으로 감사드립니다."

째재잭! 쩍쩍!

"국왕이 되어서, 창피하지만 침략을 당하고 스스로 힘으로 막아 내지도 못했습니다. 아르펜 왕국의 건국도 제가 시작했지만 모든 사람들이 함께 노력했습니다. 아직 약소국이지만 먼 훗날 아르펜 왕국이 확실히 자리를 잡게 되면 더 많은 사람들이 살기 좋은 곳이 될 것입니다. 도와주셔서 진심으로 감사합니다."

위드의 말은 평소와는 느낌이 많이 달랐다.

퀘스트를 할 때의 제멋대로 까불던 행동이 아니라, 초등학교 2학년짜리 아이가 국어책을 읽는 것처럼 목소리부터 경직되어 있었다.

사람들을 상대로 사기를 한두 번 쳐 보는 것도 아니다.

퀘스트를 위하여 피라미드를 건설한다면서 사람들을 노가다로 끌어들였고, 쓰러져서 쉬려는 이들에게 풀죽을 먹였다.

그래도 여전히 국왕의 지위를 내세워서 사람들을 대하려니 심한 어색함과 낯간지러움이 있었다.

자유롭게 사기를 치지 못하고 텔레비전의 정치인들이 선거

때마다 하는 말을 그대로 따라 하고 있는 것이다.

'설마 이렇게 뻔한 이야기에도 속아 줄까? 으음, 아무래도 어렵겠지. 시간이 너무 모자랐어. 연설 내용을 조금 더 가다듬어서 올 것을.'

위드가 침울해지려는데, 조인족들이 크게 날개를 떨치며 울었다.

꽥! 꽥! 꽥! 꽥!

꾸와아악! 꾸악꽉!

감동을 받은 조인족들!

아르펜 왕국에 대한 선입견과 미화된 풀죽신교에 의하여 적극적인 지지자로 돌변한 것이었다.

눈치를 보던 위드는 이때를 노려서 사자후를 터트렸다.

"우리 모두의 아르펜 왕국을 지키기 위하여 출격하라!"

숫자를 헤아릴 수 없을 정도로 많은 새들이 전투를 위하여 한꺼번에 날아올랐다.

❦

하벤 제국군은 지상에서 돌진하는 북부 유저들을 상대로 대지 전체를 박살 내는 듯한 마법 화력을 작렬시켰다.

밀려드는 적의 대군을 상대로 버티면서 오는 족족 해치워 버리는 것도 하벤 제국이기 때문에 가능한 일이리라.

불길을 뚫고 뛰쳐나온 유저들이 하벤 제국군의 중장갑 보병들에게 강하게 부딪쳤다.

"이쪽에도 있다."

"여러분, 하벤 제국군에 복수를 할 기회입니다!"

그리고 하늘에서도 습격을 당했다.

조인족들이 하늘에서 강습하여 내려오면서 하벤 제국군을 덮치고 있었다.

일부는 공수부대의 유저를 발톱으로 쥐고 있다가 마법병단이 머무르는 지역 수십 미터 상공에서 떨어뜨렸다.

"으아아악!"

공중에서 낙하한 유저들은 그대로 마법사들의 몸 위로 떨어지게 되었다.

"꽤액!"

일부는 공중으로 쏘는 공격에 당해 전사하거나 추락의 충격으로 죽기도 했다.

그 모든 위험을 피하고 살아남은 유저들도 적진의 한복판에서 스스로 헤쳐 나가야 했다.

"어디 제대로 한밑천 챙겨 볼까!"

"미쳐 보자, 한번!"

레벨과 스킬 숙련도의 하락은 필연적이었다. 그렇지만 비싼 장신구들을 주렁주렁 달고 있는 마법사 몇 명만 해치워도 본전은 뽑는 것이리라.

어차피 죽음을 각오하고 일부러 비교적 저렴한 기본 무기와 방어구를 착용하고 왔다.

"접근을 허용해서는 안 된다. 하늘로도 쏴라!"

하벤 제국군은 라비아스를 봤던 만큼 조인족들의 전투 참여도 당연히 예상하고 있었다.

공중을 향해서 마법과 화살 공격이 마구 날아갔다.

지역 전체를 뒤덮어서 피할 수 없는 수만 발의 화살이 쏟아질 때마다 조인족들이 피하지 못하고 땅으로 추락했다.

빠르게 날아오다가 공격에 적중당하고 추락하는 조인족들.

하늘에서 활동하기에는 유리해도, 지상으로 떨어지며 큰 충격을 받고 바로 날아오르지 못하면 영락없이 목숨을 잃는다.

그렇기에 조인족들은 단기간의 승부를 노리기보다는 끊임없이 하늘에서 빙빙 돌아 신경 쓰이게 하면서 적들의 공격을 유도하는 역할을 했다.

만약에 하늘을 향한 하벤 제국군의 견제가 느슨해지면 지상으로 쏜살같이 내려와 마법사들을 낚아챈다.

조인족들이 평소에 사냥하는 방식과도 비슷했다.

그리고 헤스티거!

그가 대지의 궁전에서 뛰어내렸다.

"숲의 친구, 이야루테른!"

푸른 페가수스가 소환되어서 헤스티거를 등에 태웠다.

헤스티거는, 날개를 펼친 페가수스를 타고 하벤 제국군을 향하여 돌진했다.

신들의 축복이 한 몸에 모이면서, 조각처럼 잘생긴 얼굴에 빛의 후광까지도 두르고 있었다.

명마 린들린을 탄 바드레이에게는 군중을 힘으로 아우르는 강렬한 느낌이 있었지만, 감히 헤스티거에게 비교할 바는 아니었다.

완벽한 얼굴과 몸매, 진정한 신의 전사이며 전설적인 영웅이다. 그러면서 후광까지 비치는 것이다.

남자들에게는 지극한 질투의 대상이 될 수밖에 없는 존재!

"저놈이다! 최우선 목표를 저놈으로 한다!"

"정말 헤스티거일지도 모르니까 다가오기 전에 마법 공격부터 해야 해."

헤르메스 길드에서는 계속 헤스티거를 눈여겨보고 있었다.

이미 대비하고 있었던 조인족들보다는, 갑자기 나타난 헤스티거가 경계 대상 1호로 꼽혔다.

> 드라카: 이게 어떻게 된 일입니까. 헤스티거가 전쟁 시대의 그 전사가 맞습니까? 그렇다면 어떤 능력을 갖고 있는 것입니까?
>
> 아크힘: 헤스티거의 전투력에 대해서는 체계화해서 정확하게 파악하고 있지는 못합니다. 그 퀘스트는 그저 거기에서 끝나는 줄로 알고 있었기 때문에 분석할 필요가 없었습니다.
>
> 발바로: 저자가 어째서 등장한 것인지에 대해서도 정보가 없습니까? 만약 이유를 알 수 있다면, 사라지게 하거나 별도의 대처 방안이 나올지도 모르는데요.
>
> 아크힘: 다시 한 번 말씀드리지만 정보대에서도 사전에 알아낸 바가 전혀 없습니다. 헤스티거가 왜 지금 등장했는지는 정말 의문입니다. 특별한 아이템이나 스킬, 퀘스트… 이유가 될 만한 가능성은 무엇이든 있을 수 있습니다.
>
> 페이탈러드: 추측이지만 대지의 궁전에서 위드가 며칠간 모습을 보이지 않았던 이유가 헤스티거 때문이었을 것 같군요.
>
> 아크힘: 최선의 경우로, 단순한 환영이거나 일시적으로 벌어진 현상일 수도 있습니다. 어쨌든 지금부터라도 헤스티거에 대해 가능한 한 많은 정보를 모아 보겠지만, 저자가 우리 하벤 제국을 적대시하는 이상 당장 해치울 대상으로 봐야 합니다.

헤르메스 길드의 길드 통신망에도 어떤 예고도 없이 느닷없이 등장한 헤스티거에 대한 질문들이 가득했다.

수많은 의문들은, 헤스티거의 능력을 직접 보고 겪는다면 해결되리라.

하벤 제국군을 향해 길들이기 힘든 페가수스를 타고 날아오는 헤스티거를 노리고 마법병단의 공격이 쏟아졌다.

"적중의 뇌전 화살!"

"파쇄 섬광 폭발!"

"육체 파괴 동결!"

1~2단계의 전쟁에서 흔히 쓰이는 기초적인 마법이 아닌, 상당한 마나가 소모되는 중급 공격 마법들이었다.

"사전에 준비한, 위드를 목표로 했던 마법을 지금 씁시다."

"좋습니다."

헤르메스 길드의 마법사 유저들조차도 헤스티거를 우선으로 하여 마법 주문을 외웠다.

사막 전사들은 불의 능력을 타고나기 때문에 반대되는 상성을 가진 얼음 마법들에 주력했다.

"악령의 저주 빙하!"

"수분 결빙!"

"직격의 얼음 조각!"

마법으로 회전하는 얼음 조각들은 공중에서 서로 달라붙으면서 덩치를 30미터도 넘게 키웠다.

땅에 떨어지면 산산조각 나서 폭발하며 최소한 반경 100미터를 얼려 버릴 수 있는 빙계 마법의 결합체, 아이스 오브 스매시로 발전했다.

실전된 마법의 재현!

수천 개의 공격 마법과 뾰족한 추와 같은 얼음 덩어리가 초고속으로 회전하면서 헤스티거를 향하여 날아갔다.

땅과 하늘, 모든 곳에서 헤스티거를 향하여 집중한 마법 공격이었다.

헤르메스 길드의 주력이 펼치는 총공격!

"으아아아, 나는 지금 보고 있노라. 이것이 죽음인가!"

"그런 말 할 시간에 고개나 숙여요!"

북부의 유저들은 땅으로 몸을 내던졌다.

높이가 50미터도 넘게 떨어졌지만 마법의 진행 경로에 있었다는 것만으로도 영향을 받아 몸 전체가 얼어붙었다.

"페가수스를 타고 하늘을 나는 재주가 있더라도 저건 절대 피할 수 없을 거다."

헤르메스 길드의 마법사들은 날아가는 마법을 보며 만족스러운 미소를 지었다.

헤스티거가 목표로 설정된 만큼 아이스 오브 스매시는 계속 그를 따라다니게 된다. 조종할 수 있는 마법사들이 전부 죽기 전에는 해제도 되지 않는 마법이었다.

헤스티거는 사막 전사의 시미터를 뽑아 들었다. 그리고 공중에서 강하게 휘둘렀다.

"열화의 칼날!"

초고열의 화염이 거세게 일어나서 아이스 오브 스매시를 강타했다.

그오오오오오!

거센 격돌의 영향으로 빙설의 파편이 사방으로 튀며 회오리치고 화염이 주변을 감쌌다.

아이스 오브 스매시는 속도가 조금 늦춰지긴 했지만 계속해서 화염의 줄기를 돌파하며 접근하고 있었다.

하벤 제국군 사이에서 헤르메스 길드 유저들의 환호성이 울렸다.

"좋았어!"

"과연! 끝장이다!"

헤스티거가 활약도 보여 주지 못하고 금세 목숨을 잃어버리는 것은 아닌지, 북부 유저들은 걱정했다.

하지만 곧 그런 우려가 기우라는 것이 밝혀졌다.

아이스 오브 스매시는 불줄기를 뚫으면서 차츰 녹아내려 작아졌다.

마지막으로는 헤스티거가 검을 휘둘러서 단번에 박살을 내 버렸다.

> 마법이 파괴당했습니다.
> 마법을 구성하는 힘이 역류하여 마나의 지배력에 중대한 타격을 입습니다.
> 남아 있는 마나를 32.8% 손실합니다. 스탯 지혜가 일시적으로 14% 감소하게 됩니다.

"끄으윽!"

"이, 이럴 수가!"

마법에 참여한 마법사들의 몸이 휘청거렸다. 마법이 강제적으로 소멸되어서 그들에게도 크고 작은 충격의 여파가 있었던 것이다.

고위 마법사들은 목숨을 잃진 않았지만, 정신적인 타격으로 인해서 당장은 마법을 쓸 수 없는 상태가 되었다.

결빙되어 있던 유저들도 완전히 목숨을 잃기 전에 친절한 헤스티거가 넘실거리는 화염 각인을 펼쳐서 몸을 녹여 주었다.

공격 기술을 다루어서 위급한 처지에 놓인 이들을 구출한 것만 보더라도 스킬 레벨이 경지에 올라서 얼마나 세심한 힘의 조절이 가능한지를 알 수 있게 해 주었다.

헤스티거가 고대의 함성을 터트렸다.

"계속 진격하라! 적들을 해치우기 전에는 잠시도 머뭇거리지 말라!"

목소리 하나만큼은 끝내주는 스킬.

위드도 사막의 대제왕으로서 한창 잘나갈 때 적지 않게 써먹었던 기술이다.

세계를 구하는 용사의 외침처럼 전장 전체에 영향을 미치지는 못한다. 그러나 고대의 함성을 가까이에서 듣는 이들에게는 맷집과 육체적인 능력을 크게 올려 주었다.

"가 봅시다!"

"오, 예!"

북부 유저들은 광란의 공격을 개시했다.

동료들이 죽어 나가고 혹은 본인이 죽임을 당하더라도 행복할 수 있었다.

그들이 목숨을 걸기로 했던 결정의 근거는 북부를 지키고 싶은 마음이었다. 결국 침략을 막아 낼지 막아 내지 못할지는 제쳐 두더라도, 아무것도 하지 않으면서 그저 지켜보고 싶진 않았던 것이다.

　그런 그들이 막연한 희망도 없는 상태에서, 순간적이나마 하벤 제국군을 놀라게 하고 밀어붙이고 있다.

　북부 유저들은 목숨을 걸었기 때문에 용사의 등장에 따라서 전력을 다해서 몸을 던질 수 있었다.

　"우리가 조금 늦은 것 같군."

　"구경하러 왔지만, 몸이 달아서… 이거야, 원!"

　"그래도 전쟁은 위험하지. 목숨을 잃으면 잃어버릴 게 많은데. 흐음."

　"전쟁터를 많이 다녀 보며 깨달은 건데, 싸워서 이득을 본 경우는 드물어. 특히 헤르메스 길드를 상대로는 말이야."

　"그래도 지금이 바로 놈들을 물먹일 수 있는 기회 같습니다만. 아니면 중앙 대륙처럼 온통 헤르메스 길드의 세상이 되겠지요."

　하벤 제국군에 적대적인 유저들은 단지 정면에만 있는 게 아니었다.

　북부의 전쟁을 구경하기 위해 온 중앙 대륙의 유저들.

　그들의 일부는 대지의 궁전에 먼저 도착하여 있기도 했고, 전투에 끼어들 생각 따위는 없었기에 하벤 제국군의 한참 뒤에서 따라오는 이들도 많았다.

　"아무래도 후환이 두려운데……. 헤르메스 길드에 적대하고 어떻게 중앙 대륙에서 살겠습니까?"

　"뭐 하러 돌아갑니까. 여기까지 온 김에 그냥 북부에 눌러앉으면 되죠."

"그러네요. 북부가 최고이니 하벤 제국으로 돌아가지 않아도 되겠네요."

"거기 남아 있는 친구들과 가족들은요?"

"전부 북부로 불러오면 되죠!"

"그렇다면 해치워 버립시다!"

검치는 수선을 하지 않아 누더기가 된 망토를 걸친 채로 걸어왔다.

"오늘도 실컷 싸울 수 있겠군."

"놈들을 물리칠 수 있는 기회입니다, 스승님."

그의 뒤로 사범들과 수련생들이 쭉 줄지어서 따라왔다.

"사나이의 자부심이 있지. 우린 지고는 못 산다. 그렇지 않으냐, 삼치야."

"맞습니다, 스승님!"

검치와 수련생들은 바드득 이를 갈았다.

파투 성에서 하벤 제국군의 함정에 빠져서 전멸당했다.

그때의 전투를 떠올리기만 하면, 견딜 수 없을 정도로 화가 나…는 게 아니라 아직도 심장이 쿵쾅거릴 정도로 흥미롭고 재미있었다.

몇 배의 강함을 가진 적의 군대를 상대로 싸우다가 죽었으니 살아생전 최고의 경험으로 꼽을 만하다.

'제대로 싸울 줄도 모르던 애송이 시절 8명과 시비가 붙어서

늑골과 갈비뼈 7개가 부러지고 주먹과 팔에 금이 갔을 때만큼이나 재미가 있었지.'

'역시 싸움은 막싸움이라니까.'

입안에 침이 잔뜩 고이고, 근육이 꿈틀거린다.

사나이를 달아오르게 하는 전장의 느낌.

검치와 수련생들은 오늘을 기다려 왔던 것이다.

"묻뼷죽 부대는 이제 해산이다. 우리와는 어울리지 않게 강제로 이름을 지은 것처럼 조잡한 느낌이 있었다."

"예, 스승님!"

"앞으로 우린 묵사발 기사단이다."

"묵사발이라니, 귀에 쏙쏙 들어옵니다."

"역시 이런 통찰력 강한 언어 구사는 스승님이 아니고서는 생각할 수도 없을 것입니다."

"자식을 낳게 되면 태명으로 지어 주고 싶을 정도입니다!"

궁술을 익혀서 시력이 좋은 검백일치가 큰 소리로 외쳤다.

"이런, 우리가 아직 도착도 하지 않았는데 벌써 시작한 것 같습니다!"

"그래? 그렇다면 어서 가자!"

검치와 수련생들은 멀리 간격을 두고 떨어져서 달려갔다. 마법 공격을 당하더라도 피해를 최소화하기 위해서였다.

하지만 곧 그들은 굳이 그럴 필요가 없다는 걸 깨달았다.

하벤 제국군은 거대한 무리였다. 군사적으로 본다면 터무니없을 정도로 많은 병력이 한 장소에 몰려 있었다.

전투가 이미 크게 벌어져서, 북부 유저들과 하벤 제국군 모두 휩쓸려 있는 상태였다. 검치와 수련생들에 대해 특별히 경계를 할 수가 없었다.

그렇기에 쉽사리 북부 유저들 속에 섞여서 제국군에게 접근했다.

"무엇이든 베는 검!"

"커헉! 이런 검술이……."

가로막는 기사들은 방패와 갑옷과 함께 베였다.

전력을 다한 공격으로, 막히면 이쪽이 깨끗하게 당할 수도 있는 무식하고 위험한 검술!

전쟁 단위의 전투에 있어서 적진을 돌파하는 데는 이것만큼 쉬운 게 없었다.

적들이 막거나 말거나, 보릿단 베듯이 그냥 쭉 지나가 버리는 것이었다.

중장갑 보병이 숨을 몇 번 몰아쉬는 사이에 격파!

"연쇄 타검!"

수련생 이백일치부터는 새로운 기술도 사용했다.

그가 창조해 낸 검술의 비기였다.

적을 베면 무형의 기운이 그다음의 적들에게 연속으로 작렬한다.

퍼억! 딱! 쿵! 우드득! 쫘지직!

병사 1명을 베었는데 그 뒤에 있던 동료들 14명이 한꺼번에 쓰러졌다.

"흐흐흐흐, 1명을 확실히 죽이는 것도 좋지만 대량 살상이야말로 재미있지."

검사백이십치는 레벨이 높은 편에 속했다.

그는 〈로열 로드〉를 하면서도 실리를 선택했다.

"강해져야 돼. 그런데 현실에서의 강함이 그대로 통용되지는 않는 세상이니 이쪽의 규칙에 맞춰야 될 거야."

그는 수련생들 중에서도 소위 가방끈이 긴, 배운 축에 속했다. 중학교 수석 졸업으로 어디 가서도 꿀리지 않을 정도였고, 고등학교에서도 장학금을 받았다.

검치 들이 으레 그렇듯이 고등학교 2학년 때 어쩌다 검의 세계로 빠져들어서 졸업도 간신히 하고 말았지만.

그는 몸을 쓰면서도 생각을 하는 스타일이었다.

"〈로열 로드〉에서 가장 확실하게 강해지는 방법이 있다면, 대체 뭘까?"

고지식한 노가다, 몬스터와의 끝을 모르는 전투, 보상이 많은 퀘스트를 골라서 수행했다.

명성이 높아지면서 여러 사건들에 휘말리기도 했다.

하지만 그러면서도 스탯을 충실하게 올렸고, 잡다하게 많은 전투 스킬들을 습득했고, 레벨도 450에 도달했다.

한번 푹 빠지면 정신을 놓아 버리는 성격 덕분(?)이었다.

"〈로열 로드〉에서 내가 최고가 될 것이다. 드래곤은 내가 잡을 것이야."

　검치와 사범들, 수련생들은 하벤 제국군의 무리를 베면서 파죽지세로 적의 진영으로 파고들었다.

　"수비 진형이 뚫렸다! 마법사들이 있는 곳으로 서둘러 방어 병력을 투입해!"

　"기사단! 기사단은 어서 요격하라!"

　검치와 수련생들은 전략적 가치가 훌륭한 마법병단이나 궁수대 쪽으로는 눈길도 주지 않았다.

　이런 기회가 쉽게 오는 게 아니니 검을 겨루는 재미도 없는 잔챙이들과 싸우면서 낭비하고 싶진 않았기 때문이다.

　"밥들이 잔뜩 모여 있구나, 둘치야."

　"옛, 실컷 싸우다가 죽을 수 있겠습니다."

　"무사에게는 더없는 영광이다. 전쟁의 결과 따위는 신경 쓰지 말고 각자 1,000명씩만 해치워 보자."

　"문제없습니다!"

　창과 검, 칼, 도끼, 활.

　무엇이든 잡히는 대로 휘두른다.

　전쟁터에서는 공격 범위가 긴 창의 효과가 매우 뛰어난 편이었다. 그렇지만 적의 갑옷을 단숨에 박살 내는 도끼 역시 장점이 많다.

　"몽땅 쳐 죽여라!"

　"신난다! 이런 놀이터가 있다니 말이야!"

　"맘껏 뛰어놀아 보자!"

수련생들은 온갖 무기들로 무장하고 적들을 박살 내며 진영을 돌파했다.

헤르메스 길드 유저라고 해도 정신없이 쏟아지는 공격을 모두 막아 낸다는 것은 불가능한 실정이었다.

✦

"음, 초반 전투는 순조롭게 진행되고 있군."

위드는 와삼이를 탄 채로 하늘에서 전투 상황을 종합적으로 관전했다.

"나도 싸우고 싶지만… 그럼 오히려 전투에 방해가 되겠지."

지금은 북부 유저들이 한창 신날 때다.

나중에 전투가 조금 더 불리해지게 되면 그때 나서도 늦지 않으리라.

구름 높이에서 지켜보고 있으니 넓은 전장이 한눈에 들어온다. 당연히 개개인까지 일일이 구분할 수는 없을 정도였지만, 갑옷의 색이나 차림만으로도 상황을 잘 살필 수 있었다.

하벤 제국군의 응집력은 대단하다.

그들의 군대는 뭉쳐서 흩어지지 않으며, 막대한 원거리 화력을 주변에 투사하여 북부 유저들을 해치웠다.

정확히 가늠할 수는 없어도 하벤 제국군 병사 1명이 죽어 나갈 때마다 북부 유저들이 20명씩은 죽지 않을까 생각이 될 정도였다.

"그래도 아직 초반에 불과하니까. 헤스티거가 밥값을 어느 정도는 해낼 테지!"

현재 헤스티거는 하벤 제국군의 진영으로 난입했다.

그가 시미터를 휘두르기만 하면 측정 불가능한 거력이 발출되어 100명, 200명이 몰살당했다.

적의 돌격에도 흔들림 없는 중장갑 보병들이 한꺼번에 쓰러지는 대단한 광경이었다.

그의 뒤를 따라서 돌격하는 북부 유저들.

유저들은 레벨이 높아질수록 전투에 대한 감각이나 눈치도 발달하게 된다. 전쟁터에서는 헤스티거와 같은 강자 주변에 붙어 있으면 얻어지는 떡고물이 많다는 걸 알고, 그가 열어 놓은 길을 따라서 진격하고 있었다.

그 인원만 하더라도 최소 몇만 단위!

북부 유저들 중에서도 나름 실력 있는 자들로 구성되었다.

그럼에도 하벤 제국군의 일각에서 벌어지는 작은 소요 사태에 불과했다.

헤스티거의 걸출한 지휘 능력은 북부 유저들이 최대의 전력을 발휘하며 싸울 수 있게 만들었지만 혼자서 하벤 제국군을 물리칠 수 있으리란 기대까지 할 수는 없었다.

만일 사막의 붉은 칼 부대원들이 전부 이 자리에 있다면 하벤 제국군도 철수해야 했을 것이다.

"얼굴마담으로 끌고 왔더니 상당한 피해를 줄 수 있겠어. 문제는 그 정도로 충분하지 않다는 점인데."

하벤 제국군은 포르우스 강을 지나서 7개 군단 210만에 달하는 병력이 진군해 왔다. 그리고 바르고 성채로도 5개 군단 150

만의 병력이 출진했다.

바르고 성채에서도 오크들을 중심으로 하여 여러 종족들이 연합하여 제국군을 막아 내고 있었다.

원정군의 인원으로는 터무니없을 정도로 많았지만, 중앙 대륙에서 정복 전쟁으로 흡수한 왕국의 병사들까지 포함한 것이니 가능한 숫자이리라.

헤르메스 길드의 입장에서도 비정상적으로 비대해진 군대는 처치 곤란한 대상이었다.

패전국의 포로들을 풀어 주게 되면 자칫 치안이 악화되었을 때에 저항군, 반란군으로 등장하게 된다.

헤르메스 길드 유저들의 입장에서 그런 이벤트가 반드시 나쁜 것은 아니었다. 저항군 등을 퇴치하면서 상당한 공적을 쌓고 전투 경험도 얻을 수 있다.

하지만 하벤 제국군이 점령하고 통치해야 하는 땅이 워낙에 넓다 보니 도처에서 저항군이 설쳐 대면 피해가 막대하다. 그렇기 때문에 병력도 소모시키고 치안도 안정화할 겸 대거 북부로 파병을 보낸 것이다.

위드는 앞으로 벌어질 헤르메스 길드의 전략에 대해서 예상이 가능했다.

"대지의 궁전을 시작으로 모라타, 바르고 성채 정도를 철저히 부수고 나서… 군대가 각 지역으로 흩어져서 북부 전역을 일거에 장악해 버리려는 계산이겠지."

그 누구라도 여유 있는 군대의 병력을 바탕으로 해서 충분히 짜낼 수 있는 효과적인 전략이다. 그리고 막아 내야 하는 입장에서는 확실히 까다롭다.

바르고 성채와 대지의 궁전. 양동 공격이 전부 성공을 거두고 난다면 북부의 저항도 무력해지리라.

"반격할 기회는 계속 있지만… 음, 대지의 궁전에서 첫 기회를 놓치면 상당히 어려울 테지."

북부 유저들의 결속력이 뛰어나다고 하더라도 큰 패배를 겪고 구심점까지 잃어버리면 앞으로 어떻게 되겠는가.

대지의 궁전과 바르고 성채야 무너진다고 하더라도, 최후에 모라타까지 불타고 나면 북부의 의지까지도 파괴되는 셈이다.

북부 유저들은 자신들이 모여서도 아무것도 해내지 못했다는 무력함에 빠지게 될 것이다.

그 후에 하벤 제국군은 수십 개의 군단으로 나뉘어서 아르펜 왕국의 도시들로 진군하게 될 것이다.

현재 병력이 아직도 270만을 넘어가는 만큼, 분산되는 군대마다 최소 5만에서 10만씩의 병력은 된다.

북부 유저들이 지금보다 더 많이 참여하더라도 각 지역으로 일제히 흩어지는 군대를 전부 막아 낸다는 건 불가능했다.

최소한 1~2주 내에 북부의 절반 이상이 점령될 것이고, 어쩌다 정복되지 않은 장소도 주변의 제국군이 움직여서 접수하면 순식간이다.

대지의 궁전과 모라타가 파괴되면 이미 전쟁은 끝난 것이나 다름없다. 심지어는 북부 유저들이 더는 싸우기를 포기할 수도 있다.

아무리 노력을 하더라도 안 되는 건 안 된다는 체념을 하게 되면 다시 일어설 수는 없을 테니까.

헤르메스 길드의 정보력도 굉장하니, 제국군 군단을 막을 정도의 방어 병력이 모이면 몇 개의 군단을 주변에서 지원해 줄 수도 있다.

사방에서 에워싸듯이 하여 기껏 모인 북부 유저들은 토끼몰이 당하듯이 토벌될 것이다.

하벤 제국이 북부 대륙 전체를 장악하더라도 끝까지 저항하는 방법도 있지만, 그러한 뜻이 남아 있더라도 따르는 이들이 많진 않으리라.

당장 위드만 하더라도 대지의 궁전이나 모라타가 파괴된 이후에는 아르펜 왕국에 대한 애착이 많이 줄어들 터였다.

현실적으로 하벤 제국에 대항할 힘이 약화되어 있을 것이며, 세금 수입도 급격하게 감소할 테니까.

지금은 밥상이 엎어지기 직전에 되돌릴 수 있는 거의 마지막 기회!

"놈들에게 북부를 빼앗기지 않으려면 최소 지금 이 자리에서 절반 정도의 피해를 줘야 해."

여기까지 생각을 하고 나니 올라가는 전기세와 식품 물가를 걱정할 때처럼 머리가 아파지는 걸 느꼈다.

"확실히 인생은 단순한 게 나은데. 버는 만큼 피곤하다는 말이 사실이었어."

침략자의 전략까지 살피면서 사는 인생은 복잡했다.

그럴 바에야 노가다를 하면서 모험을 성공시키는 일이 훨씬 나으리라.

달빛 조각사

"어쨌든 본격적으로 해 봐야지. 하벤 제국군의 진형을 무너 뜨리기 위해 전장을 개판으로 만들어 줘야겠어."

위드는 와삼이의 등에서 물을 빚어서 조각품을 만들기 시작 했다.

대재앙의 자연 조각술은 예술 스탯과 자연과의 친화력, 파괴 되는 조각품에 따라서 위력이 달라진다.

대재앙을 더 크게 일으키기 위한 사전 작업 개시!

머리가 큰 거북이

거북이의 형상을 표현한 작품이다. 믿을 수 없을 정도로 높은 실력의 조각사가 만들었지만, 어린아이의 솜씨처럼 머리와 등껍질이 단순하게 표현되어 있다. 관찰력이 높은 사람이라면 거북이의 두 눈이 몰려 있는 것도 알아챌 것이다.

예술적 가치: 13

오늘 막 조각술에 입문한 유저가 만들 만한 수준의 조악한 작품!

고급 조각술 9레벨, 고급 손재주 9레벨.

대륙을 떠돌며 모험을 통해 예술 스탯을 착실하게 쌓은 위드 에게는 도저히 어울리지 않는 작품이었다.

"작품성은 됐어. 당장 급한 건 물량이지."

위드는 물에 사는 생명체들을 마구 만들어 냈다.

거북이 조각을 끝내자마자 다음으로는 생선들을 깎아 내고, 뱀장어도 만들었다.

어느 횟집의 수족관을 가더라도 만나기 힘든 흉악한 생선들!

사람들에게 친숙한 광어의 이빨은 피라냐처럼 날카로웠고,

매운탕으로 끓이면 국물이 끝내주는 우럭은 가시 돋친 기다란 다리가 8개나 달려 있었다.

"과연 창조적인 작품들이군."

회를 좋아하는 사람들조차 겁을 먹고 달아날 만한 작품들.

세밀한 부분의 표현은 생략하고 비율까지 무시한 제멋대로의 조각품들이 양산되고 있었다.

"내가 지금 뭘 만들고 있었지? 악어였던 것인가, 아니면 미꾸라지였나. 모르겠다. 대충 민물고기라고 생각하면 되겠지."

이것이야말로 발로 조각을 한다고 해도 과언이 아닐 정도로 빨리빨리 정신의 결정판이었다.

사람들이 접근할 수 없는 심해에 사는 물고기들까지 대충의 형태만 만들어 창조해 냈다. 그러다가 가끔 아리따운 인어 조각품도 나오긴 했지만.

대량생산 노가다에 있어서만큼은 고성능의 기계를 방불케 하는 빠른 속도였다.

물을 빚어서 즉시 조각칼을 움직여 대략적인 형태를 다듬은 결과물이 곧 나왔다.

"구름 조각술!"

> 구름 조각술을 사용했습니다.
> 자연과의 친화력에 따라 물의 조각품을 구름으로 만듭니다. 비구름이 생성됩니다.

물로 빚어낸 작품들이 흩어지더니 넓은 구름이 되어서 하늘에 흘러가기 시작한다.

달빛 조각사

지상에 있는 유저들은 아쉽게도 당장 눈앞의 전투에 휘말려서 구름의 변화를 알아보는 이가 1명도 없었다.

솔직히, 보더라도 구름 조각품들의 특성상 주변부가 금방 뭉개져서 알아보기 힘들었을 테지만.

하늘을 채우기 시작한 구름들은 점점 겹치고 짙어지더니 소나기로 변해서 내리기 시작했다.

자연 조각술이 만들어 내는 기적!

아직은 전장 전체를 뒤덮을 정도는 아니었고, 화염 마법이 사용되면 위력을 반감시키는 정도였다.

지상에서는 재빨리 마법사들이 주력 마법을 수계 마법 위주로 변경해서 썼다. 원소 계열 마법은 주변의 환경에 따라 위력이 달라지기도 하니 당연하고도 올바른 선택이었다.

화염 마법은 지속력 때문에도 북부 유저들이 진격을 하는 데 큰 장애물이 되었다.

비가 내리게 되니 아무래도 북부 유저들이 마법 파괴 지대를 통과하는 데 약간씩의 도움을 받았다.

위드의 자연과의 친화력, 예술 스탯이 높았기에 금방 비가 대지에 내리게 만들 수 있었다.

북부에서는 자연 대작으로 물에 젖은 땅을 만들고, 사막에서는 대협곡이 형성될 정도로 많은 양의 비를 내리게 했던 만큼 이 정도는 기적이라고 부를 수도 없다.

거칠지 않고 촉촉하게 대지를 적시는 빗물.

"룰루루!"

조각품을 만드는 위드에게서 콧노래가 나왔다.

"이때만큼 좋은 기분과 기대감이 들 때가 또 있을까?"

인생의 행복한 시기였다.

땅을 산 사촌이 땅값 폭락으로 고생하거나, 돈 많은 친구가 구입해서 자랑하던 자동차가 고장 나면 흥겹다.

무언가 대단히 즐거운 일이 벌어질 걸로 예상되니 저절로 콧노래가 나왔다.

> 조각술 스킬의 숙련도가 증가했습니다.

짧은 시간이지만 200여 개의 조각품을 만들었다.

숫자를 정확하게 채워야 할 필요성이 있진 않기 때문에 개수를 세지도 않았지만 위드를 중심으로 하여 구름이 상당히 많이 퍼져 나갔다.

구름 조각술의 스킬 레벨이 꽤나 높아서, 시커멓고 짙은 먹구름이었다.

쫘르르르릉!

쿠릉! 쫘과광!

일부 지역에만 소나기처럼 내리던 비는 천둥 벼락과 함께 전체 영역으로 퍼져 나가고 있었다.

지상에서는 여전히 격렬한 전투가 벌어지고 있어서 구름의 형태가 크게 관심을 받진 못했지만 날씨가 이상해진다는 조짐을 다들 느꼈다.

맑고 화창하던 날에 갑자기 먹구름에 소나기라니!

아무래도 헤르메스 길드 유저들이 비를 더 싫어했다.

"상황이 꼬이는군. 공격 마법의 효과가 줄어들고, 비를 맞게 되면 병사들의 체력이 더 빨리 줄어들 텐데 말이오."

"장기전을 염두에 두지 않을 수가 없으니 번갈아서 휴식을 취하게 해 줘야겠지. 교대할 병력은 많지만 손이 자주 가게 생겼군."

"말에도 신경을 써야 될 거요. 기사단의 돌격에도 무른 땅은 거추장스럽고."

땅이 질퍽거리고 차가운 빗물이 몸을 적시면, 전투에 참가한 병사들은 금방 힘들어한다. 하벤 제국군을 관리하기 위하여 지휘관 유저들은 좀 더 많은 관심을 쏟아야 했다.

반면에 북부 유저들은 자기 한 몸만 알아서 관리하면 되었으니 얼마나 편한가.

조인족들은 비행에 어려움이 있었지만 시야가 좁아지면서 지상으로부터 공격을 다소 덜 받았다.

그런데 먹구름이 계속 늘어나면서 빗줄기가 더욱 굵어졌다.

전투 지역은 넓은 평야였기 때문에 비가 내린다고 해서 큰 장애는 없었다.

하지만 눈치 빠른 이들은 갈수록 심상치 않음을 느꼈다.

"왠지 갑자기, 내리는 이 비가 인위적이라는 느낌이 물씬 드는데……."

"기후 조절 마법을 발휘할 수 있는 마법사는 아직 3명밖에 없습니다. 그리고 그 최고 실력의 마법사들은 항상 추적하고 있는데, 북부에는 그들 중 1명도 없지요. 특별한 재료가 많이 들어서 써먹기도 어렵습니다."

헤르메스 길드 유저들이 먼저, 그리고 그 후에는 북부 유저들도 비에 대한 의문을 가졌다.

대지의 궁전 건설에 참여하고 인근에서 활동하는 유저들은 확실히 알고 있었다.

이곳에서는 맑은 날씨가 주로 이어진다. 그렇다고 가뭄이 들거나 하지는 않고, 필요하면 대지를 적실 정도로 충분한 비가 내린다.

평원에 실개천이 흐르면 동물들이 와서 목을 축이는 모습은 얼마나 사랑스럽던가.

프레야 여신의 축복이 아직도 북부를 살펴 주고 있었기에 이처럼 궂은 날씨는 처음이었다.

"이 정도면 됐어."

위드는 충분한 양의 먹구름을 만들고 나서 지상을 내려다보았다.

대지의 궁전을 비롯하여 이 넓은 지역을 촉촉하게 적시고 있는 굵은 빗줄기.

천둥 번개가 가끔 내려치고 있었지만 피해가 없으니 자연재해라고 할 수는 없는 수준이었다.

사람들은 비를 맞으면서도 격렬하게 싸우고 있었다.

이미 시작한 전투를 비가 온다고 해서 멈출 수는 없는 것이리라.

"더 많은 비가 내려 주기만 한다면 스킬의 효과가 훨씬 더 커지겠지만… 뭐, 이만큼으로도 하는 데까지는 해 볼 수 있겠지."

위드는 품에서 조각품을 꺼냈다.

이번에는 걸작의 조각품!

자연 조각품을 꺼낸 이유는 단 하나.

대재앙의 자연 조각술.

높은 하늘에서 지상을 보면 빼곡하게 느껴질 정도로 많은 사람들이 전투를 벌이고 있었다.

하벤 제국군과 아르펜 왕국의 주민들이 뒤섞여 있다.

그렇지만 지금 스킬을 쓰지 않는다면 다시 이런 기회가 오지 않을 수도 있었으며, 하벤 제국군도 나중에는 대비하고 피해서 대재앙을 벗어나 버릴 것이다.

"인생 뭐 있나. 대충 저질러 놓고 보는 거지. 대재앙의 자연 조각술!"

걸작 조각품이 얼음과 물로 변하더니 수천만 개의 작은 알갱이들로 변해서 사라졌다.

온갖 모험과 극한의 노가다로 달성된 위드의 3,300이 넘는 예술 스탯과 1,829나 되는 자연과의 친화력.

대자연을 들끓고 날뛰게 만드는 무지막지한 재앙을 일으키는 스킬이 시전된 것이다.

먹구름을 생성해서 미리 비를 뿌려 놓은 것도 대재앙의 위력을 극대화하기 위한 사전 작업이었다.

띠링!

프레야 여신의 축복이 당신에게 부여됩니다.
프레야 여신은 당신의 깊은 신앙심과 궂은일도 마다하지 않는 모험심에 대해 큰 믿음을 가지고 있습니다. 그리하여, 세계를 구하는 용사로서 모험을 끝낸 지 얼마 되지 않은 당신을 지켜보고 도움의 손길을 내밀었습니다. 자연을 보살피는 여신의 축복에 의해 대재앙의 자연 조각술의 위력이 89% 커지게 됩니다.

"오오오오!"

프레야 여신의 축복!

여신과 오랫동안 좋은 관계를 유지했더니 이런 특별한 혜택까지 부여되었다.

"근데 이렇게 되면 위력이 너무 강한 거 아닐까. 조각술 마스터 퀘스트를 하면서 자연과의 친화력이 엄청나게 늘었는데… 여기에는 사람이 너무 많고. 베르사 대륙에서 한자리에 이토록 많은 사람들이 모인 적이 또 있었을까 싶을 정도잖아."

위드는 몇 초 동안 침묵에 빠졌다.

"후후후후, 이 결과는 잠시 후면 알 수 있겠지. 뭐, 어쨌든 후회하진 않을 거야. 이미 저질러 놓은 일을 후회하기에는, 인생이란 앞으로도 수많은 새로운 사건들을 저지르면서 사는 것이니까."

자신의 책임하에 방금 저질러진 사건에 대해서도 깔끔하게 잊어 주는 자기 합리화.

누군가가 터무니없는 사고를 쳐도 어딘가에는 그걸 수습해 주는 사람들이 있다. 그렇기 때문에 세상은 끊임없이 순환하면서 돌아가는 게 아니던가.

"와삼아, 너도 그렇게 생각하지?"

쿠쿠쿠쿠쿠카카카!

와삼이도 많이 똑똑해졌다.

바위로 조각한 새 머리라서 무식하다고 놀렸지만 와이번치고는 교활하고 영리한 편이었다.

"저 밑에 있는 게 나만 아니면 된다, 주인!"

와삼이조차도 앞으로 벌어질 광경을 기대하고 있었다.

전면 공격

"음머어어어, 오늘도 싸움이라니, 오래 살기 힘들다."

"골골골, 이게 다 주인을 잘못 만난 탓이다."

조각 생명체들!

와삼이를 제외한 와이번들과 빙룡, 불사조, 금인이, 누렁이, 이무기, 킹 히드라 등! 지골라스에서 생명을 부여했던 47마리까지 합쳐서 총 오십을 넘어서는 조각 생명체들이 대기하고 있었다.

조각술 마스터 게이하르 폰 아르펜 황제가 직접 만든 워리어 바하모르그는 하늘을 올려다봤다.

"비가 오는데… 불길하군."

떡 벌어진 어깨와 굵은 목을 가진 바하모르그는 레벨이 550을 넘어서 현시대 최강자 중의 하나였다.

오랜 시간 동안의 공백, 생명이 부여되고 나서 레벨을 일부 잃고 다시 사냥에 열중하고 있었다.

그때 킹 히드라의 배에서 큰 소리가 났다.

꼬르르르륵.

"배가 고프다."

"내 배만큼 고프진 않을 거다."

"멍청한 놈들. 우린 하나의 배를 가지고 있으니 전부 똑같이 굶주림을 느낀다. 근데 아무튼 식사는 내가 할 거다."

사이가 안 좋은 킹 히드라의 머리들은 계속 싸웠다.

"너희 때문에 되는 게 없다. 맨날 먹는 것에만 탐닉하지 말고 좀 배워라."

"내가 판단하는 덕분에 전부 사는 줄 알아. 아무튼 말만 많아 가지고!"

킹 히드라가 번식을 하기는 낙타가 바늘구멍을 통과하기보다 어렵다.

다른 이성 개체를 만나더라도 9개의 머리가, 상대방 9개의 머리를 마음에 들어 해야 한다.

툭하면 같은 머리를 좋아해서 자기들끼리 다투거나, 이성 상대방의 머리와 말싸움하기 일쑤다. 더구나 무슨 일만 벌어지면 9개의 머리들이 수다를 떨어서 다른 킹 히드라를 인격적으로 매장시켜 버렸으니 연애란 하늘의 별 따기!

그 탓에 킹 히드라는 혼자 지내야 할 운명이었다.

"쿠왁!"

"닭죽 부대여, 마음껏 강습하라!"

"크히히히히히히, 벌써 2명이나 죽였다. 과연 나의 뒤치기 실력이란… 컥! 안 돼. 이럴 수가… 오옷, 또 간신히 살아남았다. 역시 난 행운의 주인공… 꽤액!"

"건방진 초보 놈들. 숫자가 아무리 많더라도 헤르메스 길드에서 남김없이 죽여 주마!"

"덤벼라, 이 무식한 초보 놈들아. 이것이 바로 3차 고위 검술, 헤카르테 검법이다. 맞고 죽는 것만으로도 영광으로 생각하거라!"

유저들은 하벤 제국군에게 맹렬하게 덤벼들었다.

마법과 화살이 쏟아져 내리는 지대를 전력으로 달려서 돌파하고도 살아남는다면 하벤 제국군과 부딪친다.

어쩌다 강자들이 보병 몇 명을 제압하고 제국군 사이로 뛰어들어도 주변에서 공격을 받아 곧 사망한다.

하벤 제국군의 방어 진형이 너무나도 탄탄하기에 파고들 수 있는 여지는 크지 않은 편이었다.

하지만 무모하더라도 공격을 해야만 했다. 뒤에서 유저들이 계속 밀려오고 있었기 때문이다.

"구멍이 뚫릴 것 같다. 마법사들은 동쪽 23번 구역으로 화력을 집중시켜라!"

"조금만 더 밀어붙입시다!"

"우린 해낼 수 있다!"

중앙 대륙의 넘치는 군사력과 절반 이상의 북부 유저들이 정면충돌하게 되니 막무가내로 싸움이 벌어지는 게 당연했다.

헤르메스 길드 유저들이 하벤 제국군의 지휘관으로 중간중간 배치되어 있었음에도 불구하고 적들이 너무 정신없이 빨리 몰려오고 있으니 일일이 명령을 내리기는 불가능했다.

마법의 화력이 너무 막강하다는 점이 오히려 지휘에는 단점으로 작용하는 부분도 있었다.

섬광을 일으키는 어마어마한 폭발이 계속 일어나기 때문에 무슨 일이 벌어지는지 넓은 시야를 확보하기가 힘들었다.

마법 파괴 지대를 벗어난 유저들이 갑자기 튀어나올 뿐만 아니라 계속 밀려오고 있었기에, 그저 부대를 지휘해 싸울 뿐이었다.

북부 유저들 개개인의 능력은 애초에 파악이 불가능했다.

풀죽신교는 몇 종류의 특색 있는 부대들을 제외하면 레벨이나 직업에 따라서 나누지 않는 편이다. 당장 옆에 있는 사람이 어디서 뭘 하던 사람인지도 모르고 무작정 한꺼번에 같이 뛰어간다.

동료를 믿지도 못할 뿐만 아니라 자기 자신이 살아남는다는 희망도 가지지 않았다.

마법 파괴 지대는 어떤 통솔도 힘들 정도로 전쟁에서 절대적인 무기였다. 그것을 메우기 위한 인해전술에는 달리는 속도 외에 다른 조건이 끼어들 여지가 없었다.

그렇지만 하벤 제국군보다 북부 유저들이 전쟁에 적응하는 속도는 더 빨랐다.

역설적이게도 전쟁에 능숙한 하벤 제국군은 이미 높은 병력 운용 수준을 갖춰서 더 이상 해낼 게 없었다. 지휘관의 명령을 따라서 안정적으로 싸웠다.

반면에 북부 유저들은 전쟁 경험이 미숙하였지만 각자 조금씩이라도 자신이 할 일을 찾았다.

"이 앞으로 뛰시게 되면 치료는 불가능하니까요. 그리고 보호 마법을 걸어 드린다고 해도 제 실력으로는 금방 파괴되어 버릴 거라서……. 대신 늑대의 열두 걸음이라는 축복 마법으로 단기간 이동속도를 높여 드릴게요."

"그거면 충분한데요. 빨리 죽고 나서 친구와 맥주에 통닭이라도 먹으면서 텔레비전을 봐야겠군요. 고맙습니다."

"기사단! 기사단은 이쪽으로 말을 타고 모여 주세요. 우리 순서가 되면 적에게 닿는 가장 짧은 길을 전력으로 달려서 돌진합니다. 총원 2,000명까지 모집합니다."

"궁수 여러분, 이쪽으로 모입시다. 적들의 마법 공격 패턴을 수학적으로 분석해서 알아냈습니다. 시간이 부족해서, 신뢰도는 약 82% 정도 됩니다. 확률상 공격 범위로 들어가서 최대 일곱 번까지 화살을 쏠 수 있을 겁니다."

"오오, 역시 우리 북부 유저들 사이에도 똑똑한 분이 계시군요. 혹시 뉴스에 나오는 천재 수학자 같은 분이세요?"

"아닌데요. 삼수생인데요."

"……."

유저들이 적극적으로 의견을 내고 스스로 뭉치고 싸울 방법을 찾았다.

전쟁의 승기를 가져오는 큰 역할을 하지는 못하더라도, 하벤 제국군 병사들을 조금이라도 더 해치우기 위한 노력이었다.

"으으으으, 정말 춥다."

"갑자기 너무 추워지는 것 같아."

어느 순간부터 세차게 내리는 비로 인하여 유저들은 한기를 느끼고 있었다.

비의 중심에 있는 하벤 제국군이나 그들과 직접 싸우고 있는 유저들에게는 이만저만 매서운 추위가 아니었다.

"비가 온다고 해서 이 정도까지 추워지나? 북부가 옛날에는 어땠을지 몰라도 베르사 대륙에서 처음 느끼는 추위인데……."

"하벤 제국 놈들이 마법으로 냉기라도 불러오는 것 아니야? 날씨가 갑자기 이렇게 변할 수가 있나."

따다다다다닥!

냉기 저항력이 낮은 유저들은 견디지 못하고 이빨을 마구 부딪쳤다.

> 심한 추위를 느끼고 있습니다.
> 신체 능력이 12% 저하됩니다. 포만감이 줄어드는 속도가 42% 빨라집니다. 추위를 극복하기 위해 두꺼운 옷을 입거나 불을 피우길 권합니다. 심한 추위를 오랫동안 지속적으로 느낄 경우 동사할 수도 있습니다.

"이건 말로만 듣던 냉기 마법?"

입고 있는 갑옷의 어깨 부위와 투구에 살얼음이 얼기 시작했다. 비가 내리기 때문에 체온은 더욱 빨리 빼앗긴다.

유저들의 인해전술, 돌격이 훨씬 어려워졌다.

"더러운 헤르메스 길드 놈들! 이런 광역 마법을 완성하다니!"

마구잡이 전투를 벌이고 있는 초보 북부 유저들에게는 치명적이었다.

꾸에에엑!

기세 좋게 나섰던 조인족들도 거센 빗줄기에 깃털이 흠뻑 젖어 라비아스로 돌아가야 했다. 탈피까지 거친 고레벨 조인족들이 드물기 때문에 차갑고 굵은 빗줄기와 돌풍은 비행을 어렵게 만드는 요인이었다.

그렇지만 하벤 제국군 측의 곤란한 사정도 그와 비슷했다.

대규모 군대란 비가 쏟아지는 것만으로도 체력이 빨리 떨어지게 되어서 전체적인 전투력이 약간씩 줄어들기 마련이다. 화살과 마법의 공격 거리도 감소하게 된다.

하물며 이런 추위라면 병사들이 싸우는 데 상당한 지장을 겪게 된다.

북부 유저들이야 알아서 돌격하고 죽으면 그만이지만, 하벤 제국군은 최소 몇 시간은 꾸준히 전투를 진행해야 한다.

병사들과 기사들은 각자 소지한 보급품인 망토를 몸에 둘렀다. 그것으로도 어느 정도 몸을 따뜻하게 지킬 수 있었다.

하지만 체온은 계속 낮아져 갔다.

새하얀 입김이 나올 정도를 지나서 몸의 열기를 빼앗고 금방 지치게 했다.

"병사들을 지키기 위해 당장 체온을 올릴 수 있는 마법을 써 주십시오."

"그럴 여유는 없습니다. 비가 온다고 해도 마법 공격을 계속해야 합니다. 놈들이 더 많이 몰려올 거란 말입니다!"

"제대로 보십시오. 지금 놈들을 막고 있는 건 우리입니다. 병사들이 죽으면 안 됩니다."

"자기 부대를 아끼는 마음은 알겠지만 우리 마법 공격이 잠깐이라도 중단되면 더 많은 적들이 옵니다. 그리고 이 많은 병사들에게 어떻게 전부 추위로부터 내성을 길러 주는 마법을 걸란 말씀이십니까!"

지휘관 유저와 마법병단 소속 유저가 말다툼을 벌였다.

하벤 제국의 군단장들은 각자 판단에 따라서 마법병단의 공격 마법을 적에게 향하게 할지 아군을 지키는 용도로 쓸지를 결정했다.

그러나 기온은 믿기 힘들 정도로 떨어지고 있었다.

하늘에서는 새하얀 눈이 2분 정도 수북하게 내리더니 이윽고 얼음 조각으로 변해서 땅에 내리꽂히기 시작했다.

극도의 냉기를 머금은 바람도 병사들을 거세게 밀어붙였다.

쿠당탕탕!

병력 배치를 위해 이동하던 병사들이 단체로 땅에 쓰러졌다. 그러더니 멈추지 않고 연속으로 부딪쳐 가면서 10미터를 쭉 미끄러져 가는 것이었다.

헤르메스 길드 유저들은 당황하면서 어이도 없었다.

"고작 이 정도 바람에 쓰러지다니, 어떻게 그럴 수가 있지?"

"바닥이 너무 미끄럽습니다. 완전히 빙판입니다! 이렇게 넓은 지역에 걸쳐서 기온이 변하다니… 이상합니다."

다소 느긋하던 군단장들도 얼굴빛이 완전히 돌변했다. 병사들이 넘어지고 쓰러지더니 일어나지를 못한다.

"빨리 걷지 마라! 모든 군대는 가능한 한 제자리를 지킨다!"

헤르메스 길드의 유저라면 어디서든 대접을 받을 수 있을 정도로 레벨이 높은 축에 든다. 그만큼 사냥 경험이 많았음에도 불구하고 이러한 현상은 처음이었다.

비가 눈으로 그리고 얼음과 빙판으로.

저주받은 금역이 아니고서야 이렇게 빨리 변화하는 지역이 어디에 있겠는가.

'아니, 이런 변화를 일으킬 수 있는 이유가 또 하나 있지.'

헤르메스 길드 유저들은 통신 채널을 통해 자신들이 예상한 그 사실을 알렸다.

레벨 430 제한이 걸려 있는 지휘관 전용 통신 채널이었다.

레미드미커드: 재앙입니다! 여러 측면으로 생각해 봐도 이건 위드가 조각술로 재앙을 일으키고 있는 것입니다.

홀슨: 확실히 그것밖에는 답이 없습니다. 마법이나 신탁, 다른 어떤 것에도 가능성이 없는 이상……. 그리고 이렇게 넓은 지역에 영향을 미치는 건 재앙입니다.

맹커드: 이번에는 추위를 일으키는 재앙인 것 같습니다. 모든 전투에 앞서서 재앙에 대비하여야 합니다.

네트: 현재는 전투 중입니다. 그리고 다소 춥더라도 우리에게까지 피해를 주지는 못합니다.

할레거: 얕보고 단순하게 생각할 문제가 아닙니다. 우리는 견딜 수 있지만 병사들은 목숨이 걸린 문제입니다. 살아남더라도 전투 능력을 많이 잃게 될 겁니다.

길레드: 냉기 계열 마법사입니다. 놈이 광역 공격을 하는 건, 목숨을 빼앗기보다는 전투 능력 상실을 목표로 하기 때문이라고 봐야 합니다.

맹커드: 저도 동의합니다. 위드의 얕은 수작을 경계해야 할 것입니다. 냉기 공격은 특성상 영향을 받는 것만으로도 일정 부분 몸을 굳게 만들고 체력을 빼앗습니다. 냉기가 집중되어서 한 지역을 완전히 얼려 버리면 그 여파는 주변으로도 퍼지고요. 그럼에도 냉기 마법은 제약이 많아서 최대 위력이 강하진 못할 것입니다.

제2군단장 발바로.

그는 제1군단장 드라카와 함께 전군에 명령을 내릴 권한을 가지고 있었다.

드라카가 전방에서 전투를 지휘하고 있기에 그가 제국군의 지휘관들에게 통신 채널을 이용하여 명령을 내렸다.

> 발바로: 군단장으로서 전군에 명령을 내립니다. 재앙의 위력에 대해서는 정보 부족으로 파악이 되지 않았으며 신뢰도가 높은 것은 아닙니다만, 우선적으로 헤르메스 길드의 모든 유저들은 재앙을 피하기 위해 냉기에 대한 보호 마법을 펼칩니다. 마법병단에서는 미리 지정된 부대들을 지키십시오.

헤르메스 길드의 명령 체계로는, 상급자의 말은 불만이 있더라도 무조건 따라야 한다.

"불꽃의 옹호!"

"바람의 가림막!"

마법사들은 자신의 몸은 물론이고 전술적으로 지정된 부대들에 대해 보호 마법들을 지원했다.

전투가 벌어지고 있던 도중이었기 때문에 마나의 양은 한정되어 있었지만, 그렇더라도 보호 마법을 펼쳐 주는 것은 추위를 피하는 데 상당한 도움이 되었다.

'재앙이라고 해도 이렇게 넓은 평지인데 무슨 일 있겠어?'

'약간의 피해는 반드시 있으리라고 생각했다. 그렇더라도 재수 없게 나를 덮치진 않겠지. 인생은 나만 아니면 되는 거잖아. 경쟁자들을 제거해 주면 더욱 좋겠군.'

하늘에서 크고 작은 얼음 조각들이 떨어지고 있는데도 헤르메스 길드 유저들은 침착함을 유지했다.

생명력이 낮은 마법사들은 서로를 향하여 겹겹이 보호 마법을 펼치며 방비를 했다.

그에 비해서 북부 유저들은 맨몸이나 마찬가지였다.

마법 파괴 지대를 간신히 벗어나서 적들과 싸우려고 하는데 한기가 뼛속까지 파고든다. 낮은 실력이나마 발휘하면서 정상적으로 싸우기도 불가능하였지만 가만히 있으면 얼어 죽을 정도의 추위였다.

다행인 건, 하벤 제국군 측에서도 적극적으로 전투를 수행하기보다는 완전한 밀집대형 수비로 돌아섰다.

바람이 불면서 내리는 비가 얼음 조각들로 변하여 갑옷과 방패를 마구 두들기고 있었다.

"으아아아아아, 춥다!"

"다들 피해라. 뾰족한 얼음 덩어리가 떨어진다! 이건 분명히 국왕 위드 님이 일으킨 재앙이야!"

"진짜로 위드가 벌인 일 맞는 거야? 위드도 너무 심하네. 우리까지 이렇게 한꺼번에 공격해 버리는 건 인간적으로 너무한 것 아냐?"

전장에 나서서 싸우거나 돌격하기 위해 차례를 기다리던 북부 유저들 사이에서 격한 불만의 소리도 나왔다.

그들은 아르펜 왕국을 지키기 위하여 헌신하고 있다. 그런데 위드가 전장 전체를 공격 영역으로 삼아 버릴 거라고는 생각지 못했다.

선의로 나섰던 그들 입장에서는 당연히 배반감을 느낄 만한 일이었다.

하지만 북부 유저들 중에는 깊이 세뇌된 풀죽신교 원리주의
자들이 있었다. 그들은 위드에 대한 커다란 호감을 가지고 있
었기에 상황을 최대한 긍정적으로 이해하려고 애썼다.

"다들 회개합시다. 위드 님을 원망하는 기분은 마음속에 마
귀가 들어 있기 때문입니다."

"풀죽의 은총을 믿으면 이 재난도 우리를 비켜날 것입니다!
마셔라, 풀죽!"

위드가 다단계나 부동산 사기를 친다면 당장 걸려들게 될 이
들이었다!

북부에 퍼져 있는 호감과 영향력 때문에라도 심각한 비난은
일어나지 않았다.

"우리 중에서 돌격하고 난 이후에 공적을 세우고 끝까지 살
기를 바란 사람이 있습니까? 없을 겁니다. 우리는 이미 결과적
으로 목숨을 버린 사람들입니다. 그리고 살아날 가능성도 이미
없었고요. 목숨을 아까워하지 말고, 지금이 기회이니 싸웁시
다. 이 재앙은 하벤 제국에 더 불리합니다."

"최소한 이 정도의 전장은 되어야지. 나 박카쓰가 목숨을 바
치려면 말이야. 1명이라도 더 죽인다!"

"우린 쓰레기입니다. 적어도 저 헤르메스 길드 놈들이 우릴
바라보는 시선은 그렇습니다. 중요한 것이 무엇인지도 모르고
원망으로 시간을 낭비하면 정말 쓰레기가 될 겁니다. 이왕 죽
을 목숨이라면, 처음의 결의대로 1명이라도 더 데리고 갑시다.
이 재난이 우리에게는 행복입니다!"

어차피 목숨을 바치기로 했고, 그 과정이야 어떻든 결과는 마찬가지가 된다. 그렇다면 하벤 제국군에 불리한 사건은 오히려 반겨야 마땅한 일이 아닌가.

"근데 진짜 위드가 재앙을 일으킨 건가? 확실하긴 한 거야?"

"그렇다면… 헤스티거의 등장도 그렇고, 확실히 위드 님이 여기 어딘가에 있는 거겠네."

"어쨌든 가만히 있는다고 해서 좋을 것도 없잖아."

"얼어 죽느니 싸우다가 죽어야지!"

이런 심리가 퍼지면서 잠시 우물쭈물하던 북부 유저들이 더욱 득달처럼 달려들었다.

"우유죽이여, 진격하라!"

"흑임자죽 부대여, 우리의 용맹이 독버섯죽에 뒤지지 않는다는 걸 보여 주자!"

"밥도둑 꽃게죽 부대여, 지금은 우리가 제철이다!"

"꽃게, 꽃게!"

"꽃게죽이여, 뜨겁게 달아오르자!"

"우오오오오, 꽃게탕보다 맛있는 꽃게죽!"

마법병단이 스스로와 주변의 병사들을 보호하는 사이에 마법 파괴 지대도 사라졌으니 무시무시하게 질주하는 들소 떼처럼 달려갈 수 있었다.

북부 유저들은 이 전투를 나서면서 같은 마음을 공유하고 있었다.

하벤 제국의 침략을 막는다.

스스로의 목숨을 바치기로 하였으니 잃을 것도 없다.

이는 지난 북부 전쟁에서의 교훈이기도 하였다.

아르펜 왕국은 발전한다. 그 속도는 살아가는 사람들이 매일 느끼고 있을 정도로 빠르다.

매번 도시를 방문할 때마다 거리의 풍경이 바뀌어 있고, 상점에 갈 때마다 새로운 제품들이 날개 돋친 듯이 팔린다.

직업적으로 상인이 아니더라도 생산력과 경제력이 발달하고 있다는 것이 온몸으로 확인될 정도다.

던전 사냥, 장거리 여행을 떠나더라도 도시들과 마을들이 하루가 다르게 개척되고 인구가 증가하고 있었다.

아르펜 왕국에 헌신하고 전쟁에 참여하면 국가 공적치가 쌓이고 명성이 남는다.

왕국을 위하여 투쟁하더라도 그 후에 아무 대가 없이 버려지지 않았다.

'국왕 위드라면 아르펜 왕국을 지금보다도 훨씬 살아가기 좋은 이상적인 장소로 만들 수 있으리라.'

이 모든 일들이 지나가고, 다시 자신의 삶을 찾기 위해서라도 다 함께 싸운다.

북부 유저들은 이미 침략을 막아 내기로 결의와 공감대가 형성되어 있기에 흔들림이 생기지 않았다.

방패를 머리 위로 들고 얼음 조각을 막으며 달려가지만, 땅은 미끄럽기 짝이 없어서 넘어져 수십 미터씩을 구른다.

돌격하는 북부 유저들 중 절반이 넘게 미끄러져서 뒤엉키고 쓰러져서, 제대로 도달하는 이들이 드물었다.

그런 우스꽝스러운 광경들을 대기하면서 뒤에서 보고 있던 유저들의 가슴에 울컥하고 뜨거운 무언가가 차올랐다.

'아르펜 왕국이여······.'

앞서서 달리는 사람들이 뒤에 따라오는 이들을 감동하게 만들었다.

"추어죽이여, 우린 도대체 뭘 하고 있는 것인가!"

"들깨죽의 용사들이여, 지금 머뭇거릴 시간이 없다. 가루가 되도록 산산이 부서져 보자꾸나!"

"당근죽 부대, 생겨난 지 한 달째지만 다른 풀죽신교 선배님들에게 우리 부대를 확실히 알릴 수 있는 기회입니다!"

"당근!"

집단 세뇌가 연출하는 광기의 현장!

그러나 그런 뜨거움도 오래 유지되지 않았다.

전장으로 달려가던 유저들의 움직임이 뚝 멈췄다. 땅이 완전히 얼어서 신발이 붙어 버린 것이다.

"얼레, 여기서는 전혀 움직일 수가 없어!"

"으으으윽! 발이 떼어지지도 않고, 얼음 조각들이 너무나도 차가워······."

유저들이 제자리에 멈춰서 할 수 있는 것은 주변을 돌아보는 것뿐이었다.

다른 동료들 역시 모두 당황하고 있었다.

특별히 힘이 강한 소수를 제외하고는 다리를 떼어 내어 움직일 수가 없었다.

샤먼들과 사제들은 스스로에게 보호 마법을 걸어 움직일 수 있도록 했다.

"저도 좀 도와주세요."

"이쪽요!"

인근에 있는 유저들을 결빙 상태에서 해제하는 동안에도 많은 이들이 날카로운 얼음 조각에 맞아서 목숨을 잃었다.

과거 견딜 수 없는 한기가 가득하던 북부로 되돌아간 것 같은 기온.

위드가 일으킨 엄청난 재앙이 저항력이 빈약한 초보들을 뒤덮었다.

쩌저저저적!

심지어는 온몸이 얼음으로 변해서 굳어 버리기도 하였다.

방어구가 좋고 마법의 보호도 받는 하벤 제국군 측은 급격하게 낮아진 온도로 인한 피해가 적었지만, 북부 유저들에게는 치명적이었다.

"크흐흐, 바보들."

"진짜 미련해도 어떻게 저렇게 철저할 수가 있냐. 이렇게 어리석을 줄은……."

"그러게. 이 전투, 더 이상 해 보나 마나 이겼다."

위드가 불러온 것이 틀림없는 대재앙.

그것이 오히려 북부 유저들을 대거 사망시켰으니 최악의 결과였다.

헤스티거와 그의 뒤를 따르는 유저들은 강자들로 구성되어서 여전히 어느 정도 날뛰고 있었다.

헤스티거의 칼이 휘둘릴 때마다 수십 명, 100여 명씩 목숨을 잃었으니 막는 것이 불가능.

초고열의 불의 힘을 다루기 때문에 역으로 이런 추위에서도 정상적으로 전투를 펼칠 수 있다.

그럼에도 그들이야 재앙이 끝나면 어떻게든 해치우면 되는 문제다.

"온도가 더 낮아질지 모르니 확실하게 여유를 가지고 대비하지요."

"대륙을 정복하는 데 앞서서 괜찮은 추억이 될 듯합니다."

"하벤 제국이 이번에도 승리했다!"

헤르메스 길드 유저들이 그렇게 느긋하게 모여 떠들고 있을 때였다.

크르르르르르릉!

얼어붙은 땅에서 격렬한 떨림이 느껴졌다. 그리고 갈수록 심각해졌다.

발바닥에서부터 타고 올라오는 떨림은 몸 전체를 울리면서 퍼져 나갔다.

"이게 뭐야, 땅에서 무슨 몬스터라도 튀어나오나?"

"아니야. 이 진동은 지진과도 흡사한데……."

유저들의 의문은 순식간에 풀렸다.

동쪽, 먼 곳에 호수가 있는 방향에서 산처럼 거대한 해일이 밀려오고 있었다.

대재앙의 자연 조각술에 의해, 대지를 적신 빗물로 더욱 크게 세력을 불린 호수의 물이 휩쓸고 왔다.

콰콰콰콰콰콰콰!

해일이 다가오는 속도 역시 무서울 정도로 빨랐다.

"해일이다!"

"육지에서 무슨 해일 같은 소리를… 진짜 해일이다!"

얼음 조각들이 내리는 하늘로 인해 시야는 좁았다.

누군가가 해일이라는 말을 하고, 그 이야기는 옆으로 순식간에 퍼졌다.

그리하여 아직 눈으로 보지 못한 사람들도 해일이 온다는 것을 알게 되었다.

"침착하자. 해일이라고 해도… 조금 크고 빠른 파도에 불과할 뿐이다. 공격력은 그다지 강하지 않아. 우리를 죽일 수는… 으아아아아아아!"

"마구 밀려온다. 피해!"

높이만 100미터가 넘는 초강력 해일이 하벤 제국군을 집어삼켰다.

갑옷을 입은 병사들이 해일에 떠밀려서 거침없이 휩쓸려 나가면서 마구 뒤엉켰다.

무지막지하게 일어난 해일은 유저, 기사, 마법사 나눌 것 없이 한꺼번에 전부 휩쓸어 버린다. 병사들을 몰고 전진하는 해일은 그 무엇으로도 막을 수가 없었다.

빠르게 다가오는 해일, 그 안에 뒤섞인 유저들과 병사들은 막아 내거나 감당할 수 없는 재앙 그 자체의 위력!

"몸을 숙이고 방패를 붙여라!"

중장갑 보병들이 자신들의 무게로 버티려고 해도 아무 소용없었다.

마법사들의 실드 마법조차도 그대로 밀고 지나갔다.

드라카: 해일이 확실합니까?

길레드: 정말 해일입니다. 저에게도 오고 있는… 으아아악!

레미드미커드: 이런 재앙이라니요. 역시 전쟁의 신 위드의 숨겨 놓은 계략이 란…….

발바로: 침착합시다. 해일이라고 해 봐야 큰 파도에 불과하니 밀쳐 낼 뿐이 지 공격력은 별거 아닙니다. 위드가 하루에 두 번의 재앙을 일으켰 던 적이 없는 것으로 볼 때 이게 전부일 테고요.

레미드미커드: 직접 당하지 않으니 그런 한가한 이야기를 할 수 있는 것입니 다. 전쟁의 신 위드의 능력은…….

맹커드: 이미 알고 있는 위기는 위기가 아니지요. 위드가 숨겨 놓은 수작이 다 나왔다면 이제부터 차분하게 격퇴하면 됩니다.

쿠콰콰콰아아아아앙!

목숨을 잃은 병사들이 부지기수로 회색빛으로 변해서 사라 지며 검과 창, 방패, 갑옷 등을 떨어뜨렸다.

떨어진 물건들이 부딪치면서 강철의 해일로 변화시켰다.

눈에 보이는 광경은 신비로울 정도로 공포에 질리게 만드는 것이었다.

바닥이 빙판으로 변해서 움직이지도 못하는 병사들을 해일 이 그대로 휩쓸고 지나간다.

"도망쳐라. 우워어어어!"

해일의 반대편으로 달려가던 병사들이 줄줄이 넘어지면서 진형이 엉켜 버렸다.

거세고 높게 몰려오는 해일은 초자연적인 위력으로 근원적 인 공포심을 자아냈다. 그럼에도 실제 위력이 겉보기만큼은 강 하지 않다.

해일에 휩쓸리더라도 모든 병사들이 몰살당하는 건 아니었다. 헤르메스 길드의 고레벨 유저라면 더욱 죽음과는 거리가 멀었다.

"으아아아아아악… 얼레?"

끔찍한 비명을 지르다가도 생명력이 삼분의 이 이상이나 남은 걸 확인하고는 오히려 더 놀랐다.

해일에 떠밀리는 충격, 잔해와 부딪치는 충격에도 불구하고 수백 미터 정도를 떠내려가다가 살아서 빠져나왔다.

"보기보단 약해."

"과연 나는 살아남았군."

해일은 그들을 수백 미터에 걸쳐 밀고 다녔다.

높고 빠른 물의 장벽, 비와 호수에서 수분을 끌어왔지만 그럼에도 물의 양이 부족해서 반경이 그다지 넓지 못했다.

잠깐의 충격을 버텨 내고, 휩쓸렸던 이들 중에서 기사들을 포함하여 의외로 많은 이들이 살아남았다.

높은 레벨과 축복, 방어구의 도움이 있었지만 바다에서 일어난 해일이 아니기에 위력이 감소된 것이 결정적이었다.

대재앙으로 일어난 해일은 하벤 제국군 약 2할에 해당하는 병력을 뒤덮었다.

그리고 단 한 번 휩쓸고 지나간 이후로 허무할 정도로 곧바로 소멸했다.

"이 정도라면… 쉽게 견뎌 냈군."

"죽은 사람은 별로 없지 않았어? 뭐, 그래도 너무 밀집한 탓에 몇만 명 정도는 죽어 나갔겠지만."

"중앙 대륙에서는 전투 한두 번만 해도 패잔병들을 그 정도 거두어들일 수가 있었지. 만만한 점령지에서 강제징병을 해도 병사들의 머리 숫자는 금세 회복이 되니까."

헤르메스 길드의 유저들이 그렇게 생각할 때였다.

대재앙의 여파는 아직 끝나지 않았다.

해일이 지나고 난 이후로도 계속 강추위가 이어지면서 갈 곳을 잃은 물이 급격하게 얼어붙기 시작했다.

거짓말처럼 빙하가 생성되면서 하벤 제국군의 젖어 있는 몸을 얼어붙게 만들었다.

더군다나 해일로 인해 떠밀린 병사들은 생명은 부지하였지만 잔해들과 함께 뒤죽박죽으로 쌓여 있었다.

1,000여 명이 말과 함께 서로 뒤엉켜 있기도 했고 쓰러져서 일어나지 못하는 사람들도 많았다.

NPC들로 구성된 기사들이 다급하게 외쳤다.

"군단장, 빨리 진형을 수습해야 합니다. 해일로 인하여 군대의 배치가 엉망진창이 되었습니다."

드라카는 딱딱하게 굳은 얼굴로 말했다.

"상당히 짜증이 나는군. 해가 지기 전에 대지의 궁전을 파괴할 수 있을 줄 알았는데. 어쨌거나 땅이 이렇게 된 이상 북부 놈들도 싸움을 걸어오진 못할 것이네."

군단장들은 최소 3만에서 최대 8만 정도의 병력을 잃었다고 생각했다.

위드의 대재앙이 대단하기는 하였고, 전혀 예측하지 못하던 순간에 발생하였다. 병력이 넓게 퍼져 있던 상태였다면 이만큼의 피해는 절대 일어났을 리가 없다.

밀집대형을 유지하는 동안 발생한 재앙은 영역 전체에 영향을 미치기 때문에 엄청난 병력이 피해를 보거나 죽었다.

'헤스티거의 등장, 그리고 북부 유저들이 날뛴 것과 연계해서 재앙을 터트린 것은… 위드라면 충분히 그것까지도 계산했을 수 있다.'

군단장들의 가슴 한구석에 감탄이 어렸다.

전쟁이 벌어지기 전에 누구나 머릿속으로 예상하거나 계획을 세울 수는 있다. 그렇지만 그 계획을 정말로 실행에 옮기는 것은 전혀 다른 문제다.

통솔도 안 되는 북부 유저들을 어느 정도 큰 틀에서 보면 자기 뜻대로 움직이게 하고, 그에 맞춰서 전투를 벌이는 하벤 제국군을 재앙으로 쓸어버리다니.

'전쟁의 신 위드. 전투를 치르는 능력 하나만큼은 대단하군. 그렇지만 말도 안 되게… 자기편까지도 그렇게 같이 쓸어버릴 수가 있나?'

'한 개인이 이런 능력을 보유할 수 있다니……. 조각술이 예술과 관련이 깊은 만큼 오히려 반전의 능력을 가졌나? 소규모 전투에는 약하더라도 간접 지원에는 탁월한… 뭐, 그래 봐야 실제 피해는 적겠지만.'

마법사들과 사제들이 병사들을 치유하고 있기 때문에 10만여 명에 달하는 부상병들의 피해는 조만간 극복할 수 있을 것이다.

"땅이 미끄러워졌으니 적들도 덤비지 못하겠지. 전투가 잠시

소강상태에 접어드는 셈인가.”

“병력을 수습하라. 마법 파괴 지대를 재건하고… 뭐, 병사들의 전투력 회복이야 금방이니까. 우리 헤르메스 길드의 기사들이 지휘력을 발휘하면 손쉽지. 놈들은 오히려 공격하기가 더 힘들어졌을 것이다.”

“그 전에 헤스티거 저 녀석을 표적으로 삼는 것도 좋겠군.”

헤스티거는 재앙 정도는 가뿐하게 여기면서 날뛰고 있었다. 그를 따르는 유저들도 재앙과 전투로 인해 절반 정도로 줄어들긴 했지만 여전하다.

정예 병력인 하벤 제국군이 그들 앞에서는 허무할 정도로 쉽게 죽어 나갔다.

제국군의 장기라고 할 수 있는 원거리 공격도 내부에서 휘젓고 다니는 데에는 사용이 불가능했다.

그렇더라도 100만이 넘는 대군이 있는데 헤스티거가 두려울 것인가.

“무모하군. 독 안에 든 쥐야.”

“어비스 나이트 못지않은 먹잇감이 이렇게 들어올 줄은 몰랐지 않은가.”

헤르메스 길드 유저들의 눈동자가 욕심으로 번들거렸다.

어디에 가도 꿀리지 않으며 승리만을 거둬 온 고레벨 유저들이다.

헤스티거를 죽일 수 있다면 전투 승리로 인해서 얻는 경험과 보상들은 일찍이 없었던 높은 수준이 될 것.

전사와 기사 유저들이 헤스티거에게 눈독을 들이고, 도둑들은 조용히 기습하기 위하여 몸을 감췄다.

> 포르칼: 저 골칫덩이부터 없애 버립시다.
> 인스트리움: 같은 마음입니다.
> 반롬멜: 훌륭한 경쟁이 되겠군요. 세계를 구하는 용사라고 했나요? 용사를 벤 사람이라면… 후후후.

3군단장, 4군단장, 5군단장 또한 헤스티거가 자신의 부대에 난입하면 없앨 마음을 굳혔다.

기회가 왔고 명예를 얻을 수 있으며 보상은 매우 확실하다.

전투를 승리로 결정짓기 위해서도 헤스티거의 목숨을 거두어야 하니 다른 이들이 욕심을 내기 전에 먼저 행동에 옮기려는 것이었다.

그때 북부 유저들 사이에서는 상인들이 큰 목소리로 물건을 팔고 있었다.

그들이 타고 온 마차에는 북부 상계의 쌍두마차인 마판 상회와 가몽 상회의 문장이 그려져 있었다.

"자, 싸게 팝니다. 진짜 처음으로 상인으로서 양심을 걸고 진실을 이야기하는데, 한 푼도 안 남기고 원가에 팔아요. 쇠 징이 박힌 부츠가 단돈 2실버! 단단한 얼음을 밟고 미끄러지지 않으며 전투를 치를 수가 있습니다!"

"아무 때나 탈 수 없는 개 썰매. 빙판에 최적화된 4인승 개 썰매를 믿을 수 없는 가격 5골드에 팝니다. 전투에 큰 공적을 세우고 싶다면 중형견으로 이루어진 개 썰매를 78골드 98실버에 구입하세요! 확실하게 치고 나가는 맛이 다를 뿐만 아니라 전투에도 도움이 되어 줄 것입니다. 딱 오늘만 쓸모 있는 썰매를 판매합니다. 그리고 절대 환불이나 반품은 불가합니다!"

"저 쇠 징 부츠 주세요!"

"여기 부츠 300개 단체 주문요!"

"개 썰매 같이 타실 분요!"

상인들이 내놓는 물건은 날개 돋친 듯이 팔려 나갔다.

물건을 내놓는 즉시 사람들이 사 가는 광경에, 마차 부대를 이끌고 나타난 마판의 얼굴은 싱글벙글이었다.

"역시 이번에도 한밑천 제대로 잡겠군."

원가에 판다는 말은 당연히 거짓말.

개당 2실버에 팔면서도 최소 1실버 60쿠퍼씩은 남겨 먹었다.

정말 싼 가격이었지만, 오늘 이후로 쓸 일이 없을 테니 품질을 최하 등급으로 만들었다. 내구도가 형편없고 가죽도 폐기 직전의 물품이나 재활용품을 사용했다.

질 낮은 제품들을 대량생산하여 박리다매!

정보 제공 비용으로 위드에게 50쿠퍼씩은 상납해야 했지만 그럼에도 불구하고 이번 장사 역시 대박을 칠 수가 있었다.

"상인의 양심은 정말 비싸지. 〈로열 로드〉를 시작한 이튿날 팔아먹었는데 아직까지도 계속 팔고 있으니까 말이야."

이것으로 북부 유저들은 미끄러운 땅에서도 전투를 치를 수 있는 최소한의 준비를 갖췄다.

왈왈왈!

그리고 개 썰매단의 집단 진격!

수천 개의 썰매들이 일직선이 아닌 제멋대로의 곡선을 그리며 하벤 제국군을 향하여 돌진했다.

하벤 제국군이 자랑하던 마법 파괴 지대가 사라졌으며 철벽의 견고한 방어를 가진 중장갑 보병 부대 역시 제멋대로 흐트러졌다.

이때가 아니라면 언제 공적을 세울 수가 있겠는가.

"풀죽, 풀죽, 풀죽!"

북부 유저들은 다시 빠르게 진용을 갖춰서 대대적으로 달려들었다.

당하는 입장에서는 이보다 더 지긋지긋할 수가 없었다.

"재출격이다. 짹! 짹! 짹!"

하늘에서는 라비아스에서 황금새가 날아올랐다. 조인족의 영웅 울극도 창을 들고 지상으로 뛰어내렸다.

울극은 날개를 접은 채 무서운 속도로 빙글빙글 돌면서 지상으로 추락했다. 그리고 땅에 가까워지자 활짝 펼쳐지는 날개!

"조인족들이여, 침략자들에 대한 공격을 시작하라!"

새들의 무리가 일제히 날개를 펼치면서 울극의 뒤를 따랐다. 하늘을 뒤덮은 조인족들의 군무 공격이 개시되었다.

위드의 노래

북부 유저들의 총공격!

조인족들의 하늘에서의 공격!

대재앙이 벌어지고 난 이후의 상황 변화였다.

하벤 제국군과 북부 유저들이 재앙에 휩쓸리면서 위드가 얻은 악명도 7만에 달했다.

'대량 학살자', '살인을 즐기는 유명인', '적에게 자비를 베풀지 않는 자'라는 호칭도 얻었다.

"하벤 제국군은 너무나도 강해. 외부의 공격에 의해서 쉽게 무너지지 않을 거야."

상황이 약간 바뀌었지만 위드는 이것으로도 모자란다고 생각했다.

상대가 몇 배의 병력으로 정면 승부를 걸어온다고 해도 하벤 제국군은 거뜬히 이겨 낼 수 있는 전력이었다.

그들은 중앙 대륙에서부터 어려운 전투에서 매번 압도적인 승리만을 거두었다. 그렇게 이겨 본 자들은 승리의 맛을 알고 어려움을 극복해 낼 줄 안다.

"북부 유저들이 덤비더라도 인해전술을 기반으로 하는 만큼 한 방의 타격력이 너무나도 약하군."

많이 몰려가도 돌파하는 힘은 취약했다.

하벤 제국군 병사들이 학살당하거나 하는 것은 꿈속에서나 벌어지게 될 일처럼, 북부 유저의 돌격에도 견고하게 버티고 있었다.

하벤 제국군의 진형이 지금은 무너졌다고 하더라도 잠시 후면 북부 유저들을 밀어내면서 다시 군세를 구축할 수 있을 것이다.

대재앙으로 바꿔 놓은 지형 역시 자연적으로 회복이 될 테고, 마법사들이 빙판을 녹여서 활동하기 쉬운 전장으로 만들어 놓지 않겠는가.

전장이 너무나도 넓고, 많은 장소에서 전투가 펼쳐졌다.

하벤 제국군 내부에서는 수십 겹에 달하는 방어선이 유지되고 막대한 병사들이 대기하고 있었기에 승리는 아직도 멀기만 했다.

"저것들까지 싹 무너뜨려야 되는데. 승리할 수 있는 방법은… 흠, 전투를 오래 끌지 않는 것이겠군."

위드는 와삼이의 목덜미를 찰싹 때렸다.

"원한다면 놀아 주지. 슬슬 내려가자!"

꾸어어어어!

와삼이는 불만스럽게 땅으로 향했다.

전쟁의 신 위드의 출진이었다.

꿰재잭!

"파열하는 얼음 기둥!"

"다연발 관통 화살!"

"천상의 끈끈이 거미줄!"

하늘에서는 불규칙적으로 조인족들이 비행을 하고 있었고 그들을 노린 화살과 마법들이 솟구쳤다.

땅에서는 북부 유저들이 시체를 쌓아 가면서 덤벼든다.

"일어나라. 눈 감지 못한, 잠들지 않은 원혼들이여. 여기 살아 있는 그리고 너희를 죽인 자들에게 복수하라! 데드 라이즈."

쟌, 오템, 보흐람, 헤리안, 그루즈드, 바레나, 고슈!

불사의 군단 퀘스트를 함께하고 나서 북부에 정착한 네크로맨서들도 등장했다.

그들은 당시에도, 성장이 빠른 네크로맨서 직업의 특성상 레벨이 400대에 달했다.

그 후부터 지금까지 계속 사냥을 한 만큼 쟌의 경우에는 레벨이 무려 460을 넘어섰다.

착용하고 있는 장비들 또한 녹이 슬고 구린내가 풀풀 나지만 이런 것이야말로 네크로맨서가 착용하기에는 최상급으로 쳐주었다.

몇 가지 저주들이 걸려 있고 특수한 원한에 의해서 생성된 무기와 방어구 들이 언데드 소환의 마법을 극대화시켜 주는 것이었다.

위드는 퀘스트를 하느라 지속적으로 레벨을 소모해서 400대 초반에 여전히 머물러 있었다.

배가 아파서 당장에라도 복통으로 쓰러질 것만 같은 네크로맨서들의 성장!

위풍당당하게 나타난 네크로맨서들이 시체를 일으키고, 하벤 제국군 사이에서 대량으로 단체 뼈 폭발을 시전했다.

"막 죽이고, 다시 살려요!"

"갑시다. 저는 스켈레톤 위주로 소환하겠습니다."

"그렇다면 숫자는 적지만 저는 둠 나이트들로."

"쟌 님의 둠 나이트라면 확실하죠. 또다시 최고의 발광 둠 나이트를 볼 수가 있겠군요."

전장의 네크로맨서들.

그들의 위력은 개개인이 군대를 상대할 수 있을 정도로 엄청나다.

물론 하벤 제국군처럼 베르사 대륙에 현존하는 최강의 군대를 상대로 네크로맨서 유저가 싸운다는 것은 아직 불가능하다. 그래도 시체만 넉넉하다면 개인당 몇천 명씩은 맡을 수 있는 전력이었다.

네크로맨서들은 전투의 초반에는 별다른 힘이 없다. 그러나 시체들이 조금 쌓이고 나니 서서히 모습을 드러낸다.

약한 시체들은 폭파시키고, 강한 시체들은 언데드로 만들어서 다시 일으켰다.

이곳에는 북부 유저들이 워낙 많이 있어서 병력의 모자람은 전혀 없다.

게다가 네크로맨서가 퍼붓는 저주는 적들의 사제를 아주 귀찮고 바쁘게 만든다.

언데드들은 특유의 능력으로 적들의 사기를 낮출 수가 있었으며, 쓰러져도 계속 일어남으로써 심리적인 효과도 상당했다.

정신없는 난전을 만드는 데는 일품인 것이다.

"근데 지켜보고만 있자니 몸이 근질근질하군."

"흐음, 의외로 우리 북부 유저들이 잘 싸우기는 하는데 말이야. 그렇더라도 패전이란 결과를 뒤집기는 힘들지 않겠나?"

"뭐, 그렇겠지. 이것저것 많이 시도하고 넉넉하게 모이긴 했어. 근데도 확실한 한 방은 없으니까 말이야."

북부 유저들 중에서도 레벨이 매우 높은 축에 속하는 유저들은 대지의 궁전에서 전투를 관망했다.

그들은 목숨을 잃으면 너무나도 많은 것을 잃게 된다.

헤르메스 길드가 싫거나 북부를 모험하기 위하여 중앙 대륙에서 이주해 온 유저들.

전문 분야나 높은 레벨로 인해 이름이 크게 알려져 있을수록 무모한 전투에는 참여하지 못하고 몸을 사리기 마련이다.

풀죽신교에 소속된 이들은 인맥 때문에라도 체면상 전장에 나서지 않을 수 없게 되었다. 하지만 그저 지켜보는 유저들도 만만치 않게 많았다.

"전투의 규모가 정말로 장엄하군. 기대하지도 못했어. 이토록이나 기가 막힌 전투라니 말이야. 정말 역사 한 페이지에 기록될 만한 규모에, 베르사 대륙의 운명을 좌우할 만도 하지 않은가."

"싸우고 싶지만… 우리까지 나설 수는 없겠지."

다크 게이머들도 대지의 궁전에 있거나 전장에서 멀리 떨어져서 구경만 하고 있었다.

이런 대단한 사건을 직접 눈으로 보지 않을 수는 없다.

어느새 날씨가 맑게 개어 가고 있었다.

공중을 가득 채운 것 같은 조인족들, 지상에서 끝과 끝을 모르게 계속되는 전투들.

이런 영상은 일부러 만들려고 해도 해내지 못하리라.

다크 게이머들에게는 대단히 감명 깊은 일이었고, 가능하다면 하벤 제국군이 패배하기를 바랐다.

그렇더라도 북부 유저들을 도와서 승산 적은 전투에 끼어드는 도박만큼은 사양이었다.

그들에게 제일 소중한 것은 각자의 몸.

죽음으로 잃어버리는 레벨과 스킬 숙련도는 복구하기가 힘들 뿐만 아니라 상당히 오랜 시간이 걸린다. 사냥과 퀘스트 완료로 인한 돈벌이에 적지 않게 지장을 받게 되는 것이다.

몇몇 다크 게이머들은 외곽에서 헤르메스 유저나 하벤 제국 기사들을 상대로 전공을 세우기도 했지만, 그런 시도는 위험부담이 너무 컸다.

그러면서도 미련이 남아서인지, 다크 게이머 누구도 차마 이곳을 떠나지는 못했다.

"으흠, 만약이긴 하지만 하벤 제국이 조금이라도 무너질 것 같으면······."

"그때는 우리가 매우 바빠지겠지요."

하늘에서 커다란 노랫소리가 들리기 시작했다.

비가 몰아서 내리고 찬 바람이 불지
천둥이 우르르 쾅 하고 내려치네
집이, 집이 흔들려
우겔겔겔겔 우우겔겔겔

귓가를 강하게 울리는 중고음의 쇳소리!

"음정, 박자, 가사까지 엉망인 이 노래는······."

"중간중간 들리는 음 이탈이야말로, 누구도 따라 할 수 없는 전쟁의 신 위드다!"

지상에서 싸우는 유저들은 소리가 들리는 하늘을 올려다보았다.

수없이 많은 조인족들이 날아다니는 가운데, 와이번을 타고 내려오는 한 사람이 있었다.

드래곤의 검 레드 스타를 뽑고 위풍당당하게 서 있는 위드!

물론 레드 스타를 자유롭게 쓰기 위해 조각 변신술로 혼돈의 대전사가 되었다.

그러나 혼돈의 대전사가 가진 최소한의 특징들을 감안하여 종족을 바꾸었을 뿐 덩치가 커지거나 하진 않았다. 근육과 덩치를 키우면 힘을 높일 수 있지만 민첩성이 하락하고 수비해야 할 곳도 훨씬 많아지기 때문이다.

맞을 곳이 적어야 덜 맞는다는, 방어의 기본 원리!

'훔친 검이라서 자꾸 신경이 쓰이는군. 이번에도 레드 드래곤이 나타나진 않겠지.'

레드 스타는 검의 원래 주인인 드래곤이 출현할 가능성이 있기 때문에 사냥용으로 쓰기에는 무리가 있고 퀘스트나 큰 전투를 위주로 사용할 수밖에 없는 무기였다.

위드가 사자후를 터트렸다.

아이고, 춥네. 온몸이 쑤시네

비가 와서 쑤시고 바람이 불어서 안 아픈 곳이 없어

전기장판을 켜 볼까. 보일러를 틀어 볼까

아이고, 전기세, 가스비. 날강도가 따로 없네

우겔겔겔 우우겔겔겔겔

젊어서는 모르지. 너희가 한 것은 고생도 아니야

뜬금없이 젊은이들에게 경종을 울리는 가사.

이놈의 인생에는 고생문만 수백 개

내 밥그릇은 도대체 어디에 있나

우겔겔겔 우우겔겔겔겔

이 땅을 일구고 씨를 뿌렸더니 다른 놈이 주둥이를 쩌억

나는 아직 숟가락도 들기 전인데
우겔겔겔 우우겔겔겔겔

    지상의 바드들은 직업의 자존심을 걸고 늘어지는 박자와 연관성이 없는 가사를 이해하려고 애썼다.
    "아, 안 돼. 불가해야."
    "고대 리자드맨의 노래보다도 복잡한 음률이라니. 이건 음률이 있는 것도 아니고 없는 것도 아니야."
    "시, 시적인 구절들인가… 뭔가 촌스러우면서도 현실의 세태를 여러 가지 담고 있어. 자연환경부터 시작하여 육체적인 고통을 담아내고 그다음에는 노인과 복지 문제, 소득 불평등과 노동으로 자연스럽게 이어지는 이 단순하면서도 복잡한 가사들은… 아아악!"
    머리를 쓰면서 들으면 더욱 어려운 위드의 노래!
    이윽고 바드들이 외쳤다.
    "우겔겔겔 우우겔겔겔겔!"
    의미도 모르면서 따라 부르는 노래.
    북부 유저들도 일제히 합창했다.
    "우겔겔겔 우우겔겔겔겔!"
    뭔가 영문은 몰라도 따라 하지 않으면 유행에 뒤처질 것 같은 불길한 느낌이 들었던 것이다.
    전매특허와 같은 노래를 부르면서 위드 등장!
    조인족들은 위드를 중심으로 하여 넓게 퍼졌다. 그 광경이 마치 창공의 군대를 이끌고 내려오는 것만 같았다.

위드는 이미 조각 파괴술로 모든 스탯을 체력으로 바꿔 놓았다. 생명력을 증가시키기 위해서였다.

아쉽기는 해도, 눈먼 화살에 맞아서 죽는 일은 없어야 하지 않겠는가.

"하벤 제국. 북부의 땅을 밟은 너희는 1명도 돌아가지 못하리라!"

거듭된 사자후에 헤르메스 길드 유저들의 눈빛도 바뀌었다.

위드가 나타난 이상 북부 정복 전쟁은 여기서 완전히 끝날 수도 있었다.

북부 유저들을 물리치고 위드의 목숨까지 빼앗는다면 더 이상 싸워 볼 필요도 없이 승리를 결정짓게 된다.

마법사들은 양손을 휘저었다.

마나를 모아서 양손으로 수인을 맺으니 푸르고 붉은 기운이 손에 맺혔다.

"기회를 놓칠 수 없지. 가라, 꿰뚫는 창염!"

"놈만 잡으면 된다. 최고의 사냥감이다. 블래스터 웨이브!"

하벤 제국군 진영에서부터 수백 줄기의 마법들이 치솟았다.

위드는 코웃음을 쳤다. 이 정도에 당할 거면 나타나지도 않았다.

"훗. 우습지도 않군. 와삼아, 이 정도는 피할 수 있지?"

끄어어어어!

와삼이는 숨넘어가는 신음 소리를 흘릴 정도로 전혀 자신이 없었다.

뻔히 위험한 줄 알면서 왜 이렇게 땅에 가까이 내려왔단 말인가.

불만으로 가득한 마음을 뒤로하고 날개를 활짝 펼치며 고속 기동에 들어갔다. 마구 솟구쳐 오는 마법 공격들을 스치듯이 지나갔다.

"우와아아아아!"

북부 유저들의 함성 소리가 평원을 가득 덮었다.

위드의 바로 옆에서 폭발하는 마법들은 갑작스러운 등장에 이어서 화려한 효과를 냈다.

공중에서의 움직임이 빠른 와이번이기에 충분한 거리만 있다면 마법에는 호락호락하게 당하지 않는다.

헤르메스 길드에 속해 있는 유저 마법사들이 계속 위드를 향한 마법 공격을 했지만 거리가 멀어서 상당수가 닿지도 못했다. 나머지는 비슷한 경로로 날아오다가 서로 부딪쳐서 폭발하거나 와삼이가 재빨리 피해 버렸다.

마법 공격을 상대로 펼치는 멋진 공중전!

마법병단의 관심을 끈 것만으로도 지상의 전투에는 약간의 도움이 되었으리라.

"째재잭, 위드 님, 같이 싸워요."

"독수리로 살아가는 라홀렛, 함께할 수 있어서 영광입니다."

위드의 곁으로 조인족들 중에서도 전사라 부를 수 있는 이들이 가까이 다가왔다.

조인족 유저들도 당연히 위드의 곁에서 함께 전투를 펼치고 싶어서 모여들었다. 자기 스스로가 강하지 못하더라도, 등에 풀죽 하늘부대 전사들을 몇 명씩 태운 조인족들도 가까이 다가

왔다.

하늘에 있는 위드를 중심으로 수천 이상의 병력이 모이고 있는 것이다.

위드의 눈이 빠르게 하벤 제국군을 훑었다.

'음… 일반 병사들은 맛이 없고. 기사단은 탐나기는 하지만 싸우는 데 성가시겠지. 헤르메스 길드 유저들은 레벨이 기본으로 400 이상이라고 하니 나보다 높은 이들도 아주 많을 거야.'

레벨이 강함의 절대적인 척도는 아니다. 그렇더라도 최소한의 기준은 되는 만큼, 조각 부활술이나 생명 부여 스킬을 사용하며 잃어버린 레벨은 언제나 아까웠다.

'내가 갈 만한 곳은… 마법사에게 접근하긴 힘들겠군. 놈들이 아주 벼르고 있을 테니 저것들은 아껴 두었다가 나중에 먹어야지. 우선은 안전한 헤스티거 주변이다.'

위드가 큰 소리로 외쳤다.

"와삼아, 위험에 빠진 헤스티거를 어서 돕도록 하자!"

꾸아아아악!

와삼이는 괴성을 지르며 헤스티거가 있는 자리로 향했다.

용암이 솟구치고 반경 수백 미터나 되는 화염이 활활 타올라서 시커먼 연기를 내뿜고 있기에 그가 싸우는 장소를 알아보긴 쉬웠다.

헤스티거는 뒤를 따르는 유저들과 함께 파죽지세로 하벤 제국군을 돌파하고 있었다.

한마디로 숟가락을 얹겠다는 속셈!

"간다."

위드는 약 600미터 높이를 날고 있는 와삼이의 등에서 뛰어 내렸다.

땅으로 추락하는 동안 그를 향하여 몇 개의 마법과 수천 발의 화살이 빗발치듯이 쏟아졌다.

하벤 제국군이 어디서든 위드를 주시하고 있었다는 증거다.

"환영 인사 한번 거창하군."

위드는 공중에서 떨어지면서 고대의 방패를 꺼내어 몸을 가렸다.

수리가 안 되지만 엄청난 방어력을 자랑하는 유니크 방패였다. 던전 사냥에서는 꺼내지도 않을 정도로 애지중지 아꼈지만 지금은 너무나도 중요한 전투라서 꺼낸 방패.

마법과 어마어마한 양의 화살이 그를 향하여 쏟아졌지만 대부분 고대의 방패에 의해 가로막혔다.

> 고대의 방패 내구력이 1 하락하였습니다.

"크으윽."

위드는 생명력이 짧은 순간 14%나 감소한 것을 확인했다. 그렇지만 피 같은 방패의 내구도가 16밖에 남지 않았다는 사실이 더 마음이 아팠다.

그래도 갑작스러운 추락이기에 마법사들이 마법을 완전히 준비하지는 못했고, 덕분에 그 정도 피해만으로 끝났다. 그리고 지상이 가까워졌을 때는 라비아스에서 구입한 가벼움의 깃털을 사용했다.

과거에도 쓴 적이 있는, 충격 없이 땅에 떨어지게 해 주는,

가격 대비 최고의 성능을 갖춘 50실버짜리 아이템.

위드가 사뿐히 땅에 내려앉았을 때 이미 헤스티거는 저만치 앞을 달려가고 있었다.

그사이에 100여 명을 격파하고 전진한 것이다.

헤스티거를 따르던 다른 유저들이 하나둘 위드의 곁으로 모여들었다.

"오오, 위드 님이시다. 이렇게 가까이에서 뵙게 되니 대단히… 평범하시네."

"반갑습니다. 제 이름은 쟉슨이라고 합니다. 호레몽 마을의 영주로서……."

"아이언핸드에서 온 드워프 워리어입니다. 마을에 있는 드워프 친구들로부터 조각술, 대장장이 스킬 모두가 대단하시다는 이야기를 쭉 들어 왔습니다."

위드는 주변에 있는 유저들을 둘러보았다.

아르펜 왕국에서는 보기 힘든 다양한 고급 장비들을 착용하고 있는 유저들.

이들은 헤스티거의 뒤를 따라 하벤 제국군과 싸우고 있다는 점만으로도 아르펜 왕국에서도 실력자로 불릴 만했다.

'앞으로 내 인생의 물주들. 단골로 삼아야 할 고객들이지.'

하지만 전장에서 얼굴을 마주치며 1명, 1명 인사를 나누기는 무리다.

"모두 반갑습니다."

위드가 레드 스타를 들어 올렸다.

그 뜻을 안 유저들 역시 각자의 무기를 들었다.

좌차차차차차창!

유저들이 들고 있는 무기에 레드 스타를 스치면서 지나가는 위드!

전쟁이 시작되기 전에 기사들이 병사들의 사기를 높이기 위해서 하는 행동이었는데, 상당히 멋졌다. 그것을 따라 한 것이었다.

'역시 남자는 멋이지.'

위드는 그렇게 무기를 부딪치면서 전진하여 헤스티거의 뒤를 따라갔다. 그리고 남은 유저들은 불만으로 구시렁거렸다.

"이거 뭐야. 검 내구도가 7이나 내려갔어."

"난 검날이 완전히 나가서 공격력까지 감소했다고."

"젠장. 아끼는 무기인데!"

레드 스타에 부딪친 피해로 인해서 울상이 된 유저들.

어떻게 여기까지 온 것인지는 모르지만 유저들 중 소수이긴 하나 사제들도 있어서 위드에게 축복을 걸어 줬다.

"잘 싸우십시오, 위드 님!"

이런 축복 역시 같은 편 유저들과 함께 싸우는 재미.

〈로열 로드〉에서 생명력을 채워 주는 사제의 존재는 매우 귀하다. 여자 사제였다면 눈이라도 마주쳐 주었을 테지만 위드는 그냥 앞으로 달려갔다.

"헤르메스 길드의 드렌킬이다. 헤스티거, 너에게 기사로서의 승부를 청한다."

"전투에서 말이 길 필요는 없다. 실력으로 말하라."

헤스티거는 두 합만으로 드렌킬이라는 유저를 베었다.

기본적인 방어 스킬에 사제의 축복을 받고 명품 갑옷을 착용하고 있을 텐데도 단숨에 불타서 숯덩이가 되어 버리는 헤르메스 길드의 유저.

　'과연 탁월한 선택이었어. 인생은 끊임없이 줄을 서고 잘 빌붙어야 편한 법이지.'

　위드는 헤스티거의 옆으로 다가갔다. 그러자 헤스티거가 위드를 향해 시미터를 휘두르다가 멈췄다.

　"주군, 오셨습니까!"

　"…그래, 헤스티거야."

　위드는 놀란 가슴 정도는 태연하게 감출 수 있었다.

　순간적으로 헤스티거의 공격에 큰 부상을 입거나 죽었다면 정말 모양 빠지는 일이 되었으리라.

　"전투를 원활하게 이끌지는 못하였습니다. 이들은 정말로 많군요. 저에게 명령을 내려 주십시오."

　헤스티거는 용사이며 레벨이 높음에도 불구하고 위드의 지휘를 인정했다.

　"딱히 지금으로써는 방법이 없다. 앞으로 돌진하며 눈에 보이는 적들을 전부 해치워라."

　"알겠습니다. 그럼 주군께서는 예전에 하시던 대로 저보다 앞장서서 싸우시겠습니까?"

　"…아니다. 내 언제까지 너희에게 길을 열어 주어서야 되겠느냐. 너도 이제 제 몫은 할 수 있게 되었으니 네가 앞장서도록 해라."

　"옛!"

헤스티거는 한 번 땅을 박차면 10미터, 20미터씩 뛰어넘으면서 주변의 병사들을 넘실거리는 화염 각인으로 몰살시킨다. 헤르메스 길드 유저들 여럿이서 막기 위하여 나서더라도 막강한 불의 칼을 휘두르면서 상대를 격파한다.

"크으으, 어마어마하게 강하다. 이런 무력을 가진 존재가 있다니……."

"넌 내 몫이다."

위드는 헤스티거의 뒤를 따라갔다.

헤스티거의 공격을 받고도 간신히 살아남은 이들은 위드의 차지!

> 시오드람의 은빛 투구를 획득하였습니다.

> 커다란 영광의 벨트를 얻었습니다.

"짭짤하군!"

일반 몬스터를 상대로 하는 게 아닌 유저와의 전투는 경험치와 아이템, 양쪽 모두에서 보상이 컸다.

레벨 400대 이상의 유저가 착용하고 있는 아이템을 하나만 빼앗더라도 대박!

헤르메스 길드 유저들은 악명이 높기 때문에 더욱 귀중한 물건을 얻을 가능성이 컸다.

"이 맛이었어."

헤스티거의 돌파력은 너무나도 대단해서 하벤 제국 기사나 헤르메스 길드 유저나 우르르 박살이 난다.

직접 공격의 대상이 아닌 자들은 목숨은 건졌지만 위드가 즉시 마무리를 지었다.

위드도 놓친 유저들은 뒤를 따르는 북부 유저들이 해치웠다.

그들도 짭짤한 맛을 제대로 본 뒤라서 눈에 불을 켜고 따라오고 있었다.

"역시 세상이란 이렇게 돌아가는 거지."

위드는 순진하게도 북부 유저들이 호의만으로 위험을 무릅쓰고 헤스티거를 따라나섰다고 잠시나마 착각한 걸 반성했다.

그들도 다 얻는 게 있었다.

전쟁터에서 주워 먹는 것이야말로 고소득 꿀알바!

"아무튼 썩을 대로 썩었어. 세상이 이 모양이라니까."

순수한 마음으로 나선 이들까지 욕심에 눈이 먼 사람으로 도매금으로 넘겨 버리는 위드였다.

"저자가 위드다."

"전쟁의 신! 너의 목은 내가 따 주마!"

희귀한 갑옷을 입은 기사 유저 셋이 위드를 향하여 달려왔다. 대충 눈으로 견적을 뽑아 보더라도 전부 레벨 430대 이상일 듯.

레벨만 놓고 본다면 위드보다 높았다.

"이놈의 인기란. 거참, 벌써부터 노골적으로 피하기도 곤란하고."

위드는 적들이 적극적으로 덤벼드는 것이 매우 성가셨다.

기사 셋을 상대해서도 지리라는 보장은 없지만 붙잡혀서 시간을 빼앗기게 되리라.

전장에서 어떤 위기가 생겨날지 모르는 판국에 헤스티거를 가능한 한 가까이 따라다녀야 하는 입장이라 상당히 곤란했다.

그때, 하늘에서부터의 기습이 시작되었다.

만 마리 이상의 조인족들이 위드를 따라서 지상에 낮게 내려왔다. 하벤 제국군과 헤르메스 길드 유저들을 창으로 찌르고 부리로 쪼는 등 공격을 하는 것이다.

3명의 기사 유저들도 조인족들에게 뒤덮였다.

"흠, 너희는 아직 내게 도전할 수준은 못 된다. 블링크!"

위드는 혼돈의 대전사 특유의 능력을 발휘하여 단거리 순간 이동으로 사라졌다.

그리고 헤스티거의 옆에 바짝 붙어서 전투를 펼쳤다.

레드 드래곤 젠페스트가 만든 검. 레드 스타가 주변에 흐르는 불의 기운을 흡수합니다.
힘과 민첩, 체력이 크게 늘어납니다. 신체 상태가 최상이 되었습니다.

혼돈의 대전사는 사막의 전사와 비슷하게 불을 지배하고 이를 통해서 능력을 강화하는 특성을 가졌다.

헤스티거와 가까이 있는 것만으로도 레드 스타에 의해서 공격력이 2배로, 그리고 종족 특유의 성향에 의하여 전체적으로 30% 정도는 추가로 강해졌다.

"화염 폭발, 화염 소멸, 지옥의 겁화!"

마나를 아끼지 않고 레드 스타를 통해 사용할 수 있는 강력한 스킬들을 남발!

헤스티거와 함께 정면으로 돌파했다.

창술의 새로운 경계에 다가가고 있던 기사 젠너의 목숨을 거두었습니다.

검술의 숙련도가 증가합니다.

울름 기사단을 격파했습니다.

명성을 498 얻었습니다.

힘이 1 증가합니다.

가을 추수에 낟알들이 떨어지는 것처럼 아이템들이 우수수 떨어진다.

진정한 숟가락 얹기의 달인 경지!

헤스티거의 능력이 워낙에 뛰어나기도 했지만, 위드의 전투 능력도 얕봐서는 안 될 수준이기에 차려진 밥상 위에 밥주걱 수준으로 얹을 수가 있었다.

다른 유저들이 어쩌다 한번 숟가락을 얹은 걸로도 기쁘고 행복해한다면, 위드는 역사와 전설에 기록될 수 있을 법한 수준이었다.

하지만 전투의 선두에 선 것만으로도 하벤 제국군과 헤르메스 길드 유저들의 더 중요한 표적이 되었다.

"저자가 아르펜 왕국의 국왕이다. 하벤 제국을 위하여 목을 베어라!"

"전쟁의 신 위드! 오늘로 그 허명도 끝장이다!"

NPC나 유저나 할 것 없이 위드를 잡으려 든다.

위드는 티가 나지 않도록 슬그머니 한 걸음 정도 물러났다.

그럴 때면 따로 도움을 청하지 않아도 헤스티거가 먼저 처리해 줬다.

"대제왕에게 가기 전에 나부터 넘어야 할 것이다."

위드를 향하여 몰려들던 유저들이 헤스티거의 검에 의해 10명 이상씩 한꺼번에 사망했다.

큰 피해를 입고 간신히 목숨을 구한 유저도 위드의 이어지는 공격에 쓱삭!

악명이 높은 캐노피의 학살자 초록돼지를 안식으로 이끌었습니다.
대량의 경험치를 획득했습니다

헤르메스 길드 유저들은 악명이 높아서 얻는 숙련도와 경험치도 이만저만이 아니었다.

무사히 살아남기만 한다면 전쟁터만 한 사냥터는 없다.

헤스티거가 미남 특유의 가지런한 이를 드러내며 환한 미소를 지었다.

"주군, 과거에 사막을 떠돌아다니던 것이 떠오릅니다. 그때에도 이런 전투를 자주 했지요. 탐욕스러운 왕들을 처리하면서 이런 전투를 했습니다."

"그래그래, 그 추억이 떠오르는구나. 그때도 너한테 공적을 빼앗기지 않기 위해 안간힘을… 아니, 우리가 함께 있어서 든든했지."

위드는 대충 헤스티거의 말을 받아 주면서, 다른 한편으로

부지런히 아이템들을 수거했다.

> 자잘한 단검을 얻었습니다.

> 자잘한 단검을 버렸습니다.

너무나도 많은 아이템들을 건질 수 있었기에 잡템을 버리는 끔찍한 만행까지 저질렀다.

위드도 이런 경우는 굉장히 드물어서, 잡템을 버릴 때마다 흰머리가 돋아나는 것처럼 느낄 정도로 스트레스를 심하게 받았다.

"콜 데스 나이트 반 호크! 콜 뱀파이어 로드 토리도!"

푸슈슈슉!

검은 연기가 사방으로 일어나면서 반 호크가 등장했다.

어비스 나이트가 되었던 이후로 미세하게나마 조금 더 강해진 반 호크였다.

데스 나이트로서 성장의 정점에 달하여, 보다 상위 계열의 스킬들을 익히고 있는 단계였다. 물론 그렇다고 해도 다시 어비스 나이트가 되려면 매우 긴 시간이 필요하다.

토리도의 경우에는 땅속에서 솟구쳐 나오며 등장한 후에 바로 망토로 몸을 감쌌다.

뱀파이어 로드의 품위와 권위가 있는 등장!

"이 무능한 놈들!"

"……."

"……."

반 호크와 토리도는 할 말이 없었다.

위드의 갈굼이야 매일 반복되는 것이라지만 어비스 나이트가 되고서도 뚜렷한 활약을 못 한 반 호크는 침묵을 지켜야만 했다.

토리도는 초반에는 매우 강했지만 그 이후로 뱀파이어 로드로서 제대로 체면을 세우지 못했다. 반 호크가 자신을 능가했던 것은 상당한 정신적인 충격이기도 했다.

위드는 이럴 때일수록 부하들의 사기를 고려하여 다독여 주어야 한다는 점을 잘 알았다.

"반 호크, 너는 언데드들이 있는 곳으로 가서 그놈들을 통솔해라."

"알겠다, 주인."

"또 멍청하게 정면으로 덤벼들지 말고 알아서 잘 싸워. 밥값도 제대로 못하는 일이 또 벌어지면 안 돼."

"명심하겠다."

"토리도, 넌 약하니까 적당히 싸워라. 뚜렷하게 뭘 하려고 하기보다는 전투가 끝날 때까지 살아남아서 사람들 피나 잘 빨아먹어."

"그렇게 하겠다."

부하라고 둘이 있었지만 이런 규모가 큰 전투에서는 영 믿음이 안 갔다.

언데드 계열이라서 신성 마법에 의하여 쉽게 몸이 타 버리거나 녹아내린다는 단점이 매우 컸다.

그렇지만 반 호크의 지휘력이나 토리도의 은밀한 습격과 세뇌를 통한 피의 노예 생성은 그럭저럭 유용하게 쓰일 가능성도 매우 컸다.

위드의 곁에서 싸우다 보면 적들의 공격이 집중되기 마련이라 오래 버티기가 힘들다. 차라리 스스로 활약을 하도록 기회를 주었다.

반 호크와 토리도는 연기를 퍼뜨리며 빠르게 사라졌다.

"놈들만 죽이면 끝난다."

"모두 덤벼들자!"

위드와 헤스티거에게 적들은 갈수록 더 많이 몰려들었다.

전쟁의 신 위드의 이름값은 헤르메스 길드에 더 퍼져 있다고 할 수 있다.

길드 채팅이나 지휘관 통신 채널에서도 위드와 헤스티거에 대한 경계와 척살하라는 명령이 계속 떨어졌다.

실질적인 북부 정복의 종착점과도 같은 대상을 없애기 위하여, 진형을 무시하고 경쟁하듯이 나타난다.

전술 대형이 도미노처럼 무너지고 있었음에도 지휘관들조차 정신을 차리지 못했다.

전체적인 국면은 중요하지 않았다.

헤르메스 길드 유저들이 언제 자신의 손으로 전쟁의 신 위드를 죽일 기회를 얻겠는가.

그리고 그 기회가 베르사 대륙 정복 전쟁의 종결을 말하는 것이라면.

"크흐흐, 내 눈에 띈 이상 절대로 벗어나지 못하리라. 억겁의 쇠사슬."

"끝났다, 멍청한 놈. 분신 단두대!"

위드를 향하여 피하기 힘든 범위형 저주 마법들이 마구 날아왔다.

강자가 우대받는 헤르메스 길드에서는 힘만 얻을 수 있다면 어떤 형식이든 가리지 않는다.

제물을 바쳐서 능력을 개발하는 흑마법사들도 다른 길드에 비하여 압도적으로 높은 비율을 차지했다.

고위 흑마법들이 위드와 헤스티거를 목표로 시전되었다.

여신의 기사 갑옷이 흑마법을 소멸시킵니다.

레드 스타가 상태 이상에 대해 면역 효과를 발휘합니다.

소유하고 있는 대륙의 지배자의 도장이 해로운 마법에 대해 저항합니다.

사막의 대제왕 시절에는 신체 능력을 약화시키는 저주를 과민할 정도로 두려워했다.

상대가 극악한 신성 저주를 퍼붓는 엠비뉴 교단이었다. 또한 빠른 성장에 비해 부족한 퀘스트 시간으로 인해 다양한 아이템을 가지지 못한 것도 이유였다.

전쟁의 시대에는 튼튼한 방어력을 갖춘 방어구는 많아도 신성력과 관련된 물건들은 유난히 부족했다.

그러나 지금은 신의 금속 헬리움으로 만든 갑옷에 드래곤의 검, 대륙에 하나뿐인 지배자의 도장까지 가졌으니 저주 회피를 위한 아이템 3종 세트를 완비한 셈!

저주만큼은 겁날 게 없었다.

헤스티거는 세계를 구하는 용사로서 그리고 스스로의 능력으로 저주를 이겨 냈다.

"음, 과연 완벽하군. 제대로 풍년이야."

위드는 평소처럼 전쟁터에서 넓은 시야를 유지했다.

조인족들이 위드를 돕기 위하여 땅으로 가까이 내려오다가 공격을 당해서 목숨을 잃고 있다. 하벤 제국군을 파고들며 따라오는 유저들도 뒤처지거나 목숨을 잃어서 줄어든다.

나타나는 적들의 수준이 갈수록 높아지고 있음에도 불구하고, 위드는 여유가 있었다.

밥주걱을 제대로 올려놓은 헤스티거의 옆에만 있다면 갑자기 죽는 일이란 절대로 발생할 수가 없기에!

콰과과과광!

앞쪽만 신경 쓰고 있던 위드의 뒤통수에서 강한 폭발이 일어났다.

도둑 스네거의 암습에 당했습니다.
치명적인 일격으로 생명력이 13% 감소합니다. 부상으로 신체의 균형 능력이 일시적으로 감소합니다.

도둑 스네거!

그는 소매치기나 도굴보다는 헤르메스 길드의 전투 요원으로 더욱 유명했다.

전쟁이 벌어지면 은신술을 펼쳐서 적진 깊숙하게 잠입을 한 후에 상대를 기습으로 죽이고 도주한다.

암살자와 비슷한 형태의 싸움을 좋아했지만 도둑의 장점으로는 더 높은 체력과 정면에서의 직접적인 전투 능력, 약간 더 빠른 몸놀림이 있었다.

적이 당황하는 사이에 약점을 노려서 연속 공격을 퍼부을 수가 있는 것이다.

위드도 습격을 당하기 전까지는 접근하는 것을 조금도 느끼지 못했다.

그럼에도 조각 파괴술을 통해 늘려 놓은 생명력까지 위기로 빠져들 정도는 아니었다.

'잘됐다. 스네거라면 유명한 녀석이고, 도둑은 나름 인기 직업이지. 놈이 착용한 아이템이라면…….'

위드가 재빨리 뒤로 돌아서 스네거를 상대하려고 할 때였다.

"주군, 위험합니다. 불의 재림!"

"크에엑!"

도둑 스네거의 몸에 치유 마법을 받기 전에는 꺼지지 않는 불이 붙었다.

헤스티거가 칼을 한 번 휘두르는 것만으로도 지역 전체의 적들에게 영향을 미치는 광범위 공격 스킬을 사용한 것이다.

높은 레벨을 가진 스네거는 몸에 불이 붙은 채로 다른 기사들의 틈으로 재빨리 도주했다.

불의 기운을 흡수하여 생명력을 회복하고 있습니다.

위드의 몸으로 가까이 있는 불길이 빨려 들어갔다.

치료 마법을 받는 것만큼은 아니라도 휴식을 취하는 것과 비교해서 생명력을 수십 배 빠르게 보충할 수 있었다.

'스네거는 놓쳤지만 헤스티거에게 붙어 있는 건 역시 탁월한 선택이었어. 밥주걱 하나는 기가 막히게 올렸군.'

위드는 갈수록 많아지는 헤르메스 길드 유저들을 보며 군침을 삼켰다.

질 수 없는 전쟁

드라카는 하벤 제국군을 이끄는 군단장이기 이전에 인간이
었다.

"지휘도 통솔도 되지 않는다. 그냥 막아 내기만 하다가 이렇
게 끌려다니는 전투는 내가 원하던 게 아니다."

터전을 지키기 위한 북부 유저들의 결사적인 항전은 어떤 감
동도 없었다.

베르사 대륙은 성숙도가 높은 시민사회가 아니다.

약자들이 가진 것을 빼앗고 죽이는 건 너무나도 당연했다.
강자가 되기 위해서 노력을 하고 그 결실로 얻는 당연한 결과
에 불과한 것이다.

위드가 일으킨 재앙과 그를 돕는 헤스티거에 대한 불만도 나
오지 않았다.

능력이 있다면 사용하는 것이 당연했다.

그런 대량 파괴 능력을 가지고 있다면 자신도 적극적으로 활

용했을 테고 쓸 수 있는 한도 내에서 최대한 써먹었을 것이다.

드라카의 불만은 대부분이 수뇌부의 명령에 따라 하벤 제국 군의 북부 정벌군을 통솔하는 자신에 대한 것이었다.

"지휘관으로서 너무도 무력하다. 이런 역할을 하는 게 기사이고 지휘관이란 말인가?"

라페이와 헤르메스 길드에서는 불패, 무적의 전법을 수행하도록 지시했다. 170만여 명의 최강 병력이 밀집대형을 유지한 채로 덤비는 적들을 족족 처리해 버리는 것이다.

탁월한 병력 구성은 그 어떤 군대라고 해도 훨씬 더 크고 강력한 힘으로 맞부딪치지 않는 한 와해시킬 수 있었다.

하벤 제국군 내부로 들어온 위드와 헤스티거가 대활약을 벌이고 있어도 그들이 상대해야 할 적은 무한대라고 불러도 좋을 만큼 많다.

그들이 헤르메스 길드 유저들을 상당히 죽였으며, 그보다 십 몇 배에 달하는 유저들이 공적을 탐하며 휘하 병력을 지휘하지 않고 자리를 이탈하더라도 하벤 제국군은 붕괴되지 않는다.

모든 군대가 밀집대형을 유지하고 있는 이상 전체적인 국면을 바꿔 놓을 수 있는 정도는 절대 아니다.

"그렇지만 적의 의도대로 끌려다니기만 하면서 피해를 보고 수비만을 하며 전투에 승리했다고 할 수 있는가."

드라카는 짙은 회의가 들었다.

이것은 그가 지금까지 치러 온 전쟁이 아니다.

북부로서는 막을 수 없는 병력을 보내서 덤벼드는 적들을 제거한다.

효율을 중시하는 수뇌부의 의도는 알겠지만, 이것은 지휘관의 입장에서는 너무 굴욕적인 싸움이었다.

지휘관은 허수아비처럼 어떠한 판단도 내리지 않아야 했다.

"절대 패배하지 않을 병력을 가지고 있건만 수비 진형만을 취하고서 다가오는 적들만을 치라니. 당당함이 조금도 없지 않은가."

중앙 대륙에서는 이렇지 않았다.

때때로 숫자나 지형에서 불리함을 안고 싸웠다. 기사단의 활용이나 지휘관의 능력으로 더 좋은 결과를 내거나 극복한 경우도 많았다.

하벤 제국의 북부 정벌군은 겉보기에는 대단하였지만 지휘관의 권한과 자존심으로 보면 형편없는 군대다.

당당하게 싸우지 못하고 그 자리에 웅크리고 있는 거대한 군대인 것이다.

드라카는 군대의 지휘관으로서 명예와 긍지 따위는 찾아볼 수 없을 정도로 너무나도 모욕적이었다. 사실 기분이 상했다기보다도 욕심이 마음속에 더 크게 작용하고 있었다.

패배할 수 없는 막강한 군대를 가지고 있다. 전술을 보다 적극적으로 활용하여 자신의 손으로 더욱 완벽한 승리를 이루어 내고 싶은 총사령관으로서의 욕망!

"이렇게 이긴 승리도 승리라고 부를 수야 있겠지만… 전투가 아니라 단순한 작업일 뿐이다."

드라카는 2군단장 발바로에게 귓속말을 전달했다. 절친한 친구이면서 막강한 무력과 지휘력을 가진 동료이기도 했다.

— 그쪽의 상황은 어때?

— 여긴 최전선이야. 북부 놈들이 미친 듯이 덤벼 오고 있고 조인족들이 전 후방을 가리지 않고 귀찮게 하는군.

— 피해는?

— 재앙 때문에, 병사들이 많이 죽은 건 아니지만 진형이 엉망진창이 되어 버렸지. 조금씩 다시 추스르고 있는데 막아 내는 데는 문제가 없어.

— 이 전투… 어떻게 될까?

— 승패를 물어보는 것인가?

— 일단은 그래.

— 당연히 우리의 승리지. 너도 알다시피 이런 전투에서 질 수는 없는 것 아닌가. 그래도 하루를 꼬박 싸우지 않고서는 결판이 나지 않을 것 같군. 북부 놈들의 저항이 워낙에 거세서 말이야. 공성 병기들이 부서져서 귀찮게 됐어.

드라카는 전황을 알아보기 위해 3군단장 포르칼에게도 귓속말을 보냈다.

— 현재 상황은?

— 궁수단과 마법병단을 복구하려고 하고 있지만, 하늘에서 적들이 계속 떨어지고 있습니다. 조인족들이 사람을 실어 나르는데… 골치 아프군요.

— 위드와 헤스티거는?

— 포위망을 구성했습니다. 마법병단의 공격을 집중시킬 기회를 노리고 있는데 돌파력이 너무 좋아서 잡을 수 있다는 보장은 없습니다. 놈들도 나중이 되면 지칠 테니 조금 더 싸워 봐야지요.

드라카는 잠시 심사숙고했다.

'북부 대륙을 지키기 위해 모인 많은 유저들이 물러나지 않는다면 전부 죽을 때까지 밤새도록 싸우게 될 것이다.'

베르사 대륙에서 벌어진 전쟁 중 규모 면에서 이보다 컸던 전투는 없었다. 위드가 등장한 이상 북부 대륙의 운명이 걸린 일전이기도 했다.

드라카의 눈이 날카롭게 빛났다.

"현재의 방식을 고수한다는 것은 강력한 하벤 제국군의 장점들을 하나만 제외하고 모두 버리고 싸우는 것과 같겠지. 진짜 승리를, 전쟁을 전쟁답게 치르고 나 드라카의 이름으로 완벽한 승리를 얻어 내겠다."

드라카는 군단장과 하벤 제국군의 중간 지휘관들이 듣는 길드 채팅 창에 외쳤다.

> 드라카: 전군 지휘관들에게 총사령관으로서 명령을 하달한다. 군단별로 진격을 개시, 모든 병력은 기다리지 말고 적극적으로 돌격하여 적군을 분쇄하라!
> 인스트리움: 진심이십니까? 수뇌부에서 결정한 전술은 그것과는 다릅니다.
> 발바로: 현재의 전투를 지속하더라도 무리는 없지 않습니까?
> 드라카: 모든 책임은 내가 진다. 총사령관으로서 명령권은 나에게 있지만 억지로 강요는 하지 않겠다. 소인배처럼 그냥 이기는 전투를 하고 싶다면 따르지 않아도 된다. 그러나 영웅이 되고 싶다면 이제 우리의 전쟁을 시작하자.

"1군단 진격!"

드라카가 지휘하는 1군단이 수비 진형을 풀고 진군을 개시했다. 북부 유저들이 떼를 지어서 덤벼드는 것을 정면에서 격파하며 돌진하는 것이었다.

기사단과 기병대가 움직이면서 유저들을 돌파하고 보병들이 뒤를 따른다.

"가라. 전부 죽여라!"

드라카는 개인적인 무력도 걸출하지만 그 이상으로 유능한 지휘관이었다.

병력을 통솔하는 능력이 걸출하지 않았다면 북부 정벌군을 지휘하는 임무도 주어지지 않았으리라.

"드라카가 간다면… 나도 간다. 2군단도 진군!"

발바로도 병력을 움직이기 시작했다.

1만, 3만 단위의 병력으로 편제를 나누어서 줄줄이 빠른 진군을 개시했다.

지휘관에 따라서 휘하 병력도 특성에 약간씩 차이가 있었다.

발바로의 장기는 군단 전체의 기동성이었다. 그는 전쟁 경험을 통해 기사로서 얻은 특수한 능력 '신속한 발걸음'을 군단에 부여할 수 있었다.

군단장들의 능력을 최대 레벨까지 발전시켜서 전군의 진군 속도가 17% 빨라지고, 장거리 진군으로 인한 피로가 62% 감소한다.

군단 훈련 과정에서도 기동력을 높이는 부분에 중점을 두어서 일반 보병이라고 하더라도 속보로 걸으면 상당히 빠르다.

2군단은 순식간에 15개 이상의 부대로 나뉘어서 북부 유저들을 제압했다.

느긋한 거북이처럼 잠잠할 때에는 다가오는 적들을 해치웠을 뿐이다. 하지만 적극적으로 움직이기 시작하니 맹수처럼 뛰쳐나가서 적들을 학살하는 2군단이었다.

3군단과 4군단, 5군단, 6군단도 뒤늦게 움직였다.

군단장들은 드라카의 명령을 듣고 그 기분을 십분 이해했다.

그들 역시 마찬가지였기 때문이다.

전투 상황에서 드라카의 명령이 몰고 올 변화를 생각해 보고는 충분히 합리적이고 적극적으로 유리한 장점들을 활용할 수 있다고 생각했다.

"북부 정복의 깃발을 자신의 손으로 꽂고 싶은 것인가? 군단장의 마음이 이해되는군. 이 전쟁은 질 수가 없으니까 나 역시 조금은 욕심을 내 볼까."

"답답하긴 했지. 어차피 질책은 드라카가 받게 될 테니 총사령관의 명령을 우선 존중하는 것으로 포장해도 모습이 나쁘지 않을 거다. 그리고 위드를 죽이는 것과 대지의 궁전 정복은 우리 군단이 해낸다."

"전면 전쟁으로 자유롭게 진행되면 공적 대결로 이어지게 되려나? 어느 군단이 가장 많은 적들을 죽이는지를 따진다면 5군단이 밀려서는 안 되겠지. 전군 돌격!"

"우리 6군단은 마법병단의 비중이 높은 만큼 직접 전투에 약하다는 편견이 있었지만… 최근에 양성한 마법 기사단 전력이 어떤 능력을 가졌는지 똑똑하게 보여 주지."

하벤 제국군이 극적인 움직임을 보이고 있었다.

거대한 무리 전체가 대지의 궁전과 사방에 있는 북부 유저들을 향하여 몰아쳤다.

⌒⌒⌒

"과연 명불허전이군요. 〈로열 로드〉에서 저토록 어마어마한 군세를 양성하기까지 노력이 이만저만이 아니었겠습니다."

"약간의 어려움을 극복해 가는 과정은 성취욕과 함께 즐거움을 안겨다 줍니다. 느긋하게 보시지요. 하벤 제국에서 현재 개발하고 있는 군사 전력은 현재 보시는 화면과는 비교할 수가 없습니다만… 대륙 정복은 저 정도로도 충분할 것입니다."

바드레이와 라페이, 헤르메스 길드의 핵심 수뇌부는 하벤 제국의 황궁에서 북부 전쟁을 지켜보고 있었다.

벽 전체를 장식한 마법 수정으로 영상이 생생하게 전달된다.

군단장들과 중요 유저들이 눈으로 보는 영상, 방송국들의 중계 화면도 함께 시청이 가능했다.

그 자리에는 24명의 헤르메스 길드 소속이 아닌 유저들도 있었다.

이들이야말로 전 세계 경제계의 자산가들.

헤르메스 길드와 하벤 제국에 투자를 결정하고 직접 만나서 세부 협의를 마쳤다.

실무적인 절차가 몇 가지 남아 있었지만 투자 조율은 이미 끝났고, 북부 전쟁을 보기 위하여 황궁으로 초대받아 온 것이었다.

붉은 얼굴을 하고 있는 드워프가 물었다.

"놀랍습니다, 하벤 제국군은! 저 역시 〈로열 로드〉를 하고 있지만 특별히 강해지는 비결이라도 있을까요?"

바드레이는 가볍게 웃었다.

"전투를 잘하면 됩니다. 하지만 그 과정은 몇 마디 말로는 설명드리기 어렵지요."

"역시 막연한 대답이로군요. 하기야 모든 이치가 다 그렇습니다만. 대륙에서 가장 강하고, 가장 큰 세력을 통치한다는 점에서 범상치 않은 부분이 한둘이 아니겠습니다."

"헤르메스 길드에서 여러분의 성장을 보조해 줄 것이니 그런 염려는 하지 않으셔도 될 겁니다. 원하신다면 황궁 기사 몇 명을 붙여 드릴 수도 있지요."

"허허허, 그 제안은 정말로 고맙게 받아들여야겠군요."

그는 중동의 부호였는데, 워리어 직업을 선택해서 활동하고 있었다.

드워프의 장점으로 대장장이 스킬을 기본적으로 쉽게 익힐 수가 있어서 여러 물품들을 만들어 보았다.

대부분의 자산가들도 예전부터 〈로열 로드〉를 해 왔다.

새로운 것에 대한 흥미, 텔레비전과 뉴스, 정보망을 통해서 매일 들어오는 〈로열 로드〉의 경제적인 확장에 관심이 가지 않을 수가 없었다.

첨단 기술에 대한 불신이 큰 자산가들도, 자식들의 추천 등에 의해 〈로열 로드〉를 경험하는 경우가 많았다.

'이 투자는 향후 무궁무진한 대가를 안겨 줄 수 있을 것이다.'

'새로운 세상에 내 지분과 권력을 가질 수 있다는 장점만으로도 투자할 만하다.'

'휴양 부분만 더 개발되더라도……. 하벤 제국 정도의 자본과 땅, 기술력을 가지고 있다면 리조트와 호텔 사업을 독점적으로 진행하게 된 이후로 거두는 이익은 끝이 없을 것이다. 관광객들이야 끝없이 공급되고 있고 현실처럼 복잡한 정치권의 인허가 과정이나 건축 시간과 비용, 구조에 대한 제한도 생기지 않는다. 지상낙원으로 바꾸어 놓을 장소들이 이 대륙에는 얼마든지 있지.'

자산가들은 투자를 하고 그 결실을 함께 나눈다.

바드레이와 수뇌부는 인생을 바꿀 돈방석에 앉게 되었으니 서로가 이득을 보는 거래.

자산가들은 정기적으로 보고를 받고 사업이 원활하게 진행되는지를 확인하면 된다.

"오래 보다 보면 조금 지겨우실 테니 요리라도 드시지요."

"황궁 요리는 어떤 음식들이 나오는지 먹어 보도록 할까요?"

산해진미를 차려 놓고 먼 곳에서 벌어지는 전투를 시청한다.

'남자로서 이렇게 살아 보고 싶었다.'

바드레이는 이 자리에 모인 사람들을 보며 권력의 정점에 오른 기분을 만끽했다.

현실 세상에서도 막강한 자본과 영향력을 가진 인물들이 그를 존중하고 큰돈을 투자했다.

'나는 더 이상 평범한 인간이 아니다. 하벤 제국의 황제로서 영원불멸의 새로운 신화를 써 가는 것이지. 가상현실과 실제 현실 모두에서 전에도 없었고 후로도 없을 권력자가 되었다.'

바드레이와 라페이의 눈빛이 의미심장하게 마주쳤다.

'우리는 정말 큰 사업을 성공시켰어.'

'앞으로 거두는 모든 이익이 우리의 것이 될 겁니다.'

하벤 제국을 탄탄한 반석 위에 올려놓고 〈로열 로드〉의 세계를 오랜 기간 완벽하게 지배하리라.

라페이는 아르펜 왕국을 지키기 위해 모여든 북부 유저들이 밉지만은 않았다.

　'〈로열 로드〉가 인기 있을수록 우리가 얻을 이윤도 갈수록 커지게 되지. 저들이 원하든 원하지 않든 하벤 제국의 신민이 되어 줄 것이다.'

　베르사 대륙을 정복하기 위한 염원만으로 가득하던 시절을 지나서 〈로열 로드〉에 대한 뉴스까지 챙겨 보고 있었다.

　〈로열 로드〉에 신규 유저가 얼마나 되는지, 인기도가 계속 상승하고 있는지를 확인했다.

　휴가철이면 사람들이 산과 계곡으로 떠나지 않고 〈로열 로드〉에 접속한다는 뉴스도 그들을 즐겁게 해 주었다.

　그들은 누가 뭐라고 해도 또 다른 하나의 세상, 이 가상현실의 절대군주이므로.

　그때 하벤 제국군의 움직임이 빠르고 격렬해지기 시작했다. 군단별로 흩어져서 북부 유저들을 제압해 나가는 것이었다.

　"과연… 중세의 전쟁을 보는 기분입니다. 마법사도 그렇지만 기사단의 출격이란 위압감이 엄청나군요. 어릴 때부터 전쟁에 관심이 있어서 남북전쟁 시절의 무기들을 수집했는데 그러한 취미도 〈로열 로드〉 앞에서는 무용지물이 되는 것 같습니다."

　미국의 부동산 재벌이 하는 말에 라페이는 부드럽게 웃었다.

　"마음만 생기시면 영주가 되어서 직접 저런 기사단을 거느리실 수도 있을 겁니다."

　"저는 〈로열 로드〉에서만큼은 통치를 위하여 복잡하게 머리를 써야 하는 영주보다는 직접 몸으로 싸우고 모험을 하며 돌아다니는 편이 좋더군요. 아직도 이 가상현실에만 들어오면 피가 끓는 젊음이 느껴지니…….”

“무엇이든 원하시는 대로 되겠지요.”

라페이는 미소를 가득 지으면서 테이블에 놓여 있는 와인을 한 모금 삼켰다.

그러나 벽의 영상을 보는 수뇌부는 초조해하는 기색들이 역력했다.

—이것이 어떻게 된 일입니까?
—드라카 총사령관의 독자적인 결정 같습니다.
—우리가 적극 공세를 허용했던가요?
—그런 적은 없습니다. 우리의 관리를 벗어난 것입니다.

길드 수뇌부에서 결정하여 북부 정벌군에 내린 방침이 거부된 것이다.

일선의 전쟁 지휘관들이 독자적인 작전권을 행사하더라도 위급한 상황이 아닌 한 먼저 허락을 받아야 마땅하다.

수뇌부는 북부 정벌군처럼 커다란 군대는 확실한 관리의 대상으로 삼기를 원했다. 또한 철저하면서도 완벽한 승리를 위해서 그들이 지시한 전쟁 방식이 있었다.

재산가들이 또 한마디씩 했다.

“호오, 저런 전쟁에 참여하는 기분은 어떤 것일까?”

“아마 우린 제대로 겪어 보지도 못하고 몇 분 되지도 않아서 목숨을 잃어버리지 않겠습니까?”

“별장에서만 지냈는데… 전쟁을 위해서라도 육체를 단련해 봐야겠습니다.”

북부 정벌군이 접근을 허락하지 않는 전쟁 방식에서 적극적인 전면 돌격으로 전술을 바꾸면서 전황은 더욱 볼만해지고 있었다.

기사단이 일제히 질주하고 보병들이 힘껏 달려 나가 유저들을 맞이한다.

라페이의 머릿속이 영상을 보며 분주하게 돌아갔다.

'방식은 다르지만 나쁘지 않겠지. 승리의 방법은 하나만 있는 게 아니니까. 오랫동안 싸워서 이기기보다는 짧은 시간의 승리가 힘을 과시하기에는 더 좋은 수단.'

하벤 제국군의 1군단과 3군단, 4군단의 깃발이 대지의 궁전으로 향하였다.

가장 많은 유저들이 뭉쳐 있는 지역을 격파하는 중이었다.

북부 정벌군이 대지의 궁전을 목표로 삼아서 먼저 초토화시키고 나머지 잔당을 제압하는 형식의 전쟁이 되더라도 모양새는 오히려 좋았다.

라페이와 수뇌부가 수비적인 진형을 취하도록 정한 것은 상대가 위드이기 때문이었다. 어지간히 불리하더라도 이 전쟁에서 북부 유저들이 쉽게 물러나지 않을 것을 알기에 그러한 명령을 내렸다.

만의 하나를 대비한 작전.

위드에게 휘말려서 어처구니없는 실패가 나와서는 절대로 안 된다.

차후 북부의 통치까지 감안하여, 최소한의 피해로 걱정거리 없는 완전한 승리를 거두기를 원했다.

그러나 모든 일에 만일의 가능성까지도 염두에 둔 완벽한 계획이란 없다.

'나쁜 방식은 아니야. 드라카가 그런 결정을 내렸다면 지금은 말리지 않고 존중해 준다.'

일선 지휘관의 명령에도 불구하고 라페이가 길드의 지휘통신 채널을 통하여 북부 정벌군을 다시 원점으로 되돌릴 수도 있었다. 그렇지만 혼란을 우려한 그는 그러한 권한을 행세하기를 포기했다.

'북부 정복을 다 끝내고 나면… 드라카와 몇 명으로 본보기를 보일 필요가 있겠어. 그들이 아니더라도 사냥개는 많으니까. 정복 후에는 명령을 잘 듣는 인물들이 더 많이 필요하기도 하고.'

라페이와 수뇌부는 표정이 다소 굳었지만 전쟁에서 패배한다는 생각은 꿈에도 하지 않았다.

이것은 너무나도 현격한 전력의 격차가 있는, 질 수가 없는 전쟁이었으므로.

꽃

"막아라!"

"으아아아악! 너, 너무나도 강하다."

"전투 마차가 진형으로 난입한다앗!"

하벤 제국군이 공격으로 나서면서 전투부대들이 속속 등장했다.

평원에서 절대적인 활약을 보이는 전투 마차들은 기본이고, 몸이 강철로 이루어진 10미터짜리 골렘 부대, 명령에 복종하는 키메라로 구성된 몬스터 군단까지 돌파를 개시했다.

1군단 드라카의 주력군 병사들의 수준은 최고에 달했다. 군단장이 전쟁터를 전전하면서 살아왔으니 매번 승전을 거둔 병사들도 믿을 수 없는 정예였다.

3군단은 일반 병사 전력은 비교적 약하지만 헤르메스 길드에서 연구한 각종 키메라들이 대거 포함되어 있었다.

소속된 마법사들도 단순하게 원거리 공격 마법만을 사용할 때가 다행이라고 생각이 들 정도로 각종 소환물들과 흑마법을 사용하기 시작했다.

4군단은 전투 병기들을 전문적으로 다루었다.

전투 마차, 전투 골렘으로 적진을 밀어붙이며 무자비하게 뭉갰다.

하벤 제국군의 3개나 되는 군단이 대지의 궁전으로 진격하고 있었다.

북부 유저들은 수비를 하려고 했지만 앞사람이 죽는 것을 알아차리기가 무섭게 자신의 목숨이 위태로워졌다.

하벤 제국군이 방어 진형에서 발휘하는 공격력과 목표를 잡고 돌격할 때의 파괴력은 완전히 달랐다.

그렇지만 북부 유저들도 나름 멍청하지 않았다.

"정면으로는 승산이 없지만 옆구리나 뒤를 노려 봅시다!"

"우리가 믿을 것은 숫자밖에 없어요. 다들 겁먹을 필요 없어요. 기회는 옵니다. 놈들이 내부로 들어오면 둘러싸서 공격하면 돼요!"

"어디 낙오되는 놈 하나만 걸려라!"

군단들의 돌격은 더 많은 북부 유저들에게 싸움의 기회를 주었다.

마법 파괴 지대가 사라지자, 여전히 절대다수가 저항도 제대로 못 해 보고 목숨을 잃긴 했지만 그래도 꽤 싸울 수 있는 유저들이 하벤 제국군과 붙을 수 있었다.

"돌파, 돌파하라!"

"이런 것들 따위에 시간을 끌지 마라."

1군단, 3군단, 4군단 사이에서는 미묘한 경쟁이 붙었다.

어느 군단이 먼저 대지의 궁전을 함락시키느냐에 따라서 결정적인 공적이 달라진다.

드라카의 입장에서는 총사령관으로서 당연히 목적을 달성해야 했고, 3군단, 4군단의 대표 역시 저마다 야망이 있었다.

이 전쟁이 완벽하게 끝나지 않을 경우 드라카의 지위가 위태롭기에 잘하면 북부의 총독 자리를 노릴 수 있다는 생각으로 더욱 기를 써서 대지의 궁전으로 진군했다.

"전속력으로!"

"기동력을 더욱 높여라. 일직선으로 전부 꿰뚫는다."

"우리가 먼저다. 기사단은 출동하여 앞쪽의 길을 터라!"

하벤 제국군의 막강한 돌격력 앞에 북부 유저들은 짚단처럼 쓰러졌다.

하지만 중심부를 꿰뚫고 지나가는 제국군을 향하여 화살과 마법도 엄청나게 날아온다.

제국군이 지나간 자리는 북부 유저들로 다시 채워져서 전투가 격렬하게 벌어지고 있었다.

〜❦〜

"뭔가 움직임이 수상해졌는데."

위드는 주변을 둘러보다가 하벤 제국군의 이동을 알아차렸다. 제국군의 한복판에 있었기에 오히려 몇몇 개의 군단이 빠져나간 것을 약간 늦게 알아차린 것이다.

"이놈들이 빨리도 움직이는군. 다른 곳의 전투는 그렇다 치더라도 대지의 궁전을 막을 수는 있을까?"

대지의 궁전은 북부 유저들만 지키고 있다.

위드가 직접 방어군을 통솔하는 게 아니라서 그들 중에서 고레벨 유저들이 몇이나 되는지도 모르고, 싸울지 말지를 결정하는 것도 개인의 의사에 달렸다. 다만 엄청난 숫자의 군대가 대지의 궁전으로 향하고 있었기에 무사히 막아 낼 수 있으리라고는 생각하기 어렵다.

위드는 핏기 한 점 보기 어려울 정도로 얼굴이 창백해졌다.

"크으으, 자칫하다가는 그 계획까지 실현될지 모르겠군."

떠올리는 것만으로도 심장병과 고혈압, 수명 단축이 발생할 수 있는 무자비한 계획!

하벤 제국군에도 괴멸적인 타격이 될 수 있겠지만 아르펜 왕국, 나아가 위드의 호주머니에도 심대한 피해가 생기는 계획이 실현될지도 모른다.

위드는 잠깐 그것을 떠올리는 것만으로도 헌혈하고 빵을 타러 갈 때처럼 현기증이 느껴졌다.

"그렇더라도 당장은 어쩔 수 없지. 지금은 나와 헤스티거가 놀 수 없으니까."

위드와 헤스티거는 파죽지세로 하벤 제국군을 휘어잡고 있었다.

적어도 이 부근에서만큼은 하벤 제국군이 북부 유저들을 쉽게 죽이는 것과는 완전히 정반대의 상황이 벌어지고 있다. 물론 그것은 헤스티거의 대활약 속에 밥주걱을 단단히 올려놓은 것이기 때문이기도 했다.

"변화를 알아차렸나? 그렇지만 이미 늦었다, 위드!"

위드와 헤스티거가 싸우는 곳에 6군단장 드롬이 나타났다.

하벤 제국군은 목숨을 잃어서, 혹은 명령을 받아서 주변에서 빠져나갔다. 위드와 헤스티거가 있는 자리는 곧 넓은 공터로 변했다.

하지만 이런 넓은 자리를 6군단의 최고 정예 병력으로만 가득 메우고 있었다.

마법 기사단.

독특하게 덩치가 크게 개량된 말에 기사와 마법사 1명씩이 동시에 탄다. 마법사가 마법 공격을 하고, 그 틈을 노려서 기사가 적의 숨통을 끊으며 돌파하는 전투 방식.

유치하고 조잡한 방식이라고 할 수도 있지만 의외로 전투에서의 성과는 엄청났다. 원거리와 근거리를 동시에 모두 타격할 수 있으며 생존력도 월등히 향상되었던 것이다.

위드의 표정은 겉으로는 어떤 내색도 없었지만 눈동자가 빠르게 움직였다.

몬스터라면 모르지만 군대를 상대로 해서는 장단점을 확실하게 파악해야 한다.

'이건… 상대하기가 마땅치 않군. 그냥 나 혼자 싸운다면 손해가 심할 수밖에 없겠어.'

6군단의 최정예.

NPC 기사들의 레벨이 기본적으로 300대 후반에 달하고, 중간중간 섞여 있는 헤르메스 길드 유저들은 430을 넘는 경우도 허다하다.

그들이 착용하고 있는 장비마저도 호락호락하지 않았으니 굉장한 강자들인 셈이다.

개개인이 강자들로 구성되어서 집단 전술을 쓴다면 전력은 몇 배로 늘어나게 된다.

"위드, 너의 목숨은 우리 6군단의 몫이 되었다."

"그렇군."

"마지막으로 남길 말은 없는가?"

드롬은 전투에 앞서서 말을 걸고 있었다.

위드의 앞에 나타난 직후부터 수많은 방송국에서 자신의 모습이 중계되리라 생각하고 있었으니 자연스럽게 멋진 모습을 보여 주고 싶었다.

북부 정벌군의 군단장이란 직위가 높기는 해도 전쟁과 무관한 일반 유저들에게까지 인지도가 퍼지진 않았던 것이다.

위드도 적당히 그를 상대해 주길 원했다.

적으로 싸우고는 있지만 방송 출연료를 받는 동업자 정신이 갓 태어난 송사리만큼은 있었다.

"북부의 땅을 침범한 너희는 시체만을 남기고 돌아가게 될 것이다."

"크하하하하!"

드롬이 말 위에서 호탕하게 큰 소리로 웃었다.

사실 그렇게 우스운 말은 아니었지만 텔레비전 중계에 과하게 신경 쓰고 있었다. 또한 아마도 영웅 영화를 많이 본 모양!

드롬이 뚝 하고 웃음을 그쳤다.

"아르펜 왕국의 국왕으로서 마지막으로 남기는 말치고는 지독하게 현실을 외면하고 있군. 뭐, 좋다. 그런 희망을 안고 싸우다가 죽는 것도 자유겠지. 시작하라!"

위드와 헤스티거를 중앙에 놓고 마법 기사단이 커다란 원을 그리며 빙글빙글 돌았다.

마법 기사단에 속해 있는 숫자는 1,000명.

다른 군단의 최정예 병력에 비해서 레벨은 다소 낮지만 그 부족함을 병력의 숫자로 채웠다.

마법사까지 포함하면 총인원은 2,000명에 달한다.

위드는 포위망부터 돌파해야 한다고 여겼다.

"헤스티거, 너부터 앞장서라."

"예, 대제!"

위험하고 힘든 일은 부하 먼저!

헤스티거는 대지를 박차고 마법 기사단을 향하여 쏜살처럼 뛰쳐나갔다.

"옴짝달싹할 수 없는 굴레에 엮이거라!"

"공기의 거센 저항!"

"몰아치는 강풍으로 후려쳐라!"

콰과과과과!

전진을 힘들게 하는 마법들을 종잇장처럼 찢어 버리면서 돌파하는 헤스티거.

"참회의 타오르는 화염 폭풍!"

그가 칼을 휘두르자 마법 기사의 일각이 그대로 무너지며 16명이 단체로 떼죽음을 당했다.

"폭풍의 연격!"

헤스티거가 질풍처럼 휘두르는 칼에 의하여 화염 폭풍은 더욱 거세지면서 마법 기사단을 몰아쳤다.

넘실거리는 화염 각인으로, 가까이 있는 기사들은 멀쩡하더라도 말과 마법사들의 몸에는 불이 붙었다.

"끄아아악!"

"살려 줘! 몸에 불이 났다!"

"불이 꺼지지 않는다. 마법을 거슬러서 더욱 타오른다!"

순식간에 비명이 가득했다.

"아니, 이럴 수가!"

드롬의 얼굴도 창백해졌다.

언뜻 이해도 가지 않는 상황!

자신 있게 나타난 그들이 의외로 너무도 쉽게 무너지고 있는 것이다.

실제 드롬은 전장의 동쪽에 위치해 있었기에 위드와 헤스티거에게 피해를 당하지도 않았고 활약상도 제대로 보지 못했다. 고작 몇 사람이 군대에 난입해 봐야 얼마나 강하겠느냐는 인식을 그대로 갖고 있었다.

각 군단이 자유롭게 전투를 벌이다 보니 이것저것 재 보지도 않고 곧바로 위드를 처리하기 위하여 달려왔던 것이다.

"음, 특별한 녀석들은 아니군."

위드는 잠깐 가만히 지켜보았다. 도대체 드롬이 무슨 자신감을 갖고 쳐들어온 것인지를 확인하기 위해서였다.

그런데 헤스티거에게 거의 속수무책으로 당하고 있었다.

동네 양아치들이 전직 국가 대표급 유도 선수에게 눈 깔라고 시비를 걸었다가 패대기쳐지는 전형적인 상황!

상황을 확인하자마자 위드는 곧바로 헤스티거에게 달라붙어서 마법 기사단을 상대로 전투를 개시했다.

'뭐, 우리에게도 약점이 없는 건 아니지만.'

특출난 무력을 지니기는 했지만 헤스티거도 사람인 이상 언젠가는 지치기 마련이다.

다만 쉽게 그런 생각을 떠올릴 수가 없는 이유가 있었다.

헤스티거가 너무나도 강력하고, 그에게 붙어 있으면서 화염의 기운을 전달받아서 위드도 그를 보완하듯이 놀라운 전투력을 발휘하고 있었다.

헤스티거에게 잘 달라붙어 화염의 속성을 최대로 활용하는 위드는 강적, 그 자체!

드롬은 잠시 당황했지만 곧 정신을 차리고 외쳤다.

"마법 기사단은 놈들의 발목을 묶어라! 이 자리를 벗어나지 못하게 해! 6군단은 필멸의 공격을 이곳으로 개시!"

마법 기사단에 소속 헤르메스 길드 유저가 즉각 반발했다.

"뭐요, 군단장? 그러면 우리를 전부 죽일 거란 말이오?"

"놈들을 잡으려면 그 방법밖에는 없어! 아무 말 하지 말고 싸워. 더 이상 반발하면 명령 불복종으로 다스린다. 그리고 성공만 한다면 보상은 톡톡하게 할 테니… 이 정도의 피해라면 위드를 잡기 위해서는 감당할 수 있는 수준이 아닌가?"

"빌어먹을."

얼마나 급했던지 귓속말이 아니라 고함을 쳐서 대화를 나누었다.

눈치 빠른 위드는 돌아가는 상황을 대충 짐작했다.

대체로 조직이란 목표를 달성하기 위해서 어느 정도 손실쯤은 기꺼이 감수하기 마련이다.

'마법 기사단이 우리를 붙잡고 있는 사이에 원거리 공격을 집중적으로 퍼붓겠다는 거지.'

위드와 헤스티거는 과도하게 밀집해 있는 제국군 내부를 자유롭게 휘젓고 다녔다.

내부로 원거리 공격을 하기에는 부적절한 상황이었지만, 하벤 제국군이 전면 공격에 나서면서 분산되어 넓게 퍼지게 되었다. 제국군을 인질로 잡는 효과가 약해져서 위드와 헤스티거를 향한 무차별 공격을 실행할 수 있게 된 것이다.

그렇다고 해서 그런 뻔한 수작에 당해 주기에는 위드가 인생을 남을 믿거나 의지하며 평화롭게 살아오지 않았다.

또한 조직에서 말단은 얼마든 희생시키더라도 웃대가리들은 자신들의 안전을 추구하는 법이었다.

"헤스티거, 저놈이 목표다. 같이 치자!"

"알겠습니다, 주군!"

위드와 헤스티거가 동시에 드룸을 향하여 덤벼들었다.

"어림없다. 타락의 파열궁을 맛봐라!"

군단장의 친위 부대가 화살을 쏘며 강력한 공격을 해 왔다.

그러나 헤스티거의 몸에서 용암의 기운이 흐르면서 가뿐하게 화살을 녹여 버렸다.

"블링크!"

위드는 단거리 순간 이동을 통하여 공격을 벗어났다.

그가 나타난 장소에 친위대 기사 몇 명이 있었지만 기습의 이점을 살려서 빠르게 제압할 수 있었다.

위드를 둘러싸고 공격이 이어지려고 했지만 뒤따라서 헤스티거가 도착하여 주변을 휩쓸었다.

"이런 빌어먹을. 상황 파악이 빠르군. 거기서 무슨 수를 써서라도 잡아! 잡기만 하라고!"

드룸은 자신이 목표가 된 것을 알아차리고 말의 기수를 뒤로 돌려서 달아나기 시작했다.

하벤 제국의 군단장이라면 지휘력뿐 아니라 가지고 있는 무력도 대단한 자리였지만 헤스티거와 위드를 동시에 감당하기는 무리.

휘하 병력이 많이 있는 만큼 더더욱 승산 희박한 싸움을 하고 싶지 않았다.

드룸은 다분히 바드레이가 어비스 나이트 반 호크를 사냥했던 방식을 재연하려고 했다.

힘을 완전히 빼 놓고 깨끗하게 마무리를 한다면 대지의 궁전 전투의 영웅으로 떠오르는 것은 자신이 되리라.

계산상의 착오가 있다면, 위드는 반 호크처럼 단순하지 않다는 것이었다.

인생을 얄팍한 잔머리와 치사한 꼼수로 살아왔고 의심도 남에게 절대 뒤지지 않을 정도로 많다.

헤스티거의 전투력을 떠나서, 다른 사람의 훤히 드러나는 의도대로 당해 줄 리가 만무했다.

"쫓아가자."

"예, 주군."

"전부 돌파한다."

"어렵지 않습니다!"

위드와 헤스티거는 추격전을 벌이면서 막기 위해 나타나는 6군단의 핵심 정예들을 궤멸시켰다.

그들이 지나가는 자리에는 불길이 이글이글 타들어 가고 있었다. 드롬을 너무 빨리 쫓아가고 있어서 오히려 마법 기사단이 포위망을 유지한 채 따라오지 못하는 사태가 벌어지기까지 했다.

어느새 헤스티거를 따르던 북부 유저들과는 상당히 많은 거리가 떨어져 있었지만 신경 쓰지 않았다.

'여차하면 몸을 빼기만 곤란해지지. 자유롭고 편하게 싸우는 편이 더 좋아.'

그때 등 뒤에서 조금 떨어진 장소에 커다란 빛과 꽝음, 땅의 울림이 일어났다.

마법 기사단이 지키고 있던 자리에 필멸의 공격이 퍼부어지고 있는 것.

"이게 무슨 짓이냐! 왜 같은 편에게……!"

드롬은 부하들을 질책하기 위하여 크게 고함을 지르다가 중대한 실책을 깨달았다.

원거리 공격 부대는 NPC들이 많이 포함되어 구성되었다.

부하들에게 자유를 주면 통솔하기가 까다로운 측면이 있다. 전투가 벌어지는 동안 제멋대로 판단을 내리기 때문에 명령에 복종하도록 우선 지시했다.

헤르메스 길드 마법사 유저들은 자신의 부대들에 공격 중지의 지시를 내렸지만, 나머지 군단장 직속 부대는 그대로 공격을 가해 버리고 말았다.

하늘에서 떨어지는 마법 공격에 의하여 6군단의 자랑이며 예리한 칼날로 불리던 마법 기사단이 대부분 그대로 소멸되고 말았다.

그리고 광범위 마법 공격은 계속되어서 주변으로 피해를 더욱 넓혀 가는 모습이었다.

드롬이 마법 공격 부대에 명령을 내렸다.

"공격 취소, 취소하란 말이야!"

그때 위드와 헤스티거가 가까이 다가왔다.

"팔자가 참 좋아. 한눈팔 사이도 있는 모양이지?"

"벌써!"

드롬은 다시 등을 돌려서 도망을 치기 시작했다.

전쟁터에서 군단장은 군대 전체를 다스리는 지휘 체계의 핵심이기도 하고 사기를 좌우하는 면도 매우 컸다. 군단장으로서 적에게 사로잡히거나 목숨을 잃게 되면 최악의 경우 상황에 따라 군대가 해산될 수도 있다.

다른 헤르메스 길드 유저들에게 수습이 되더라도 전투력의 감소는 불가피하다.

드롬은 자신의 중요성을 알기에 아군들 사이로 달아났지만 그 광경은 썩 보기 좋은 것은 아니었다.

"군단장님을 지켜라!"

"황폐한 땅의 야만인들 따위가 제국에 도전하다니⋯⋯."

기사들이 연신 덤벼들었지만 위드와 헤스티거에 의하여 격파되었다.

전투 능력이 뛰어난 헤르메스 길드 유저들도 날파리 떼처럼 모여들었지만, 헤스티거는 타오르는 화산과도 같았다. 끊임없이 화염과 용암을 뿜어내면서 적들을 단숨에 격퇴하였다.

헤스티거라도 불사신은 아니었다. 그래도 대륙 최고 수준의 기사단 3~4개 정도를 내보내서 차근차근 싸워서는 해결책이 나오지 않을 정도의 사상 최악의 적이었다.

확실히 제압을 하려면 어비스 나이트 반 호크 이상으로 함정을 파 놓고 공격 자원을 총동원하여야 한다.

그런데 옆에는 위드가 따라가면서 무모한 행동을 벌이거나 실수를 저지르지 않도록 명령을 내리고 있다.

드롬이 아닌 다른 군단장들은 그 사실을 충분히 눈치채고 있었다.

'위드가 탐나기는 하지만… 지금은 버려둔다.'

'대지의 궁전이 일차 목표, 그리고 북부의 떨거지들을 해치우고 나서 최후의 만찬으로 없애는 게 올바른 순서다.'

'개인이 강하다고 해도 군대에 입힐 수 있는 피해의 총합이 그렇게 클 수는 없겠지.'

'놈이 우리 군단으로만 오지 않았으면 좋겠군. 헤스티거가 등장한 것을 제외한다면 이 전쟁이 특별히 달라진 건 없다. 그렇다면 확실하게 이길 수 있지.'

전쟁 중에 헤스티거를 없애려면 여간 까다로운 게 아니었다.

일찍 계산을 마친 다른 군단장들에 비해서 드롬은 욕심을 앞세웠다. 그리고 곤란하기 짝이 없는 상황에 처하고 만 것이다.

그러나 위드는 여전히 상황을 냉철하게 봤다.

'군단장 1명 잡아 봐야 불리한 전쟁의 승기가 넘어오지는 않아. 그리고 아마 부지휘관 같은 녀석들이 또 있겠지. 어차피 헤르메스 길드 유저들은 자신의 병력을 그대로 지휘를 할 거고.'

위드가 상대해야 할 적은 결국 하벤 제국의 북부 정벌군 전체다.

헤스티거가 상당한 활약을 하더라도 혼자서 6군단의 병력을 전부 죽여서 없앨 수 있는 건 아니었다.

"헤스티거, 적당히 쫓아다니다가 처리를 해라. 그리고 위협이 되는 마법사들을 위주로 해치우도록."

"알겠습니다, 주군."

"기분이 나쁠지 모르지만 너에게 내린 전군 지휘권은 내가 다시 인수하겠다. 전쟁 전체를 직접 이끌기 위함이다."

"어떠한 불만도 없습니다. 주군께서는 적들의 약함을 꿰뚫어 보는 통찰력을 가지고 계시고, 저와 같은 부하들에게 용기와 희망을 불어넣으시는 위대한 분이십니다."

"흠흠."

위드는 잠시 헛기침을 했다.

그렇게도 질투하고 괄시했던 영웅 부하에게 칭찬을 들으니 일주일간 머리를 감지 않은 것처럼 간지러운 구석이 있었다.

"그러면… 오너라, 사조야!"

위드가 사자후를 터트리자 지평선 너머에서 일출의 태양이 떠오르는 듯이 새빨간 덩어리가 떠올랐다.

황홀할 정도로 붉은 아름다움의 결정체.

불사조.

꺼지지 않는 불의 속성 덕분에 막대한 생명력을 가졌으며, 다섯 형제가 하나로 합해지면서 네 번의 강화가 이루어졌다.

위드가 탄생시킨 조각 생명체 중에서도 현시대에서는 최강에 근접해 있는 녀석이었다.

후까아아아악!

불사조의 포효.

위드가 만들어 낸 조각 생명체들은 한결같이 사람들의 시선을 즐기는 성향이 있었다.

아파트에서라면 시끄럽다는 민원이 들어올 수도 있었지만 이곳은 전쟁터다.

"나타났다! 조각 생명체님이시다!"

"우우왓! 텔레비전에서 봤던 그 불사조야!"

"신성 강림이다! 불닭죽 부대에서 인사드리옵니다."

북부의 유저들은 환호성을 터트렸다.

조각 생명체들을 하나하나 전부 알고 있는 유저들도 아주 흔했다.

불사조는 붉은 궤적을 그리면서 날아와 위드의 근처에 착지했다.

"가자."

위드는 불사조의 등에 올라탔다.

평상시라면 뜨거워서 기피했을 대상이지만 혼돈의 대전사로 전직을 한 지금은 상성이 잘 맞았다.

하늘로 올라갈수록 넓은 전장이 한눈에 들어오게 된다.

조인족들이 군무를 추면서 하벤 제국군을 괴롭히고 있었으며, 북부 유저들도 더욱 적극적으로 싸울 수 있게 되었다.

넓은 평원 전체가 개개인이 생명을 다하여 싸우고 있는 전쟁터였다.

"지시가 불가능할 정도의 이런 넓은 전장은 가늠조차 하기 힘들군."

위드도 규모 면에서는 사상 최대라는 생각이 들었다.

전쟁의 한쪽 편을 지휘하는 사람으로서 한편으로는 뿌듯한 자부심도 들었다. 다만 침략을 당하고 있는 처지라는 점이 다소 불만족스러울 뿐.

대지의 궁전에서부터 하늘과, 저 멀리 시야에서 벗어난 장소에서까지도 전투가 벌어지고 있었다.

평원 전체에 불꽃이 튀고 있었으며 화살이 비처럼 상대의 진영으로 넘나들었다.

이러한 장관이 또 언제 만들어질 수 있겠는가.

위드는 대재앙으로 인하여 시원한 바람을 얼굴에 받았다.

"사조야, 더 높은 곳으로 가자!"

"예, 주인님."

불사조를 타고 화염의 꼬리를 만들면서 수직 상승했다.

대지의 궁전과 그 너머, 강과 산이 다 보일 정도로 더 넓어진 시야!

총 3개의 군단이 목표로 삼은 대지의 궁전으로 향하는 지역에서는 북부 유저들이 형편없이 밀리고 있었다. 그뿐만이 아니라 모든 전장에서 하벤 제국군의 무시무시한 공격력에 의하여 대거 죽어 나가고 있다.

하벤 제국군 역시 전면 전투로 인하여 병력상의 손실이 나타나고 있었다. 그러나 자세히 보지 않으면 드러나지 않을 정도로 미미한 수준이다.

보병들의 빈자리는 금세 예비병들이 채웠으며 기사단 중에서 낙마한 자들이라 할지라도 꿋꿋이 다시 일어나서 100명, 200명 이상의 적들을 해치우고 난 후에 쓰러졌다.

강력한 군대의 거친 진격이 전면적으로 벌어지고 있었다.

기병대들이 거침없이 적진을 교란하고 휘젓고 다니면서, 북부 유저들이 무너지는 것도 시간문제로 보였다.

악착같이 버텨서 계속 싸우고는 있지만 그렇더라도 제국군의 진군을 도처에서 막아 내지 못했다.

위드의 눈이 가늘게 뜨였다.

그렇지 않아도 비열하게 찢어져 있는 눈초리가 더욱 삭막해졌다.

"하벤 제국군이 강하긴 하군. 그렇더라도 하는 데까지는 해봐야지. 대지의 궁전을 지키면서 전쟁에서 승리하진 못하더라도… 그게 전부는 아니야."

위드는 단호하게 말을 이었다.

"오늘 이곳에서 헤르메스 길드, 하벤 제국군은 전부 죽을 것이다."

기울어지는 전쟁

"전투준비, 전투준비!"

"초보분들은 이쪽으로 모이세요. 우린 전투에 나서더라도 별역할을 못 하므로 투석 공격을 준비합시닷!"

"궁수들은 어서 거북이 바위 지점으로 모이세요. 그곳이 아래쪽을 향하여 사격하기 좋은 지점입니다."

"전투 물자 필요하신 분. 전투 소모품 원가보다도 낮은 가격에 팔아요. 외상도 받습니다. 아직도 장만 못 하신 분, 어서 사서 싸워 주세요!"

대지의 궁전에 있는 바트는 당황스러웠다.

전투의 초기, 하벤 제국군은 방어만 하고 있었기 때문에 높은 지형인 대지의 궁전에 올라서 전쟁을 구경하는 사람들이 많았다.

궁전까지는 들어가지 못하더라도 산으로 오르는 길가에도 수십만 명 이상이 몰려서 전투를 지켜보고 있었다.

그런데 하벤 제국군의 거의 절반에 달하는 병력이 신속하게 전개하더니 대지의 궁전을 향하여 진군해 왔다. 막아 내는 북부 유저들을 짓밟아 버리면서 산의 밑부분까지 도착했다.

"늦기 전에 도망칩시다!"

"전투 능력이 없는 유저들은 방해만 되니 어서 궁전을 내려가 주세요!"

상인이나 관광객으로 온 유저들은 대지의 궁전 뒤쪽으로 내려가려 하였지만, 그곳으로도 4군단이 우회하고 있었다.

아르펜 왕국의 수도 역할을 하는 대지의 궁전은 산봉우리에 건설되어 지형적으로 천험의 요새와 다를 바가 없기에 앞과 뒤, 합동 공격으로 함락시키려는 계획이었다.

그 탓에 대지의 궁전 인근에 있던 유저들은 모두 죽기 살기로 싸울 수밖에 없게 되었다.

"이런 건 뭐야. 지키지도 못할 궁전을 위한 개죽음밖에는 안 될 텐데."

"항복한다고 하면 살려 줄까? 북부에서 살고 있어도 헤르메스 길드 팬인데. 원래 강한 놈들이 정의잖아."

전투를 원하지 않는 유저들이 무기를 거두거나 높이 들고 항복 의사를 밝혔다.

4군단장 인스트리움이 외쳤다.

"대지의 궁전 근처에 있었다는 자체만으로도 하벤 제국을 거역하려는 의도가 엿보인다. 모든 군대는 투항하는 적들을 사로잡지 말고 전부 죽여라!"

몰살 작전!

하벤 제국에 티끌만큼도 거스르지 못하도록 적극적인 본보기를 보인다.

"전부 죽이고 해치워라!"

"생존자, 포로 따위는 한 놈도 필요치 않으리라."

하벤 제국의 군단들은 북부 유저와 주민을 가리지 않고 닥치는 대로 학살하며 산을 올랐다.

"이런. 퇴로도 없군."

포위망을 뚫고 빠져나갈 수가 없어 보이기에 바트는 대지의 궁전으로 향하였다. 기어이 죽을 수밖에 없다면 전투 구경이나 실컷 하고 대지의 궁전과 함께 최후를 맞이하려는 것이었다.

대지의 궁전의 내부와 외부, 산 전체에 걸쳐서 얼마나 많은 유저들이 모여 있는지는 측정이 불가능했다.

"이쪽으로 빨리요! 우리의 목숨을 이롭게 씁시다."

"일주일이나 저놈들이 쳐들어오기만을 기다렸는데 지금이 그 순간이라니 무척 떨리면서도 기쁘네요."

그들은 조악하나마 기마병을 상대로 하기 위한 나무 창틀을 세우고 끓는 기름을 웅덩이에 퍼부었다.

전쟁을 대비하기 위해 모인 유저들이 북새통을 이루면서 저마다 할 일을 시작하는 것은 큰 감동을 주었다.

구경만 하기로 했던 유저들도 빠져나갈 길이 막힌 이후로는 싸우다 죽는 쪽을 택했다.

기사단을 중심으로 계단과 도로를 통해 산을 오르는 길에 하벤 제국군은 온갖 공격들을 받았다. 화살과 마법은 기본이었으며, 큰 바윗덩어리가 땅을 울리며 굴러 내려온다.

"몸으로 막고 계속 진군하라. 사소한 피해에 연연하다가는 자칫 성과를 빼앗길 수 있다."

3개의 아군 군단끼리 경쟁이 붙은 하벤 제국군은 전면 돌격으로 대지의 궁전 함락 작전을 진행했다.

기사단은 물론이고 보병들조차도 검과 방패를 들고 뛰어 올라온다. 병사들의 체력이 소진되고 피로도가 극에 달하더라도 대지의 궁전을 우선 정복하고 나머지는 차근차근 해치우려는 군단장들의 생각에서였다.

"훗, 이런 식이라면 나 혼자서 금방 100명도 넘게 죽일 수 있겠군."

페일은 대지의 궁전에 있는 담벼락 위에 서 있었다.

그는 입으로 물고 있던 화살을 시위에 재서 높은 하늘을 겨누었다.

"땅으로의 비산!"

페일이 쏜 화살이 수직으로 하늘을 향하여 치솟았다.

정신없이 날아다니던 조인족들은 화살이 다가오는 걸 발견하고는 깜짝 놀라서 피하려고 했지만 그대로 날개 사이로 통과하며 지나쳤다.

짹짹?

화살에 맞았는데도 아무 피해도 안 생겼다.

페일이 쏜 화살은 400~500미터 정도의 꽤나 높은 상공까지 올라가더니 폭죽처럼 터졌다.

10개가 넘는 불덩어리로 변해서 다시 지상으로 낙하를 개시!

조인족들은 이번에도 난리가 난 듯이 정신없이 피하려고 했지만 불덩어리들은 몸통과 날개에 닿더라도 그대로 튕겨서 떨어졌다.

까루루룩룩?

화살의 파편은 땅에 떨어지고 나서야 크게 폭발했다.

땅의 기운을 정제하여 만들어 낸 특별한 화살과 땅의 정령을 다루는 능력을 터득해야만 쓸 수 있는 고급 기술이었다.

페일처럼 담벼락에는 궁수들이 일렬로 서서 지상을 향하여, 혹은 하벤 제국군을 직접 겨누어서 화살을 쐈다.

전쟁이 벌어지면 제대로 위치를 잡고 있는 궁수들에게는 잔치가 벌어지는 것과도 같다. 대지의 궁전이 전쟁 요새는 아니더라도 지형의 특성상 침략자들을 상대로 하기에 궁수들에게는 부족함이 없었다.

북부 유저들 중에는 지금까지 알려지지 않았던 은둔 고수들도 등장했다.

"34년 솔로 인생, 처음으로 들어온 소개팅보다도 영광스러운 날이 오늘이다. 모든 취미 생활을 중단하고 인간관계를 단절하며 〈로열 로드〉에서 살아온 내가 너희 하벤 제국군의 죄를 묻겠노라!"

"오너라. 중앙 대륙에서는 더러워서 피했지만, 북부에서는 깨끗하게 쓸어 주마!"

"단 한 번도 높은 명성을 가져 본 적이 없으니 아무도 모험가 반, 나를 모르겠지. 이 이름을 알아도 동명이인의 다른 모험가였을 거야. 재수는 더럽게 없지만 자질구레한 모험들을 실패한 적 없이 모두 성공시킨 나다!"

혼자서 조용히 사냥을 즐기던 유저들도 나섰다. 북부 전체가 나선 듯한 분위기에, 자신만의 세계를 구축하고 살아가던 유저들도 전투를 함께했다.

대지의 궁전은 고위 유저들의 밀집도나 실력에 있어서 북부에서 최고였다.

하벤 제국군은 산을 오르면서 예기치 못한 큰 피해를 봤지만, 그럼에도 전면 돌격을 계속 유지했다. 공적을 탐하는 마음이 크기도 했지만 여기서 물러날 수는 더욱 없다.

헤르메스 길드는 끝없는 전투로 단련이 되었다.

군단 내에 병력상 큰 희생이 생기더라도 승전을 거두고 나면 영토와 전리품을 얻는 것만이 아니라 병사들도 경험을 통해 훨씬 정예화된다.

다소 불리한 전투에도 헤르메스 길드의 지휘관들은 후퇴하지 않았을 텐데, 얼마든지 싸울 만하고 목표가 눈앞에 있는 이상 병력을 되돌릴 생각은 더욱 없었다.

그때 위드가 불사조를 타고 대지의 궁전에 나타나며 사자후를 터트렸다.

"아르펜 왕국군이여, 전쟁을 시작하라!"

"폐하께 영광을!"

헤스티거로부터 지휘권을 받고 나서 본격적으로 전쟁을 통솔하는 것이었다.

"세빌, 너의 책임 아래 5군단을 처리하라!"

"예, 폐하."

아르펜 왕국군의 구성도 탄탄해졌다.

북부의 기사 유저들이 대거 포함되었으며, 병력도 상당히 실력이 늘었다.

군사훈련 기관이나 고급 기사단 양성소는 없어도 유저들과 함께 넓은 북부 대륙을 떠돌면서 병사들이 단련되었다.

위드의 후손으로 북부까지 찾아온 사막 전사, 사막의 대제왕 시절에 챙겨 놓은 철오의 후예들까지 하나씩의 부대로 창설되었다.

아르펜 왕국군에는 비교적 만만한 5군단을 공격하도록 지시했다. 빙룡, 와이번들을 포함한 조각 생명체들도 나타나서 가세하도록 했으니 밀리진 않을 것으로 생각했다.

조각 생명체들이야말로 자유로운 생각을 할 줄 알며, 자신의 생명은 금쪽처럼 아끼는 보스급 몬스터들.

빙룡이나 불사조나 레벨이 유저들보다 훨씬 높을 뿐만 아니라 대량 공격과 공중전이 가능했다.

킹 히드라는 괴수 특유의 높은 생명력을 가져서 군단급의 방어력을 발휘할 수 있다.

위드가 그들을 직접 지휘하여 5군단을 상대할 수도 있겠지만 대지의 궁전의 전투가 가장 급하여 일단 도착한 것이다.

위드는 사자후를 강력하게 터트렸다.

"이곳은 북부의 핵심과도 같은 곳입니다. 모두 함께 싸워서 침략자들을 물리칩시다!"

거센 항전을 하던 북부 유저들의 반응은 당연히 폭발적!

"끼얏호! 전쟁의 신 위드 님이 우리와 함께한다."

"우린 지지 않았어. 기적처럼 지켜 내고 살아서 집으로 돌아갈 거야.”

위드는 사람들의 열광적인 반응을 보며 입가에 쓸쓸한 미소를 지었다.

역사에 나오는 위대한 지휘관들이 정말 절망적인 상황에서도 마지막까지 희망의 끈을 놓지 않고 진심으로 격려하며 휘하 부대를 이끌었을지 의문이 들기도 했다.

‘이곳의 전투는 정말 어려워. 정말 기적이라도 벌어지지 않는 한 대지의 궁전을 막아 내지 못해.’

위드는 보통 사람이었다.

대지의 궁전을 향하여 시시각각 올라오고 있는 하벤 제국군의 정예 군단을 어떠한 수단으로 막을 수가 있겠는가.

어떤 꼼수를 발휘하더라도 이 상황은 불가항력이란 말이 가장 잘 어울렸다.

‘아무튼 최선을 다해 봐야지.’

1군단의 진영으로부터도 대지의 궁전을 향하여 무수히 많은 화살과 마법 공격이 치솟아 날아왔다.

띠링!

아르펜 왕국의 왕궁, 대지의 궁전에 세워진 28개의 기념탑이 산과 들, 땅의 기운을 흡수하여 파괴적인 공격에 저항합니다.
모든 원거리 공격의 96%를 차단합니다. 수비 측의 생명력과 체력을 충성도와 명성에 따라 최대 240%까지 증가시킵니다.
주의: 기념탑이 파괴되거나 저장된 기운이 소모된 이후부터는 공격의 차단 비율이 크게 감소하게 될 것입니다. 성문과 첨탑, 기타 구조물이 대거 파괴되면 수비 측에 주어지는 혜택이 없어집니다. 절반의 기념탑이 파괴되면 원거리 공격 저항 효과는 완전히 사라집니다.

대부분의 공격이 차단되었음에도 불구하고 빗발치듯이 떨어지는 원거리 공격들은 농성하는 유저들의 목숨을 앗아 갔다.

　하벤 제국군 총 3개의 군단이 적극적으로 화력을 집중하고 있었으니 감당이 되지 않을 정도였다.

　"오늘 하루는 꼬박 싸워야 할 줄로 알았는데 전술을 바꾸었더니 1시간이면 되겠구나! 역시 내 판단이 옳았다. 계속 진군하면 대지의 궁전과 위드의 목숨, 모두가 나의 것이다."

　드라카는 모든 휘하 병력에 대지의 궁전을 정복하는 일을 최우선으로 하도록 지시했다.

　위드까지 등장했으니 헤르메스 길드 입장에서는 완전히 모든 전력을 기울일 수가 있게 되었다.

　아직도 얼어서 녹지 않은 땅에서는 낙오된 하벤 병사들이 공격을 당하여 죽어 가고 있었지만 전황과는 관련이 없었다.

　평원에서 북부 유저들이 대지의 궁전을 구하기 위해서 올라오려고 했지만 2군단장 발바로가 이끄는 제국군에 의해 차단당하여 영향을 주지 못하는 형편.

　넓은 평원에 흩어진 북부 유저들은 발을 동동 굴렀다.

　"아… 저거 어떻게 하지? 우리는 여기에 있는데 진짜 중요한 곳은 역시 대지의 궁전이잖아."

　"흑임자죽이여, 어서 저쪽으로 갑시다."

　"콩죽, 부추죽, 나물죽, 쑥죽, 들깨죽은 연합하여 구조에 나서자!"

　"죽순죽 여러분의 의기를 모르는 바는 아니지만 지금은 중요한 일이 있습니다. 우리는 하벤 제국군이 더 이상 대지의 궁전으로 향하지 못하도록 막읍시다. 우리까지 대지의 궁전으로 간다면 뒤엉켜서 이도 저도 안 될 것입니다."

풀죽신교는 민첩하게 움직였다.

최초에는 빨리 달려가기만 하더라도 성공이라고 보았던 대규모의 유저 집단.

전직 군사 전문가들이 각 풀죽 단체들의 고문이 되어서 전황에 따라 판단과 지휘를 내렸다. 그러한 명령 체계가 유저 개개인에게까지 완벽하게 전달되진 못하더라도, 큰 바다와 같이 거센 흐름을 형성하면서 적에게 부딪쳐 갔다.

읽지 않은 이메일이 39통 있습니다.

"흐음, 씁쓸하군. 열흘 이상 가는 꽃이 없다더니, 세상의 한 부분을 군림했던 내 인기도 이 정도인가?"

흑사자 길드의 칼리스.

현실에서는 중국 베이징에서 전통 상점을 운영하는 고덕강이라는 이름의 중국인이었다.

흑사자 길드가 건재할 당시에는 하루에도 수천 통의 이메일이 도착했다.

칼리스를 동경하며 그처럼 되고 싶다거나, 흑사자 길드에 가입시켜 달라는 부탁들.

헤르메스 길드에 맞선 연합 길드에 속해 있을 무렵에도 이메일을 수백 통씩 받았다.

그러나 대륙의 패권을 건 전투에서 패배하고 난 이후에는 관심도 사라졌다. 며칠 만에 〈로열 로드〉의 홈페이지에 접속해 보았는데 이메일은 불과 39통뿐이었다.

"수치스럽군. 헤르메스 길드를 제외한 다른 대표들도 인기가 사라진 건 마찬가지겠지."

흑사자 길드는 패배하고 나서 뿔뿔이 흩어지게 되었다.

전쟁 패배의 책임으로 칼리스와 길드의 주력을 이루던 유저들이 비판을 받았고 내부적인 갈등도 심해졌다.

흑사자 길드의 전성기에는 10만에 달하는 유저들이 가입되어 있을 정도였으나 상황이 뒤바뀌고 그들을 이끄는 사람들이 사라지자마자 모래알처럼 흩어져 버렸다.

일부는 흑사자 길드원이었던 과거를 숨기고 중앙 대륙에서 죄인처럼 살아가고, 또 일부는 헤르메스 길드에 가입했다.

그동안 모은 재력이 있으니 유명한 휴양지에서 한가롭게 살아가겠다는 사람들도 많았다.

북부로 떠난 사람들로부터도 가끔 소식이 들려왔다.

고덕강은 달리 할 일도 없어서 메일함을 클릭해 봤다.

발송인: 씹다버린떡

칼리스 보아라. 이 썩을 놈의 자식아, 과거의 원한을……

발송인: 제크트

잘 지내고 계십니까?

> **발송인: 헤겔**
>
> 안녕하십니까. 제가 요즘 퀘스트를 하는데 문의드릴 부분이 있습니다.

> **발송인: 빈델**
>
> 좋은 사냥터를 발견하고 정보를 드립니다.

> **발송인: 위드**
>
> 어이, 나와 손잡고 하벤 제국에 복수하고 싶지 않나?

고덕강의 눈이 머무른 곳은 '발송인: 위드' 부분이었다.

"설마… 위드라고?"

〈로열 로드〉의 홈페이지에서는 자신의 캐릭터 이름으로 메일을 보낼 수 있다. 위드라는 이름은 가장 흔하고 많이 사용하는 닉네임이었다.

―전쟁의 신 위드! 대지의 궁전에서 그 능력을 과시하고 있습니다. 열세를 극복하고 하벤 제국을 상대로 버티고 있는 것만으로도 대단합니다.

텔레비전에서는 북부 전쟁이 방송되고 있다.

위드가 나타난 이상 시청률은 보장되었고 전쟁도 극적으로 치닫고 있다. 시청자들의 반응이 열광적이다.

고덕강도 텔레비전을 보다가 다른 유저들의 게시물을 읽기 위해서 〈로열 로드〉의 홈페이지에 접속한 것이었다.

"전쟁의 신 위드는 당연히 아니겠지."

원한을 품은 욕설 글들은 삭제한 후 흑사자 길드 소속 유저들의 메일들을 읽고 나서 답장을 썼다.

컴퓨터 커서가 '발송인: 위드'의 이메일에 올라갔다.

"아니라고 생각은 되지만… 읽어는 볼까."

제목으로 봐서는 허풍이나 장난 같지만 기왕 쉬고 있었으니 속는 셈 치고 시간 낭비를 하자고 생각했다.

그렇지만 메일의 본문을 보는 순간, 고덕강은 얼음물을 뒤집어쓴 듯 정신이 들었다.

〈로열 로드〉의 홈페이지에서 보내는 메일에는 자신의 캐릭터 모습을 이미지화해서 본문에 담아 놓을 수 있다. 메일 안에 나타난 이미지는 위드였다.

그가 착용하고 있는 다양한 퀘스트 아이템과 여신의 기사 갑옷은 그 누구도 가지지 못한 독보적인 물건이었다.

"진짜 위드의 메일이다."

직접 만나 본 적은 없어도, 멜버른 광산에서 바드레이에게 참패당한 이후로 그때의 방송을 몇 번이나 돌려 보았다. 흑사자 길드 소속 유저인 헤겔을 통해 위드의 전투 영상도 입수해서 확인했다.

특별히 눈여겨볼 부분은 없었지만 위드에 대해서는 당연하게도 상당한 관심을 기울이고 있다.

뭐, 인사는 생략하지. 서로 먹고살기 힘든 처지에 잘 지내고 있느냐는 상투적인 말을 해 봐야 의미 없지 않겠어?
알다시피 하벤 제국은 중앙 대륙을 정복한 이후 군대를 보내서 북부를 노리고 있다.
그렇다고 해서 와서 도와 달라는 이야기는 아니고…….

고덕강은 고개를 갸웃했다.

위드가 그에게 메일을 보내서 할 말이 무엇이 있단 말인가.

사실 북부의 전쟁에 참여해 달라는 제안을 해도 가지 않았을 것이다. 전쟁이 벌어진 지금이 아니라 훨씬 이전에 메일을 읽었더라도, 자신이 뛰어들어 봐야 큰 역할을 해내지 못할 것이기 때문이다.

흑사자 길드가 아직 존속은 하고 있어도 그 전력은 전성기에 비해서 2할에도 미치지 못했다.

과거처럼 유저들이 모여서 지역 전체를 장악하고 던전 사냥에 나서지도 못하는 처지라서 결속력도 미약하다. 북부까지 가서 다 같이 죽자고 제안한다면 길드는 아예 해산되어 버리고 말 것이다.

물론 고덕강 자신도 어떤 이득도 없는 북부 전쟁에 나설 생각은 없었다.

> 베르사 대륙을 헤르메스 길드가 혼자 다 해 먹게 놔둘 것인가.
> 그렇지 않다면 때를 기다리고 힘을 모아라.
> 하벤 제국이 흔들리면 기회가 온다.
> 상처 입은 사자라면 늑대들이 사냥할 수 있다.
> 구체적인 이야기는 북부 전쟁에서 승리한 이후에 다시 하도록 하지.

이메일은 거기에서 끝났다.

"위드는… 진심으로 포기하지 않았는가?"

고덕강은 정말 크게 예상 밖이라고 생각했다.

명문 길드들이 전부 모인 연합군이 격파된 이후로 헤르메스 길드를 막을 수 있는 단체는 사라졌다.

전쟁의 신 위드라고 할지라도 이미 패배감에 빠져서 포기하고 말았으리라고 생각했는데 진심으로 싸울 생각을 하고 있다니 놀라웠다.

"그렇더라도 전쟁이 마음만으로 할 수 있는 건 아닐 텐데."

고덕강의 시선이 텔레비전으로 향했다.

북부 전쟁이 방송되는데, 워낙에 많은 방송국들이 중계하고 있었다. 채널마다 여러 방면에서 전쟁을 지켜볼 수 있었는데 전황은 말할 것도 없이 불리하다.

속수무책!

하벤 제국군이 대지의 궁전을 지키는 유저들을 도륙해 가며 올라가고 있었다.

대지의 궁전에 있는 유저들은 말이 좋아서 수비군이지 갇혀 있는 신세로 보인다.

연합군은 저보다도 훨씬 유리한 상황에서도 돌이키지 못할 큰 피해를 입으며 완벽하게 패배했다. 고덕강이 저곳에 있었어도 할 수 있는 건 아무것도 없었으리라.

"틀림없이 불가능한데… 불가능하지만, 그렇기 때문에 반전이 벌어지게 된다면… 모든 것이 달라질 수도 있을지도."

앞을 조금도 내다볼 수 없는 실정이다.

그렇지만 만의 하나라도 하벤 제국군이 패배한다면 헤르메스 길드의 신화도 밑바닥에서부터 흔들리게 된다.

"나에게만 이런 메일을 보내지는 않았을 테고. 다시 한 번 베르사 대륙에 혼란을 일으켜 볼 생각인가?"

헤르메스 길드는 적이 많다.

그들이 현재의 제국을 건설하는 동안 무수히 많은 적들이 굴욕의 눈물을 흘려야 했다.

위드가 새로운 신화를 쓰고 사람들을 모은다면 갈 곳 없는 이들은 그 깃발 아래 뭉치게 된다. 혹은 그렇지 않더라도 혼란을 틈타서 자신들의 세력을 모으게 될 것이다.

"헤르메스 길드는 승리를 확신하고 있을 것이다. 나 역시 그들이 진다는 것은 생각할 수조차 없으므로. 위드가 이 상황을 뒤집어 놓을 수 있단 말인가? '여기서 어떻게?'라는 의문이 남지만… 가능하기만 하다면 너무나도 어마어마한 일이다."

고덕강은 흥미를 잃었던 북부 전쟁을 새롭게 보기 시작했다.

인정하고 싶진 않지만 자신이 아닌 전쟁의 신 위드라면 저 불리한 전황조차도 뒤집어 놓을 수 있을지 모른다는 기대가 생긴다.

그렇게만 된다면 하벤 제국의 정복을 위한 발걸음이 멈춰지는 건 물론이고 큰 변화가 벌어지게 되는 것이다.

"제대로 봐 줘야겠군. 실망시키지는 않을 테지."

고덕강은 몸을 돌려서 텔레비전의 음량을 높였다.

그보다 먼저 이미 위드의 메일을 받고 읽어 본 유저들이 있었다.

로암 길드의 로암, 사자성의 군트, 블랙소드 용병단의 미헬, 클라우드 길드의 샤우드.

대륙의 일각을 지배했던 패자들.

그들은 〈로열 로드〉의 허름한 선술집에서 수정 구슬을 통해서 북부 전쟁을 지켜보았다. 〈로열 로드〉의 맥주 맛은 현실을 이미 아득하게 추월해 버렸기 때문이다.

북부의 유저 펜첼은 숨을 크게 몰아쉬고 있었다.

'전쟁이다, 전쟁.'

〈로열 로드〉를 시작했을 무렵만 하더라도 그는 다른 평범한 유저들과 비슷했다.

자신의 적성이나 희망 직업도 모르고 무조건 〈로열 로드〉가 좋았다.

〈로열 로드〉를 접하는 순간부터 다람쥐가 쳇바퀴를 돌다가 지쳐 쓰러져 죽는 일상으로부터 벗어난 새로운 세상이 열리게 되었다.

모래의 촉감과 바다에서 불어오는 냄새, 탁 트인 초원까지, 모든 것이 행복했다.

'남들이 없는 곳 그리고 신선한 세상이 좋아.'

그는 모라타에서 유저들이 시작하게 된 날부터 북부의 주민이 되어서 살아갔다.

그 당시만 해도 현재의 아르펜 왕국 정도의 번영은 꿈도 꿀 수 없었고 생필품 중에도 없는 것이 많았다.

모라타 초기의 유저들은, 성 밖으로 멀리 나가는 순간부터 목숨은 자기의 것은 아니었다. 그래서 대장장이나 재봉사처럼 도시 내에 거주하는 직업들도 많이 택하였다.

펜첼은 군이 모험이 아니더라도 세상을 돌아다니고 싶었다.

넓은 베르사 대륙의 모든 도시는 아니더라도 대륙 북부만큼은 자신의 눈으로 담아 두리라는 마음.

'기사가 되자. 말을 타고 돌아다닐 수가 있잖아. 약자들도 지켜 주고.'

그는 사냥터와 던전에서 레벨을 올리고 모라타에서 전투 기술들을 습득했다.

검사와 워리어 길드에서도 직업 제한이 없는 통상적인 전투 기술은 배울 수 있다. 특히 워리어 기술들은 익혀 놓고 나면 저절로 발동되는 경우가 많아서 많은 기사들이 애용했다.

펜첼은 기사가 되고 난 이후 모험가와 상인을 따라서 원하던 대로 북부를 여행하며 다녔다.

사람들을 지키고 때론 몬스터의 위협에 맞서서 최후까지 마을을 지키다가 목숨을 잃어버리기도 했다.

풀죽신교의 초창기부터 활동하여 아는 사람도 많은 그는 당연하게도 대지의 궁전으로 왔다.

'아르펜 왕국은 황무지 위에 세워지지 않았다. 많은 사람의 노력으로 흘린 땀의 결실 위에 건국되었다.'

모라타 초기 유저들이 갖는 충성심은 북부의 발전과 함께해서 그 어떤 대가로도 살 수 없는 숭고한 것이었다.

그럼에도 유저들은 자신이 가진 능력의 한계를 잘 알았다.

헤르메스 길드 유저에게 일대일로 싸움을 걸면 죽음 외에는 남는 게 없기에, 여럿이서 1명을 노리거나 부상을 입고 낙오된 자들을 목표로 삼았다.

"타핫!"

펜첼은 뛰어 들어온 제국군 병사 1명을 여섯 번의 공격 스킬을 사용해서 없앨 수 있었다.

하벤 제국군에서 사용하는 커다란 강철 방패가 전리품으로 떨어졌다.

미처 확인할 겨를도 없이 온몸을 타고 흐르는 전율.

'강하다. 그래도 마나를 너무 많이 썼어. 냉정했다면 세 번의 공격만으로도 이길 수 있었는데.'

긴장 때문에 숨이 더욱 가빠졌다.

'내 몸은 혼자만의 것이 아니다. 아르펜 왕국을 지키기 위해서는 조금이라도 더 버텨서 1명이라도 더 죽여야 한다.'

펜첼은 다음의 제국군을 상대하기에 앞서서 잠깐 뒤를 돌아보았다.

대지의 궁전 정문에는 그가 우러러보는 전쟁의 신 위드가 서 있었다.

불타오르는 화염의 기운을 몸에 두르고 빛나 보이는 그는 수많은 유저들의 선망을 받고 있다.

"위드여, 투혼의 기사 란테미르가 너에게 도전한다."

"아르펜 왕국의 국왕, 조드 성의 영주 블탄모호드에 대해서는 많이 들어 봐서 잘 알고 있겠지. 너와 결판을 내겠다.”

“나는 살인을 즐기는 추잡… 아니, 아무튼 게코라고 한닷!”

몇 명의 이름난 랭커들이 제국군의 진영에서 뛰쳐나와서 위드를 향해 돌진했다.

레벨 450, 460, 470대의, 전투 능력에 자신이 있는 인물들.

헤스티거가 없는 이상 위드도 자신들과 비슷한 상대일 뿐이라고 생각했다.

명마를 몰아서 사람과 장애물을 넘어 위드에게 덤벼든다.

그렇지만 위드도 혼자는 아니었다.

워리어 바하모르그!

아르펜 제국에서 조각 생명체 군단을 이끌었던 최강의 워리어가 위드의 곁에서 성문을 함께 지키고 있다.

중앙 대륙에서 넘어온 레벨 높은 북부의 유저들도 철통처럼 호위하고 있었다.

조인족으로 변신한 황금새와 은새도 근접해서 날아다니며 지원 공격을 하고 있었으며, 위드 자신의 능력도 만만치가 않았다. 헤르메스 길드 유저들을 하나 혹은 둘 정도는 가뿐하게 제거했다.

퀘스트를 통해서 상당한 레벨의 손해가 생겼다고는 하지만, 진정한 잡캐인 위드가 그것으로 심하게 약해진 건 아니다.

모험으로 얻은 스탯 등으로 보충을 하고, 만만하면서도 좋은 장비를 착용하고 있는 헤르메스 길드 유저들만 화려하게 격파하고 있었다.

북부 유저들의 사기도 올리며 곶감 빼먹듯이 실속을 올리는 위드!

펜첼의 눈에는 부러움이 가득했다.

'언젠가는 여기가 아니라 저분의 곁에서 싸우리라. 북부 대륙이 아닌 다른 지역에서도 함께할 수 있을 정도로 강해지고 싶다.'

펜첼과 같은 마음을 가진 북부 유저들은 이곳에 많았다.

그런 유저들을 또 보고 있는 부류에는 바트도 포함되었다.

'사람들이 이렇게 많이 따르다니 말이야. 〈로열 로드〉에서의 영향력은 정말 놀랍지 않은가.'

어떤 유명한 유저가 도시에서 돌아다니면 주민들 사이에서 떠들썩한 소란이 일어난다. 말을 나누는 경우도 별로 없는 그런 대단한 유저들조차도, 위드 앞에서라면 끔뻑 죽는시늉까지도 한다.

아르펜 왕국의 국왕이란 지위는 일개 상인 유저인 바트에게는 감히 우러를 수도 없는 경지였다. 위드를 안다는 사실만으로도 어느 정도 행세를 하기에 충분했다.

물론 사람들이 믿어 줘야 말이지만.

'그래도 내 딸은 아까운데······.'

바트는 전투 능력이 이런 싸움에 끼어들 수준이 아니라서 그냥 기둥 옆에 우두커니 서서 구경을 하고 있었다. 헤르메스 길드 유저들도 보잘것없는 상인보다는 위드가 우선 목표이기에 그냥 지나쳐 갔다.

그때 문득 위드와 바트의 눈이 마주쳤다.

"어?"

"위, 위드?"

목소리가 들리지도 않을 정도의 먼 거리.

위드에게는 헤르메스 길드 유저들이 덤벼들면서 시선이 곧 차단되었다.

바트는 고개를 숙였다.

'내가 누군지 모르겠지.'

상인 복장이 창피해서 알은척을 할 수가 없었다.

무너지는 왕궁

"나는 아렌 성의 황궁 기사단에 속해 있는⋯⋯."

"말해 봐야 기억도 못 하니까 그냥 덤벼!"

위드는 헤르메스 길드 유저들을 닥치는 대로 해치우고 있었다. 대체로 공격과 수비에서 탁월한 능력을 겸비한 기사 유저들이 적이었다.

레벨까지 더 높아서 상대하기가 버거운 면이 있었지만, 이곳은 대지의 궁전.

수비 측에 부여되는 생명력 추가 효과와 레드 스타의 공격력과 옵션, 혼돈의 대전사로서의 종족 능력을 총동원했다.

"블링크!"

때때로 순간 이동을 펼쳐 빠져나가거나 후방을 장악했다.

헤르메스 길드 유저들은 최우선 목표를 위드로 정하고 주위를 살피지 못하다가 북부 유저들의 연합 공격에 쓰러졌다.

자신의 진영에 있다가 위드를 발견하고는 사상 최대의 공적을 혼자 세우고 유명해지려는 욕심과 흥분으로 덤벼들어 수명이 단축되었다.

위드는 바로 앞의 적뿐만 아니라 저 멀리 산 아래에 보이는 전황도 살폈다.

6군단은 지독할 정도로 헤스티거에게 쫓기고 있었다.

군단장 드롬은 여전히 살아서 도주하고 있었지만 헤르메스 길드의 유저 지휘관을 비롯한 정예 병력이 헤스티거에게 몰살당했다.

6군단은 사기 하락에 지휘 계통 붕괴까지 일어나면서 제자리에서 북부 유저들과 싸웠다.

5군단은 북부 유저들을 중심으로 하고 아르펜 왕국군과 조각 생명체들이 가세해 상대했다.

조각 생명체들의 능력이 뛰어나기는 해도 정면으로만 싸운다면 인간들에게 격파당하고 만다.

"우린 가늘고 길게 살아야 된다, 골골골!"

"소똥밭에 굴러도 이승이 좋다, 음머어어어. 주인이 말했는데, 나한테 명예로운 죽음은 없다고 했다. 비참할 정도로 입안에서 살살 녹는 양념갈비와 꽃등심이 될 거라고 했다."

위드의 영원한 노예이며 살림 밑천이 되는 조각 생명체들은 적당히 몸을 사리면서 지원 공격을 했다.

불굴의 생존력을 가진 킹 히드라가 지상에서 인간들을 마음껏 먹어 치우고, 빙룡이 하늘에서 지상을 굽어본다.

빙룡의 전매특허인 아이스 브레스가 언제 날아올지 모르기에 유저들은 전전긍긍하지 않을 수 없었다.

켈베로스, 데스 웜, 대형 악어, 백호 등 다양한 조각 생명체들이 자신의 특기들을 활용하며 싸웠다.

그리고 묵사발 기사단으로 이름을 바꾼 검치와 수련생들. 아무 무기나 잡히는 대로 자유자재로 다루면서 거칠게 전장을 활보하고 있었다.

상대의 말을 빼앗아 타고 기사들과 부딪쳐 간다.

검, 창, 도끼로 주요 무기를 바꾸어 가며 마상 돌파를 하는 수련생들은 물 만난 고기처럼 날뛰었다. 실력 발휘를 통한 실질적인 위력보다, 주변의 사기를 드높이는 데 일조했다.

한편, 2군단은 놀라운 기동력과 돌파력으로 활약하면서 대지의 궁전을 구원하기 위해 올라가려는 북부 유저들을 차단하고 있었다.

하벤 제국군의 주력이 대지의 궁전을 목표로 하면서 평원은 북부 유저들로 온통 들끓었다. 그러나 정작 중요한 대지의 궁전에서는 하벤 제국군에 의하여 북부 유저들이 무더기로 죽어 나갔다.

1군단의 선봉 부대는 가장 빨리 진격해서 위드가 있는 대지의 궁전 중앙 성문에서 500미터 거리까지 도착했다.

기사단이 돌격하면 순식간에 닿을 수 있는 거리였다.

위드는 속으로 생각했다.

'정말 위험해졌군. 그렇지만 아직 모자라. 더 많이 끌어들여야만 해. 본전도 못 찾게 생겼는데 제대로 빠뜨려 줘야지.'

하벤 제국군이 의심한다면 여기서 자칫 철수하거나 일부 부대를 나눌 수도 있다.

위드가 대지의 궁전에 나타난 행동 자체도 적들을 정신없이 만들려는 꼼수.

머릿속에 떠오른다고 해서 전술이 아니었다. 상대방이 그렇게 움직이도록 적절하게 유도해 주어야만 한다.

사기도 쳐 본 사람이 잘 치는 것.

"목표가 저기에 있다!"

"위드를 없애는 사람이 최고의 공을 세우는 것이고, 그다음은 궁전을 부수는 자다!"

"더 빠르게! 1군단에 밀려서는 안 된다. 기사단은 무시하고 돌격!"

3군단과 4군단이 전투를 벌이며 다가오는 소리도 긴박하게 들렸다.

대지의 궁전은 여러 개의 산봉우리를 이어서 세워졌다.

말 그대로 북부의 심장부에서 대지를 굽어보는 왕관을 형상화한 궁전.

완성된 지도 얼마 되지 않은 대지의 궁전 산 아랫부분은 제국군에 의하여 새까맣게 뒤덮이고 있었다.

자그마치 무려 90만 명의 병력이다.

물론 그들 전체가 산에 오르거나 대지의 궁전으로 침략해 온 건 아니지만 절반 이상의 전력이 집중되어 있다.

침공 속도를 높이기 위해 기사단이나 중기병, 엘리트 보병 등이 빠짐없이 쳐들어왔다.

"그나마 다행이지. 집들이도 안 해서 조금은 덜 아쉬울 거야. 이놈의 인생은 왜 날로 먹을 수가 없는 것인지. 역시 평생 노력

해도 부잣집 아들의 운명은 따라잡을 수가 없어."

세상이 평등하다고 볼 수는 없다.

위드는 자식을 낳으면 허심탄회하게 현대사회에 대하여 이야기해 주리라고 다짐했다.

"아들아, 공부가 인생의 전부는 아니지만 너는 부잣집 아들이 아니니까 열심히 해야 돼. 먹고살 길은 알아서 찾아야 하지 않겠니?"

연애 문제에서도 해 줄 말이 있었다.

"여자는 돈이야. 돈 없으면 연애하기도 힘들다. 결혼도 현실이고……. 나? 나는, 음……."

위드는 불가사의할 정도의 미모를 가진 서윤과 결혼을 하게되었을 경우를 떠올렸다.

사실 서윤과 자연스럽게 사귀어 가고 있었으니 장차 결혼할수도 있다.

"나처럼 돈 많고 예쁜 여자를 만나고 싶다고 해서 다 되는 건아니란다. 연애 비법? 그냥 무조건 피해 다녀. 그러다 보면 어쩌다가 잘 풀릴 수도 있지만 일반적인 방법은 아니지. 음, 좋은비유가 있구나. 로또가 있다고 해서 누구나 당첨되는 건 아니지 않니?"

인생 역전.

로또를 사면서 1등이 되기를 꿈꾸지만, 정작 자신이 진심으로 당첨이 될 것이라 믿는 사람은 드물 것이다. 그만큼이나 희귀한 확률로 가능하다는 이야기가 아닌가.

끄르르륵!

위드는 생각을 하는 도중에도 전투를 벌였다.

용기와 자부심을 가지고 뛰어온 유저가 몇 번의 겨룸 끝에 사망했다. 레벨은 위드가 낮더라도 모험 중에 쌓아 온 스탯이나 전투 스킬의 활용도가 월등했던 것이다.

특히 지금은 조각 파괴술로 체력을 올려놓은 후였고 유저 사제들이 계속 치료를 해 주고 있었으니 손실된 생명력도 즉각 회복된다.

적들이 다가오면서, 공적을 노리고 진열을 이탈해서 마구 뛰쳐나오는 헤르메스 길드의 유저들도 더욱 많아졌다.

군단장들이 막을 수도 있었지만 그러지 않았다.

'저들이 죽거나 말거나 내가 알 바는 아니지. 레벨이 높다고 관리도 어려웠다.'

'저들이 죽으면서 위드가 도망치지 못하게 막아만 준다면……'

1군단장 드라카와 그의 호위 부대원들의 얼굴까지도 알아볼 수 있을 정도로 가까워졌다.

꽃이 활짝 피는 광장이 있으며 평소에는 시장이 열려 유저들로 북적대는 장소에 말을 탄 기사들이 우글거렸다.

드라카는 기쁨을 가득 담아서 외쳤다.

"전쟁의 신 위드! 죽을 자리를 찾아서 이곳에 나타난 것을 환영한다. 깨끗하게 죽여 주마!"

얼마나 바쁘게 달려왔는지, 기사들의 말이 거칠게 날뛰었다.

최소한 1만 기 이상이 되는 기사들이 이어서 도착하고, 그 뒤에는 최정예 병력이 속속 보였다.

"이런! 틀렸어."

"끝까지 싸웁시다. 우리는요."

대지의 궁전에 살아서 버티고 있는 북부 유저들도 몇만 명은 되었지만 이미 희망을 버려 가고 있었다.

하벤 제국 기사들이 위드를 갓 잡아 올린 생선 보듯 하는 것도 어느 정도는 당연한 일이리라.

위드도 입가에 썩은 미소를 지었다.

'잘 걸렸군. 최소한 저들은 빠져나가지 못할 거야. 그리고 피해를 크게 입히려면 다른 군단 놈들도 더 깊숙이 끌어들여야 하는데… 여기서 시간을 조금이라도 끌어야 하나? 그건 좀 의심을 살 수도 있어.'

위드는 스스로 양심에 대해서 약간의 불신이 싹트고 있었다.

'저들이 과연 얌전히 있는 나를 믿어 줄까? 내 인생이 정직하고 곧은 편은 아니었는데.'

아르펜 왕국의 상징인 대지의 궁전을 지키기 위하여 목숨을 건다는 것은 이성적이고 합리적인 사고방식은 아니다.

'지금은 좋다고 덤벼들 거야. 그런데 천천히 생각해 보면 필사적으로 성문을 지키려는 듯한 내 행동을 의심할 수도 있어. 마치 앞뒤 생각하지 않고 친구에게 빚보증을 서 주는 것 같은

그런 행동이잖아.'

전투를 위해 나선 북부 유저들의 숫자는 여전히 어마어마했다. 상황이 불리해졌는데도 굳이 대지의 궁전만 지키겠다며 도망치지 않는다면 의심의 여지는 충분하게 생긴다.

헤르메스 길드 유저들을 흔들어 놓고 완전한 함정에 빠뜨리려면 어쩔 수 없이 최선을 다하고 있다는 느낌을 심어 주어야 한다.

'지금 상황에서는 백번 생각해도 도망이 최고인데……'

그렇지만 하벤 제국군을 더욱 깊숙하게 끌어들여야 하는 위드로서는 이곳에 머물러야 했다.

파바바바바밧!

위드의 잔머리가 가속을 개시했다.

그 어떤 열악한 환경과 불리한 상황에서도 살길을 열어 주고 꼼수들을 찾아내는 잔머리!

위드가 사자후를 터트렸다.

"조인족들은 들어라! 지금 대지의 궁전이 위기에 빠져 있다!"

전장을 떨어 울리는 거센 함성.

위드의 목소리에 조인족과 북부 유저 모두가 귀를 기울였다.

산의 정상에 있었기에 평원에 있는 수많은 유저들도 들을 수 있었다.

"하벤 제국군은 무차별 학살을 벌이고 있다. 조인족들은 대지의 궁전에 갇혀 있는 전투 능력이 없는 일반인들을 구하라!"

상상도 못 한 구출 명령!

하벤 제국군을 거세게 공격하라는 말이 아니라 사람부터 구하라는 말이었다.

평원의 유저들은 환호했다.

"과연 위드 님이잖아!"

"아르펜 왕국의 신념은 약자들을 보호하는 데 있는 거로군!"

"풀죽신교여, 우리는 끝까지 싸울 것이다!"

북부 유저들은 전쟁이 유리하거나 불리한 것보다는, 자신들의 싸움에 대의가 있다는 점에 만족스러워했다.

째재잭!

하늘을 뒤덮은 조인족들이 위드의 명령을 따라서 대지의 궁전으로 날아왔다.

"정말 살려 주시는 겁니까? 타도 되겠지요?"

"저 고소공포증이 있는데… 데려가지 마세요. 그냥 여기서 죽을게요. 으아아악!"

"저는 잃을 게 없어서 죽어도 돼요. 다른 분을 구하세요."

꼼짝없이 죽을 신세였던 상인들과 관광객들이 조인족들게 강제(?)로 구출되기 시작했다.

위드가 다시 사자후를 터트렸다.

"하벤 제국군이여, 얼마든지 덤벼라! 나를 쓰러뜨리지 않고서는 북부의 주민들을 함부로 죽이지 못하리라!"

위드는 성문 앞에 서서 불타오르는 레드 스타를 빙글빙글 휘둘렀다. 화염과 불꽃이 이글거리면서 넓게 퍼져 나갔다. 마치 1명이라도 더 구출될 수 있도록 대지의 궁전을 막겠다는 태도였다.

다분히 영웅적인 그런 행동은 위드를 개인적으로 알고 있는 무리에게는 믿기지 않는 모습이었다.

성벽에서 화살을 정신없이 쏘아 대고 있던 페일이 힐끗 그를 보았다.

'그사이에 돈을 먹은 걸까? 1명 구출에 얼마씩 받는다거나 하는… 그런 건 상황상 아닌 것 같은데. 그러면 설마 과도한 스트레스 누적으로 아프신 건……?'

사람이 죽을 때가 되면 안 하던 행동을 한다는데, 영락없이 그런 게 아닌지 의심!

그렇지만 헤르메스 길드 유저들에게는 충분히 통하는 행동이었다.

위드는 아르펜 왕국의 국왕으로 주민들과 유저들을 보살피는 행동을 하고 있다. 멋진 모습을 보여 주는 위드를 보며 배가 아팠던 것이다.

"전군 일제 돌격!"

"황혼의 기사단, 악재의 전사단 출격! 그리고 마법사들은 쏘아 낼 수 있는 최대의 공격을 조인족들을 향해 날려라. 보병들은 우회하여 성벽을 넘는다. 대지의 궁전도 동시에 장악한다!"

"출격!"

1군단이 자랑하는 최강의 부대들이 위드와 대지의 궁전을 향하여 돌격을 개시했다.

마법병단은 조인족들의 등에 업혀서 탈출하는 유저들을 목표로 공격했다.

두두두두두두!

기사단과 병사들의 돌격에 대지의 궁전 주변의 땅이 울렸다.

위드와 함께 수비를 위해 남은 북부 유저들은 무기를 힘주어 잡았다.

마지막 최후가 되더라도 후회하지 않으리라.

전쟁의 신 위드와 함께 대지의 궁전을 지키는 것을 영광으로 알리라.

위드의 입가에도 잔잔한 썩은 미소가 짙어져 있었다.

1군단이 그의 의도대로 덤벼들어 주는 거야 좋지만 그래도 너무 확실하게 끌어들여졌다.

'내가 심심치 않게 죽기는 하지만 그래도 보통 끈질긴 목숨이 아니거든.'

황혼의 기사단의 목표는 당연하게도 위드였다.

"투척!"

기사단이 돌격하며 던지는 수백 개의 창이 위드를 향하여 한꺼번에 맹렬하게 날아왔다.

그대로 맞아 주었다가는 운명을 달리할 수밖에 없는 상황.

"블링크!"

위드는 황혼의 기사단의 선두 부근에 나타났다. 막 창을 던지고 검을 꺼내려는 적들을 향하여 레드 스타를 휘둘렀다.

"불의 진노!"

"크억!"

기사를 베었을 뿐만 아니라 그 자리에서 불기둥이 솟구쳤다. 달려드는 기사단을 연쇄적으로 쓰러뜨리는 역할을 하였으며, 생명력과 마나를 충전시켜 주는 효과도 있었다.

레스 스타와 혼돈의 대전사는 상성이 매우 뛰어나다.

마법사들도 쓰임새가 많은 불의 마법에 특화된 경우가 가장 흔했다.

"바하모르그, 나를 따르라."

"알겠다."

바하모르그는 오른손에는 큰 도끼를, 왼손으로는 철퇴를 휘두르면서 기사단을 격파하며 따라왔다.

강자들이 전쟁터에서 오래 목숨을 부지하고 싶다면 기사단에 뛰어드는 것이 좋다.

난전을 이끌면서 싸우다 보면 외부의 공격은 무시해도 된다. 전략무기인 기사단을 희생시키는 군대는 거의 없기 때문이다.

"우리도 위드 님의 뒤를 따르자!"

북부 유저들도 황혼의 기사단을 향하여 덤벼들었다.

바위에 계란을 던지는 꼴로 집단으로 사망했지만, 기사단의 발목을 조금씩은 잡았다.

우에에에아이!

의외로 맑고 청초하기까지 한 독수리의 울음소리.

조인족 전사 울극이 도착하면서부터는 하늘로부터의 강력한 공격도 진행되었다. 유저들을 구출하던 조인족 부대들의 일부도 황혼의 기사단을 쪼아 대며 괴롭혔다.

악재의 전사단은 이것저것 신경 쓰지 않고 그대로 대지의 궁전으로 진격.

그들이 맡은 임무는 성문 장악이라서, 북부의 전사들과 수비 기사들을 상대로 치열한 전투가 펼쳐졌다.

드라카는 냉정한 눈으로 전투를 잠시 지켜보았다.

위드와 바하모르그는 황혼의 기사단을 상대로도 잘 버티고 있다.

화염의 열기로 말들의 광란을 일으키고, 갑작스러운 순간 이동을 하기 때문에 기사단의 돌격은 무용지물이 되어 버리고 말았다.

위드가 날고뛰는 헤르메스 길드의 유저 모두를 상대할 수 있을 정도로 전투력이 뛰어난 건 아니다.

멜버른 광산에서의 바드레이와의 전투, 그 후로 상당한 시간이 지났음에도 정보대의 판단처럼 성장이 정체된 느낌이었다.

전투력으로 바드레이보다는 확실히 한두 수 아래.

헤르메스 길드에서 상위권에 속하는 유저라면 위드에게도 쉽게 목숨을 내주지 않고 공방전을 펼칠 수 있다. 드라카는 자신의 확신대로 일대일 승부를 벌이더라도 이길 수 있으리라 생각했다.

다만 불의 특성과 블링크 때문에 대단히 잡기가 어려운 게 문제였다. 유저 여러 명이 덤벼들면 순간 이동을 통하여 엉뚱한 곳으로 빠져나가 버렸다.

'조금만 힘을 빼 놓으면 되겠군. 왕궁 정복부터 먼저 진행하면 순서에 맞겠다. 위드는 어떤 기발한 수를 써서 도망치더라도, 아르펜 왕궁은 끝났다.'

드라카는 판단이 서는 대로 명령을 내렸다.

"위드를 상대로 한 전투는 은갑 기사단과 2기병대부터 10기병대가 맡기로 한다. 1군단의 잔여 병력은 그대로 왕궁을 정복한다."

"옛!"

1군단의 병력이 크게 우회하여 대지의 궁전을 정복하기 위한 전투를 벌이기 시작했다.

해자나 궁수탑 등의 전투 시설이 있었으면 좋았겠지만 왕궁에는 미처 그런 것이 준비되지 않았다.

전투 능력이 조금이라도 있는 자들은 성벽을 지키기 위해 최선을 다하여 싸우다가 목숨을 잃었다.

"3군단이 도착했다. 왕궁을 정복하는 공적을 다른 부대에 빼앗기지 마라!"

"후문에서 4군단의 공격도 개시되었다. 위기다. 방어선을 곧바로 뚫고 들어오고 있다!"

아르펜의 왕궁으로 상당한 면적을 자랑하는 대지의 궁전 다른 방향에서의 전투도 개시되었다.

기본적으로 다른 산봉우리에 있기 때문에 지원군이 가기도 어렵다. 위드가 성문에 나타나면서 상당히 많은 북부 유저들이 이곳으로 몰리게 된 것이다.

그야말로 최악의 절망적인 상황!

"끝났다, 이제는……."

북부 유저들은 저마다 자신의 죽음과 아르펜 왕국의 패망을 떠올리고 있었다.

반면에 헤르메스 길드 유저들은 완벽한 승리를 확신했다.

어느 쪽에서 먼저 성문을 뚫고 아마도 텅 빈 것이나 다름없을 왕궁을 완벽하게 장악하는가가 문제였다.

"돌파하라!"

드라카는 전투 공적을 빼앗기지 않기 위하여 왕궁으로 기마 병력을 계속 투입했다.

그 가차 없는 돌격에 북부 유저들이 쓰러지면서 성문이 활짝 열렸다.

"들어가자!"

"1군단이 왕궁을 정복한다!"

일부 병력이 성벽에 남은 유저들을 맡고, 나머지는 그대로 왕궁 안으로 들어간다.

각 궁전들을 점령하고 약탈을 시작하게 되리라.

위드와 북부 유저들은 적에 의하여 포위당해 전투를 치르면서 그러한 광경을 지켜볼 수밖에 없게 되었다.

목숨이 간당간당한 북부 유저들은 참담한 심정이었다.

"이렇게 끝장이 나다니 믿을 수가 없어."

"아아, 내가 실컷 노가다를 하며 돌을 여기까지 등에 짊어지고 올라왔는데 말이야."

"난 라면도 우리 엄마한테 끓여 달라고 하는데 돌을 일흔세 번이나 운반했다고."

대지의 궁전 건설에 직접 참여하기까지 했던 유저들은 더욱 서글픈 마음이었다.

위드의 눈이 날카롭게 빛났다.

'조인족들에 의해서 민간인이 절반은 구출된 것 같군.'

구경꾼들이 죽거나 말거나 사실 별로 관심은 없었다.

'방어 병력도 상당히 죽었어. 조직적으로 싸울 수 없을 만큼.'

북부 유저들이 버티지 못하고 일방적으로 학살당하고 있다.

'지금이다.'

대지의 궁전 안과 밖에서 벌어지는 전투는 아르펜 왕궁에 지극히 불리했다.

위드는 미리 약속된 사람에게 귓속말을 보냈다.

—작전을 개시합니다. 망설이지 말고 저질러 주세요.

꺄﹃ᄐᄃ

가스톤과 파보는 대낮부터 술을 실컷 마셨다.

옆자리에서는 돌망치 길드의 건축가들이 술주정을 하고 있었다.

"어떻게 그럴 수가 있단 말인가. 내 손으로 만든 자식과도 같은 건물을 부수다니."

"다 잊어버리게. 그래도 놈들이 이용하는 것보다는 낫지 않겠는가."

"그렇기야 하지만, 아직도 눈을 감으면 알카사르의 다리가 그대로 선명해. 페실 강의 남쪽과 북쪽을 이어 주는 그 우아한 다리가! 우리가 다시 또 그런 다리를 지을 수가 있을까?"

건축가들이 퍼부은 노고의 결정체.

북부의 자랑스러운 건물인 알카사르의 다리가 붕괴해 버리고 나서 건축가들은 망연자실해지고 말았다.

자신들이 계획하고, 수많은 사람들의 노력이 함께 모여서 완성된 위대한 조각품이 산산조각이 나서 최후를 맞이했다.

다행히 침략자인 하벤 제국군에도 상당한 타격을 주어서 망정이지, 그렇지도 않았다면 비통한 마음은 더욱 심했으리라.

"크으, 술맛이 정말로 쓰군."

"코가 비뚤어지도록 마셔야지."

가스톤과 파보는 덜덜덜 떨리는 손으로 정신없이 술을 들이켰다.

알카사르의 다리는 이미 벌어진 사건이었지만 파보가 할 행동은 지금부터였다.

그것도 알카사르의 다리와는 비교도 안 되는 엄청난 사건을 저질러야 한다.

건축가 파보는 위드로부터 따로 연락을 받았다. 그 부탁을 듣고 나서는 귀를 의심하지 않을 수가 없었다.

"저, 정말인가? 내가 잘못 들은 건……."

"아니죠."

"다시 한 번 말해 보게."

"아르펜 왕국의 왕궁을 파괴해 주십시오."

"마음에 안 드는 건물이 있다면 부수지 말고 조금 고쳐서 쓰면 되지 않겠나."

"그게 아니고, 왕궁 전체를 송두리째 완벽하게요."

"농담이겠지?"

"비싼 보리빵 먹고 농담하겠습니까?"

"……."

파보는 위드로부터 구체적인 계획을 들었다.

하벤 제국군이 왕궁을 점령하면 산봉우리에 이어져 있는 궁전을 일거에 무너뜨려서 피해를 준다는 전략.

"피해야 줄 수 있을 것 같지만, 왕궁이 너무나도 아깝지 않은가? 그런 식으로 무너뜨리고 나면 복구도 안 될 거네."

"아깝죠. 갈비뼈가 윙윙대면서 떨릴 정도로 아깝고, 오죽하면 돈가스를 먹으면서도 무슨 맛인지 모를 정도입니다. 그래도 죽 쒀서 놈들에게 넘겨주는 것보단 낫죠."

"뭐, 하벤 제국 놈들에게 주느니 차라리 그게 나을지도……."

"확실하게 실행에 옮길 수는 있으시겠죠?"

"뭐, 우리 건축가가 가지고 있는 건물 붕괴술을 쓴다면 충분히 해낼 수 있지. 시일이 촉박하기는 하지만 알카사르의 다리를 무너뜨리고 나서 날짜를 조금 벌어서 지금부터 준비한다면……."

건물 붕괴술은 건축가의 비기이면서도 조각 파괴술처럼 상당히 널리 알려진 기술에 속했다.

대단한 건축물을 여러 개 건설하고 나면 자연스럽게 익히게 되는 스킬.

물론 단순히 스킬만 쓴다고 되는 않고, 특정 지지대들을 미리 약화시켜 놓거나 하는 사전 작업은 필요하다. 건축물의 꼭 필요한 부위들에 건물 붕괴술을 써 놓지 않는다면 제대로 파괴되지 않을 수도 있었다.

왕궁을 직접 지은 건축가들은 내구성을 책임지는 부위들을 숨겨진 곳까지도 자신의 손바닥만큼 훤히 알고 있었기 때문에 별문제가 아니다.

"한꺼번에 다 무너뜨려서 점령군에 최대한의 피해를 줘야 됩니다."

"그것도 어렵지 않게 가능은 할 거네. 여러 개의 산봉우리에 지어진 대지의 궁전 특성상 전부 연결되어 있으니 하나가 붕괴되면 나머지는 연달아서 무너지게 되어 있지."

"문제는, 그냥 왕궁만 부숴서는 건축에 들인 시간과 비용만 아깝습니다. 최대한의 살상력을 발휘해야 하는데요."

"건물이 무너진다면 얼마 깔리긴 할 테지만… 헤르메스 길드 놈들이야 꿈쩍도 안 할 테지. 금방 빠져나와 버리고 말 거네."

"그래서 말인데, 대지의 궁전이 산 위에 있지 않습니까. 그 점을 이용할 수 있을 텐데요."

"설마… 왕궁 건물을 이용해 산사태가 벌어질 정도로 무너뜨리란 말인가."

"가능하다면요."

"왕궁이라면 산사태를 일으킬 정도의 재료로 충분할 테지. 알카사르의 다리 이후에 건축가들이 바로 작업을 하고 광부 유저들에게 지반공사를 부탁하면 어쩌면 시도는 해 볼 수 있을지도…….."

"꼭 부탁드립니다."

"자네는 정말 무섭군. 이런 생각을 아무나 떠올리고 행동에 옮길 수 있는 건 아닌데."

"본전을 찾고 싶을 뿐입니다."

위드와의 대화를 떠올린 파보의 얼굴은 침울해졌다.

건축가들의 염원으로 이루어진 왕궁을 부숴 버려야 하고, 이 계획을 자신의 손으로 실천에 옮겨야 한다.

파보 혼자서 할 수는 없는 큰 작업이라서 보안을 최대한 유지하면서 북부의 건축가, 광부 몇 명과도 동시에 사전 작업을 했다.

"기, 기가 막히는군요. 꼭 해 보겠습니다."

"궁전 아래의 땅을 파서 지반을 약화시키면 된다는 거지? 갱도를 넓고 크게 파서 나중에 무너지는 것쯤은 신경도 안 써도 되고… 광물을 찾는 것도 아닌데 뭐가 빠지도록 곡괭이질을 해야 하겠는걸."

특히 건축가들의 우상, 나뭇가지 몇 개만 주면 단열과 난방이 완벽하며 빗물까지 새지 않는 건축물을 만들 수 있다는 대륙 최고의 건축가 미블로스에게도 이야기를 전했다.

건축가들은 전문직인 만큼 결과물을 보면 그 성격도 짐작할 수 있다.

미블로스는 북부로 온 지 얼마 안 되었지만 조인족들의 자유로움을 부러워하며 무료로 나무 둥지들을 꼼꼼하게 제작해 주고 있었다.

하벤 제국군을 막는다면서 남쪽으로 떠나려는 그에게 계획을 알려 주고 나니 동참하기로 했다.

"…무서울 정도로 과감한 계획이군. 결과물을 생각하니 소름이 돈아. 그런데 내가 가지고 있는 스킬로 그 계획의 불확실성을 보완하고 규모를 조금 더 키울 수 있을 것 같은데."

"정말이십니까? 실례가 아니라면 스킬의 이름을 알 수 있을까요?"

"산사태, 지반 붕괴술."

"정확히 필요한 스킬이군요. 그런 엄청난 스킬이 건축가에게 있었습니까?"

"건축가의 비기 중에서 붕괴술과 연계된 2차 스킬인데, 익히기가 쉬운 건 아니었지."

"흠. 과연 미블로스 님은 대단하시군요."

"나도 익히고 난 후에 써 본 적은 없는 스킬이라서 영향력 같은 건 알지 못해. 너무 엄청난 파급 효과가 일어나는 건 아닐지 모르겠네."

"그렇다면 제 선에서 결정할 문제는 아닌 것 같습니다."

파보는 즉시 위드에게 보고했고 허락을 받았다.

위드는 당시 이렇게 말했다.

"잘됐군요. 왕궁값은 톡톡히 받아 내야겠죠. 예상보다도 규모가 커지더라도 상관은 없을 것 같습니다. 뒤통수를 칠 때는 확실하게 쳐야 하니까요."

그렇게 결정되어서 건축가들은 비밀리에 대지의 궁전에 철저한 사전 작업들을 해 놓았다.

필요한 순간이 되면 대지의 궁전을 떠받치는 지지대들은 효력을 다하고 말 것이다.

왕궁이 연쇄적으로 무너져서 사람들을 덮치기 시작할 것이며, 타이밍을 잘 맞춰 미블로스의 산사태와 지반 붕괴술까지도 덩달아서 펼쳐지리라.

그 순간이 두려워지는 파보였다.

> ─작전을 개시합니다.

그때 그에게 귓속말이 전해졌다.

"크으으, 결국 이렇게 되는군."

파보는 자신과 연계된 건축가들에게 귓속말을 넣었다.

> ─시작합시다. 그에게서 연락이 왔습니다.
> ─알겠소. 결국 그렇게…….
> ─왕궁이 침략당하고 있으니 어쩔 수 없겠지요. 하벤 제국의 개들을 쓸어버립시다.

건축가들도 전투를 보고 있었는지 대답은 바로 도착했다.

파보는 호주머니에서 대지의 궁전을 축소한 작은 모형을 꺼냈다.

건물 붕괴술을 사용할 때에는 필수적으로 건축 모형이 있어야 한다.

"에라, 끝장이다. 건물 붕괴술!"

파보는 흙을 구워서 만든 대지의 궁전의 모형을 땅에 내팽개쳤다.

그 이후에 벌어질 상황은 차마 보고 싶지 않았다.

꽃무늬 장식

세계를 구하는 용사, 헤스티거.

그는 6군단의 지휘 체계를 완전히 무너뜨렸다.

군단장 드롬이 쫓기는 사이에 그를 구하러 온 기사단을 격파했고, 중간 지휘관들에게도 화살을 쏘았다.

추격전을 벌이거나 시미터를 휘두르다가 눈 깜짝할 사이에 등에 메고 있는 활을 꺼내서 강자들을 향하여 화살을 쏘았다.

활쏘기는 사막 전사의 주특기 중 하나.

어느새 상당히 강한 헤르메스 길드 유저를 해치우고 나서 전리품으로 하이엘프의 '숲의 맑은 영혼을 울리는 활'을 입수하였던 것이다.

하이엘프의 활은 희귀하기도 할뿐더러 검증된 위력을 가지고 있다.

정확도와 사정거리, 속사, 마법과 정령술의 피해까지 추가로 입히는, 하이엘프의 활 중에서도 상위권에 속하는 물품.

헤스티거의 손을 떠나서 번개가 꿰뚫는 듯한 속도로 날아간 화살은 어김없이 백발백중의 위력으로 목표를 사망에 이르게 만들었다.

위드가 알았다면 급성 위장병으로 대학 병원 응급실에 입원하고 말았을 정도의 활을 얻어서 써먹고 있는 것이다.

"꺄악! 헤스티거 님, 힘내세요!"

"어머나, 날 보고 웃어 주셨어!"

헤스티거가 싸우는 주변에는 조인족 암컷 주민들이 무리를 이루어 따라다니고 있었다.

그사이에 반해 버린 것!

뾰족하고 날카로운 부리를 쩍 벌리고 부리부리한 눈동자를 굴리면서 따라다니는 암컷 조인족들이었다.

헤스티거에 의해 지휘가 가능한 유저들과 기사들이 거의 몰살당한 6군단은 북부 유저들에게 맹공을 당했다.

"모두 힘을 내십시오. 대제왕을 믿는다면 우린 반드시 이겨 낼 수 있습니다."

헤스티거의 몸에서는 거센 화염이 사방으로 일어난다. 그가 달려서 지나간 자리에는 들끓는 용암의 길이 만들어졌다.

용암의 강.

생명체가 접근하면 붉게 흐르는 용암이 마구 폭발한다.

사막 전사의 최상위 스킬 중 하나!

스킬을 터득하기 위해서는 용암이 분출되고 있는 화산에 방문하여 특수한 의식을 펼쳐서 힘을 얻어야 했다.

위드는 시간이 아까워서 배우지 못한 스킬 중의 하나였는데, 헤스티거는 고요의 사막 너머에서 익혀 놓은 것이다.

지나간 곳 뒤로 용암의 강이 생겨나면 군대는 통행이 불가능하게 분리되어 버리고 만다.

또한 화염의 기운을 얻을 수 있기에 사막 전사들의 경우에는 생명력의 회복이나 스킬의 강화가 가능했다.

위드는 사막의 대제왕 시절에 반쪽짜리 사막 전사에 가까웠다. 특정 스킬이 있더라도 퀘스트를 거쳐야 하거나 스승을 찾아야 한다면 굳이 익히지 않았다.

헤스티거가 지고의 화염을 다루었기에 하벤 제국군에서는 어마어마한 피해를 계속 입었다.

넘실거리는 화염 각인의 위력도 극대화되었다.

병사들끼리 연달아 불이 붙으면서 소멸되었다. 기사들조차도 근처에도 다가오지 못하고 떼죽음을 당했다.

전쟁의 시대를 휩쓸었던 영웅 중의 1명이 나타나서 현시대에서 최강으로 군림하는 하벤 제국군을 맹렬하게 공격했다.

헤스티거는 2군단이 지키는 영역으로 도주하려는 드롬마저도 따라잡았다.

"이걸로 끝이다. 기사답게 당당하게 죽음을 맞이하라."

"위드, 그 간악하고 음흉한 놈이 이런 비열한 수단을 숨기고 있을 줄은……."

"대제왕을 모욕하지 마라. 그분의 숭고하고 거룩한 뜻을 너는 조금도 헤아리지 못한다."

"허어."

드롬은 가슴이 답답해서 미치고 팔짝 뛸 지경이었다.

어디서 이런 괴물이 나타났는지, 그것만도 분통이 터질 일인데 그는 위드의 절대적인 정신적인 노예이기까지 했다.

"나를 지켜 다오!"

드롬의 간절한 외침에 2군단 소속 기사단이 말을 타고 달려왔다.

"종말의 날!"

헤스티거의 광역 스킬은 드롬과 함께 기사단까지도 깨끗하게 소멸시켰다. 드롬은 상당한 강자였지만 도주하면서 생명력에 계속 피해를 받은 탓이 컸다.

그리고 그때부터 헤스티거의 목표는 2군단으로 바뀌었다. 신속한 기동력과 강력한 돌파력을 바탕으로 전장을 지배하던 2군단이 최악의 적을 맞이하게 된 것이다.

그러나 정말 중요한 싸움은 대지의 궁전에서 벌어지는 전투!

"아아, 이미 늦었어."

"저것들이 벌써 성문까지 깨고 들어갔어. 방법이 없어."

북부의 유저들은 대지의 궁전을 구하고 싶었지만 다 끝났다고 생각했다.

대지의 궁전이 있는 산봉우리와 그 인근은 하벤 제국군으로 가득했던 것이다.

드르르르르르르르르르!

쿠그그그그그궁!

그때 갑자기 울리는 굉음.

대지의 궁전에서 땅이 울리는 듯한 소리가 나더니 곧 산봉우리가 눈으로 보일 정도로 거세게 흔들렸다.

전투가 잠시 멎었다.

북부 유저들이나 하벤 제국군이나 모두가 시선을 대지의 궁전으로 고정시켰다.

그들이 보는 사이에도 왕궁과 산봉우리들이 심하게 흔들리며 무너지고 있었다.

하벤 제국의 황궁에는 비교할 수 없지만 그래도 상당한 면적과 크기를 자랑하는 대지의 궁전의 건물들과 성벽이 산산조각 났다.

"말도 안 돼. 저게 말이 돼?"

"안 되지 않나."

"근데 끝내주긴 한다."

❧

"우으아아아아아!"

트리온은 힘껏 비명을 질렀다.

비겁자 트리온.

초보 시절에 던전 사냥을 가서 동료들을 내버려 두고 도망쳤더니 붙게 된 호칭이었다. 그 후로 레벨을 아무리 많이 올려도 비겁자라는 호칭은 떠나지 않았다.

트리온은 땅이 흔들리자마자 고함을 질렀다.

"나 다시 죽기 싫어어어어!"

알카사르의 다리에서 강으로 떨어지며 죽었던 기억이 떠올랐다.

그 굳건한 다리가 흔들리더니 한순간에 추락하게 되었다.

대지의 궁전에 막 발을 올린 지금도 그 당시와 비슷한 느낌이었다.

산봉우리가 우르르르 하는 소리를 내면서 통째로 흔들린다. 왕궁 바닥에 깔린 청석판들이 춤을 추듯이 일어나서 제멋대로 흩어지고 있었으며, 궁전 건물들은 기둥이 옆으로 쓰러지고 천장이 무너졌다.

"건물이 붕괴한다아아앗!"

1군단의 지휘부와 3군단, 4군단까지도 일부 트리온의 비명을 들을 수 있었다.

"뭐, 뭐지? 지진인가?"

"드라카 님, 대지의 궁전이 무너지려는 것 같습니다."

헤르메스 길드 유저들도 흔들림을 느끼고 있었다. 그들이 보는 사이에 대지의 궁전의 몇몇 큰 건물들이 옆으로 쓰러지기도 했다.

"쯧쯧, 우리가 정복하지 못하도록 파괴를 선택했나?"

"그런 것 같은데요. 그렇다면 직접 정복하지 못해서 아쉬운데요."

"어차피 왕궁은 철저히 파괴해 버릴 셈이었으니 결과적으로 달라질 것도 없지."

헤르메스 길드 유저들은 눈앞의 토끼가 도망치는 기분에 아쉬움이 들었다.

그때 위드가 외쳤다.

"모든 조인족들은 전투를 중지하고 사람들을 구출하라! 1명이라도 더 구해야 한다!"

드라카는 얼음물을 뒤집어쓴 듯이 정신이 번쩍 깨었다.

"뭣이?"

대지의 궁전을 포기하는 선에서는 이해할 수 있다. 그렇지만 상당한 전투력을 가진 조인족들에게 인명 구조의 역할을 지속해서 맡기다니, 감이 좋지 않았다.

드라카: 뭔가 심상치 않다. 지휘관들은 현재 위치와 상황을 보고하라.
페르시오네: 성문으로부터 100미터 정도 안쪽입니다. 건물들이 무너지고
있습니다.
차커: 대략 400미터 안쪽입니다. 왕궁의 중심 건물들로 이어진 통로가 막혔
습니다. 3군단이 보입니다.
시르밧: 성벽을 넘어서 침투. 건물들 때문에 정확한 위치 파악 어렵습니다.
4군단 병력 발견! 군단장 인스트리움이 보입니다. 그들도 왕궁에 진
입한 상태입니다.

드라카는 위드를 처리하기 위하여 상당히 많은 병력을 데리
고 성문 근처에 남았다. 그렇기 때문에 시각적으로 전체적으로
벌어지는 상황을 파악할 수가 없었다.

하지만 연속으로 들어오는 보고는 등줄기에 전율이 일어나
게 하기에 충분했다.

대지의 궁전이 파괴되는 것쯤은 이해한다.

중앙 대륙에서도 정복 전쟁이 일어났을 때 침략자에게 빼앗
기기 싫어서 불태워 버리거나 철저히 부숴 버리는 경우가 비일
비재했다.

사실 자신도 다른 세력이 침공해 온다면 그냥 왕궁을 뺏기고
만 있지는 않을 것이다.

'그런데 하필 우리 군대가 몰려오고 난 지금이라고?'

드라카는 과도한 긴장으로 온몸에서 식은땀이 흐르는 것 같
았다.

자신이 싸우고 있는 상대는 전쟁의 신 위드!

절대적으로 이길 수밖에 없는 전투였음에도 불구하고 어쨌

든 여기까지 끌고 오게 만든 상대.

'부서지는 것은 왕궁뿐일까?'

머릿속에 의문이 들자마자 땅의 진동이 더욱 거세졌다.

'감이 안 좋아. 판단이 틀리더라도 여기서는 물러나야 한다.'

드라카가 큰 소리로 외쳤다.

"전군 퇴각! 1군단과 3군단, 4군단은 모두 산을 내려가라!"

총사령관이 발휘하는 통솔의 외침!

푸히히히히힝!

하벤 제국군이 타고 있는 말들은 놀라서 발광하고 있었다. 병사들 또한 땅의 울림에 의하여 걷지를 못했다.

병력의 진군이 순차적으로 이루어져야 하는 것처럼 철수 역시 마찬가지다. 후방 부대가 신속하게 산을 내려가서 길을 터 주어야만 선발 부대 역시 퇴각이 가능하다.

아직 대지의 궁전을 구경도 하지 못한 후방 부대의 경우에는 지금껏 빨리 진군하라며 재촉을 당했다. 그런데 갑자기 철수 명령이 떨어지자 부대들의 전환은 빠르지 못했다.

"뭐야, 기껏 여기까지 왔는데……."

"1군단이 모든 공적을 독식하려고 하는 거 아닌가? 무너진 왕궁이라도 차지한다면 점령군의 깃발을 꽂을 수가 있잖아."

공적을 높이고 명성을 날리기 위해서 혈안이 되어 있던 헤르메스 길드의 유저들은 반발심도 들었다.

북부 대륙 정복을 위한 중대한 순간을 1군단이 빼앗으려는 부당한 명령으로 받아들였다.

철수 명령이 떨어졌음에도 불구하고 1군단마저도 잠깐 그런 기분이 드는 것은 어쩔 수가 없었다.

위드가 일으킬 수 있는 대재앙은 단 한 번이라는 사실이 그동안의 자료를 통해서 파악되었다. 그렇기 때문에 더욱 받아들이기 힘든 부분이 있었지만, 붕괴와 몰락의 순간은 더 빨리 다가왔다.

대지의 궁전 건물들이 연쇄적으로 가라앉으면서 흙먼지가 크게 일어났다.

성문에서부터 기사단의 숙소, 귀족들의 연회장, 중앙 궁전까지 순차적으로 무너졌다.

그리고 건물이 주저앉는 것만으로는 도저히 일어나기 힘든 지진이 땅 전체에서 이루어졌다. 왕궁이 무너지는 것이 산사태와 지반 붕괴술을 더욱 가속화시켰던 것이다.

터무니없게도 산이 옆으로 기울어지고 있었다.

콰과과과과과!

대지의 궁전이 무너지며 생겨난 건축 잔해들이 경사를 따라서 아래로 굴렀다.

"우으와아아아악!"

산사태라고 보기에는 너무나도 압도적인 장관!

수많은 유저, 하벤 제국의 정예 기사단, 전투마와 마차, 돌덩이들이 아래로 휩쓸려서 내려가기 시작했다.

째재잭!

조인족들은 필사적인 구출을 감행했다.

"사, 살려 주세요! 모라타에 판잣집 대출금도 아직 다 못 갚았어요."

"풀죽신교의 오랜 전통을 자랑하는 닭죽 부대 하얀무, 여기서 명예롭게 죽겠다!"

흙먼지로 시야가 1미터도 되지 않는 가운데에도 조인족들은 날아왔다.

억센 발톱에 사람이 걸리면 일단 따지지 않고 공중으로 데리고 올라갔다.

"휴, 영락없이 죽는 줄 알았는데 간신히 살았네. 구해 주셔서 고맙습니다."

쪼로로롱!

"에잇, 감히 대하벤 제국의 기사 로스다무를 납치하다니, 이 더러운……."

까악!

휘리리릭!

"으아아아악! 놓지 마!"

조인족들은 구출 작전에서 더 용맹했다.

벽에 부딪치고 무너지는 나무 기둥에 깔렸다. 깃털이며 얼굴이 먼지를 뒤집어써서 회색빛으로 변했음에도 날렵하게 날아들었다.

살아 있는 북부 유저들이 몇 되지 않기에 신속하게 대부분 구출했다.

"블링크!"

위드는 때마침 날아온 불사조의 등 위로 순간 이동했다.

콜택시처럼 정확하게 날아온 불사조였다.

그리고 그때를 맞춰서 아래에서부터 허물어져 내리는 산!

대지의 궁전을 나누어서 지탱하던 여러 개의 산들은 산사태와 지반 붕괴로 몸살을 앓았다. 그러면서 왕궁 건물들 역시 분열과 파괴가 가속화되어 무너지면서 아래로 굴러떨어지고 있었다.

"아까운 내 돈……."

위드는 피눈물을 삼켜야 했다.

아르펜 왕국의 통치를 위해서, 비좁은 흑색 거성의 단칸방이 아니라 어마어마하게 호화로운 왕궁이 생겼다. 그런데 불과 이 주일도 지나지 않아서 흔적조차 찾기 어렵게 되었다.

"부동산으로 흥한 자, 부동산으로 망한다더니… 요즘 미분양 문제나 집값 하락으로 고통받는 사람들 이야기가 남 일이 아니었어."

대지의 궁전은 산들과 함께 완벽하게 허물어지고 있었다.

누구도 멈출 수 없으며, 걷잡을 수 없는 중대한 사태.

산사태와 지반 붕괴술이 순수하게 이만큼의 위력을 보이는 것은 아니었다. 이러한 유의 스킬들은 지형의 영향을 매우 크게 받는다.

산들은 무거운 대지의 궁전이 짓누르는 하중을 견뎌 내고 있었다. 그런데 건축가와 광부 들의 사전 작업에 의하여 크게 약화되었다.

이때 산사태 스킬을 사용하니 산의 일각이 그대로 무너지고 왕궁의 다른 곳으로 연결된 하중은 늘어나게 되어 규모가 점점 커지게 되었다.

위드는 지상을 보다가 망연자실해 있는 드라카와 눈이 마주쳤다.

"⋯⋯."

일대일 승부를 벌이자고 당당하게 외칠 때와는 달리 지금은 성문 근처에 남아 감당하기 불가능한 현실에 넋을 놓고 있었다. 바로 근처가 기울어지면서 바위가 치솟고 무너지고 있음에도 살기 위해 움직여야 한다는 생각조차 못 하는 것이었다.

하벤 제국군의 북부 정벌군은 드라카 자신의 목숨보다도 더 귀중하다.

명예와 권력, 돈.

자신이 누리던 그 많은 것들이 한꺼번에 죽어 나가고 있었으니 어찌 감당할 수 있겠는가.

위드는 그를 향해, 들리지는 않을 테지만 작게 이야기했다.

"이게 인생이야. 별거 없더라니까."

하벤 제국의 불행

아르펜 왕국의 영역 안에 있는 모든 유저들에게 메시지 창이 떴다.

띠링!

아르펜 왕국의 왕궁이 전쟁과 재해로 인하여 파괴되었습니다.
대지의 궁전의 모든 건물들이 완파되었으며 왕국의 수도도 역할을 하지 못하게 되었습니다.
지역 정치가 크게 퇴보합니다. 군대의 사기가 악화됩니다. 왕국에 대한 주민들의 충성심이 저하됩니다. 불안감에 치안이 악화되고, 반란군과 저항군이 출현할 수 있습니다. 특정 지역이나 종족들의 분리 독립 요구가 발생할 가능성이 커집니다. 똑똑한 몬스터들이 더 자주 왕국의 변방 마을을 침략합니다. 주민들의 소비와 상업이 불황에 빠지게 되어 경제력이 약화될 것입니다. 일시적으로 세금 납부율이 줄어들게 됩니다. 왕국 내부의 혼란으로 인근 지역에 대한 영향력이 0%가 되었습니다. 아르펜 왕국의 영역 내에서 건설 중이거나 계획 중인 위대한 건축물 14개의 진행 상태가 지연됩니다.
69개 마을이 왕국 소속에서 이탈합니다. 문화적인 확장이 일시 중단되고, 다른 지역으로 퍼지고 있는 문화 영향력이 수도를 재건할 동안 효력을 상실합니다.

왕궁 붕괴에 따른 엄청난 불이익.

긴 문장을 다 읽기도 전에 북부 유저들에게는 대지의 궁전과 함께 1군단, 3군단, 4군단이 괴멸되는 모습부터 보였다.

"으아아악! 말도 안 돼."

"최고다! 이런 반전을 기대하고 있었다고!"

평원의 유저들은 한꺼번에 환희의 함성을 질렀다.

헤르메스 길드와 하벤 제국군으로서는 심히 당황스러웠다.

왕궁 파괴의 목표는 달성했더라도 집단 공황 상태에 빠졌다고 해도 좋을 정도로 절망적이었다.

병력이 절반 정도로 줄어들었을 뿐만 아니라, 북부의 유저들은 여전히 어마어마하게 많다. 대지의 궁전이 남아 있을 때는 저곳만 부숴 버리면 전투가 끝날 것 같았지만, 이제는 영락없이 북부 유저들 전원을 해치워야 할 것이다.

"북부로 쳐들어온 자들을 한 놈도 남김없이 죽이자!"

"대지의 궁전을 잃어버린 대가를 받아 내자."

"풀죽의 이름으로!"

북부 유저들의 사기가 올랐다.

전쟁의 양상도 완전히 바뀌었다.

어떻게든 하벤 제국군을 막아 내야 하는 전쟁에서, 그들을 남김없이 쓸어버리려는 극적인 태도 변화가 있었다.

시기적절하고 막대한 병력을 매몰시킨 대지의 궁전 붕괴는

당사자들이 갑자기 전쟁의 승기가 기울었다고 느끼게 하기에
충분했던 것이다.

'이건 아니잖아.'

'할 만큼은 했다. 여기 남아 있어서 좋은 꼴은 못 볼 것 같다.'

'이 틈이야. 남들보다 빨리 선수를 쳐야 돼. 몰래 빠져나가면
티도 나지 않겠지.'

영악한 헤르메스 길드 유저들은 벌써부터 부대를 이탈해서
슬그머니 발을 빼고 있었다.

북부 유저들에게 그 모습들까지 보임으로써, 확실한 승리를
위한 일방적인 전투가 벌어졌다.

하벤 제국군을 향하여 사방에서 밀려드는 유저들.

2군단과 5군단은 아직 원거리 파괴 전력을 유지하고 있었지
만 모든 방향의 적들을 물리치기에는 이제 무리다.

온통 북부 유저들에게 둘러싸여서 사투를 벌여야 했다.

전장을 휘젓고 다닌 헤스티거는 힘이 빠질 만큼 빠졌어도 여
전히 시미터를 휘둘러서 한 번에 3~4명씩 불태우는 극강의 위
력을 발휘했다.

위드는 불사조를 타고 하늘에서 사자후를 터트렸다.

"모두를 위해 맛있는 밥상이 차려졌다! 아르펜 왕국의 용사
들이여, 기회를 놓쳐서는 안 될 것이다! 머뭇거리다가는 맛도
못 보고 끝나고 말리라!"

왕궁 파괴 이후로 꼬인 기분.

남아 있는 하벤 제국군을 향하여 공격 명령을 내린 것이다.

하벤 제국군의 잔여 병력도 1개 국가를 상대로 하기에 충분

했지만, 전투의 흐름과 상황은 그들을 약자로 느껴지게 했다.

전투 초창기에 비하여 너무나도 약해지고 병력도 감소하며 분산되었다.

"이건 뭐… 정말 차려진 밥상인데."

"숟가락만 올려놓으면 되겠어요, 여보!"

"아직 싱싱하게 살아 있으니 조심해서 잘 먹읍시다."

북부의 고레벨 유저들.

다크 게이머들.

헤르메스 길드와 하벤 제국군의 위력에 대해서 누구보다도 잘 알기에, 그리고 무의미한 죽음을 아까워했기에 손 놓고 있던 이들이 전투에 참여했다.

헤르메스 길드에 소속된 유저가 아니면 모두가 단합해서 그들을 상대로 싸움을 시작했다.

구경하기 위해 평원 너머를 새까맣게 차지하고 있던 초보자들, 고레벨 유저들 가리지 않고 무섭게 덤벼드는 것이다.

위드의 명령이기도 했지만, 그들이 보기에도 지금 구경만 한다는 건 너무 멍청한 행동이다.

하벤 제국군과 헤르메스 길드의 악명이 대단하게 퍼져 있는 만큼, 역으로 생각하면 그들을 물리쳤을 때 얻을 수 있는 이득도 컸다.

위드의 말대로 정확하게 진수성찬!

유저들도 신바람이 나서 외쳤다.

"조인족님, 저희 좀 태워 주세요!"

"어디까지 가세요? 혹시 저쪽을 공격 가실 거면 거기까지만 데려다주실 수 있을까요?"

지나가는 조인족들이 있으면 정중하게 탑승을 요청하는 유저들.

그들은 하벤 제국군의 머리 위에서 무작정 낙하를 했다.

정예화된 공수부대처럼 깔끔한 낙하가 아니라 50미터, 100미터 상공에서 그냥 땅에 떨어지고 보는 것이다.

"우헤헤헤헤헷."

"간드아앗!"

바로 밑에 적이 있으면 깔아뭉개고 나도 죽고, 혹시나 운 좋게 살아남으면 주변을 공격.

"이런 미친놈들!"

헤르메스 길드의 유저들은 이를 갈았다.

마법사, 궁수는 물론이고 기사단의 돌격까지도 거의 무용지물이 되었다.

사방에서 몰려오는 북부 유저들을 상대로 하여 어떤 전술적 목표를 가지고 어디를 공격할 것인가.

게다가 북부 유저들의 습격은 작전이라고도 부를 수 없는 무모한 시도였다.

하늘에서 떨어지거나, 앞뒤 안 가리고 전력으로 달려와서 부딪친다. 생존율이 거의 없는 터무니없는 행동을 벌이는데, 그 피해가 생각 외로 너무 막심하다.

헤르메스 길드 유저들은 자괴감까지 느꼈다.

중앙 대륙에서 그들은 고개를 뻣뻣하게 들고 귀족처럼 살았다. 그들의 말에 무수히 많은 유저들이 긴장하였으며 감히 반발 같은 건 있을 수도 없었다.

그런데 북부 대륙으로 와서 이 무슨 고생이란 말인가.

하벤 제국군과 헤르메스 길드에서는 무너지는 군대를 지탱하고 일으켜 세워 보려고 했지만 더 이상의 반전은 없었다.

생각할 겨를도 주지 않는 북부 유저들의 맹공!

위드와 헤스티거의 활약 그리고 날이 바짝 서 있는 북부 고레벨 유저들의 참전으로 인해서 균형추는 완전히 넘어가 버리고 말았다.

그날 밤, 평원에 남아 있는 사람은 북부의 유저들뿐이었다.

아르펜 왕국의 병력 일부와 조인족 주민, 크게 피해를 보지 않고 얍삽하게 실속을 챙긴 조각 생명체들, 또한 네크로맨서들이 일으켜 세운 언데드만이 젤겔거렸다.

"만세!"

"아르펜 왕국이 침략을 막아 냈다!"

"얼씨구, 좋다."

"풀죽, 풀죽, 풀죽!"

하벤 제국군의 북부 대륙 원정군에 속해 있는 1군단, 2군단, 3군단, 4군단, 5군단, 6군단이 전멸했습니다. 1명의 생존자도 없는 완벽한 전멸입니다. 모든 전투 물자를 노획당했습니다. 공성 병기들이 전부 파괴되었습니다. 제국의 명성이 14 낮아집니다. 제국 군대의 사기가 저하됩니다. 제국의 영토에서 치안이 다소 악화되고, 불온한 움직임이 늘어날 것입니다.

바드레이와 라페이, 헤르메스 길드 수뇌부의 얼굴은 경직되어 있었다.

'이럴 수가… 질 수 없는 전쟁을 졌다.'

'드라카 군단장의 돌발 행동이… 아니야, 그를 탓할 수는 없다. 그는 상황에 맞춰서 합리적인 판단을 했다. 느긋하게 차분히 싸웠더라면 결과적으로는 좋았겠지만 그러지 못하게 몰아가는 흐름이 있었다.'

'애초에 대지의 궁전을 건설이 힘든 산 위에 지었던 게 설마… 우리 하벤 제국의 침략과 정복을 예상한 선견지명이었단 말인가. 그 함정에 걸려든 우리는 패배한 것이고? 전쟁의 신 위드, 너무나도 끔찍한 적이다.'

'저 막대한 병력이 소멸해 버리다니. 저 군대가 하벤 제국의 전부는 아니지만 중요한 전력이었다. 저만한 숙련된 병력을 키워 내려면 얼마나 많은 시간을 들여야 하는데.'

'헤르메스 길드의 불패 신화가 또 위드에 의해 무너졌다. 대지의 궁전을 파괴한 건 좋은 일이지만 그 모양새도 반드시 좋진 않았다.'

수뇌부마다 전쟁의 여파에 대해서 생각해 보려고 했지만 지금으로써는 객관적인 상황 판단이 안 되어서 정확히 알 수 없었다.

확실한 것은, 북부 정벌군이 왕궁을 파괴했더라도 얻은 것보다는 잃은 게 훨씬 더 많다.

무엇보다도 전쟁의 신 위드는 다시금 명성을 드높이게 될 것이다.

그러한 분위기로 인하여 하벤 제국의 황궁 연회실에서는 깊은 침묵이 흘렀다.

헤르메스 길드에 투자한 자산가들도 말이 없었다.

'흠, 큰돈을 들인 사업인데… 아니, 돈이야 상관없다. 헤르메스 길드, 자신들의 미래 가치를 모르기에 헐값이나 다름없는 가격에 투자를 할 수 있었지. 그들의 생각보다도 훨씬 큰 가능성을 가진 사업이니 손해는 없다. 그래도 예측하지 못한 사업상의 불확실성이 있었군.'

'베르사 대륙. 가상현실이기는 하지만 또 다른 하나의 완전한 세계가 아닌가. 이곳에 권력과 힘을 가질 수 있는 투자라면 그 자체로 가치가 충분하다. 역으로 남들보다 먼저 투자를 할 수 있어서 대단히 다행스러웠다고 봐야겠지. 대륙 정복의 과제가 당분간 미루어졌다고 해도… 현재의 절대적인 우위가 지속되고 있으니 곤란하진 않다.'

'흔히 전도유망한 신생 기업에 투자를 하고 나면 성공한 창업자나 기업가는 투자자들을 우습게 보는 경향이 있지. 약간의 실패도 경험해 봐야 이후 고분고분해지는 법이다.'

자산가들은 먼저 계산을 끝냈다. 그들끼리는 간단한 눈빛 교환만으로도 현재의 상황에 대해 논의를 마쳤다.

자신들은 거액을 투자하고 헤르메스 길드의 지분을 갖게 되었다.

바드레이와 라페이 등, 기존의 수뇌부가 사업을 계속 잘 이끌어 준다면 더할 나위 없이 좋지만 창업보다는 유지가 더 어렵다.

헤르메스 길드는 너무 수월하게 대륙의 패권을 차지했다. 경쟁자가 있어서 적당히 유지되는 긴장감이라면, 꼭 나쁜 건 아니다.

이익 분배와 견제를 위해서도 투자자들의 입김이 강해질 필요는 있었다.

자산가들이 헤르메스 길드에 가지고 있는 지분은 총 45%나 되었다.

원한다면 지분을 가진 수뇌부 몇 명을 매수해서 길드의 수장을 갈아 치울 수도 있지만 그렇게까지 책임을 물을 일은 아니라는 판단이 내려졌다. 바드레이와 라페이가 건재한 편이 헤르메스 길드의 기득권 유지, 나아가서 자신들의 이익에 유리하기 때문이다.

'자존심 강한 인간일수록 실패를 경험해야 더 열심히 하는 것이지.'

'하벤 제국은 탄탄한 기반을 가지고 있다. 다른 도둑들을 막기 위해서라도 사냥개를 배불리 먹여야 할 시기.'

자산가들은 적당한 미소를 지었다.

헤르메스 길드의 수뇌부는 마치 죄라도 지은 것처럼 아무 말도 못 하고 있었다.

사실 그들의 잘못이라고 할 수는 없지만 투자자들의 기대에 미치지 못했으니 죄의식이 생기는 것도 어쩔 수 없었다. 자고로 자본은 권력 그 자체이며, 없는 죄도 만들어 내는 것이었으니까.

자산가들이 자리에서 일어났다.

"전투 잘 봤습니다. 다음에는 조금 더 기대를 하지요."

라페이가 따라서 자리에서 일어났다.

"벌써 가시겠습니까?"

"더 볼 것도 남아 있지 않고……."

"……."

"식사가 참 맛있더군요. 조만간에 다시 한 번 자리를 마련해 주실 수 있겠지요? 그렇게 서두르지 않으셔도 좋습니다. 기대 밖의 실패는 때때로 즐거움을 주지만 다시 반복되면 곤란하니 까요."

"명심하겠습니다."

자산가들이 떠나고 나서 헤르메스 길드는 북부 공략에 대한 새로운 계획을 세우기에 여념이 없었다.

"승리에 기뻐하고 있는 놈들에게 대대적인 군대를 보내서 단 숨에 진압합시다."

"제국의 정예 병력은 넘치고 있습니다. 그리고 우리 헤르메 스 길드에서도 추가적인 인원을 파견하여……. 북부의 숲과 들 을 불태우고 모든 건물들을 다 부숴 버리지요."

"다시는 재건이 불가능하도록 특별한 저주를 쓰는 방법도 제 안합니다."

헤르메스 길드는 감히 넘볼 수도 없을 만큼 엄청난 군대를 보내서 완전한 파괴를 일으키자는 의견들이 봇물처럼 나왔다.

그들이 겪은 이번의 패배는 그만큼 자존심에 뼈아픈 상처로 남았던 것이다.

바드레이와 라페이는 아무 말도 하지 않았다.

'위드. 더 이상 그 이름을 중요하게 듣게 되지 않을 줄 알았는데. 끈질기군. 내가 나서서 끝을 내야 한다는 말인가.'

'좋지 않아. 북부 공략은 이번에 마무리되었어야 했다. 하벤 제국의 현재 전력이 대륙을 정복하기에 충분하다고는 하나… 전쟁이 길어지게 되면 그만큼 내정이 어려워진다. 지금부터는 발전과 국력 향상에 힘을 쏟아야 하벤 제국의 장기적인 통치가 가능해질 텐데 다시 전쟁이라니.'

라페이가 느끼기에 여러모로 달갑지 않은 결과임에는 틀림이 없었다.

'그렇더라도 북부를 놔둘 수는 없는 입장인데. 더 이상 완벽할 수 없는 계획을 짜더라도 막아 내면 그때는 어떻게 하지?'

확인되지는 않았지만 아르펜 왕국에도 심대한 피해를 준 것은 틀림없다.

북부 대륙의 영토는 너무나도 방대하다. 왕궁이 무너진 이상 그 영향력으로 왕국의 행정과 통치에 큰 문제가 발생하게 될 것이다.

대지의 궁전에 이르는 지역까지 하벤 제국이 정복하고, 초기 단계이기는 하지만 마을을 건설하고 안정화하고 있다는 점도 중요했다.

'바르고 성채로 보낸 양동부대는 아직 건재하다. 정벌군의 핵심 병력이 무너진 이상 그들에게 크게 기대를 할 수는 없겠지만… 회군시켜서 정복 지역의 수비를 맡긴다면…….'

하벤 제국은 왕궁을 파괴했으며 북부 대륙의 넓은 땅을 정복하며 상당한 교두보를 마련한 것을 이번 전쟁의 성과로 두면 될 것이다.

북부 유저들은 하벤 제국의 통치를 원하지 않겠지만, 영토를 되찾는 일은 쉬운 게 아니다. 헤르메스 길드의 유저들이 성벽에서 수비를 하는데 어떤 병력이 감히 넘볼 수 있을 것인가.

'길드의 건축가들을 보내서 요새를 짓자. 인간이란 망각의 동물이지. 전쟁이 장기전으로 굳어지게 되면 익숙해진 유저들도 점점 앞으로 나서지 않게 될 것이다.'

라페이는 몇 가지 가능하면서도 확실한 이득을 가져다주는 전략들을 떠올렸다.

군사력 측면에서 이번의 패전으로 돌이킬 수 없는 큰 피해를 입은 것까지는 아니었다. 제국의 내부에는 몇 배나 되는 병력이 남아 있고, 시간이 흐를수록 각 도시와 지역을 책임지는 병사들이 계속 성장하고 있다.

경제력, 기술력, 모든 측면에서 하벤 제국이 유리하다고 생각되니 머리 좋은 그에게는 아르펜 왕국을 찜 쪄 먹을 수 있는 방법이 수십 가지 떠올랐다.

'군대를 다시 편성하여 다음 공격에는 2배 정도 되는 병력을 보내면 된다. 절대로 질 수가 없는 병력이 아니라 싸우기도 전에 압도하고 이기는 병력을 진군시킨다. 모든 상인들에게 북부와의 교역을 금지시켜서 철저히 봉쇄하는 것도 좋겠지.'

아르펜 왕국을 메마르고 굶주리게 할 수도 있을 것이다.

드드드드드.

그때 연회장의 탁자에 놓인 그릇 세트들이 떨리기 시작했다.

수뇌부가 무심하게 말했다.

"하필 이런 때에 지진인가?"

"지진이라니, 상당히 오랜만에 겪어 보는군."

사냥터나 던전 안에서도 지진이 일어나거나 천둥 벼락이 근처에 떨어지는 경우는 다수 발생했다. 급작스럽게 먹구름이 밀려와서 세차게 내리는 빗줄기를 뚫고 여행을 하는 낭만도 〈로열 로드〉의 재미 중의 하나다.

"말도 안 돼. 우리 제국의 수도에는 대지의 여신이 축복을 부여해서 지진이 나지 않을 텐데."

"근데 지진이 일어나고 있지 않소?"

그릇들에서 시작된 떨림은 바닥과 벽, 천장, 모든 것들로 이어지고 있었다.

'지진은 일어날 수 없다. 설마…….'

라페이의 눈이 번뜩였다.

그리고 눈치 빠른 수뇌부 몇몇도 자리에서 벌떡 일어났다.

조금 전에 아르펜 왕국의 궁전이 무너지는 광경을 보았다. 그래서인지 어떤 끔찍한 사태가 쉽게 연상되었다.

"결국 일을 벌이고 말았다. 앞으로 암살자들이 끈질기게들 쫓아오겠군."

대륙 최고의 건축가 미블로스는 선술집에서 시원한 맥주를 들이마셨다.

"앞으론 이런 여유도 없을 테지."

미블로스는 과거에 하벤 제국의 황궁을 건설하던 때를 떠올렸다.

건축가들에 대한 푸대접 속에서도 최고의 자리에 올라 있던 그에게 황궁의 건축 의뢰가 온 것도 너무나 당연하다.

헤르메스 길드의 랭커가 찾아와서 그에게 말했다.

"돈, 물자, 인력. 필요한 건 무엇이든 말하시오. 즉시 제공을 해 드리지. 단, 우리가 원하는 만큼의 수준을 가진 최고의 황궁을 빠른 시일 내에 완공해 주어야 할 것이오."

"지금은 다른 건설 일을 맡고 있어서… 1개월 후에나 시간이 날 텐데 말입니다."

"취소하시오. 위약금은 우리가 줄 테니까. 아니, 불필요한 과정과 시간을 단축하기 위해, 상대가 누구인지 말하면 우리가 알아서 해결해 드리지."

"그래도 약속은 지켜야 합니다. 건축가가 중간에 포기한다는 게 어떤 의미인지 정말로 모르시는 건지요. 그러면 다른 건축가가 처음부터 다시 설계하거나 미완공 건물이 되어……."

"그런 건 모르겠고. 다른 곳도 아니고 헤르메스 길드의 건축 의뢰를 거절한다면 앞으로 아무 일도 할 수 없을 텐데 후회하지 않을 것이오? 마음대로 거리를 돌아다니지 못하는 것은 물론이고 척살령을 내려서 아예 대륙에서 매장시켜 버릴 수 있을 텐데."

"…한번 해 보지요."

하벤 제국에서는 말 그대로 모든 건축 물자들을 최고급으로 지원해 주었고 정복 전쟁으로 생긴 NPC 노예도 아낌없이 투입했다.

황궁은 거대한 규모로 이루어지는 대역사였지만 중앙 건물부터 차곡차곡 건설되었다.

대륙의 무수한 건축가들.

지금까지 박봉에 스킬 숙련도가 낮은 도로를 건설하는 데에나 쓰이던 건축가 유저들도 전부 모였다.

어마어마한 사치와 위엄을 자랑하는 하벤 제국의 황궁을 건설하면서 건축가들은 가뭄 속의 단비처럼 기뻐했다.

미블로스도 잠깐은 만족했다.

그가 언제 이런 건축물에 손을 댈 수 있겠는가.

베르사 대륙에 황궁이 자주 지어질 리는 없으니 정말 잡기 어려운 기회였다.

구석구석 작은 곳 하나까지 그의 손길이 가지 않은 곳이 없었다.

그런데 헤르메스 길드에서 직위가 높은 유저들이 계속 찾아왔다.

"이 건물은 외관이 마음에 들지 않는군. 내부 공간도 너무 답답하고 기둥이 지나치게 많아. 처음부터 다시 지어 주시오."

"공사 일정이 빠듯합니다. 애초에 보여 드린 건축설계안 그대로 완공이 되었습니다만."

"바드레이 님이 연회를 하실 장소인데 이래서야 되겠소. 건물이 미흡한데 그냥 완공만 시키겠다는 게 건축가의 입에서 나올 만한 말인가. 날짜가 촉박한 것도, 여유를 부리거나 놀지 말고 더 열심히 하면 될 거 아니오?"

"…정 그렇다면 해 보지요."

그 뒤로도 헤르메스 길드의 고위직 유저들은 건설 중인 황궁을 돌아다니며 온갖 지적들을 했다.

"성문을 조금 키웠으면 하는데. 마차 서른 대 정도는 동시에 통과할 수 있도록 말이지."

"물류 이동이 아무리 활발해지더라도 그 정도로 많은 마차가 동시에 한꺼번에 통과할 일이 없습니다. 황궁으로 들어오는 도로의 사정 때문에라도 그만한 마차가 이동해 오는 건 무리인데요. 전체적인 설계안에서도……."

"그만. 대하벤 제국의 성문이지 않소. 그 정도의 규모는 되어야 보는 사람들이 감탄하게 하지."

"정 그러시다면 알겠습니다."

미블로스는 분노를 억눌러야 했다.

"그리고 이쪽으로 좀 와 보시오."

"또 무슨 일입니까?"

"비가 새는 것 같은데. 대륙 최고의 건축가라더니 실력이 형편없군."

"말도 안 됩니다. 절대 그럴 리는 없습니다."

"이쪽을 보면 빗물이 흐르잖소. 뻔뻔하게도 부실시공을 감추려고 하다니 어이가 없군."

미블로스는 기가 막혔다.

황궁에는 수많은 건물들이 있었고, 그저 화려함만으로 채운다면 식상하고 의미도 없다. 그래서 다양한 특색을 부여했다.

헤르메스 길드의 유저가 지적한 것은 천장을 통해 모인 빗물이 건물 벽과 모서리를 따라서 시냇물처럼 흐르게 만든 시설이었다.

비가 내릴 때의 건축물들은 각별한 운치를 가진다.

빗물을 모아서 맑은 소리와 물결을 볼 수 있게 하면서 각종 조각품들을 통과하게 만든다. 마지막으로는 중앙의 호수로 연결되는, 건축 특징 중의 하나!

미블로스는 들끓는 속을 억누르며 말했다.

"제가 시공 계획에서 이 부분에 대해서 충분히 설명드리지 않았습니까? 하벤 제국의 황궁은 물과 어우러지는 곳이 될 거라고요."

"그런 건 모르겠고 기억도 나지 않소. 어차피 이 부분은 황금으로 치장을 하게 될 텐데."

"네? 황금이라니요?"

"모르셨소? 이쪽은 황금으로 벽면을 만들도록 내가 지시를 했는데."

"건축가인 제 허락도 없이 말입니까? 그렇게 하면 전체적인 황궁의 물의 흐름에 장애가 됩니다. 인정할 수 없습니다!"

"우리 길드가 쓸, 하벤 제국의 황궁인데 누가 누구의 허락을 받아야 하는지 모르겠군. 그리고 경고하는데, 그런 식으로 함부로 말하지 않는 편이 좋을 거요. 우리가 황궁 건설의 기회와 함께 얼마나 많은 지원을 해 주는데, 은혜도 모르고 말이지."

미블로스는 깊은 한숨을 내쉬었다.

'에라, 모르겠다. 될 대로 돼라.'

건축가들이 심혈을 기울여서 만드는 자식과도 같은 건축물.

특히 그 지역의 상징이 될 만한 건물은 건축가의 이름과 함께 알려지게 된다.

미블로스는 하벤 제국의 황궁을 필생의 역작으로 탄생시키려고 하였지만 시공 과정에서 무수히 많은 자존심의 상처를 입었다.

건축도 그의 의도대로 이루어지지 않았으며, 완공 예정일도 계속 앞당기라는 요구를 받았다.

'1,000년을 이어질 건물을 지으려고 했지만 부실시공을 원한다면 못 할 것도 없으니 그렇게 해 주지.'

공사 현장에서의 고질병이라고 할 수 있는, 건축 자재 빼돌리기!

'경량화와 강화 마법 건축 재료들. 이런 것은 정말 짓고 싶은 건축물에 넣도록 빼돌려야지. 일반 강철을 넣더라도 적당히 견디기엔 충분하리라.'

노예들을 이용한 건설 현장에서 그의 은밀한 행동은 발각되지 않았다.

건축술의 높은 스킬 레벨 때문에, 강도가 낮더라도 웬만해서는 무너지지 않게 할 수 있었다.

'시공 일자가 오래 걸리는 기초공사는 원하는 대로 최대한 줄이도록 하지.'

땅을 파고 지반을 다지는 일을 획기적으로 줄이면서 건물의 건축 속도가 3배 넘게 빨라졌다.

'건물 내부 기둥들도 하중을 복합적으로 분산시키기보다는

간단하게 견딜 수 있게만 하자.'

건축가 유저들은 신속한 시공에 놀라워했지만 미블로스의 스킬이 워낙 탁월하고 특별해서인 줄 알고 넘어갔다.

"과연 대륙 최고의 건축가로군."

"진작 이렇게 했으면 좋았을 텐데. 확실히 건축가들은 내버려 두면 자기들 고집대로만 하는 경향이 있단 말이야."

헤르메스 길드의 유저들은 이제야 건설이 원활하게 된다면서 만족했다.

외관은 멀쩡하지만 내부는 고도의 부실 공사!

미블로스에게는 황궁의 미래가 훤히 내다보였다.

일반 건물들도 아니고 수천 명을 수용할 수 있을 만큼 방대하고 장엄한 건물들이 한자리에 모여 있었다.

내부적으로는 각 건물들의 내구도가 형편이 없어서, 불과 몇 달이 지나고 난 후에는 주춧돌이 깨지고 기둥과 천장에 균열이 발생하게 될 정도였다.

그렇더라도 흉물이 될 뿐, 갑자기 무너지거나 하진 않는다.

"이미 헤르메스 길드와는 돌아올 수 없는 강을 건넜다. 건물 붕괴술!"

> 건물 붕괴술이 부식을 촉진합니다.
> 스킬의 레벨에 따라 부식 속도를 조절할 수 있으며, 최후의 붕괴 순간을 결정지을 수 있습니다.

중앙 대륙을 정복한 제국의 중심부에 세워진 사치스럽고 호화스러운 황궁은 내부에서 녹슬고 삭아 가고 있었다.

아르펜 왕국의 궁전이 무너지고 난 후, 미블로스는 품에서 금으로 된 건축물의 모형을 꺼냈다. 하벤 제국의 황궁을 작게 축소한, 화려하기 짝이 없는 건축 모형이었다.

"건축가로서 묘한 기분이 드는구나. 정말 내 손으로 이걸 부수게 되는 날이 올 줄 알았을까. 그래도 원하지 않는 놈들이 먹고 마시며 노는 걸 지켜보기보다는 내 손으로 없애는 편이 나을 터. 잘 가라."

미블로스의 스킬이 발휘되고 나자 하벤 제국의 황궁이 거센 흔들림과 함께 몸살을 앓기 시작했다.

돌기둥들에 수십 수백 개의 균열이 발생하고 천장은 사방에서 무너졌다. 넓고 방대한 면적에 있는 수많은 건물들이 흙먼지를 일으키면서 쓰러진다.

그동안 충분히 약화되어 있던 하벤 제국의 황궁은 순식간에 거대한 잔해로 변하고 말았다.

왕궁 재건 계획

위드는 무너진 대지의 궁전 자리에 서 있었다.

산들과 함께 붕괴한 아르펜 왕국의 왕궁은 어마어마한 잔해 더미를 쌓아 놓은 폐허처럼 변해 있었다.

며칠 전까지는 산봉우리마다 웅장하게 건설된 왕관 형태의 왕궁이었지만 지금은 과거의 모습을 알아보기가 불가능했다.

"상처뿐인 영광… 아니, 침략자들은 물리쳤지만 빛 좋은 개살구로군."

위드는 깊은 한숨을 내쉬었다.

"과연 이놈의 인생은 그냥 술술 풀리는 법이 없어."

그렇더라도 누구도 막지 못할 것이라던 하벤 제국의 북부 정벌군을 멋지게 이겨 냈다.

또다시 새로운 신화를 남긴 것이다.

"전쟁의 신 위드!"

"아르펜 왕국의 번영은 대대로 계속되리라."

"풀죽신교 만세!"

힘겨운 전투를 끝낸 북부의 유저들이 무기를 높이 들고 환호하고 있었다.

위드는 멋지게 망토를 휘날리면서 사람들을 향해 돌아섰다.

높게 쌓인 잔해 무더기 위에서, 평원을 완전히 가득 메운 유저들을 볼 수 있었다.

아르펜 왕국의 유저들. 전쟁이 끝나는 바로 그 순간까지도 계속 모여들어서, 처음보다도 오히려 사람들이 더 많아졌다.

이 광경만 놓고 본다면, 하벤 제국군이 제아무리 강하다 해도 패배한 것이 너무나 당연하게 여겨졌다.

군중 중에는 구경꾼으로 왔다가 전쟁이 충분히 해 볼 만하다 싶어지니 참여한 자들도 적지 않으리라.

헤르메스 길드 유저, 하벤 제국군은 싸워서 이기기만 한다면 많은 명성과 공헌도, 전리품을 아낌없이 남겨 주었다.

북부의 용맹한 전사.

정의의 수호 기사.

악인 사냥꾼.

2급 전쟁 용병.

전투 중에 마을에서 퀘스트를 얻을 때 유용한 이런 호칭들을 획득한 유저도 많았다.

정령사, 마법사 중에는 특이한 전투에서 승리를 거두어야 그다음 정령 소환이나 마법을 익힐 수 있는 경우도 있기 때문에 진귀한 경험이 되었다.

위드는 전쟁에 적극적으로 나서 준 유저들과 뒤늦게 나선 유저들을 차별하지 않기로 결심했다.

아르펜 왕국의 국왕으로서 그런 생각은 적합하지 않다고 보았다.

'어쨌든 나중에는 모두가 세금을 바치니까.'

세금만 많이 내면 애국자!

"한마디 해 주세요."

"위드 님께서 승리를 선언해 주세요!"

"국왕 폐하 만세!"

위드를 향하여 유저들이 정신없이 외쳐 댔다. 전쟁이 끝나고 나자 위드에게 승리를 확실하게 선언해 달라는 요청이 빗발치는 것이다.

북부 유저들의 달아오른 가슴은 전투가 끝나고 나서도 식지 않았다. 석양이 지고 해가 저물어 가고 있었지만 승산이 희박하고 힘들었던 전투를 극복한 만큼 열기로 가득했다.

호주머니에서 돈이 나가는 것도 아니니 위드에게는 조금도 어렵지 않은 부탁이었다.

"대제, 많은 이들이 기뻐하고 있습니다. 위대한 승리의 기쁨을 함께 나눌 수 있도록 뭐라고 말씀을 해 주시지요."

어느새 전투에서 최고의 공적을 세운 헤스티거가 위드의 옆으로 다가왔다.

조각 부활술로 되살린, 전쟁 시대에서의 훌륭한 부하이며 질투의 대상.

이번 전투에서도 혼자서 하벤 제국군을 쭉쭉 쓸어버리고, 헤르메스 길드에서 자랑하는 최고의 유저들을 몰살시켰다. 왕궁 붕괴에서도 살아남은 1군단장 드라카를 포함하여 3군단장 포르칼, 6군단장 드룸을 혼자 다 없앴다.

'저놈 때문이었어. 막 내가 밥숟가락을 들려고 했는데.'

위드는 2군단장 발바로라도 상대하려고 하였지만 그조차도 갑자기 튀어나온 북부의 고레벨 유저들에게 빼앗겨 버리고 말았다.

이번 전쟁을 계기로 재차 확인된 것인데, 북부에도 은근히 대륙에서 이름을 날리는 고레벨 유저들이 많았다. 중앙 대륙에서 크고 작은 세력을 형성했던 길드의 수뇌부가 북부로 상당수 넘어왔던 것이다.

그들은 유저들에게 산 원한도 많았고 평판도 나쁜 편이었다. 그래서 북부에서는 있는 듯 없는 듯 조용히 지냈지만, 막상 전투가 벌어지고 하벤 제국군이 불리해지니 벌 떼처럼 모여들어서 싸웠다.

결과적으로 위드는 군단장급을 1명도 해치우지 못하였다.

그렇더라도 전쟁이 불리해지자 헤르메스 길드 측 유저들과 제국의 기사들은 위드를 해치우려고 악착같이 덤벼들었다.

마지막까지 무섭게 몰려드는 그들을, 헤스티거의 근처에 붙어 있으면서 조각 생명체들까지 끌어들여서 모조리 쓱싹할 수 있었다.

전형적인, 질보다 양!

위드는 전쟁을 통해서 레벨을 무려 3이나 올려서 422를 달성했다.

전투 경험을 통해 힘과 민첩과 같은 중요한 스탯도 몇 개씩 얻었으며 명예, 투지, 기품, 카리스마도 상당히 올랐다.

> 아르펜 왕국의 국왕으로서 전쟁을 승리로 이끌었습니다.
> 대륙 최대의 전투에서 적들을 모두 물리치는 위업을 달성했습니다. 중앙 대륙을 통일한 하벤 제국의 침략군을 몰살시킴으로써 국왕의 존엄이 크게 높아집니다.

짭짤한 부수입은 있었지만 그럼에도 헤스티거를 보면 얄밉고 아쉬운 기분이 들었다. 과거에 왜 그렇게도 헤스티거를 질투하고 미워했는지 다시 느낄 수 있었다.

시미터를 들고 가만히 서 있기만 해도 멋이 넘쳐흐르고, 벽에 기대 있기라도 하면 그 자체로 예술이다.

여자들이 불나방처럼 덤벼드는 게 너무나도 당연할 정도로 매력이 넘치는 것이다.

'조각 부활술로 되살려 놓은 시간이 아직도 꽤 남았나? 이러다 벽에 뭐 칠할 때까지 살아 있겠군.'

달면 삼키고, 쓰면 뱉어 내고 싶은 상황!

위드는 스스로 속이 무척 넓고 대범해져야 한다고 생각했다. 아르펜 왕국의 국왕으로서 넓은 배포를 보여 주어야 한다.

'내가 부하를 잘 키웠기 때문이지. 헤스티거가 뛰어난 게 아니야. 이만큼 한 것도 주군을 잘 만난 덕분이야.'

역시 결론으로는 자기 자랑!

"그래, 승리를 다 함께 나누도록 하자꾸나."

위드는 군중을 향하여 고개를 돌렸다.

채 눈에 다 들어오지도 않을 정도로 많은 사람들이 자신을 주목하고 있다.

방송국들이 중계를 하고 있을 것은 물론이었다. 최소 수천만 명의 사람들이 텔레비전을 통해 지금의 위드를 지켜보고 있으리라.

또 직접 이 자리에 모인 아르펜 왕국의 유저들은 오늘의 일을 감명 깊게 여기고 오랫동안 기억하게 될 것이기에 무척 중요한 순간이었다.

국가의 통치 측면에서 본다면 전쟁보다 뒷마무리에 훨씬 더 막대한 비중을 두어야 한다.

'이럴 줄 알았으면 연설도 준비해 놓는 건데.'

전투가 어떤 식으로 벌어지고 끝나게 될지 몰라서, 준비해 놓은 문구는 하나도 없었다.

'텔레비전에서 보던 정치인들은 이럴 때 희생한 사람의 위로부터… 아냐, 식상하게 질질 끌면 금방 아무도 듣지 않을 거야. 그렇다면!'

위드는 사람들을 향하여 큰 소리로 사자후를 터트렸다.

"승리를 기뻐하지 마라!"

"어어?"

차가운 얼음물을 끼얹은 것 같은 군중의 반응.

"뭐라는 거야."

"잘못 말한 거 아냐?"

"좀 이상한데?"

위드는 대충 터트린 사자후에 군중이 이상해하는 것을 느꼈다. 그래서 이어서 더 크게 사자후를 터트렸다.

"우리가 이긴 것은 당연한 결과다!"

"우와아아아!"

이 간단한 말에 군중은 떠들썩하게 호응했다.

절망적이던 그들에게는 하벤 제국을 물리친 것만큼 기쁜 일이 없었다.

유저들이 살아가는 터전이 되는 아르펜 왕국이 건재하고, 지금처럼 계속 자유를 누릴 수 있게 되었다.

유저들에게 아르펜 왕국에 대한 충성심을 강제적으로 기대할 수는 없어도, 이들은 자유와 행복이라는 가치를 지키기 위하여 너 나 할 것 없이 나섰다.

헤르메스 길드가 패배한 궁극적인 이유도 힘을 앞세워서 강제적으로 침략하였기 때문이다.

위드는 유저들이 따르지 않는다는 관점에서 헤르메스 길드는 아직도 멀었다고 생각했다.

'무리하게 쥐어짜 내면 안 돼. 성공한 독재자들도 그러다가 반란 한 방에 무너지는 게 인생이지. 무릇 좋은 정치인이라면 국민들을 보살필 줄 알아야 해. 정성을 들여서 천천히 물을 끓여서 삶아 먹을 줄 알아야지.'

성공한 훌륭한 장기 독재자들은 억압과 해방감을 절묘하게 이용할 줄 알았다. 위드도 바로 그러한 독재자가 되기 위하여 지금 힘겹게 인내하고 있는 것이 아닌가.

위드는 다시 사자후를 터트렸다.

"당장 전쟁은 끝났지만 하벤 제국은 끝없는 탐욕을 억누르지 못하고 우리를 포기하지 않을 것이다. 진정한 싸움은 지금부터라고 할 수 있다."

축제라도 벌어진 것처럼 떠들썩하게 환호하던 유저들은 침묵했다. 눈빛에도 긴장이 어렸다.

하벤 제국군의 전력이 이것이 전부가 아니라는 점은 누구나 알고 있었다.

베르사 대륙 최대 최강의 세력.

북부 유저들의 항전은 용감한 것이었지만 기실 고분고분하게 굴복하고 싶지 않았던 발악과도 마찬가지였다.

위드는 사자후를 계속 이어 갔다.

"아르펜 왕국은 약하다! 다음의 침략에서는 그들을 막아 낼 수 없을지도 모른다."

"……."

이때부터가 민망하지만 중요한 순간이기에, 위드는 입술에 침을 듬뿍 발랐다. 두꺼운 얼굴 가죽도 필수였다.

"그러나 그때에도 우리는 이겨 낼 것이다. 우리는 혼자가 아니라 함께이기 때문이다!"

"오오오!"

피부에서 돋아나기 시작하는 닭살!

단둘이 있을 때에 이런 말을 한다면 정신병자 취급을 받을지 몰라도 군중을 향해서 이야기하면 더할 나위 없는 큰 효과를 낸다.

막 거대한 전투에서 극적인 승리를 거둔 직후이기 때문에 감정도 고조되고 분위기는 더욱 훌륭해졌다.

"아르펜 왕국은 신생 국가라서 부족한 것이 많고 개개인은 약하지만 우리는 힘을 합하여 해낼 수 있다. 농부는 씨앗을 심어라. 곡물을 키워서 사람들을 먹여라. 기사들은 사냥을 해서 몬스터들로부터 도시를 지키고, 모험가는 자신의 귀중한 생명을 아끼지 말고 먼 곳으로 떠나라. 그대들이 발견한 미지의 무언가가 우리를 이롭게 할 것이다. 화가, 건축가, 상인, 조각사, 대장장이, 재봉사, 각자의 직업은 전부 중요하다. 모두가 자신의 역할을 즐겁게 해낼 때 아르펜 왕국은 탄탄해지고 다시는 우리의 자유를 침범당하지 않을 것이다!"

위드는 열정적으로 연설을 마쳤다.

높은 학식을 가지고 체계적으로 한 명연설은 당연히 아니다. 모든 국민이 열심히 일해서 왕국에 헌신하고 세금을 내라는 이야기를 돌려서 말한 것이다.

"아르펜 왕국 만세!"

"위드 님, 영원히 아르펜 왕국을 지켜 주세요!"

군중의 반응은 주체할 수 없을 정도가 되었다.

이미 타오르는 열기에 취해서 옆에 있는 사람을 끌어안는 등 말 그대로 축제 분위기였다.

오늘 대지의 궁전은 적들과 함께 무너지고 말았지만 그들에게는 아르펜 왕국의 번영에 대한 기대감이 생겨났다.

힘든 일이 있더라도 다 함께할 수 있는데 무엇이 무섭고 어렵겠는가.

자신의 작은 힘이라도 모았다는 사실에 스스로 감격했다.

"우리가 이겼어! 이겼다고!"

"하벤 제국, 아무리 몰려와 봐라. 우리는 자유로운 아르펜 왕국인이다!"

"으흐흐. 독버섯죽으로서 전투가 끝날 때까지 살아남다니 수치스럽다. 그렇지만 승리는 실컷 즐겨야지. 그리고 깔끔하게 한 사발 마시고 잠드는 거얏."

"크하하하하! 오늘은 실컷 놀고 마시자. 제가 멧돼지 20마리 쏘겠습니다!"

"호두죽 부대원들은 이쪽으로 모이세요. 밤새도록 뒤풀이 있습니다. 1명도 빠지지 않도록 해 주세요."

"콩죽과 콩나물죽이 400 대 400으로 전쟁 승리 기념 합동 미팅을 개최합니다. 예쁘고 멋지게 차려입고 동쪽 큰 소나무 앞으로 가시죠!"

평원 전체에 기쁨의 환호가 가득했다.

그리고 잠시 후, 하벤 제국의 황궁이 잔해만 남기고 처참하게 무너졌다는 소식이 전해졌다.

처음에는 말도 안 되는 거짓말이라는 의견이 대세였지만, 하벤 제국은 온통 들썩이고 있었다. 유저들의 귓속말이나 길드 내부의 채팅을 통해 그 소문이 사실이라는 이야기가 급속도로 퍼져 나갔다.

생방송을 하는 각 방송국에서 무너진 하벤 제국의 황궁 영상도 보여 주면서, 사람들은 진실을 알게 되었다.

금은보화가 뿜어내는 황홀한 빛으로 가득하던 하벤 제국의 황궁이 있던 자리에는 대지의 궁전처럼 잔해들만이 남았다.

중앙 대륙의 지배자로서 그 권위와 위엄을 자랑하기 위해 높고 거대한 규모로 세워졌던 제국의 황궁이 송두리째 무너져 내린 충격.

헤르메스 길드 유저들과 하벤 제국의 병사들은 잔해 속에서 난민처럼 기어 나오고 있었는데, 북부 유저들에게는 그 광경이 통쾌하기 짝이 없었다.

　"뭐야, 우리가 싸우는 동안에 쟤들은 저러고 있었어?"

　"놈들도 당했구나!"

　"아니, 달라. 우린 일부러 무너뜨린 거지. 하지만 헤르메스 길드에서는 완전히 바보 놀음을 하고 있잖아."

　사전에 계획된 일은 아니었지만 분위기가 너무나도 좋았다. 그래서 위드는 가장 크게 사자후를 터트렸다.

　"이 시간부터 세금을 60% 올리겠다!"

　꿈에도 그리던 세금의 폭탄 인상!

　아르펜 왕국의 유저들은 배를 잡고 큰 소리로 웃어 젖혔다.

　"우헤헤헤헤!"

　"낄낄, 장난으로 말씀하시기에는 정말 좋은 타이밍이었어."

　"정말 위드 님의 농담은 따라갈 수가 없다니까."

　"전쟁의 신 위드, 만세!"

　"승리한 기념으로 세금 좀 낮춰 주세요. 아예 공짜로 해 주시면 더 좋고요!"

❧ ❧

　"끄응."

　검삼치는 땅에 드러누워 있던 상태에서 간신히 상체만 일으켰다.

> 체력이 완전히 소모되었습니다.
> 굶주리고 있습니다. 신체의 면역력이 최하입니다. 온몸에 심각한 부상이 발생하였습니다. 생명력이 빠르게 감소하고 있기에 어서 치료하지 않으면 목숨을 잃을 것입니다.

"크크크, 최악이로군. 살아 있는 것 자체가 기적이라고 해야 하나."

검삼치는 스승과 수련생들과 같이 하벤 제국군을 향해 맹렬히 돌격했다.

보이는 모두가 때려잡아야 할 적!

전투를 하면서 기사단 3~4개를 격파했던 것까지는 명확하게 기억난다.

말들이 울부짖고 기사들이 떨어졌다.

스승과 제자들이 같이 기사단을 깨부수며 지나가던 통쾌하기 그지없는 순간들!

모든 것은 자기 자신의 힘과 판단에 의존하여야 했다.

그리고 그 후에는 전투의 짜릿함에 휘말려서 여기저기로 흩어졌다.

"각자 알아서 즐겨 봐라!"

검치의 명령이 있었다.

스스로의 힘으로 전장을 헤치고 살아남아 강자들을 꺾는다.

전술이 아닌, 자기 자신의 희열을 경험해 보라는 지시다.

입시에서부터 안정된 직장, 재테크, 노후 등으로 시달리면서만 살아가는 게 과연 행복이겠는가.

1분 후, 1초 후를 모르는 인생을 만끽하며 부딪치고 부숴 보는 것이다.

　스트레스가 사라지고, 뇌가 새하얗게 타 버릴 정도의 진한 쾌감이 일어난다.

　"남자로서 이런 전쟁을 경험해 본다면 부러울 게 없지."

　검삼치는 적군의 병사들과 기사들을 상대로 해서 싸우고 또 싸웠다.

　하벤 제국군은 호락호락하지 않았다. 견고한 벽과도 같았으며, 순간적으로 발휘되는 그들의 원거리 공격은 무차별적인 위력을 발휘했다.

　검오치와 검칠치가 기사단에 둘러싸여서 최후를 맞이하고, 검사치가 마법 공격에 의해 비명횡사하는 것도 지켜봤다. 적들에게 포위되어 쓰러진 수련생들의 죽음도 셀 수 없었다.

　아군이 간간이 나타나지 않았다면, 조인족이 견제해 주지 않았다면 적군 한복판에서 놈들과 부딪쳤던 검삼치도 살아남지 못했으리라.

　검삼치는 아르펜 왕국이 유리해진 이후에도 계속 전투를 이어 나갔다.

　"지금부터는 우리가 맡겠습니다. 조금만 쉬세요."

　북부 유저들이 다가와서 말했다.

　검삼치는 그들이 스쳐 지나가고 나서야 간신히 대꾸했다.

　"여긴 내 놀이터야. 아직 내 놀이는 끝나지 않았다고!"

　가끔 아르펜 왕국 사제 유저들이 다가와서 치료의 손길을 걸어 주기도 했다.

'모르겠다. 이놈의 인생이란 살아갈수록 어렵고 힘들어. 근데 지금 와서 내가 잘 살았다거나 못 살았다거나 하면서 후회할 수도 없는 노릇 아닌가. 내 방식대로의 삶을 살아 버렸는데.'

검삼치는 지독할 정도로 싸웠다.

전투를 하면서는 나 자신을 잊을 수 있다. 불우했던 어린 시절의 과거도, 싸움 외에는 알지 못하는 현재와 불안하고 겁나는 미래도 제쳐 둘 수 있었다.

'난 아무것도 아니야. 그저 싸우는 존재다. 강자들을 꺾고 싸우면서 살아가는 것. 그뿐이다.'

온몸을 타고 도는 희열!

어린아이처럼, 강한 자들과의 승부를 만끽했다.

몸 상태가 아무리 나빠져도 신경 쓰지 않았다. 헤르메스 길드 유저가 가까이 있으면 무조건 다가가서 덤볐고, 승부를 벌였다.

그때마다 이기고 살아남은 건 검삼치의 전투 실력 덕도 있겠지만 운이 정말 많이 작용했다고 볼 수 있었다. 비슷한 과정에서 검둘치도 죽었고, 다른 수련생들도 마구 죽어 나갔기 때문이다.

그리고 검삼치는 기적처럼 전투가 끝날 때까지 살아남았다.

무예 구도자로서 전쟁에서 절대의 무를 달성했습니다.
전투와 관련된 모든 스킬들의 숙련도가 증가합니다. 육체의 한계를 극복해 냈습니다. 생명력의 최대치가 3,405만큼 증가합니다. 맷집과 인내력이 앞으로 한 달간 350만큼 높아집니다. 투지, 카리스마, 정신력이 두 달간 최대치를 달성합니다. 모든 스탯들이 6씩 높아집니다.

호칭 '전장의 초인'을 얻었습니다.
전사 중의 전사, 더없이 명예롭고 꺾이지 않는 강함을 가진 자에게만 부여되는 호칭입니다.

"크흐흐."

검삼치는 만족스러웠다.

전투에서 승리하고 얻은 초인이라는 호칭!

육체를 고되게 혹사시키고 얻는 뿌듯한 충족감도 들었다.

"내 삶이 헛되지 않았다."

순간, 앉아 있던 검삼치의 몸에 빛이 어렸다.

띠링!

투신 바탈리가 당신의 전투를 지켜보며 깊은 감명을 받았습니다.
당신을 '투쟁의 파괴자'로 임명합니다. 바탈리의 강함을 세상에 펼치는 자로,
전투 계열의 직업에서만 대륙에 5명에 한정되어 선정됩니다.
현재 직업과 무관하게 바탈리 교단의 신성 전투 스킬들을 익힐 수 있게 됩니다. 신성 전투 스킬들의 효과가 2배로 발휘될 것입니다. 육체에 신성 마법 '싱그러운 회복력', '완전한 무기', '가공할 주먹'이 각인됩니다.
투쟁의 파괴자로 임명되어 있는 동안 모든 스탯들이 45씩 증가합니다. 신앙 스탯이 생성됩니다. 신앙이 최초로 120만큼 부여됩니다.
일곱 번 목숨을 잃거나 신앙심이 완전히 사라졌을 때, 바탈리 교단의 퀘스트를 두 번 연속으로 거부하게 되면 임명이 취소될 것입니다.

"크크크크."

검삼치는 더욱 강해진 자신을 느꼈다.

"다음에는 더 제대로 싸울 수 있겠군. 강한 놈들도 놓치지 않고 말이야."

> 생명력이 1초에 45씩 회복됩니다.
> 부상이 조금씩 낫고 있습니다.

육체에 부여된 신성 마법에 의하여 회복까지 이루어지고 있었다.

가만히 있어도 아르펜 왕국의 사제 유저들이 와서 구해 줄 가능성이 컸지만, 인생은 어디까지나 스스로 나아가는 것이다.

검삼치는 전투의 마무리를 위하여 분주하게 뛰어다니는 여자 사제들을 봤다. 그녀들의 하얀 사제복만 보더라도 그렇게 예쁠 수가 없었다.

스승인 검치와 사형 검둘치, 검오치. 수련생 중에서도 여자 친구가 생긴 몇몇 이들을 보며 얼마나 부러웠던가.

〈로열 로드〉야말로 연애를 위한 천국과도 같은 곳이었다.

검삼치는 주먹을 강하게 쥐었다.

"다 필요 없어. 사나이의 인생, 이대로 끝까지 간다. 크흐흐흑! 아이고, 슬퍼라."

𝕯𝕰 𝕰𝕮

"위드 님! 많이 보고 싶었어요."

위드는 전투를 끝내고 페일과 수르카, 이리엔, 화령, 로뮤나 등 동료들이 모여 있는 곳으로 갔다. 그러자 가장 먼저 달려와서 반겨 주는 수르카였다.

이번 전쟁에서 북부 유저들의 생존률은 그리 높지 못했다.

그렇지만 위드와 함께 온갖 고난과 역경을 경험해 온 동료들은 어찌어찌 무사히 살아남을 수 있었다.

　벨로트가 환하게 웃었다.

　"조각술 퀘스트 하는 모습 잘 봤어요. 그걸 성공시키다니 과연 집요하고 끈질기… 아니, 멋있으시네요."

　"고맙습니다. 다들 살아 있어서 다행입니다."

　"그러게요. 정말 우리도 1명도 안 죽을 줄은 몰랐어요."

　동료들 중에서 수르카와 제피를 제외하고는 근접 공격을 하는 직업이 아니었고, 전투의 중반부터는 조각 생명체들과 주로 어울려서 싸웠기 때문이다.

　대지의 궁전이 무너지고 난 이후, 하벤 제국군은 뚜렷한 목표 없이 우왕좌왕하다가 유저들의 공격을 받아 전멸하고 말았다. 물론 워낙 대단한 군세이기에 파상 공세에도 불구하고 상당히 오랫동안 버텼지만 말이다.

　"위드 님, 우리가 진행하고 있던 퀘스트 말인데요."

　위드는 제피로부터 지금까지 제국의 유물을 상당수 찾아냈다는 소식을 들었다.

　"유령들을 퇴치하면 저주는 대부분 해소되고, 개중에는 신성력이나 퀘스트와 연관된 물품들도 있었습니다. 무기를 사용할 수 있는 올바른 후계자를 찾아라, 뭐 이런 것이지요."

　"장비의 수준은요?"

　"레벨 300대가 대부분. 400대도 100개는 충분히 넘습니다. 하지만 아쉽게도 진짜 비싸고 귀한 것들은 없었습니다."

　"으음."

위드는 잠시 생각에 잠겼다.

본인이 쓰던 물건들을 비롯하여 사막 전사들의 장비들은 어딘가로 흩어졌을 것이다. 처음에는 사막의 후예들이 썼겠지만 많은 시간이 지난 만큼 그 후로는 대륙 곳곳으로 흩어졌을 가능성이 크다.

게시판을 보면 사막 전사의 무기나 특별한 물건들을 발굴했다는 소식들을 가끔 접할 수 있었다. 역사가 변하면서, 이미 발굴이 끝난 던전과 유적에서도 새롭게 물건들이 나오기도 했던 것이다.

하지만 위드는 그 보물들의 대략적인 양을 정확히 알고 있는 유일한 사람이었다.

전쟁의 시대. 수많은 유물들과 보물들, 예술품들, 기사의 장비들, 마법사의 연구 자료들이 있었다.

그 목록만도 혼자서는 제대로 훑어보지 못할 정도로 방대하였으며 몇 개의 성을 가득 채울 수 있는 분량이었다. 대륙을 휩쓸면서 여러 왕가와 귀족들의 보물을 몽땅 약탈해서 모아 놨던 것이다.

그 당시에 수집했던 보석과 금괴, 은괴만 하더라도 지금의 가치로 따진다면 위대한 건축물을 수천 개는 세울 수 있는 분량이다.

'팔로스 제국의 유물이 모조리 한곳에 묻히진 않았던 모양이로군. 어떤 놈들이 빼돌렸어.'

북부까지 와서 묻은 장비들은 일부에 불과할지도 모른다.

위드가 명령을 남기긴 했지만, 사막 전사들의 습성상 어쩔 수 없었다.

위대한 대제에게는 절대복종!

사막 부족의 운명을 걸고 대제왕을 따르고 복종했다.

그렇지만 그 대제가 사라지고 난 이후라면 이야기가 다르다.

약탈과 투쟁을 하면서 살아온 사막 부족들은 팔로스 제국의 보물들을 자신의 것으로 여기고 가져갔을 것이다.

위드의 영향력이 크게 미치는 직속 부하들만 자신들의 보물을 북부까지 와서 매장해 놓은 후 자금력 부족으로 금방 몰락했으리라는 추측이 어렵지 않게 가능했다.

'대충 그림이 그려지는군. 그리고 나머지 보물들도 어딘가에서 계속 나오겠지.'

위드가 그 당시 사용하던 장비가 현재는 아마도 사막의 대제왕 퀘스트에서 나오게 될 가능성이 컸다.

"그리고 사소한 문제가 있는데요."

"뭔데요?"

"유물을 발굴하면서 유령들이 계속 등장했는데, 최대한 노력해 봤지만 우리로서는 더 이상은 버틸 수가 없었습니다. 완전히 정화를 마친 유물들은 다른 장소로 옮겨 놓았지만, 거긴 유령들의 천국이 되어 버릴 겁니다."

"일종의 사냥터나 던전처럼 바뀌겠군요. 유령들을 전부 퇴치하고 나면 보물을 얻을 수 있는."

"그런 셈이죠."

팔로스 제국의 보물이 분산되었다고 해도 붙어 있는 유령이 너무 많아서 일행만으로는 모조리 처치할 수 없었다.

'그렇다면 발굴되지 않은 다른 보물들에도 유령들이 나타날 수 있겠군. 대륙 전역에서 말이야. 사막 부족들 사이에서도 유물이 많이 등장할 테고. 아마 대제왕의 흔적을 찾는 그런 퀘스트와 연관이 있을 거야.'

위드의 시선이 화령에게로 향했다.

그녀도 마침 위드를 쳐다보고 있었다.

항상 그렇듯이 화려한 색상의 짧은 치마를 입고, 귀와 목에는 예쁜 보석 액세서리들을 걸고 있었다. 그녀처럼 반짝이는 아름다움이 잘 어울리는 여자도 또 없으리라.

"음, 그러니까……."

위드는 선뜻 말을 꺼내지 못했다.

자신에게는 이제 서윤이 있었으니 화령과는 서먹할 수밖에 없는 상황.

다른 동료들도 그 사정을 짐작하기에 조용했다. 남녀 관계란 자칫하면 크게 탈이 생길 수도 있는 문제이기 때문이었다.

위드가 먼저 정중하게 말했다.

"잘 지내셨죠?"

"네."

"어디 아프신 곳은……."

화령이 새침하게 말했다.

"없는데요."

페일은 비명을 지르고 싶었다.

이 어색하고 뻣뻣한 분위기!

여자들은 오히려 흥미를 가지고 지켜보고 있었지만 남자들은 온몸이 오글거렸다.

그러다가 화령이 환하게 웃었다.

"괜찮아요. 그리고 고마워요."

"예?"

"가수라면 인생 경험이 많이 필요하잖아요. 뭐, 실연도 당해
보고 해야 진실성 있는 감정 전달이 되죠. 노래란 감정을 담아
서 마음을 울리는 것이니까요. 그리고 어차피……."

화령은 살짝 말을 끌다가 다시 이었다.

"저를 좋아하지 않는 남자란 있을 수가 없으니까요. 남자의
본능에 딱 하고 각인되어 있어요. 깊이 있는 인생을 위해 이런
감정까지 들게 해 주다니, 나름 괜찮은 선물인걸요."

무한긍정주의!

화령은 가수이면서도 매력적인 여자였다. 위드가 절대로 자
신을 벗어나지 못할 거란 확신을 가지고 있었다.

동료들은 그녀를 보며 생각했다.

'아직 포기하지 않았구나. 하기는, 제대로 시작도 하지 않았
으니…….'

'엄마가 연애란 결혼식장 들어가 보기 전까지는 모르는 거라
고 했는데. 그 말이 맞는 거야?'

'근데 왜 위드 님을 좋아하지? 난 이게 제일 이해가 안 되는
데… 여자들이란 참 불가사의한 존재야.'

위드는 한결 가벼워진 마음으로 배낭을 땅에 내려놓았다.

"그럼 식사나 하죠!"

"만세!"

손맛으로 가득한 위드의 요리!

퀘스트나 사냥을 하러 다니느라 바빠서 한동안 맛보기 힘들었던 산해진미를 먹을 시간이었다.

꧁✦꧂

"이럴 수가… 말도 안 되는 일이 벌어졌다."

자랑스러운 하벤 제국의 황궁에서 휴식을 취하던 헤르메스 길드의 유저들은 무너진 건축물을 보며 망연자실했다.

중앙 대륙의 모든 권력이 집중되어 있는 제국의 황궁.

금과 보석으로 장식되어 사치와 호화로움의 극치로 찬란하게 빛나던 황궁.

방대한 면적에 세워진 건축물에서는 귀족들과 유저들을 포함하여 10만 이상의 주민들이 살아갔다.

수천 개의 도시와 수억의 인구를 지배하는 권력의 정점에 있는 그 황궁이 한순간 폭삭 무너져 버리고 만 것이다.

거짓말처럼 연속해서 무너지는 건물들 아래에서 유저들은 대부분 죽지 않고 빠져나왔다.

"우리 황궁에 이런 끔찍한 일이 발생하다니, 이게 어떻게 가능한 것이지?"

"어떤 이벤트 아닐까요?"

"신의 징벌이라도 내리지 않고서는 납득이 안 되는 사태다."

기둥이 흔들리고 천장에 균열이 발생할 때에 이미 이상한 낌새를 느꼈으니 유저들이 황궁 건물에서 신속하게 빠져나오는 일 자체는 어렵지 않았다.

그럼에도 상당한 숫자가 마지막 순간까지도 혹시나 하며 황궁 내에 있다가 매몰되기는 했으나, 목숨을 잃진 않았다. 엉망진창이 되긴 했지만 잔해를 헤치면서 살아 나왔다.

산꼭대기의 완벽한 험지에 있던 대지의 궁전과는 달리 평지에 세워진 하벤 황궁이었기에 생명의 위협은 그다지 발생하지 않았다.

그렇지만 찾아오는 방문자들을 압도하고 헤르메스 길드의 유저들에게 자부심이 되어 주었던 황궁은 더 이상 존재하지 않았다.

"살아남은 사람들은 응답하라!"

"생존자들의 구출을 신속하게… 아니, 죽은 사람은 별로 많지 않을 것 같군. 그보다 우린 뭘 해야 하는 거야?"

헤르메스 길드의 일반 유저들은 너무나도 막대한 사건에 갈피를 못 찾고 당황했다.

하벤 제국에서 고위 귀족의 자리에 올라 있는 유저들.

황궁 연회장에 있던 바드레이와 라페이를 비롯한 수뇌부도 무사히 빠져나왔지만 폭삭 무너진 건물들을 보며 잠시 할 말들을 잃었다.

"아르펜의 왕궁이 무너지는 건 봤지만 이건 도무지……."

"무슨 일이랍니까? 마법 공격을 당한 것도 아닌데."

"반란입니까? 누가 감히 이런 짓을 벌일 수가 있지요?"

"위드입니다. 위드 그놈이 음모를 꾸민 겁니다!"

"위드라니요. 북부에 있는 그놈이 어떻게 무슨 방법으로 이런 수작을 벌입니까. 그리고 증거도 없는데…….”

“정황을 따져 봐야지요. 그놈이 아니라면 누가 우리에게 이런 짓을 한단 말입니까.”

누구를 비난하려고 해도 아직 상황 파악도 안 되었다.

항상 냉정하게 대비책을 만들어 내던 라페이도 황궁이 처참하게 무너졌다는 현실을 받아들일 뿐 그 이상은 무리였다.

‘도대체가, 이런 일이 벌어질 수가 있는 것인가?’

쿠르르릉!

아직도 황궁의 일각에서는 남아 있던 건물들이 차례로 무너져 가고 있었다.

기울어진 건물들의 기둥과 벽면이 가닥가닥 부서지는 광경도 나름 다시는 볼 수 없을 장관이었다. 금 광산과, 다른 왕국에서 약탈한 재물들을 바탕으로 지어진 황금의 벽면들이 무너진다.

그렇게 황궁의 건축물들은 남김없이 쓰러지고 말았다.

그래도 성문만큼은, 헤르메스 길드도 설마설마했다.

“저기만큼은…….”

“마지막 남은 곳은 성문뿐인데.”

황궁이 전투 장소가 될 리는 없다고 생각했지만 명색이 성문이니만큼 기본적인 수비력은 갖춰 놓으려고 했다.

성벽은 커다란 바위들을 옮겨 와서 다듬은 후에 균일하게 쌓았고, 엘프의 숲에서 나온 나무의 진액을 발라서 접착력을 유지하게 만들었다.

공성 무기로 타격하더라도 하루는 버틸 수 있는 것이 황궁의 성벽!

성문은 희귀하기 짝이 없는 세계수 나뭇가지와 뿌리를 얽어서 만들어 놓은 것이었다.

금으로도 구할 수 없는, 엄청난 가치를 가진 성문.

세계수를 가져오면서 엘프들과의 관계가 악화되고 퀘스트가 발생하여 수많은 습격을 받았지만, 하벤 제국의 위엄을 과시하기 위하여 아랑곳하지 않았다.

그렇게 단단하게 축성된 성벽마저도 유저들이 보고 있는 동안 바위들이 떨어져 나갔다. 그리고 황궁의 다른 건축물들처럼 곧 성문도 쓰러지고 말았다.

"말도 안 돼."

"거짓말이야."

띠링!

> 하벤 제국의 황궁이 무너졌습니다.
> 황제의 집무실, 황궁 기사의 연무장, 대귀족의 회관 등 모든 건물이 파괴되었습니다. 태양의 궁전은 하벤 제국의 수도로서의 기능을 완전히 상실했습니다. 제국 명성이 49 감소합니다.
> 방대한 영토를 다스리기 위한 행정력이 악화됩니다. 중앙 정치가 크게 퇴보합니다. 점령 지역에서 불온한 움직임이 발생합니다. 무장 단체들의 준동이 상당히 높은 확률로 시작됩니다.
> 군대의 사기가 악화됩니다. 기사들의 명예가 추락하고 충성심이 감소하여 평소에 불만이 많은 자들은 소속을 이탈하게 됩니다. 최대 훈련도가 저하되며, 보급품에 대한 부정부패가 생겨날 수 있습니다. 당분간 전투를 위한 원정에 나선다면 탈영이 빈번할 것입니다. 제국 군대에 대한 통제력이 거리에 따라서 줄어듭니다. 지방 군벌들을 일찍부터 강력하게 규제하지 않는다면 제국에 대하여 딴마음을 먹을 수도 있을 것입니다.

주민들의 제국에 대한 충성심이 저하됩니다. 특히 점령 지역의 주민들은 제국에 대한 불신이 커져서, 명령에 잘 따르지 않고 정상적인 통치에도 심한 반발을 할 수 있습니다. 드넓은 점령 지역에서 반란군과 저항군이 대규모로 출현하게 하지 않으려면 빠른 수습이 필요합니다. 지능이 높은 몬스터들이 부족을 이끌고 요새와 마을을 공격할 수 있습니다.

상인들의 거래가 위축되고, 장거리 교역을 위한 도시 외 운송 비율이 감소하게 될 것입니다. 소비와 상업이 불황에 빠지게 되어 경제력이 감소할 것입니다. 일시적으로 세금 납부율이 줄어들게 됩니다.

제국 내부의 혼란으로 인근 지역에 대한 영향력이 42%가 되었습니다. 218개 마을이 하벤 제국 소속에서 이탈합니다.

하벤 제국과 관계된 모든 퀘스트들의 보상이 정상적으로 이루어지지 못하거나 취소됩니다.

"이럴 수가!"

똑같이 왕궁을 잃어버렸지만 아르펜 왕국보다 하벤 제국의 피해가 훨씬 심각했다.

제국은 광활한 영토와 그에 걸맞은 무수한 인구와 다양한 종족들을 지배했다. 상업적인 교류와 문화를 통한 종속이 아니라 군대를 통해 강제로 정복한 것이기 때문에 황궁이 무너진 파장이 더 컸던 것이다.

지금은 하벤 제국에서 원정을 보낸 북부 정벌군이 전멸해서 국가 명성에 입은 손실에 곧바로 뒤따라온 심각한 피해였다.

"어서 수뇌부 회의를 소집해! 그리고 모든 영주들은 즉시 통치 지역의 상황을 보고하고 안정화를 위한 방법을 준비해라!"

드넓은 하벤 제국을 통치해야 하는 만큼 라페이와 수뇌부에서는 할 일이 아주 많았다.

점령 지역의 치안과 경제는 정책적으로 필요에 따라서 최소한으로만 유지하고 있다.

그런데 불미스러운 일이 발생하여 저항군이 심각할 정도로 더 많아지고, 설혹 요새라도 탈환당한다면 실질 피해 여부를 떠나 그보다 수치스러울 수 없다.

중앙 대륙에서 하벤 제국의 절대적인 위엄과 통치 능력이 시험을 받고 있었다.

～

"노세, 노세. 한 살이라도 더 어릴 때 노세. 나이를 먹으면 똑같이 놀아도 이 맛이 안 나나니."

"크흐흑, 어제도 여성 유저를 3명이나 친구 등록을 했는데 그 이후에 1명도 연락이 안 돼요."

"미지근한 맥주 있어요. 진정한 술꾼들이 찾는다는 미지근한 맥주가 한 잔에 단돈 1실버! 가슴 속까지 적셔 주는 시원한 맥주는 3실버에 소량 팔아요. 안주로는 소금에 절인 시금치가 2실버!"

대지의 궁전이 있던 자리 부근에서는 그날 밤 북부 유저들의 축제가 벌어졌다.

언제 이만한 규모로 유저들이 모여서 기쁨을 함께 나눌 수가 있겠는가.

곳곳에 모닥불을 피워 놓고 장사도 하고, 음식도 만들어서 먹었다. 인원수에 비해 술과 음식이 귀해서, 가격과는 상관없이 바로바로 팔려 나갔다.

따라라랑!

하프와 기타가 연주되었다.

모닥불가에서 춤을 추는 아리따운 여성 유저들.

드레스는 없지만 모험가용 복장이나 갑옷, 상인복을 입고도 기꺼이 어울렸다.

사실 평원을 가득 채우는 이 많은 인원이 동시에 다 먹고 논다는 것은 불가능에 가깝다. 막대한 물자가 소모되는데, 승패가 결정지어지지도 않은 전장으로 축제를 위해 식료품을 가져올 수는 없었다.

그렇지만 하벤 제국군으로부터 노획한 어마어마한 양의 보급품들이 있었다.

전투가 막바지로 치달아 갈 때쯤, 개미 떼 같은 북부 유저들의 습격이 벌어졌다.

"쥐포닷!"

"오오, 쥐포야! 짭조름한 맛이, 술이라도 한잔 곁들이면 일품이겠군."

"으아악, 또 쥐포다!"

"여길 봐. 쥐포가 산더미처럼 쌓여 있어!"

"뒤쪽 마차에는 전부 쥐포들이 실려 있다."

"이쪽은 쥐포 지옥이야!"

위드는 헤르메스 길드 유저들을 해치우고 그들의 전리품을 얻느라 안타깝게도 보급 마차 행렬까지는 챙기지 못했다. 그 덕에(?) 북부 유저들은 저마다 배낭과 호주머니에 식량과 보급품들을 잔뜩 얻었다.

제국군 병사들이 쓰는 기본 무기 몇 개만 건지더라도 초보들에게는 제대로 된 장비들을 구입할 수 있는 훌륭한 밑천이 되었다.

　강철 화살이라도 듬뿍 얻으면 그것도 상당히 좋은 가격에 팔수 있다.

　막 대륙을 떠돌기 시작한 북부 유저들은 전리품을 판매하기 위해서 먼 지역이라도 기꺼이 이동하리라.

　북부의 상인들은 이미 돈 냄새를 맡고 유저들로부터 즉석에서 전리품을 매입했다.

　말과 마차까지 한꺼번에 구입한 상인들은 이미 자신들이 교역품을 팔아야 할 마을들을 염두에 두고 있었다.

　'대목이구나!'

　'앞으로 난 북부 상인의 전설을 쓰게 되리라, 크후후. 이 세상의 돈은 다 내 것이다.'

　'화살 하나에 60쿠퍼씩은 남겨 먹을 수 있어. 대체 이게 다 얼마야!'

　전쟁이 끝나고 나니 유저들의 마음도 푸근해졌다.

　중앙 대륙의 특산품인 다양한 치즈와 위스키 등을 푸짐하게 얻어서, 즉석에서 먹자판이 벌어졌다. 그것이 곧바로 평원 전체에 승전 기념 축제로 확대된 것이다.

　아무 곳에나 자리를 펴 놓고 가까이 있는 사람과 술잔을 나누었다.

　"허억! 예전 코볼트 던전에서 함께 사냥했던 네로 님 아니십니까?"

"엇, 엑소즈 님도 오셨군요."

"당연하지요. 북부 유저로서 어떻게 이런 자리를 빠질 수 있겠습니까. 정말 오랜만이군요."

"코볼트 던전이 제 첫 모험이었는데. 벌써부터 까마득한 과거처럼 느껴집니다."

"후후, 지금은 웬만한 모험으로는 그때의 흥분이 잘 느껴지지 않습니다."

"그야 우리도 많이 성장했으니까요."

"네로 님은 레벨이 몇이십니까?"

"54입니다."

"굉장하시군요! 저는 51밖에 되지 않았는데. 대체 비결이 뭔가요?"

"열심히 하시면 저처럼 되실 수 있을 겁니다. 조금 강해졌다고 해서 여유를 부리면 안 되지요."

"명심해야겠군요."

한쪽 구석에서는 군중 사이에서 쫓고 쫓기는 추격전도 벌어졌다.

"이놈의 가시나가 하라는 공부는 안 하고! 내일이 시험인데, 학원 간다고 나가서 접속했어? 파이어 볼!"

"꺄악, 살려 주세요!"

모닥불을 크게 밝혀 놓고 유저들끼리 노래도 부르고 춤도 추었다.

"산맥의 아침, 붉은 해가 떠오르고 거센 바람이 분다, 취췻! 구름도 다가온 전투를 예감하는지 무거워 보이고 나는 다크 엘프들과의 전투 최전선에 서 있다, 췻!"

남자 유저들이 노래를 시작하고, 여성 유저들이 그 뒤를 이었다.

"싱그러운 아침에 나는 희망을 품는다, 취취췻! 우리의 용기와 승리를 향한 열망, 버리기에는 고귀한 정신! 영혼! 나는 노래하고 싶다, 추이익! 저 다크 엘프들이 강하다면 더욱 노래를 부르라! 우리의 승리를 기원하는 노래를! 모두가 포기하지 않는다면 승리할 수 있으리라!"

오크 카리취의 노래!

승전 기념으로 남녀 유저들이 1,000명도 넘게 모여 모닥불을 중심으로 오크들의 춤을 추면서 놀았다.

밤이 어두워질수록 그런 모닥불 자리들은 많아졌고, 사람들은 저마다 춤을 추고 악기를 연주했다.

무언가를 하기 위하여 한밤중에 바쁘게 말을 타고 평원을 떠나는 유저들도 있었지만, 남아 있는 유저들은 여유로움을 한껏 만끽했다.

"이야, 끝내준다."

"우리 북부 대륙의 문화라고 할 수 있지, 에흠!"

북부 유저들은 오랜만에 축제를 통해서 하나가 되어 어울릴 수 있었다.

"이번에 매우 위험한 무덤을 찾아냈는데 들어가면 몽땅 죽는답니다. 저도 벌써 세 번을 죽었죠."

"퀘스트의 냄새를 맡아 본 적 있으신 분?"

"그게 뭐요?"

"전쟁의 신 위드 님께서 하신 표현에 따르자면 아주 지독한 냄새를 풍기는 연계 퀘스트들을 알아냈지요."

모험과 교역, 정보의 교류도 활발하게 이루어진다.

한쪽 구석에서는 건축가들이 줄자와 삽자루를 들고 대지의 궁전 잔해들을 뒤지고 다녔다.

"음, 이쪽 기둥은 너무 자잘하게 쪼개져서 다시 쓰지는 못하겠군."

"대박이야. 왕궁 지붕의 형태를 이렇게 일부라도 알아볼 수 있다니, 내구력에 신경을 많이 쓴 보람이 있군. 무너질 때도 운이 좋았겠지만 말이야."

"재활용도 가능하겠는가?"

"그건 좀 무리죠. 그래도, 왕궁 재건에는 쓸 수 없더라도 상가에는 활용이 가능할 것 같네요. 남은 부분이 조금만 더 많았다면 기념물로 만들 수도 있었겠지만……."

"석재들은 관리를 잘하면 오래 보존되기는 하는데 이렇게 제대로 무너져서 깨지니 남아나는 게 별로 없어. 아쉽군."

돌무더기 속에서 재활용할 수 있는 부분을 찾고 있었다. 왕궁에 투입한 최고급 건축자재들을 그냥 버려 버리기에는 너무나도 아까웠던 것이다.

"깨진 석재들은 전부 다 걷어서 다듬은 후에 도로를 까는 데 쓰도록 하죠."

"금속은 제련 과정을 거치면 사용할 수 있으니 대장간과 용광로를 설치한 후에 제대로 작업을 합시다."

"하벤 제국군과 함께 파묻힌 전리품도 꽤 되니 강철이 부족할 일은 없겠는데요. 강철은 북부에서 수요가 급증해서 가장 재고가 없는 자원이니까 말입니다."

"빨리빨리 해냅시다. 사람들이 많이 모여 있는 지금이 기회입니다."

건축가들은 곧바로 대지의 궁전을 복원하는 계획을 진행하려고 했다.

아직 아르펜 왕국의 재정이나 예산이 본격적으로 투입되지는 않았다. 하지만 건축가들은 자신들이 직접 지은 건축물이었기 때문에 더욱 애정을 가지고 재건을 서둘렀다.

"과거처럼 산봉우리에 왕궁을 세울 수는 없겠군요."

"산이 완전히 깎여 나갔으니 이제 어렵게 됐죠."

"나름 독창적인 멋이 있는 왕궁이었는데. 흙과 돌, 모래를 다시 쌓으면요?"

"하긴, 우리의 노동력이라면 산 몇 개 정도는 충분히 만들어 낼 수 있지요."

"다른 건물도 아니고 왕궁이라면 100만 명 정도는 쉽게 동원이 가능하리라고 봅니다."

건축가들은 무시무시한 노가다 계획을 구상했다.

북부의 사기적인 인간 노동력을 이용해서 산까지 다시 세우자는 거대한 계획을 내놓았다.

"흠, 대지의 궁전은 좋긴 했는데 어중간한 높이에 있었지요. 산의 높이를 500미터나 1킬로 정도로 과감하게 더 높이는 것도 괜찮지 않나요?"

"산이 높으면 왕궁으로 올라가는 길에 온갖 건물들도 세워

놓을 수 있을 것 같고, 그것 참 좋은 아이디어입니다."

"하지만 그러면 시공의 어려움은 제쳐 놓더라도 상당히 장기간의 공사가 될 텐데, 인력 수급이 그리 원활하게 유지될지……."

"북부 유저와 주민은 하루가 다르게 늘고 있지 않습니까. 왕궁이 본격적으로 지어질 무렵에는 지금보다 인원이 2~3배는 될걸요."

"하기야, 우리가 왕궁을 짓기 시작할 때보다 정말 많이 늘긴했지요."

그렇지만 파보는 회의적이었다. 그가 보기에는 왕궁 건설 계획이 지나치게 거창해지고 있었다.

"여러분의 생각은 잘 알겠습니다. 저 역시 대지의 궁전을 더 멋지게 복원하고 싶은 마음은 굴뚝같습니다. 하지만 이 부분은 건축가의 욕심만으로 처리해서는 안 됩니다."

"예?"

"아르펜 왕국에는 왕궁이 하루라도 빨리 필요합니다. 왕궁이 없으면 치안과 문화 확장, 상업 부분에서 계속 불리한 면이 있을 것입니다."

왕궁이 없으면 영토를 통치하는 데 있어서 불리한 측면이 꽤 되었다.

지방 마을과 도시의 영주관이 원활하게 역할을 하지 못하게 되어 내정을 파악하고 관리하기가 어려워지며 세금 징수 비율도 낮아진다.

예산의 집행에서도 부정부패로 인한 손실액이 끊임없이 발생하고, 치안도 최대 100% 유지되지 않는다.

아르펜 왕국은 병력의 규모에 비해서 방대한 땅을 다스리고 있기에 도적 떼가 들끓기 시작하면 악화되는 것도 순식간일 것이다.

기술 발전을 위한 대형 시설물, 부자들을 대상으로 하는 상업용 건물, 직업 건물에도 불리함이 있다. 모라타와 같은 대도시에는 어떠한 건물이든 세워질 수 있지만, 작은 성과 마을에는 공공건물의 건설이 더욱 까다로워진다.

그러면 기사 유저들 같은 경우에는 작위를 수여받지도, 고급스킬들을 익히지도 못하게 된다.

일반 유저가 모험을 하려고 먼 곳으로 가더라도 국가 명성이 낮으면 못 알아보고 퀘스트 부여, 교역에서 불리함을 감수해야 하는 경우가 있다.

그동안은 변변한 왕궁도 없이 성장했던 아르펜 왕국이다.

초창기의 확장 시기였기 때문에 정상적인 왕국이 아니라서 받는 불리함을 유저들은 그저 당연한 것처럼 감수하면서 살아왔다.

하지만 수많은 마을을 영토로 받아들이고 다스리고 있으며 인구도 폭발적으로 증가하고 있는 지금은 왕국의 발전을 위해서도 왕궁이 시급하게 필요했다.

건축가들 역시 그 부분을 잘 알고 있었다.

상인들이 교역을 통해 마을과 도시를 부유하게 만든다면, 건축가들은 그 내실을 다진다.

자신들이 시공한 건축물이 많은 도시가 인구 증가와 상업 확대 등으로 나날이 커지는 모습을 보노라면 그보다 더 기쁠 수가 없다.

건축가라면 누구나 도시의 주요 거리에 멋진 건축물들을 세워서 사람들이 구경하고 또 편하게 이용하며 살아갈 수 있기를 원했다.

파보가 말을 이었다.

"지금은 아르펜 왕국의 발전을 위해 우리 건축가의 욕심을 버립시다. 북부의 건축가들이 다른 이들보다 나은 면이 무엇이겠습니까?"

"필요한 건물을 만든다. 사람들을 위한 건물을 짓는다."

"바로 그렇습니다. 우리 건축가들이 욕심을 부리다 보면 공사 일정은 길어지고 자금은 끝없이 들어가게 될 것입니다."

"으음, 산을 쌓아서 왕궁을 다시 짓는 계획이 무모하기는 했지요."

"빨리 짓는 것도 중요하지만, 어쨌든 아르펜 왕국의 중추적인 역할을 해야 하는 건물입니다."

건축가들이 모여 밤샘 회의 끝에 왕궁 재건의 기본 계획을 수립했다.

1. 아르펜 왕국은 현재 잔해의 옆에 다시 건설한다.
2. 왕궁에 필요한 건축자재들은 잔해를 파악하여 가능하면 재사용하고, 나머지는 상인들을 통해 조달한다.
3. 평지에 지어지는 만큼 왕궁의 면적을 과거보다 3배 이상 넓힌다. 중심 지역을 먼저 완공한 후에 추가 확

장이 가능한 방식으로 한다.

4. 왕궁 부지 부근에는 모라타 이상의 거대도시가 들어설 수 있도록 강을 따라서 터를 닦는다. 특히 7개 이상의 위대한 건축물을 지을 최적의 부지를 미리 배정한다.

5. 도시의 이름은 앞으로 아르펜 왕국의 새로운 도약과 발전을 위해 '새벽의 도시'라고 한다.

6. 원활한 인력 수급과 공사비 절감을 위해 새벽의 도시에 신규 유저들이 들어오고 왕궁 건설에 참여할 수 있도록 기초 발전을 서두른다.

7. 이틀 내로 판자촌을 7개 짓고 추후 필요에 따라 계속 확장한다.

8. 북부의 모든 건축가 조합은 왕궁 재건을 최우선 목표로 하고 최선을 다해서 협조한다.

"이만하면 되겠습니까?"

"아쉽지만 더 이상은 욕심이니까요."

건축가들은 왕궁 재건 계획을 확정 짓고 발표하기로 했다.

하지만 외부로는 공개하지 않고 내부적으로만 합의한 사항이 이면에 따로 있었다.

9. 다시는 불행한 사태가 재발하지 않도록 왕궁 주변에 9개의 난공불락의 요새를 신축한다.

10. 새로 건설하는 왕궁은 아르펜 왕국의 발전에 비하여

창피하지 않을 정도로 크고 호화스럽고 웅장하게 짓
는다.

11. 공사 비용은 최대한 아끼되, 왕궁과 도시를 합쳐서
    최소 예산을 1,700만 골드로 한다. 공사 비용은 필
    요하다면 상황을 봐서 계속 증액한다.

위드가 봤다면 바로 목덜미 잡고 쓰러졌을 사항이다.

헤스티거의 마지막 부탁

파이톤과 양념게장은 하벤 제국과의 전쟁에서 혁혁한 공을 세웠다.

하벤 제국군과 헤르메스 길드를 상대로, 남부 사막에서 지옥 같은 사냥을 하고 돌아온 분풀이를 유감없이 해치웠다.

파이톤은 대지의 궁전을 지키면서 헤르메스 길드 1군단의 정예 유저들을 상당수 해치웠으며, 그 후에도 전투가 완전히 끝날 때까지 계속 싸웠다.

물러설 줄 모르는 명예의 존속자 파이톤.

암살자인 양념게장은 헤르메스 길드에서도 상당한 강자, 지휘관들만 골라서 해치우며 전장을 휘젓고 다녔다.

강추위와 해일이 일어나는 동안에도 적진 침투와 암살을 반복했다.

"뭐, 고작 이 정도? 내가 목숨을 거두어 가는 데는 아무 장애 도 없어."

그에 의하여 목숨을 잃은 기사단의 단장만 14명, 상위 기사들을 대거 잃고 와해된 기사단도 4개나 되었다.

죽음을 결정하는 양념게장.

그런 큰 공을 세우고 나서 그들은 위드를 만났다.

위드가 먼저 귓속말을 보낸 것으로, 당연히 전투를 끝내고 난 이후의 성대한 뒤풀이를 기대했다.

'허허헛, 자랑거리가 좀 생겼군. 너무 노골적으로 이야기하기에는 좀 그렇지? 그러면 어디서부터 자세히 말을 해 주어야 할까.'

'죽음을 결정하는 나 양념게… 아무튼! 이 전쟁에서 나를 빼놓고는 이야기하지 못할 것이다. 헤르메스 길드에서도 내 칼을 피한 자가 없었으니까. 비록 전쟁의 소란스러움을 십분 활용했지만 이것도 실력이지.'

두 사람은 위드에게 자랑거리들을 실컷 이야기할 생각이었다. 조각술만큼이나 유명한 그의 요리들을 실컷 맛보면서 지난 전쟁 이야기를 나누는 것도 잔재미가 있으리라.

두 사람은 먼저 도착해 있는 페일을 보고 조용히 고개를 끄덕였다.

'그 지독한 대지의 궁전 전투에서도 살아남았군. 과연 나, 파이톤이 인정한 실력자.'

'전쟁의 영웅들이 모인 자리인가. 암살자인 나에게는 쑥스럽지만, 즐겨 둬야지.'

그런데 위드가 말했다.

"아직 덜 모였으니 좀 기다리죠."

두 사람은 생각했다.

'하긴, 위드가 아는 사람들이 고작 3~4명은 아니겠지. 원하던 자리다. 북부 대륙 각 분야 최고의 전문가들을 만나서 친해지는 것도 좋아.'

'음, 부끄럽지만 재미있는 자리가 되겠군. 여성 유저가 오면 뭐라고 소개를 해야 하나. 가명을 알려 줘도 실례가 아니려나. 가명은 카푸치노 정도가 무난하겠지.'

기대를 품은 파이톤과 양념게장!

이윽고 헤스티거가 도착했다.

"대제왕, 숨어 있던 적까지 전부 물리쳤습니다. 이 왕국은 이제 안전합니다."

"그래, 수고했다."

두 사람은 헤스티거를 곁눈질로만 보았다.

전쟁터에서 그의 독보적인 무력을 확인했다. 상대가 보통 만나기 힘든 강자가 아니라서 궁금한 게 산더미 같았지만, 자존심 때문에 말을 걸지는 못했다.

'검은 내가 더 크다.'

'목숨은 하나뿐이지. 적으로 만났다면 암살을 시도해 볼 텐데. 찰나의 완벽한 기회만 있다면 누구든 죽는다.'

잠시 후에는 프레야 교단의 교황 후보 알베론이 도착했다.

일반 유저들 중에는 그를 모르는 이들도 꽤 많지만 파이톤과 양념게장은 잘 알고 있었다.

사냥에 미친 귀신인 위드의 하수인, 그 저주와도 같은 강력한 회복 마법을!

'커억! 이 인원 구성은 설마… 아니겠지, 아닐 거야, 아니어야 한다!'

'히, 히익!'

그리고 위드의 말.

"그럼 어서 사냥 가시죠."

위드에게는 단 하루뿐인 헤스티거의 부활일.

최대한 본전을 뽑아내야 하는 건 당연했다.

이리엔과 로뮤나 등의 일행이 감당하기에는 위험한 데다 워낙 피곤해하니 휴식을 주어야 한다. 그 대신에 아주 잘 싸우고, 심지어는 죽더라도 별로 아쉽지 않은 사냥 동료들을 부른 것이었다.

"……."

"……."

파이톤과 양념게장의 눈이 다급하게 마주쳤다.

눈을 몇 번 깜박이는 것으로 의견 조율도 이루어졌다.

"머리가 어지럽고 몸이 불편해서……."

"집에 급한 일이 있어서 그만 가 봐야겠습니다."

왠지 꾀병으로 담임선생님에게 조퇴시켜 달라고 엄살을 부리는 학생의 심정.

그러나 위드는 조금도 자상하거나 호락호락하지 않았다.

"정말 몸이 안 좋으십니까?"

"그렇소. 남자가 돼서 당당하게 살아야지 뭐 하러 거짓말을 하겠소."

"정 같이 가기 싫으시다면 어쩔 수 없죠. 그냥 편하게 말씀해 주세요. 앞으로는 저와 사냥을 하지 않으실 겁니까?"

"다른 사람을 구해 보시오. 내가 아니더라도 좋은 사람이 있을 테니까."

"역시 꾀병 맞네요."

"……."

"헤스티거야, 칼 들어라. 오늘 피를 좀 보겠구나."

"예, 대제."

"……."

양념게장은 덩달아서 아무 말도 못 하고 끌려가게 되었다.

그렇게 시작된 밤샘 사냥!

헤스티거라는 걸출한 전사가 있는 만큼 평소에는 엄두도 못 내던, 그야말로 최고 난이도를 자랑하는 던전을 두루두루 돌 수 있었다.

사냥법도 자신들의 힘으로 격파하는 것이 아니라 헤스티거에게 의존하여 몬스터들을 뚫는다.

"우리 아버지가 도둑을 걱정해서 그곳에 신묘한 삽을 숨겨놓았다고 해요. 결국 아무도 찾지 못하게 되었지만요."

던전과 관련 있는 퀘스트도 꼼꼼하게 수행했다.

위험도는 피가 마를 정도였으며, 잠깐의 휴식 시간도 없었다. 밤샘 사냥에서 잠이나 식사 같은 건 사치에 불과했다.

"다시 말하지만 일분일초도 아깝습니다. 헤스티거가 떠나기전에 최대한 많은 일을 해내야 합니다. 헤스티거야, 이 대륙의 평화를 지키기 위해서는 더 빨리 움직여야 한다."

"알겠습니다, 대제. 그 위대하고 고귀한 마음은 역시 조금도 변하지 않으셨군요."

"정의를 수호하기란 원래 힘든 것이다. 그렇기에 내가 더욱 열심히 움직여야지. 세상에 잠자고 있는 보물… 아니, 정의를 되살려야 한다."

북부 대륙과 중앙, 남부 대륙을 넘나들면서 사냥을 했다.

헤르메스 길드의 영역인 중앙 대륙에서는 그들의 눈치가 보이지 않을 수 없었지만 짧게 치고 빠지는 것인 만큼 상관이 없었다. 어중간한 병력 따위는 여차하면 헤스티거가 나서서 몰살시켜 버리면 될 테지만, 시간이 부족해서 가능한 한 내버려 두었다.

위드는 하벤 제국의 황궁을 침공하는 것도 고민해 보았다.

"헤스티거가 사라지기까지 아직 몇 시간 여유가 있는데. 바드레이에게 한번 제대로 엿을 먹여 봐?"

이미 무너져 버리고 말았지만 하벤 제국의 황궁 터야말로 현재 베르사 대륙에서 최고의 수준에 육박하는 유저들이 구름처럼 모여 있는 장소.

헤스티거가 그곳에 가서 헤르메스 길드 유저들을 마구 학살한다면 상당히 좋은 결과를, 위드의 묵은 체증도 단번에 쑥 내려갈 정도의 쾌감을 안겨 줄 것이다.

그건 헤스티거만이 해낼 수 있는 일이다.

앞으로도 조각 부활술로 역사적인 강자를 데려올 수는 있겠지만 헤스티거처럼 특별한 인연으로 명령에 절대복종하는 사람은 찾기가 어려운 탓이다.

다른 사막 전사 부하들도 조각 부활술로 데려올 수 있겠지만, 그건 상당히 위험한 생각이다.

위드는 사막의 대제왕으로 있으면서 부하를 결코 인덕으로만 대하지 않았다. 마구 굴리고, 힘을 과시했다. 퀘스트에 쫓기다 보니 하루의 시간이라도 단축하기 위해서 부하 몇 명쯤은 가볍게 버렸다.

대제왕 위드에게는 철저히 복종하며 대륙을 휘젓고 다녔지만, 조각 부활술로 불러오면 상황이 완전히 달라진다. 사막 전사들에게 위드는 더 약한 자에 불과한 것이다.

"특히 위험한 몇 놈은 더러운 성질로 아르펜 왕국을 약탈이나 하지 않으면 다행일지도."

곰곰이 생각하던 위드는 결국 하벤 황궁 터 침공 계획은 포기했다.

헤스티거가 하벤 제국의 황궁 터로 가서 헤르메스 길드 유저들을 학살한다 해도 결말을 고려하면 결국은 그것도 위험한 선택이다.

최고 수준의 유저들 수만 명.

함부로 모습을 드러내지 않는 절대 강자들이 직업별로 구성되어 있을 뿐만 아니라 NPC 기사들도 발길에 차일 정도로 많이 있다.

반 호크를 상대했던 것보다는 훨씬 어렵겠지만, 헤스티거도 불사신은 아닐 것이다. 위드나 알베론이 옆에서 도와줄 수 있는 환경도 되지 못한다.

반 호크에 이어 헤스티거까지 헤르메스 길드의 고위 유저나 바드레이에게 당한다면 놈들에게는 그것만 한 희소식이 없다.

전설적인 영웅을 죽임으로써 군대의 사기를 높이고 제국의 권위를 높일 수 있는 것이다.

어쩌면 반 호크 때처럼 바드레이가 힘 빠진 헤스티거와의 전투에서 이겨서 또 많은 것들을 얻어 내게 되는 배 아픈 결과가 일어날지도 모른다.

하벤 제국군 입장에서는 대처만 잘 해낸다면 그야말로 굴러 들어 온 돈뭉치일 수도 있는 것이다.

그리고 헤르메스 길드의 유저들 중에서 꽤 많은 숫자를 학살하더라도 당사자들이 페널티를 좀 입게 될 뿐 국가 전력이 크게 감소되는 건 아니다.

결국 위드는 헤스티거를 데리고 다니면서 그동안 입은 손실을 보충하는 쪽에 집중하기로 했다.

사실 위드가 조각술의 비기들을 활용하며 불가능에 가까운 퀘스트들을 성공시키긴 했지만, 그로 인해 입은 레벨의 손해 또한 막대했다.

"유린아, 다음 장소로 가자."

"응. 준비하고 있었어. 그림 이동술!"

던전을 격파하고 나가면 어김없이 유린이 있었다.

그녀는 퀘스트상 필요한 다음 목적지, 사냥터와 사람들을 미리 그려 놓고 그림 이동술을 사용했다. 위드와 일행이 도착만 하면 미리 완성한 그림과 같은 모습이 되어 순식간에 이동이 가능했다.

'악마의 스킬이다. 화가와 조각사는 진정 악마임에 틀림이 없어.'

'인류에게 사냥 인권 따위는 없는 건가. 나는 전투 노예란 말인가. 인간은 두뇌와 육체로 발전하는 게 아니라 정신력으로 버텨 내는 것이란 말인가.'

그렇게 밤샘 사냥을 마치고 일행은 마침내 모라타로 돌아오게 되었다.

남부 사막 지대에서의 연속 사냥, 전쟁, 밤샘 사냥까지 하고 난 후라서 정신적으로나 육체적으로 완전히 녹초가 되었다. 지금은 레벨 2짜리 초보자가 나타나서 같잖은 칼로 위협하며 돈을 내놓으라고 해도 그냥 내주고 싶은 심정이었다.

대부분의 유저들이 하벤 제국과의 전쟁에 맞서기 위하여 대지의 궁전이 있는 남쪽으로 이동한 탓에 모라타의 거리는 전에 없이 한가했다.

성문을 오가는 사람도 거의 없었지만, 곧 이러한 조용함도 잠깐의 기적처럼 느껴지게 될 것이다.

지금은 전쟁의 여파가 채 가시지 않은 데다 승리의 축제가 질펀하게 벌어진 직후의 고요한 시간. 그러나 곧 사람들이 떼를 지어 모라타로 복귀하고 〈로열 로드〉에 접속하게 되리라.

북부에서 시작하게 될 신규 유저들 또한 훨씬 더 많아질 것이다.

위드가 동료들과 함께 도착한 잠깐 사이에도, 아직 위험한 성문 밖으로 나갈 수 없는 초보 유저들이 사과 배달과 같은 퀘스트를 하기 위해 분주하게 돌아다니고 있었다.

도시의 활기.

주택들의 지붕에 앉아 있는 새들이 지저귀는 소리가 아침을 활짝 깨웠다.

시원한 바람과 따스한 태양, 꽃의 향기와 맑은 새소리를 들으면서 모험할 수 있다는 것도 〈로열 로드〉만의 대단히 큰 장점이었다.

"대제왕, 끝도 없는 몬스터를 향해 돌격하던 예전이 너무나 그립습니다. 지금은 너무 평화로운 것 같습니다."

"나 역시 그렇다. 미안하다. 사막에서는 닥치는 대로 쓸고 다닐 수 있었는데 말이다."

"많이 지치셨군요. 과거의 패기 넘치시던 대제왕의 모습을 보고 싶습니다."

"이 세상이 나를 소극적이고 얌전하게 만들었구나."

파이톤과 양념게장은 비몽사몽에 가까운 상태로 위드와 헤스티거를 보았다.

둘의 관계는 지나칠 정도로 비정상적이었다.

악랄한 사냥 중에 나누던 그들의 말도 안 되는 대화! 평생 악몽으로 찾아와 꿈자리를 뒤숭숭하게 만들 것 같았다.

동료들에게는 실로 육체의 피로에 이어서 정신적인 충격까지 안겨다 주는 내용이었다.

헤스티거가 마지막 작별 인사를 위해 위드를 향해 정중하게 무릎을 꿇었다.

"다시 모시게 되어서 영광이었습니다. 대제왕의 힘은 과거보다 많이 약해지셨지만 수많은 사람들이 대제왕의 이름을 부르고 있더군요. 여전히 대륙의 평화를 위하여 헌신하시는 그 모습에 진심으로 감동했습니다."

"음, 별거 아니다. 그저 바르게 살려고 노력할 뿐이다."

위드에게 가식이란 눈가에 붙은 눈곱을 떼어 내는 정도에 불과했다.

헤스티거는 고개를 돌려 모라타의 성문 부근을 한차례 둘러보았다.

"대제왕의 현명한 통치로 사람들의 얼굴에는 웃음이 가득합니다. 자세히 돌아보진 못했지만 이것이 우리가 꿈꾸던 왕국이로군요. 이 헤스티거, 평생을 다하여 주군을 모신 것을 후회하지 않겠습니다."

"그래그래."

"부디 평안하시기를. 그 앞에 거칠고 험한 길이 있더라도 이겨 낼 수 있으시기를."

헤스티거의 몸에서 반짝이는 빛의 가루들이 떨어지기 시작했다. 그러면서 강건한 육체도 점점 희미해졌다.

조각 부활술이 끝날 시간.

전쟁의 시대를 활보했던 영웅 중 1명이 전설이 되어 완전히 사라지는 순간이었다.

위드의 얼굴에는 흡족함이 가득했다.

과거의 부하를 현시대로 데려와서 온전히 잘 부려 먹었으며 마지막에는 칭찬까지 들었다.

'역시 나는 인덕이 있어.'

더 이상 헤스티거가 얄밉게 보이지도 않았다.

'착하고 개념 있는 부하로군.'

조각 생명체들이 단 한 번도 들어 보지 못한 극찬!

희미해져 가던 헤스티거가 입을 열었다.

"대제왕이여, 마지막으로 드릴 말씀이 있습니다."

"말하라, 충성스러운 헤스티거야."

"일전에 제가 대제를 찾기 위해 떠난 여행을 말씀드렸을 것입니다."

"그, 그래… 들은 기억이 있다."

"요정들과 함께 방랑하면서 큰 발자국의 땅, 인간들에게는 거인의 땅으로 불리는 곳에 도착하였는데 먼저 도착한 모험가 로드시커를 만났습니다."

"호오, 로드시커를 정말 보았단 말이더냐."

모험가 로드시커.

사실 모험가 직업에서는 불세출의 영웅이라고 할 수 있는 전설적인 인물이었다.

베르사 대륙의 역사서에 보면 그는 온갖 희귀한 모험들을 해냈다. 실존이 확인되지 않은 바다 생명체들을 최초로 찾아내서 세상에 알렸으며, 알려지지 않은 땅에 대한 발견도 무수히 많았다.

생존과 길 찾기의 달인으로, 대륙 10대 금역에 전부 들어가서 무사히 살아 돌아온 것으로도 유명했다.

그가 기록한 모험 중에는 특히 믿기 어려운 것들, 지저 세계, 신비의 바다, 지옥 탐험도 있었다.

당시에는 귀족들조차 로드시커를 무책임한 허풍쟁이로 여겼지만 가끔 그가 구해 오는 물건은 실제로 세상에는 존재하지 않는 것들이었다.

그가 직접 쓴 책과 모험 기록들은 아쉽게도 대부분이 현재까지 전해 내려오지 않는다.

《모험가들이 길을 선택할 때 알아야 할 101가지 지식》.

《어린 새내기 모험가가 유언장을 쓰는 방식》.

《우리가 모험을 해야 하는 이유: 성공한 모험가만이 예쁜 여자를 만날 수 있다》.

이 세 가지의 책만이 모험가들의 필독서로 남아 있었다.

책을 읽기만 해도 길 찾기, 함정에서 피해 줄이기 스킬 숙련도를 대폭 올려 주었다.

모험가 길드에서는 로드시커의 행적이나 보물 창고, 새로운 기록을 발견하는 사람에게는 매우 큰 포상금과 보물을 걸어 놓을 정도였다.

위드의 눈에 순간적으로 탐욕이 어렸다.

'로드시커의 유품에 걸린 현상금이 자그마치 300만 골드가 넘는다는데… 거기다 세상의 모든 진귀한 물건들을 소유하고 있었다지.'

욕심에 눈이 멀어 앞뒤 구분도 할 수 없는 상태!

"로드시커는 저와 함께 거인들의 땅을 돌아다녔습니다. 그리고 그곳에서……."

띠링!

로드시커의 행적에 대한 정보 일부를 획득하였습니다.

"으윽, 감각이 희미해지는군요. 이만 떠나야 할 때가 되었습니다."

"안 된다. 300만 골드! 로드시커에 대해서 마저 말하고 가
라!"

"대제왕, 시간이 없습니다. 알리움이라는 꽃을 들고 큰 발자
국의 땅으로 가신 후에 붉은 비석을 찾으시면 나머지를 알 수
있을 것입니다. 그곳은… 어쩌면 대제왕을 기다리고 있을 것입
니다."

띠링!

큰 발자국의 땅

세상의 끝을 넘어서 죽은 자의 손톱으로 만든 배를 타라. 신들의 영토 가까이 거
인들이 살고 있는 곳. 붉은 비석에 로드시커에 대해 알 수 있는 단서가 존재한
다. 시들지 않는 알리움을 가져가면 로드시커의 영혼을 깨울 수 있다.

난이도: S. 모험가 전용 퀘스트.

보상: 연계 퀘스트 '로드시커의 약속'. 대서사시 '이 세계의 신화'로 연결될 수도
　　있다.

제한: 로드시커에 대한 정보. 모험가 한정, 혹은 극지의 탐험가 호칭 보유. 대륙
　　최고의 모험 명성.

모험가 전용 퀘스트이지만 현재까지 쌓은 모험 업적이 대단하므로 특별히
의뢰를 진행할 수 있습니다.

"허억!"

위드는 비로소 자신이 무슨 짓을 하고 있는지를 깨달았다.

'퀘스트다.'

조각술 마스터 퀘스트, 조각술 최후의 비기 퀘스트를 쭉 이
어서 하느라 한동안 잊고 있었다. 그렇지만 자신은 원래 대륙

을 떠돌며 온갖 생고생을 하지 않았던가.

'난이도 S급의 연계 퀘스트. 그리고 로드시커라면 아마도 모험가 마스터일 것이다.'

로드시커가 사망할 정도의 퀘스트라면 그 난이도는 아마도 끔찍!

모험가도 아닌 자신이 해결하려고 하면 어려움이 산더미 위에 다시 산더미가 쌓인 수준일 것이다.

모험가 퀘스트는 특별히 더 어렵고 머리를 써야 하는 경우가 많았다. 퀘스트의 올바른 단서들을 찾지 못하면 다음에 가야 할 곳이나 찾아야 할 물건도 알아낼 수 없다.

모험 전용 스킬들이 없으니 특정한 길을 빠르게 주파한다거나 몬스터들을 현혹시키고 은밀하게 잠입한다거나 하는 일도 불가능. 모조리 강행 돌파를 하거나 조각술 스킬들로 감당해야만 했다.

위드는 고생길이 탁 트인 활주로처럼 훤히 보이는 듯했다. 지금까지의 고생길만 잘 연결해도 명절에 차가 막힐 일도 없고 항공모함 몇 척 정도는 만들 수 있을 것이다.

'문제는, 그럼에도 불구하고 내가 해결할 수 있을 거라는 자신감이 생기는데.'

어떤 어려움이 다가와도 맨땅에서 부대끼면서 버텨 내고 노가다로 성장하면서 헤쳐 나갔다. 조각술 최후의 비기까지 끝낸 지금, 퀘스트는 딱히 겁날 게 없다.

'스킬들을 활용하면 퀘스트를 적극적으로 수행하는 게 더 이익일지도 모르겠어. 정상적인 사냥으로 성장하는 건 한계가 있

으니까.'

아직은 조각술 최후의 비기 스킬을 쓸 수 없지만 숙련도를 부지런히 채운다면 시간 조각술도 조만간 활용이 가능해질 것이다.

하지만 그렇더라도 당분간은 위험천만한 모험을 사양하고 싶었다.

'잃어버린 레벨을 올려야지. 왕국 내정도 신경을 써야 되고. 할 일이 산더미야.'

불확실한 미래에 도전하기보다는 철밥통을 원하는 시대!

'뭐, 아쉽지만 기회는 끊임없이 있는 것이니까. 나 정도 명성이라면 말 몇 마디만으로도 왕국 규모의 퀘스트는 금방 얻을 수 있어. 큰 것보단 자잘한 거 여러 개가 더 낫겠지.'

위드는 빠르게 말했다.

"헤스티거야, 그런 이야기는 다른 사람… 예를 들어서 바드레이나 라페이 같은 녀석에게 하는 것이 좋겠구나. 이 시대에 꽤나 잘나가는 녀석들이다. 모름지기 진정한 영웅이라고 할 만하지."

그런데 헤스티거가 다행이라는 듯이 웃으며 말했다.

"대제왕께 부탁해서 안심이 됩니다. 제 말을 반드시 들어주시겠지요. 부디 로드시커의 염원을 꼭 이루어 주시기를."

> 퀘스트를 수락하였습니다.

"커어억!"

헤스티거는 땅과 하늘을 잇는 강렬한 빛과 함께 사라졌다.

"방금 뭐였지? 도시 내에서 텔레포트 마법을 쓴 거야?"

"아니야. 그보다도 훨씬 대단한 것으로 보이는데."

유저들과 주민들이 웅성거리며 모여들었다.

위드는 사람들이 알아보기 전에 일행과 헤어져야 한다는 생각이 들었다.

"그러면 조만간에 또 뵙죠. 사냥할 일이 생기면 꼭 부르겠습니다."

"차라리 우릴 죽이시오."

"죽도록 열심히 사냥하고 싶으시다는 의지로 알겠습니다. 체력 관리 잘하시고, 건강하셔야 됩니다."

위드는 그 자리를 벗어나서 모라타의 골목길로 향했다.

거미줄처럼 복잡하게 이어져 있는 골목길.

모라타의 초창기에는 분수대가 있는 중앙 광장이 중심가였다. 와이번 광장, 빙룡 광장, 빛의 광장, 황소 광장을 토대로 도시가 대대적으로 확장되었지만 구도심 지역에 정신없이 이어진 골목길들은 여전했다.

싹 밀어 버리고 재개발을 할 수도 있었을 테지만 굳이 그러지 않았다.

'음, 뭐든 오래된 것들에는 사람들의 추억이 남아 있기 마련이지. 사람들이 살아가며 새긴 흔적들은⋯ 따뜻한 정이 붙게 되는 법이니까.'

현실에서 그가 살던 곳은 비싼 집세 탓에 주로 낙후된 지역이었다. 돌이켜 보면 환경적으로 그다지 살기 좋은 장소는 아니었어도 주민들 사이에 끈끈한 정 같은 것이 있었다.

몇십 년을 함께 살아왔으니 동네 사람들이 다들 아는 사이다. 노인들에게 음식을 해서 보내 주거나, 이웃집 어린아이들이 모여 공놀이를 하며 노는 광경을 흔히 볼 수 있었다.

그러다 재개발 열풍이 불면 다들 투기 욕심에 사로잡히게 되고 동네의 분위기도 삭막해진다.

재개발이 끝나고 난 다음에 아르바이트로 전단지를 돌리려고 간 적이 있었는데, 건물은 크고 깨끗해졌지만 예전에 지내던 사람들은 더 이상 살지 않았다.

저녁이면 주민들이 모이던 큰 나무와 평상이 있던 자리에는 백화점이 들어섰고, 사람들과 함께 형성된 동네의 분위기나 특유의 정서라는 것도 사라져 버렸다.

그저 크고 깨끗한 건물들이 들어선 게 아니라 주민들을 갈아내고 도시가 새롭게 바뀐 것이나 마찬가지였다.

다시는 예전의 느낌들을 찾지 못하게 되리라.

전봇대와 오래된 건물의 낙서도 사람들의 기억 속에서 떠나가게 될 것이다.

모라타에는 가능한 한 옛 거리를 그대로 남겨 놓고 싶었다.

문화는 억지로 만들어 내는 것이 아니라 사람들이 자연스럽게 형성해 가는 것이므로 그 가치도 시간에 따라서 누적되어 간다.

'개발에는 돈이 많이 들기도 하지. 어차피 세금만 많이 내면 되잖아. 좁은 거리에 많이 모여 살수록 이득이야.'

모라타는 옛 거리와 판자촌, 세련된 상업 건물, 모험가들의 거주지 등등 여러 형태의 모습들을 간직한 거대도시가 되어 있었다.

위드의 모험 경험으로 인해서 니플하임 제국, 아르펜 제국 건축양식의 건물들도 지어지면서 특징이 더해졌다.

상업의 중심이 되어 번성하는 중앙 대륙의 무역도시들과는 달리, 끝없이 유저들이 북적대고 성장해 가는 도시였다.

"이제 하벤 제국이 우릴 괴롭히지 않는 거야?"

"그럼. 놈들은 몽땅 전멸했다니까!"

"만세! 정말 이길 줄은 몰랐는데 끝내준다."

"내가 진작부터 앞으로는 북부의 세상, 아르펜 왕국의 세상이 활짝 열리게 될 거라고 말했잖아."

초보 유저들이 신나게 떠들면서 거리를 돌아다니고 있었다.

위드의 초보자 복장은 모라타에서만큼은 너무나도 흔했고, 지금 그가 여기에 있으리라고는 누구도 생각하지 못했다.

위드는 사람들 사이를 지나서 흑색 거성으로 들어갔다.

왕궁이 무너지고 난 이후에 왕국의 내정을 확인하기 위해서는 흑색 거성이나 벤트 성으로 와야 했다.

"음, 마음의 각오를 단단히 해야겠어. 전쟁으로 인한 피해가 너무 크겠군."

일단 하벤 제국군은 물리쳤지만 아르펜 왕국이 입은 손실은 막대했다. 수십 개의 마을이 파괴되었고, 곡식을 심고 키워서 수확만 남겨 놓았던 땅은 그대로 황폐화되었다.

"정확히 알아봐야지. 내정 모드!"

아르펜 왕국

북부 대륙에서 넓은 영토를 다스리고 있는 왕국. 아르펜 왕국은 넓은 땅에 흩어져 살아가고 있는 주민들을 통합하였다. 고립되어 살아가던 주민들은 문화적인 교류와 몬스터 퇴치, 교역을 통하여 하나가 된 아르펜 왕국을 환영하고 있다. 마을들은 대부분 아직 크지 않으며 출생과 정착민들을 통해 적극적으로 인구를 늘려 나가는 중.

하지만 다른 제국의 침략으로 인하여 주민들이 심각한 두려움에 떨고 있다. 왕국의 땅은 빼앗겼으며 주민들은 새로운 침략자를 통치자로 받아들였다. 아르펜 왕국의 있으나 마나 한 군사력은 전쟁에 별 도움이 되지 못하면서 불신을 크게 만들었다. 왕궁이 무너지고 난 이후 일부 마을은 자체적으로 치안을 유지하겠다며 독립을 선언했으며, 다른 마을들도 상황을 불안하게 지켜보고 있다.

주민들은 삼삼오오 모이면 모라타 특산 와인을 마시며 이야기한다.

— 우리 왕국에는 많은 것들이 있어. 넉넉한 식량과 조각품, 미술품이 있지. 기술자들은 자기 분야에서 실력을 가다듬고 있어. 하지만 제일 부족한 것은 기사와 병사야.

— 언젠가 이런 날이 올 줄 알았지. 우리의 국왕 폐하께서는 너무나도 적극적으로 개발 사업에만 몰두했어. 앞으로 살림살이는 나아질지 모르지만 우리는 당장 오늘이 불안해. 먼 미래의 목표가 무엇인지 모르지만 눈앞의 안전부터 생각해야 하지 않을까. 우리 모두가 포로가 되기 전에 말이지.

— 전투에서 큰 승리를 거두었다고? 그거 다행이군. 그렇지만 우리가 편히 마음을 놓을 수 있는 건 아닐 테지. 적은 또 쳐들어올 수 있고, 우리 왕국은 제대로 된 군사력을 가지고 있지 못하니까.

전쟁이 완전히 종결되고 잃어버린 영토를 절반 이상 되찾기 전에는 지역에 대한 아르펜 왕국의 정치 영향력이 회복되지 않을 것이다.

프레야 교단은 왕국의 주민들이 가장 많이 믿는 종교이며, 풍요로움과 번영으로 인한 혜택을 각 마을들이 입고 있다. 하지만 전쟁으로 인해 불안해진 사람들은 여러 종교에 심취하고 있다.

국왕은 종교적으로 '신성을 받드는 왕'으로 존중받고 있다. 그의 신앙심은 완전무결한 수준으로 인정받고 있으며, 조금도 의심의 대상이 되지 않는다. 국왕 위드는 매서운 추위에서 북부를 구했을 뿐만 아니라 대도시 모라타를 통하여 왕국을 스스로 일구어 냈다. 북부의 주민들은 자신들을 생존에 대한 불안과 굶주림으로부터 벗어나게 해 주고 생활을 안정시켜 준 국왕의 은혜를 잊지 않았다.

아르펜 왕국 주민들의 최근 성향은 안정과 풍요로움의 추구다. 제국의 침략으로 인한 공포가 널리 퍼지면서 교역과 생산에서 위축이 일어나고 있다. 공공시설과 예술에 대한 투자도 중단되었다. 왕국 내에서 63여 개의 신생 도시와 마을이 성장하고 있었다. 출생률은 새로 태어난 아이들에게 붙일 번호표가 부족할 지경이었다. 그러나 아르펜 왕국의 수도 역할을 하리라고 기대했던 대지의 왕궁이 처참하게 부서지고 나서 많은 것이 엉망진창이 되기 직전이다.

북부 지역의 주민들은 아르펜 왕국에 소속되어서 군사적으로는 불안하지만, 비참했던 과거를 떠올리면 아직은 더할 나위 없이 행복하다. 평원과 황무지, 범람 지역의 개간, 폐광 재개발이 활발하게 이루어지고 있으며, 상인들의 적극적인 활동으로 교역 물량은 마차 생산이 뒤따라가지 못할 정도로 늘어나는 중이다.

왕국의 도로 사정은 지방으로 갈수록 열악하다. 무역을 위해서는 안전하고 빠른 도로의 개설이 필수적. 최근 알카사르의 다리가 파괴되면서 상인들은 중요한 교역로를 잃었다.

지방 도시에서 상점을 열고 있는 상인들은 말한다.

―요즘 시장의 분위기가 심상치 않아. 물건이 잘 팔리지 않는다고. 이게 다 전쟁 때문 아니겠는가!
―뭐, 더 나빠질 건 없지. 아르펜 왕국이 있기 전에는 다들 나무뿌리를 캐어 먹고 살았는데 말이야. 아직까지는 국왕 폐하를 믿을 만해.
―도둑들을 이대로 계속 놔둘 건가? 그들이 훔쳐 가는 물건은… 흠흠! 나도 잘 모르지만 어쨌든 계속 방치해 둔다면 규모가 큰 도적 떼가 나타나는 것도 금방일 거야!

원양어업과 해상 교역을 통하여 새로운 섬 도시들이 계속 발견되고 있다. 먼 바다로 떠나면 살아 돌아올 확률은 여전히 15% 이하에 불과해서, 숙련된 항해사와 선장은 항상 부족한 편이다.

항구 바르나에는 최근 이상한 소문이 돌고 있다.

―황금이야! 벨라스케스 해역 너머에 황금으로 이루어진 섬이 있다고. 내 말이 믿기지 않아? 나도 주워들은 것이라서 믿기진 않지만… 떠나 볼 생각이야. 세상에 황금이라니, 목숨을 걸 가치가 충분하지 않나?

농업 분야에서는 농부들이 새로운 작물을 실험하고 있다. 약초 재배에 성공한 농부들은 경작 지역을 크게 확대하고 있고, 최근 차 마시기 열풍으로 인해 찻잎의 수확량도 급증하는 중이다.

니플하임 제국의 유물과 흔적은 여전히 많은 모험가들을 나서게 하고 있다. 아르펜 왕국의 군사력은 시민들을 불안하게 만들었다. 소규모의 군대이지만 최근에는 진귀한 전쟁 경험을 겪었다. 기사들은 새로운 검술을 익히고 있으며, 기마술에도 능숙해졌다. 병사들은 큰 전투에서 살아남기 위해서 자신들의 역할에 대해 정확하게 인식했다. 왕국에 대한 높은 충성심으로 전국에서 병사가 되기 위한 지원병들이 늘어나는 중이다.

왕국의 도시 개발은 불안한 정세와 전쟁으로 인해 정체되고 있으며, 평화를 사랑하는 주민은 가능한 한 빨리 이 사태가 마무리되기를 바란다.

군사력: 13,389   경제력: 45,942   문화: 41,030
기술력: 63,482   종교 영향력: 84   왕국 정치: 45
인근 지역에 대한 영향력: 71%
왕국 발전도: 77   위생: 43   치안: 81%
왕국 전체 인구: 39,281,932
매달 세금 수입: 18,292,048
왕국 운영비 지출 내역: 군사비 32%, 기술 개발 6%, 경제 발전 26%, 문화 투자 비용 6%, 의뢰 및 몬스터 토벌 11%, 도로 개설 16%, 종교 3%.
군사력: 기사 13,214명, 수련 기사 39,382명, 병사 538,102명. 신입 병사들이 크게 몰리고 있다. 그들이 입을 갑옷과 방패, 창은 크게 모자라지만 아직은 상관없을 것이다. 어차피 신입 병사들은 몬스터들이 빼앗아 갈지도 모를 식량을 축내는 것 외에 할 줄 아는 것이 없기 때문이다. 기사들은 다행히도 탁월한 용맹과 의지를 갖추었다. 위기에 빠진 왕국을 구하기 위해 빛나는 검을 휘두를 것이다.

"으흠."

위드의 머릿속이 복잡해졌다.

설마 했지만 지난번에 내정을 확인했을 때보다 경제력이나 인구가 상당히 감소했다. 왕국 소속의 마을들이 이탈했기 때문이다.

세금 징수액을 바탕으로 투자되던 기술 개발이나 경제 발전 비용도 줄어들었다.

"하벤 제국의 침략 때문에 왕국의 내정이 악화되었군."

눈부시게 발전하던 아르펜 왕국. 그렇지만 전쟁의 여파가 왕국 전체를 뒤흔들고 있는 것이었다.

마을 사이의 간격이 먼 아르펜 왕국의 특성상 정치력 상실로 잃어버린 영토도 대단히 넓었다.

북부에서 다른 왕국이 이탈한 마을을 넘겨받을 염려는 없으니 문화적, 경제적인 교류가 계속되면 다시 아르펜 왕국 소속이 될 수 있다. 그렇더라도 당분간 몇몇 마을들의 세금 징수는 원활하지 않으리라.

"위대한 건축물이나 도로 개설도 늦춰지고 있고, 그나마 변화라면 군대의 강화인데……."

아르펜 왕국에서는 전력으로 개발 사업에만 치중했다. 그 덕분에 도시를 확장하고 위대한 건축물들을 마구 지어 댈 수 있었다.

위대한 건축물은 건설하기는 어려워도 일단 완공되고 나면 그 지역 전체를 발전시킨다.

아직 모라타를 중심으로 하여 벤트 성과 바르고 성채 등 몇몇 지역만 번화한 왕국으로 본다면 위대한 건축물이야말로 남들이 따라 하지 못하는 개발 정책의 원동력이라고 할 수 있다.

그런데 전쟁으로 인해서 위대한 건축물의 공사가 미루어지게 되었다.

도시가 빨리 발전하지 못하면 지금의 개발 속도를 유지할 수 없게 된다. 필요로 하는 자원을 채취하기 위한 광산 개발, 주민들이 살아가기 위한 도시 규모의 확대도 늦어진다.

위드는 국왕으로서 막중한 책임감을 느꼈다.

"흐음, 이 사태는… 어디서부터 손대야 하지?"

국왕의 권한으로 특정 지역에 집중적으로 개발 사업을 진행시킬 수도 있고, 군대와 주민들에게 강제적인 명령을 내리는 것도 가능했다. 방대한 아르펜 왕국을 발전시키기 위한 여러 조치들을 가동할 수 있었다.

위드는 내정 창의 국왕 명령 부분을 살폈다.

국왕의 칙령으로 왕국 차원에서 무력과 경제력을 동원할 수 있었다. 일종의 국가 퀘스트가 전 국민에게 부여되는 것이다.

왕국 차원의 몬스터 퇴치
최소 3만 명의 병사를 원정을 보내어 몬스터들을 소굴까지 확실하게 뿌리 뽑는다. 치안을 회복하기 위한 절대적인 방법. 병사들의 훈련도 겸할 수 있다.
소모 비용: 29만 골드

"아냐, 비싸. 넘어가자."

도적 떼 습격
도둑들은 은근히 보물을 많이 가지고 있는 부자. 국가에 돈이 부족하다면 도적 떼를 목표로 삼는 것도 좋을 것이다. 치안을 확고하게 하고, 민심도 수습할 수 있다. 하지만 신출귀몰한 도적 떼는 어설픈 군대에 쉽게 당하지 않을 것이다. 정예 병력이 아니라면 병사들의 희생만 클 수 있다.
소모 비용: 14만 골드

"확실하지 않아. 웬만큼 레벨이 높은 유저들이라면 도적 떼

소탕 따위는 별로 좋아하지 않지. 그리고 아르펜 왕국에는 도적 떼가 그렇게 많은 편도 아닌데. 나중에 도적 떼가 부유해지면 그때 토벌을 해서 보물들을 챙겨야 돼."

마도학 연구

마법은 지고한 학문이다. 끊임없는 투자만이 마법을 발달시킬 수 있다. 왕국 내의 마탑들을 통해서 기존 마법의 위력을 강화하거나 새로운 마법을 연구할 수 있다. 학자들과 마법사들은 국왕이 미래를 내다본다면서 이 정책을 크게 반길 것이다.

소모 비용: 최소 20만 골드

"당장 효과가 안 나와!"

방벽 건설

몬스터나 다른 국가의 침략을 막는 장벽을 넓게 이어서 건설한다. 왕국을 안정시키고 주민들의 불안을 없애기에 매우 유용하다. 방벽을 따라서 요새를 지어 줘야 하며 군대가 주둔한다면 몬스터들의 침입과 약탈은 걱정하지 않아도 될 것이다.

소모 비용: 최소 260만 골드

"장벽은 무슨… 몬스터가 쳐들어오면 다들 열심히 때려잡으면 되지."

국왕이 칙령을 내려서 징병제를 실시하여 군대를 보충하는 것도 가능했다.

다만 왕궁이 붕괴된 이후이고 국가 명성이 떨어져 있어서 징병제를 강제로 실시할 경우에는 충성심과 치안의 하락이 더욱 크다.

군대를 유지하는 것도 만만치 않다. 입혀 주고 먹여 주고 재워 줘야 된다. 두둑한 봉급까지 챙겨 줘야 하며, 병사들이 죽거나 하면 사망 보상금도 지급해야 한다.

각종 훈련 시설의 설치는 물론이고, 몬스터 퇴치를 위한 원정이라도 떠난다면 자금 소모는 기하급수적으로 증가한다.

괜히 군대가 돈 먹는 하마라고 불리는 게 아닌 것이다.

뭘 해도 모조리 돈!

"통치란 정말 힘든 것이로군."

위드는 니플하임 제국이나 아르펜 제국의 건축양식에 따라 건물을 짓는 것도 가능했다.

모라타와 같은 대도시에 공중목욕탕이나 전차 경기장 같은 시설물을 지어 주면 주민들의 충성심이 오르며 상업 발달에도 약간의 도움을 준다.

그렇지만 왕국 규모 차원에서 본다면 건물 몇십 개는 지으나 마나였다.

왕궁이 파괴된 피해를 돈으로 복구하려고 한다면 천문학적인 금액을 필요로 한다. 아르펜 왕국의 규모가 크다 보니 위대한 건축물의 공사 재개를 비롯해 앞으로 지출해야 할 돈도 어마어마했다.

부족한 병력의 양성과 질적인 개선, 생산력과 경제력 확대.

그 무엇도 소홀히 할 수가 없었다.

하벤 제국과의 격차를 단기간에 따라잡는다는 건 현실적으로 어려움이 많았다.

"그렇다면 내가 할 일은… 그래, 왕국 개발을 본격적으로 추진해 보는 거야."

위드는 결론을 내리고 나서 고개를 끄덕였다.

아르펜 왕국은 끊임없이 성장하다가 잠시 정체되었을 뿐이다. 눈앞의 사태에 초조해할 필요 없이 다시금 도약할 수 있으리라는 분명한 믿음이 있었다.

"나는 식물로 따지자면 잡초 같은 놈이지. 생물로 따지자면 바퀴벌레고."

잡초는 뽑아도 계속 생기기 마련이다.

바퀴벌레도 끝없이 번식하면서 살아간다.

일단 생겨나고 나면 답이 없다.

단 하나의 도시 모라타가 북부 전체의 왕국이 되었다.

군사력이라고는 아예 없이 프레야 교단에 의존하거나, 지금처럼 북부 유저들의 도움도 없이 폐허가 된 마을을 관리한 적도 있다.

어떤 상황도 지금보다 훨씬 유리했던 적은 한 번도 없었다.

물밑 작업

"정말 해냈군."

"우리에게 약속한 그대로요."

"그 이상이라고 봐야겠지."

"저 역시 충분하고도 넘치는 결과들을 보여 주었다고 생각합니다."

로암과 군트, 미헬, 칼리스, 샤우드가 한자리에 모였다.

그들은 얼마 전까지만 하더라도 베르사 대륙에서 모르는 사람이 별로 없는 유명 인물들이었다.

로암 길드의 로암, 사자성의 군트, 블랙소드 용병단의 미헬, 흑사자 길드의 칼리스, 클라우드 길드의 샤우드.

거대 명문 길드를 지배하는 수장들이었기 때문이다.

그들은 연합을 맺었음에도 불구하고 하벤 제국에 대패한 이후 세력이 갈가리 찢겨 나갔다. 사람들도 그들의 이름을 금방 기억의 저편으로 넘겨 버렸다.

〈로열 로드〉에서는 너무나도 많은 일들이 벌어지고 있었다. 이미 헤르메스 길드에 산산조각 나서 더 이상 영향력을 발휘할 수 없는 이들을 기억해 줄 리가 만무한 것이다.

실제로도 라페이에 의해 척살령이 내려져서 그들은 대놓고 활동할 수 없는 신세였다.

사람들이 있는 장소에서 얼굴을 보일 일도 없었으니 금방 조금씩 잊혀 갔다.

'나는 패배자다.'

'나비의 꿈에 불과한 일이었는가.'

'하벤 제국은 너무나도 강하다. 돌이켜 보면 나란 존재는 그저 꼭두각시에 불과했다. 그들이 모든 걸 손에 쥐고 있었던 것처럼……'

그들 스스로조차 재기는 꿈도 꾸지 못했다.

길드는 해산되거나 추종 세력이 삼분의 일 이하로 줄어들었다. 유명한 길드원들 역시 헤르메스 길드의 무력 집단과 암살대를 피해 쫓겨 다녀야 하는 처지였으므로 깊숙하게 숨었다.

완벽한 패배 이후 하벤 제국이 그들이 보유하고 있던 영토와 도시들을 신속하게 접수하였기에, 다시 기회가 주어진다고 해도 재기란 불가능한 것으로 여겨졌다.

베르사 대륙이 흘러가는 것을 무력하게 지켜보고만 있어야 하는 그때, 연락이 왔다.

전쟁의 신 위드.

아르펜 왕국의 국왕이며 바드레이에 견줄 수 있는 유일한 유저라는 평가를 받고 있는 사람의 연락은 가뭄의 단비였다.

'흠, 우리와 힘을 합치자는 제안이겠지. 마음에는 드는데, 하벤 제국을 막아 낼 가능성은 유감스럽게도 없다. 그렇지만 전쟁의 신 위드라면… 그 이름이 그냥 붙은 게 아니라는 걸 나는 겪어 봐서 안다.'

'내가 더 이상 잃어버릴 게 있나? 아무것도 없지. 지켜보고 결정을 내리면 된다. 그렇지만 위드라면… 음, 위드라면 말이지. 백분의 일의 가능성을 고려해서라도 쉽게 흘려들을 수는 없는 제안이다.'

'아르펜 왕국이 침략당한 건 그럴 수 있다고 치자. 근데 엉뚱하게도 하벤 제국의 황궁을 무너뜨려? 가만히 당하고 있지는 않겠다는 거겠지. 무자비하고 기가 막히는구나. 우리에게 했던 그 방식 그대로 헤르메스 길드에 되돌려줄 테지?'

하벤 제국의 황궁 붕괴 사건.

정확한 원인이 나오지 않은 상황에서도 사람들은 위드의 행동으로 추측하고 있었다.

로암과 미헬은 〈마법의 대륙〉 출신 유저이기도 했다.

그 당시에도 엄청난 세력을 구축하고서 〈마법의 대륙〉을 좌지우지하고 있었다. 그러다가 위드라는 인물에 대해서 알게 되었다.

"그런 놈이 있다고? 죽여. 건방을 떤 대가가 무엇인지를 알려 줘."

"얼마나 센지는 모르겠지만 말이야, 우리 영역 내에 들어왔으면 살려 보낼 수는 없다."

실제와 다름이 없을 정도의 완성도를 가진 가상현실인 〈로열로드〉였다면 조금 더 신중했으리라. 그렇지만 〈마법의 대륙〉에서는 컴퓨터 모니터를 보고 캐릭터가 움직이는 것이기에 판단도 훨씬 즉흥적이었다. 레벨과 스킬, 기초적인 정보만을 전적으로 믿고 판단하면 되었다.

그리고 벌어진 위드와의 전쟁!

뭐, 결과야 전쟁의 신이라는 별명을 만들어 줄 정도로 호쾌하게 패배하고 말았다.

전쟁의 진행에 있어서 위드는 너무나도 신출귀몰하고, 자신들은 벗어날 수 없는 함정들에 빠지게 되었다. 세력이 크다는건 장점이지만 그만큼 지킬 것과 공격당할 지점이 많다는 단점도 되었다.

도시에서 벌어진 전투에서는 완벽한 은신술과 몸을 숨겨 주는 장비를 가진 위드를 잡아내기가 불가능했다.

위드가 던전에 있다는 소식을 듣고 길드에서 자랑하는 1,000명이 공격을 나갔다.

다른 명문 길드들은 서너 번 피해를 입으면 손을 떼어 버렸지만 로암은 자존심이 강했다.

"제까짓 게 제법 강하다고 해도 인원수에는 당해 내지 못할것이다."

아직까지 파훼되지 않은 위험한 던전임에도 불구하고, 보통 던전은 막혀 있는 곳이니만큼 쉽게 잡을 수 없는 절호의 기회라고 판단한 것이다.

로암이 직접 이끌었던 공격대는 몬스터와 함정에 시원하게 휩쓸리고 밟히고 나서, 위드에 의하여 전멸한 후 싹 털리고 말았다.

던전은 이미 위드의 영역이었고, 몬스터 역시 그의 지배 아래에 있었다.

죽기 전에, 로암은 납득했다.

'강하다. 인정하지 않을 수 없군.'

그동안 〈마법의 대륙〉에서 밝혀지지 않았던 기술과 깨지지 않았던 퀘스트들이 상당수 격파되었다는 걸 알게 되었다.

단 1명의 개인에 의해서 처참한 피해를 입었으며 길드의 자존심은 우스갯거리가 되었지만, 어쨌든 좋은 승부였다고 생각했다. 이때까지만 하더라도 위드의 거지 같은 성격을 쉽게 본 것이었다.

"안 그래도 스트레스 쌓이는 일이 많은데. 이놈들이라면 제법 싸워 볼 만하겠는데."

위드는 특별한 귀속 아이템으로 몬스터들을 휘하에 둘 수 있었다.

상상도 할 수 없는, 모니터의 지도 비율을 축소했음에도 불구하고 끝과 끝을 알 수 없는 몬스터 군단이 도시로 쳐들어왔다. 위드는 로암의 세력을 뿌리부터 뒤흔들어 놓았고, 아예 싹 몰살시켰다.

그 정도로 끝났다면 더러운 놈에게 잘못 걸렸다면서 치를 떨고 말았으리라.

그 땅에는 해소가 힘든 저주를 실컷 퍼부어 놓고, 인간들이 살아가지 못하는 몬스터들의 서식지로 삼아 놓았다. 로암의 세력권이 아예 사냥터로 바뀌어 버린 것이다.

로암은 분통이 터지고 억울했다.

"아니, 우리가 그놈한테 입힌 피해가 얼마나 된다고… 막말로 그냥 가서 죽어 준 것밖에 없잖아? 우린 덤볐다가 싹 털리기만 했는데 이렇게까지 해야 했나!"

분노에 가득 찬 외침이었지만 〈마법의 대륙〉의 여론은 그에게 호의적이지 않았다.

로암 역시 그다지 좋은 영주는 아니었고, 사람들은 위드가 쓴 새로운 전투 신화에 열광하고 있었던 것이다.

전쟁의 신 위드, 절대 그를 건드리지 마라.

이 말이 사람들의 머릿속에 뚜렷하게 남게 된 계기였다.

그리고 이 정도 당했으면 보통 충분하지 않은가.

로암은 자신의 부하들을 이끌고서 새로운 장소에 정착하려고 했다. 그런데 위드가 쫓아와서 로암과 부하들을 계속 몰살시켰다.

다섯 번 정도 죽었을 때는 화가 머리끝까지 치솟았으며, 죽음이 10회를 넘어갈 무렵에는 상종 못 할 적이라는 판단에 더 이상은 싸우고 싶지 않았다. 위드와는 그냥 적당히 화해하고 예전처럼 자신의 세력을 일으켜서 사람들의 존중을 받고 살고 싶었다.

20회가 넘게 자신과 부하들이 전부 몰살을 당하니 정말 이건 아니라는 생각이 들었다.

"절대 용서 못 한다. 무슨 수를 써서라도 지옥을 보여 주마."

약자로서 받는 고통이 무엇이란 걸 깨달았다.

자신이 가진 모든 걸 걸어서라도 위드를 파멸시키고 싶었다.

30회 이상 목숨을 잃고 나니 그때는 온몸에서 힘이 다 빠져나갔다. 삶에 의욕이 없었다.

그를 처리하기 위해 죽음의 신처럼 찾아온 위드에게, 처음으로 메시지 창을 통해서 말을 걸었다.

자연스럽게 말을 하면 되는 〈로열 로드〉와는 다르게, 그때에는 키보드로 타이핑을 해야 했다.

로암: 도대체 우리에게 왜 이러는 것이냐! 이건 해도 너무하지 않으냐. 아직도 분풀이를 원하는 것이냐?
위드: ······.
로암: 무슨 말이라도 해라!

위드는 한참 동안 공격하지 않았다. 그리고 나서 채팅 창에 글이 올라왔다.

위드: 레벨이 높은 몬스터들을 만나기가 어렵다.
로암: 설마… 우리를 몬스터처럼 생각하고?
위드: 더 강하지 못해서 아쉽지만 좋은 몬스터.

레벨이 올라갈수록 적합한 사냥터가 계속 필요하다.

유저를 상대로 싸우는 일은, 위험하더라도 짭짤한 부분이 있었다.

로암과 그의 길드원들이 잔뜩 모여 있으니 여기야말로 훌륭한 사냥터. 덤으로 전리품도 얻을 수 있으며 약탈할 보물도 잔뜩 있지 않은가.

억울했음에도 로암은 먼저 고개를 숙였다.

> 로암: 이제 그만하자. 평화롭게 살고 싶다.
> 위드: 싫어.
> 로암: 우린 더 빼앗길 것도 없다. 그리고 이만하면 충분하지 않은가?
> 위드: 기분 나빠.
> 로암: 어째서 기분이 나쁜 거냐. 우리가 너에게 잘못한 것도 다 지난 일이고, 앞으로 더 이상 어떤 악감정도 갖지 않겠다. 복수나 보복 같은 것도 전부 포기할 것이다.

굴욕적이었지만, 얼마나 싸우고 싶지 않았으면 그런 말까지 했겠는가.

위드는 말이 없었다.

그리고 약 30초가 지난 후에 메시지 창에 또 글이 올라왔다.

> 위드: 우리 집 월세가 올랐어.
> 로암: 여기서 그게 무슨 상관?
> 위드: 버스비도 올랐어. 배추, 양파도 작년보다 훨씬 비싸. 기분 안 좋다. 협상 결렬이다.
> 로암: ……

로암은 위드의 의도를 알아내고 나서 판단을 내렸다.

'이놈은 악마다. 절대로 상종 못 할 악마.'

로암이 〈마법의 대륙〉을 접고 〈로열 로드〉로 일찍 이주하게 만든 계기가 된 사건이었다.

〈로열 로드〉에서 성공적으로 정착하고, 로암은 대륙에서 한 손에 꼽히는 강자가 되었다. 〈로열 로드〉의 인기가 〈마법의 대륙〉보다도 워낙 커서 세력도 훨씬 크게 키웠다.

'어쭙잖은 약자들은 필요 없다. 확실하게 강한 이들로 길드를 구성해야 한다.'

로암 길드는 최고의 엘리트 정예 부대가 되었다. 지금의 헤르메스 길드처럼, 그때에는 로암 길드에 속한 것만으로도 큰 자랑거리였다.

그럼에도 불구하고 로암은 항상 신경이 쓰였다.

'그 악마 놈도 〈로열 로드〉로 오지 않았을까. 그놈이 왔다면 이미 상당히 강해졌을 텐데. 인정하고 싶지 않지만 그놈의 게임 감각 등은 탁월하다.'

〈마법의 대륙〉에서와 같은 일이 벌어지리라는 보장은 전혀 없지만 그럼에도 영원히 마주치고 싶지 않은 마음이었다.

'위드라는 이름을 주민들이 이야기하지 않는군. 명성이 없거나 〈로열 로드〉를 하지 않는다는 의미겠지. 아니야, 캐릭터 이름을 바꾸었을 수도 있으니까. 그래도 〈로열 로드〉는 엄청나게 넓은 곳이니 다시는 엮일 일 없을 것이다.'

그런데 한참 후 위드에 대한 소식이 들렸다.

프레야 교단의 의뢰 성공. 파고의 왕관을 위드라는 모험가가 찾아냈다!

"에이, 아니겠지. 이름이 같은 놈이 한둘도 아니고."

불사의 군단 격파!
오크 카리취의 장대한 모험!
전쟁의 신 위드!

"크허억, 그놈이다!"

그 후로 로암은 위드가 만들어 내는 모험담들을 경계하며 주시하고 있었다. 로암 길드에서 함께 당했던 동료들 역시 마찬가지였다.

당시 로암 길드는 위드에 대한 대책 회의도 열었다.

"그래도 다행이로군요. 우리 길드의 영역과는 먼 곳에서 활동하고 있으니까요."

"음, 조각사라고 하는데 전투 능력에 대해서는 확인되지 않았습니다. 〈마법의 대륙〉에서의 일을 복수할 기회가 아니겠습니까?"

"우리가 당했던 만큼 백배, 천배를 더해서 앙갚음해 주지요."

로암은 망설여졌다.

〈마법의 대륙〉에서는 너무 제대로 당했다. 그 악마 같은 놈을 다시 건드리고 싶은 마음은 없었다.

"우리와 관계되지 않는 이상 길드의 전력을 낭비할 여력은 없다. 그렇지 않아도 우리의 적은 많으니 발전에 전념하자."

대부분의 명문 길드 출신들이 〈마법의 대륙〉을 경험했기에 알게 모르게 위드를 지켜보고 있었다. 그리고 위드의 모험이 계속 성공을 거두고 헤르메스 길드의 높은 콧대까지 짓누르는 걸 보며 가슴을 쓸어내렸다.

　'악마 놈과 엮이지 않아서 다행이다.'

　그 후로 위드는 기적적인 모험들을 계속 성공시켰지만, 멜버른 광산에서 바드레이에게 죽임을 당했다.

　전투의 공정함 여부를 떠나서, 패배는 패배.

　'위드라고 해도 세력의 힘 앞에서는 어쩔 수 없군.'

　그때부터는 로암도 헤르메스 길드의 노골적인 야욕에 맞서 싸우느라 정신이 없어서 위드에 대해서 신경을 쓰지 못했다.

　연합군까지 결성했지만 대패하고 완전히 모든 걸 잃었다.

　반면 위드는 조각술 최후의 비기 퀘스트를 완성하고, 하벤 제국군의 침략까지도 막아 내었다.

　그 광경을 지켜본 로암으로서는 감개무량했다.

　'역시 그냥 악마가 아니었다. 무시무시하게 독한 놈이야.'

　북부 유저들이 위드를 신처럼 신봉하고 있는 광경도, 로암은 이성적으로 받아들이기 어려웠다.

　위드라면 말로 설명할 수 없는 대단한 무언가가 있다는 건 틀림없지만…….

　로암과 미헬뿐만 아니라 칼리스, 군트, 샤우드도 위드로부터 연락을 받고 나서 상당한 기대를 갖고 자리에 모였다.

　한때는 대륙의 일각을 지배하던 패자였지만, 한 사람의 의견을 듣기 위해 자기들끼리 먼저 대책 회의도 열면서 기다린 것이다.

만약 위드가 손을 잡자는 제의를 한다면 최대한 좋은 대우를 받고 힘을 합치기로 합의를 봤다.

적어도 위드 바로 밑의 서열 정도는 자신들에게 챙겨 주어야 하며, 향후 하벤 제국과 전쟁을 벌여서 승리라도 한다면 자신들이 잃어버린 영토도 보상해 달라고 할 작정이었다.

"…연락이 없군요."

"음… 시간을 정해 놓은 건 아니었으니까 조금 더 기다려 봅시다."

"전쟁을 이겼으니 급히 처리할 문제들이 있겠지요."

전쟁이 끝난 직후에 바로 위드에게서 연락이 올 줄 알았다. 하벤 제국을 상대로 싸우기 위한 구체적인 작전을 듣고 가능성을 논의해 보고 싶었다.

그러나 몇 시간이 지나도 아무 소식이 없었다.

클라우드 길드의 샤우드가 탁자를 내리쳤다.

"빌어먹을! 우리가 여기서 그런 작자의 말이나 기다려야 하다니!"

샤우드는 원래 과거부터 과격하고 야비한 성격으로 악명을 날렸다.

클라우드 길드는 일찍부터 상당히 많은 인원과 세력을 가지고 있었다. 길드의 힘을 키우기 위해서, 능력만 있다면 무작정 영입했다. 협박의 채찍을 휘두르고 보상의 당근을 흔들면서 중소 길드들도 하나의 깃발 아래 끌어들였다.

한때는 대륙 최대 인원의 길드로 군림했지만, 헤르메스 길드에 대패한 후에 산산조각 났다.

5대 명문 길드 중에서도 가장 초라한 신세로 변하고 나니 샤우드의 성격은 더욱 조급해지고 말았다.

사자성의 군트는 아무것도 아니라는 듯이 가볍게 웃었다.

"화를 낼 일이 아닙니다. 협상 전술의 일부라고도 할 수 있겠지요."

"협상 전술?"

"일부러 기다리게 하여 상대를 초조하게 만든다. 그렇게 협상 고지에서 유리함을 차지한다."

미헬도 동감한다는 듯이 고개를 끄덕였다.

"위드의 모험이나 전투 영상에서도 보지 않았습니까? 등장하기 전에 뜸을 들이는 것 하나는 일품이라고 할 수 있지요. 그리고 우리도 먼저 모여 있다 보니 이런저런 준비도 할 수 있으니, 꼭 나쁜 건 아니지요."

샤우드도 비로소 납득한 기색이었지만 표정에는 여전히 짜증이 어려 있었다.

"그렇더라도 기분은 더럽군요. 감히 우리를 우습게 보고 말이야."

"중요한 협상인 만큼 감정에 치중하기보다는 최대한의 이권을 얻어 내고 위험도는 낮춰야 될 것입니다. 우리는 지금 그것만 생각합시다."

"다 알아도 불쾌합니다."

"그런데 정말 우리가 힘을 모은다고 해서 헤르메스 길드를 억누를 수는 있을까요?"

군트는 회의적인 기색이 역력했다.

"아르펜 왕국은 우선 가능성을 보여 주었습니다. 물론, 침략은 물리쳤지만 그게 헤르메스 길드의 전부는 아닐 것입니다."

연합군을 결성하고 자만에 빠졌을 무렵, 그들은 절대로 패배할 수 없다는 믿음을 가지고 있었다.

중앙 대륙의 삼분의 이에 달하는 세력.

고레벨 유저들도 헤아릴 수 없을 정도로 많았다.

헤르메스 길드 그리고 하벤 제국군과 맞부딪쳐 보고 나서야 자신들이 얼마나 약하고 그들이 얼마나 강한지를 직접 경험하게 되었다.

특히 흑사자 길드의 칼리스는 헤르메스 길드에 대한 두려움이 컸다.

멜버른 광산에서의 패배 후에 헤르메스 길드는 흑사자 길드를 소리 없이 야금야금 먹어 치웠다.

장기간의 확실한 계획과 그것을 완전하게 실행에 옮길 수 있는 능력.

헤르메스 길드와 싸워 봤기 때문에 이 자리에 있는 모두는 그들이 얼마나 강력한지 잘 알고 있었다.

'그래도 황궁이 깨졌다. 하벤 제국의 통치 능력도 상당히 와해되었겠지. 중앙 대륙을 장악한 지 얼마 되지 않아서 치안도 열악하니 도처에서 반란군이 날뛸 것이다. 기회다. 당장 움직이고 싶을 정도로.'

'이런 곳에서 낭비할 시간이 없는데. 요새를 몇 개 빼앗고 헤

르메스 길드에 반대하는 중앙 대륙의 유저들을 끌어모으면······.'

위드가 불씨를 살려 놓았지만 이번이 자신들에게 주어진 마지막 기회이기도 하다. 각 지역에서 병력을 이끌고 무장봉기한다면······!

헤르메스 길드와 싸우기 위한 방법들을 논의하기도 하고, 묵묵히 음식을 먹으면서 기다리기도 했다.

"심심한데 포커나 칩시다."

"뭐, 그러지요."

"우리가 이렇게 편안하게 기다리고 있을 줄은 모를 겁니다."

"협상 상대의 초조함을 이용하려는 어설픈 수작 따위는 느긋하게 넘겨 버립시다."

하룻밤을 꼬박 새우고 나서도 위드로부터 연락은 없었다.

사실 위드는 화장실 들어갈 때와 나올 때가 다르듯, 이들에게 연락했던 것조차 까맣게 잊고 있었다.

"크크크, 으하하하하하!"

산적왕 스타이너!

그는 하벤 제국의 불행을 물을 만난 생선처럼 반가워했다.

"치안도 형편없고 고향을 잃은 유민들은 널려 있으니 산적질을 하기에 이보다 더 좋은 환경이 어디에 있단 말인가."

북부 정벌군의 몰살과 황궁 붕괴 이후로 갑자기 영토 곳곳에 반란군이 출현하며 하벤 제국은 군사적으로 무력화되었다.

"우리를 수탈하는 총독을 몰아내자!"

"툴렌 왕국의 시민들이여, 침략자를 무찌를 때입니다."

"무장 단체를 결성하고 제국과 싸울 용기 있는 자들이여, 뒷골목에 있는 오래된 폐가에 모이도록 합시다."

띠링!

독립 투쟁

라살 왕국의 정복자를 자처하는 하벤 제국은 지역 주민들에게 큰 고통을 안겨 주고 있다. 10대 금역 아베리안의 숲 근처에서 살아가는 라살 왕국민들은 외부의 침략에 굴하지 않으며 욕심 많은 영주에 대한 투쟁 정신으로 유명하다. 지역 주민들을 도와서 하벤 제국의 군대에 복수하라. 사람들은 이방인인 당신에게 믿음과 감사를 느낄 것이다.

난이도: C.

보상: 지역 주민들의 깊은 애정, 저항군 출현, 저항군의 본격적인 활동, 연계 퀘스트로 이어지게 된다.

제한: 지역 주민들과의 친밀도, 높은 신용.

"이거 말이지, 으음."

"유혹이 큰데 해 볼까?"

"아서라. 헤르메스 길드가 얼마나 독한 놈들인지 몰라서 그러냐?"

"그래도 연계 퀘스트잖아. 연계 퀘스트는 제대로 한번 붙으면 보상이 끝내준다고."

중앙 대륙에서 활동하는 유저들은 저항군과 관련된 퀘스트를 쉽게 접할 수 있게 되었다.

방법도 쉬웠다.

불만 많은 주민들에게 말을 건네며 하벤 제국에 대한 욕을 해 준다. 술꾼에게 선술집에서 술을 사 주는 정도로도 관련된 퀘스트가 등장했다.

구舊 크로인 왕국의 영역에서는 좀 더 구체적인 퀘스트도 발생했다.

띠링!

크로인의 세금 수송 마차

세상에 완전한 비밀은 없는 법. 크로인 지역에서 거두어들인 막대한 공물과 세금이 무역선을 통해 벤사 강을 따라 이동하고 있다는 소식이 전해졌다. 용기 있는 자들이여, 무엇을 망설이는가? 호송대를 전멸시킨다면 막대한 돈과 보물을 얻을 수 있으리라. 하벤 제국에 대한 습격은 주민들의 열광적인 환영을 받을 것이다.

난이도: C

보상: 약탈에 성공하더라도 악명이 상승하지 않는다. 징수한 세금을 주민들에게 돌려주면 커다란 명성과 지역에 대한 통치 공헌도 획득 가능.

제한: 하벤 제국으로부터 임명된 관리, 기사 등은 주민들의 의심으로 인해 퀘스트를 받을 수 없다.

"이건 하면 큰일 나겠다."

"왜?"

"우리 실력으로 퀘스트 자체는 어렵지 않을 것 같지만 100% 헤르메스 길드에서 척살령이 떨어지게 될 거야. 중앙 대륙에서 살아가지 못할걸."

"인생, 뭐… 한 방 아니야? 헤르메스 길드에서 우리 짓이라는 걸 꼭 알아내리란 보장도 없고, 정 사정이 불리해지면 북부에 가서 살면 되지."

"북부라고? 흠, 어차피 북부에서 살고 싶긴 했는데. 텔레비전에서도 매일 나오잖아."

"이런 퀘스트 성공시키고 간다면 북부에서는 영웅이야."

"고향을 떠나 먼 여행을 가는 김에 하벤 제국에 주는 선물이라고 생각하면 되겠군."

"내가 말하고 싶은 부분이야. 바로 그런 정신이라니까."

중앙 대륙의 유저들은 마음이 흔들렸다. 그리고 도처에서 퀘스트를 받아 성공시키는 유저들이 등장했다.

헤르메스 길드의 힘에 눌려 고개를 숙이고 살아가던 유저들.

그들이 곳곳에서 사건을 일으키기 시작했다.

헤르메스 길드의 선택

―백서른두 곳에서 반란이 발생했습니다.

―현지 병사들의 합류로 저항군의 규모가 확대되고 있습니다.

―치안 공백 사태가 장기화되면서 드미트리 영주성에 있는 재물들이 전부 약탈당했습니다.

―주민들의 불만이 폭발 직전입니다. 그들은 통치자의 존엄을 무시하고 있습니다.

"이럴 수가! 이건 너무 심각하잖아."

"견고하던 우리 제국에 이런 일이 벌어지다니 유감이로군."

"이게 다 치안과 충성도를 낮게 유지했기 때문입니다."

"잘잘못을 따져서 뭣 하겠습니까? 그리고 점령 지역의 치안과 충성도를 어떻게 높게 유지한단 말입니까. 갑자기 연달아 사고들이 터지는 바람에 벌어진 일인 것을요."

헤르메스 길드의 유저들은 부정적인 메시지들을 쉴 새 없이 받았다.

북부 정벌군 전멸에 이은 황궁 붕괴로 인하여 제국의 민심이 크게 동요하고 있었다.

평소에 제국의 통치가 확고했다면 이런 일도 벌어지지 않았을 테지만 시기상으로 중앙 대륙의 정복을 마친 지도 얼마 되지 않았다. 높은 세금과 자원 수탈, 징병제 유지를 위해서 각 지역들을 엄하게 다스렸던 하벤 제국의 정책이 최악의 대가로 돌아왔다.

헤르메스 길드에 가입된 유저들은 자기들끼리 모여서 이야기했다.

"우리 이러다가 망하는 거 아니야?"

"설마… 그래도 막강한 군사력이 있잖아. 수뇌부가 나서면 수단과 방법을 가리지 않고 자잘한 소란 따위는 금세 진압할 수 있을걸."

"제국이 흔들리더라도 바로잡을 수 있긴 하지. 우리 길드가 보통 강한 게 아니긴 하니까."

"난 우리 길드가 그런 점에서 마음에 들더라. 힘으로 안 되는 게 없거든."

헤르메스 길드 유저들은 군사력에 대해서는 의심하지 않았다. 자신들은 중앙 대륙을 통일했을 뿐만 아니라 남아 있는 군사력도 흘러서 넘칠 지경이다. 헤르메스 길드에 가입하여 내부적인 사정을 알고 나면 군사력 부분에 대해서만큼은 확실한 자부심을 가질 만했다.

"일반 유저들의 민원도 엄청나던데. 황궁이 무너지면서 중단된 퀘스트 보상을 해 달라고 난리야."

"그쯤이야 무시하면 되지. 그들이 감히 어떻게 억지로 보상을 요구할 수 있겠어?"

"약한 모습을 보이면 그동안 무시당했던 이들까지 분위기를 봐서 들고일어나게 되니까 말입니다. 저항하는 유저들을 상대로 강력한 힘을 보여 줘야 합니다. 모조리 때려잡읍시다."

헤르메스 길드의 유저들은 자기들끼리 정보망을 가동해서 피해 상황들을 확인해 보았다.

의외로 제국 곳곳에서 혼란과 반란이 벌어지고 있었다. 중앙 대륙을 통째로 다스리고 있는 만큼, 각 지역에서 벌어지는 혼란들은 무시할 수 없을 정도였다.

하벤 제국이 고작 이 정도만으로 뿌리까지 흔들리는 것은 아니었다.

낮은 치안과 충성도로 점령 지역에서 문제가 많이 발생하고 있었지만 하벤 제국의 경제력과 군사력은 반란을 억누르고도 남을 정도로 막강했다.

영주들이 거느리고 있는 군대, 제국의 정예군이 움직이면 어설픈 반란군 따위는 발붙이기가 힘들 것이다.

그럼에도 시기가 썩 좋지 않았다.

중앙 대륙을 정복한 지 얼마 되지 않았다.

북부 원정의 실패와 황궁 붕괴로, 통치를 안정시키고 강화해야 하는 시점에 예측하지 못한 불안한 구멍이 크게 생겨나고 있었다.

❦

라페이와 바드레이는 그 시간 25명의 핵심 영주와 지역 총독 등을 포함한 수뇌부를 데리고 원탁회의를 열었다. 이들이야말로 실질적으로 하벤 제국의 방침을 결정할 수가 있었다.

라페이는 한동안 얼굴을 감싸 쥐었다.

'너무 방심했다. 확실히 이길 수 있는 전쟁이었지만, 통치 부분의 약점은 고려를 했어야 한다. 황궁이 무너진 것도, 베르사 대륙에서는 어떤 일이라도 벌어질 수 있다는 부분을 간과한 결과다.'

하벤 제국은 건국 이래 최대의 비상사태였다.

아르펜 왕국과의 전쟁에서의 패배, 갑작스러운 황궁 붕괴까지 벌어졌으니 중대한 사안들에 대한 대책 마련을 위한 회의를 열었음에도 쉽게 결론을 낼 수가 없었다.

그들에게는 실시간으로 제국의 피해 상황이 보고되었다.

아직 상상을 초월하는 엄청난 피해가 일어난 것은 아니지만, 도처에서 반란군이 속출하면서 크고 작은 혼란이 발생했다.

"아르펜 왕국을 즉각 정벌합시다! 그들을 놔둔다면 하벤 제국을 우습게 아는 자들이 더 늘어나게 될 것입니다."

"으음, 지금 시점에서의 전쟁이란 것은… 병력을 재편성해야 하고 보급 부대도 추가로 파견해야 한다는 문제가 발생합니다.

갑작스러운 물자의 부담에 무리가 생길 겁니다."

전쟁을 일으켜서 끝장을 보자는 의견에 아크힘은 탐탁지 않은 표정을 지었다.

북부 원정은 막대한 인원의 병력과 보급 물자, 재정을 소모하게 된다. 하벤 제국에는 그 이상의 여력이 충분하지만 그렇다고 해서 낭비해도 될 처지는 아니었다.

헤르메스 길드의 개국 공신이나 세력가, 전쟁 영웅 등이 핵심 영주나 지역의 총독으로 임명되었다.

그들의 입장에서는, 길드 차원의 결정이라면 따르겠지만 선후를 따지자면 안방에서 벌어진 혼란의 수습부터 먼저 해야 했다. 설혹 북부를 정복한다고 해도 자신들에게 주어지는 대가부터 고려해야 하는데 지금으로써는 크게 내키지 않았다.

또한 핵심 영주들은 헤르메스 길드의 상위권 서열로서 내부의 비밀들을 상당수 알고 있다.

라페이는 어느 순간 이후 건국에만 공을 들이지 않았다.

세력이 중앙 대륙을 제패하는 것이 당연해진 이후부터는 장기간의 통치와 유지에 큰 초점을 맞추고 행동했다. 이른바 제국의 오랜 건재를 위한 통치 비책들이 마련되어 가는 과정에 있다.

하벤 제국이 준비하고 있는 숨겨진 힘에 대해서 대략이나마 알고 있는 핵심 영주들과 총독들의 입장에서는 라페이와 바드레이의 결정을 느긋하게 기다렸다.

"그냥 가서 당장 박살을 내죠. 제가 선봉에 서겠습니다. 바드레이 님께서 중앙군을 지휘하시면 가볍게 정복할 수 있지 않겠습니까!"

다리우스가 다시 한 번 강력하게 주장했다.

그는 로자임 왕국에서 시작한 유저로, 이카 길드의 마스터로 활동했다. 그러나 너무나도 나쁜 평판 때문에 고향을 떠나 중앙 대륙으로 와서는 인맥과 뇌물을 통해 헤르메스 길드에 가입했다.

〈로열 로드〉에 그가 쏟은 정성은 대단한 것이라서, 길드의 지원을 받으면서 빠르게 성장했다. 다른 사람들에게는 어떻게 대하든 자기 부하들을 다룰 줄도 알아서 제법 세력도 형성하게 되었다.

그렇더라도 그의 지위와 영향력이 수뇌부 회의에 참석할 정도까지는 아니었지만, 바드레이라는 특별한 연줄을 잡고 있었다. 바드레이를 위한 사냥터를 잘 준비하고, 간과 쓸개까지 몽땅 꺼내 줄 듯 비굴하게 굴었기 때문에 자리가 보장되었다.

헤르메스 길드에서는 다리우스처럼 아무 때나 꺼내서 휘두를 수 있는 칼도 필요했던 것이다.

강경파와 온건파!

전쟁을 즉시 벌이자는 의견과, 제국의 혼란부터 수습한 후에 정복하자는 의견이 팽팽하게 맞섰다.

라페이는 이제 결정해야 할 때라고 느꼈다.

"전쟁은 신중하게 결정해야겠지요."

그가 말을 시작하니 회의장은 조용해졌다.

"아시다시피 그리고 지금도 계속 보고가 들어오고 있지만, 하벤 제국은 내부에 예상 밖의 심대한 타격을 입고 있습니다.

당연히 이겨야 될 전쟁에서 북부 원정군의 중요한 일각이 전멸하였고 우리의 자존심이라고 할 수 있는 황궁도 무너져 버렸습니다. 통치의 근간이 되는 핵심 건물인 황궁의 파괴는 생각 외로 전 지역에 걸쳐 엄청난 피해를 주고 있군요. 지금의 이 사태는 빨리 수습하지 못한다면 우리가 짐작하고 있는 이상으로 커질 수도 있을 것입니다."

수뇌부 회의라고 해도 진행을 주도하는 것은 여전히 라페이였다.

그는 대륙 전체에 퍼져 있는 정보부 인원들의 보고를 바탕으로 현재 상태를 파악하고 앞날을 예측한다. 발언권과 권한에서, 라페이는 바드레이와 함께 헤르메스 길드의 정책을 좌우할 수 있었다.

영주들과 총독들은 속으로는 고개를 갸웃하면서도 일단 긍정했다.

'아직은 숨겨진 힘을 드러내진 않겠다는 뜻이로군.'

'그것들을 일찍 공개한다면 역효과가 없진 않을 테니까. 그것까지 쓴다는 건 최악의 경우에나 가능한 일.'

라페이가 무겁게 말을 이어 갔다.

"각지에서 일어난 반란군으로 제국 내부의 치안은 앞으로 더 하락할 것입니다. 그리고 우리가 가지고 있는 악명. 평소에는 악영향이 있더라도 어쨌거나 무시했던 부분입니다. 그러나 반란군이 생겨나면, 그리고 조기에 진압하지 못한다면 상당히 걷잡을 수 없는 결과가 초래될 것입니다."

중앙 대륙은 넓다. 반란군이 대도시와 요새를 점거하진 못하더라도 제국 전체로 본다면 상당한 혼란 요인으로 작용할 수 있다. 반란군이 계속 늘어난다면 국력의 손상이 계속 심해지는 것이다.

그러나 라페이가 이에 대비하지 않을 리가 없다는 것을 모두 알고 있었다.

"그럼에도 불구하고 다행히 우리는 사용 가능한 많은 수단을 가지고 있습니다. 제국의 틀에서 벗어나 독립한 도시들을 군사적으로 탈환하는 거야 쉬운 일이고, 한 지역에서 잃어버린 경제력은 다른 곳의 성장을 통해 만회할 수 있습니다. 단, 우리가 전쟁을 완전히 포기하고 전력을 다해서 제국의 혼란을 수습하려고 할 경우입니다."

라페이는 바드레이에게 고개를 돌렸다.

"만약 출진하여 아르펜 왕국과 결전을 하겠다면, 하벤 제국의 국력은 대륙 통일에 모든 초점을 맞춰야 할 것입니다. 그 대신 지금의 혼란은 쉽게 수습할 수 없는 국면까지 번질 수도 있습니다."

가만히 지켜보고만 있던 바드레이가 입을 열었다.

"전쟁이냐 복구냐, 그것이 관건이라고 할 수 있겠군."

"그렇습니다. 전쟁을 선택한다면 이번에는 바드레이 님이 아르펜 왕국으로 친정을 나가셔야 합니다. 북부의 저력이 만만치 않다지만 사실상 지난번 정도의 병력으로도 전술을 조금만 더 잘 세우고 냉정하게 대처했다면 정복하기에는 충분했을 것입니다. 하지만 하벤 제국의 위엄을 알리려면 승리와 관계없이 이번에는 더 많은 고급 병력을 끌고 가야 합니다."

"고급 병력이라면……."

"헤르메스 길드 유저들의 절반 그리고 하벤 제국군 절반 정도면 되겠지요. 위드와 북부 유저들이 어떤 수단을 쓰더라도 전부 초토화시키고 쓸어버릴 수 있을 것입니다."

"너무 많은 게 아닌가?"

"모라타와 주요 도시들을 폐허로 만들고 나서 끝까지 저항하는 이들을 남김없이 뿌리 뽑기 위해서는 그 정도 군대가 필요합니다. 그리고 최대한 짧은 시간에 해내야 합니다."

순간 사람들의 머릿속에 하벤 제국군의 병력 구성이 스쳐 지나갔다.

이번에 전멸한 병력은 170만 정도.

하벤 제국에는 수많은 성과 도시가 있으며, 영주들은 기사들을 거느리고 있다. 중앙 대륙에서 기사단을 키운 영주들이 많으니 영토 전역에서 병력을 모집한다면 이 정도의 병력은 쉽게 채울 수 있다.

정복 전쟁이 막 끝난 후라 하벤 제국의 체제가 대부분 군사적으로 갖춰져 있기 때문이었다.

그렇지만 대규모 군대의 원정은 제국의 치안을 더욱 악화시킬 것이며, 생산 활동이 가능한 주민들을 강제로 징집하면 경제력 감소와 충성심 저하라는 이중고를 겪게 된다.

현시점에서 막대한 물자의 소모와 경제적 후퇴는 헤르메스 길드의 영주들이 원하는 바가 아니었다. 가뜩이나 소속 왕국 멸망과 정복으로 인해서 중앙 대륙의 주민들이 안정을 찾지 못하는데 그들을 또다시 흔들게 되는 꼴이다.

베르사 대륙에서는 소문만큼이나 무서운 것이 없다.

모험가 중 누군가가 업적을 달성하더라도, 마법사가 새로운 마법을 개발하더라도, 주민들의 입을 통해서 사방에서 튀어나오게 된다.

하벤 제국에 대한 평판이 떨어졌을 때 반란군의 출현이나 주민들의 반발은 도저히 억제할 수가 없을 것이다.

대대적 징병을 통한 전쟁은 내정에서의 엄청난 손실을 발생시키고 결과적으로 지금보다 통치가 힘들어지리라.

하지만 바드레이의 마음은 전쟁 쪽으로 기울었다.

"복구는 천천히 하더라도 전쟁을 해서 아르펜 왕국을 확실히 멸절시켜 버리는 편이 낫지 않겠는가? 대륙의 완전한 통일 위업을 빠르게 달성하면 얻는 가치도 클 것이다. 더 이상의 반대 세력이 자라나지 못하도록 뿌리째 뽑아 버리는 격이니까."

헤르메스 길드의 유저들은 그 말에 공감해 고개를 끄덕였다.

앞으로 헤르메스 길드는 베르사 대륙의 유일무이한 최강의 단체로 남게 될 것이다.

북부에서 유저들의 최후의 저항마저도 무력화시키고 나면 그 이후로는 아주 오랜 기간 헤르메스 길드의 독보적인 지배 체제는 넘볼 수 없도록 강력해진다.

당분간 제국의 내부가 흔들리더라도 그만한 가치는 틀림없이 있었다.

"어느 쪽이 좋다고 말하기는 어렵습니다. 만약 수습과 복구를 선택한다면 그사이에 아르펜 왕국도 발전할 것입니다. 그리 길지는 않겠지만 그들에게도 약간의 시간을 주게 되겠죠. 반면 전쟁을 선택해서 대규모 병력을 북부로 보낸다면 제국 내의 혼란을 조기에 수습하지 못해서 예상보다 문제가 많이 생길 것입니다."

"구체적으로 어느 정도의 문제가 생기겠는가?"

"제국이 정복 전쟁을 마친 지 얼마 되지 않은 시점입니다. 영토를 안정시키지 못한다면 저항군이 급속하게 세력을 불려 나갈 것입니다. 안 그래도 우리에게 패배한 적은 많습니다. 우리의 혼란을 기회로 볼 것입니다."

"그들에게는 전쟁을 통해 확실히 패배감을 심어 줬을 텐데."

"물론입니다. 후속 대책으로 그들의 힘을 분열시키고 일부는 흡수하기까지 했으니, 지금까지는 그래서 잠잠했습니다. 하지만 기회와 가능성이 보인다면 그들 역시 당연히 반란을 일으킬 것입니다. 패배한 적들이 각지에서 들고일어나고 이를 조기에 진압하지 못한다면… 북부를 정복하고 나서도 기나긴 내전을 치러야 할지 모릅니다. 정말 최악의 경우에는 정복 지역들이 파괴되고 주민들이 감소하여 빈껍데기만 남게 되어 제국의 국력이 절반 이하까지 떨어질 수도 있습니다."

"그렇게까지 될 수 있다면 어려운 문제군."

하벤 제국이 안정을 찾아야 할 시점에 바드레이가 대규모 원정을 떠난다면 반감을 가진 적들에게는 기회를 주게 된다.

북부 대륙에서도 이미 사분의 일에 달하는 매우 넓은 영토를 점령했기 때문에 주요 지역마다 상당한 병력을 지속적으로 주둔시켜야 했다. 중앙 대륙이 흔들리면 북부 역시 어떤 식으로든 다시 반발할 테고, 베르사 대륙 전체에 하벤 제국이 자리 잡기 전처럼 혼란이 찾아올 수도 있다.

그렇게 되면 베르사 대륙의 모든 주민들과 유저들이 하벤 제국을 적대시하게 될 것이다.

헤르메스 길드의 전력이 아무리 대단하다고 해도 모든 유저들을 적으로 돌릴 수는 없다. 또한 일이 그렇게까지 진행된다면 길드 내부의 반발 역시 극심해질 것이다.

크레볼타가 머리 아프다는 듯이 고개를 흔들었다.

"건국보다도 수성이 더 어렵다고 하더니 벌써부터 정말로 그렇군."

"돌을 하나하나 쌓아서 거대한 탑을 만드는 건 시간이 오래걸릴 뿐 쉽지만 무너지는 것은 한순간입니다. 다만 그렇더라도 상황이 그렇게 나쁜 것만은 아닙니다. 여전히 우리는 상황을 주도하고 있고 치명적이거나 중대한 피해가 생기진 않았습니다. 우리에게는 선택권이 있습니다. 앞으로의 미래는 우리가 결정하게 되겠지요. 그리고 어떤 선택이든 장단점이 있으니 대처하여 부작용을 최소화하면 됩니다."

헤르메스 길드의 수뇌부 중에는 강경파도 많았다.

현재는 제국의 공작 지위에 임명된 카이저처럼, 중앙 대륙을 정복하면서 여러 개의 왕국을 순식간에 휩쓸어 버렸던 군단장 출신도 있다.

그럼에도 선뜻 어느 선까지 벌어질지 모르는 혼란을 감수하면서까지 전쟁을 하자고 이야기하는 이는 없었다.

하벤 제국은 이미 엄청난 위업을 달성했다.

다스리는 영토의 넓이, 인구, 경제력, 기술력, 군사력까지 전부 대륙 최대다. 민심이 흔들려서 지금까지 이룬 성과들을 내전으로 날려 버릴 수 있다는 부분은 그들의 아킬레스건이었다.

모두가 장기간의 집권과 안정된 통치를 원하고 있었다.

헤르메스 길드가 하벤 왕국을 차지하고 가열하게 대륙으로 정복 전쟁을 나설 때의 마음과 지금은 또 다른 것이다.

라페이가 마련한 제국의 비책이 있다지만 그것은 숨겨 놓아야 하는 힘. 전술적으로나 전략적으로나 정말 위기가 닥쳤을 때에나 꺼내서 쓰기 위하여 봉인해 두어야 했다.

바드레이가 문득 물었다.

"복구를 선택한다면… 그 이후는?"

"제국 내부를 철저히 안정화시킬 것입니다. 악화된 치안을 수습하고 다시는 저항군이 생겨나지 않도록 주민들의 충성도를 올려서 통치를 강화하게 될 겁니다. 힘으로만 밀어붙이지 않고 당근도 주어야겠지요. 중앙 대륙은 문물이 많고 경제력이 융성한 지역입니다. 지금은 전쟁으로 많이 피폐해져 있습니다만 적극적으로 재건 정책을 써서 다스리면 앞으로 경제력을 몇 배나 부강하게 만들 수 있습니다."

"단기간의 이익은 복구 쪽이 더욱 크겠군. 북부 정복은 명예롭고 잠재적인 적의 세력을 소탕한다는 장점이 있어도, 지켜야 할 것들은 더욱 많아지니."

〈로열 로드〉를 일찍부터 시작한 유저들은 처음 베르사 대륙에 들어왔을 때 이미 번영하고 있던 중앙 대륙의 왕국들을 보고 경험한 바 있다.

명문 길드들이 성과 도시에 자리를 잡고 생존과 약탈을 위해 군사력 우선 정책을 펼쳤다. 그들이 연달아 전쟁을 벌여서 경제와 기술이 많이 퇴보한 데 대한 아쉬움을 누구나 가졌다.

"하벤 제국의 잠재력은 무궁무진합니다. 혼란 상태가 끝나고 발전 계획들이 본격적으로 추진되면, 정복 지역들도 과거의 발전도를 되찾고 주민들의 충성심도 올라가게 됩니다. 우리의 통치는 장기간 안정적으로 유지될 것입니다."

라페이는 말을 하면서도 씁쓸했다.

긍정적인 전망을 이야기하고 있긴 하지만, 북부를 정복하고 나서 이러한 안정화 작업을 진행했다면 더욱 좋았으리라.

바드레이가 고개를 끄덕였다.

"안정화와 발전. 대륙 통일은 그 후로 미루는 편이 객관적으로 봐서 올바른 선택일지도 모르겠군."

"그렇게 볼 수도 있을 것입니다. 현시점에서 북부를 정복한다고 하더라도 완벽한 통일은 아니고 동부와 남부, 서부도 남아 있으니까요. 그때까지는 대륙 정복이 끝난 게 아닙니다. 물론 북부가 무너지고 나면 나머지는 시간문제이긴 합니다만."

수뇌부는 한동안 생각에 잠겼다.

'발전과 혼란. 확실한 걸 놔두고 북부까지 정복하기 위하여 지금 출진한다는 것은… 제국이 무너지진 않겠지만 불안하다.'

'정복. 정복이다. 저항하는 놈들 따위는 모조리 다 때려잡으면 된다. 헤르메스 길드의 힘을 보여 주자!'

'중앙 대륙의 영광을 되살리는 것은 시기를 떠나서 꼭 필요하지. 그리고 내가 영주로 있는 지역은 치안이 나빠서 저항군도 만만치 않다. 나중에 진압하더라도 피해가 막심할 것이다.

제국의 영광보다도… 내가 손해를 입고 싶지는 않은데.'

'하벤 제국은 무엇으로도 쓰러지진 않겠지만 굳이 불리한 길을 선택할 필요는 없겠지. 혼란이 수습되고 약간의 시간이 지나고 나면 아르펜 왕국 따위는 우습지도 않으니까. 뭐, 지금도 제국 내부의 문제만 아니라면 군사적으로는 상대할 가치도 없겠지만.'

'위드. 끝까지 골치를 썩이고 있군. 지긋지긋한 놈. 진작 죽였어야 되는데.'

수뇌부에서는 아르펜 왕국이 시간을 벌더라도 발전을 해 봐야 얼마나 하겠냐 하며 무시하는 분위기가 팽배했다.

실제로 모라타의 기적이라고 일컫는 발전 속도는 대단하긴 했지만, 어느 정도 성장이 이루어진 이후에는 느려지게 된다.

반면 하벤 제국은 초기 각 왕국들의 경제력을 복구하기만 하더라도 지금의 3~4배는 강력해진다. 애초에 경쟁 대상이 아니라고 여기고 있었다.

더군다나 북부 정벌군의 성과로 이미 아르펜 왕국의 영토 사분의 일 정도를 하벤 제국에서 정복했다. 왕궁도 파괴되었으니 절대 그들의 피해가 적다고 할 수도 없는 상황.

명예와 자존심이 문제였지, 아르펜 왕국을 적수로 생각하지는 않는 것은 너무나 당연했다.

새롭게 자유도시들의 영주가 된 스탕달이 물었다.

"만약 복구를 선택한다고 하더라도 아르펜 왕국을 그냥 놔둘 수는 없지 않습니까?"

"물론입니다. 약간의 대비책을 마련해 놓겠습니다. 북부 정벌군이 실패하긴 했지만 공적까지 없었던 건 아닙니다. 현재 점령한 영토를 그대로 유지하면서 군사훈련도 벌이며 압박을 줄 것입니다. 아르펜 왕국으로서는 그것만으로도 상당한 부담이 되겠지요. 상인들과도 교역을 단절시킬 것이고, 북부로 통하는 교통망도 차단할 것입니다. 철저한 고립이 이어지면 지금처럼 빠르게 발전하긴 힘들 것으로 봅니다."

헤르메스 길드의 전략 대부분은 라페이의 머릿속에서 나온다. 라페이는 어떤 선택을 하든 후속 대책을 가지고 있었다.

하벤 제국의 발전과 아르펜 왕국의 발전, 나아가서는 추후의 전쟁까지도 고려해야 하는데 일단 시작 단계가 다른 만큼 국력 경쟁의 승리에 대해서는 어느 정도 확신하고 있다. 하지만 어떤 결정이 구체적으로 얼마만큼 더 이득이 일어날지는 미래를 예측해야 하는 부분이므로 알지 못한다.

더구나 혼자만의 생각으로 하벤 제국을 움직일 수는 없다.

헤르메스 길드는 방대한 세력이다. 이런 큰 결정을 하기 위해서는 사람들의 의견을 일치시키고 동의를 구해야 했다.

바드레이가 수뇌부와 눈을 마주친 후에 결단을 내렸다.

"전쟁은 잠시 뒤로 미룬다. 지금은 혼란을 복구하고 제국을 강화시킬 때!"

"예, 알겠습니다."

유병준은 바드레이를 만나기를 포기하고 자신의 연구실로

돌아왔다.

"지금은 아르펜 왕국의 승리로 끝나는군."

예상 밖으로 아르펜 왕국이 하벤 제국의 침략을 잘 막아 낸 것이다.

"위드 그놈이 또다시 불리한 상황을 극복해 버리다니……. 결과적으로 행운도 따르는군. 물론 그렇다고 크게 바뀐 것은 없겠지만."

대륙의 지배자는 결국 바드레이가 될 가능성이 크다. 하지만 위드에게도 기회가 남아 있는 것 또한 사실이다.

유병준은 모니터를 통해 하벤 제국 수뇌부의 회의를 보며 적지 않게 실망했다.

"대륙을 정복한 이후에도 충분히 통치를 강화할 수 있을 텐데. 미래는 알 수 없다지만, 완벽하게 안정적이고 확실한 선택이 있을까? 헤르메스 길드가 강하다고 해도 적이 그렇게나 많은데."

―헤르메스 길드에 대해 반감을 가진 이들의 숫자를 확인해 볼까요?

"그럴 필요 없다."

―분석을 취소합니다.

헤르메스 길드는 전쟁을 벌이고 계속 이겨 왔다. 적을 잘 파악하며 전투를 벌여서 승리하는 한편 힘을 축적해 왔다.

아르펜 왕국을 보며 사람들은 기적과도 같은 발전이라고 말하지만 그게 전부만은 아니다. 헤르메스 길드가 하벤 왕국의 수많은 길드 중의 하나에서 제국으로 성장한 것도 대단한 일이었다.

라페이와 바드레이가 아니었다면 누가 그 많은 경쟁자들을 제치고 지금의 영토를 지배하였겠는가.

텅 빈 땅이었던 북부에 자리를 잡은 아르펜 왕국보다도 오히려 어려운 측면이 확실히 있었다.

적들을 공략하고 세력을 확대하는 데 보인 능력만으로도 라페이와 바드레이 역시 충분히 영웅이라고 부를 수 있다. 장기적인 관점에서 통치 이후까지 준비하는 것도 훌륭하다고 칭찬할 만하다.

"처음부터 직접 바드레이가 북부로 가야 하는 거였는데. 하벤 제국은 넘치고도 남을 정도로 충분한 전력을 보냈지만 완벽하진 못했지."

약간의 방심과 작은 실수.

그것이 아르펜 왕국에 시간을 주었다.

유병준은 앞으로의 미래가 어떻게 될지는 두고 봐야 알 일이라고 생각했다. 그러나 역사가 뜻대로만 흐르는 경우가 과연 어디에 있었겠는가.

베르사 대륙에는 바드레이와 위드만 있는 것이 아니다.

수많은 유저들이 스스로의 역사를 만들어 갈 것이다.

$$\sim$$

"이게 우리에게 주어진 마지막 기회요."

"동감입니다. 하벤 제국이 흔들리고 있는 지금이야말로 우리가 다시 자리를 잡을 수 있습니다."

"세상의 두 축이 하벤 제국과 아르펜 왕국으로 분명하게 구분될 수 있습니다. 그때가 되면 우리의 뜻에 동참할 사람들이 줄어들겠지요."

"늦기 전에 나서기로 한 건 잘한 일입니다. 중앙 대륙은 본래부터 우리의 것입니다."

로암, 군트, 미헬, 칼리스, 샤우드.

그들은 함께 모인 이후로 중앙 대륙의 혼란에 대해 꾸준히 정보들을 모았다. 그리고 결국 얼마 남지 않은 동료와 부하들을 통하여 하벤 제국의 혼란기를 틈타서 세력을 확보하기 위하여 나서기로 했다.

"바랑 기병대에도 아는 사람이 있어서 연락을 해 봤는데 우리에게 동참하기로 했습니다."

"고마운 일이로군. 그들이라면 큰 힘이 될 거요."

"모를랑 삼각지를 다스렸던 아시리움 길드도 나서기로 했습니다."

"한동안 소식을 듣지 못했는데, 아직도 건재했던 겁니까?"

"모험을 하면서 지냈다고 하는데, 과거의 전력을 그래도 상당히 가지고 있는 모양입니다."

한때나마 대륙을 대표하던 길드들의 수장이었던 만큼 자신들의 인맥을 통해 뜻을 함께할 동료들을 모았다.

대륙의 유저들은 하벤 제국의 위력에 굴복하였다. 반감을 가지고 있어도 풀어낼 길이 없었는데 기회가 보이니 한꺼번에 일어서기로 한 것이다.

"헤르메스 길드의 정보력은 대단합니다. 우리의 결의가 알려지기 전에 거사를 치릅시다."

"내일 저녁, 오데인 요새를 시작으로 잃어버린 영토를 놈들의 손에서 되찾도록 하지요."

"전투는 해당 지역을 다스려 본 이들이 이끌면 효과적일 것입니다. 이 방식에 동의하지 않는 분 계십니까?"

"불만 없습니다."

"그럼 시작하지요."

이른바 대반란의 날!

하벤 제국 요새들 열세 곳이 불시의 기습을 받아서 반란군에게 영토를 빼앗기고 말았다.

착취의 시작

"이번에는 실패가 없어야 한다."

"확실하지요. 완벽합니다."

테로스는 동료 6명과 최정예 NPC 용병 50명을 데리고 던전 내부로 들어갔다.

개개인이 유명한 별명을 가졌을 정도로 〈로열 로드〉에서도 실력만큼은 최고로 손꼽히는 그들.

한때는 대륙 10대 길드 중의 하나로 불렸으나 벨소스 왕의 무덤을 잘못 발굴하다가 대륙에 무더위를 일으켜서 몰락하고 말았다. 그 후로 북부에서 차가운장미 원정대에 끼었다가 배반을 했지만 또 실패.

진홍의날개 길드는 소속 유저들이 이탈하며 산산조각 나서 테로스와 몇 명만 남았다.

사실 그들은 악명과 함께 평판이 추락하여 어디로도 가지 못하는 처지였다.

중앙 대륙의 명문 세력들은 헤르메스 길드에 박살이 났고, 평범한 무리와는 레벨 차이 때문에라도 어울리지 못했다. 테로스와 동료들은 어쩔 수 없이 그들끼리 북부를 떠돌며 모험과 여행을 하다가 퀘스트를 받아들였다.

별과 달의 비밀

신비로운 베르사 대륙에 대해 얼마나 알고 있는가? 많이 알고 있거나, 무지하더라도 상관이 없다. 지금부터 당신이 알게 되고 경험하는 모든 일들은 새로운 것이 될 테니. 무헤자던 지역으로 가서 땅에 새겨진 알 수 없는 형상들을 찾아라. 별에 대한 단서들을 찾으면 다음의 비밀을 알 수 있을 것이다.

난이도: S
보상: 연계 퀘스트로 이어지게 된다.
제한: 1,000 이상의 지식. 장거리 여행 경험.

"연계 퀘스트!"

"그것도 난이도가 엄청난데."

벨소스 왕의 무덤 사건도 있었기 때문에 테로스는 거절하려고 했다.

"우리에게는 다른 일도 있어서 할 수 없겠군요."

별이 빛나는 시간에는 퀘스트를 취소할 수 없습니다.
행운이 영구적으로 7 증가합니다.
퀘스트를 수락하였습니다.

"이런 빌어먹을!"

"괜찮아요. 이 퀘스트는 놔두었다가 정보들을 모으고 몇 달쯤 뒤에나 들여다보도록 해요."

특수 퀘스트를 받아들였습니다.
큰곰자리가 보이지 않게 되는 15일 내로 진행 중인 퀘스트를 완수해야 합니다. 성공하지 못했을 경우에는 별의 저주가 내려집니다.

"꺼억!"

그렇게 진행하게 된 연계 퀘스트.

베르사 대륙을 헤매면서 별과 달에 대한 비밀을 찾아다녔다.

별이 떨어진 땅을 찾기 위해서 미지의 지역으로 목숨을 걸고 떠나야 했고, 대지에 새겨진 비밀이라고 했는데 바다를 유랑하게 되기도 했다.

하벤 제국에서는 대부분의 선단을 상인과 군인이 운영한다. 모험용 배를 빌리기가 어려웠지만, 아르펜 왕국의 항구도시 바르나에서 모험가 직업을 가진 선장을 찾을 수 있었다.

"우히힛, 범선에 삼각돛을 4개나 달다니, 이제 드디어 원양 항해를 떠날 수가 되었다. 왕새우 떼에 의해 격침되는 일이 다신 벌어지지 않을 것이야."

"흠흠, 저기요, 우리를 지도에 나와 있는 곳으로 안내해 주실 수 있겠습니까?"

"음, 여기요? 대충 알 것 같은데요. 지골라스로 가는 해류를 따라서 항해를 하면 지름길이에요."

"저기, 지도를 거꾸로 들고 계신데요."

"…아항! 원래 바다에서는 지도를 여럿이서 보다 보니 거꾸로 보는 데에도 익숙해요. 걱정 마세요."

여자 선장 외눈 후크를 따라서 17일간의 긴 항해를 했다.

폭풍을 가로지르고 돌고래 떼를 만나기도 하였으며 물 위로 솟구치는 식인 상어들의 구역도 지났다. 하필이면 배가 암초에 걸려서 밤새도록 상어들로부터 위협을 받았다.

그리고 도착한 섬에서 달의 운석 파편을 발견한 후에 항구 바르나까지는 닷새 만에 돌아왔다.

"으하하하, 제 항해술은 역시 대단하네요."

승선한 인원들은 어처구니가 없는 노릇.

'이 짧은 거리를… 순풍이 아닌데도 금방 왔네.'

'바다의 위험 지역은 전부 다 거쳐서 도착했던 거야.'

테로스는 고개를 절레절레 저었다.

"아무튼 무사히 돌아왔으니 됐지."

육지에 도착하니 삶이 이렇게 감사할 수가 없다. 진홍의날개 길드가 무너진 이후로 관대해진 테로스였다.

게일, 데인, 플라인, 마커, 프시케, 바스텐과 함께 연계 퀘스트들을 연속으로 격파했다.

과거였다면 몸을 사리기 위해서라도 참여하지 않았을 퀘스트지만, 모든 것을 걸고 모험하다 보니 상당히 재미가 있었다.

무엇보다도, 까딱하면 목숨이 간당간당해지고 한 치 앞도 내다볼 수 없으며, 약간이라도 삐끗하면 지금까지의 모든 고생이 수포로 돌아가는 것은 물론이고 최악의 저주까지 받게 될지도 모르니 집중력이 달라졌다.

신비로운 은하수를 보면서 지식과 지혜를 얻었고, 달빛 아래에서 매력이 증가되는 보상도 얻었다.

"위드는 이런 느낌을 항상 받고 살겠군."

"인생을 색다르게 느끼게 해 주네요. 베르사 대륙에 대한 인식이 달라졌습니다."

모험 중간에는 행운도 있었고, 동료들의 희생도 발생했다.

진홍의날개에서 돌격대장을 하던 바스텐과 마녀 프시케, 암살자 데인의 죽음.

그럼에도 결국은 극복하면서 마지막까지 왔다.

탄생의 흔적

별을 상대한 거인 아르키헤모스는 결국 쓰러지게 되었다. 거인이 쓰러진 장소는 그 후에 커다란 지각변동이 생기면서 깊은 땅속으로 가라앉았다. 땅속으로 향하는 입구를 찾아서 그 안으로 들어가라. 무사히 거인이 있는 장소에 도착하게 된다면 그의 말을 들을 수 있으리라.

난이도: S
보상: 거인의 심장. 별의 흔적.

소용돌이치는 땅의 구멍으로 들어왔다.

"우린 해내지 못하겠지."

테로스의 말에 데인이 맞장구를 쳤다.

"아마 그럴 겁니다."

"이 대륙을 망가뜨릴지도 모르지."

테로스의 말에 이번에는 바스텐이 깊은 한숨을 내쉬었다.

"더 먹을 욕도 없지 않습니까."

실제로 그렇다. 진홍의날개가 벌인 두 번의 실수는 정말 끔찍하게도 치명적이었다.

"방송국들은?"

"연락했습니다. S급 난이도의 연계 퀘스트라니까 깊은 호기심을 드러냈습니다. 방송 결정도 났습니다."

"출연료 부분은……."

"예전보다 조건은 나빠졌습니다만 액수로는 훨씬 많습니다. 출연자에 대한 대우가 전반적으로 좋아진 것입니다."

"〈로열 로드〉의 인기가 높으니까 그렇겠지."

시기적으로도 전쟁이 끝난 후 첫 번째로 큰 모험이라서 더욱 그랬다.

테로스는 그 부분에서 만족했다. 모험가들이 희박한 가능성을 좇아서 대륙을 떠도는 이유는 성취감 때문도 있겠지만 명성이나 경제적인 보상도 배제하지 못한다.

마녀 프시케가 담담하게 말했다.

"그럼 우리 죽으러 가죠."

위드는 전쟁을 통해 얻은 전리품을 판매하기 위해 모라타에서 가장 큰 상점으로 들어갔다.

"요즘에는 이상하게 파리들만 들끓는군. 손님, 무엇을 하러 오셨습니까?"

"물건들을 팔려고 합니다."

"오! 팔려는 것이 무기요, 아니면 방어구요? 요즘은 무엇이든 손님들이 못 사서 안달이지. 상태가 많이 불량하더라도 수선해서 사용할 수만 있으면 거래될 정도요. 나머지야 구매자들이 조심해서 쓰는 수밖에."

"무기와 방어구, 둘 다 섞여 있습니다."

위드는 말을 하며 상점을 쭉 훑어봤다.

모라타의 빙룡 광장 부근에 있는 대형 무기점.

평소에는 분주하게 물건들을 구경하는 사람들로 가득 차 있었을 무기점이지만 지금은 고작 6명이 다였다.

모라타 밖으로 멀리 여행을 떠날 수 있는 유저들은 대지의 궁전으로 몰려가고, 지금은 도시를 나갈 수 없는 초보자들만 남아 있는 것이다. 그들은 위드가 들어온 것을 보고도 잠시 눈길을 주다가 말했다.

"저 날카로운 단검 진짜 사고 싶다. 저걸로 쿡 찌르면 사냥은 금방인데."

"전사라면 대검이 최고지. 몬스터들이 다가오지도 못해. 파이톤 님의 전투 영상은… 캬아!"

"체력이 금방 빠지잖아. 우리가 사용하기엔 아직 무리야."

"나중에 돈 많이 모아서 사 버려야지."

초보들은 진열장을 들여다보며 진지한 대화를 나누었다.

"어디 꺼내 보시오. 기대는 별로 안 되지만 물건이 좋다면 가격은 정직하게 쳐주지."

상점 주인의 말에 위드는 계산대 앞에 배낭을 올려놓았다.

쫘아아앙!

둔중한 강철 더미가 떨어지는 소리가 났다.

초보 2명이 고개를 돌려서 위드를 쳐다보았다.

"사냥 많이 해 온 모양이네."

"저런 거 실제로는 얼마 안 돼. 무릇 고수라면 무게 감소, 부피 감소가 되는 마법 배낭은 기본이라고 할 수 있지. 마법 배낭이 없으면 2시간도 사냥 못 해."

"좋은 배낭은 무게를 얼마나 줄여 주는데?"

"놀라지 마. 15배짜리가 있어."

"끝내준다! 하루 종일 사냥해도 되겠네."

"방직 기술로 유명한 모라타에서도 최고의 재봉사인 드라고어 님이 만들어서 그 정도 마법을 부여할 수 있지. 진짜 최고급은 20배를 줄여 주는 배낭이라는데, 거의 전설의 등급이라서 구하기가 어렵지. 드라고어 님의 작품만 하더라도 이미 부르는 게 값이야."

위드는 초보들의 이야기를 들으면서 태연하게 배낭에 손을 넣어서 아무 무기나 꺼냈다.

"일단 하나씩 계산해 주세요."

"알겠네. 음? 품질이… 기가 막히는군! 칼날의 예리함이 무쇠를 사과처럼 자를 수 있을 정도야. 모라타에서 장사하면서 이런 귀한 물건은 몇 번 본 적도 없어. 가격은 2만 골드면 적정하다고 볼 수 있겠소."

"이 방패는요?"

"크으, 흠결 하나 없는 깔끔하고도 완벽한 제품이군. 도대체 이런 물품을 어디서 구했소?"

"방패에 손상 안 입히고 죽이느라 신경을 좀 썼는데, 상태가 괜찮죠?"

"이건 볼 것도 없이 35,000골드가 적정가라고 할 수 있지."

초보들의 눈이 휘둥그레 뜨였다.

상상도 할 수 없는 거금.

모라타의 상점에서 통상적으로 거래되는 물품들이 몇백 골드 정도였다.

고급품의 경우에는 수만 골드를 호가하기도 하지만, 그런 물품의 거래가 그렇게 자주 흔하게 이루어지는 게 아니다. 상점용 무기와 방어구에는 대개 한계가 있었고, 레벨이 높고 희귀한 제품들은 암암리에 거래되는 탓이다.

"도대체 누구야?"

"방금 방패를 꺼낸 저 배낭도 보통 물건은 아닌 것 같은데."

위드는 주변에서 뭐라고 하거나 말거나 배낭에서 물건들을 계속 꺼냈다.

"낙인의 철퇴! 상대방에게 영원히 철퇴에 대한 공포감을 심어 준다고 하는 명품 중의 명품! 완벽한 보존 상태를 가지고 있는 제품을 직접 눈으로 보게 되다니, 43,000골드는 기꺼이 드리겠소! …오오오오, 진정 꿈인가 생시인가! 대륙에 10개밖에 없는 보검 아르겐스타를 보게 되다니! 가격은 7만 골드. 그렇지만 정말 팔아 준다면 8만 골드도 드리겠소. …마녀의 공격을 막고 걸린 저주를 적에게 되돌려준다는 이 특별한 갑옷이라면 가격을 책정하기가 어려울 정도군. 쓸 수 있는 사람이 많지 않아서 제값을 받긴 힘들지만 9만 골드는 기꺼이 내놓아야겠지. …으아악! 명인의 별 목걸이! 대장장이, 재봉사를 따지지 않고 구하려고 안달이 되어 있는 보물! 꼭 팔아 주시오. 가격은… 얼마를 원하는지 먼저 말해 보시구려. 상점을 팔아서라도 지불하리다."

위드가 내놓는 아이템 중에 싸구려는 없었다.

최소 몇만 골드에 달하는 특상품!

어느새 초보자들은 입이 함지박만큼이나 벌어져 있었다.

이미 매대에 올라온 물품들의 금액만 하더라도 감히 엄두가 안 날 정도의 고액인데 배낭에서는 계속 나오고 있었다.

"누, 누구야?"

"어디 보물 창고라도 털었나?"

"아냐. 저 적인의 허리띠는… 방송에서 본 적이 있어."

"나도 알아. 세상에 하나뿐인 거잖아. 헤르메스 길드의 기사 단장 데비스가 퀘스트를 통해서 얻은 물건이야."

위드가 꺼내 놓은 물품 중에는 알아볼 수 있을 정도로 유명한 것들도 흔했다.

"훔친 건가? 설마 도둑……?"

"잃어버렸다는 이야기는 못 들었어. 누가 헤르메스 길드 유저가 가진 물건을 훔치겠어?"

"그러고 보니 데비스는 전쟁에서 죽었는데……."

"그럼 저 사람의 정체는……."

순간 초보들은 침묵에 잠겼다. 무언가 떠오르기는 했지만 상대가 너무나도 엄청난 인물이라서 감히 말이 나오지 않았다.

위드는 배낭에서 줄잡아 100여 개의 물품을 꺼내고 나서 상점 주인에게 물었다.

"다 해서 얼마요?"

"어디 보자, 계산이 복잡해서… 잠시만 기다려 주십시오, 손님. 그러니까 지금 내놓은 물건을 전부 판매하시겠다고 하면…
총합은 326만 골드가 되겠습니다.”

하늘을 날아온 빙산에 얻어맞은 듯 충격적이고 어이없는 가격이었다!

위드는 눈을 가늘게 떴다.

‘생각보다 저렴하군. 역시 도매가는 어쩔 수 없나.’

자고로 상거래에서는 제값을 받거나 바가지를 듬뿍 씌워야 마땅하지만 지금은 상황이 심상치가 않다.

북부에서는 농업이 일찍부터 발달한 덕에 식료품의 가격은 상대적으로 저렴하게 유지되었지만 무기 및 방어구와 같은 장비들은 상당히 고가에 거래되고 있었다.

모라타 시절부터 유저들의 폭증 현상이 쭉 벌어지면서, 생산량이 수요를 도저히 따라가지 못하는 현상이 고질적으로 이어진 것이다.

특히 고급 물품들은 부르는 게 값이라고 할 정도로 비싸게 판매되는 실정이었다.

위드가 전투에서 헤르메스 길드 유저들을 해치우고 얻은 물품들도 원래라면 얼마든 비싸게 처분할 수 있었다.

광장에서 다른 유저들에게 직접 판매하거나 경매를 이용해도 좋다.

그런데 지금은 전쟁이 막 끝난 특별한 시점이었다.

헤르메스 길드 유저 3만 명, 하벤 제국군이 전멸하면서 그들이 소유하던 무기와 방어구가 전리품의 형태로 엄청나게 떨어졌다. 일반 무기와 방어구의 시세를 단기간 흔들어 놓을 수 있을 정도로.

특히 고급품은 급격한 가격 하락을 피할 수 없었다.

위드는 상점 주인을 향해 묵직하게 목소리를 깔았다.

"그 정도 가격이라면 적절하지만, 앞으로 꾸준한 거래를 위해 일부러 찾아오게 되진 않을 것 같군요."

"손님, 어디를 가셔도 이보다 더 높은 가격을 받긴 어려우실 겁니다. 자고로 거래란 비싸게 파는 것만이 중요한 게 아니라 사람을 사귀어야 하는…….."

"됐소. 모라타에는 다른 상점도 많으니 돌아다녀 보지."

위드는 물건을 챙기기 시작했다.

상인들의 흔해 빠진 이유 따윌 들어 줄 수는 없는 노릇!

물론 이조차도 다 계산된 행동이었다.

"좋습니다, 손님. 성격이 급하신 분이로군요. 이런 제품이라면 거래를 하는 저희 상점에도 도움이 될 테니 값을 올려 드리죠. 전부 판매하시는 조건으로 347만 골드에 매입하겠습니다."

> 1차 흥정에 성공하였습니다.
> 엄청난 이익을 얻을 수 있습니다.

"으아악, 말 한마디에 엄청나게 가격이 오르다니!"

"평생 먹을 보리빵 값을 벌었어. 대단하다."

초보들이 눈을 빛내며 지켜보고 있었다.

"어떻습니까, 손님. 파시겠습니까?"

위드는 손으로 턱을 만지면서 잠깐 고심하는 척했다.

일반적으로 상인 직업이 아니라면 1차 흥정의 성공만으로도 대박이었다. 상업에는 인맥과 회계 스킬이 필수로, 무리하게 가격을 올려 받으려고 하다가는 거래 자체가 깨지고 만다.

'그래도 이 정도에 만족할 수는 없지.'

이 가격이라면 마판을 통해서 처분하더라도 충분히 받을 수 있다. 굳이 모라타의 상점으로 직접 온 것은 그 이상을 받을 수 있기 때문!

"아르펜의 백성이여, 고생이 많다."

"예? 손님, 갑자기 무슨 말씀이십니까?"

"너처럼 본업에 충실한 이들이 자기 분야에서 열심히 일하고 있으니 아르펜 왕국이 계속 성장하는 게 아니겠는가."

"갑자기 왜 그런 말씀을… 서, 설마!"

상점 주인은 위드의 얼굴을 뚫어져라 쳐다보더니 놀라서 무릎을 꿇었다.

"폐하! 이제야 알아보고 미천한 백성이 인사드립니다. 일찍 알아차리지 못한 죄로 저를 죽여 주시옵소서!"

위드는 당연한 반응이라는 듯이 고개를 끄덕이며 말했다.

"미리 말하지 않은 짐의 과오이니 어서 일어나라. 그대가 나의 지위를 생각하여 편히 거래하지 못할까 걱정되어서였다."

"아닙니다. 저처럼 멍청한 인간은 죽어야 합니다. 감히 이 땅을 지배하는 분을 바로 알아보지 못한 죄를 어떻게 용서할 수 있겠습니까. 폐하의 존엄을 널리 알리기 위해서라도 경비병들로 하여금 제 목을 치도록 명령하시옵소서."

2차 흥정의 무기는 상점 주인을 상대로 권위 앞세우기!

처음으로 귀족이 된 유저들은 그냥 마을을 돌아다니면서

NPC를 만나러 다니기를 즐겼다.

"영주님의 은총으로 하루하루 먹고살고 있습니다."

"저희를 돌봐 주셔서 정말 고맙습니다. 집에 키우는 닭이 낳은 달걀인데, 가져가시겠습니까? 저희는 그냥 굶으면 됩니다."

영주로서 주민들로부터 대접을 받는 재미가 쏠쏠하다.

이벤트가 자주 발생해서 명성을 늘릴 수 있고, 치안 강화, 주민들의 충성도 상승도 가끔 이루어졌다.

위드는 아르펜 왕국의 국왕인 만큼 주민들을 개별적으로 일일이 만나지는 못했다. 사실 인터넷에 공개된 정보들을 토대로 미리 이곳의 상점 주인이 구舊 니플하임 제국의 몰락한 귀족 가문의 후손으로 권위에 민감하다는 것을 알고 찾아왔다.

"그대는 짐으로 하여금 같은 말을 반복하도록 하지 말라. 아르펜의 백성이라면 모두가 행복하고 즐겁게 살아갈 자격이 있는데 자신의 목숨을 하찮게 여겨서는 안 될 것이다."

"폐하, 죽고 싶은 마음만 간절합니다."

"일어나라. 그대가 죽는다면 모라타의 교역은 누가 책임질 것이며 나는 누구와 거래하겠느냐. 이처럼 후하게 값을 쳐주는 상인을 만나기는 쉽지 않을 텐데 말이다. 흠흠."

"제가 미처 폐하인 줄 모르고… 진정 거래를 원하시는 것입니까?"

"그렇다. 어서 적당한 가격을 말하라."

"폐하께는 어떤 이득도 남길 수 없으니 431만 골드를 드리겠습니다."

> 2차 흥정이 대성공을 거두었습니다.
> 이 거래가 성사되면 모라타에서 이루어진 역대 최대 거래 중의 하나가 될 것입니다.

"진짜 위드 님이었어."

"끝내준다! 지상 최고다."

초보 유저들은 마치 연예인을 처음 본 초등학생처럼 옆에서 구경했다. 그들이 보기에 위드는 너무나도 대단한 존재라서 가까이 다가오지도 못하는 것이다.

위드의 입가가 실룩였다. 머릿속에 떠올렸던 액수보다는 조금 부족했기 때문이다.

"어허, 그럴 것 없다. 내 너에게 적당한 가격을 말하라고 하지 않았느냐."

조금 더 올려 달라는 의미.

대상인들은 4차 흥정까지 성공시키는 경우도 있었으니 욕심을 더 냈다.

"폐하의 성은을 입은 자로서 어찌 부당하게 적은 가격에 인수할 수 있겠습니까. 하지만 정 저의 형편을 생각해 주시면 402만 골드를 내겠사옵니다."

> 3차 흥정에 실패했습니다.
> 거래 가격이 줄어들었습니다.

"……."

실패!

위드의 눈매가 가늘어졌다.

그가 내놓은 물품들은 지금처럼 특수한 시점이 아니라 나중에, 유저들에게 직접 바가지를 씌워서 처분한다면 550만 골드도 받을 수 있었다.

"네가 정녕 죽고 싶은 게로구나. 적당한 가격을 말하라고 했음에도 불구하고 계속 짐을 우롱하는 것이라면 당장 목을 쳐야 마땅할 것이다."

"적당한 가격 말입니까?"

"그렇다. 내가 납득할 수 있는 충분하고 적당한 가격이다. 제대로 말하지 않으면 목을 치겠다!"

상점 주인은 NPC이지만 직업 특성에 따라 눈치가 빨랐다.

"폐하께서 직접 팔려고 하시는 물건들의 귀함을 모든 이들이 알고 있을 것이옵니다. 제, 제가 사력을 다해서 493만 골드를 지불하겠습니다."

3차 흥정이 믿기 힘든 대성공을 거두었습니다.
상점 주인은 거래로 인해 아무 이득도 남기지 못할 가능성이 큽니다.
주의: 지위를 이용한 거래로 악명이 생기게 될 것입니다.

위드는 돈 앞에서는 염치가 없었다.

"흠흠, 너의 정성이 갸륵하구나. 이 물품들은 올바른 주인을 찾으면 좋은 가격에 팔릴 것이다."

"물론이옵니다, 폐하."

"아르펜 왕국을 위한 그대의 헌신, 항상 잊지 않겠다."

"감사하옵니다."

> 모라타 최대의 거래 이익을 거두었습니다.
> 권위와 위협으로 이루어진 흥정이 끝났습니다. 모라타의 상점 주인들은 앞
> 으로 국왕의 방문을 두려워할 것입니다.
> 악명 3,450 상승. 주민들의 충성도 저하. 명예 -3. 치안 -1.

위드는 만족스러워하며 상점을 나섰다.

이제부터는 뒤처진 스스로의 성장을 위해 정말 바빠지리라.
본격적인 사냥과 스킬 숙련도를 위한 노가다에 앞서서 치러 낸
거래가 만족스럽게 진행되었던 것이다.

그리고 그로부터 2시간 후, 인터넷에서는 위드가 상점 주인
을 상대로 바가지 씌우는 영상이 최고의 조회 수를 기록하게
되었다.

𓂃 𓂃

서윤은 다시 〈로열 로드〉에 접속하여 삶은콩죽 부대를 찾아
갔다.

"꺄악, 이겼어요. 우리도 살아남았고요!"

"축제요, 축제!"

안면이 있는 삶은콩죽 부대원들이 환호성을 지르고 있었다.

전쟁에서 승리를 거두고 아르펜 왕국이 안전해졌기 때문에
서윤도 그들에게 진심으로 고마움을 느꼈다.

그녀가 인사를 나누기 위해 콩죽 부대로 다가가자, 떠들썩함

이 사라지고 순간 묘한 침묵이 흘렀다.

"……."

그리고 작게 속삭이는 목소리.

"왔네, 저 사람도."

"전투가 끝나니까 맞춰서 온 거잖아."

"이런 말까지는 안 하려고 했는데… 비겁하다, 진짜."

"좀 심하긴 하지. 어떻게 전투가 끝나니까 아무렇지도 않게 나타나지?"

서윤은 조심스럽게 주고받는 것도 아닌 시끄러운 그 말들을 들었다.

그녀는 자신의 주변에서 항상 쑥덕거리는 사람들을 겪어 왔다. 그녀에 대해 나쁜 선입견을 갖거나, 그저 관중처럼 바라보는 이들의 말. 상처를 입어서 쉽게 친해지지 못하는 자신의 성격을 두고 차갑고 냉정하다고 일컫는 선입견들.

그러나 예전처럼 가슴이 아프지는 않았다.

잠시 겪어 봤을 뿐이지만 이들은 좋은 사람들이다. 그녀가 설명도 제대로 못 하고 떠났으니 충분히 오해할 수도 있는 상황이었고.

속사정을 이야기하면 누구라도 납득하리라.

그렇지만 슬로어의 결혼반지로 위드에게 생명력을 나누어 줄 수 있는 관계라서 그를 돕기 위하여 전투를 포기했다고 이야기하기는 부끄러워서 망설여졌다.

동료로 지내던 여자가 와서 말했다.

"언니, 왔어요?"

"응."

미묘하게, 반기지는 않는 듯한 말투였다.

그녀가 작게 한숨을 내쉬었다.

"우리 술 마시러 갈 건데요, 언니도 왔으니까 같이 가요."

"……."

그녀는 서윤에 대해 잘 몰랐지만 받아들여 줬다. 분명히 서운하고 마음이 상하기도 했지만 뭔가 사정이 있을 수도 있었다고 생각했다.

하지만 다른 사람들의 경우에는 여전히 싸늘한 시선으로 서윤을 보았다.

"술은 잘 못 마시는데… 그리고 설명할 게 좀 있는데, 들어 주겠니?"

"어떤 말인데요."

"내가 지난번에 싸우지 않았던 까닭은……."

서윤은 가볍게 미소를 지었다.

여전히 부끄럽지만, 이들에게는 왜 그랬는지 충분히 설명할 수 있으리라. 믿어 줄지 모르지만 오해를 풀기 위하여 노력할 것이다.

다른 사람과 어울리기 위해서는 자신의 마음부터 열고 대해야 했다.

꾸에에에에엑!

그때 하늘에서 울리는 커다랗고 이상한 괴성!

'설마 몬스터가 나타난 것일까?'

풀죽신교의 유저들이 이렇게 많이 몰려 있는 장소에 몬스터가 등장하다니 너무나도 의외였다.

사람들이 고개를 올려서 하늘을 보자 커다란 와이번이 날개를 활짝 펼친 채 내려오고 있었다.

각진 얼굴에 위협적이면서도 순한 눈동자, 넓은 날개.

"와삼이?"

"조각 생명체님이시닷!"

와삼이의 대중적인 인기는 유명한 유저들을 능가했다.

꾸엑! 꾸에엑꽥꽥꽥!

와삼이가 불만으로 가득 찬 소리로 울면서 내려왔다.

심한 돌풍을 일으키는 와삼이 때문에 서윤 주변의 유저들은 급히 물러나야 했다.

조각 생명체는 아르펜 왕국의 상징이며 국왕 위드의 부하다.

풀죽신교 유저들에게는 숭배의 대상이 되었지만, 가까이에서 보면 너무나 크고 위협적인 자태를 갖고 있었다. 기본적으로 포악한 몬스터의 형태를 가져서 본능적으로 경계하지 않을 수가 없다.

물론 모라타에서 몇 번 와삼이를 만나 본 유저들은 말고기만 던져 주면 환장하고 땅을 뒹굴면서 좋아한다는 점을 알고 있지만.

와삼이가 커다란 머리를 서윤에게 들이밀었다. 그러고는 불만 가득한 목소리로 말했다.

"끄우우. 주인이 데려오라고 했다. 맨날 나한테만 시킨다."

창공을 질주하는 자유로운 와이번이 아닌 심부름꾼이나 운송 수단으로 사는 운명에 대한 한탄!

서윤은 고개를 끄덕이더니 와삼이의 넓고 쾌적한 등에 가볍게 올라탔다.

"으어……."

"언니?"

서윤을 아는 사람들은 얼이 빠져 있었다.

와삼이의 등에 타는 사람이라니!

게다가 와삼이의 주인이라면, 위드가 데려오라고 했다는 뜻이 아닌가.

"언니……."

"미리 이야기하지 못해서 미안해. 다음에 보자. 지금은 그가 부르니까 가야 해."

"언니, 위드 님을 개인적으로 알고 있었어요?"

"나는… 그의 친구."

서윤은 와삼이의 등에 탄 채로 자신의 얼굴을 덮고 있던 가면을 벗었다.

외모.

사람의 생김새.

단지 그것이 아니라, 인간이 궁극적으로 염원하는 예술의 정점에 있는 아름다움의 결정체.

남자들의 영혼을 뒤흔들어서 정신을 차릴 수 없게 만드는 그 얼굴이 나타났다.

수많은 사람들이 있었지만 단 한마디도 흘러나오지 않았다. 눈을 끔뻑이며 자신이 지금 보고 있는 것이 진짜 사람인지 환상인지를 의심하고 있었다.

여자 귀신이라면 기꺼이 홀려 주리라.

서윤은 환하게 미소를 지었다.

"다음에 또 올게. 잘 지내고 있어."

와삼이는 땅을 박차더니 날개를 펼치며 가속해서 순식간에 날아가 버렸다.

그리고 사람들은 몇 분 후에야 떠듬떠듬 입을 열 수 있었다.

"으, 으으아아악!"

"난 절대 눈을 씻지 않을 거야! 아, 아니, 일단 눈을 감아야지. 그분의 모습을 완벽하게 머릿속에 각인시켜 놔야 돼!"

"인생은 정말 살아갈 가치가 있는 것이야, 크흐흑! 지금 시대에 살아간다는 것만으로도 나는 다시없을 행운아야."

"이래서 결혼을 하는구나. 인생의 무덤이라도 기꺼이 들어가겠어!"

남자들은 철부지 아이들처럼 황홀해하고 있었다.

잠깐이라도 서윤의 근처에 있었던 사람들은 다 함께 신이 내려 주신 축복에 감사했다.

여자들도 예쁜 여자를 구경하기를 좋아했다.

"가면을 쓰고 있는 것도 그렇고… 위드 님이랑 조각술 퀘스트를 같이하던 분이구나."

"텔레비전에서 봤는데. 힐데른의 역할을 하던 그 사람이야!"

그리고 누군가의 의문.

"근데 어딘지 좀 익숙한 얼굴이었는데… 나 따위가 저런 미녀를 본 적이 있다는 게 말이 안 되긴 하지만 말이야."

"얼음 미녀상과 똑같이 생기지 않았어? 난 보자마자 그렇게 생각했어."

"맞다, 그 얼굴이다!"

"허억! 그렇다면 우리 풀죽신교의 여신님이다!"

풀죽신교에서 발굴한 얼음 미녀상!

위드의 조각품 중 하나이며 형용할 수 없을 정도로 아름다운 외모로 인해 프레야 여신상처럼 숭배되고 있었다.

풀죽신교의 여신이 나타났다.

풀죽신교는 사이비 종교가 아니다. 진짜 여신이 있는 진짜 종교다!

과거에도 서윤의 얼굴이 잠깐 드러난 적이 있었다.

방송을 타고 그 외모가 퍼지면서 얼마나 큰 난리가 났던가.

남자들은 진지한 밤샘 토론까지 벌였다.

"도저히 믿을 수가 없는 미모요."

"감동으로 눈물까지 흘렸습니다."

"눈, 코, 입, 머리카락, 이마와 눈썹, 턱선, 귓불까지도 완벽하게 다 예쁘니……."

"국보요, 국보! 실존하는 인물이라면 마땅히 국보로 지정해서 보호해야 합니다."

"매력 스탯을 많이 키우긴 했겠지요. 이곳이 〈로열 로드〉이기에 가능한 업적이라고나 할까요. 그러나 어쨌든 그럼에도 경이로운 일입니다."

"그냥 감사드립시다."

"고맙습니다."

"은혜롭습니다."

"아아아아, 독거노인이 되더라도 후회하지 않을 것입니다. 우린 그럴 만한 가치를 보았으니까요."

풀죽신교에서는 그 여성 유저를 찾기 위하여 대단한 노력을 했지만 지금까지 끝내 알아내지 못했다.

"오늘을 기념하자!"

"맞습니다! 매년 오늘을 아르펜 왕국 공식 공휴일로 지정하고 축제를 벌입시다!"

"공휴일의 이름은 뭘로 하죠?"

"당연히 여신 출현일로 해야죠!"

냉전

"으아함!"

이현은 늘어져라 하품을 했다.

"영 피곤하군. 비타민이 모자란 것 같아. 고기도 요즘은 통 못 먹었지."

조각술 마스터 퀘스트 그리고 사냥과 하벤 제국과의 전쟁까지, 쉴 틈이 전혀 없었다.

잠깐 캡슐 밖으로 나왔지만 밀린 빨래에 집 청소에, 해야 할 일이란 정말 많았다.

집안일처럼 눈에 띄지 않으면서 부지런해야 하는 분야도 없으리라.

"앞으로 〈로열 로드〉의 시세 변동을 확인해야 되고, 사냥터나 퀘스트 진행 상황도 살펴봐야지. 아르펜 왕국의 실상에 대해서도 분석이 필요하고……."

이현은 그렇게 생각하다가 고개를 끄덕였다.

왜 현대인들이 등산복을 유달리 좋아하는지 이해가 되었다. 일이 항상 산더미처럼 쌓여 있기 때문이 아니겠는가.

"대충대충 살아도 돈이 쑥쑥 벌리면 얼마나 행복할까."

이현은 그렇게 생각하다가 간단히 밥을 챙겨 먹고 텔레비전을 켰다.

오늘은 일요일이지만 〈베르사 대륙 이야기〉가 방송되는 날이다.

과거 전화 통화로 출연한 적도 있고 신혜민과는 모르는 사이도 아닌 만큼 단골로 시청을 해 주었다. 귀중한 새로운 정보들을 많이 주기도 하지만 다른 방송국과는 달리 자신과 아르펜 왕국에 호의적이란 점도 작용했다.

아무래도 팔은 안쪽으로 굽는 법인 것이다.

"대한민국의 오랜 미덕이라고 할 수 있지. 너무 객관적이면 피곤해서 볼 수 없다니까."

방송국들이 여론에 끼치는 영향력도 절대적.

세금을 인상하기 위해서는 미리부터 방송국과도 호의적인 관계를 유지해야 하리라.

청소를 하는 사이에 어느덧 1부가 시작되어 진행 중이었다.

―〈로열 로드〉를 대표하는 1,000명의 고수에 대해 알아보는 시간인데요, 오늘은 켄싱턴의 검사 바루스 님이 나오셨다죠?

―네. 최근에 몇 명의 동료들과 함께 부라크라 던전을 격파하고 나서 그 영상을 명예의 전당에 올렸습니다.

―저는 아직 못 봤지만 인기가 대단하다고 들었어요.

―부라크라 던전은 위험도가 높고 아직 끝까지 가 본 이가 없었지요. 5

명의 파티가 아슬아슬하게 던전 탐험을 진행하여 처음 등장한 보스 몬스터까지 격파하여 재미를 주고 있습니다. 비록 그 과정에서 3명이나 죽었지만 말이죠.

―영상이 준비되었을까요?

―물론입니다. 지금 보시죠.

이현은 부라크라 던전의 사냥 영상을 보았다.

자신이 동료들과 사냥을 하는 방식과는 매우 다른 편이다.

이현의 사냥 스타일은 〈로열 로드〉를 하면서 갈수록 발전해 왔다.

무조건 빨리.

목숨은 알아서 챙기면서 전속력으로 돌파한다.

물론 그런 와중에도 리더의 판단은 중요했다. 도저히 안 되는 것은 무리였으니 쉬어야 할 때는 휴식을 취해 주고, 그도 아니라면 탐험 자체를 일찍 포기한다.

빠른 속도와 과감함.

보통 사람들이라면 생각이 많아서 미처 따라오지 못할 정도였다.

동료들의 능력을 최대한 끌어내는 리더십이 별도로 있는 건 아니지만 저절로 그런 상황을 만들어 버린다. 그러지 않는다면 자신의 한계를 느끼면서 도태되어 버리기 때문이다.

결국 이름이 밝혀진 양념게장이라는 암살자와 파이톤과의 사냥이 가능했던 이유는 그들이 충분히 강했기 때문이다.

바루스의 부라크라 던전 탐험은 안전 우선으로 진행되었다.

몬스터의 성향을 차분하게 분석하고, 마법사, 도둑, 기사, 궁수가 배치되었다. 매번 전투 때마다 확실한 역할 분담을 하고 진행되는 일종의 정석 플레이.

이현은 꼼꼼하고 완벽주의자 같은 탐험에 지루함을 느꼈다.

"나라면 절반은 빠르게 격파했을 텐데."

생각은 던전 탐험이 아니라 〈로열 로드〉의 1,000명의 고수에게로 향했다.

베르사 대륙에서는 매일 크고 작은 많은 전투가 벌어진다.

레벨을 올리기 위해 하는 흔한 사냥에서부터 탐험, 퀘스트, 전쟁에 이르기까지 유저들의 활약은 끝이 없을 정도였다.

〈로열 로드〉의 초창기에는 누가 더 높은 레벨을 가지고 있느냐를 놓고 경쟁했다.

단순히 레벨이 높은 사람을 랭커라고 부르고 강자로 존중했다. 그들 중에서 유명한 이들이 길드를 만들고 휘하 세력을 결성하는 일도 자주 벌어졌다.

그리고 시간이 흐른 후에는 강자를 구분하는 판단 기준이 보다 더 다양해졌다.

남들은 잡지 못하는 몬스터를 최초로 사냥한 자, 퀘스트를 성공시킨 자, 혹은 다른 세력과의 전투에서 증명을 한 자.

세력 간의 다툼이 벌어지면서 기존의 강자들이 추락하고 새로운 강자들이 급부상했다.

직업과 익힌 스킬, 개인의 전투 감각에 따라서도 강함의 우열이 갈리다 보니 레벨만 놓고 누가 더 강한가를 다투는 건 의미가 약해지게 되었다.

그럼에도 레벨은 항상 중요한 판단 요소였지만, 소위 〈로열 로드〉를 대표하는 1,000명의 고수라면 특별한 업적을 하나둘 정도는 가지고 있었다.

마치 이현처럼.

"지금의 내 실력은 어느 정도에 도달해 있을까?"

이현은 무력만 놓고 자기 자신을 평가해 보았다.

"내가 가장 강했던 건 사막의 대제왕 시절이었지. 그런데 그건 퀘스트에 한정되었고."

그럼에도 하나의 정점에 도달해 봤으니 아래를 내려다보며 판단하기는 쉽다.

슬프게도 자신은 과대평가된 거품을 제거하면 아직 특별할 정도로 강하지 못하다.

"레벨을 기준으로 하고 평소의 전투 능력을 바탕으로 한다면, 바드레이와 싸웠던 멜버른 광산 이후로 나는 정체된 것이나 다름없어."

퀘스트를 하며 스탯은 많이 쌓았다. 대제왕 퀘스트의 특별 보상으로 전투 스킬의 숙련도 조금 올랐다.

검술 스킬의 경우에는 한 단계가 늘어서 고급 5레벨 후반대가 되었다. 조각사가 검술 스킬을 올리기가 어려운 점을 고려한다면 나름의 큰 성과라고 할 만했다.

광휘의 검술과 분검술 이외에 방어 스킬들의 숙련도도 상승했다.

그러나 그게 과연 무슨 소용이란 말인가.

이현이 조각술 최후의 비기 퀘스트를 하는 동안 바드레이를 비롯한 헤르메스 길드의 유저들도 전투를 했다.

다른 명문 길드들을 굴복시켜서 세력을 크게 키웠을 뿐만 아니라, 중앙 대륙의 노른자위 던전들에서 사냥을 하며 레벨을 많이 올렸다.

사냥 중의 성과로 스킬 숙련도를 얻고, 보상으로 스탯도 얻었을 것이다.

퀘스트의 업적에서는 이현을 따라가지 못하더라도 만만치 않게 꾸준히 성장했으리라.

"내가 강해진 만큼은 그들도 강해졌을 거라고 봐야 한다. 그리고 나는 레벨을 꽤 많이 잃었고, 잡캐답게 다른 여러 가지 스킬 숙련도를 올릴 여유도 없었지."

이현은 자신의 강함을 다른 유저들과 비교해 보았다.

멜버른 광산에서 바드레이와 잠깐 싸울 때에는 비등비등한 편이었지만 장기전으로 갔다면 여지없이 밀렸으리라.

탐색전이 끝나면 상대방을 제압하기 위한 필사적인 다툼이 벌어진다. 체력과 생명력을 비롯하여 다양한 전투 스킬 등 대결에서 추가로 꺼내 놓을 만한 밑천이 별로 없기 때문이다.

조각 파괴술을 써서 예술 스탯을 힘이나 민첩으로 몰아주었을 때 전투력이 확 오르는 것도 단점이다.

예술 스탯과 조각품을 소모해야만 바드레이와 박빙으로 겨룰 수 있다. 그러지 않는다면 사실 탐색전이 펼쳐지는 초반부터 형편없이 밀렸을 것이다.

중요한 전투에 조각 파괴술을 쓸 수 있다는 부분은 장점이지만, 훨씬 약한 평소의 모습이 본인의 진짜 실력인 것이다.

"조각품에 생명을 부여하는 거나 대재앙의 자연 조각술도 마찬가지…….”

막대한 페널티가 있는 기술들!

전투 계열 직업들은 이렇게 들쑥날쑥한 전투력을 가지지 않았다.

이현은 발버둥 쳐야 그들과 어깨를 나란히 할 수 있었으며, 지금은 퀘스트에 시간을 소모하느라 상대적으로 더 약해졌다.

〈로열 로드〉의 1,000대 고수들의 영상을 보면 절대 자신보다 못하지 않았다. 전투 스킬들의 전문성이나 깊이로만 놓고 본다면 비교가 안 될 정도로 압도적이다.

위드는 그저 다양한 조각술 스킬들과 잡캐의 특성으로 그들을 따라갔던 것이다.

“평소의 전투 능력으로 보면 내가 많이 부족하군. 조각 변신술도 단점이 있고.”

스스로 몸에 특성을 부여할 수 있는 조각 변신술.

하늘을 날거나, 거대한 힘을 가진 종족이 되거나 하는 일들이 간단히 이루어진다.

그러나 장점이 생기면 단점도 만들어지기 마련.

불을 다루고 단거리 순간 이동이 가능한 혼돈의 대전사는 전장에서 짭짤하게 쓰일 수 있었다. 대지의 궁전 전투에서는 헤스티거와 함께하면서 위력을 극대화시키기도 했다.

그때 헤르메스 길드원들이나 북부의 유저들은 위드의 전투 능력을 보고 상당히 경악했다.

전장을 순간 이동으로 넘나들면서 적들을 가볍게 해치워 버리는 전투 능력과 회복력!

막대한 공적을 세웠지만 불의 상성을 최대한 활용했기 때문이다.

무기까지도 이미 완벽하게 받쳐 주고 있는 상태였다.

드래곤의 검 레드 스타.

레드 스타와 혼돈의 대전사라는 조합이 갖춰지고, 헤스티거까지 불러냈으니 무지막지한 위력을 발휘했던 것이다.

"다시는 그런 전투력을 발휘하지 못하겠지. 그리고 레드 스타는 언제나 위험부담이 있는 물건이고."

혼돈의 대전사로만 싸우거나 한다면 전투 능력에는 한계가 있다. 위험을 무릅쓰고 계속 레드 스타를 들더라도 헤스티거처럼 절대적인 강자가 지켜 주며 전장에서 마음껏 그를 활용할 수 있는 것과는 차이가 심하게 난다.

"앞으로가 문제인데. 시간 조각술은 확실히 다른 사람들이 흉내도 내지 못할 절대적인 나만의 무기야. 그걸 가지고 있으면 여러모로 든든해질 테지."

어느새 텔레비전에서는 바루스의 모험과 전투 능력을 과시하는 1부가 끝나고 2부가 진행되고 있었다.

—데프런 님은 하벤 제국이 북부 전쟁에서 패배한 것에 대해 어떻게 생각하시나요?

—헤르메스의 무력 집단 마창기병대의 데프런입니다. 과연 그것도 패배라고 할 수 있을까요. 아르펜 왕국은 왕궁도 잃어버리고, 함정을 잘 파서 간신히 버텨 냈던 것에 불과한데요. 점령 지역을 회복하지도 못하지 않습니까?

—물론 그렇습니다만 단일 전투로만 놓고 본다면 하벤 제국의 패배로

보는 시각도 있습니다.

　—그런 의견도 있겠지요. 그러나 지금까지의 전쟁은 맛보기에 불과했습니다. 사실 지금까지도 아르펜 왕국으로서는 버거웠을 것으로 봅니다만 어쨌든 막아 냈으니 인정은 해 주죠. 하지만 그들에게 미래는 없을 것입니다. 본국의 병력이 출병을 하게 되면 끝입니다.

　—하벤 제국과 아르펜 왕국의 전력 차이는 너무나도 심할 정도입니다. 군사력 부분에서는 애초에 비교도 되지 않지만… 하벤 제국에서 명분 없이 끊임없이 정복 전쟁을 일으키는 것도 문제가 있지 않을까요?

　—〈로열 로드〉에서 전쟁은 승자의 권리이고 당연한 것입니다. 하벤 제국이 대륙을 통치한다면 더 이상의 싸움은 없어지게 됩니다.

　북부 전쟁에 대해 몇 명의 참석자들과 토론회가 벌어지는 중이었다.

　하벤 제국의 편을 드는 사람의 발언에도 이현은 시큰둥했다.

　"뭐, 다 먹고살자고 하는 짓인데. 세상에는 완전히 처음부터 끝까지 좋은 놈도, 나쁜 놈도 없어."

　입장을 바꿔 놓고 생각해 보기도 했다.

　만약 자신이 바드레이로서 대륙 통일까지 아르펜 왕국만 남겨 놓았다면 당연히 침략했을 게 아닌가.

　"무슨 명분이든 만들어 냈겠지. 마을 1~2개를 희생시켜서라도……."

　다만 자신의 밥그릇이 위협을 받는 상황이니 헤르메스 길드를 좋아하진 못했다.

　토론회는 몇 분 정도 길게 이어졌지만 실속은 하나도 없다.

　—헤르메스 길드에 대한 여러분의 비판도 이해합니다. 그러나 힘이 지

배하는 세상에서 헤르메스 길드도 그 존재 가치를 다하고 있는 것입니다. 베르사 대륙은 대화와 협상만으로 돌아가진 않습니다.

—헤르메스 길드는 본인들의 영토조차 안정화시키지 못하는데…….

—진행 과정에서 거쳐야 될 약간의 문제들에 불과합니다. 유저 여러분은 잘 이해해 주지 못하고 계시지만, 헤르메스 길드에서 대륙을 통치하게 된다면 그때부터는 새로운 도약과 진정한 발전이 시작될 겁니다.

헤르메스 길드가 대륙을 정복하려고 하는 행위 자체는 〈로열로드〉의 특성상 인정될 수도 있는 부분이었다. 그렇기 때문에 이현은 별다른 감흥 없이 지켜보았다.

"새로운 소식도 알려 주지 않는데 다른 채널이나 볼까."

그때 진행자 오주완이 토론을 잠시 중단시키더니 말했다.

—중대 발표를 하겠습니다. 방금 들어온 소식에 따르면 헤르메스 길드는 제국 내부의 안정화 작업을 위하여 아르펜 왕국과 일시 휴전을 할 계획이라고 합니다. 이 소식은 헤르메스 길드의 고위 관계자로부터 나온 것으로, 잠시 후에 공식 발표가 있을 것입니다.

휴전!

전쟁이 완전히 끝난 것은 아니지만 제국 내부의 사정으로 잠깐 쉬었다가 하겠다는 뜻이었다.

토론회의 주제는 북부 전쟁에서 급격하게 일시 휴전에 대한 쪽으로 흘러갔다.

하벤 제국의 피해가 예상보다 심각하다는 이야기들이 나오기도 했으며, 다음의 전쟁 때는 아르펜 왕국이 주춧돌 하나도 남지 못할 거란 말도 있었다.

전문가들의 평가는 결과적으로 사자의 코털을 뽑았다는 이야기가 주를 이루었다.

"놈들이 앞으로 가만히 있을 리가 없지. 온갖 비열한 수단들을 동원하게 될 거야. 그렇더라도 일단 당분간은 시간이 주어진 것인가?"

이현은 잠깐 생각해 보고 나서 나쁘지 않은 일이라고 결론 내렸다.

하벤 제국의 추가 병력이 대대적으로 진군할지도 몰라서 전전긍긍했다. 어쨌든 잠깐이나마 숨을 돌릴 틈이 생긴 것이다.

하지만 이것은 또 다른 냉전의 시작!

토론에 참여한 전문가들이 이야기하기를, 하벤 제국은 완벽한 준비를 마치기 전까지 겉으로는 쉽게 군대를 동원하지 않을 것이라고 했다. 대신에 본격적으로 아르펜 왕국을 눌러서 죽이기 위한 온갖 정책들을 개시할 것이라고 예측했다.

북부에서는 크고 작은 국지전이 매일 벌어질 수도 있고, 하벤 제국이 압도적인 경제력을 바탕으로 하여 아르펜 왕국을 몰락시키려고 들 수도 있다.

"이놈의 세상은 맨날 나한테만 불리하군. 평화를 누리는 독재자란 역시 어려운 것인가."

이현은 앞으로 그들과 적극적으로 경쟁하지 않을 수 없는 입장이었다.

하벤 제국이 휴전을 선언했다고 하여 영원한 평화가 올 수는 없는 것이다.

자신이 하벤 제국의 입장이라도 얄밉고 따가운 가시 같은 아르펜 왕국에는 반드시 호된 맛을 보여 주었을 것이기 때문에 평화가 오리라고는 애초에 믿지 않았다.

"잃어버린 레벨도 최대한 복구해야 하고 시간 조각술도 익혀야 하니 바빠지겠군. 조각품을 만들며 여러 곳을 돌아다녀야겠어. 뭐, 어쨌든 성과는 있을 테니까."

이현의 노가다 의욕이 충분히 불타오르고 있었다.

시간 조각술과 조각술 마스터!

당장 이루어 낼 수 있는 목표가 있었다.

노가다란 익숙해지고 나면 특별한 비결이 없다.

한 걸음 혹은 한 삽으로 시작해서 끝없이 계속 간다. 그러다 보면 처음에 생각했던 것보다도 훨씬 어마어마한 성과를 낼 수 있었다.

또한 어려울수록 떠오르는 얄팍한 꼼수들이야말로 이현의 인생에 기름칠을 해 주는 훌륭한 재능이었다.

❧

"그거 봤어?"

"당연히 봤지."

"진심으로 끝내주더라."

한국 대학교의 가상현실학과.

강의 시간 전에 일찍 도착한 학생들은 삼삼오오 앉아서 〈로열 로드〉에 대한 이야기로 여념이 없었다.

가상현실학과에서 〈로열 로드〉는 항상 화제가 되었다.

"들었어? 우리 선배님 중 한 분이 전쟁의 신 위드라던데."

"다들 알고 있잖아. 신입생 환영회 때부터 들었는데, 그거 거짓말이야."

"거짓말? 무슨 근거로?"

"그럼 상식적으로 진짜겠냐."

"선배들과 교수님까지 다들 그렇다고 말했는데."

"후배들한테 장난치시는 거지. 그런 전설의 업적을 이룬 선배가 실존 인물일 리가 없어."

"그 선배님의 학교생활에 대한 이야기들을 듣다 보면 너무 허무맹랑한 게 많긴 하더라."

가상현실학과의 신입생들이 떠드는 이야기를 들으며 선배들은 그냥 가볍게 웃고만 있었다.

이현. 그리고 전쟁의 신 위드가 진짜라고 백번 말해 봐야 눈으로 직접 보지 않고서는 믿기 힘들 것이다. 선배들 역시 자신의 곁에 전쟁의 신 위드 캐릭터의 주인공이 있으리라고는 생각지 못했기 때문이다.

'특히 우린 같이 사냥도 해 본 몸이란 말이지.'

이유정과 민소라는 의미심장하게 눈빛을 마주쳤다.

그녀들은 위드와 파티 사냥을 해 본 경험을 아직도 잊지 못했다.

멜버른 광산!

〈로열 로드〉에서 위드와 바드레이가 최초로 부딪치는 대단한 사건이 일어난 장소다.

그 시기에 그곳에 함께 있었다는 점이 두고두고 이야깃거리가 되었다.

이유정, 민소라, 최상준, 박순조!

이현과 학교생활을 같이했던 그들은 신입생들이 듣는 전공 수업을 재수강하고 있었다.

〈로열 로드〉에 흠뻑 빠져서 사냥하다가 시험을 망치고 말았다. 하필 그 과목이 신입생들이 주로 듣는 필수 강의로 배정이 되어서 강의실 한구석에 자리를 잡았다.

"순조야, 좀 도와주라, 응?"

"안 되는데… 지금 꼭 써야 돼서."

"넌 나중에 해도 되잖아. 또 구할 수도 있고."

"정말 곤란한데."

최상준은 박순조에게 장비를 빌려 달라고 요청하고 있었다.

흑사자 길드가 잘나갈 때에는 무엇이든 조달할 수 있었지만 지금은 어려운 형편이었다.

"꼭 돌려줘야 해."

"나이스! 열흘만 쓰고 돌려줄게!"

"아까는 닷새라고 했잖아."

"친구 좋다는 게 다 뭐냐. 근데 넌 도둑인데도 왜 나보다도 강하지?"

"그야… 전투 위주로 성장시킨 캐릭터니까."

"그래도 도둑이 같은 레벨의 검사보다 강해?"

최상준은 고개를 갸웃했다.

도둑이라면 무엇이든 훔치는 것이 특기라고 보통은 생각한다. 파티 사냥에서도 꼭 필요한 직업은 아니다.

은밀하게 몬스터의 뒤에서 기습을 성공시키면 그 한 방의 대미지는 엄청나지만, 일반적으로 전투력은 뒤떨어졌다.

함정 발견과 해체, 도주 분야에서는 탁월한 능력을 발휘하지만 말이다.

"던전을 다니다 보면 따로 돌아다니는 몬스터들을 해치울 기회가 상당히 많거든. 그때마다 잘 싸웠더니……."

"언젠가 내가 다 따라잡아 줄게. 조금만 기다려라."

최상준도 부지런히 레벨을 올려서 400을 돌파했는데도 아직 박순조의 캐릭터만큼 몬스터를 능숙하게 해치우거나 던전을 드나들지는 못했다.

레벨을 성장시키기 전에 스킬 숙련도와 같은 캐릭터의 내실을 단단히 다져야 하지만 사실 그러기는 힘든 이유가 있었다.

사람들 사이에서는 일단 레벨이 높은 사람을 존중하는 측면이 있다. 파티 사냥에서도 자기가 맡은 기본적인 역할을 수행해 낼 수 있으면 충분했으니, 누가 크게 알아주지도 않는데 굳이 어려운 길을 갈 필요는 없었다.

쉽고 편한 길이 진리!

최상준과 박순조의 대화를 듣고 있던 이유정이 문득 말했다.

"근데 그 오빠는 휴학하고 뭘 하고 있을까?"

민소라는 그녀가 누구의 이야기를 하는지 바로 알아차렸다.

"누구? 이현 오빠?"

"응."

"휴학도 했으니 맨날 〈로열 로드〉에 푹 빠져 있겠지."

최상준이 그녀들의 이야기에 끼어들었다.

"그 형? 텔레비전에 자주 소식 나오잖아. 비기 퀘스트도 성공적으로 수행하고. 캬아, 맨날 방송에 출연하는 사람과 인맥이 있다니. 뭐, 바드레이한테 죽지만 않았으면 정말 최고의 우상인데 말이야."

"잘 지내고 있겠지?"

"당연하지 않겠냐. 뭐, 전쟁도 승리했으니 무서울 게 없지."

"공부할 것도 없고. 정말 부럽다."

이유정은 두 팔로 머리를 감싸며 책상에 엎드렸다.

가상현실학과라서 〈로열 로드〉나 즐기면 되는 줄로 알면 철저한 오산이다. 최첨단 기술과 관련이 있기 때문에 학년이 올라갈수록 학생들이 배워야 할 과목의 난이도는 천정부지로 높아졌다.

〈로열 로드〉가 워낙 방대한 분야를 아우르고 있고 심지어는 사회성까지도 가지고 있기 때문에 과목들도 계속 신설되었다.

〈가상현실의 경제학〉, 〈도시 경영을 위한 수학〉, 〈가상 물리학〉, 〈새로운 세상의 생물학〉, 〈가상 해양 실험〉, 〈물리 엔진의 기술 응용〉, 〈현대 마법사의 탄생〉, 〈미시 세계와 가상 세계〉, 〈새 문명과 철학〉, 〈인간과 가상 환경〉, 〈가상현실과 생명〉, 〈가상의 혁명, 인체 공학〉, 〈현실의 위기, 〈뇌의 구조와 기능〉……

기술과 교양을 아우르는 온갖 과목들의 탄생.

가상현실은 인류 기술의 총아라 할 수 있는, 가장 비싼 놀이터라는 평가가 있었다. 그런 만큼 세간의 관심도 많았고, 대학 교수들도 경쟁적으로 가상현실에 한 발 걸치는 과목들을 개설했다.

한국 대학교에서 가상현실학과를 만들고 나서, 전국의 모든 대학들에 비슷한 학과가 신설되었다.

가상현실과 관련된 과목들은 다른 과의 수강생들도 수업을 들으러 와서, 웬만하면 수강 인원을 채우기가 어렵지 않은 형편이었다.

당연하게도 전공 수업을 듣는 이들은 배워야 할 과목들이 계속 늘어만 갔다.

민소라가 깊은 한숨을 내쉬었다.

"우린 수업에 푹 파묻혀서 살아야 하는데. 그 오빠는 지금 화려한 모험을 즐기겠지."

최상준은 피식 웃었다.

"그 형도 복학하면 우리랑 다를 바 없어. 학점 따기가 쉽지 않으니까 더 고생할걸."

"그럴까?"

"당연하잖아. 게다가 아르펜 왕국이 간신히 버티고 있는 이상 〈로열 로드〉에서도 인기가 언제까지 유지될지 모르고."

그때 박순조가 이야기했다.

"그 형, 출석을 잘 안 해서 그렇지 우리와는 달리 공부는 잘하는 편이었는데. 가상현실에 대한 웬만한 논문들도 다 이해할 정도로."

"……."

"그리고 전쟁의 신, 모험과 전투에서 위드 캐릭터가 패배한 적은 한 번도 없었어."

전쟁의 신 위드!

바드레이에게 죽임을 당한 적은 있지만 그건 매우 곤란한 환경에서였고, 전쟁 규모의 전투에서 패배한 적은 단 한 번도 없었다.

모라타와 북부 영주들의 전투는 그들까지 아울러서 아르펜 왕국의 건국으로 이어지게 되었고, 지골라스에서는 하벤 제국의 해상 군단을 격파했다.

모두가 패배하리라 예상했던 전투들을 모조리 극복해 낸 전쟁의 신!

그렇기 때문에 〈로열 로드〉를 하는 유저들은 위드를 더 대단하다고 생각했다.

병력의 크고 작음이나 상황의 불리함 따위는 어떻게 되어도 좋다. 어떤 환경에서도 악착같이 살아남으면서 역전을 펼치는 것이다.

"얼른 그 오빠도 복학했으면 좋겠다."

"그러게. 같이 학교 다닐 때가 재미있었는데. 요즘은 공부만 하는 거 같아."

하벤 제국을 막기 위해 대지의 궁전에 모였던 유저들은 흩어지면서도 그냥 떠나지는 않았다.

"상인 돈졸래를 따라서 위험 지역 교역을 하러 떠나실 용기 있는 분들을 구합니다. 목숨값으로 매일 3골드를 드립니다."

"던전 사냥을 원하시는 직장인들, 앞으로 일주일간 휴가인 사람들만 모여서 미친 사냥을 해 봅시다."

"후후, 크하하하하, 허허허헉! 내가 바로 양파죽 부대의 꼬막 사냥꾼 님이시다! 나를 따르라!"

"농부 말뚝이 보초병을 구하고 있습니다. 홀리오 산맥에서 몬스터와 동물로부터 곡물들을 일주일간 지켜 주실 분 찾아요. 농사가 잘되면 앞으로 평생 드실 양파즙과 멜론을 제공하겠습니다."

유저들끼리 뭉쳐서 퀘스트와 상업, 새로운 개척 지역을 향하여 달려갔다.

상인들은 대지의 궁전 재건 계획을 듣고 앞다투어 투자 계획을 발표했다.

"사업이란 시기가 중요하지. 지금은 땅이다, 땅. 이 구역의 넓은 땅에 판자촌을 다닥다닥 건설해서 분양하면 떼돈이야."

"사람이 모이면 상권 형성은 당연해. 교역을 하러 다니기도 지쳤다. 번화가에 상점 하나만 차려 놓으면 사람들이 알아서 찾아와서 돈을 벌게 해 주고 스킬도 올려 주겠지. 상인이야말로 날로 먹는 직업이라니까."

"키득키득키득, 이것저것 불확실할 때에는 먹거리 사업이지. 사람이 안 먹고 살 수 있어? 요리 스킬을 일부러 올려놓길 잘했지. 싸구려 재료들에 조미료를 듬뿍 넣고 끓여서 팔면 돼."

상인들은 왕국 소유의 국유지를 구입하고 건물을 올렸다.

아르펜 왕국에서 활동이 가장 활발한 직업은 다름 아닌 상인들이라서, 교역을 통해 벌어들인 수입을 일찌감치 투자했다.

"그냥 가기 서운한데……."

"대지의 궁전 건설에나 좀 참여할까요?"

"그럽시다. 저걸 치워 줘야 나중에 왕궁을 보며 뿌듯하겠죠."

"저도 지난번에는 모험 때문에 못 왔었는데, 잘됐습니다."

"참, 삽자루 가져왔어?"

"당연하지. 북부에서 삽자루는 필수잖아. 5개나 챙겼어. 배낭에 전리품 담을 공간이 없더라니까."

아르펜 왕국의 유저 95만 명가량이 공사 현장에 즉각 투입되었다.

건축가들의 지시에 따라 대지의 궁전 잔해를 치우고 왕궁과 함께 자리 잡을 도시의 기반 시설들을 세웠다.

"여기서부터 일직선으로 전진하면서 땅을 파세요."

"어디까지 팔까요?"

"큰 수로를 만들어야 하니 앞으로 쭉 3킬로 정도만 파세요."

"죽순죽 부대에서 맡겠습니다. 넉넉하게 잡아서 2시간이면 되겠네요."

"중간에 통닭이라도 뜯지 않는다면 1시간 반이면 충분할 겁니다."

수로와 도로, 건물 건축을 위한 경계선들이 아주 쉽게 정해졌다.

건축가들은 대지의 궁전 재건에 몰두하느라 새벽의 도시에 대해서는 기본적인 윤곽만 잡고 있었다.

왕궁을 중심으로 하여 그 정문과 후문에는 광장이 자리를 잡고 도로들이 연결된다. 위대한 건축물과 조각품들이 자리를 잡게 될 위치, 상점과 시장, 직업 길드 사무소 등이 건설될 구역까지도 넓게 배치했다.

판자촌은 눈 깜짝할 사이에 30만 채 이상이 완공되어서 치열한 경쟁률 끝에 벌써 입주자를 맞이했다.

"실내도 넓고, 끝내준다. 모라타의 판자촌과는 비교 불가야. 무슨 판잣집이, 거실과 침실까지 분리되어 있는 게 말이 돼?"

"여긴 막 지어져서 비가 샐 것 같지도 않아. 심지어는 벌레 구경도 힘들겠는데."

"판자촌 앞에는 수영장도 있어. 편의 시설이 대박이다!"

새벽의 도시는 모라타와는 많은 부분에서 달랐다.

폐허에 기본적인 마을의 형태가 남아 있던 모라타는 이주민들과 관광객들이 점점 늘어나면서 차근차근 발전하는 모양새였다. 반면 새벽의 도시는 곧 지어질 아르펜 왕국의 수도라는 인식이 있어서인지 사람들의 투자가 끊이지 않았다.

아르펜 왕국이 워낙 모라타를 중심으로 확장되었던 까닭에, 기실 대지의 궁전은 완공된 후에도 중심지 역할을 전혀 해내지 못했다. 대지의 궁전이 수도라는 인식은 하고 있더라도 공사에 참여하지도 않았고 이 부근을 방문할 일도 없던 유저들에게는 그저 무관한 지역이었을 뿐이다.

그러나 새벽의 도시는 아르펜 왕국의 새로운 도약을 위해서라도 수십만 명의 유저들과 함께 힘찬 시작을 열었다.

그리고 등에 봇짐을 짊어지고 지나가던 오크 가족들.

"취이익, 여기 인간 많다. 다른 곳 가자."

"잠깐만, 일거리가 6개월 치는 쌓였다고 한다, 췻췻"

오크 가족들의 정착.

아르펜 왕국의 도시에서는 오크 부부당 새끼를 10마리까지만 낳도록 법으로 지정이 되어 있었다. 하지만 워낙 성장이 빠른 오크들이다 보니 금방 인구 비율에서 큰 비중을 차지하게 될 것이다.

그렇다고 해서 도시 내에서 오크들의 인구만 무한정 늘어나지는 않는다.

오크들은 새끼들을 일찍 독립시킨다. 그리고 가장이 된 오크들은 암컷과 함께 자식들을 먹여 살리기 위한 새로운 서식지를 찾아 나서는 법이었다.

북부 정벌군 총사령관 알카트라

하벤 제국군은 바르고 성채를 향해서 신중하게 이동했다.

5개의 군단, 150만 명의 대병력!

하벤 제국군이 양동부대로 동원하는 병력이라고 하더라도 엄청난 규모를 자랑했다.

사실 이는 헤르메스 길드 수뇌부의 계략과도 연관이 있었다.

수뇌부에서는 북부 원정을 계획하면서 전쟁과 이후의 통치, 두 가지 측면을 다 고려했다.

포르우스 강을 지나서 정면으로 공격하는 북부 정벌군은 정예들로 구성한다. 그리고 양동부대의 역할을 하는 이들은 군단장 휘하의 제법 전투 경험이 있는 중견 부대와 신입들을 위주로 편성한다.

향후에도 북부에서 하벤 제국을 향한 반란은 끝을 모르고 이어질 테니 양동부대는 병사들을 훈련시킬 좋은 기회가 된다.

그런데 일차적으로 하벤 제국군을 괴롭히는 건 지형이었다.

"으아아악!"

"몸이 허리까지 빠져들고 있습니다!"

발을 헛디뎌서 까마득한 절벽 아래로 떨어지고, 낙엽 더미에 숨은 식인 늪에 잡아먹혔다.

험준한 산악 지형에서의 전투는 하벤 제국군도 많이 경험해 봤다. 하지만 바르고 성채 주변만큼 깊고 험한 지역은 처음이었다.

"왜지? 여기에 이런 장애물이 있다는 건 지도에도 기록되어 있지 않은데."

"이거 오크들이 만든 지도 같습니다."

"완전 불량품이잖아!"

"숲에 막혀서 길이 또 끊겼는데 어떻게 할까요?"

"병사들이 이동할 수 있는 공간이 아예 없나?"

"예. 나무들이 사람 1명 통과하지 못할 정도로 빽빽하게 자라 있습니다."

하벤 제국군은 당연하게도 그들의 자랑거리인 레인저 부대를 통해서 이 일대의 정찰을 이미 마쳤다. 그런데 그사이에 지형이 상당히 바뀌고 장애물이 무더기로 생겨나 있는 것이다.

이는 바르고 성채에 있는 유저들의 활약 때문이었다.

레인저 부대가 훑고 지나간 걸 확인한 후, 농부들과 조경사들이 이 험한 산에 대거 투입되어 작물을 길러 냈다.

"허허, 식인가시초를 이렇게 대량으로 기르는 날이 오다니 말이오."

"비료를 듬뿍 주도록 하죠. 병충해는 신경 쓰지 않아도 되니 키우기가 아주 편합니다."

"역시 북부가 비옥한 땅이긴 한 모양입니다. 식인가시초도 이렇게 풍년이니까요."

농부 미레타스가 이끄는 작물 부대는 바르고 산맥에서 철저히 작업을 해 놓았다.

꼭 돌을 쌓아야만 요새가 되는 건 아니다. 식물의 힘으로도 충분히 대군의 이동을 지체하게 만들고 피해를 줄 수 있었다.

하벤 제국군의 선봉이 식인가시초를 칼로 베면서 통과하더라도, 뿌리가 멀쩡하면 금방 되살아난다. 다 성장한 식인가시초는 아예 뿌리까지 뽑아내지 않는 한 계속 재생하면서 본대에 끊임없이 피해를 주었다.

"장애물이 있으면 화공을 써서 전부 다 태워 버리십시오!"

하벤 제국군의 군단장들은 진군 속도를 높이고 싶어서 안달이 났다.

바르고 성채를 바로 점령하고 싶었다. 북부 유저들의 전체적인 수준은 낮았으니 빨리 진군해서 만나고 싶었다.

"수뇌부의 작전이 조금 잘못되었어. 이럴 바에는 평원으로 이동했으면 훨씬 나았을 텐데."

숲과 산이 장애물이 되어 주는 만큼 북부의 레인저 유저들이 나타나서 암습을 가하는 경우도 잦았다. 하벤 제국군의 진영에 화살을 백여 발 정도 쏘다가 결과도 보지 않고 도망쳐 버리는 것이다. 숲과 산이라는 특성상 초보들이라고 해도 상당한 실력을 뽐낼 수 있었다.

밤이면 암살자들도 등장해서 일반 병사들을 해치우고 조용히 사라졌다.

헤르메스 길드 역시 대륙 최고의 레인저 군단을 데리고 있긴 했지만 외곽이나 후방까지 전체를 방어하지는 못한다.

하벤 제국에서는 결국 바르고 성채에 있는 수풀과 나무들을 화공으로 태워 버리는 선택을 했다.

수십 킬로미터에 걸쳐 연기를 뿜어내며 타는 바르고 산맥!

산불은 나무와 낙엽이 다 탈 때까지 무려 닷새간이나 계속되었다. 어떤 함정이 있더라도 불길 속에서 완전히 사라져 버렸을 것이다.

"진군한다!"

시커멓게 탄 잔해를 치우며 대군은 바르고 성채에 도착했다.

바르고 성채는 침략자들을 굽어보고 있다는 느낌이 들 정도로 높고 거대했다.

"어마어마한 요새가 나타났군."

"원래 성벽은 10미터 정도라고 했는데, 지금은 3배로 증축이 된 모양입니다."

"어떻게 할까요? 병사들이 오르기는 힘들 텐데, 길드에 마법 병단을 요청해 볼까요?"

북부 유저들은 인해전술을 위주로 하고 있기 때문에 아무래도 마법병단과 궁수대의 위력이 절대적이다. 그에 반해서 이곳에는 검사 부대와 레인저, 기사가 다수 배치되었다.

"마법병단을 여기로 보내 주기는 쉽지 않을 텐데. 우리 측의 종군 마법사는 몇 명이나 되지?"

"8,000명 정도 됩니다."

"적은 편은 아니군."

마법사는 기사보다 훨씬 돈이 많이 든다.

양성에 걸리는 기간도 길고, 체계적으로 운용하기 위해서는 막대한 마법 물품을 소모해야 했다.

전쟁 비용으로 천문학적인 자금을 사용할 수 있는 하벤 제국이기에 배치할 수 있는 병력이었다.

"공성전에서 그 마법사 부대를 잘 운용해 봐야겠군. 병사들이 충분히 휴식을 취하고 나서 우리끼리 공격을 한다."

"피해가 없진 않을 텐데요."

"성벽 일부만 장악해서 병사들이 올라가기 시작하면 함락은 금방일 것이다."

"옛!"

하벤 제국에서는 바르고 성채를 바로 함락시키기 위한 공성전에 들어갔다.

대장장이 유저들이 60대의 발석기를 설치하였고, 방패를 든 보병들은 밧줄과 사다리를 옮겼다. 다소 부실한 전쟁 장비였지만, 산맥을 넘어오느라 이 이상을 준비하는 것은 불가능했다.

"성채를 점령하라!"

"진격! 진격한다!"

"우와아아아!"

일제히 달려가는, 20만 명이 넘는 하벤 제국의 성벽 점령 전문 병사들.

대부분이 NPC 병사들이었지만 헤르메스 길드의 유저들도 꽤 많이 섞여 있었다.

헤르메스 길드의 유저들은 정복 전쟁을 즐겼다. 적의 요새를 공격하여 함락시키면 약탈을 통해서 상당한 재물을 얻기도 하고 국가 공적치도 쌓을 수 있기 때문이다.

　"쏴라!"

　바르고 성채에서는 숨어 있던 궁수들이 몸을 일으켜서 화살을 쏘았다.

　특이하게도 인간 병사들보다 드워프와 엘프가 많이 보였다. 드워프와 엘프는 원래 바르고 성채를 중심으로 살아가고 있었다. 하벤 제국군으로 인해 자신들의 터전을 잃었을 뿐만 아니라 아르펜 왕국에 속해 있다 보니 전쟁에도 참여한 것이다.

　또한 북부의 유저들도 전투를 위해서 바르고 성채에 대거 대기하고 있었다.

　"크억!"

　"방패를 제대로 들어라!"

　"대형 유지하면서 신속하게 돌격!"

　하벤 제국군은 빗발치는 화살들을 뚫고 달려왔다. 일부 병사들이 쓰러지기도 했지만 정예군인 만큼 상관하지 않고 계속 이동했다.

　"그들이 왔어요. 이제 시작해 봐요."

　"자라나는 식물!"

　엘프들은 성장 촉진 마법을 발휘했다.

　미리 땅에 뿌려 놓았던 씨앗들이 갑자기 발아하여 하벤 제국군 사이에서 솟구쳤다.

　북부의 농부 유저들과 함께 심어 놓은 가시넝쿨들!

식인은 기본, 흡혈은 식물들의 취향에 따라서, 영양분이 공급되면 독까지 풍부하게 뿌려 주는 희귀한 넝쿨들이 한꺼번에 정글처럼 자랐다.

5미터, 10미터씩 자라난 넝쿨들은 수십 개의 가지들을 주변으로 뻗치면서 병사들을 붙잡아 먹어 치웠다.

하벤 제국군은 성벽을 100미터 정도 앞두고 넝쿨들에 뒤엉켜서 지체할 수밖에 없었다.

"지금이에요. 마구 쏘세요!"

엘프들과 유저들의 화살이 하벤 제국군을 향해서 폭풍우처럼 쏟아졌다.

병사들은 속절없이 화살을 맞았지만, 이상하게도 잘 죽지는 않았다.

공성전 전문 부대의 갑옷과 방패에는 화살의 피해를 최소화하는 옵션들이 붙어 있다. 병사들도 맷집을 최대한 늘려 놓은 전문적인 전투부대인 데다가 사제들과 마법사들의 보호 마법까지 곁들여져 있다 보니 열 발 이상을 맞더라도 끄떡하지 않고 성벽을 기어오르는 것이다.

"아래로는 돌을 던집시다! 궁수들은 화살을 계속 쏘세요!"

바르고 성채의 결사 저항!

유저들은 성벽을 올라오는 하벤 제국의 병사들과 뒤엉켜서 필사적으로 싸웠다.

하벤 제국의 군단장들은 의외로 잘 버티는 성벽을 보며 혀를 찼다.

"높아도 너무 높군."

"병사들만으로 점령하기는 상당히 까다롭겠습니다. 피해가 많으면, 이겨도 본대의 군단장들에게 창피한데 말이지요."

성벽이 가파르고 높다 보니 올라가다가 떨어지는 병사들이 너무나도 많다.

성벽 부근에서 병사들이 밀집해서 정체 현상까지 벌어지고 있다 보니, 바르고 성채의 궁수대 공격에 계속 피해를 입는다.

아무리 하벤 제국의 병사들이 뛰어나다고 해도 화살을 피할 곳도 없는 성벽 아래에서 공격만 당하고 있다 보면 죽어 나가기 마련이다.

이런 식으로 시간을 쓰다가는 사기가 떨어져서 전체 전투력이 감소할 수도 있다.

"공성 무기로 성문 파괴에 집중하라!"

하벤 제국군은 배치가 끝난 공성 무기를 사용하기 시작했다.

바르고 성채를 향하여 거대한 돌덩어리들이 날아들었다.

"돌이다!"

"피하지 말고 싸우자. 이미 여기서 죽기로 결심했으니 물러서지 말자!"

제아무리 천연의 요새 바르고 성채라고 해도, 하벤 제국의 총공격에 의하여 차츰 누더기로 변해 가고 있었다.

그런데 성채의 수비 병력이 많아도 너무 많았다.

바르고 성채를 표현하는 데에는 한 문장이면 충분했다.

오크, 오크, 오크, 오크, 오크, 오크, 오크.

시작과 끝이 없는 오크들.

"고향이다. 취익!"

"싸움이 있다고 해서 왔다. 밥은 주나, 췻췻!"

언제 북부 대륙에 오크가 이렇게 많이 번식했는지는 아무도 알 수 없었다.

그들끼리 번식을 한 것도 있지만, 절망의 평원 너머의 오크 부족들이 계속 이주해 왔다.

북부에서의 상인들의 활약은 눈부실 정도라서, 바다를 통한 교역선이 갈수록 많이 운행되었다. 물자 운송용 마차를 타고 몬스터들이 자주 출몰하는 산길을 느릿느릿 다니기보다는 범선 1척의 이득이 훨씬 컸던 것이다.

교역선들은 동부 왕국들과의 무역을 활발하게 진행했다.

엠비뉴 교단이 멸망하고 난 이후 로자임 왕국과 브렌트 왕국이 회복되었다.

상인들은 교역선으로 물자를 운반하는 한편, 오크 가족들을 유혹했다.

"북부에 가면 먹을 것과 무기가 많습니다, 여러분. 운송 비용도 공짜입니다!"

먹을 것, 무기, 공짜.

상인들이 흥정을 할 필요도 없었다.

오크들을 움직이는 데에는 그것으로 충분했다.

"일자리도 저희가 구해 드리겠습니다. 힘이 있으면 교역품 운송이나 건축 관련 업무가 꽤 짭짤하죠. 이틀만 일하더라도 가족들을 먹여 살릴 수 있을 텐데, 당연히 하실 거죠?"

"싸움을 잘하십니까? 오크니까 당연히 그렇겠죠. 오크들의 용맹함은 정말 유명하니까요. 위험하지만 보상이 아주 큰 일거리가 있는데… 지난번 쿠취라는 오크 투사는 한밑천 단단히 벌었다고 하죠?"

마판 상회에서 적극적으로 나서서 오크들을 데려왔다.

오크들을 통한 전투 인력 공급.

북부 대륙에서는 몬스터들이 자리를 잡고 있는 영역에 오크들을 적극적으로 투입했다. 그들을 퇴치해야 아르펜 왕국의 마을이 정착할 수 있기 때문이다.

북부 대륙에는 아쉽게도 인간 주민들이 그리 많지 않았다. 니플하임 제국의 멸망 이후 기나긴 혹독한 추위를 견디면서 인구가 급감해 버렸기 때문이다.

그 공백을 우선은 오크로 메울 수밖에 없었다.

혹자는 나중에 인간과 오크의 종족 대립이 벌어질 수도 있다고 생각했다.

"오크들. 오크들이 먹을 게 떨어지면 우리 인간들을 잡아먹을 게야."

"우리 아이들이 오크들과 어울리는 걸 보면 불안해. 새끼 오크들의 흉악한 얼굴을 보면… 내 집에는 절대 오크들을 들이지 않을 걸세."

이렇게 말하는 주민들도 많았다.

실제로 마을에 오크들이 많이 살게 되면 주민들이 불안해하고 만족도가 떨어졌다.

그러나 오크들의 인구 확장에도 많은 장애물이 있었다.

오크들은 무슨 사건만 벌어졌다 하면 종족 의식을 가지고 몰려든다.

자신들의 영역에 몬스터들이 침략을 해 오면 물러서지 않고 맞섰다. 마지막 1마리의 오크가 죽을 때까지 버텼다.

그리고 그 복수는 남은 모든 오크들이 해 주었다.

그러니 새로운 정착지인 바르고 성채가 침략을 받게 되자 북부의 오크들이 끝도 없이 몰려왔던 것이다.

바르고 성채에서 전투가 벌어지는 동안 오크들은 계속 충원되었다. 그 때문에, 바르고 성채 공략을 위한 북부 정벌군의 우회 병력은 끝도 없는 싸움을 벌이고 있었다.

대지의 궁전에서 먼저 벌어진 전투가 하벤 제국군의 전멸로 끝났을 때도 전투가 벌어졌다.

오크들은 성채에서 나타날 뿐만 아니라 바르고 산맥 전역에서 출몰하며 그들을 괴롭혔다.

하벤 제국군이 아무리 강대하다고 해도 이곳은 전술과 병과의 특성이 발휘되는 평원 지역이 아니다. 공성 무기들의 일제 타격도 튼튼하게 지어진 바르고 성채를 부수진 못하였다.

엘프들의 화살은 공성 무기보다도 사정거리가 길어서, 잠시라도 방심하면 기술자들이 습격으로 우수수 죽어 나갔다.

성채에 일부 파손이 일어나더라도 드워프들이 즉시 더 완벽하게 수리를 해 버린다.

밤이 되면 언데드까지도 일어났다.

"으흐흐흐흐, 신선한 피가 그립다아."

"내 몸, 내 몸을 내놓아라!"

바르칸 데모프가 이끌었던 불사의 군단이 자리 잡고 있던 곳이었다.

대규모 전투가 벌어지면서 깊이 잠들었던 언데드들이 깨어나 하벤 제국군과 싸움을 벌였다.

하벤 제국군에게 바르고 성채는 싸워도 싸워도 끝나지 않는, 흡사 개미지옥과도 같았다.

꧁ ꧂

바르고 성채를 파괴하기 위해 공성전을 벌이고 있던 북부 정벌군의 일부는 새로운 명령을 받았다.

전쟁은 잠시 중단한다. 즉시 회군하여 북부의 정복 지역을 지켜라. 향후 북부 정복을 위한 중요한 교두보를 준비해야 한다.

바르고 성채로 향했던 북부 정벌군의 현재 피해도 상당했다.

수십 킬로미터나 되는 면적, 높이는 5,000미터에 달하는 산맥에서 과로로 인하여 10만여 명의 병력이 감소했다. 산맥을 자기 집 안방처럼 훤히 아는 오크들과 산맥에서 교전을 벌이느라 또한 20만이 죽었다.

하지만 남은 병력은 120만, 아직 엄청나게 많은 수였다.

그들은 매일 바르고 성채에서 치열하게 공성전을 벌이고 있었다.

성채의 완전한 파괴와 오크들의 전멸이 그들의 전술적인 목표가 되었다.

"점령 지역을 지키러 가자."

"총사령관, 우리가 어떻게 여기까지 행군을 해서 왔습니까. 근데 이제 성채를 거의 다 뭉개 놓았는데 다시 돌아간다고요?"

"말도 안 됩니다. 산을 간신히 올라왔더니 여기가 그곳이 아니라고 말하는 것과 같습니다."

바르고 성채 방면 북부 정벌군을 총괄하는 알카트라도 불만이 컸다.

"그래도 위에서 까라는데 까야지 별수 있겠냐. 헤르메스 길드에서는 명령에는 무조건 복종하라고 시키니까."

"드라카 총사령관이 당한 걸 보면 어쩔 수 없긴 하죠."

대지의 궁전으로 향한 북부 정벌군을 이끌던 드라카는 독자적인 판단에 따라 정면 승부를 벌였다.

결과는 패전.

명령불복종과 패배에 의한 책임으로, 다스리던 성과 마을들을 빼앗기고 권한도 일반 유저와 똑같게 바뀌었다.

공적에는 후한 보상을, 실패에는 엄격한 처벌을 하는 헤르메스 길드의 당연한 처분이었다.

"우리가 뭐 하러 북부까지 와서 이 고생을 하는지 모르겠어."

"대장님, 북부 정벌군 전체를 통합하여 다스리는 병력이 늘어났으니 그래도 좋지 않습니까? 드라카와 그 휘하의 유저들이 전부 대장님 밑에 들어와서 정복한 영토를 방어할 텐데요."

"됐다. 그들과는 편한 사이도 아니고 무시할 수 있는 분도 아니지. 아무튼 임무가 떨어졌으니 잘해 봐야지. 전쟁보다는 수비가 더 적성에 맞기도 하고."

알카트라는 요새 방어전에서 최고의 능력을 발휘했다.

제12차 오데인 요새 공방전에서는 수비군의 총사령관으로서 최고의 무훈을 떨치기도 했다. 헤르메스 길드의 정예 병력을 대상으로 나흘이나 거뜬히 막아 내었다.

결국은 바드레이가 친위대와 함께 직접 나서서 전력 차이가 너무 심하게 벌어지는 바람에 허무할 정도로 간단히 함락되기는 했지만, 수비군이 많이 지쳐 있었던 것도 큰 이유였다.

알카트라는 병력을 세밀하게 운용할 줄 알고 실수를 저지르지 않는 성격이었으므로 북부 정벌군에서도 우회 공략을 책임졌다.

험로에 진군 속도가 느린 탓에 바르고 성채 앞에까지만 겨우 와서 오크의 삼분의 일 정도를 없앴지만 명령이 떨어진 이상 되돌아가야 했다.

"전속 후퇴다! 점령 지역으로 돌아가려면 시간을 단축해야 한다!"

알카트라의 명령에 부대는 행군을 시작했다.

즉시 후퇴하는 정벌군을 보며 성벽에 있던 오크들은 의아해했다.

"뭐여, 저것들은, 취익!"

"할 일 없나 보다. 왔다가 그냥 간다, 취췻!"

오크와 드워프, 엘프, 바바리안까지 모여 구성된 연합군이 바르고 성채에서 기다리고 있었다. 특히 이종족들로 구성된 이 지역은 아르펜 왕국에 대해 대단히 호의적이어서 NPC 주민들의 비율이 매우 높았다.

종족 간의 상거래와 화합이 활발하게 진행되는 바르고 성채.

오크 로드 유저들은 대지의 궁전에서 하벤 제국군이 크게 패했다는 소식을 듣고 누런 이빨을 드러냈다.

"취익! 그렇다면, 췻 무조건, 취취췻, 우리가, 췻, 공격한다, 취이이익!"

"숨부터 돌리고 말하자, 추추췻."

"무조건 다 잡자, 취칫!"

"취익, 성급하면 안 된다. 함정일 수도 있다. 취췻"

"우리 부족, 너무 많다. 함정, 반갑다, 취칙!"

"다 죽으면 또 낳자, 취치칙!"

"우린 손해 없다, 치위익!"

전멸을 두려워하지 않는 오크 부족들!

오크 로드들은 용맹한 전사들을 원하고, 또 끊임없이 전투로 이끌었다.

넓은 땅과 곡창지대, 사냥감 등을 확보하지 못하면 오크 부족의 인구에도 제한이 있을 수밖에 없다. 전투를 두려워하다가는 무능한 오크들 수천 명만 힘겹게 먹여 살리는 꼴이 되어 버리는 것이다.

그리하여 오크 부족들은 퇴각하는 알카트라의 부대를 습격했다.

산악 지역에서 벌어진 맹렬한 추격전 끝에 하벤 제국군은 25

만의 병력을 잃었다.

오크들은 육체적인 능력이 뛰어나고 초반 성장이 빨라서 초보들보다도 오히려 더 강했다.

방어의 명장이라고 불릴 만한 알카트라이니 그가 실력을 발휘했다면 실제로 피해를 5만 이하로 줄일 수도 있었을 것이다. 하지만 그에게는 점령 지역에 서둘러 도착해야 한다는 최우선 과제가 있었다.

25만 중 무려 16만 명이 무리한 행군으로 인한 과로와 낙오로 어쩔 수 없이 잃은 병력이었다.

어쨌든 결과적으로 알카트라는 제국군을 거느리고 무사히 산맥을 지나서 북부 점령 지역에 도착했다. 그리고 대지의 궁전에서 목숨을 잃은 헤르메스 길드 유저들이 중간에 합류하며 거대한 세력을 구축했다.

알카트라는 점령지의 총독으로 임명되었다. 이제 그는 북부 영토의 사분의 일에 해당하는 방대한 땅을 다스려야 했다.

"후후후, 이번에도 명곡이 나오겠는걸. 잘만 지으면 대륙 전체에 내 노래가 퍼져 나갈 기회가 생긴다."

바드 마레이는 손가락으로 가볍게 하프를 튕겼다.

맑은 선율이 울리자 솔방울이 일어나서 춤을 추고 낙엽들이 솟구쳐서 날아다녔다.

영웅의 별과 샘의 흘러감을 노래하는 시인 마레이.

자연을 친구로 두는 친화력을 가진 직업으로는 모험가와 함께 바드가 꼽힌다. 자연을 거스르지 않는 한도 내에서 힘을 빌려 쓸 수 있고, 때때로 노래를 하는 무대에서 신비로운 광경을 연출할 수 있었다.

대륙 최고의 바드인 마레이는 이번 전쟁도 당연히 관람했다.

절대 놓칠 수 없는 전투! 대륙 각지에서 구름처럼 모여든 음유시인들이 위드의 승리를 위하여 노래를 지었다.

'하벤 제국이 이겨 봐야 사람들은 안 좋아하지.'

'대륙의 인심은 위드를 인정하고 있다.'

'노래를 널리 알리고 따라 부르게 만들기 위해서라도 주인공은 위드가 되어야 한다.'

바드들은 자신들의 노래를 짓는다. 그 노래가 널리 알려지게 되면 명성이나 작곡 스킬이 증가했다.

전혀 활동하지 않은 지역에서도 사람들이 그가 지은 노래를 부르고 있다면 최고의 명성을 누릴 수 있다.

조각사, 화가도 나름의 명성을 얻기에 유리하다지만, 직업 자체만을 놓고 평균적인 수준을 보았을 때는 바드의 이름값을 능가하지 못한다.

심지어는 그들이 부른 노래에 따라서 특정인의 모험이 더욱 과장되어서 널리 알려지게 되는 것은 물론이고 지명이나 사람의 별명까지 바뀌기도 했다.

대륙을 돌아다니고, 음악과 함께 노래하는 매력적인 직업!

때때로 모험도 하고 친구들을 사귀기에도 좋은 직업이라서 인기도 대단히 많았다.

직업 특성 자체가 한곳에 정착하거나 길드 활동을 선호하지 않는 편이라 북부에 머무는 바드들이 많았다. 최근 유행하는 명곡으로는 〈오크 카리취의 콧소리〉, 〈알 수 없는 영웅의 미래〉, 〈풀죽 찬가〉를 들 수 있었다.

오오
오늘도 그가 취익거리네
콧물이 터져 나올 것만 같은 거센 콧소리
그 오크를 보았는가
팔뚝에는 지렁이 같은 힘줄이 꿈틀거리고 넓은 이마는 머리카락 한 올 없이 황량하다네
췻, 취취췻, 취익, 취취취췻, 췻췻췻, 추이익!
더러운 성질머리를 가진 카리취는 멋쟁이!

오크라면 새끼들부터 어른까지 할 것 없이 누구나 아는 명곡이었다.

마레이가 일찍부터 오크들 사이에서 연구하다가 지은 노래.

단순한 가사를 가지고 있으면서도 연속으로 이어지는 콧소리를 정확하게 내기란 상당히 어려운 편이라서 노래 좀 한다 싶은 오크들 사이에서 폭발적인 인기를 끌었다.

마레이는 아무 오크나 붙잡아도 쉽게 대화를 나눌 수 있을 정도로 인기를 누렸다. 다만 가까이에서 노래를 듣는 경우, 콧물이 튀는 불쾌한 경험을 할 수도 있기에 매우 주의해야 했다.

"이번엔 확실한 명곡을 만들 수 있는 기회이고 노래의 완성

도 남들보다도 빨라야 하리라."

대지의 궁전을 목표로 두고 벌어진 대전투.

모험이나 큰 전투가 있으면 바드들에게는 큰 이벤트가 벌어지는 것과 마찬가지다.

마레이뿐만 아니라 다른 바드들도 노래를 지어서 도시의 광장과 술집에서 부를 테니 경쟁이 치열하다.

노래가 먼저 알려진 쪽이 유리한 것은 두말할 필요도 없었으며, 쉬우면서도 사람들을 끌어당기는 확실한 한 방을 가져야 했다.

"대지의 궁전, 새벽의 도시. 음… 무언가 악상이 떠오를 것도 같은데. 대지의 궁전은 무너졌지만 재건할 테니 새로운 이야기가 더 만들어지는 것이지. 새벽의 도시가 역할을 하려면 그래도 상당한 시간이 있어야 할 터. 아르펜 왕국의 미래는… 그래, 새벽이 지나면 태양이 떠오르고 아침이 올 테지."

그런 생각을 하던 중 번뜩 떠오르는 영감이 있었다.

'아르펜 왕국은 아침이 오면 도약을 시작할 것이다.'

아침이 되어 찬란한 미래를 열어 갈 아르펜 왕국.

지금은 그때를 위한 어둡고 늦은 밤의 준비 과정이라고 할 수 있었다. 불사의 군단과의 전쟁, 하벤 제국의 침략도 어디까지나 새로운 시작을 위한 진통이라 봐도 되리라.

"미래란 불안하기에 노력하면서 만들어 가는 거지. 확정된 미래는 존재할 수가 없는 것이야."

마레이는 불현듯 궁금해졌다.

위드는 미개척 지역이나 다름없는 북부에서 새벽을 깨웠다.

'아침이 오고 나면… 마침 공교롭게도 아침이 오기 직전의 새벽에는 새들이 시끄럽게 우는데, 억지스럽기는 해도 조인족의 도시 라비아스까지도 아르펜 왕국에 있군. 과연 위드는 아르펜 왕국을 어디까지 키울 것이고, 최종적으로는 어느 단계까지 바라볼 수 있을까?'

그가 지을 노래의 제목도 결정되었다.

〈떠오르는 아침의 왕국〉.

하벤 제국과의 전투만을 노래한다면 스케일이 너무 작다. 아르펜 왕국의 종합적인 발전사를 노래로 만들 작정이었다.

마레이의 노래는 대륙 전체에서 불린다.

그렇게 되면 당연히 아르펜 왕국의 국가 명성이 증가할 뿐만 아니라 그곳에서 살아가는 주민들의 자긍심도 높아질 것이다.

북부 봉쇄령

대륙 전체에 하벤 제국의 이름으로 포고령이 내려졌다.

아르펜 왕국과의 모든 교역과 물자 운송을 차단한다.
북부 유저의 중앙 대륙 활동을 금지한다. 사냥과 의뢰,
여행 등 모든 것들을 금한다.

북부 대륙 봉쇄의 시작이었다.
하벤 제국이 북부 대륙에서 차지하고 있는 땅도 상당하지만,
군대를 파견하여 북부로 향하는 모든 지역에 국경과 검문소를
설치하고 운용했다.
제국군의 보급 외에는, 모든 상인들의 물류 운반과 여행자들
의 이동을 가로막았다.
철저한 고립정책!
아르펜 왕국의 발전을 늦추고 낙후시키기 위한 헤르메스 길

드의 작전이 개시된 것이다.

중앙 대륙과 교역하던 상인들이 당장 큰 피해를 입게 되었으며, 관광객들과 여행자들의 아르펜 왕국 방문이 뚝 끊어졌다.

아르펜 왕국이 침략을 물리쳤다고는 해도 하벤 제국의 역량은 약간의 피해를 봤을 뿐 건재하다.

새로 〈로열 로드〉에 들어오는 유저들도 아르펜 왕국에서 시작하는 것을 심각하게 다시 고려해 보기 시작했다. 북부 출신이라면 향후 받을 불이익과 차별을 걱정하게 되었다.

꾸아아아아악!

서윤은 와삼이를 타고 모라타의 흑색 거성에 내려앉았다.

"고마워. 여기 간식이야."

그녀는 배낭에서 미리 준비해 두었던 말린 말고기를 꺼냈다.

와구와구, 쩝쩝, 촤촤촵!

맛있다는 듯이 받아먹는 와삼이!

서윤이 와삼이를 보는 눈빛은 따뜻하기 그지없었다.

위드의 와이번들은 레벨이 올라서 장거리를 빠르고 편안하게 비행할 수 있을 뿐만 아니라 하늘에서 대기의 흐름을 따라 활강하는 실력도 다들 놀라울 정도였다. 그러나 그 어떤 와이번도 와삼이만큼 안락하지는 못했다.

'와삼이는 과학이야.'

항공운송 수단으로 완벽한 가치를 인정받은 와삼이!

서윤은 창문을 통해 집무실로 들어왔다.

위드는 그녀가 온 것도 모르고 집중해서 조각품을 깎고 있었다. 남자로서 일에 몰두하는 멋진 모습이라고 생각하기 쉽지만, 실상은 그렇지만도 않았다.

"늦기 전에 확실히 해 둬야지."

> 만든 조각품의 이름을 정해 주십시오.

"아르펜 왕국을 이끄는 멋진 국왕."

> 〈아르펜 왕국을 이끄는 멋진 국왕〉이 맞습니까?

"훗. 뭐, 부인할 수 없는 사실이지."

> **달빛 조각 걸작! 〈아르펜 왕국을 이끄는 멋진 국왕〉을 완성하였습니다!**
> 시간과 빛의 아름다움을 표현할 줄 아는 조각사 위드의 작품. 베르사 대륙 북부에 자리 잡은 아르펜 왕국. 이 신생 왕국에는 최근 많은 어려움이 있었지만 푸릇푸릇한 싹이 돋아나고 곡식들이 자라서 어느덧 수확 철이 다가오고 있다. 많은 생명이 태동하는 아르펜 왕국에서 가장 존경받는 국왕 위드의 동상은 주민들에게 자긍심과 친근함을 더해 줄 것이다. 특히 통치에 소홀하고 여행을 다니기 좋아하는 국왕에 대해 불만이 많은 주민들에게는 이 동상이라도 있어서 다행이리라.
> 예술적 가치: 조각술의 한계를 뛰어넘는 위드의 작품 6,700
> 옵션: 〈아르펜 왕국을 이끄는 멋진 국왕〉을 본 이들은 생명력과 마나 회복 속도가 하루 동안 20% 증가한다. 지역 주민의 충성도 상승. 통치 건물들의 효과를 2% 늘린다. 국가 명성 +1. 지역에서 생산된 예술품들의 가치를 높인다. 예술 계열의 직업을 가진 유저들의 매력을 38 증가시킨다. 카리스마가 영구적으로 1 증가. 다른 조각품과 중복으로 적용되지 않는다.
> 지금까지 완성한 달빛 걸작의 숫자: 12

조각술 스킬의 숙련도가 향상되었습니다.

손재주 스킬의 숙련도가 향상되었습니다.

명성이 2,230 올랐습니다.

인내력이 5 상승하였습니다.

시간 조각술이 초급 8레벨이 되었습니다.

"후후후후, 크하하하하하!"

자기 자신의 조각품!

성형 미인이라는 말이 절로 떠오르게 할 정도로 위드의 외모와는 차이가 엄청난 조각품이었다.

오똑한 콧대와 날렵한 턱선, 부드러우면서도 이지적인 눈의 윤곽도 다르다.

몸에서 차지하는 다리의 길이와 완벽하게 다져진 상체, 달빛 조각술을 통해서 은은한 광채까지 발산하고 있었으니 그야말로 미남!

위드는 꼼꼼하게 조각품을 살폈다.

"화장실에서 막 세수를 마친 후에 거울을 보는 느낌이군."

눈, 코, 입만 같을 뿐 인종 자체가 다르게 느껴질 정도의 심각한 차이였다.

"과연… 어쩌면 난 관리만 잘했어도 외모로도 먹고살 수 있었을지 몰라."

위드는 고개를 끄덕였다.

자칫하면 엄동설한에 여동생과 함께 굶어 죽었을지도 모를 위험한 망상!

서윤은 그 광경을 보면서 고개를 끄덕였다.

그녀의 눈에는 위드가 조각상보다도 훨씬 나아 보였다. 심지어는 호감형의 미남인 제피나, 연예인과 모델을 비롯해 다른 잘생긴 남자들보다도 위드가 훨씬 나았다.

거의 수면 안대의 수준으로 제대로 콩깍지가 씌워진 상황이었다.

༄

위드는 흑색 거성의 집무실에서 오랜만에 서윤을 대상으로 조각품을 깎았다.

"음, 거기 그쪽으로 팔을 조금 더 높게 들어 봐."

"이렇게요?"

서윤에게 여러 복장들을 입혀 보고 조각품을 만든다.

"이게 다 예술을 위한 거야, 예술을."

"네?"

"아냐, 아무것도."

순수하게 예술혼이 불타오르기 때문만은 아니다.

정말 여러 가지 복장들, 여행복부터 시작해서 검사와 기사의 갑옷, 마법사의 로브, 댄서의 무대용 복장까지 전부가 잘 어울렸다.

단정하게 몸을 감싼 옷에서부터 다소 노출이 있는 복장까지 완벽하게 소화하는 서윤.

"패션의 완성은 역시 얼굴과 몸매로군."

서윤처럼 아름다운 여자를 보면서 똑같은 조각상을 만드는 것은 너무나도 경이로운 광경이기도 했다.

아름다움을 창조하는 작업은 항상 새로울 수밖에 없다.

밤새도록 이어지는 조각.

분명 지루할 수도 있었지만 서윤은 위드의 지시를 잘 따라 주었다.

"이 옷도요? 제가 입기에는 치마가 너무 짧은데."

"예술을 위해서는 끊임없는 시도를 해야 하지. 아름다움을 위한 숭고한 도전이라고 해야 할까. 그런 헛된 망설임이 있어서는 예술계는 영원히 발전하지 못할 거야."

"지금 침을 흘리고 있어요."

"……."

서윤과 같은 여자 친구가 있다면, 남자라면 누구나 음흉해지게 되리라.

조각을 하다 보면 많은 것을 알 수 있다.

그녀를 그저 아름답다고만 느끼는 게 아니라, 세세하게 다듬으면서 그 대상에 대해 조금 더 알아 가는 과정이 된다.

표정과 눈빛만이 아니라 몸 전체를 조각하면서 끊임없이 새롭게 발견한다.

오래전 서윤을 조각하면서 그녀가 웃었으면 하는 바람을 가졌다. 예쁘지만 딱딱하게 굳어 있는 얼굴이 너무나 아쉬웠기 때문이다.

지금도 큰 소리로 웃진 않지만 잠깐씩 부드럽게 웃는다.

그때 발산되는 미모는 다이아몬드급!

'과거보다 더욱 예뻐졌군.'

세상에 신이 있다면 최소한 아름다움에 대해서는 그녀에게 전부 다 주었다.

약간 과장하면 신이 주택 담보대출을 끝까지 당겨서 받고 제2금융권은 물론이고 카드깡과 사채까지 끌어다 주었을 정도!

서윤은 과거보다는 훨씬 좋은 표정과 편한 태도로 그를 대한다. 평소보다 자연스럽고 더욱 예쁜 모습이 드러났다.

'내 모습을 저렇게 조각해 주고 있어. 내게도 이런 면이 있었구나.'

그녀는 자신을 대상으로 하는 각양각색의 조각품들을 보며 감동을 받았다.

눈가에 신뢰와 애정을 듬뿍 담아서 쳐다봤다.

그 느낌들까지도 조각품에 여운처럼 남았다.

위드의 손에서 완성된 조각품은 더할 나위 없는 예술품이 되었다.

〈사랑에 빠진 여인〉, 〈천사의 미소〉, 〈타오르는 미모〉, 〈영원히 꺼지지 않을 아름다움〉…….

달빛 조각 걸작들이 연달아 탄생!

"음, 예술가로서 성공하려면 조건들이 까다롭겠군."

위드는 다시금 깨달음을 얻었다.

남다른 관찰력과 안목이 있어야만 하고 돈에 연연해서도 안 된다.

음악이나 시, 연극, 소설, 조각품 등은 모두 일맥상통하는 부분이 있었다.

비싼 예술품을 만들려 한다고 해서 무조건 그렇게 되진 않는다. 욕심을 부리기보다는 예술가 자신의 모습이 그대로 작품에 나타나게 되기 때문이다.

작품에 대한 열정과 몰입은 필수.

예쁜 여자 친구가 있으면 확실히 작품 활동을 하기도 더 편리해지리라.

위드는 그렇게 밤새도록 조각품을 깎으며 스킬 숙련도를 올렸다.

다음 날.

위드는 흑색 거성의 집무실에서 국왕으로서 해야 할 일을 하고 있었다.

"투자다, 투자!"

하벤 제국을 상대해야 할 아르펜 왕국을 성장시키기 위한 투자였다!

현재 아르펜 왕국의 내정을 위한 자금은 무려 7,000만 골드나 되었다. 몇 달간의 세금 수입이 알차게 모인 것이다.

지속적으로 발전이 이루어지면서 아르펜 왕국의 세금 수입은 위대한 건축물을 비롯하여 내정에 대부분 다시 투입되었다. 그럼에도 약간씩 축적된 자금이 남아서 국왕에 의해 집행될 수 있었다.

7,000만 골드!

개인과 단체에는 엄청난 금액이지만 아르펜 왕국의 현 규모를 감안한다면 그리 많지 않다.

군사력에 투자하더라도 30만의 병사를 양성하면 완전히 소모되어 버리고 말 것이다.

사실 아르펜 왕국의 무역과 생산은 나날이 크게 확대되고 있었다. 주민들에게 특별세를 거두거나 세율을 조금만 더 높이더라도 지금과 비교하면 천문학적인 금액이 더 걷힐 것이다.

하벤 제국처럼 쥐어짜 내듯이 세금을 거둔다면 세금 수입은 3배 이상으로 증가하게 된다.

하지만 자유로운 북부의 특성상 그럴 수가 없다는 점이 한계였다.

부족함이 많은 아르펜 왕국에서 시작한 유저들 중에는 세율이 낮은 걸 장점으로 생각한 사람들이 많다. 상인들은 낮은 세율을 바탕으로 위험한 무역을 성공시키고, 새로운 교역로를 개척한다.

지금 세금을 막무가내로 올렸다가는 아르펜 왕국은 그나마 가진 중요한 강점도 잃게 될 것이다.

"뭐, 왕궁 붕괴로 인해서 세금이 줄어들기는 했지만 다시 늘어나겠지."

유저들과 주민들이 지금처럼 증가한다면 반드시 그렇게 되리라.

7,000만 골드, 대단히 아껴서 사용해야 하는 돈이었다.

한꺼번에 쓰기에는 물론 큰돈이지만, 자칫 엉뚱한 데 투자를 하게 되면 아르펜 왕국이라는 큰 호수에 이슬 몇 방울을 더한 것과 마찬가지의 결과가 되어 버린다.

"생산성이 높은 분야에 투자해야 해. 보통은 경제에 투자하는 것이 옳겠지만 얼마나 효과가 있을지 모르겠군."

왕국의 경제력을 확대하기 위해서 대장간을 많이 설립하거나 황무지를 개간하여 농업 구역을 늘릴 수 있다. 적극적인 광산 개발도 하나의 방편이었다.

그렇지만 위드가 어중간하게 손을 대기에는 아르펜 왕국이 너무 넓었다.

경제 발전에 다소 도움이 되긴 하겠지만 강제로 이끌어 가기에는 애매한 금액이었다.

"게다가 시기도 미묘한 편이야."

대장간을 설립하고 장인들을 고용한다면 왕국 내의 무기와 갑옷 생산량은 비약적으로 늘어나게 되리라. 전투 시에 필수적으로, 그리고 끊임없이 소모되는 품목이 검과 방패 등이니만큼 절대로 손해는 보지 않는 사업이었다.

평소라면 많은 자금을 꾸준히 투입해도 괜찮겠지만, 지금은 하벤 제국군으로부터 무기와 방어구 등의 전리품을 많이 얻었다. 이것이 비록 일시적 현상이라 해도, 돈을 효과적으로 지출하기 위해서는 이런 부분까지도 고려할 필요가 있었다.

세금 수입이 줄어들었을 뿐만 아니라 북부 대륙 봉쇄령이 떨어진 만큼 앞으로의 경제 상황은 더욱 힘들어지게 되리라.

당장 효과를 볼 수 있을 뿐만 아니라 장기적인 이익도 나오는 분야에 투자해야 했다.

"경제를 활발하게 만들기 위해서는… 상품 생산만 늘린다고 해서 해결이 되지는 않는단 말이야."

위드의 머리가 굴러가기 시작했다.

뚜렷하게 경제학을 배워 본 적은 없지만 상식적인 선에서는 충분히 생각했다.

북부에는 유저들이 많고, 앞으로 더욱 늘어날 것이다. 굳이 간섭하지 않고 내버려 두더라도 그들이 소비할 물건들은 크게 부족하지 않도록 알아서 생산되고 공급될 것이다. 대장장이들과 상인들이 각자 해야 할 일을 알고 있기 때문이다.

"시장에서 무조건 많은 상품들만 판다고 해서 다 되는 건 아니었단 말이지."

책이나 강의가 아니라 새벽 시장을 다니면서, 도매상인들과 대화를 나누면서 터득한 지혜다.

시장에서 어떤 상품이 특히 잘 판매된다면, 그럴 만한 충분한 이유가 있는 법이다. 상인이 주로 값이 싸고 양이 많은 물건들 위주로 들여놓는다면 그게 고객들이 원하고 자신에게도 최대의 이익이 되기 때문이다.

국왕이 대장간을 사방에 건립하여 물건 생산량만 늘린다고 해서 왕국의 전체적인 경제력이 강해지진 않는다. 상품이 부족하면 문제가 되지만 지금은 충분하니까 국왕이 개입할 필요도 없다.

위드에게 약간의 이득은 있더라도, 왕국 차원에서 본다면 어차피 내버려 둬도 누군가는 생산할 품목에 불과했다.

아르펜 왕국의 경제력은 최소한 스스로 부족함을 메꾸고 발전해 나갈 수 있는 기본 단계는 이루어 냈다. 왕국 차원의 경제성을 따지자면 더 높은 부가가치를 창출해 내야 했다.

"상인들의 일에 개입할 필요 없이 왕국 전체의 경제를 부강하게 만들 수 있는 방법이라……."

위드의 머리가 계속 굴러가고 있었다.

그러다가 불현듯 상인들이 무엇을 원하고 있을지를 생각하게 되었다.

"더 큰 시장 그리고 활발한 교역, 아르펜 왕국이 부유해지는 것을 원하겠지."

어려운 문제였다.

위드는 아르펜 왕국 전체를 놓고 생각해 보았다.

지금 상태에서 과연 무엇이 부족할까.

따지고 보면 아주 많았다.

아르펜 왕국에서 그나마 풍족한 것은 초보 유저들뿐이었다.

"대지의 궁전이 부서졌지. 모라타와 항구 바르나, 바르고 성채가 아르펜 왕국의 핵심이라고 할 수 있고……. 모험가들은 북부 대륙 전역을 돌아다닌다. 상인들도 마찬가지. 왕국의 구석구석에 있는 작은 마을들을 개발하고 있고. 몬스터의 위협에도 불구하고 그들이 현재를 만들어 놓은 것과 마찬가지다."

상인들의 공헌은 말할 필요도 없다. 이곳에서 시작한 초보 유저들도 왕국 발전의 든든한 밑거름이 되어 주었다.

하지만 언제까지나 그들을 믿고 있을 수만은 없다.

아르펜 왕국에는 활기와 즐거움이 있었다.

그러나 현재는 상당한 혼란을 겪고 있는 하벤 제국도 점점 나아질 것이다. 중앙 대륙의 전쟁이 종식된 지금 하벤 제국이 안정된다면 발전된 기술력과 도시들에 반해서 그곳의 인기가 높아지지 말란 법도 없다.

북부 봉쇄가 시작된 만큼 아르펜 왕국의 인기도 식어 버리고 초보 유저들이 중앙 대륙을 선호하게 될 수도 있을 것이다.

하벤 제국의 강압적인 통치 방식이 변할 가능성은 별로 없지만, 만약에 모든 점에서 개선이 이루어진다면 굳이 아르펜 왕국에서 살아가야 할 이유도 없는 셈이니까.

북부에 초보 유저들이 많은 데에는 다분히 모라타의 영향이 크다.

중앙 대륙에는 이름을 다 외우기도 힘들 정도로 온갖 대도시들이 도처에 널려 있다. 그러나 북부에서는 대부분 모라타에서 생활을 시작했기 때문에 상대적으로 초보 유저들이 훨씬 많은 것처럼 느껴진다.

실제로 꽤 많기도 하겠지만, 〈로열 로드〉를 시작하는 초보 유저들이 언제까지고 북부를 선택하리라고 믿는 것도 환상이었다.

"어떤 브랜드나 회사도 변하지 않으면 금방 쇠락해 버리지."

위드는 근본적으로 아르펜 왕국의 경쟁력을 계속 유지시켜야 할 필요성을 강하게 느꼈다.

그렇게 생각하니 아르펜 왕국은 너무 좁았다.

실제로 다스리는 영토는 아주 넓지만, 대부분은 몬스터들이 실컷 활개를 치는 영역이다.

마을들의 거리도 아주 멀었고, 조금만 변방으로 가면 사람들이 거의 돌아다니지 않는다.

아르펜 왕국에는 발전된 도시들이 너무 적었다.

모라타와 바르고 성채, 항구 바르나에만 사람이 북적댄다.

벤트 성과 모드레드도 최근에는 방문객들을 중심으로 유저들이 늘어나고는 있다. 그 외에 수많은 마을들도 조금씩 나아지고 있었다. 오크 성채들도 날로 늘어났다.

그럼에도 불구하고 사람들이 살아가는 대도시의 숫자는 매우 모자랐다.

오크들이 늘어나 봐야 사람들을 위한 여러 종류의 건물들이 형성되지는 않는다.

교역과 생산을 위한 상업 도시, 땅에서 자원을 채취하는 광업도시, 기술을 개발하고 마법을 융성하게 만드는 교육도시 등이 필요했다.

여행객들을 유입시키고 정착하게 만드는 관광도시도 반드시 필요할 것이다. 예술을 활짝 꽃피우는 문화의 도시도 있으면 더할 나위 없을 테고.

아르펜 왕국을 효과적으로 다스리기 위해서, 그리고 넓은 북부의 영토를 통치하기 위해 절대적으로 필요한 것은 그 지역을 관할할 수 있는 대도시들이었다.

각 마을과 도시를 다스리는 영주들이 노력은 하고 있을 테지만 내정 모드로 살펴보면 인구나 기술력, 세금 수입 등은 다 고만고만하다.

모라타와 바르고 성채를 제외하면 발전도에서 다들 비슷비슷했다.

"사람들이 유명한 곳 위주로 가고 있으니까. 아르펜은 신생 왕국이야. 영주들이 노력하더라도 대부분 비슷한 시기에 시작된 마을들인 만큼 지금은 차별화가 어렵지."

위대한 건축물들이 지어진 마을들은 금방 도시처럼 규모가 커졌다. 그렇더라도 정착해서 살아가는 사람보다는 여행자들이 많아서, 도시의 모습이 기형적인 면이 있었다.

모라타가 아르펜 왕국을 만들어 냈다.

장점도 많았지만 정치와 경제, 상업, 문화, 기술이 모두 모라타에만 집중되어 있었다.

"내가 할 일은 도로를 연결하고, 거점 역할을 하는 광역도시들을 형성하는 것이로군."

모라타를 중심으로 놓고, 거리에 따라서 북부 대륙을 관할하는 8개의 광역도시들을 건설하기로 했다.

물론 평원이나 강가에 완전히 새로운 도시를 건설하는 게 아니라 기존에 자리 잡고 있는 마을과 도시를 이용하기로 했다.

마을 안에 중요한 건물들을 짓는 방식이다.

아직은 부족하지만 사람들이 모라타를 떠나서 아르펜 왕국을 편하게 돌아다닐 수 있도록 광역도시들을 짓기로 했다.

북부에서 시작한 유저들이 모라타 인근은 좁다고 느끼는 지금이 적기였다. 모험가들에 의해서 탐험이 이루어지고, 상인들이 위험을 무릅쓰고도 돌아다니는 지금을 놓칠 수 없다.

꼭 지금이어야 했다.

더 미루어지면 아르펜 왕국은 모라타 때문에 한계에 부딪치고 말게 될 것이다.

"동쪽으로는 이벨린 성을 확장시켜야지. 필요한 건물들을 지어 주고 초보 유저들도 활동하기 편하게 만들어 줘야 돼."

이벨린 성에서는 크루거 항구와 르네이 항구가 가깝다.

이벨린 성이 있는 동쪽 지역까지는 르포이 대평원을 지나간다. 상인들이 마차를 끌고 다니면서 여행자들을 옮겨 주기에도 좋았다.

모험가나 초보 유저가 이벨린 성을 거점으로 삼고 그 주변에서 활동한다면 여러모로 좋을 것이다.

모라타와는 다른 새로운 환경에서의 정착은 큰 기회를 안겨 주게 된다.

위드는 이벨린 성에 무려 1,584만 골드를 투자하기로 했다.

어중간하게 투자를 해서는 유저들이 식상하게 느끼기 마련이다.

식료품 가게와 잡화점을 비롯한 상업 건물들에서부터 검사 길드, 기사들의 연무장, 정령사와 마법사 길드까지 종류별로 갖춰 놓았다. 프레야 교단에 지부 건설 요청도 하고, 주택가까지 새로 충분히 형성했다.

다행인 점은, 워낙 안전한 지역이고 오래된 성이라서 굳이 성벽까지 건설할 필요는 없다는 것이었다.

"하르셀 산악 지역도 개척해야 해. 왕국이 발전하기 위해서는 많은 자원이 필요할 테니까."

벤트 성에서 하르셀 산악 지역으로는 작은 강이 흐른다.

산악 지역의 입구에 형성되어 있는 입툰 마을을 발전시키기로 했다.

광업과 관련된 건물들을 지어 주고, 주민들을 위한 편의 시설들을 대거 건설했다. 강가에는 물류 이동을 위한 소규모 내륙항도 건설하도록 했다. 가을이면 몬스터의 침입이 잦은 곳이기 때문에 성벽과 레인저 모집도 지시했다.

입툰 마을이 도시가 된다면 하르셀 산악 지역도 자연스레 탐험과 개발이 이루어져서 아르펜 왕국의 경제력에 도움이 될 것이다.

명목상의 영토가 아니라 실질적인 영토로 가치를 생산해 내게 된다는 것.

입툰 마을에서 고레벨 유저들이 많이 활동해 준다면 산악 지역의 넘쳐 나는 몬스터들도 퇴치되어서 왕국의 치안에도 긍정적이었다.

그 주변에서 활약하는 몇 개의 파티들이 지금처럼 힘들게 모라타나 바르고 성채까지 돌아오지 않아도 된다.

"죽음의 계곡 근처도 개발하도록 하고, 동쪽 바다도 놓칠 수 없지. 아예 한가롭게 돌아다닐 생각도 못 하게 현지에서 사냥과 생산에만 빠져서 살도록 해야 돼."

악덕 국왕의 마인드!

"하르셀 산악 지역, 바르고 산맥은 치안이 더 확보된다면 관광도시도 만들 수 있겠지."

물론 몬스터의 습격이라도 있으면 떼죽음을 당할 것이다. 그것도 잘만 부각시키면 장점으로 작용할 수도 있지 않겠는가.

돈맛을 떠올린 위드의 머리가 초고속 회전을 시작했다.

막연하게 왕국 개발이라고 하면 거시경제학이니 뭐니 복잡하기 마련이다. 위드는 그런 식으로 인생을 살지 않았다.

남다른 시력과 후각!

눈에 보이는 돈은 반드시 자신의 것으로 만들었으며, 돈 냄새도 귀신처럼 맡았다.

아르펜 왕국 전역에서 진한 돈 냄새가 풍겨 오고 있었다!

"최근 발견되는 동쪽 섬들은 묶어서 몇 곳을 개발해야지."

항해자들에 의하여 발견되는 작은 어촌들.

혹은 니플하임 제국이 몰락하고 나서 바다로 떠난 정착자들의 소도시.

이곳에도 교역소와 선박 수리소 등을 비롯하여 필요한 건물들을 지어 주기로 했다.

지금은 작은 마을에 불과해도, 섬들이 개발된다면 넓은 바다를 영역으로 얻게 된다. 브렌트 왕국이나 로자임 왕국과의 무역 항로에 따라서 투자를 진행한다면 장기적인 경제적 이익은 매우 커지게 될 것이다.

"크흐흐흐, 파도가 심해서 개발하기 힘든 섬 중 1~2개는 항해 자유무역 지대로 설치해야겠어."

정확하게는 해적 섬!

해적 생활을 하면서 얼마나 재미가 있었던가.

끝없이 펼쳐진 수평선!

바닷속에서 헤엄치는 수많은 생선들은 낚싯대를 던져서 건져 올리면 몽땅 자신의 것이었다.

바다에서 지나다니는 무역선들도 약탈하면 아주 짭짤하다. 물론 위드가 활동할 당시에 북부 해안에 무역선들은 거의 없었지만, 해적의 행복이 무엇인지는 너무 잘 알았다.

"개발할 것이 너무 많군. 부가가치가 엄청난 산업들이 널려 있었어."

위드는 또다시 자신을 반성했다.

너무 어렵게 생각하면 정말 어렵다.

인생을 살다 보면 과거를 돌아보며 왜 그곳에 투자하지 않았는지 후회할 때가 많다.

아침에 눈을 뜨면 하루하루에 얽매여서 살다 보니 남의 일처럼 지나쳐 버리고 나서 어렵게 돈을 벌려고 한다.

땅바닥에 돈을 깔고, 혹은 묻어 놓고 나서 팔 생각을 못 하는 정직한 삶!

위드는 그것이야말로 정말 바람직하지 못한 착실한 인생이라고 생각했다.

"관광지들을 묶어서 아르펜 왕국에서 꼭 방문해야 할 10대 명소라는 유언비어도 살포해야지. 풀죽신교를 위한 순례 장소도 만들어야겠어."

마판과 비밀리에 협상해서 바가지를 듬뿍 씌우기 위한 상점 개설은 필수!

"안전한 모라타에서 평화를 즐기면 곤란하지. 왕국을 마구 돌아다니면서 죽거나 돈을 써 줘야 돼. 돈은 또 열심히 벌게 될 테니까 그때마다 세금을 수확할 수 있겠지."

아르펜 왕국에 위기가 닥칠 때마다 발 벗고 나서 준 풀죽신
교까지 이용하는 데에도 거리낌이라고는 전혀 없었다.

내정을 하고 있는 위드의 혓바닥이 점점 길게 튀어나왔다.

벌써 돈맛을 본 것이다.

새로운 변화

진홍의날개 길드가 벌이는 모험의 생방송!

전쟁 때문에 사람들의 관심도가 떨어졌다고 생각했지만 시청률은 무려 23%나 나왔다.

"우리 거인들의 삶은 신이 부여한 신성한 의무로, 이 세계를 지탱하는 중요한 요소 중의 하나지. 그대 인간이여, 진심으로 죽음을 원하는가?"

테로스의 곁에 남아 있는 사람은 불과 10명가량밖에 되지 않았다. 가지고 있던 자금을 탈탈 털어서 NPC 용병들을 데리고 왔지만 그들 중에서 생존자는 거의 없었다.

박진감이 넘치다 못해 사람들이 마구잡이로 죽어 나간 탓이었다.

진홍의날개가 벌인 던전 탐험은 상당한 인기를 끌면서 생방송이 되었다. 그리고 마지막으로 잠들어 있던 거인을 만난 것이다.

테로스는 고개를 끄덕였다.

"죽음을 원합니다. 죽음이 다가온다고 해도 기꺼이 싸우면서 살아갈 것입니다."

"훌륭하다. 용기란 공포를 직시하고 그것을 뚫고 나갈 수 있을 때 발휘되는 것이다. 인간이여, 생명을 바쳐서 어긋나고 거슬린 것을 바로잡을 수 있는 용기가 있는가?"

"이런."

게일과 마커의 눈이 마주쳤다.

> 게일: 이게 끝인 줄 알았는데…….
> 마커: 거절해야 합니다. 우리의 전력으로는 이미 한계입니다.

난이도 S급의 어려운 퀘스트.

많은 지역을 돌아다니고 던전에서도 간신히 마지막까지 올 수 있었다.

동료 중에서 플라인과 바스텐이 몬스터들을 따돌리기 위해서 희생하지 않았다면 이루어 내지 못했을 성과.

S급 난이도 퀘스트를 무사히 성공한 것만으로도 대단한 이야깃거리가 되기에는 충분했다.

전쟁의 신 위드 외에는 성공시키지 못한 수준의 퀘스트였던 것이다.

그런데 던전에 누워 있는 이 거인은 또 다른 퀘스트를 주겠다고 한다.

테로스는 잠시 고개를 숙인 채로 생각하다가 동료들에게 말했다.

테로스: 여기서 물러나지 말자.

프시케: 무슨 소리예요, 우린 할 만큼 했는데.

게일: 대장, 그만 포기합시다. 뭐가 나오든 우리 전력으로는 깰 수 없습니다.

테로스: 그렇지만 이대로라면 너무 아쉽지 않아? 좀 어려운 퀘스트를 성공
했을 뿐이지 우리가 얻은 건 없어. 다시 조금 유명해진 정도로 우리
가 이 대륙에서 존경받을 수 있을까? 세력을 일구고 힘을 발휘할 수
있겠어? 우리가 저지른 멍청한 일들은 사람들의 기억 속에 영원히
남아 있을 것이다.

마커: 대장······.

테로스: 거인이 말하는 것에도 일리가 있다. 가진 게 많았던 과거와는 달라.
우리가 걸어야 할 건 목숨 하나뿐. 정말 마지막까지 가 보고 난 이후
에야 후회라는 것도 할 수 있지 않을까.

테로스의 말에 다른 동료들은 더 이상 반대하지 못했다.

퀘스트는 퀘스트라고만 생각했다. 어렵고 복잡한 것보다는,
단순하고 유리한 보상을 주는 의뢰들이 좋았다.

초보 시절에는 돈이나 장비, 명성을 원했고, 나중에 캐릭터
를 성장시키면서는 스탯을 주는 퀘스트들을 달성했다. 물론 그
지역을 떠나게 되면 시간이 많이 걸리기 때문에 자신들이 원하
는 퀘스트 위주로만 수행했다.

누군가의 공략이 나오거나 이미 알려져서 인기가 있는 퀘스
트들만 골라서 진행하는 것은 상식 중의 상식이었다.

유명한 퀘스트에 필요한 물품들은 비싼 가격에 미리 거래되
기도 하는 게 일반적으로 벌어지는 일이었다.

진홍의날개 길드에서는 이번 퀘스트에서 과거와는 다른 모
험을 맛보았다.

앞으로 진행이 어떻게 될지도 알지 못하고, 걷잡을 수 없이

위험한 상태에서도 어떻게든 극복해 가는 과정. 간신히 성공을 거두었지만 실패했을 가능성도 그 이상으로 충분히 있었다.

> 게일: 까짓것, 해 봅시다. 어차피 남아 있는 게 목숨밖에 없다니 망설일 것도 없습니다.
> 마커: 안 하고 후회할 바에야 저질러 봅시다.

테로스는 거인에게 말했다.

"우리에게는 용기가 있다."

❧

"모래바람처럼 거친 남자, 전사 포그낙이 인사드립니다."

"팔로스 제국이 사라지고 나서 우리는 오랜 기간 길을 잃어버렸지. 사막의 투르카 부족이 그대 올바른 길의 인도자들을 인정하겠소."

"고요의 사막에서 무사히 살아 돌아왔다니 놀랍기 짝이 없군. 사막 부족이 아니라고 해서 그 숭고한 용맹을 무시할 수는 없지."

사막 부족들은 은링과 벤, 엘릭스가 속해 있는 모험단 대지의그림자를 존중해 주었다. 대지의그림자 파티가 사막의 대제왕 연계 퀘스트를 수행하면서 벌어지게 된 일이었다.

"엠비뉴 교단을 깨웠던 일보다는 훨씬 보람이 있군."

"다행스럽게도 그 뒤처리를 하려고 뛰어다녔던 과거들도 잊히는 것 같고요."

"무엇보다 막연하지 않아서 좋아."

그들은 이번에는 의뢰를 수행하면서 불안감이 덜했다.

〈로열 로드〉 최고의 모험가 파티!

그렇지만 다소 엉뚱한 모험들에 휘말려서 큰 고생을 하며 소중한 시간을 낭비했다.

모험에 따른 결과를 알 수 없다는 점도 걱정되었다.

소위 대륙급의 퀘스트들은 그 수행이나 중간 분기에 따라서 선과 악의 서로 다른 결과를 가져오기도 했다.

엠비뉴 교단을 조금 일찍 깨웠던 것이 그 전형적인 예!

이번에 사막의 대제왕 퀘스트는 일찍부터 결과를 예상할 수 있었다.

거칠고 황량한 사막을 통합하는, 사막의 대제왕의 부활!

사막 전사들을 이끌어서 사막의 대제왕 위드의 후계자를 만드는 것이다.

은링이 중간에 이런 불안감을 이야기하기는 했다.

"그 대제왕의 후계자가 나쁜 인물이라면요?"

"무슨 말인가."

"예를 들어서 사막을 제패하고 난 이후에 중앙 대륙을 침략할 수도 있잖아요? 대제왕의 후예라면 마땅히 해야 하는 운명이라거나 하면서요."

"일리가 있는 말인데."

대지의그림자 파티는 그에 대한 고민에 빠졌다. 그리고 10분 후에 명쾌하게 결론을 내렸다.

"남부 사막을 통합하고 침략할 곳이라고 해 봐야 공국과 자유무역 지대. 지금은 전부 하벤 제국의 땅이 되었으니 우리가 관여할 부분이 아니긴 하네요."

"암, 헤르메스 길드 녀석들이 알아서 뒤처리를 하면 되겠지."

"뭐, 꼴 보기 싫은 놈들이었으니까."

"다 똑같은 놈들이지."

독자적으로 활동하는 모험가들 중에서 명문 길드들을 좋아하는 부류는 없었다.

베르사 대륙에는 헤르메스 길드 소속의 유명한 모험가들도 상당히 많이 있었다. 그들은 온갖 경로를 통해서 퀘스트에 대한 정보들을 얻었으며, 심지어는 강제로 빼앗기도 했다. 보물이 매장된 위치에 대한 독점적인 발굴권도 인정받았다.

각 명문 길드별로 그들의 영토에 있는 특별한 보물이나 퀘스트에 대해서는 사전에 신고해야 했다.

모험이 성공했을 때에는 영토 내에 속해 있다는 이유만으로도 발굴품의 절반 이상을 세금으로 바쳐야 한다.

처음부터 모든 정보들을 공개하게 해서 퀘스트를 빼앗거나 아예 발굴품을 모조리 가로채기도 했다.

모험가들이 길드를 상대로 할 특별한 무력을 갖추지 못하는 이상 속수무책으로 당할 수밖에 없었다.

위드가 존경할 정도로 착취를 일삼았던 명문 길드들!

자유로운 모험가들이 그들 때문에 입은 피해와 고생은 이루 말할 수 없을 정도였다.

헤르메스 길드 역시 다른 명문 길드들 못지않게 박해와 착취를 했고, 하벤 제국을 건국한 이후로는 약탈해 가는 정도가 더욱 심해졌다.

헤르메스 길드 차원에서 모험가들에 대한 공식적인 정책이 바뀐 건 아니었다.

라페이를 비롯한 수뇌부는 모험가들의 활동이 제국에 이롭다는 사실을 알았다.

하지만 실제 영토를 지배하고 있는 영주들은 달랐다. 자신이 지배하는 땅에 보물이 숨겨져 있다면, 혹은 매우 훌륭한 사냥터가 있다면 그에 대한 사용료를 받아야 마땅하다고 생각했다.

영주들마다 모험가들에게 막중한 세금을 물렸다.

군사력과 영토를 소유한 그들의 입장에서는 모험을 성공시키면 큰 수익을 얻는 모험가들의 입장까지 고려해 줘야 할 필요성을 느끼지 못했다. 모험가들은 다른 직업에 비해서 숫자가 적었기 때문에 불합리하게 빼앗아 가더라도 탈도 나지 않았다.

대지의그림자는 모험의 성공으로 인한 결과에 대해 신경 쓰지 않고 퀘스트를 계속했다.

❧

위드는 내정을 마친 후 아르펜 왕국의 발전상을 확인하기 위해 마냥 기다릴 생각 따위는 없었다.

"내가 할 일은 다 한 것 같으니 잘되기만을 빌어야지."

7,000만 골드를 남김없이 투자!

전쟁 중에 얻은 전리품을 판매하고 받은 493만 골드까지 국고에 집어넣었다.

띠링!

국왕 위드가 자신의 개인 재산을 왕국에 투자합니다.
국가와 주민들을 위해 앞장서는 것은 귀족의 덕목입니다. 숭고한 국왕의 희생은 매우 커다란 미담으로 남게 될 것입니다.
모라타와 주변 지역의 치안이 3 증가합니다.

명예를 1 얻었습니다.

명성이 493 증가합니다.

호칭 '명예로운 왕 중의 왕'을 획득하였습니다.
주민들의 존경을 받는 왕이 되기란 매우 어렵습니다. 높은 치안과 경제 발전도의 유지 그리고 최고의 주민 충성도를 장기간 유지해야 한다는 조건을 달성하기란 힘들 것입니다. 주민들의 생활을 적극적으로 보살피고, 전쟁에서는 병사들을 이끌고 앞장서는 왕에게만 부여되는 명예로운 호칭입니다.
지역 명성에 따라 주민들의 친밀도와 충성도가 높게 유지됩니다. 주민들이 통치자의 무능을 쉽게 비난하지 않습니다.
왕국 내에서 좋은 일이 벌어지면 국왕의 명성이 더 큰 폭으로 증가하게 될 것입니다.

"크흐흑!"

가지고 있는 개인 돈까지 모조리 넣어서 왕국 발전에 쓰도록 했다.

쌈짓돈까지 털어 넣어야 하는 서글픈 심정!

"이딴 쓸모없고 수치스러운 호칭이나 얻다니. 이거야말로 최악이 아닌가."

위드는 그래도 밝은 미래를 믿었다.

"당장은 하벤 제국의 침략을 물리쳤으니까. 나중에 그들에게 정복을 당하더라도 약간의 여유는 있겠지. 그때까지 부지런히 발전시켜서 세금을 걷으면 더 큰 돈이 되어 줄 거야."

회수까지 염두에 둔 투자!

현대사회에서는 재테크의 기본이라고 할 수 있었다.

어떤 분야에나 투자를 하기는 쉽다. 하지만 결국 회수할 수 없는 돈이라면 올바른 투자가 아니었다.

위드는 내정을 마치고 서윤과 함께 흑색 거성을 떠났다.

"지금부터 해야 할 일이 너무나도 많군."

사냥과 단순 퀘스트, 조각술!

개인적인 역량을 키우는 일을 결코 소홀히 할 수가 없었다.

팔로스 제국을 건국했던 대제왕의 황금기는 지나갔고, 현실은 헤르메스 길드의 웬만한 유저보다도 더욱 낮은 레벨이었으니까.

하지만 높은 스탯과 새로운 스킬을 가지고 있는 만큼 기회는 많았다.

시간 조각술만 하더라도, 스킬 레벨을 2만 더 올리면 새로운 세상이 열릴 테니까.

"갈까."

"네."

위드는 서윤과 함께 던전을 격파하며 조각품을 깎았다.

모라타 근처의 던전들은 시작에 불과했다. 〈로열 로드〉의 게

시판, 다크 게이머 연합의 게시판을 통해서 이미 까다로운 던전들에 대해서는 정보가 상당히 알려져 있었다.

> **펠카 황무지**
> 밤에 가면 상당히 위험함.
> 땅을 뚫고 나오는 펠카들을 사냥할 수 있음. 놈들을 처리하고 나서 그 구멍을 통해서 던전 진입 가능. 따로 입구와 출구가 없는 던전.
> 다수의 마나석을 획득할 수 있으며 펠카 퇴치 가능. 최근 펠카 가죽과 뿔, 이빨은 화염 마법의 원료로 비싼 가격에 판매됨.
> 추천 사냥 레벨: 440

"우리 정도면 충분하겠군."

"빨리 쓸어버려요."

"가죽과 뿔, 이빨이 비싸게 팔린다는데… 아깝지만 조각품을 만들어야겠지."

위드는 서윤과 같이 펠카 황무지와 이어진 던전을 격파했다.

정보 게시판에 공개된 추천 사냥 레벨이 높다고 해도 위드는 거뜬히 버틸 수 있었다. 실제 전투 능력이 그보다 훨씬 뛰어나기도 했지만, 온갖 역경을 거쳐 왔기 때문이다.

서윤의 경우에는 이미 레벨도 충분히 높으니 적절한 사냥터였다.

"콜 데스 나이트 반 호크, 콜 뱀파이어 로드 토리도!"

"불렀는가, 주인."

"무능한 놈들! 너희도 나와서 밥값이나 해."

"알았다."

반 호크와 토리도에 대한 신뢰도는 높지 않았지만 그래도 사냥에 상당한 도움이 되었다.

이들이 없다면 둘만으로 사냥하기에는 성가신 경우도 많았다. 몬스터들을 퇴치하고 회복 시간을 기다려야 한다는 점은 상당한 장애다.

위드는 휴식 시간과 사냥 시간을 최적으로 조율했다.

휴식 시간에는 무조건 조각술!

그렇기 때문에 반 호크와 토리도가 사냥에 가세하고 또 일부 몬스터만 나타난다면 그들에게만 맡겨 놓을 수도 있어서 여러모로 좋았다.

반 호크는 어둠의 기사로서 높은 생명력과 집단 공격 스킬을 가졌다. 토리도는 현혹과 세뇌 등 뱀파이어 스킬들을 사용하여 지성이 떨어지는 몬스터들을 지배할 수 있어서 유용했다.

몬스터들이 아주 많을 때에는 조각 생명체들도 아낌없이 불렀다.

"조각 소환술!"

바하모르그, 누렁이, 금인이, 세빌, 켈베로스 등을 언제든지 소환해서 써먹었다.

음머어어어어.

"불평하지 말고 열심히 사냥해라. 축사에 지푸라기 새로 깔아 줄 테니까!"

최소 5쿠퍼에서 2실버 정도의 금액으로 부려 먹기에는 누렁이가 최고였다.

신성력을 가진 사제의 경우에는 프레야 교단이나 루의 교단을 통해서 임대해다 썼다.

알베론은 공헌도를 많이 필요로 해서 함부로 쓸 수 없는 귀중한 인재. 그러나 평범한(?) 고위급 사제들은 공헌도를 제법 많이 소모하더라도 계속 부려 먹을 수 있었다.

위드의 선택에 따라 데려간 사제들이 사냥으로 강해지는 건 교단에도 좋은 일이다. 사제들이 레벨 업을 하면 데려오느라 소모했던 공헌도도 일부 회수할 수 있었다.

국왕으로서 통치하는 아르펜 왕국을 통해서도 매일 일정하게 각 교단의 공헌도를 획득했다. 신도들이 기부를 하거나 신앙심이 강해질 때마다 국왕에게도 공헌도가 약간씩 축적되었던 것이다.

아르펜 왕국의 주민들이 교단을 믿을수록 무섭게 쌓여 가는 공헌도!

위드는 사제들을 아쉽지 않게 필요에 따라 2~3명씩 고용해서 사냥으로 이끌었다.

"시, 신이시여! 저에게 이런 고난을……."

"으, 으허억!"

그 사냥 속도를 어떻게든 버텨 내기만 한다면, 사제들은 확실하게 강해졌다.

페일과 이리엔, 로뮤나 등 다른 동료들은 자주 부르지 못했다. 그들은 아무래도 위드처럼 하루 중 많은 시간을 〈로열 로드〉에만 집중하기가 어려웠다.

더군다나 집중 사냥 기간에는 필요에 따라서 금방금방 다른 사냥터로 이동해야 했다.

보스급 몬스터가 경험치에 좋다면 즉시 던전을 돌파하고 들어가서 사냥을 하고 다른 곳으로 옮겨 가 버리는 신속함.

파티의 인원이 많아지면 빠르게 따라다니기가 어려워진다는 단점이 생긴다.

또한 원래의 일행에게는 이런 지독한 사냥이 괴로울 수도 있기에 사전에 양해를 얻었다.

페일은 덥석 두 손을 잡고 기뻐했다.

"정말요? 고맙습니다, 위드 님!"

"그동안 조금 고생하셨으니 당분간 편히 쉬셔도 됩니다."

"마치 길고 긴 어두운 터널 아래로 떨어져서 지옥의 밑바닥에 머리까지 담그고 있는 기분이었는데요. 이 배려와 은혜는 잊지 않겠습니다."

"궁수는 파티 사냥에 아주 유용한 직업인데, 제가 잊고 있었군요."

"……."

"나중에 아주 잘 이용하겠습니다. 메이런 님, 그래도 되죠?"

"물론이에요. 페일 님, 대신 다녀오셔서 이야기를 해 주셔야 돼요."

"커억!"

페일을 공략할 때는 메이런에게 말을 붙이는 것이 효과적이었다.

일행 중 몇몇은 시간이 충분할 때 기꺼이 함께하기로 했다.

화령과는 다시금 서먹함이 있었다.

〈로열 로드〉를 통해서의 친분만이 아니라, 아주 조금은 마음을 터놓을 수 있는 상대였다. 그런데 서윤과 함께 있는 모습,

그리고 옆집에 산다는 이야기까지 듣고 나니 풀이 팍 죽어 버렸다.

그러나 화령은 구차하게 여자들끼리 다투지는 않을 정도로 시원한 성격이었다.

"서윤 님이라고 했나요? 뭐, 위드 님이 매력 있기는 하죠? 그 매력을 나만 알아본 건 아니라니까."

"맞아요."

그리고 당연하다는 듯이 고개를 끄덕이는 서윤.

"전 포기하지 않을 거예요. 다시 돌아오게 할 자신이 있으니까요."

"저도… 놓지 않아요."

그녀들의 모습에 페일과 제피는 아무 말도 할 수가 없었다.

"세상이 참 말세에 가까워지기는 했죠."

"이미 지옥일지도 모릅니다."

"위드 님이 성군으로 불리고 있는데……."

"지옥의 밑바닥이 확실하군요."

마판은 여자 친구인 가몽과 함께 교역을 나서서 만나기 어려웠다.

마판이 조금이라도 바가지를 씌우고 식료품으로 횡포를 부리려고 하면 가몽은 저렴하게 팔았다. 악덕 상인 마판이었지만 여자 친구 앞에서는 꼼짝도 못 한다는 소문이 있었다.

위드는 아르펜 왕국의 영토에서 활동하면서 유저들의 증가로 인해 정보들이 많아진 것을 느꼈다. 정보 게시판을 보면 북부의 이야기가 상당했고, 웬만한 던전이나 지형은 거의 대부분 모험가에 의해 분석되었다.

위드가 원하는 던전은 경험치 2배가 적용되는 최초 입장의 장소!

빠른 성장을 위해서는 필수적이라고 할 수 있었지만, 단점도 있었다.

전투 스킬 숙련도를 위해서는 경험치만 빨리 얻는 것도 그다지 좋지만은 않은 것이다.

위드의 스킬들은 숙련도가 높았지만 검술의 비기들을 포함하여 워낙에 다양했으므로 골고루 성장시켜 줄 필요가 있었다.

사냥하면서 조각 파괴술을 활용하지 않으면 서윤보다 훨씬 약하다는 것도 약점.

"위, 위드 님이다."

"위드 님이 우리 던전에 오셨다!"

"꺄아아아악!"

여러 개의 층으로 구성된 지하 던전의 경우에는, 몬스터들이 가장 약한 입구와 1층에 유저들이 상당수 있었다.

시기상 북부에서 시작하지는 못하고 이주해 온 고레벨 유저들이었다!

그들은 사냥하는 사람이 위드라는 걸 알아차리면 팬클럽처럼 따라붙었다.

물론 위드는 조각 변신술로 모습을 바꿀 수 있었지만, 휴식 시간에 잠깐씩 조각품을 만들 때에는 그럴 수가 없었다. 그럼에도 워낙 평범한 외모라서 알기가 어려웠지만 여신의 기사 갑옷과 반 호크, 토리도, 누렁이의 존재가 결정적이었다.

위드는 사람들이 몰려드는 것을 보며 인상을 찌푸렸다.

"인기인은 피곤하군. 역시 나의 인품과 외모가 사람들을 끌어들이는 매력으로 작용하는 거지."

"……."

사실상 즐기는 수준!

고레벨 유저들이 사냥에 지장을 주는 정도까지는 아니라서 방치해 두었다.

그렇게 하더라도 위드와 서윤을 따라서 더 험한 곳까지 빠르게 따라올 수 있는 이들은 극히 드물었다.

"저기, 무리한 부탁인 줄은 알고 있는데요, 위드 님께서는 대륙 최고의 조각사이십니다. 제가 아내와 딸에게 선물을 해야 하는데……."

고레벨 유저 중의 1명이 다가와서 말했다.

온몸이 신성력과 마법이 부여된 특수 재질의 장비들로 도배되어 있었다.

"눈에 차진 않으시더라도 이 비상하는 날개 부츠를 드릴 테니 조각품을 좀 만들어 주시면 안 될까요?"

덥석!

"잘 찾아오셨습니다."

고레벨 유저들이 가까이 있다 보면 조각품 의뢰도 쏠쏠하게 받을 수 있었다.

위드가 스킬 숙련도를 올리기 위해서 혼자서 만드는 것들은 나중에 마판 상회를 통해서 처분하든가 해야 한다. 예술 직업의 조각사이기는 하지만 모험과 지위로 인한 인기도가 워낙에 높아서 제품 처분에는 문제가 없다.

하지만 이런 식의 주문 제작 상품이야말로 원하는 만큼 바가지를 덮어씌울 수 있는 수준.

"재질은 최고급으로 해야겠죠? 어중간하게 싼 티 나는 걸 선물해 봐야 안 하는 것만 못하니까요."

"네."

"크기도 너무 작은 것은 곤란하겠고……."

"그렇죠."

"흠흠, 눈에 잘 보이지 않는 미세 세공과 다듬기 작업까지 들어가면 요금이 추가될 수 있는데."

"알아서 잘해 주세요."

대답할 때마다 무섭게 가산되는 요금!

"근데 제가 가지고 있는 금괴가 더 이상 없어서요."

"뭐, 아쉽지만 어깨 보호대 정도면……."

위드는 조각술로 부수입까지 쏠쏠하게 거둘 수 있었다.

하벤 제국을 휩쓸고 일어난 반란군!

칼라모르 해방전선.

툴렌 영웅단.

아이데른 왕국의 패잔병.

노튼 귀족군.

루가 강 저항군.

대반란의 날 이후 제국의 혼란은 걷잡을 수 없을 정도로 크게 번졌다.

　"과연 기회가 주어지니 기어 나오는군. 생각보다는 빠른데… 그렇다고 해도 힘의 우열이 뒤집어지진 않지."

　라페이는 이에 대응하기 위하여 제국 군대의 통솔권을 발휘했다.

　"군대는 대도시와 요새 위주로 주둔하고, 반란군이 출현한 지역은 신속하게 제압하라."

　헤르메스 길드의 유저들도 비상경계와 전투에 들어갔다.

　중요 요새들에는 확실한 군사력을 동원하여 주둔시킴으로써, 반란군들이 연합하거나 인근 지역으로 확산되는 것을 최대한 방지했다.

　하벤 제국은 중앙 대륙의 실질적인 패자!

　과거 대륙을 분할하여 장악했던 명문 길드들의 잔존 세력이 다시 일어났다고 하더라도 전력상의 우위는 과거와 비교가 안 될 정도로 확고하게 유지하고 있었다.

　날고뛰는 헤르메스 길드의 유저들이 반란군 소탕에 나서면서 주민들이 일으킨 작은 반란들은 순식간에 제압되었다. 하지만 전투들이 평원이나 도시 외곽에서 벌어지는 게 아니라 시장과 상업 거리, 관청 등 사방에서 일어났다.

　"도시의 화염이 심각합니다."

　"빌어먹을! 마법사들을 동원한 것이 잘못이었어."

　"목조건물들을 통해서 계속 불길이 번지는데요. 바람까지 불어서 걷잡을 수 없습니다."

"어쩔 수 없이 도시는 포기한다. 반란군의 요충지나 마찬가지니까 잿더미가 되어 버리는 것도 깔끔할 테지."

유구한 역사를 가진 도시 페이터스는 반란군과 싸우는 도중에 방화로 인하여 사라지고 말았다.

엠비뉴 교단에 장악되었던 적도 있지만 위드의 모험으로 인하여 더욱 융성해졌던 대도시. 하지만 지금은 시커먼 화재의 흔적만 남고 모든 것이 사라졌다.

"들었는가? 제국군이 우리를 죽이기 위해서 도시에 불을 지르는 모양이군."

"아이고 어른이고 가리지 않고 전부 태워 죽인대."

"잔악한 놈들. 그놈들이야말로 악마임에 틀림이 없어."

하벤 제국에 대한 흉흉한 소문들이 불길을 타고 계속 번져 나갔다.

점령 지역 주민들이 제국을 싫어하는 태도는 너무 당연했다. 점령군이 들어오고 나서 막중한 세금을 수탈당하고 있었던 만큼 반란군에 합류하는 지역도 계속 늘어났다.

라페이가 사전에 경계하고 있던 불안 요소들이 현실이 되어 크게 번져 나가고 있었다.

"기병대, 도시 진입을 마쳤습니다."

"반란군은 오늘 내로 소탕하고 다음 지역으로 이동한다."

그럼에도 불구하고 하벤 제국의 군사력은 강력했다.

대도시와 요새를 중심으로 하여 지키면서, 반란군이 일어나더라도 그 지역을 통째로 빼앗기는 경우만큼은 발생시키지 않았다.

반란군들은 하벤 제국의 정예 군단이 이동하는 족족 격파되었다.

"우리를 도와주시오. 모든 걸 잃어버리기 전에 하벤 제국에 맞서야 하오."

"시간이 얼마 남지 않았어. 지금이 아니면 우리 네스트 왕국의 부활을 위한 꿈은 사라지고 말 것이야."

퀘스트가 발생하면서 일반 유저들까지 저항군과 반란군에 제법 합류했지만 하벤 제국은 막강한 군사력을 과시하며 격파했다.

"우린 안 될 거야, 아마……."

"헤르메스 길드는 정말 지독하게 강하네. 질린다, 질려."

중앙 대륙의 유저들이 자포자기의 기분이 들 정도로, 신속하게 군사력을 동원했다.

하지만 라페이조차도 의도하지 못한 일들이 제국 곳곳에서 일어났다.

하벤 제국의 막대한 곡물 생산량에도 불구하고 굶주리는 지역들이 나타났다. 반란군, 저항군, 산적이 속출하면서 일부 지역에서 농산물 수확이 불가능해졌으며 물류 운송도 원활하지 못했기 때문이다.

하벤 제국은 그런 지역들마다 군대를 통해서 식량을 공급해 주었다.

"식량 지원? 돈으로 따지면 100만 골드가 넘겠는데……."

"영주님, 어떻게 할까요? 굶주린 주민들이 모두 기다리고 있습니다."

"뭘 물어봐. 창고에 다 집어넣어야지. 나중에 식량난이 심해지면 시장에서 더 높은 가격으로 팔 수 있을 거야. 창고에 경비병을 더 배치해라."

"옛!"

영주들은 중앙에서 내려오는 지원 식량을 주민들에게 풀지 않고 자신들이 가졌다. 내정을 통해서 지배하고 있는 도시와 마을을 부강하게 만들어야 할 필요성을 전혀 느끼지 못했던 것이다.

오랜 시간이 걸려서 기술을 개발하고 상업을 확대하는 정책 같은 건 쓰더라도 효과가 아주 늦게 나온다.

중앙 대륙을 지배하려는 헤르메스 길드의 영주들은 전쟁에 혁혁한 공을 세운 강자들!

그들은 통치하고 있는 도시의 주민들을 쥐어짜 내서 군대를 키우고 중앙에 바칠 뇌물을 마련하기를 원했다. 전쟁 공적을 세우거나 수뇌부의 마음에 들어서 더 좋은 땅을 다스리게 되면 모든 것을 복구하고도 남기 때문이다.

제국에 납부해야 하는 세금을 낮추고, 주민들의 복지를 향상시키도록 한다.
각 영주들은 반란군이 발생하지 않도록 주민들의 삶을 개선시키도록 신경을 쓰라.

라페이는 전후 복구 계획, 경제 재건 계획, 상업 지원 계획 등을 연속으로 발표하면서 정복 지역들의 경제 발전을 강하게 추진했다.

마법 연구, 기술 개발, 도로 건설, 도시 재건, 관광지 복원 등이 한꺼번에 추진되었다.

중앙 대륙이 들썩일 정도로 천문학적인 자금이 집행되었다. 하벤 제국으로서도 그동안 거두어들여서 보관하고 있던 국고의 삼분의 일 이상을 풀어 전면적인 투자에 나선 것이다.

경제가 발전되고 중앙 대륙이 살기 좋아진다면 반란군이 일어나거나 북부로 사람들이 떠날 까닭이 없다. 재정 지원을 해준다면, 시간이 지나면 북부의 유저들이 중앙 대륙으로 건너오기 위해서 안달하고 말리라.

경제로 승부를 거는 정책!

유저들과 주민들에게 거두어들이던 막대한 세율도 조금 낮추고, 물품 거래세도 낮추는 정책을 제국 전체에 지시했다.

그러나 영주들은 이것도 마지못해 받아들이는 시늉만 했다.

세금을 낮추면 당장 거두어들이는 수입이 감소한다. 그렇게까지 해야 할 이유가 없었다. 반란군이 발생하더라도 자신의 지역은 알아서 처리하면 된다.

반란군이 생겨도 군대를 동원하여 해치우면 병사들에게는 좋은 기회이고 훈련이 된다. 완벽한 승리를 거두면 당분간 치안이 향상되는 효과도 있었다.

다만 그 지역에서 반란군이 일어나게 되면 인접한 다른 지역의 치안도 떨어뜨리는 효과가 생겼다.

어쩌다가 영주의 손에서 해결이 되지 않을 정도로 반란의 규모가 커지면 중앙에 손을 내밀어야 하는 경우도 생겼다. 일단 반란군이 무기고와 보급 물자를 약탈하여 기본적인 무장을 갖추고 산속으로 들어가면 토벌에도 많은 시간이 걸렸다.

그들을 완벽하게 토벌하기까지 치안과 민심에 극도의 악영향을 끼쳤을 뿐만 아니라, 일정한 확률로 구 왕국군의 군대까지도 다양한 방식으로 출현하게 되었다.

❧

라페이는 아르펜 왕국을 견제하기 위한 비밀공작에도 착수했다.

"하벤 제국의 피해가 막심하니 아르펜 왕국도 조금은 뒤틀어 놓을 필요성이 있겠어. 현재의 사태만 진정되면 전쟁으로 정복해 버릴 곳이지만, 확실한 국력의 차이를 보여 주어야겠지."

위드가 아르펜 왕국의 몇 개의 거점 도시들에 투자했다는 보고는 라페이도 받았다. 자신이라도 그 상황이라면 그렇게 했을 정도로 적당한 대처였다.

위드를 단순한 모험가나 전사로만 생각할 수 없는 부분이 바로 이런 통치자로서의 자질이다.

맨바닥에서 모라타를 세우고 지금의 왕궁을 일으킨 입지전적인 인물.

좋은 계획을 세우고 정치력도 발휘해야 한다. 우연이나 행운만으로는 절대 불가능하다고 생각했다.

"우리도 북부의 점령지에 투자한다. 아르펜 왕국보다 더 빨리 발전도를 높인다면 주민들이 옮겨 올 수도 있겠지."

하벤 제국은 북부의 사분의 일을 정복하고 있었다.

아르펜 왕국에는 여전히 부족한 것들이 많다. 하벤 제국 측의 도시 발전도가 비약적으로 증가한다면 이주민들이 생길 수도 있으리라. NPC 주민들을 비롯해서 유저들도 살기 좋은 곳을 원하기 마련이니까.

"북부의 사분의 일이라. 대륙 정복의 교두보가 되기에는 훌륭하군."

하벤 제국의 점령지가 눈부시게 발전하여, 향후 아르펜 왕국이 무너지게 되었을 때 북부의 중심지가 된다는 정복 계획.

제국 총독부를 비롯하여 호화찬란한 최고의 건물들이 들어서게 될 것이고, 자유도시들처럼 무역을 기반으로 한 도시들을 만들어 낸 이후까지도 염두에 두었다.

북부 대륙에는 중앙 대륙과 다른 장점이 많이 있었다.

넓고 비옥한 땅에서는 곡물이 생산될 것이며, 광산 개발도 대거 진행될 수 있다. 주민들의 수를 늘리고 더 많이 정착시킨다면 아주 큰 경제력을 가진 지역을 대거 만들어 낼 수 있었다.

중앙 대륙과 북부의 교역이 활발해지면서 상호 간에 부족한 부분을 돕게 되리라.

원래 북부 정복 계획은 완전한 파괴 후의 재건이었지만 라페이가 생각하기에 지금의 변화도 나쁘지는 않은 것 같았다.

"급하게 먹는 떡이 체할 수 있어. 상황을 잘 맞춰서 이끌어 간다면 더 나은 결과를 만들 수도 있겠지."

장차 하벤 제국에 의해서 북부의 미래라는 큰 그림이 그려지게 되리라.

"북부에 자리를 잡은 영주들에 대한 지원을 더 해 줘야겠군. 앞으로 도시들이 생기면 새로운 영주들에게 나누어 주기에도 좋다."

헤르메스 길드의 날고뛰는 유저들에게 영주 직위와 땅을 넘겨준다면 스스로 개발을 하게 될 것이다.

베르사 대륙에서 영주란 대단한 자랑거리였다. 라페이에게서 전면적인 북부 개발 계획을 듣고 나면 막대한 자금을 바쳐서라도 영주의 자리를 얻으려고 할 것이다.

라페이는 위드와 직접 무력을 겨룰 일은 없다고 생각했다.

헤르메스 길드에서 내세울 수 있는 칼은 많다. 그리고 바드레이라는 최강의 칼은 이미 준비되어 있다.

그렇지만 위드와 정치력이나 국가 개발의 큰 밑그림을 겨루는 것도 상당히 재미가 있었다. 위드가 힘겹게 쌓아 올린 아르펜 왕국을 압도하고 박살 내 버리게 될 테니까.

"이걸로는 조금 모자라. 이기기에는 충분하지만 짓밟았다고 하기에는 약하지."

라페이는 밝은 쪽의 전략만 선호하진 않았다. 음험한 계략이 훨씬 큰 효과를 불러오는 경우도 대단히 많다.

원하는 대로 큰 그림을 그리기 위해서도 물밑 작업은 필수.

그는 헤르메스 길드의 정보대를 총괄하는 스티어를 불렀다.

"스티어 님."

"네."

"북부 유저들을 포섭하는 일은 얼마나 진행되었습니까?"

"전쟁 중에 헤스티거가 느닷없이 등장하여… 그 충격이 너무나 강해서 별로 효과를 못 봤지만 약 1,000명 정도 됩니다."

"좋군요. 큰 기대는 하지 않더라도 언젠가 결정적인 때에 쓸 모는 있을 것 같습니다."

"저도 그렇게 생각합니다."

북부의 강자들이라고 해도 헤르메스 길드의 눈에는 들지 않는 수준에 불과했다. 그럼에도 배반자들이 나타난다면 북부의 결속력은 약해질 수 있을 것이다.

지난 전쟁에도 라페이의 여러 가지 계략들이 있었지만 너무나 갑작스러운 전개에 제대로 발동되지 못했다. 헤스티거가 등장하고 대지의 궁전이 통째로 무너져 버리는 것까지는 누구도 예상할 수 없는 일이었다.

"위드에 대한 암살은 어떻게 되고 있습니까?"

"암살대가 계속 추적하고 있습니다만 상당히 어렵습니다. 신출귀몰에 가까울 정도로 빠르게 돌아다녀서 추적이 힘듭니다."

"와이번을 타고 다닌다는 이야기는 저도 들었습니다. 던전에 들어간 이후에도 척살이 안 됩니까?"

"던전 돌파 속도가 빠릅니다. 그리고 유명한 던전에는 북부 유저들이 있는 경우가 많아서……."

"우리 헤르메스 길드에서 암살대를 보내고 있다고 하면 별 우스운 소문들이 다 나올 수 있겠지요. 소란스럽게 굴 것 없습니다. 기회가 조만간 올 겁니다. 몰래 처리하도록 하세요."

"암살대를 대대적으로 보강하여 준비하고 있습니다."

사람들이 모르는 가운데 위드를 방해하고 약화시키는 것이었다.

위드는 아마 조각술 마스터를 코앞에 두고 있을 테고, 다른 생산 기술들의 숙련도도 대단히 높았다. 한 번의 죽음만으로도 레벨뿐만 아니라 잃어버리는 스킬 숙련도가 엄청나리라.

헤르메스 길드에서 이 정도까지 신경을 쓰고 있는 이유는 전적으로 조각술 최후의 비기 때문이다.

위드가 스킬을 얻은 것이 분명한 이상, 그리고 어떤 이유에서든 지난 전쟁에서 사용되지 않은 만큼 더 경계하고 있었다.

조만간 벌어질 수밖에 없는 다음 전쟁에서는 바드레이와 맞승부가 벌어질 가능성도 있기에 위드를 약화시키거나 적어도 스킬의 정체만이라도 확인하려고 했다.

'불안하고 껄끄럽다. 미리 알고만 있다면 대처가 어렵지 않아. 도저히 상대하기 까다로운 스킬이라면 집중 공격을 해서 바로 죽여 버리면 될 것이고. 고작 1명의 힘으로 전쟁을 바꿀 수는 없겠지.'

라페이는 아크힘에게 새로운 지시를 내렸다.

"위드의 동료들에 대해서는 파악하고 있지요?"

"물론입니다. 초보 시절부터 사냥을 함께 다녔던 동료들부터 전쟁에서 활약한 500여 명의 묵사발 기사단, 그들에 대해서도 전원 주시하고 있습니다."

"유명인도 있는 것으로 아는데……."

"메이런. 〈베르사 대륙 이야기〉 진행자입니다. 하지만 단순한 동료로 보이며 전쟁에서는 별다른 활약을 하지 않았습니다. 방송 관계자이기 때문에 중립을 지킨 것으로 보입니다. 그리고 다른 1명은 화령이라는 유저입니다. 가수 정효린 씨. 현실에서는 모르는 사람이 없을 정도의 유명인이고, 〈로열 로드〉에도 그녀의 추종자가 대단히 많습니다."

모라타의 대극장에서 화령이 무대를 꾸몄을 때에는 도시가 온통 들썩였을 정도다.

마법에 의한 빛과 화염, 물방울, 얼음 꽃까지 날리는 화려한 공연은 음악 방송국들이 그녀의 단독 콘서트로 중계를 하게 만들었다.

새로운 시도에 폭발적인 인기는 당연!

그 후 여러 가수들이 공연장에서 무대를 꾸미는 것이 일반화되었다.

하지만 화령의 공연 퀄리티만큼은 따라올 수가 없었다.

"위드와 그들의 관계는 어느 정도나 밀접합니까?"

"상당한 것으로 알고 있습니다. 그의 모험이나 전쟁 때마다 나서서 도움을 주었으니까요."

"매수가 절대 불가능한 정도일까요?"

"그것은……."

대외적으로 위드의 동료들도 많이 알려진 유명인이었다.

하지만 사람의 욕심은 끝이 없기 마련이다. 절친한 사이라도 이권이 걸리면 배신할 수 있다. 위드처럼 큰 인물이라면 그 그늘도 더 어둡기 마련.

초창기부터 함께했던 동료들이라면 명성과 업적에 대한 질투로 배신할 수도 있으리라.

헤르메스 길드에서는 충분히 위드에게서 등을 돌릴 만한 보상을 줄 수 있었다.

"동료들과 묵사발 기사단… 매수가 불가능하지는 않으리라
고 생각합니다. 접촉해 보겠습니다. 어느 정도까지 부를까요?"

"동료들에게는 북부 점령지의 영주 자리 그리고 1년간의 전
면적인 재정 지원. 묵사발 기사단은 강함을 추구한다고 했으니
스킬과 성장하기 위한 장소들, 개인 용병이면 되겠지요. 남은
것은 메이런과 화령인가요? 원한다면 중앙 대륙의 영주 자리
라도 줄 수 있을 것입니다. 그만한 가치가 있을 테니까요."

2,000평의 조각품

위드는 아르펜 왕국에서 사냥을 하면서 느꼈다.

"여긴 심하게 척박하구나. 이름난 특산품도 없고 주민들도 변변치 않군. 오죽하면 잡화점도 찾기가 힘들 정도니."

모라타와 그래도 이름이 알려진 몇몇 마을들을 지나서 북서부의 변방으로 가면 인간의 손이 전혀 닿지 않은 완전한 자연이 펼쳐졌다.

끝도 모르게 펼쳐진 들판, 무성하게 자란 숲, 발목까지 들어가는 늪. 수백수천 마리의 산양 무리가 몰려다니고, 들소들이 강가에서 살아간다.

상인들이 무엇을 실었는지 모를 교역 마차를 타고 용병들과 함께 느리게 이동하는 모습이 가끔씩 보였다. 모험가들도 비슷하게 눈에 띄었는데, 말을 타고 쏜살같이 지나가곤 했다.

"와이번이 확실히 이동용으로는 편하군."

북부에는 개발되지 않은 땅이 너무 많다.

마을들의 인구가 늘어나더라도 연결 도로는 부족하고, 넘쳐나는 짐승들로 인해 돌아다니는 몬스터들도 어마어마하다.

아르펜 왕국의 치안이 어느 정도 안정적이라고 해도 그것은 대도시나 큰 성, 바르고 성채 인근에 한정되었다. 문화적 교류를 통해 왕국의 영토가 된 변방 마을들은 몬스터의 침략에 의한 위기가 잦았다.

"다 함께 놈들을 막아 내죠. 방책에 의지해서 아침까지만 버티면 됩니다!"

"용병님들, 보수 올려 드릴 테니 절대 도망가면 안 됩니다."

여행자로 방문한 유저들이 마을을 지켰다.

마을이 위기에 빠지면 퀘스트가 발생, 인맥이 있는 다른 마을에서 구해 주기 위해 유저들이 찾아온다. 상인들은 자신의 교역로와 물품의 생산지를 지키기 위해 용병을 고용했다.

아르펜 왕국은 위드에 의해서 시작되었지만 유저들이 함께 키워 가고 있었다.

유저들이 살아간다는 것!

중앙 대륙에서는 뭘 하든 헤르메스 길드에 의해 억압을 받는 약자의 신세가 될 뿐이지만 북부에서는 다르다.

자신의 삶과 운명을 스스로 결정할 수 있었으며, 모험가나 상인, 장인, 예술가 등의 꿈을 이루어 나가기 위해 도전하면서 살았다.

위드는 아르펜 왕국이 발전할 것이라는 희망을 가졌다.

"여긴 더 늦기 전에 무조건 땅을 사야겠군. 상가들도 매입해서 월세를 주다 보면 매매가도 올라서 웃돈을 주고 처분할 수 있겠지."

평원에 있는 변방 마을이라도 발전 가능성이 보였다.

몬스터들의 침략에 대항하며 마을 주변에서부터 조심스럽게 곡창 지역을 늘려 가고 있다.

옥수수와 감자, 고구마 밭에 가득가득 담겨 있는 정성.

광산 마을들은 제대로 된 금광, 은광이라도 개발이 되면 대박의 꿈이 이루어진다.

아르펜 왕국의 영토를 벗어났습니다.
그루드 촌락의 사람들은 아르펜 왕국의 사람들의 자유분방한 생활을 부러워하고 문화적인 성취를 동경합니다.

왕국이 잃어버린 변방의 영토도 넓었지만 위드는 개의치 않았다.

"멀리 떨어져 있는 작은 마을들이 국가를 형성할 수도 없을 테고, 훗날 다시 돌아오게 될 테지. 두고 보자, 그때는 막중한 세금을 거두어 주마!"

위드는 서윤과 함께 변방을 여행했다.

와삼이를 타고 한밤중에 눈 덮인 산의 정상에 내려섰다.

달빛과 별빛을 조명 삼아 눈 덩어리를 굴려서 조각 재료들을 모았다.

보는 사람이라고는 서윤밖에 없었지만 분위기는 진지했다.

"이번에는 세기의 걸작을 창조해 내야지. 그러면 단숨에 조각술 마스터의 경지에 오르고, 시간 조각술까지도 꿀꺽!"

사심이 듬뿍 담겨 있었다.

"어디 보자, 이 부근은 역사적으로 광산 마을이었군. 니플하임 제국 몰락 이후로 닫혔던 폐광을 복구하면 구리 광석이 다시 나올 수 있겠어. 구리라면 큰돈은 안 되겠지만 그럭저럭 쓸 만하겠지. 구리 광석이 부족하기도 하고, 상인들이 방문하여 이 부근이 발전한다는 것도 장점이니까."

위드는 니플하임 제국의 역사책과 과거에 쓰던 지도를 가지고 있었다.

"이곳에 만들어질 조각품은… 그래, 그냥 단순한 게 좋지. 광부로 하자!"

조각칼로 나무를 깎거나, 모루와 정을 사용해서 바위만 다듬을 필요는 없다. 재료를 한정 짓지 않고 무엇이든 표현해 낼 수 있다는 점에서 제한을 갖지 않았다.

자연 조각술로 눈을 쌓아서 광부 마을 주변의 풍경을 꾸미고, 내부에는 구리를 재료로 해서 마을과 그 안에서 살아가는 사람, 드워프의 조각품을 표현했다.

특징이라면 여자들과 어린아이들까지 전부 일을 하고 있었으며 드워프들이 많이 보인다는 점이다.

원래 이곳의 광산 마을에는 드워프가 없었다.

광산 부근은 드워프들이 좋아하는 거주 장소다. 그래도 고급 인력이라고 할 수 있는 드워프들이 고작 구리 광산 때문에 찾아오진 않는다.

위드는 예술품을 만들면서 현실에 기반하기보다는 철저하게 실속을 추구했다.

어둑어둑한 하늘, 싸늘한 바람을 맞으며 사냥으로 얻었던 구리 조각과 구리 물품들을 녹이고 조각품의 틀을 짰다.

"결국 조각사는 모든 분야에서 노가다 정신이 필요한 거지."

품위 있고 고상한 화가와는 차원이 다르다. 조각사야말로 굵은 땀방울을 흘리며 육체노동을 해야 하는 지독한 3D 업종인 것이다.

서윤과 누렁이, 금인이는 옆에서 감자와 고구마를 익혀 먹었다. 와삼이는 달구어진 돌덩어리를 앞발로 꺼내서 그 위에 말고기를 자글자글 구워 먹었다.

"실수가 있어서는 안 돼."

위드는 구리를 녹인 물을 진흙 형틀에 계속 부었다.

대장장이들이 흔히 하는 주조 작업!

붕어빵을 만드는 것과 비슷했다.

과거에는 간단한 형상만 다듬었다면 이제는 특색 있는 방법을 썼다.

형틀 내부의 연결 부위 등을 최소화하면서도 마감에서 독창적인 무늬들을 그대로 유지했다.

현대 건물들 중에는 시멘트 거푸집 흔적을 고스란히 드러낸 것들도 있었다. 이음새 자국, 구멍, 페인트를 칠하지 않고 시멘트도 그대로 드러낸다.

건물의 본질을 보여 주는 방식인데, 아주 흔하진 않아도 나름의 멋스러운 면이 있다.

조각술은 원재료에 따라서 느낌이 많이 달라지게 된다. 질감과 형태를 중요하게 여기는 것이다.

"옷깃 하나까지… 완벽하게!"

위드는 익숙하게 광부의 옷차림을 만들어 냈다.

오래되어 색이 바랜 느낌을 주는 구리의 특성상 나이 든 광부의 조각품은 그럭저럭 쓸 만하게 완성되었다.

물론 위드의 기준으로나 쓸 만한 것이었지 다른 조각사들은 중급 대장장이 스킬을 접목시키는 것만으로도 기가 막혀 할 것이다.

"으악, 이게 조각사라니⋯⋯."

"가야 할 길이 멀군요. 그만두겠습니다."

조각사 특유의 노가다 정신으로 만들어 낸 세밀한 무늬들은 솜씨 있는 대장장이들이라도 꿈도 못 꾼다.

"사실 대장장이들은 효율을 중시하니까 재료의 강도에 충실하기 마련이지. 구리 따위의 하급 재료를 쓸 리도 없을 테고, 이런 쓸데없는 짓은 절대 하지 않을 거야."

위드는 새벽이 찾아오기 전에 작품을 마무리했다.

> 만든 조각품의 이름을 정해 주십시오.

"쉬지 않고 일하는 광부."

당연히 절대로 쉬어서는 안 된다.

아르펜 왕국의 번영, 나아가서 위드 자신의 안락한 노후를 위해서는!

> 〈쉬지 않고 일하는 광부〉가 맞습니까?

"확실해."

조각술 스킬의 숙련도가 향상되었습니다.

대장장이 스킬의 숙련도가 향상되었습니다.

손재주 스킬의 숙련도가 향상되었습니다.

명성이 121 올랐습니다.

인내가 2 상승하였습니다.

힘이 1 상승하였습니다.

통찰력이 1 상승하였습니다.

시간 조각술의 숙련도가 증가합니다.

명작 조각품을 만든 대가로 전 스탯이 1씩 추가로 상승합니다.

카이락카 광산 마을의 주민 충성도가 증가합니다.
주민들은 국왕이 직접 만들어 준 조각품에 큰 고마움을 느끼고 축제를 벌일 것입니다. 축제 이후에 일시적으로 출생률이 증가합니다. 범죄 발생을 강하게 억제합니다. 드워프들이 이 지역에 대한 친밀감을 아주 조금 느낍니다.

"크후흐히히! 명작이다, 명작이야. 스탯을 얻었어."

위드는 괴성을 터트리며 웃었다.

거의 마스터에 다다른 조각술과 손재주로 자신의 왕국에 작품을 남기는 기분은 직접 경험해 보지 않고서는 모를 것이다.

"그야말로 길거리를 걷다가 누런 금괴와 당첨된 로또 복권을 줍는 기분이랄까."

열심히 노력하기는 했지만 짭짤한 재미도 있었다.

"얼쑤얼쑤."

오랜만에 조각에 몰입하기도 했고 특별히 기분이 좋아서 웃음이 더 나왔다.

그렇게 괴성을 흘리며 웃다가 문득 옆에서 서윤이 보고 있다는 생각을 뒤늦게 떠올렸다.

위드가 고개를 돌려 보니 서윤이 가만히 쳐다보고 있었다. 옆에는 누렁이와 금인이도 앉아 있었다.

"……."

상당히 많은 모험을 혼자서 다녔기에 이렇게 민망한 상황이 벌어지기도 한다.

서윤이 말했다.

"조각사라서 그런지, 작품을 만들고 기뻐하는 모습이 참 좋아 보여요."

예술의 길을 걷다 보면 일어날 수 있는 일로 이해해 주는 착한 여자!

"아, 그렇지. 예술이란 감정을 주체할 수 없게 만드는 오묘한 것이니까."

위드는 자신이 정말 여자 복은 있다고 생각했다. 한평생 살면서 여자 복이 있을 거란 생각은 못 해 봤는데 서윤을 만난 걸 보면 그것도 아닌 모양이었다.

서윤이 조용히 덧붙였다.

"조각사라서 다행이지, 흑마법사나 네크로맨서였다면 조금 아니었을 것 같아요."

기괴하게 생긴 키메라를 보며 좋아하거나 해골들을 보면서 웃는…….

위드는 아무 말도 못 했다.

사실 그동안 그가 걸어온 길 중에는 리치로 활동하며 썩은 해골들을 소환하던 때도 있었다. 해골들과 다 함께 턱뼈를 달그락대며 즐겼던 것이다.

'그 맛을 모르는군.'

일출이 시작되려는 것처럼, 저 멀리서부터 하늘이 붉어지고 있었다.

위드는 서윤에게 말했다.

"이리 와 봐."

"……."

둔한 사람이라도 충분히 알 수 있는, 의도가 명백한 부름.

위드는 얼굴을 붉히며 다가온 서윤의 어깨를 붙잡고 진하게 입을 맞췄다.

그 순간 막 태양이 떠올랐다.

"골골골, 나도 여자를 만나고 싶다."

"음머어어어어, 암컷이 그립다!"

탕탕탕!

"무슨 일이죠?"

"헤르메스 길드에서 왔습니다. 좋은 제안을 하려고요."

"안 사요!"

닫힌 문을 보며 헤르메스 길드의 정보대 소속 요원 벤자임은 황당했다.

위드의 동료 중에서 수르카를 찾아왔는데 당한 반응!

"물건을 팔기 위해 온 것이 아닙니다. 우리는 수르카 님에게 영주의 자리를 드리려고 합니다."

벤자임은 다시 문을 두들겨서 수르카가 나오자 그 취지를 설명했다.

위드의 동료들 중에서도 어리고 만만한 느낌의 여성 유저. 그녀를 포섭하는 일은 쉬울 거라고 짐작하고 있었다.

"그러니까 저더러 헤르메스 길드와 뒷거래를 하고 위드 님을 배신하라구요?"

"그게 아니고, 수르카 님 정도면 그 명성과 무력이 영주가 되기에 충분하십니다. 헤르메스 길드에서는 그 능력을 인정하여 더욱 큰일을 부탁드리고 싶습니다. 북부에서 평범한 일반 유저로 남아 있기보다는 재능을 적극적으로 발휘하시는 편이 좋지 않을까요?"

"그니까 영주 자리 줄 테니까 양심을 팔아먹으라는 거네요, 치사하게?"

"사람은 자신의 가치에 맞는 일을 해야 합니다. 이성적으로 생각해 보세요. 영주로서 사람을 다스리는 위치에 있으면 얼마나 더 많은 일을 할 수 있을지, 알고 계시지 않습니까."

"전 지금 이대로가 아주 좋은데요. 아저씨, 인생 그렇게 살면 안 돼요."

탕!

거세게 닫혀 버린 문.

헤르메스 길드 소속의 정보대에 있는 다른 요원은 그때 로뮤나를 만나고 있었다.

"이 마법책을 준다고요? 선물로? 와, 마침 찾고 있던 건데."

"북부의 영주 자리를……."

"이 마법 열심히 익힐래요. 다음 전쟁에서 헤르메스 길드를 싹 태워 버려야지."

"……."

이리엔은 평판이 아주 훌륭한 유저였다.

도시에서 초보들에게 신성 마법을 아낌없이 퍼부어 주고, 위험하고 어려운 일이 있으면 기꺼이 일행이 되어 도와주었다.

착한 성품 때문에 그녀의 인맥도 널리 퍼져 있었다.

그 덕에 혼자 있는 경우가 드물어서, 정보대 요원은 광장에서 사람들이 구경하고 있는 한가운데에서 그녀에게 다가가야 했다.

그는 이리엔에게 사정을 설명했다.

"흑, 저더러 어떻게 그런 나쁜 짓을 하라고 하실 수 있는 거예요?"

"나쁜 게 아닙니다. 기회이지 않습니까? 헤르메스 길드는 겉보기와는 다릅니다. 능력에 따라 인재들을 공평하게 대우하고 있으며 다른 분들에게도 이와 같은 제의가 갔을 겁니다."

"너무, 너무 나빠요. 아아, 불쌍한 위드 님."

이리엔은 눈물을 펑펑 흘렸다.

그렇잖아도 어제 본 드라마에서 여자 주인공이 남자에게 배신당하는 모습을 봐서 눈물을 글썽이던 상황이었다.

"우리 이리엔 님이 울고 있다!"

"저 사람 뭐야?"

광장에서 사람들이 무섭게 모여들었다.

"당신 누구야! 무슨 이야기 했어!"

"여러분, 진정하십시오. 저는 이리엔 님에게 좋은 제안을 했을 뿐입니다."

"이 사람이 한 말 사실입니까, 이리엔 님?"

"모르겠어요. 저한테는 너무너무 나쁜 사람이에요!"

그것으로 정보대 요원은 모라타에서 쫓겨나게 되었다.

페일과 메이런도 제안을 단칼에 거절했다.

"위드 님을 배신하라고요? 하아, 그러면 사냥 지옥에서 벗어날 수가 있는 겁니까? 아니야, 안 될 거야. 저는 평생 사냥 노예로 살아가야 할 운명입니다. 영혼을 팔 수도 없는 노릇이고, 팔면 위드 님이 사 버리게 되겠죠. 틀림없어요. 다 끝났어요. 우리 부모님도 모라타에서 장사를 하는데, 언제 또 위드 님과 사냥을 가냐며 부추기고 있어요."

"싫어요. 근데 이 제안, 방송에 내보내도 되나요?"

위드의 동료들에 대한 포섭은 연거푸 실패!

그런데 화령과 벨로트에게 접촉한 정보대 요원들은 전혀 다른 반응을 얻었다.

"영주라고요? 그것도 중앙 대륙의? 음, 위드 님과는 멀리 떨어지게 될 텐데. 밀당이 필요할 테니 좋은 제안이네요. 알겠어요. 가요, 어서."

"저를 영주에……. 훗, 역시 사람 볼 줄 아시네요. 파티는 매일 열어 주실 거죠? 그리고 드레스와 가방도 몇 개 사 주셨으면 하는데요."

그녀들은 당당하게 제안을 수락!

정보대 요원들이 당혹스러울 정도로 많은 보물을 받았지만, 화령을 영입한 것만으로도 큰 성과였다. 벨로트도 유명한 연예인이라는 사실을 알고 정보대에서는 더 기뻐했다.

"원하신다면 벨로트 님도 중앙 대륙의 영주 자리를 드리겠습니다."

"자유도시의 영주도 가능할까요?"

"그곳들은… 이미 다른 영주가 있어서 어렵습니다."

"그럼 전 북부에 자리를 마련해 주세요."

"원하는 땅이라도 있으십니까?"

"교통이 편리한 곳으로. 그래야 파티를 열면 사람들이 많이 오지 않겠어요?"

"원하시는 대로 해 드리겠습니다."

정보대에서는 역시 허영심이 많은 연예인은 어쩔 수 없다고 비웃었다.

'북부의 점령지에서 파티를 열어 봐야 방문객들이 얼마나 되겠어?'

헤르메스 길드를 북부에 홍보하기 위한 좋은 수단이라서 파티를 적극 지원해 주기로 했다.

검치와 사범들, 수련생들에 대한 접촉도 개시되었다. 하지만 그들과 대화를 하기는 쉽지 않았다.

아주 위험한 사냥터로 들어가 있어서 정보대 요원의 추적이 불가능한 경우가 많았다. 혹 도시에 있더라도 인상이 연쇄살인범 수준이었다.

"저기……."

"왜유."

"아, 아닙니다."

"여, 영주님의 방문을 환영합니다."

"어서 오십시오. 기다리고 있었습니다."

로빈은 도열해 있는 병사들의 환영을 받으며 자신의 통치 지역인 아스 마을로 들어왔다.

1,000명의 병사들이 일찍부터 주민들과 함께 하벤 제국에서 파견되어 있었다.

"이제 막 시작하는 마을의 모습이 좋군. 개발의 여지가 매우 많겠다."

로빈은 돈으로 북부 영주의 자리를 사고 나서 바로 달려온 것이었다.

약 200여 채의 작은 개척 마을.

전쟁이 끝난 지 얼마 안 된 시기이기도 했지만 특산물도 없고 퀘스트를 부여받을 수 있는 용병 길드도 설립되지 않았기에 유저들은 1명도 찾아볼 수 없었다.

"어디서부터 손을 대야 빨리 발전할 수 있을까. 기본적인 마을의 모습은 우선 제대로 갖춰 놔야겠지?"

로빈은 영주의 내정 모드를 활용하기로 했다.

그가 가져온 900만 골드를 전부 마을의 재정에 투입했다.

> 아스 마을이 재정적인 풍요로움을 경험하고 있습니다.
> 막 정착한 주민들은 부유한 영주의 엄청난 배포에 놀라고 있습니다. 주민들
> 은 편의 시설, 치안, 경제활동에 대한 투자가 이루어진다면 앞으로 마을의
> 미래가 밝을 것으로 기대합니다. 마을 명성이 5 증가합니다. 치안이 조금 안
> 전해집니다.

"돈을 쓸 때는 제대로 써야지."

로빈은 내정 모드를 통해서 마을의 중심가를 넓게 확장했다.

"도시의 골격을 만들 때 대도시로 성장할 미래까지도 충분히 감안해야 마땅하지. 도시의 교통계획에 있어서 인구와 여행자가 늘어났을 때 비좁은 것만큼은 용납이 될 수가 없지 않은가."

중앙 광장에 초대형 분수대를 설치하고 마차들이 달릴 수 있는 넓은 대로들을 연결해서 개통했다.

상업 지구에는 영주의 권한으로 주민들에게 붉은 벽돌과 흰 벽돌을 사용하여 석조 건물들을 짓도록 지시했다. 석조 건물은 주민들이 재료를 옮겨 와서 직접 건설해야 했다.

영주는 일을 맡기면서 임금을 정할 수 있었다. 강제 노역으로 아예 안 주는 것도 당연히 가능했다.

"충성도가 떨어지지 않게 하려면 하루에 2실버만 주어도 된다고? 마을의 주민들이 돈이 많아야 발전이 빠르겠지. 돈은 아끼는 게 아니야."

동원된 주민들에게 하루에 5골드씩을 지급하도록 했다. 그

러자 어린아이에서부터 노인까지 전부 상업 지구 건설에 투입되었다.

"무기점, 방어구점, 잡화점, 특산품 매장 같은 건 기본으로 설치를 해 주고… 어디 보자, 이 마을은 입지가 나쁘지 않으니 장래 마시장이 지어질 수 있겠군. 가까이에 초원 지역이 있으니 양 떼나 말 등을 키우는 목축업이 발달하게 되지 않을까?"

북부 지역에서는 소를 키우는 목축업이 크게 유행했다. 우수한 소의 종자를 쉽게 얻을 수 있었고, 넓은 초원에서는 원하는 대로 방목을 하기도 편했다.

사냥꾼 직업을 가진 유저가 1,000마리의 말 떼를 끌고 다니는 것도 은근히 흔히 볼 수 있는 장면이었다.

"소가 도시 내부로 들어오면 거리가 더러워지는데. 마시 같은 건 낮은 수준의 도시에서나 발달해야지."

로빈은 과감하게 목축업을 포기했다.

농업 분야도 썩 내키지 않았다.

사실 농부 유저들은 그 직업의 특성상 생산을 하지만 소비력이 큰 편은 아니다. 그들은 마을 외부의 땅을 개간해서 사용해야 하기 때문에 경치도 상당히 나빠졌다.

넓은 평야에서 농사를 지을 유저들은 몇천 명도 되지 않았으니 땅의 활용도가 높은 편은 아닌 것이다.

현실적인 이유로 당장은 마을 외부의 치안까지는 완벽하게 책임질 수 없으니 몬스터들의 난입도 막지 못한다.

곡창지대를 만들어 놓고도 몬스터들의 약탈을 계속 당하면 치안이 나빠지고 주민들의 충성도가 저하되는 것은 물론이었다. 훗날에는 몬스터 무리가 침략해 올 확률을 크게 높이게 되니, 로빈은 소득이 적은 농업 분야도 포기했다.

"내 도시는 관광, 금융, 고급품 생산의 중심지가 되어야 한다. 그러자면 초기 투자를 많이 하는 전략이 옳은 거였어. 아버지가 그러셨지, 투자는 과감하게 남들보다 앞서가야 한다고."

북부의 마을들에는 로빈처럼 새로 영주로 임명된 이들이 많았다.

하벤 제국 입장에서는 영주들을 빨리 임명해야 안정화와 발전이 촉진된다.

공짜로 영주 자리를 주는 것도 아니고, 상당한 재물을 대가로 받는다. 마을과 도시가 안정되는 시점까지도 돈과 자재들을 팔아 치울 수 있다. 하벤 제국에는 매우 이득이 큰 거래였다.

로빈은 북부에 그 이상의 가치가 있다고 생각했다.

마을이 대도시로 성장한다면 자신의 명예나 지위는 보장되는 것이다. 대륙의 주요 영주 중 한 사람이 되어 영향력을 발휘한다면 얼마쯤의 돈이 아까울 까닭이 없었다.

"대장장이 훈련소, 귀금속 장인을 위한 훈련소를 짓자. 경매장도 설립하고, 관광산업이 발달하려면 다양한 숙박 시설은 필수겠지. 미리미리 만들어 놔야 한다."

희귀 나무를 심어서 마을 외부의 조경을 꾸미는 것은 물론이고, 고급 숙박 시설도 150채가량을 지었다.

아스 마을에 일을 원하는 주민들이 몰리고 있습니다.
인구가 3,000명을 돌파했습니다.

"일감이 있으니 빠르게 늘어나는군. 이 주변에서는 내 마을의 인구가 가장 많아. 예정보다 초기 발전이 더딘 편이기는 하지만… 어느 순간부터 확 늘어날 것이야."

900만 골드가 들어간 마을에는 이제 과거의 낙후된 느낌이 전혀 없었다. 모두가 새 건물이고, 고급스럽고 새롭게 꾸며져 있었다.

로빈은 하벤 제국을 통해 400만 골드를 추가로 지원받았다. 물론 공짜는 아니었고, 상당히 큰 금액을 현금으로 지불했다.

"이 돈으로는 영주성을 지어야겠다. 누구도 따라오지 못할 크고 멋진 성을 지어 놓으면… 마을의 명성이 오르고 관광객이 늘어나는 것은 물론이고 장차 영주의 권위가 세워진다. 나에게 충성을 바치는 기사들도 뽑을 수 있겠지."

영주성은 통치를 위해서 필수적인 건물이었다. 막대한 돈이 투자되어야 하지만 분명히 긍정적인 효과가 있었다.

중앙 대륙의 상인들은 아스 마을에 와서 건축자재와 사치품을 팔기 시작했다. 건축 일감이 너무 많아서 건축자재들을 미처 직접 조달하기 어려울 지경이었다.

과거 자유도시와 공국 지대에서 나오는 고급 석재들로 마을 건설이 이루어졌다.

주민들은 나날이 부유해졌고, 경제력도 빠르게 성장했다.

마을은 상인들과 중앙 대륙에서 온 관광객들로 북적였다.

"이 부근의 주민들까지 모두 나에게 오게 되면… 전쟁으로 피해를 입은 중앙 대륙의 이주민들도 받아들여야겠지. 그래, 돈으로 모라타의 발전 속도를 따라잡을 수도 있는 거야."

로빈은 주택 건설을 개시했다.

건설 원가에도 미치지 못하는 매우 싼 주택과 거의 없는 세금, 훌륭한 시설들로 인하여 아스 마을은 하루가 다르게 주민들이 늘어나고 있었다.

꿈틀

위드는 아르펜 왕국의 변경 지대를 위주로 돌아다녔다. 정보 게시판에 올라 있는 유명한 사냥터들을 찾아다닌 것이다.

호칭 '사냥을 즐기는 투사'를 획득하였습니다.
위험한 몬스터들을 잡아서 스스로의 강함을 갈고닦는 자에게 주어지는 호칭. 이 별명을 가진 사람이라면 적을 만나더라도 위축되지 않을 것입니다.

투지가 10 증가했습니다.

사냥에 의한 눈부신 성과 달성!

단기간에 레벨도 5개나 올라갔다.

그렇더라도 아직은 427밖에 되지 않아서 마음에 들지는 않는 수준이었다.

"아직 갈 길이 멀어."

위드는 서윤에게 물었다.

"레벨이 몇이야?"

"조금 늘었어요."

"얼마인데?"

"471이에요."

"크흐흐흐흠! 갑자기 배가 더부룩하군. 일주일 전에 먹은 파전이 체한 것 같아. 참, 별로 중요한 건 아닌데… 검술 스킬은 몇이야?"

"고급 8레벨이에요. 오늘 9레벨이 될 거예요."

"커허허헉, 파전이 역류할 것 같아."

조각술 최후의 비기 퀘스트를 하면서 너무 많은 레벨을 잃어버렸다.

비공식적으로 바드레이가 레벨 500을 달성했다는 추정이 나오는 마당에 고작 이 정도는 약과에 불과했다. 일주일 내내 꼬박 굶다가 고구마 하나 캐 먹은 수준이었다.

"내가 성장하는 동안 다른 사람들이라고 놀지 않겠지."

위드는 아르펜 왕국에서 모라타와 벤트 성 사이의 중심 지역도 돌아다녔다. 정보 게시판에는 어쨌든 압도적으로 중심 지역에 대한 사냥터 설명이 상세했던 것이다.

이미 유저들에 의해서 파훼가 끝난 장소부터 금단의 던전까지, 괜찮은 사냥터도 다양했다.

"맛있는 해산물 수프를 사냥터에서 바로 요리해 드립니다. 사람이 많은 던전까지만 데려가 주세요."

"다양한 꽃 장식 팝니다. 가격 저렴, 야생화. 출처는 묻지 마세요."

"풀죽신교의 새로운 지부가 탄생했습니다. 일명 야식죽 부대! 통닭죽과 족발죽, 보쌈죽. 신규 풀죽회원을 받아요. 보리죽 부대에서 제공하는 보리술을 기본 제공!"

유명한 던전들인 만큼 사람들로 시장처럼 북적거렸다.

변방 지역에서 중심지로 돌아오니 북부에 유저들이 많이 늘었다는 사실이 실감이 났다.

입지 조건이 좋은 평원이나 강가에는 나무로 건설된 마을들이 점점 규모를 갖추어 나갔다.

마을을 구성하는 주민들도 특히 젊은 사람들이 많았다.

"아르펜 왕국이라면 국왕 위드 님께서 다스리는 곳. 왕이나 귀족들은 다 똑같은 놈들이지만 위드 님은 믿을 수가 있소."

"지옥에 있더라도 위드 님이 우리의 손을 잡아 주시면 믿고 일어날 수 있지."

이런 말을 하면서 처자식들을 데려오는 사냥꾼이나 벌목꾼의 행렬이 아직도 이어지고 있었다.

과거 니플하임 제국 도시들의 흔적이 있는 자리에도 큰 마을들이 형성되었다.

대부분 큰 마을은 교통이 편리하고, 강이나 넓은 평원을 끼고 있었다. 역사서에 나온 니플하임 제국 도시들이 융성했던 이유들이 지금도 그대로 재현되는 것이다.

몇몇 마을들은 유저들이 사냥과 모험을 위하여 정착하고, 초기부터 일찍 발달하면서 커지게 되었다.

여행을 통해 전체적인 아르펜 왕국의 발전 모습들을 경험할 수 있었다.

도시마다 발전되는 특징들이 확연하다.

농촌에는 고전 시대 아르펜 제국의 건물들이 있었다.

주민들의 출생률이 높아지고 초급 전사들이 빠르게 양성된다. 몬스터들로부터 수비를 하는 데 도움이 되는 돌 성채, 곡물 창고 등도 지어졌다.

마을에 주민들이 많아지고 상업이 발달하게 되어 크게 성장하면 색다른 건물들도 지어진다.

켈튼 왕국의 병사 훈련소, 마폰 왕국의 교역장, 부르고아의 양조장 등 조건이 갖춰지면 전쟁의 시대의 건물들이 스스로 들어선다.

벤트 성 같은 경우에는 니플하임 제국의 우아하고 고급스러운 석조 건축양식을 고스란히 유지하고 있다. 건설 시간과 인력을 많이 필요로 하지만 일단 지어지고 나면 역사적, 문화적인 가치를 가진다.

위드가 국왕으로서 모험을 하며 여러 지역들을 돌아다녔기에 부여되는 혜택.

특징이 강한 건물들은 전체적인 조화를 깨뜨릴 수도 있었지만 일단은 부여되는 혜택 때문에라도 도시로의 발전에 있어서 긍정적인 면이 많았다.

아르펜 왕국을 다채롭고 지루하지 않게 만드는 것이다.

초록색 옷과 모자를 쓰고 있는 요정 에르리얀들은 북부에서 빠르게 퍼져 나갔다. 요정의 특성상 이슬을 먹고, 밤이 지나면 새로운 친구들이 생겨나는 방식으로 번식한다.

처음에는 자연 속에서 지냈지만 곧 마을에까지 출몰했다.

에르리얀들은 광산을 개발하고, 농지에서 뛰어놀면서 곡물의 성장률과 생명력을 높였다.

아르닌도 가축들을 돌보면서 톡톡히 그 역할을 했다.

소와 돼지, 양 들은 그들이 가끔 돌봐 주는 것만으로도 새끼를 마구 낳았다.

아르닌은 몇 명 되지 않아도 각자가 가축들을 수만 마리씩 관리할 수 있었다.

특히 위험한 맹수인 샤벨타이거, 그리핀 등도 길들였기 때문에 훗날을 기대해 볼 만했다. 유저들이 익숙해지면 샤벨타이거 기병단, 그리핀 기사단이 생겨날 수도 있는 것이다.

전쟁에서의 활약도 뛰어나겠지만, 다양한 탈것들이 있으면 사냥과 모험에서의 효율도 높아진다.

북부 대륙의 변경까지 도로가 완전히 연결되려면 많은 시간이 필요했다. 유저들의 활동 지역도 천천히 넓어지겠지만, 그리폰을 적극적으로 이용할 수만 있게 된다면 그런 제약 따위는 단숨에 뛰어넘게 된다.

"흠, 발전이 빠르군. 그리고 보면 퀘스트들이 꽤나 유기적인 면이 있었단 말이야."

북부 대륙의 정상화.

중앙 대륙에 비하면 낙후된 지역이지만 몇 가지의 장점은 가지고 있었다. 위드의 모험으로 그러한 장점들이 나타났다.

그리고 모험가와 상인들이 아르펜 왕국을 위하여 공헌하고 있었다.

하벤 제국에도 개발이나 국가 특색과 같은 장점들은 지역별로 수십 개씩이나 되긴 했지만.

니플하임 제국의 수도 모드레드에서도 대대적인 재건이 이루어지고 있었는데, 이쪽은 상인들에 의하여 진행되었다.

"물품 운송을 위해서는 매번 여길 지나치게 되는군."

"강을 이용하기도 좋고, 평원 지역이 연결되어 있다 보니 멀더라도 확실히 목적지에 빨리 도착할 수 있어."

"유물들도 자주 발견되고. 왕국을 발전시키는 건 우리 상인들이란 걸 잊지 말도록 하세."

모드레드는 북부의 교통망이 완전히 복원되고 나면 중심을 차지하게 되는 위치에 있다.

지도상의 위치만 놓고 보자면 모라타가 북부의 한가운데였지만 산맥과 강줄기에 의하여 모든 지역과 직접 통하지는 못했다. 현재 아르펜 왕국에서도 북부와 서부 지역을 연결하는 핵심 장소가 바로 모드레드인 것이다.

과거 니플하임 제국의 수도였지만, 쫄딱 망하고 나서 몬스터들의 천국이 되어 버리고 말았다.

　　폐허 도시 모드레드로 가실 일행 구합니다. 닷새 정도는 꼬박 사냥만 하고 돌아올 예정입니다.

　　마법사 구함! 마법사 10명 이상의 대형 파티가 모드레드 사냥에 나섭니다.

던전이 아니다 보니 마법사들에게는 천국이다.

원정대가 구성되고 유저들이 1,000명 이상씩 활동하면서 각양각색의 몬스터들을 때려잡았다.

몬스터들이 워낙에 많이 있어서 놈들이 떼를 이루어 맹렬하게 돌격해 오면 곤란하기 짝이 없었지만, 산으로 숨거나 던전으로 들어가는 방법도 있었다.

아르펜 왕국의 군대도 전쟁 이후에 이곳에서 주기적으로 활동하면서 몬스터 무리를 퇴치했다.

그 결과 몬스터들이 어느 정도 감소했고 잔해들을 치우면서 재건 작업도 이루어지고 있었다.

모드레드는 니플하임 제국 시대에 인구가 100만 명이 넘었던 대도시. 그 건축 규모의 방대함이 이루 말할 수 없었지만, 외곽에서부터 조금씩이나마 복원이 이루어지고 있다.

건축가들이 먼저 대지의 궁전을 다 짓고 나면 모드레드에도 많이 배치될 것이다.

또 아르펜 왕국에는 건축에 관심을 갖는 사람들이 대단히 많았다.

중앙 대륙에는 이미 건물들이 있고 도시들이 완성된 형태를 가졌다. 그러나 북부에는 건축가들이 도로와 마을, 기간 시설, 사람들이 살아가는 장소를 직접 만들어야 하다 보니 할 일이 많았다.

초보 건축가들도 모드레드를 복원하면서 많은 경험을 얻을 수 있으리라.

아르펜 왕국은 상인과 건축가의 협력을 통하여 개발이 이루어지고 있다는 점이 최고의 장점이었다.

"건축가도 정말 매력이 있는 직업이란 말이야. 노가다의 정수를 가지고 있으니 훗날의 가능성도 무궁무진하겠지."

위드는 아르펜 왕국의 거리에 머무르며 발전상을 감상하기도 했다.

시작은 로자임 왕국이었지만, 어느새 고향처럼 느껴지는 아르펜 왕국. 자신의 집처럼 편안한 기분이 들었다.

바쁘게 무언가를 해내려는 유저들, 새침 떨며 앉아 있는 여성 유저, 물건을 싸게 구매하기 위해서 상점을 돌아다니는 유저들 모두가 자신의 주민.

"조각술 마스터도 멀리 있는 것만은 아니고."

아르펜 왕국을 떠돌면서 걸작과 명작의 훌륭한 조각품을 만들었다.

위드의 손재주와 조각술 숙련도는 현재 고급 9레벨 97%를 넘어선 상태였다. 마스터까지는 거의 마지막 단계만 남아 있는 수준.

조각술 최후의 비기 퀘스트를 하면서도 숙련도가 쌓여서 마지막에 근접해 있었다.

시간 조각술도 초급 8레벨 64%의 숙련도를 달성했다.

조각술 마스터가 아주 어렵고 상징적인 의미라면, 시간 조각술은 중급만 되더라도 큰 기대가 되는 절대적인 기술.

"내가 이 정도라면 아직 직업 마스터가 누구도 나타나지 않은 게 이해가 될 정도로군."

직업 마스터 퀘스트는 큰 화제를 뿌렸다. 하지만 아직은 누구도 자신의 직업을 마스터했다고 나타나는 사람이 없었다.

조각술은 수많은 시도 끝에 새로운 작품을 만들어야 숙련도가 늘어난다. 비슷비슷한 조각품들을 아무리 계속 만들어 대더라도 숙련도는 별로 증가하지 않았다.

위드는 온갖 지역을 다니며 모험을 하고 별별 재료들을 다 써서 조각품을 만들었지만 마스터는 되지 못했다. 달빛 조각술, 때때로 대장장이 스킬까지도 동원했음에도 마스터에 근접해 있을 뿐이다.

'아니, 어쩌면 다 때려치우고 조각술만 했다면 진작 마스터가 됐을지도.'

위드는 직업 스킬을 마스터한 경험이 있었다.

비록 조각술 최후의 비기 퀘스트 도중이었지만, 검술을 마스터해 냈다.

그때는 레벨이 680 정도가 되었을 무렵이다. 정신없이 강한 몬스터들을 때려잡아서 달성한 경지였다.

진정한 노가다의 방식으로 이루어 낸 검술 마스터!

"정상적으로 조화롭게 성장했다면 그보다는 훨씬 낮은 레벨에서 마스터할 수 있었겠지, 아마도."

400대의 레벨도 충분히 검술 마스터를 이룰 수 있으리라.

바드레이에 대한 염려도 들었다.

검치나 사형들과 비교한다면 충분히 검술 마스터를 이룰 정도의 레벨이 되었을 테니까.

"계기만 있다면, 그리고 정복할 수 있는 최적의 사냥터들이 지체 없이 제공된다면 마스터를 완벽하게 이루었을 거야."

하지만 바드레이의 경우는 기초 스킬에 대해서 맹목적인 수련을 하진 않는다. 전체적으로 레벨과 공격 스킬들의 다양하고 효과적인 성장을 고려하기 때문에 아직 검술의 마스터를 달성하지 못했다.

무기와 방어구, 퀘스트, 뛰어난 부하 등 모든 면에서 필요한 부분을 다 가지고 있기 때문에 검술에만 매달릴 필요가 전혀 없었다.

　"바드레이뿐만이 아니야. 현재 단계에서는 누구도 직업 마스터를 해내지 못했어."

　위드는 다른 마스터들이 나타났다는 소문을 듣지 못했음을 떠올렸다.

　몇몇 직업에는 충분히 대가라고 부를 수 있는 사람들이 이미 나왔다.

　전투 계열 직업들이야 워낙 많은 사람들이 경쟁하고 있었으니 바드레이가 아니더라도 누군가가 목표를 달성하게 될 것이다. 다만 그들은 전투 중에 목숨을 잃으면 스킬 숙련도가 뚝뚝 떨어지기에 쉽지 않은 입장이었다.

　하지만 재봉이나 대장장이 계열은 다르다.

　특히 직접 만나 보았던 대장장이 파비오의 경우에는 그 당시에도 크게 앞서 나가 있던 상태였다.

　"그 사람도 대장장이 스킬 마스터를 눈앞에 두고 있을 텐데. 으음……."

　위드는 순서 자체에는 집착하지 않았다. 최초의 직업 마스터라는 영광이야 누가 차지한들 어떻겠는가.

　조각술의 완전한 마스터, 그리고 당장은 시간 조각술을 마음대로 쓸 수 있으면 그걸로 충분했다.

　"물론 그리고 최초의 마스터도 내가 차지하면 좋겠지."

위드는 다른 일 없이 계속 사냥을 하며 조각품을 깎았다.

그에게는 별다른 일이 있을 수가 없었다. 아르펜 왕국은 알아서 발전하고 있고, 자신이 할 일은 다 해 두었다.

"인생 뭐 있나. 밤에는 다리 쭉 펴고 자고, 아침에 일어나 화장실 가서 시원하면 됐지."

위드의 성장 비결이란 게 별다른 게 없었다.

거창한 모험을 하거나 하지 않는다면 사냥을 하고 조각품을 깎을 뿐!

하루나 이틀에 걸쳐서 해결할 수 있는 간단한 던전 소탕 퀘스트 정도는 받아서 해결했다.

"조각술 마스터나 시간 조각술의 스킬을 올리기 위해서는 확실한 작품을 만들어 줘야 하는데 말이야."

자잘한 조각품들은 한 가지 스킬만으로도 그럭저럭 완성할 수 있다.

빛나는 여우상, 실제와 똑같이 생긴 늑대.

유저들에게는 큰 인기를 끌 수 있는 작품들이 계속해서 탄생했다.

그럼에도 현재 조각술 마스터를 바라보는 위드의 성에 차진 않았다. 걸작 이하의 작품으로는 숙련도를 0.1%도 얻지 못하기 때문이었다.

아마 다른 예술이나 생산직 직업들이 스킬 마스터를 하지 못하는 것도 이런 까닭에서이리라.

"이런 건 남들도 할 수 있는 것에 불과해. 예술품이라고 부르기는 힘들지."

위드는 문득 자신만이 만들 수 있는 조각품이 무엇일까 하는 의문을 떠올렸다.

'자연 조각술이나 달빛 조각술 같은 것은 당연히 활용해야 되겠고. 정말 엄청난 대작… 남들이 따라 하지 못할 정도로. 그리고 나만이 만들 수 있는 조각품.'

조각술 마스터를 앞둔 지금은 고민이 갈수록 깊어졌다.

그러다가 불현듯 떠오른 생각.

"지식이라… 대륙을 떠돌아다니며 몸으로 겪은 지식이 많긴 하잖아. 내가 가장 잘 아는 건 베르사 대륙이야. 물론 완벽하게 실제와 똑같이 알고 있진 못하겠지만."

위드는 솔직히 큰 자신은 없었다. 하지만 시도는 해 볼 수 있다고 생각했다.

"좋아, 해 보자!"

그렇게 해서 만들기로 결심한 것은 초대형 조각품!

위치는 모드레드 인근, 사람들이 찾아오지 않는 구석으로 정했다.

위드가 지금 만들기로 한 조각품은 무려 2,000평에 걸쳐서 제작되는 단 하나의 작품이었다.

베르사 대륙.

지골라스가 있는 북쪽 끝에서부터 고요의 사막 아래까지. 동쪽으로 섬들이 있는 큰 바다와, 서쪽의 대수림 너머까지도.

호수와 산맥, 바다, 도시들이 있는 이 베르사 대륙을 그대로 조각하기로 한 것이다.

이 장대하기 짝이 없는 규모를 위해서는 강물을 끌어와서 바다를 표현하는 정도는 기본이었다.

"자연 조각술로 실제로 눈도 내리게 하고 비도 오게 해야지. 사막 지역에는 햇볕이 쨍쨍 내리쬐게 해야겠군."

생각만으로도 몸이 떨려 오는 노가다.

"난 아직 한참 겸손해져야 돼. 진짜 예술가로 불리기에는 어림도 없어."

중세에 실존했던, 이름만 들어도 알 만한 천재 예술가들.

그들도 몇 년, 몇십 년간에 걸쳐서 예술품들을 완성했다.

크기가 큰 것은 아니더라도 그만한 고심과 노력이 있어야 예술품이 완성된다.

"예술이란 노가다야. 노가다 없이 거저먹는 예술이란 없다니까. 일단 노가다에 감탄하고 나면 없던 예술성도 생기는 법이란 말이지."

위드는 조각칼이 아닌 곡괭이와 삽을 들고 북부 대륙부터 조각을 시작했다.

가장 최근에 변경 지역까지도 다녀 봤던 만큼 지형에 대한 지식은 상당하다고 자부했다. 그러나 막상 대륙을 조각하다 보니 긴가민가 어렴풋하게 떠오르는 경우가 잦았다. 대충 생각은 나지만 산봉우리가 몇 개인지, 해안선이 어떻게 되어 있는지까지는 애매했던 것이다.

예술품인 만큼 실제와 완벽하게 똑같이 할 필요는 없으리라. 그럼에도 제대로 알지 못하는 부분은 책을 통해서 지식을 찾아

보든가, 아니면 직접 다녀와야 했다.

단거리는 와삼이를 이용하면 되었고, 장거리에는 또 방법이 있었다.

"유린아, 옷 사 줄까."

"오빠, 내가 뭘 하면 돼?"

"그건……."

과거에 가 보고 경악을 금치 못했던 지골라스!

화산이 축제 때의 폭죽처럼 펑펑 터지는 장소에 다시 방문하여 사냥도 하고 지형을 파악했다.

그 후로는 남극 근처에도 갔다.

사실 남극 지대는 아직 알려지지 않은 미개척 지역이었다. 하지만 유린이 어떤 그림책을 가지고 왔다.

"오빠, 대도서관에서 발견한 건데 말이야, 남극에는……."

"관심 없어. 책이 있다면 그냥 거기에 맞춰서 조각을 하면 될 거야."

"보물이 산더미처럼 쌓여 있대."

"어디야! 당장 가자!"

그림책에 있는 장소를 그리고 그림 이동술을 통해 방문했다.

과거 북부의 혹독했던 추위를 감안하여 위드와 서윤은 철저히 옷을 입었다. 누렁이와 금인이도 두껍게 차려입었으며, 불사조까지 함께 데려갔다.

어떤 장소이더라도 이 정도의 대비라면 충분히 버틸 수 있지 않겠는가.

그러나 남극은 차원이 달랐다.

남극 지역에 도착하였습니다.
넓게 펼쳐진 빙하 지대를 봄으로써 용기가 영구적으로 6 증가합니다.

극심한 추위를 느끼고 있습니다.
행동력이 감소합니다.

숨결까지 그대로 얼어붙는 추위에 옷들은 굳어서 내구도가 떨어졌다.

쐐애애애애앵!

바람 소리마저 다르다.

집어삼킬 듯이 빠르고 차갑게 부는 바람.

"처…음에는 다 이래. 곧… 적응할 수 있을 거야."

바퀴벌레를 능가하는 스스로의 생존력을 믿었다. 하지만 곧 펭귄들까지도 얼어서 죽어 있는 모습을 보고 깨끗하게 마음을 바꿔 먹었다.

근처에 돌아다니는 사냥감이라고는 눈의 정령, 얼음의 영혼과 같은, 살아 있는 생명을 갖지 않은 신비로운 것들뿐이었다.

간신히 사냥을 해 봤더니 극심한 한기를 퍼뜨리며 깨져서 목숨을 잃을 위기를 간신히 넘겼다.

불사조가 신음하며 말했다.

"여긴 지낼 곳이 못 된다, 주인."

"나도 그렇게 생각… 아니, 나는 상관없지만 네가 정 그렇게 생각한다면 돌아가도록 하자."

몸을 숨길 던전도 없어서 불사조와 함께 오들오들 떨다가 간신히 귀환.

누렁이는 냉동 소가 될 뻔하다가 겨우 살아남았다.

눈으로 보고 몸으로 겪은 경험을 바탕으로 대륙을 조각한다. 10대 금역과 같은 곳들은 그 특수한 생존 환경까지도 표현해야 하기 때문에 까다로운 측면이 있었다.

사냥과 지형 확인 그리고 조각!

그래도 유린과 서윤이 많은 도움이 되었다.

유린은 어디든 그를 데려다주었으며, 서윤은 대도서관에서 지형에 대한 책들을 읽었다.

조각 지역이 워낙 넓다 보니 누렁이와 와이번들, 빙룡까지도 동원되었다.

음머어어어어.

바다와 강줄기를 표현하기 위해서 쟁기를 지고 땅을 가는 누렁이.

"여긴 넓고 평평하긴 한데 조각 재료가 부족하군."

와이번들은 다른 곳에서 단단한 돌과 황토 등을 가져왔다.

빙룡은 북극과 남극을 표현할 때 반드시 필요했다.

"거기 쭉 서 있어. 입김 좀 잘 불도록 하고."

얼음 조각품을 만들기 위해서였다.

일주일에 걸쳐서 대륙 북부의 모습이 완성되었다.

이와 달리 중앙 대륙은 잘 알려져 있고 자료도 많아서 탐색과 조사를 할 필요는 거의 없었다. 대신 강과 도로, 마을들이 워낙 복잡하게 연결되어 있어서 표현하기가 힘들었다.

남부 대륙은 사막이 넓어서 거저먹기 수준!

동부와 서부는 결코 쉬운 건 아니지만 정교하게 표현할 수는 있었다. 절망의 평원 너머 오크 성채들까지도 확실하게 표현해 놓았다.

위드가 이 조각품을 만들기 시작한 지 무려 2개월이란 긴 시간이 흘렀다.

열 군데 넘게 직접 방문하여 탐험할 필요가 있었고, 아주 뒤처지지 않기 위해 사냥도 어느 정도는 해 주어야 했다. 유명한 던전, 사냥터에 대한 정보가 들어올 때마다 서윤과 함께 쓸고 돌아왔다.

사냥에만 집중한 것이 아니라서 레벨은 고작 2개 올랐을 뿐이다.

"이제 80% 정도 완성되었군."

위드는 조각을 할수록 자신감이 떨어졌다.

대륙을 완전히 똑같이 넣을 수 있는가.

그것은 너무나도 불가능한 일.

최대한 정교하게 작업했지만 세밀하게 본다면 약간씩의 오차는 있을 수밖에 없으리라.

그럼에도 2,000평에 달하는 대작업이라서 농사가 다 떠오를 정도였다.

특히 나중에 투입된 금인이의 경우에는 특별히 중요한 역할을 맡았다.

"조각품 밟아서 훼손하지 않도록 잘해."

"골골골골, 조심하고 있다."

"예술에 참여시켜 주니 얼마나 좋냐. 금인아, 이런 경험은 흔치 않겠지?"

"이 귀한 몸이 잡초나 뽑아야 하다니, 주인을 잘못 만났다."

조각품에서 솟아나는 잡초 뽑기!

사실 위드는 조각품을 보면서도 불안하게 여기고 있었지만 다른 유저들은 경악할 수준의 작품이었다.

한눈에 다 보이지 않을 정도로 넓은 면적에 베르사 대륙이 그대로 있다.

성과 요새, 마을, 산과 들.

도시의 내부에는 거리와 상업 지구, 주택가까지 재현되어 있었으며 위대한 건축물들도 빠짐없이 있다.

강처럼 실제로 똑같은 방향으로 흐르는 물줄기, 푸르른 바닷물. 항구에는 작은 나무로 조각한 범선들이 정말로 떠 있고, 돛을 활짝 펼치고 큰 바다에서 해류를 따라서 맴돌았다.

엘프들에게 부탁하여 특수하게 작은 씨앗을 받아서 필요한 곳에 심어 놓았다. 그리하여 황금빛 들판과 곡창지대도 있다.

광산이 있는 자리에는 갱도까지도 뚫려 있었다.

비가 내리면 대지가 적셔지고 강물이 불어나서 바다로 흘러든다.

지골라스나 몇몇 화산섬들은 이따금 실제처럼 불과 연기를 뿜어낸다.

대륙을 조각하면서 중요하게 느꼈던 건 끊임없이 영향을 주고받으며 순환한다는 것이다.

위드가 처음에는 지도의 개념으로 대륙을 조각했지만 깨달음을 얻어서 훨씬 더 복잡하고 정교한 작품을 만들어 냈다.

중앙 대륙이 크게 변화하고 발전했다면, 아르펜 왕국은 아직 시골스러운 느낌이 심했다.

빛의 탑과 여신상 등의 작품은 조각품 내에서도 아름다웠다.

지상에는 더 이상 도저히 조각할 것이 없는 상태!

위드는 하늘로 시선을 돌렸다.

"이 세상은 땅만 있는 건 아니니까. 물론 부동산이 아주 중요하지만 말이야."

구름 조각술로 이미 비는 내리게 해 놓았다. 하지만 하늘에는 태양과 별들이 있어야 했다.

"달빛 조각술!"

빛을 빚어내는 조각술로 하늘에 별자리들을 생성했다.

은은하게 빛나는 별과 달 그리고 마지막으로 만들어 낸 태양까지!

시간 조각술은 자연을 흐르게 만든다.

조각술의 기적이 만들어 낸 태양과 달과 별들이 움직이면서 지상을 비춘다.

이제야말로 베르사 대륙이 훨씬 더 아름다워진 느낌이다.

"실수였어. 2,000평은 너무 좁았어. 1만 평 정도는 잡았어야 되는 건데."

땅에 표현해야만 한다는 한계상 일출과 일몰이 완벽할 수는 없다.

위드는 그럼에도 여기까지만 하기로 했다. 끝없는 욕심으로 작품에 몰입해 버리게 되면 영원히 완성할 수 없는 조각이기 때문이다.

자연 조각술, 달빛 조각술 그리고 시간 조각술이 없었다면 만들어 내지 못했을 작품.

　"다 끝났다. 아쉬움은 여전하지만… 라면도 면발이 꼬들꼬들할 때가 맛있는 법이니까."

만든 조각품의 이름을 정해 주십시오.

　"베르사 대륙."

〈베르사 대륙〉이 맞습니까?

　"음, 잠깐. 더 멋진 이름으로… '살아 숨 쉬는 베르사 대륙'으로 할까?"

〈살아 숨 쉬는 베르사 대륙〉이 맞습니까?

　"숨을 쉰다니 좀 이상한 것 같기도 하고… 그냥 '아름다운 세상'으로 하자."

〈아름다운 세상〉이 맞습니까?

　"그래. 어차피 내게 멋진 이름 따위는 떠오르지 않을 거야."

자연의 대작! 〈아름다운 세상〉을 완성하였습니다.
절대 불멸의 조각사가 자연을 조각한 작품! 위드라는 이름은 조각술의 역사에서 빠뜨릴 수 없게 되었습니다. 그가 만드는 장대한 작품들과 뛰어난 표현력은 현시대의 조각술을 이끌어 가며 최고의 업적을 달성하고 있습니다.
그런 위드가 베르사 대륙을 조각하였습니다. 놀라울 정도의 정교함과 생명력을 드러냈습니다. 예술적인 가치도 단연 뛰어나지만, 대륙의 감춰진 모습들이 드러나면서 지리학계의 놀라운 발견이 이루어졌습니다. 이 살아서 숨 쉬는 조각품은 모든 이들이 좋아하게 될 것입니다.

예술적 가치: 14,261

옵션: 〈아름다운 세상〉의 반경 100킬로미터 안에 있는 동식물의 생명력을 높여 준다. 생명의 원천으로, 방문하는 이들의 생명력과 마나를 일주일간 55% 늘려 준다. 전 스탯 24 상승. 지리학의 새로운 지식을 얻어 지력과 지혜 스탯이 영구적으로 2 오른다. 모험가는 전용 스킬 '직관적인 관찰력'을 얻을 수 있다. 주변 동식물의 출생과 성장 속도 가속화. 자연 정화.

지금까지 완성한 자연 대작의 숫자: 2

조각술 스킬의 숙련도가 향상되었습니다.

손재주 스킬의 숙련도가 향상되었습니다.

명성이 9,384 올랐습니다.

예술 스탯이 25 상승하였습니다.

지혜가 3 상승하였습니다.

지력이 14 상승하였습니다.

통찰력이 2 상승하였습니다.

생명이 숨 쉬는 대륙을 조각하여, 자연과의 친화력이 65 오릅니다.

대작 조각품을 만든 대가로 전 스탯이 3씩 추가로 상승합니다.

몬스터를 제외한 모든 종족들과의 관계가 더욱 우호적으로 바뀝니다.

시간 조각술 스킬의 레벨이 10이 되어 중급 시간 조각술로 변화합니다.
시간에 대한 큰 깨달음을 얻었습니다. 세상을 멈추게 할 수 있는 찰나의 조
각술을 터득했습니다. 신들도 간섭하지 못하고 세계의 틀 밖에 있는 시간의
박물관을 창조할 수 있습니다.

"오오오오."

위드의 입가에 환하게 피어나는 썩은 미소!

시간 조각술의 의미

위드는 시간 조각술 스킬을 중급까지 올리고 나서야 스스로에 대해 눈곱만큼의 믿음이 생겼다.

"다른 사람 신경을 덜 쓰고 나쁜 짓을 할 수가 있겠군."

시간 조각술이 중급이 되었으니 말 그대로 시간 정지가 가능하다.

세상을 멈출 수 있는 찰나의 조각술을 사용할 수 있게 된 것이다.

이것이야말로 강도에게 칼과 복면을 쥐여 준 셈!

"정말 간절히 원했지."

예술의 세계는 무한했다. 그렇지만 사람마다 생각은 다를 수 있었다.

조금 더 아름다운 조각품을 만들어서 어떤 감동이 있겠는가.

위드에게는 양념통닭을 시켰는데 닭 다리가 아래쪽에 있느냐 위에 있느냐 정도의 차이에 불과하다.

조각술 최후의 비기 퀘스트를 열심히 했던 이유는 순수한 예술혼보다는 흑심에서 비롯되었다.

위드는 이 부분에 대해서 괜히 양심의 가책을 느끼거나 하진 않았다.

"그럼 어디 보자… 시간 조각술 스킬 확인!"

시간 조각술 중급 1 (2%)

세월의 조각술(초급)

조각품이 자연스럽게 긴 시간을 경험하게 합니다. 때때로 조각품들은 시간이 덧씌워지면서 훌륭한 가치를 갖게 될 것입니다. 또한 아주 긴 세월이 지나더라도 자연적으로 입는 손상에 의하여 파괴되는 것을 막아 줍니다.

찰나의 조각술(중급)

세상을 멈추게 합니다. 빛도, 바람도, 사람도. 시간 조각술 앞에 모든 사물이 멈추게 될 것입니다. 그 극도의 아름다움에서 혼자만 움직이려면 많은 체력과 정신력이 소모됩니다. 찰나의 조각술을 펼치기 위해서는 특별한 에너지가 필요합니다. 만물과 사람들을 행복하게 하면 찰나의 에너지를 얻을 수 있습니다. 찰나의 에너지는 많은 이들의 시간을 빼앗을수록 급속하게 소모될 것입니다. 짧은 시간의 연속 사용 등에는 막대한 체력과 마나가 소모됩니다.

여행의 조각술(고급)

시간의 흔적을 좇아서 특정한 시점으로 여행할 수 있습니다. 특수한 퀘스트들을 진행할 수 있습니다. 단, 퀘스트와 관계된 것이 아니라 조각사 임의로 과거를 바꾸는 것은 매우 큰 대가를 치르게 될 것입니다."

찰나의 에너지: 492

"좋군. 일을 저지를 준비는 확실해."

자연 대작을 만들었던 만큼 시간 조각술이 중급으로 오르고 나서도 2%의 숙련도가 더 쌓였다.

그렇게 원해도 쌓이지 않던 숙련도, 지금은 어떻게 되든 상관없었다.

"찰나의 에너지도 492가 있군. 얼마나 되는 양인지는 잘 모르겠는데. 써 보면 그 가치를 알 수 있겠지."

아르펜 왕국의 국왕으로서 그리고 퀘스트를 하면서 꾸준히 쌓인 수치였다.

시간 조각술을 익히고 나니 던전 소탕을 하더라도 가끔씩 얻는 경우가 있었다.

위드는 주변을 두리번거렸다.

눈에 보이는 것은 새들뿐!

베르사 대륙을 조각하느라 두 달에 달하는 시간을 쓰고 있었다. 작업에 집중할 때는 서윤도 자리를 피해 주었기 때문에 완벽히 혼자였다.

무언가를 만들고 있으면 거기에만 빨려 들어갈 것처럼 정신이 집중되어 버린다.

조각품을 만들면서 생긴 버릇이었는데, 현재는 굳이 조각할 때만이 아니라 대부분의 노가다나 생산 작업에도 몰입이 잘되었다.

물론 다큐멘터리나 교육 방송 따위를 시청하면 곧바로 잠이 들었지만.

"어디 한번, 시험 삼아서 가볍게."

위드는 스킬을 발동시켰다.

"찰나의 조각술!"

세상을 정지시킵니다.

파앗!

그 순간 거짓말처럼 흐르던 바람이 멎었다.

새들의 울음소리도 그치고, 하늘에 떠 있는 새들은 날개를 펼친 채로 그 자리에 고정되었다.

처음 느낀 것은 완벽한 정적과 고요함.

숨이 막힐 것만 같은 침묵이 흘렀다.

> 찰나의 에너지가 감소합니다.

토끼 1마리가 풀숲에 숨어 있었다.

호기심이 많은 토끼라, 아마도 위드의 근처까지 다가온 모양이었다.

자연과의 친화력이 높은 위드 근처에는 동물들이 자주 맴돌곤 했다. 물론 때때로 가죽과 고기가 필요하면 이것이 비정한 세상이라면서 그대로 잡아 버렸지만.

찰나의 조각술로 세상을 멈추고, 또 주변에 무엇이 있는지 살피지 않았다면 토끼가 있는 것도 모를 수 있었다.

중요한 몬스터가 아니라서 관심을 갖지 않았을 것이기 때문이다.

붉은 눈동자와 뾰족한 귀, 몸을 세운 채 뒷다리로 가만히 서 있는 토끼…….

"알 수 없군."

위드는 도대체 왜 시간 조각술이 아름다우며, 조각사들이 염원하며 마지막까지 찾아 헤매려고 했던 것인지 의문스러웠다.

찬란한 아름다움의 표현법.

이것은 단지 멈춰 있을 뿐이지 않은가.

죽을힘을 다해서 산을 올랐더니 이 산이 아닌 것 같은 상황!

"어쨌든 정말로 세상이 멈췄다. 스킬이 순전히 사기는 아니었어."

위드는 실험 삼아서 토끼의 앞으로 걸어갔다.

완벽하게 정지된 세상에서 혼자 움직인다.

단지 걸어가고 있는데도 무거운 짐을 온몸에 진 것처럼 힘들었다.

가벼운 풀을 밟아도 딱딱하게 느껴졌다.

체력이 2% 감소합니다.
정지된 동안의 움직임으로 시간 차이에 따른 가속이 발동됩니다. 현재 속도는 목숨을 위협당하는 사슴의 빠르기입니다. 공격력과 방어력에 변화가 발생할 것입니다.

위드는 느긋하게 천천히 걸었는데 매우 빠르다는 메시지 창이 떴다.

"움직여지는군. 뭔지는 잘 모르겠지만… 시험은 여기까지만 해야지. 스킬 해제!"

찰나의 조각술이 해제되었습니다.
찰나의 에너지가 16만큼 소모되었습니다.

정지된 세상이 풀리면서 바람이 다시 불고 새들이 계속 날아갔다.

휘에에에엥!

위드가 시간 조각술 속에서 움직였기 때문인지 격한 바람이 불어서 풀숲을 흔들었다.

깜짝 놀란 토끼는 서둘러 달아나 버리고 말았다.

"으흠, 소모가 상당하군."

다른 사람이 없는 장소에서 잠깐 혼자서 써 본 것이었는데도 찰나의 에너지 소모가 제법 많았다.

"별로 한 것도 없는데 너무하잖아. 그래도 좋게 생각하자. 기본적으로 스킬을 발동시키기 위해서 소모되는 최소한의 수치도 있었을 거야."

전투 중에는 상대가 멈춘 사이 움직일 수 있으니 큰 도움이 될 수도 있을 것 같았다.

상대방이 막지 못할 공격을 연속으로 펼칠 수 있다.

일점공격술 같은 것을 치명적인 일격으로 가할 수 있으며, 절대적인 위기에서도 아무 피해도 없이 빠져나올 수 있다.

전투에서는 매우 큰 장점이지만 또 어느 순간에나 결정적이진 않을 것이다.

일차적으로는 체력의 소모가 심하다. 그리고 다른 사람의 시간을 빼앗을수록 찰나의 에너지는 더 많이 줄어들게 된다.

찰나의 에너지가 다 소모되고 나면 사용하지도 못할 것이기 때문이다.

"이게 왜 조각술을 위한 예술 스킬인지 모르겠는데… 그럭저럭 나쁘지 않군. 잘 쓰기만 한다면 그나마 전투 중의 효과는 확실하겠지. 아무튼 이놈의 세상에는 날로 먹는 게 없다니까."

유병준은 위드의 행동을 지켜보고 있었다.

넓은 베르사 대륙에서는 수많은 사람들이 살아가고 있다.

그들 중에는 짜릿한 모험을 하는 이들도 있을 것이고, 삶과 죽음의 경계선에 선 자들도 많았다.

위드는 10시간, 20시간씩 지독할 정도로 사냥을 하기 때문에 매번 보고 있을 수만은 없다.

그럼에도 유병준이 자주 지켜보는 대상이었고, 조각술 최후의 비기를 사용하는 순간이라면 말할 것도 없었다.

위드가 스킬을 쓰는 순간, 그와 그 주변에 있는 시공간이 흐르지 않고 멈췄다.

완벽하게 고정된 시간.

"으음, 놀라워."

유병준은 태연한 척했지만 내심 경악을 금치 못했다.

각 직업의 최후의 비기란 사실 유저들이 얻으라고 만들어 놓은 것이 아니다.

유저들은 특정한 분야에 한정되지만 신의 능력까지도 넘볼 수 있는 불가사의한 힘을 갖게 되는 것이다.

극악의 확률과 무자비한 퀘스트 난이도!

현시점에서 거의 대부분의 직업들이 최후의 비기를 얻을 가능성을 놓쳤다.

〈로열 로드〉의 세상이 열렸을 때, 사람들이 많이 선택하는 직업에서 3~4명 정도는 도전할 수 있으리라고 보았다.

그런데 뜻하지 않는 조각사가 나타나서 최후의 비기를 획득, 스킬 숙련도를 올려서 마침내 발현하고 말았다.

모니터로 영상을 지켜보고 있던 유병준은 가슴이 벅차오르는 것 같았다.

위드가 해 왔던 고생들이 떠올랐기 때문만은 아니었다.

그가 지금까지 해 온 고생들은 유병준에게는 즐거움이었으며 유희였다.

시간 조각술 중급, 찰나의 조각술이 시전되어 세상이 멈춰진 것을 봤기 때문이다.

"내가 모르고… 있었던 건가? 아름다움이란 주위 어디에나 있음을."

찰나의 조각술이 펼쳐지자 세상은 너무나도 아름답다.

형언할 수 없는 세상의 아름다움이 눈에 가득 들어왔다.

낙엽이 떨어지기 직전이었다.

물방울이 파문을 일으키는 순간, 새가 울음을 터트리려는 듯하다.

토끼가 귀를 쫑긋 세우고 무언가를 의식한다.

풀잎이 제멋대로 바람에 날린다.

일상적으로 벌어지는 수많은 일들 중 하나.

현재와 미래가 있기에 흘려보내 버리는 수많은 평범한 순간들이 있었다.

시간이 정지되고 시선을 돌리니 주변의 모든 모습들이 아름답다는 것을 느끼게 된다.

뜨겁게 내리쬐는 햇볕이 강물 위로 비친다.

저 먼 곳에 짙은 구름이 낀 하늘에서 빗방울이 몇 방울씩 떨어지는 것도 얼마나 아름다운가.

"시간이 멈추니까 비로소 이 세상이 얼마나 아름다운지 보이는구나."

유병준은 기억 속에서 풀밭에 누워서 책을 읽으며 지냈던 어릴 때를 떠올렸다.

그때도 돌이켜 보면 눈물이 나올 정도로 지극한 아름다움 속에서 살았다.

세상은 아름다운 것이다.

푸른 하늘과, 꽃과 풀, 나무가 자라는 땅, 사람들까지도 아름답다.

세상이 멈추지 않고, 자신의 마음이 여유롭지 못하기에 변화하는 아름다움을 제대로 보지 못했을 뿐이다.

달과 별이 있는 새벽부터 뜨거운 태양의 낮 그리고 다시 저녁까지, 세상은 아름답지 않을 때가 없다.

"조각사들은 그렇기 때문에… 이 세상에 대한 존중으로 찬란한 아름다움을 시간 조각술이라고 정의하였구나."

조각술 최후의 비기 퀘스트를 진행하게 된 계기라고 할 수 있는, 조각사들이 최고의 아름다움을 표현하는 방식에 대한 고민들.

조각사들이 내린 결론은 어쩌면 단순하고도 당연한 것일 수도 있었다.

조각사들에게 아름다움이란 만들어 낼 수 있는 것이지만, 먼저 그것을 제대로 보고 느낄 수 있어야 한다.

위드가 했던 거창하고, 베르사 대륙의 역사까지 뒤집어엎었던 모험에 비한다면 간단한 결론. 하지만 모든 깨침이란 게 그만한 노력과 과정, 희생을 필요로 한다.

진리를 귀로 듣기는 쉽지만, 몸으로 느끼는 건 그냥 되는 게 아닌 것이다.

평범한 것들조차도 아름답게 볼 수 있다면, 그 사람은 조각사로서뿐 아니라 인간으로서도 훌륭해질 것이다.

인생의 깨침까지도 조금은 줄 수 있는 스킬.

자신이 만든 〈로열 로드〉지만 유병준은 이 순간만큼은 진심으로 놀라고 감탄했다.

"어마어마한 기술이다. 감히 값을 매길 수 없을 정도로……."

위드라면 그보다도 더 큰 감동을 느꼈으리라.

옆에서 지켜보는 사람이 아니라 모든 모험의 과정들을 직접 수행하고 시간 조각술 스킬까지도 경험했기 때문이다.

옆에서 보는 것과 직접 경험하는 것은 다르다.

곧 위드가 드러낼 반응이 몹시 궁금했다.

—…쓸모가 없어. 고생한 게 아깝고 후회될 정도야. 그나마 전투 중의 효과는 있겠지. 아무튼 이놈의 세상은 날로 먹는 게 없다니까.

"커억!"

유병준이 호흡을 하기 힘들 정도로 실망스러운 위드의 감상.

정신적인 충격이 대단했지만 모니터 속의 영상을 계속 뚫어져라 쳐다보았다.

설마하니 저게 전부는 아니리라.

잠시 후에 시간 조각술이 풀렸다.

위드는 아깝다며 도망친 토끼를 끝내 쫓아가서 잡은 후에 굽고 말았다.

─아우, 기껏 스킬 써서 토끼 1마리 건졌네. 시험 삼아 아까운 에너지만 날렸어. 스킬 잘못 쓰면 똥이네, 똥이야.

"저, 저놈은… 원래 저런 놈이었어!"

유병준이 뒷머리를 움켜잡았다.

☙

헤르메스 길드는 새로운 검술의 비기를 찾아냈다.

은거하고 있는 파로드라는 노인 검사가 가지고 있는 자연의 검이었다!

중앙 대륙의 역사와 지식을 분석하고, 주민들의 입을 통해서 검술 마스터가 숨어 있는 장소를 알아낸 그들은 전투부대를 파견했다.

"대자연의 법칙을 알게 된다면 그 힘을 검에 실을 수 있다. 쿨럭. 그런데 너희는 이 땅을 이롭게 만들지 못할 것 같군. 사람들을 괴롭히는 너희에게는 과분한 힘이다. 돌아가라."

띠링!

> 파로드가 당신을 추방합니다.
> 만약 계속 그의 눈에 띈다면 적대도가 쌓이게 될 것입니다.

헤르메스 길드의 무력 부대는 파로드가 살고 있는 움막을 에 워쌌다.

검술의 비기를 얻으면 길드 내의 강자들이 모두 익힐 수 있 게 된다. 그 가치가 어마어마한 것.

자격이 되지 않는다고 해서 포기할 리가 만무한 것이다.

다리우스.

헤르메스 길드의 사냥개로 이름 높은 그가 말했다.

"노인, 좋은 말로 할 때 가르쳐 주시오. 하벤 제국은 이 땅의 통치자로서 자격이 있지 않소."

"됐다. 너희 악명은 내가 들을 만큼 들었다. 썩 꺼지거라."

"그렇다면 이야기가 편하겠군. 알려 주지 않으면……."

"협박은 소용없다. 죽더라도 너희에게는결코 가르쳐 주지 않 으리라."

파로드가 검을 뽑았다.

그는 병색이 완연했지만 검술 마스터로서의 위압감은 충분 했다.

그가 검을 든 것만으로도 땅이 울리고 바람이 일어났다.

헤르메스 길드에서는 검사와 기사만이 동원된 것이 아니라 마법사와 사제, 주술사까지 전투부대가 대기하고 있기에 그에 게는 위험한 전투가 되리라.

파로드를 찾아올 당시에 인근 마을 주민들로부터 정보도 얻 었다.

"이런 마을에서는 볼 수 없는 분 같아요. 약 10년 전이었을까. 크게 다치셔서 우리 마을에 오셨지요."

"건강요? 좋지 않으세요. 병색이 완연해서 아마 올겨울을 넘기기가 어려우실 것 같아요. 그분이 사실 날도 얼마 남지 않았겠지요."

병든 파로드.

헤르메스 길드의 전투부대는 싸움을 준비하였지만 다리우스는 더 편한 방식이 있었기에 그럴 마음이 없었다.

"노인장, 우린 싸우려고 온 게 아니오. 그렇지만 우리에게 검술을 알려 주지 않는다면 죽일 수밖에 없지."

"나 파로드가 목숨이 아까울 것 같으냐?"

"그렇다면 어쩔 수 없지. 데리고 와라."

다리우스가 뒤쪽으로 손짓을 했다. 그러자 인근 마을 주민들이 밧줄에 묶인 채로 줄줄이 다가왔다.

"검술을 알려 주지 않으면 어린아이와 여자부터 죽이겠다."

"이런 비겁한……."

"싫다면 말하시오. 이 아이들부터 목을 쳐 줄 테니까."

다리우스는 악당 역할을 하는 게 재미있었다.

어렵게 친밀도를 올리면서 퀘스트를 진행할 필요가 없다는 사실을 알게 된 후 협박이나 위협으로도 목적을 달성했다.

> 파로드의 적대도가 최대치가 되었습니다.
> 악명이 796 증가합니다.

상당한 페널티가 있었지만 하벤 제국의 요직에 있는 자신을 누가 건드릴 수 있을 것인가.

중앙 대륙에서는 살인자의 신분으로도 겁날 게 없었다.

하벤 제국의 기사들과 병사들은 공포심에 젖어 그를 향해 고개를 숙인다.

도시에서 이름을 자랑하기에도 훌륭했다.

"시간이 없군. 검술을 가르쳐 주겠소? 바로 대답하지 않으면 내 말이 농담이 아니란 걸 깨닫게 해 주기 위해서라도 정말로 몇 명의 목을 쳐 드리지."

"더러운 놈들. 너희의 죄악은 결코 용서받지 못할 것이다."

"검술을 가르쳐 줄 거요, 말 거요. 시간이 없다니까?"

"알려 주겠다. 그 대신 주민들의 목숨은 보장해라."

"검술만 배우면 내가 없앨 이유가 없지. 이들도 제국의 주민이니 말이오."

파로드의 굴복!

헤르메스 길드가 검술 마스터 파로드의 비기를 습득하게 되었다.

۶ ⁓ ܐ

대제국의 황제.

절대자!

바드레이는 자신을 향한 극상의 수식어들이 어색하게 들리지 않았다.

"권력과 금력. 남자로서 추구해 볼 만하군. 그리고 개인이 달성할 수 있는 무의 정점에서도… 나는 끝없이 강해지리라."

바드레이는 기존의 하벤 제국의 왕성이 있던 아렌 성에서 내정을 살펴보았다.

행정 업무는 대부분 라페이에게 맡겨 두었지만 가끔씩은 직접 확인하기도 했다.

번화하던 하벤 왕국의 수도였던 아렌 성은 발전도가 매우 높았다.

엄정한 감시

왕성에 부여된 특별한 기능.

원한다면 하벤 제국 소속 관리의 눈과 귀를 빌려서 영토의 곳곳의 모습을 직접 눈으로 살필 수도 있었다.

안탈리아 성의 중앙 거리.

—쌉니다, 싸요! 장검을 사세요. 뭐, 이유는 묻지 마시고, 남자라면 어디든 꼭 쓸 일이 있지 않겠습니까요!

—문양을 떼어 낸 갑옷을 팝니다요. 출처는 말씀드릴 수 없지만 꽤 좋은 겁니다. 제국 병사들이 없을 때만 판매합니다. 어서들 오세요!

툴렌 왕국의 영토였던 안탈리아 성의 거리에서는 상점 주인들도 하벤 제국에 공공연히 거역하고 있었다.

군대를 통한 정복, 민심이 극도로 악화되었기 때문에 벌어지는 일이다.

뒷골목으로 가면 상황은 더 안 좋았다.

—우리는 앞으로 어떻게 살아가야 하지? 자식들과 올겨울을 넘길 쌀이 없어. 흐흐흑.

—저항군에 합류하자. 그곳에 가면 먹을 것과 입을 옷을 준대.

—정말? 그럴 리가 없잖아.

—쉿. 방법이 있으니 잘 들어. 제국의 보급 물자를 약탈하는 거야.

—그런 짓은…….

—우리에게 거두어 간 걸 돌려받을 뿐이지. 알고 보니 황제 폐하라는 작자도 고결한 명예 따위는 모른다는데 우리 같은 놈들이 신경 쓸 게 뭐야?

주민들의 심상치 않은 대화.

바드레이는 화면을 보며 웃음을 지었다.

"국왕의 직업 특성이 영향을 주는군."

흑기사의 직업 특성.

전투적으로는 약점을 찾기 힘들 정도로 매우 훌륭하고, 부하들에 대한 지휘력도 뛰어나다.

특히 야심이 많은 NPC들을 쉽게 설득하여 부하로 만들 수 있었다.

바드레이는 하벤 왕국 시절부터 기사와 고위 귀족 NPC들과의 관계를 매끄럽게 했다.

〈로열 로드〉의 초창기, 가장 앞서 나가는 유저라고 해도 NPC 기사들보다도 훨씬 못하던 시기다.

기사 지망생들은 기사들의 종자로 활동하고, 그들의 신뢰를 얻으면 함께 전장으로 나갔다.

당시에는 국왕이나 귀족들이 내리는 퀘스트가 상당히 많아서 기사들과 함께 사냥이나 몬스터 토벌에 나서는 일도 자주 있었다.

유능한 기사를 모시면 전투 중에도 확실히 편하다. 또한 지금은 흔한 검술이나 기마술이 되었다고 할지라도 당시에는 희귀했다.

조금이라도 뛰어난 스킬을 얻기 위해서 기사들에게 선물을 바치고 아부하는 일도 흔했다.

바드레이는 하벤 왕국 소속의 말칸 백작 가문의 휘하에서 기사 수련생 생활을 시작했다. 그리고 얼마 후 비밀 퀘스트가 부여되었다.

"이런 일은 아무에게나 맡길 수가 없는데, 자네라면 믿고 말해 보는 것이네. 고민을 해결해 줄 수 있겠는가?"

"상관없습니다. 저는 백작님을 위해서라면 어떤 일이든 할 수 있습니다."

말칸 백작의 고민거리

하벤 왕국의 전통 있는 귀족 가문의 수장인 말칸 백작에게는 남에게 함부로 발설할 수 없는 비밀이 있다. 친부가 가문의 전대 백작이 아니라 떠돌이 기사라는 점이다. 이 사실을 아는 사람은 이미 죽은 어머니와, 떠돌이 기사인 진짜 아버지뿐. 말칸 백작의 아버지는 전쟁 중에 부상을 당하여 푸른고래 선술집의 단골이 되었다. 누구에게도 발각되지 않도록 그를 몰래 처단하라. 늦은 밤의 뒷골목이라면 적당할 듯하다.

난이도: E

보상: 정식 기사 임명. 말칸 가문 검술의 가르침.

제한: 말칸 백작의 믿음, 약간의 악명, 흑기사 직업은 퀘스트의 발생 가능성을 높인다.

주의: 퀘스트를 수행하는 도중에 실패하거나 목격자가 생기면 매우 많은 악명과 부적절한 호칭이 생겨날 수 있다. 기사 수련생으로서 나쁜 호칭은 향후의 평판에 치명적인 악영향을 미칠 것이다.

"다시 한 번 묻지. 내 이 일을 자네에게 맡길 수 있겠는가? 성공만 한다면 수습 기사 임명은 물론이고 측근으로 중용할 수도 있네만… 벌여 놓은 일들은 많은데 믿고 맡길 사람이 너무 부족해."

"걱정하지 않으셔도 됩니다. 제가 백작님을 위하여 수행하겠습니다."

> 퀘스트를 수락하였습니다.

그리고 깔끔하고 완벽한 퀘스트 성공.

말칸 백작은 바드레이를 정식 기사로 임명하기 위하여 기사 수행을 다녀오라고 했다.

초급 수련장에서 스탯을 얻을 수 있다기에 꾸준히 단련했고, 몇 명의 동료들과 함께 던전과 사냥터에서 레벨을 올리며 기사 수행을 마쳤다.

그리고 정식 기사가 되어 말칸 백작 가문의 2인자 역할을 하게 되었으며, 그의 기사들을 포섭하여 뜻을 함께하기로 했다.

어느덧 가문 내에서 말칸 백작은 유명무실하게 되었고, 결국 영문을 알 수 없는 갑작스러운 사망으로 끝났다.

그때에도 바드레이에게 연계 퀘스트가 발생했다.

도둑 퇴치의 퀘스트를 성공하고 독약을 입수한 직후였다.

> **더 이상 필요하지 않은 말칸 백작**
> 가문의 기사들은 이제 모두 나를 따른다. 이 기사들이라면 야망을 이루기 위해 큰 힘이 될 것이다. 하지만 말칸 백작은 나를 자신의 하수인 정도로만 여기고 있

다. 언젠가 쓸모가 없어지면 사냥개처럼 나를 버릴 수도 있지 않을까? 긍지 높은 기사들을 완벽하게 내 명령에 따라 움직이게 할 수 있으면 좋을 것이다. 필요한 방법이 있다면 적절한 때에 써 보는 것도 나쁘지 않으리라.

난이도: C

보상: 말칸 백작 가문의 부와 기사단.

제한: 흑기사 한정.

주의: 퀘스트를 실패하고 백작이 생존한다면 기사의 직위가 박탈될 것이다. 또한 말칸 백작과의 적대도가 최고가 된다. 이 퀘스트는 차후에도 영향을 줄 수 있다. 훗날 이 사건이 누군가에게 발각되었을 때는 명성이 매우 크게 저하되고 감소한 만큼 악명이 증가하게 된다. 소속 기사들도 떠나게 될 것이다.

백작 가문의 계승자.

정당한 방법도 있을 테지만 바드레이는 굳이 그러고 싶지 않았다. 성공 가능성이 워낙 컸고, 허점들은 만들어 낼 수도 있었기 때문이다.

'요리사를 매수하고, 하녀 몇 명을 포섭하면 될 뿐이다.'

저택의 요리사와 하녀들은 모두 바드레이를 따르고 있었다.

흑기사 고유의 화술 스킬, 쉽게 타인에게 호감을 사는 직업 성향 때문이었다.

바드레이는 퀘스트를 수락하고 어렵지 않게 성공시켰다. 그리고 요리사와 하녀들을 암살자 스티어를 통해서 해치웠다.

말칸 가문의 신임 백작!

배신과 배반을 통해서 권력을 추구하며 남들보다 앞서 나가는 자.

〈로열 로드〉가 시작되기 전부터 헤르메스 길드는 대륙 정복을 위한 체계를 갖추고 있었으며, 처음부터 하벤 왕국을 차지할 준비를 진행했다.

백작으로서 다른 유저들보다 빨리 왕궁을 드나들면서 좋은 정보와 퀘스트를 얻고 국가 공적치를 쌓았다.

대외적으로는 마법사, 기사, 전사, 워리어 등의 동료들과 던전을 탐험하고 명성을 떨쳤고, 다른 한편으로 방송에 출연하면서 이름을 날렸다.

바드레이는 모든 유저들에게 선망의 대상이 되었다.

'초반에는 걱정도 좀 있었지만 재미가 훨씬 크게 느껴졌지.'

라페이가 계획한 준비의 단계에서부터 헤르메스 길드는 내부적으로 역량을 차근차근 다지고 있었다.

충실하게 힘과 명성을 차곡차곡 쌓아 나가는 과정을 진행할 때의 희열은 무엇과도 바꿀 수가 없다.

지나칠 정도로 완벽한 준비, 결국 하벤 왕국은 바드레이와 헤르메스 길드의 손에 떨어졌고, 그 이후부터 지금의 성공까지는 완벽하게 승승장구였다.

흑기사의 특성은 권력을 추구하며, 국왕에 대한 의리나 충성이 아닌 욕망에 따라 움직인다.

결국 자신이 황제가 된 것도 흑기사에게 부여된 운명.

'지금의 나는 모든 것을 가졌으니까. 조금 여유를 만끽해도 될 터.'

바드레이는 미소를 지었다.

베르사 대륙에서 절대적인 권력과 군사력, 경제력을 보유하고 있다.

현실에서도 천문학적인 부가 생겼다.

〈로열 로드〉를 통해서 앞으로 얻을 수 있는 재력은 더욱 막강한 힘을 발휘하게 해 줄 것이다.

원하는 것이라면 무엇이든 얻을 수 있게 되었으니 이 기분을 조금 더 느긋하게 즐기고 싶었다.

테네이돈의 부름

"으후후훗."

위드는 망토를 휘날리면서 하르셀 산악 지역의 어느 높은 봉우리에 서 있었다.

그가 서 있는 장소에서는 보석 같은 설경과 구름의 바다가 한눈에 보였다.

"멋지군. 나와 어울리는 장소야."

시간 조각술을 중급까지 터득했으니 본격적으로 강해지기 위해 잡기 힘든 몬스터들에 도전할 때가 되었다.

조각사로서 회의가 들었던 순간들을 다 합치면 집 한 채도 너끈히 지었으리라.

어쨌거나 지금은 조각술 최후의 비기까지 익혀 놓고 실전에서도 쓸 수 있게 되었으니 조각사로서 궁극의 경지에 올랐다고 할 수 있다.

위드가 하르셀 산악 지역에 온 것은 전설의 설인을 잡기 위해서였다.

다크 게이머 연합의 정보 게시판을 본 것이다.

탐험자 레인입니다.
하르셀 산악 지역의 깊은 곳에 왔습니다.
이곳에는 전설의 설인들이 희귀한 확률로 출현합니다. 이들을 사냥하면 얼음의 정화라는 마법 재료 아이템을 얻을 수 있습니다. 얼음 마법 개발에도 쓰는 재료로 구하려는 마법사가 많아 팔려고 하면 거의 부르는 게 값이죠. 그리고 이건 조각 재료라고도 하는데…….
전설의 설인을 잠깐 상대해 본 경험에 따르면 구하기 어렵습니다. 구성이 잘된 레벨 470대 중반으로 이루어진 8명 정도의 파티라면 위험하지만 가능할 것도 같습니다. 마법사와 사제 그리고 워리어는 필수겠죠.

"사막을 기준으로 한다면 설인의 레벨이 500 정도라는 건데. 냉기를 뿜어내는 광역 공격이 문제로군. 시간 조각술이 있으니 도전해 볼 만해. 첫 실전으로는 과하더라도 일단 시도해 보자."

사냥도 하고 돈도 모으기 위한 방문.

위드가 사냥을 하기 적당한 고급 몬스터들이 하르셀 산악 지역에는 상당히 많았고, 또 산사태라도 일어나면 새로운 던전의 입구가 곧잘 나타난다.

물론 들어가게 되면 입구가 막혀 버려서 반드시 뚫어야만 했지만 그런 경험은 많았다.

사막의 대제 시절에서는 상상하기 힘든 고난이도의 던전들을 경험하면서 퇴로가 막히는 건 뼈저리게 겪어 보았으니까.

최고 레벨 수준의 몬스터들을 다수 잡아 보았던 경험이, 지금은 약해진 위드라 해도 아주 크게 도움이 되었다.

몬스터의 외모와 특성을 고려하면, 상대할 약점이나 공격 방법 등이 본능처럼 잘 떠올랐던 것이다.

위드는 부하들을 데리고 얼음 사이의 틈으로 들어갔다.

보석처럼 빛나는 얼음 던전.

던전, 동쪽 틈새의 최초 발견자가 되었습니다.

하르셀 산악 지역의 동쪽에 위치한 던전. 산의 균열로 생성된 던전으로 무언가 알 수 없는 힘에 이끌린 마물들이 숨어 있다. 이 작은 틈새가 이어진 던전은 산악 지역의 지형이 크게 바뀌기라도 한다면 완전히 닫혀 버릴 수도 있다. 물론 그때 그 안에 있는 이들의 운명은 굳이 이야기하지 않아도 될 것이다.

혜택: 명성 2,330 증가. 일주일간 경험치, 아이템 드롭률 2배. 첫 번째 사냥에서 해당 몬스터에게 나올 수 있는 것 중에서 가장 좋은 물건 아이템이 떨어진다.

후이이이이이잉!

매서운 바람이 불었고, 천장에 거꾸로 매달린 얼음 기둥에서는 물방울이 떨어졌다.

하르셀 산악 지역에서도 설원 부근에만 생성되는 고급 던전이었다.

얼음 바닥은 무심코 걸으면 수십 미터는 그냥 미끄러질 정도였으며, 추위가 심해서 냉기가 뼛속까지 파고든다.

위드는 방한 장비들을 미리 챙겨 왔고, 재봉과 대장장이 스킬로 즉석에서 가공할 수 있으니 걱정 없었다.

"누렁아."

음머어어어.

"걸음걸음마다 주의해라. 우리로는 조금 버거울 수도 있으니까 위험하다 싶으면 너라도 도망쳐."

"걱정해 줘서 고맙다, 주인."

"생고기와 냉동육은 가격 차이가 많이 나니까 조심해야지."

음머어어어어어어.

때로는 광부 스킬 덕분에 유별나게 반짝이는 이상한 장소를 발견하면 곡괭이질을 해서도 얼음석이라는 광물을 채취했다.

드라이아이스처럼 한기를 내뿜는 광물로, 2등급 마법 재료.

보석처럼 비싼 광물은 아니지만 특수한 지형에만 있기 때문에 원하는 사람만 나타나면 웃돈을 받고 팔 수 있었다.

"사냥터가 집처럼 편하군."

던전의 마물들은 위드가 예상했던 레벨 400대 후반 정도의 수준으로 무난하게 사냥할 수 있을 정도였다.

서윤과 프레야 교단의 사제 2명, 그 외에 조각 생명체들을 필요에 따라서 불렀다.

바하모르그, 켈베로스, 하이엘프 엘틴, 게르니카, 세빌을 비롯하여 상황에 따라서 부를 수 있는 조각 생명체들은 아주 많았다.

"골골골, 이러다가 과로로 죽을 것 같다."

"음머어어어. 짐이 너무 무겁다. 모라타에 가서 새끼를 낳고 싶다."

화염 마법과 궁술에 특기를 가진 금인이와 짐꾼으로 데리고 다니는 누렁이는 언제든 끼어 있었다.

쿠워어어어어어어어어!

그리고 거친 바람을 일으키며 하늘을 날아다니는 빙룡!

하르셀 산악 지역은 추운 지대에 위치해서 빙룡이 자신의 본

신 능력을 마음껏 발휘했다.

"으겔겔겔겔."

프레야 교단의 가호가 끝나고 나서 모라타를 중심으로 몬스터 집단들을 상대하던 블랙 이무기도 오랜만에 소환되었다.

그 둘은 가공할 위력으로 산악 지역에 돌아다니는 몬스터들을 제압한다.

드래곤 피어만 발휘하더라도 일반 몬스터들은 겁에 질려서 꿈쩍도 못하다가 좋은 먹잇감이 되었다.

물론 하르셀 산악 지역의 지배자. 룬그레고라는 얼음 괴물이 있는 장소에는 근처에도 가지 못했다.

다른 고위급 몬스터들이 즐비한 지역으로도 가지 않았지만 만만한 장소에서는 왕처럼 행세하는 빙룡!

또한 야비한 성격으로 빙룡이 먼저 앞장을 서더라도 최후는 꼭 자신이 장식하려고 하는 블랙 이무기!

쿠워어어어어어어!

"시끄러!"

크와아아앙!

"맞을래? 요즘 며칠 안 맞았더니 비가 와도 쑤시는 곳이 없고, 아침에 일어나도 개운하지?"

빙룡이 커다란 눈동자를 굴리더니 슬쩍 다른 방향으로 머리를 돌렸다.

마음 같아서는 확 위드를 향해 브레스라도 내뿜고 싶었지만 그러자니 미운 정이 잔뜩 들어 있었다.

빙룡의 레벨도 520을 넘어서 웬만한 지역은 혼자서도 제패하는 위엄을 발산했다.

특히 하늘을 날면서 브레스로 약한 몬스터를 대량 살상하는 순간만큼은 전율적이라고 할 수 있었다.

위드의 사냥을 초보나 평범한 유저들이 봤다면 경악을 금치 못하였을 것이다.

사막의 대제왕 시절에는 퀘스트 덕분에 그러려니 했지만, 지금은 위드 본신의 능력, 특히 잔머리를 총동원하고 있었으며 조각 생명체들도 실력을 마음껏 발휘했다.

"와이번들이 몬스터 얼마나 몰아왔는지 확인해 봐."

"알겠다, 주인."

"놀고 있으면 몰래 보고 와서 일러. 너만 맛있는 거 줄게."

"잘 살펴보고 오겠다."

빙룡과 와이번들은 하르셀 산악 지역을 바쁘게 돌아다녔다.

던전이 아닌 장소에서의 사냥 방식은 조각 생명체들을 노예처럼 다양하게 부리면서 이루어진다.

빙룡과 와이번들이 하늘에서 위협하면 어지간한 몬스터들은 도망을 치기 마련이다.

그들을 위드가 있는 위치로 몰아오면 산악 지역의 절벽과 계곡 지형을 이용하여 궁술로 쉽게 사냥했다.

"명확한 속사!"

파라라라락!

하이엘프의 활을 들고 있는 위드의 손에서 빠르게 화살이 날아갔다.

쿠엑!

"꾸에에엑. 인간이다."

"비겁한 인간의 손에……."

추코판 15마리를 화살로 제압했습니다.
경험치를 획득하였습니다.

"홋, 가뿐하군. 역시 나의 능력이란……. 빙룡, 와이번들, 뭐하고 있어? 몬스터가 중간에 끊겼잖아. 고깃집에서 고기가 끊기는 것만큼 불쾌하군. 어서 더 데려와라!"

예전에는 다양하게 스탯과 스킬 숙련도를 높이려고 굳이 레벨도 빨리 올리지 않았다. 전투하며 몸을 한계까지 혹사시키는 일을 서슴지 않았겠지만 레벨이 많이 떨어진 지금은 그런 필요성을 못 느꼈다.

조각술의 비기를 전부 모았으며, 생산과 일반 스킬들의 총합은 잡캐의 신으로 등극할 수 있을 정도였다.

레벨이 빨리 높아진다고 하더라도 원한다면 조각 부활술이나 생명 부여를 해서 팍팍 깎이게 될 테니 스킬 숙련도는 높이려고 애써 노력하지 않아도 되었다.

"조각사는 레벨을 마음대로 조절할 수 있군. 물론 낮은 쪽으로는 말이야."

물론 위드가 가지고 있는 전투 스킬들만 고려하더라도 다른 유저들보다 수준에서 뒤처지는 건 아니다.

대부분의 검사들은 파티에서 공격 위주로 싸움을 한다. 스톤 스킨과 같은 방어 스킬 등까지 골고루 성장시킨 사람은 거의 없었다.

"누렁아."

음머어어어.

"짐 들고 서 있기 힘들지?"

누렁이는 고개를 세차게 흔들었다.

그의 등에 산더미처럼 실려 있는 온갖 잡템들.

도시에 가서 팔면 비싸게 팔 수 있는 물품들이 무겁게 실려 있었다.

그렇다고 정직하게 대답을 하면 위드가 밥값을 못 한다고 구박을 할지 모르니 고개를 저었다.

"조금도 힘들지 않다, 주인."

"무거우면 좀 쉬게 해 주려고 했는데…….."

"음머어어어. 무겁다, 주인. 허리가 끊어질 것 같다."

서윤이 딱하다는 눈빛을 누렁이에게 보냈다.

'바보.'

그렇게 겪어 보고도 위드에게 어떤 고난을 겪으려고 저런 말을 한단 말인가.

누렁이는 순박한 큰 눈을 끔뻑이고 있었다.

"그래. 그러면 쉬어야지."

위드는 직접 누렁이가 짊어지고 있는 짐들을 땅바닥에 내려 주었다.

"비싸고 귀한 물건이지만 누렁이 너만큼 중요하진 않단다."

음머어어어.

누렁이는 감격했다. 이런 맛에 주인을 따라다니는 거였다. 비록 부려 먹으려는 의도였겠지만 생명을 주고, 먹여 주고, 재워 주기까지 하는 주인이었다.

이럴 때일수록 깊은 정이 느껴졌다.

위드는 활을 든 채로 한동안 능선을 내려다보았다.

"누렁아, 근데 그냥 쉬면 심심하니까 간단한 놀이나 하면서 쉴래?"

음머?

"안 하겠다면 안 해도 되는데. 뭐, 그냥 서 있기도 심심하다면 말이야."

누렁이가 경계를 시작했다.

"힘든 일인가?"

"하나도 안 힘들어. 그냥 가만히 있는 것과 별 차이도 없을 거야."

"하겠다, 주인."

"그럼 배고플 텐데 식사부터 하자."

위드는 배낭에서 몇 가지 요리 도구를 꺼내어 음식을 만들었다. 달콤한 향이 솔솔 나는 약초 스튜!

"남기지 말고 먹어."

"정말 주는 건가?"

"널 위해서 만든 요리야."

혀로 조심스럽게 맛보니 천국의 음식이었다.

그리고 식사를 다 마친 직후.

"와일아!"

위드는 와이번 중의 첫째를 불러서 누렁이를 붙잡도록 지시했다.

"얘 미끼로 써서 몬스터 끌어와."

꾸에에엑!

향긋한 냄새가 풀풀 나는 누렁이까지 미끼로 동원!

와이번들을 무시할 수 있을 정도로 강한 몬스터들, 혹은 유인에 휘말리지 않을 정도로 지성이 있는 몬스터들을 데려오기 위함이었다.

하르셀 산악 지역은 높이 때문에 궁술을 이용하여 사냥할 만한 장소들이 많다.

레인저들이 괜히 산과 숲을 좋아하는 게 아니었다.

그러한 특성에다가 얼음으로 뒤덮인 지형의 특성상 구석으로 몰아 놓고 입구를 무너뜨리기만 하면 영락없이 몇백 마리라도 일망타진할 수가 있었다.

즉, 광렙을 하기에 적절한 장소라는 뜻!

누렁이의 힘과 체력만 이용해 먹는 게 아니라 탐스러운 육질까지도 남김없이 활용하겠다는 방침.

물론 감당할 수 없을 정도로 위험한 순간이 오면 언제든 찰나의 조각술을 쓸 작정이었다.

"사냥에서는 아주 확실한 안전보장이 되겠군."

시간 조각술을 익히기 전에는 몬스터들의 위협을 신중하게 평가해야 했다.

자신뿐만 아니라 조각 생명체들까지 전부 몰살을 당하고 나면 입게 되는 피해가 너무 큰 것.

아르펜 왕국에 위기가 생기면 일반 유저들이 도와주지만, 위드 자신이 활용할 수 있는 전력은 괴멸해 버리고 만다.

그렇지만 웬만한 위기는 거뜬히 넘겨 버리는 워리어 바하모르그에 제 몫을 해낼 정도로 성장한 조각 생명체들.

위드 자신의 능력과 부대를 지휘해 온 경험에 시간 조각술까지 받쳐 주다 보니 위험도를 크게 낮출 수 있었다.

"몽땅 데려와라! 크하하하!"

하르셀 산악 지역에서는 황소 1마리가 둥둥 떠다녔다.

꾸어?

하급, 중급 몬스터들은 물론이고 희귀한 전설의 설인까지도 낚였다.

누렁이가 이동하는 방향으로 따라오는 몬스터의 무리.

그 뒤에서는 커다란 눈사람의 형태를 하고 있는 전설의 설인이 달려오고 있었다.

일반 몬스터들은 위드가 계속 화살로 잡아냈지만, 전설의 설인에게는 그런 단순한 방식이 통하지 않았다.

설인의 주변으로는 반경 30미터에 달하는 눈보라가 치면서 화살은 거의 무력화되어 버렸다.

다크 게이머 연합의 탐험자 레인도 전설의 설인을 보면서 어떻게 사냥을 해야 할지 고민에 잠겼을 것이다.

기본적인 상식이 있다면 추위를 막아 주는 아이템들로 몸을 전부 무장한 채로 산악 지역의 좁은 지형으로 유도해서 화살과 마법으로 잡는 방법을 택했을 것이다.

"나름 이 동네의 보스급이라는 건가. 시간은 돈. 만나기도 힘든 녀석을 원하는 장소까지 끌어들여서 처리하자면 효율이 너무 떨어지게 돼. 적자가 날 수도 있지."

위드의 눈이 차갑게 빛났다.

"얘들아, 협공이다!"

추위에 약한 와이번들은 공중에서 빠르게 이동하면서 시선을 끌었다.

그사이에 빙룡이 과감하게 땅에까지 내려와서 전설의 설인에게 박치기를 하고 꼬리를 휘둘렀다.

블랙 이무기가 화염을 뿜어내고, 금인이가 불화살을 쏘는 사이에 위드와 서윤이 앞뒤로 공격했다.

전설의 설인은 자신의 주변으로 극심한 한기를 내뿜기 때문에 근접전을 감히 시도하기가 어렵다.

그렇지만 외관상으로 볼 때에는 갑옷 등을 착용하지 않았기 때문에 오히려 맷집이 가장 큰 약점으로 보였다.

슬로어의 결혼반지 덕분에 생명력을 공유해서 서로를 보조하며 위드와 서윤이 함께 싸우는 작전.

"후비쉬!"

전설의 설인이 던진 얼음 벼락이 위드를 강타했다.

"킥!"

> 강대한 타격으로 생명력이 29,203 줄어들었습니다.

> 몸이 결빙됩니다.
> 몸이 마비되어 방어 능력을 일시적으로 63%까지 상실합니다. 지금 공격받는다면 평소의 7배에 달하는 생명력이 줄어들 것입니다.

"뭐야, 이건… 정보보다 훨씬 강하잖아!"

탐험자 레인이 굳이 거짓말까지 하진 않았을 것이다.

아무래도 전설의 설인이 가진 얼음 벼락이 특별히 강한 기술일 것이다. 하르셀 산악 지역에서는 얼음 속성의 특성까지 더해져서 위력이 더해졌으리라 생각되었다.

그러나 위드가 착용하고 있는 갑옷도 보통의 것은 아니었다.

여신의 기사 갑옷에 깃든 불과 화로의 신, 헤스티아가 결빙 상태를 해소해 주었습니다.
이상 상태가 해제되었습니다.

그 사이에 금인이와 누렁이 그리고 빙룡, 바하모르그의 공격까지도 무시하고 전설의 설인은 서윤을 향하여 맹공격을 퍼붓고 있었다.

서윤도 물러나면 될 텐데, 위드가 쓰러져서 위험하다고 생각했는지 전설의 설인과 검을 휘두르며 정면으로 맞붙었다.

운명의 짐을 나누어 지고 있는 반려자가 위기에 빠졌습니다.
생명력을 7,548만큼 전달합니다.

위드가 줄 수 있는 생명력이라고 해 봐야 얼마 되지 않았다.

전설의 설인이 가까이 붙어 있는 탓에 서윤의 몸은 마비되었고 저항력까지 급속하게 줄어들고 있다.

잠깐만 지체한다면 그녀는 생명력이 감소하거나 온몸이 얼어서 목숨을 잃어버리게 될 것이다.

서윤이 약한 것은 아니었지만 광전사의 상태에 접어들지는 못했다.

전설의 설인이 내뿜는 극한의 냉기를 해소해 줄 사제도 옆에는 없는 것이다.

"약간 위험한데… 에라, 모르겠다!"

위드는 스킬을 시전했다.

"찰나의 조각술!"

시간 정지!

스킬이 발동되는 순간 거짓말처럼 다시 한 번 세상의 흐름이 멎었다. 흩날리던 눈발도, 전설의 설인이 내뿜던 한기도 그대로 멈췄다.

하르셀 산악 지역은 신비롭고 매력이 넘치는 장소였다.

위드의 경험상 금역이나, 인간이 쉽게 살기 힘든 극악의 자연환경일수록 환상적인 경치를 감춰 놓고 있었다.

새하얀 눈과 얼음덩어리.

흩날리는 눈송이까지도 세상과 함께 멈추어진 가운데 햇빛을 받으며 떠 있다.

위드는 그 아름다움을 감상할 여유도 없이 움직였다.

눈보라를 뚫고 들어가며 설인을 검으로 베었다.

"달빛 조각 검술!"

시간 조각술을 써서 세상을 멈추는 동안에는 몸을 움직이는 자체가 체력에 무리했다.

스킬은 기본적인 것밖에는 쓰지 못한다.

그렇기에 기본적이고 익숙한 것을 사용했다.

위드의 검에서 빛이 뿜어져 나오면서 전설의 설인에게 일곱 번의 타격을 가했다.

> 치명적인 일격!
> 상상을 초월하는 속도로 검을 휘둘렀습니다. 한계를 넘어선 충격량으로 인하여 검의 내구도가 43% 감소합니다.

쿠에에에엑!

키가 4미터가 넘는 전설의 설인이 그대로 빙벽에 깊숙이 틀어박혔다.

우르르릉!

산봉우리가 흔들리고 지진이라도 일어난 것처럼 울렸다.

전설의 설인은 몸 전체가 빙벽에 박히고 말았다.

> 전설의 설인이 혼란 상태에 빠졌습니다.
> 불가사의한 공격에 겁에 질립니다. 투지와 적대도가 높은 전설의 설인이 겁에 질린 것은 처음 있는 일입니다.

"훗."

위드의 자신만만한 미소.

"역시 나란 남자는."

> 찰나의 에너지가 47 감소했습니다.

> 체력이 21% 줄어듭니다.
> 온몸의 힘을 끌어 써서 앞으로 16초 동안 기진맥진한 상태에 빠집니다. 신체 능력의 한계를 넘어선 활동으로 힘과 민첩이 잠시 6% 하락합니다.

"우억!"

워낙 급했기에 한순간에 남아 있는 체력의 절반 정도를 써 버릴 정도로 무식하게 소모해 버리고 말았다.

보통 전사의 직업이 아니더라도 체력은 전쟁이 아닌 이상 크게 걱정하며 싸우진 않는다.

사냥을 하면서 체력이 다 떨어질 정도가 되는 경우는 아주 드물었기 때문이다.

'앞으로는 체력 관리까지 철저히 잘해야겠군. 시간 조각술은 유용하긴 한데, 모든 스탯들을 다 쥐어짜 내서 써야겠어. 조각 파괴술과의 조합도 필요하겠군.'

위드는 어쩌면 체력의 저하로 과로를 다시 경험할 수 있다는 생각마저도 들었다.

"골골골골. 대단하다, 주인!"

"음머어어어어. 용맹하다."

조각 생명체들의 칭찬.

위드는 찰나의 에너지는 아까웠어도 때를 놓치지 않았다.

"얘들아, 덮쳐!"

집단 사냥이야말로 밟을 때 잘 밟아야 하는 법!

와이번들과 빙룡은 시선을 끄는 한편으로는 틈이 날 때마다 하늘에서 집요하게 공격해서 끝까지 제 역할을 다했다.

싸움을 싫어하는 누렁이가 몸으로 돌진하고, 승기를 확신한 블랙 이무기가 적극적으로 싸워서 전투의 승리를 거두었다.

전설의 설인을 사냥했습니다.
전투의 성과로 인해 힘이 1 증가합니다. 인내가 2 증가했습니다.

명성이 267 증가합니다.

하르셀 산악 지역의 개척도가 0.2% 증가합니다.
개척도가 100%가 되면 적응력이 증가하여, 지역의 몬스터들을 상대할 때
방어력과 저항력이 올라갑니다. 개척도는 던전 탐험을 통해서도 늘릴 수 있
습니다.

뭐든 첫 사냥이 어려운 법.

그 이후로는 지형을 이용하거나 조각 생명체들의 조합을 적
극적으로 활용하여 전설의 설인을 더욱 쉽게 해치웠다.

전설의 설인은 거주 지역에서 멀리 벗어나게 되면 일단 자신
의 굴로 돌아가려고 애쓴다.

의외로 고소공포증이 있어서, 높은 절벽가에서 싸우면 무서
워하며 제 실력도 발휘하지 못했다.

장기간의 싸움에도 취약한 모습을 보였는데, 생명력이 떨어
지면 회복하는 속도가 느리다는 약점도 알게 되었다.

그렇지만 몬스터의 일반적인 레벨에 비해서는 압도적으로
위험하고 강한 몬스터였다.

몇십 미터나 되는 얼음덩어리를 생성하여 무시무시한 속도
로 던질 수도 있었으며, 위험에 빠지면 두더지처럼 눈 속으로
파고들어 숨어 버렸기 때문이다.

"다크 게이머 연합에서 본 정보와는 조금 다른데. 특성과 공
격 기술 때문에 최소한 두 등급 정도는 높은 몬스터야. 뭐, 그
렇더라도 대처법을 알고 있다면 사냥해 볼 만하겠지만."

본인이 모험을 하더라도 모든 것을 완벽하게 알 수 있는 건 아니라서, 정보 글에도 어느 정도의 오차는 감안을 해 두어야 했다.

이후에 다른 유저들이 자신의 경험 등을 추가로 등록하여 정보를 더 확실하게 할 수 있다.

"난 그냥 내버려 둬야지. 누군가는 또 당하게 될 테니까!"

이렇게 반복되는 악순환!

위드는 하르셀 산악 지역을 돌면서 전설의 설인을 17마리 사냥했다.

다른 몬스터들도 빠짐없이 쓸어버리면서 레벨도 무려 6개나 높아졌다.

전설의 설인처럼 까다롭고 독특한 특성을 가진 몬스터들은 추가 경험치를 주었다.

산사태와 우연한 발견으로 찾아낸 던전들에서는 대부분 최초 입장에 따른 경험치 2배의 혜택을 톡톡히 입었다.

429에서 435까지 레벨을 올린 속도로 따진다면 전무후무할 정도로 빨랐다.

시간 조각술이 있기 때문에 예전이었다면 피하거나, 까다롭게 상대했어야 할 위험한 몬스터들에게 거침없이 덤벼들 수 있었기 때문이다.

그러나 위드는 여전히 배가 고팠다.

"다른 놈들을 생각해야 돼. 두 다리를 뻗고 잘 정도는 못 돼."

베르사 대륙에서 가장 강한 존재로 바드레이가 있는 이상 아무리 레벨을 올리더라도 만족감을 느낄 수는 없으리라.

전투 중에 찰나의 에너지가 계속 소모되었으니 사냥도 한층 조심스러워져야 했다.

아르펜 왕국의 국왕, 모험으로 눈곱만큼 쌓이는 찰나의 에너지가 스킬을 사용하면 확연히 줄어들어 버렸던 것이다.

레벨이 올라가는 동안 위험할 때마다 시간 조각술을 쓰다 보니 남아 있는 찰나의 에너지는 고작 163.

상황에 따라서 시간 조각술을 길게 사용한다거나 많은 거리를 움직이면 전투에서 승리하더라도 남는 게 없는 기분을 느낄 정도였다.

그렇더라도 목숨을 잃는 것보다는 훨씬 나았지만 지속성만 놓고 본다면 씁쓸했다.

느긋하게 자주 써먹지 못하고 아찔한 순간들에만 찔끔찔끔 활용할 수 있을 뿐이었다.

"마치 빨리 도착하는 택시를 타는 기분이군. 기본요금만 해도 밥이 한 끼잖아."

위드는 그래도 시간 조각술의 활용에 익숙해질 수 있었다.

"이건 확실히 전투 스킬이야. 예술 따위와는 별로 관계가 없는 게 틀림없어. 덕분에 이득을 보고 있지만 조각사들이 완전히 헛다리를 짚었군."

하르셀 산악 지역에서의 사냥을 조심스럽게 계속하고 있는 위드와 서윤.

그들은 산봉우리에 있는 작은 화산 호수를 발견했다.

오래전 화산 활동으로 형성된 분화구에 맑고 깨끗한 물이 들어서고 풀과 나무가 자란 천국과도 같은 장소.

띠링!

위드는 바로 실망했다.

"음, 사냥터는 아니로군."

그러나 반성했다.

"나는 아직 어리석구나. 이런 장소야말로 숨겨진 비경. 쓸 만한 약초들이 잔뜩 있을 수 있지 않겠는가."

즉시 수색에 나서서 비싼 가격에 거래되는 정력 증가용 노란 약초와 생명력 회복에 쓸모가 있는 붉은 약초를 주웠다.

"감정!"

"대박이로구나!"

10년 이상 자란 약초들은 극히 희귀했다.

던전 깊숙한 곳에나 숨겨진 그런 약초들도 가격을 환산하기 힘들 정도인데 이런 양질의 땅에서 무럭무럭 자란 약초들.

크기부터 몇 배나 되었다.

어떤 인간도 찾아오지 못한 장소에 왔더니 그야말로 횡재를 한 셈!

"후후후, 노란 약초는 시장에서 바가지를 씌워서 몽땅 팔아야… 아니, 잠깐만. 언젠가 찾아올 나중을 위해서 조금은 남겨 두어야 할까."

위드는 물에 발을 담그고 있는 서윤을 보며 생각했다.

이것은 절대 자신을 위한 것이 아니다!

모두 그녀를 위한 것이다!

지금까지 자신의 곁에 머무르면서 많은 도움을 준 그녀에게 이 약초가 언젠가는 큰 보답을 하는 날이 올 수도 있으리라.

연애를 케이블 텔레비전에서 가끔 해 주는 19금 영화로 배운 만큼 확신했다.

"뭐, 인간관계가 다 그렇고 그런 거 아니겠어."

위드는 들풀을 헤치며 노란 약초들을 남김없이 찾아내서 배낭에 담았다.

약초학의 지식에 따라서 잘 가공하면 훌륭한 효험을 가져올 수 있으리라.

"써먹어 보고 팔면 참 좋을 텐데… 뭐, 그럴 수는 없겠지."

위드도 똑같은 늑대의 본성을 가지고 있었다.

그때 들풀 사이에서 날개를 팔랑거리면서 위드의 코에 달라붙는 작은 생명체가 있었다.

"너는……."

"안녕. 안녕. 안녕. 반가워."

공간을 넘나드는 장난꾸러기 페어리였다.

위드는 약간 꺼림칙한 부분이 있어서 대답했다.

"저기, 처음 뵙겠습니다. 누구?"

"나빠, 나빠. 나를 잊어버렸구나. 미운 인간. 그렇다면 바다 한복판에 떨어뜨려 주겠어!"

위드의 기억력이 과거를 헤집어 보았다.

페어리라면 파리처럼 작은 크기에 다들 비슷하게 생겨서 구분이 어려웠다. 하지만 자신에게 이렇게 친근하게 다가오고 몸에도 달라붙는 페어리는 흔치 않았다.

"잠깐, 기억이 났다. 보고 싶었어! 지골라스에서 보고 페어리 퀸의 여왕님의 처소에서도 코에 앉은 적이 있잖아."

"맞아. 반가워, 친구."

위드가 누군가와 이야기하는 것을 듣고 서윤이 다가왔다.

"안녕. 정말 작은 아이구나."

"맞아. 친구의 친구. 예쁜 인간."

서윤이 페어리를 향하여 손가락을 내밀자 대뜸 위드의 코에서 옮겨 갔다.

페어리들은 역시 아름다운 여자를 좋아했다.

위드는 막다른 골목에서 빚쟁이를 만난 듯이 목소리를 무겁게 깔고 물었다.

"나를 찾아온 거야?"

"응, 당연히."

"……."

위드는 페어리에게 할 말이 없었다.

오래전에 받았던 페어리 퀸의 퀘스트!

지금까지도 해결하지 못했기에 면목이 없었다.

페어리 종족과의 친밀도도 제법 높지만, 지금은 다 포기하고 적대적으로 돌아서지 않기만을 바랄 뿐이다.

"여왕님께서 너를 데려오라고 하셨어."

"흠흠, 그게… 나에게는 중요하고 바쁜 일이 있는데. 하필이면 지금 찾아오다니 아쉽군."

"그래? 그렇다면 어쩔 수 없지만… 여왕님께서 수다쟁이 정령들을 통해서 들었어. 그대가 여왕님을 위해서 엄청난 일을 해 주었다면서?""

"뭣이?"

위드의 머릿속이 복잡하게 돌아갔다.

페어리 퀸의 퀘스트는 슬픈 드래곤의 유품을 찾는 것!

그 해결을 위해서는 붉은 갈대의 숲에서부터 시작될 끝도 모를 연계 퀘스트들을 수행하여야 했다.

그런데 위드는 조각술 최후의 비기를 하면서 혼돈의 드래곤 아우솔레토를 사냥하고 실버 드래곤 유스켈란타의 거울을 획득했다.

당시에도 혹시나 싶은 마음이 있긴 했다.

드래곤의 물건이란 게 흔히 널려 있는 것도 아니고, 연관성이 있을 수도 있다는 그럴듯한 의심이 들었다.

퀘스트를 성공시키는 과정에서 꼭 정해진 길만을 따르지는 않아도 된다.

다른 유저들 같은 경우는 흔히 알려진 퀘스트를 진행하면서 다음에 필요한 아이템 등을 미리 구해서 가는 것이 시간 절약을 위해서 일반적이었다.

'뭐, 과정이야 어쨌든 얻기는 얻었는데. 이것은… 눈먼 퀘스트인가?'

어쩌면 자신도 모르게 적어도 난이도 S급의 연계 퀘스트를 마무리해 버린 것일지도 모르는 일.

위드의 허리와 어깨가 선거를 마친 국회의원들처럼 당당하게 펴졌다.

"페어리여."

"왜 불러?"

"꾸물거리지 말고 어서 여왕님을 뵈러 가자."

♒

"위대한 사막의 영혼이 모래울림의 부족, 전사 중의 전사, 바에브치를 선택하였다."

"위대한 사막의 영혼이 칼날의 피 부족, 전사 중의 전사, 캄초를 선택하였다."

"위대한 사막의 영혼이 늑대 낙타의 부족, 전사 중의 전사, 헤우스를 선택하였다."

사막의 대제왕 퀘스트를 진행하고 있는 대지의그림자 파티.

"이번에도 성공이네요."

"피해가 너무 크군. 400명의 전사가 도전해서 고작 20명이 살아남았으니. 앞으로가 정말 염려스러운, 큰 난관에 부딪쳤다고 할 수 있어."

"그 20명이야말로 진짜 알짜배기라고 부를 수 있으니 아직 실패한 건 아닙니다."

대지의그림자 파티는 연계 퀘스트의 아홉 번째를 마무리하고 있었다. 사막 부족들의 인정과 존중을 받고 전사들의 길잡이가 되었다.

"사막의 대제왕, 그것은 우리 사막의 살아 있는 전설이고 모든 전사들의 꿈이오. 그대들은 충분한 능력을 가지고 있으니, 아직은 경험이 부족한 우리 전사들을 이끌어 주시오."

"이곳에서 타클라드 사막까지 나보다 강한 전사는 없다. 그러나 대제왕의 길은 나로서도 장담하기 어려운 힘든 일. 우리 부족의 영광을 위해서라도 그대들의 협력을 기쁜 마음으로 받아들이도록 하지."

자신들을 믿어 주는 전사들이 시험을 치를 때마다 성공할 수 있도록 물심양면으로 도왔다.

전사들을 데리고 터무니없을 정도로 강한 던전들을 돌파하고, 몬스터와 싸워서 이겨 낸다.

9단계까지의 연계 퀘스트는 역시 대부분이 전투를 통해서 이루어졌다.

힘을 숭상하는 사막 전사들은 몬스터의 무리에 무모하게 덤벼들었으며, 자신들끼리의 싸움도 서슴지 않고 벌였다.

사막 부족들 간에 원한 관계가 복잡하게 얽혀 있어서 분쟁이 일어나면 걷잡을 수 없이 크게 번졌다.

탐험과 발굴, 조사가 주특기인 대지의그림자 파티에는 버거운 일이었지만 중요한 순간 올바른 판단을 내려서 어려움을 헤쳐 나갔다.

그럼에도 퀘스트가 진행되면서 사막 전사들이 사망하거나 큰 부상으로 전투 능력을 상실하게 되었다.

전사 보르.

드물게 힘과 용기, 지능까지 두루 갖춘 전사였다.

대지의그림자 파티에서 퀘스트를 완수할 수 있는 가장 유력한 후보로 꼽았던 그는 함정에 빠진 340여 명의 사막 전사들을 구하고 회생 불가능의 부상을 입었다.

"대제왕이 걸었던 길을 따라 걸을 수 있었던 것도 영광입니다. 제 부족에… 제 마지막 순간은 비겁하지 않았다고 전해 주십시오."

보르의 사망.

다행히 사막 전사들의 사기는 감소하지 않았다.

"경쟁자가 죽었군. 좋은 소식이야."

"크크크, 어리석은 짓을 했지. 나 바에브치가 사막의 제왕이 될 것이다."

"보르의 희생이 헛되게 되지 않도록, 그리고 사막의 번영이 다시 시작될 수 있도록 나 캄초가 힘쓸 것이오."

"나 헤우스 역시 비슷한 순간에 보르와 같은 처지가 되었다면 망설이지 않았으리라. 하지만 결과적으로 그의 희생을 지켜

보기만 했기에 부끄럽다. 영광스러운 대제왕의 길에는 행운을 기대한다거나, 조금의 비겁함도 있어서는 안 될 것이다."

대지의그림자는 거친 사막 전사들을 보면서 마음이 조마조마했다.

퀘스트가 마지막까지 가게 되면 그는 이 지역을 통합하는 대제왕이 될 것이다.

악당이 대제왕이 되었을 경우는 당장 대륙에 피해가 될 수도 있을 것 같아서 마음을 졸였다.

"전사들의 성장 속도가 놀라워요."

"사막의 특성이라고 할 수 있겠지. 오직 강해지는 것만 생각하니까."

"위드가 돌파했던 던전들이 연계 퀘스트를 수행하는 전사들에게는 3배에서 4배의 숙련도와 경험치를 준다는 것도 큰 이유겠죠."

"대제왕의 퀘스트에서 정말 성공하는 사람이 나올까요?"

"우리가 아니더라도 반드시 나타나리라 생각해."

사막 지역에서는 대제왕의 후계자가 되기 위해 전사들이 끊임없이 도전하고 있었다.

적어도 4만여 명의 전사들이 대제왕의 길을 걷고 있었다.

대지의그림자를 존중하지 않는 부족의 전사들은 황량한 벌판을 돌아다니는 늑대처럼 스스로 도전했다.

위드가 이룩했던 전대미문의 강함.

그가 사막에 남겨 놓은 흔적을 쫓아서, 그가 가지고 있던 검술이나 유물을 얻어서 완전한 대제왕으로 거듭나기 위한 퀘스트였다.

그 어려움이야 이루 말할 수 없었지만, 사막 전사들은 계속 도전하고 있었다.

대제왕 위드가 사막에 남긴 불멸의 전설은 전사들의 피를 끓게 만들었다.

띠링!

사막의 낙타

사막에서는 모래바람보다 빠르고 구름의 그림자마저도 쫓아갈 수 없는 낙타의 전설이 내려오고 있다. 대제왕을 태우고 전쟁의 시대를 평정했던 쌍봉낙타의 혈통을 찾아라.

대제왕 위드가 세상에서 사라지고 난 이후 쌍봉낙타는 대륙을 떠돌다가 자신의 고향인 사막으로 돌아왔다. 그들을 길들인다면 대제왕의 험난한 길을 잇는 데 커다란 도움이 될 것이다.

난이도: S

보상: 쌍봉낙타.

제한: 쌍봉낙타의 혈통은 사막 전체에 34마리가 남아 있다.

대지의그림자 파티는 도전 정신에 불타올랐다.

이미 퀘스트가 정점에 도달해 있는 이상 모험을 즐기는 것으로도 행복했다.

"크흠, 무지하게 덥군."

검오치를 비롯한 수련생들은 사막의 뜨거운 햇볕에 인상을 썼다.

하벤 제국과의 전쟁에서 목숨을 잃은 이들.

그들은 자신의 약함을 뼈저리게 깨달았다.

"고작 기사 오십 놈의 목밖에 베지 못하다니 남자로서 수치가 아닌가!"

"저는 너무 약해서, 병사들만 상대했는데도 고작 1,000명밖에 못 해치웠죠. 부끄러워서 얼굴도 못 들고 다닐 것 같습니다, 사형."

"나처럼 창피한 사람은 없을 것이다. 나는 힘도 없는 흰옷을 입은 마법사 육십 놈밖에는 못 죽였다. 검을 들 자격도 없다."

수련생들은 나약함을 반성하며 후회했다.

아르펜 왕국을 지키기 위해서 전쟁에 나섰는데 그들이 해치운 적들을 다 합치면 고작 16만 명 정도밖에 되지 않았다.

1인당 300명을 조금 넘는 적들을 제압해 버린 것이다.

묵사발 기사단의 묵직한 돌격, 그러나 하벤 제국군 중장갑보병의 완강한 저항 탓에 돌파에는 성공하지 못했다.

적진 한복판에서 북부 유저들과 함께 난전이 시작되었다.

그들이 적진에서 힘겹게 싸울 때는 금방 무너지리라 예상을 했지만, 사실 난전이 벌어지고 난 이후부터 검치 들은 훨씬 잘 싸웠다.

다 함께 일제 돌격을 하면 원거리 공격의 표적이 되기도 쉬웠다.

그러나 적진 한복판에서 적의 기사들과 병사들과 함께 뒤섞이면 정신을 놓아 버리고 전후좌우 할 것 없이 좌충우돌 부딪쳤다.

때론 적들을 이용하기도 하고, 짧은 휴식도 취한다.

전투 물자 마차들도 약탈하고, 궁병대에 진입하여 휘젓고 다니기도 했다.

대부분은 목숨을 잃었지만 엄청난 피해를 입히며 전투 명성을 혁혁하게 날린 그들. 하벤 제국군의 기세를 꺾은 데에는 검치와 수련생 개개인들의 역할이 아주 컸다.

약 230명 정도의 검치 들은 위대한 전쟁 업적을 쌓은 검삼치를 부러워하며 더욱더 강해지기 위하여 남부 사막지대에까지 왔다.

검삼백이십육치가 주민들 몇 명을 만나더니 돌아와서 검오치에게 말했다.

"사범님, 여긴 대제왕과 연관이 있는 퀘스트가 유행인데요. 도시에 있는 유저들도 그걸 한다고 설치고 있습니다."

"내용이 뭔데?"

"그러니까 사막 전사로 전직을 하거나, 그들을 이끌어서 대제왕의 후예가 되는 거죠."

"여자도 있냐?"

"없습니다. 우리처럼 전부 남자들만 모였습니다."

"휴우. 우린 복잡한 건 하지 말자. 때려죽이기나 하지."

"암요. 맞습니다."

검오치와 수련생들은 잠깐의 고민도 없이 그냥 퀘스트를 포기하기로 결정했다.

여자가 부탁하는 것도 아닌 이상 굳이 들어줄 이유가 없는 것이다!

그때 검팔십일치가 말했다.

"삼백이십육치야, 사막 전사들을 이끈다고?"

"네, 사형. 거칠고 말도 안 듣고, 싸움밖에 모르는 자들이라서 정말 힘들답니다."

"어려울 것도 없잖아?"

"예?"

"두들겨 패서 말을 듣게 하면 되지."

"아, 그런 방법이 있었네요."

거칠고 용맹한 사막 전사들이라고 해 봤자 검치 들이 보기에는 그냥 인간에 불과했다.

매에는 장사가 없다.

무릇 말을 안 들으면 제대로 귓구멍이 뚫릴 때까지 패 주면 해결되는 간단한 문제.

"그리고 몬스터와 싸우는 것도 뭐가 어렵냐. 우리가 맨날 하는 건데. 그냥 다 때려잡으면 되는 거야."

가만히 듣고 있던 검오치가 고개를 끄덕였다.

"음, 일리가 있군."

"이렇게 쉬운 방법이 있군요. 우리가 평소에 너무 머리를 쓰고 사는 것 같습니다."

검오치는 오래전 기억이 났다.

"스승님께서 예전에 이렇게 말씀하신 적이 있다. 남들이 머리를 굴릴 때, 우린 근육에 바짝 힘을 주어야 한다고."

"저에게도 비슷한 말씀을 들려주신 적이 있습니다. 다른 사람들의 잔머리는 당해 내지 못하니 웬만한 일은 몸으로 해결하라는 거지요."

타인과 시비가 걸리거나 어떤 사건 사고가 발생했을 때, 근육에 힘을 주면 만사형통!

꿈틀거리는 근육과 선명한 혈관들이 다른 사람들을 배려심 깊고 친절하게 만들어 주었던 것이다.

"심심한데 우리도 퀘스트나 해 보자. 다 때려 부수고 두들겨 패 버리자."

"옛, 사형!"

검오치와 수련생들도 뒤늦게 대제왕의 퀘스트에 참여했다.

드래곤의 퀘스트

하벤 제국의 북부 영주들은 자신에게 주어진 땅과 주민들을 다스리기 위해 경쟁적으로 마을을 확장하고 호화로운 영주성을 건설했다.

북부 대륙의 약 사분의 일.

도로와 시설물 건설도 거의 동시에 이루어지면서 마을의 기본적인 틀을 갖췄다.

1,000여 명에 달하는 북부 영주들 중에서도 단연 두각을 드러내는 사람은 아스 마을의 영주 로빈이었다.

로빈은 막대한 현금을 이용해서 단기간에 모든 것을 갖췄다.

아스 마을의 대규모 투자
하벤 제국의 점령 지역, 아스 마을! 점령된 주민들은 앞으로의 일을 불안해하고 있다. 하벤 제국의 악명은 포악함 그 자체라서 새로운 통치자가 온 이후에 생선 1마리, 쌀알 한 톨까지도 세금으로 가져가지 않을지 걱정되는 것.

하지만 신임 영주가 많은 돈을 마을에 투자하는 모습을 보고 안심하게 될 것이다.

*4개월간 생산력 60% 증가. 마을의 영역 확장. 인구 증가 속도 향상.

아스 마을의 특성에 따라서 즉시 건설될 건물들

술집: 주민들의 만족도를 향상시키고 세금 수입을 늘린다. 하지만 치안에는 악영향을 준다.

여관: 여행자들이 머무를 수 있는 여관. 많은 여행자들이 머무르면 마을에 활기가 더해진다.

영주 직속 은행: 자금을 빌려주거나 예치할 수 있다. 상업의 발달을 촉진하고, 상인들의 장사에 밑거름이 된다. 이 시설은 향후 수익을 낼 수도 있지만, 큰 적자를 볼 수도 있을 것이다.

귀금속 세공소: 금과 은, 보석을 전문적으로 세공하는 업체. 세공 기술과 인지도에 따라서 높은 가격을 받을 수 있다. 특별한 보석과 재료석을 요청하는 퀘스트가 발생하게 된다.

치안대: 상업을 추구하는 마을의 특성상 주민들이 방범 기능을 강화하기 위해 설립하게 된다. 기본적인 마을 순찰이 가능하며, 범죄자들을 가두어 놓을 수 있다.

용병 길드: 마을 주변의 몬스터들에 대해 조사하고, 정기적으로 퇴치하기 위한 의뢰를 한다. 운영을 위하여 많은 세금이 들지만, 의뢰가 성공할 때마다 마을의 치안과 명성이 증가한다.

하층민 주거지: 전쟁으로 인해 이주민들이 많이 발생하였다. 그들은 큰 도로 근처에서 살지 못한다.

도시 발전도가 높아지면 더 많은 향상된 건물들을 지을 수 있다. 영주성의 완공으로 마을의 건물 건축, 세율 책정, 정책 등을 수립하고 예산을 세분화할 수 있다.

"후후, 치안대 따위는 지금의 상황에서 의미가 없지. 치안대 해체."

치안대를 해체하겠습니까?

주민들이 싫어할 수 있습니다. 마을 예산이 매달 140골드씩 절약됩니다.

"이까짓 거 필요 없다."

주민들의 충성도가 감소합니다.
영주에 대한 불신이 약간 생깁니다.

"하층민 주거지도 있으나 마나야. 장기적으로 도시를 좀먹는 구역이지. 하층민 주거지 파괴."

하층민 주거지를 파괴하겠습니까?
거주하는 주민들의 반발을 살 것입니다. 파괴 중에 부상자가 발생할 수 있습니다. 마을의 확대가 느려지고, 이주민들의 유입도 감소하게 될 것입니다.

"부숴 버려."

영주 직속의 군대에 하층민 주거지를 파괴하도록 명령을 내립니다.
군대가 엄격하게 통제하지 못한다면 약탈과 방화가 발생할 수도 있습니다.

로빈은 치안대와 하층민 주거지를 부수는 대신에 이를 대체할 건물들을 세웠다.

통 크게 정규군이 주둔하는 요새를 세워서 치안대 따위는 필요 없게 했으며, 단단한 벽돌을 쌓은 주택을 대거 지어서 주민들에게 거의 공짜로 나눠 주었다.

"우리 마을에 대해서 알려 달라고? 굶주림이 없고 깨끗한 시설들에, 세금까지 저렴하지. 주택을 원하면 가족과 같이 거주하면 되고. 더 이상 어떤 설명이 필요하겠소?"

"치안을 걱정하다니 언제 적 이야기를 하는지 모르겠군. 영주님께서는 2,000명에 달하는 정규군을 보유하고 있으시오. 당연히 몬스터의 공격을 막기에는 부족할지도 모르지만 마을에 고용되어 활동하는 용병만 5,000명이나 된다오. 몬스터의 서식지라면 그날로 뿌리를 뽑아 버릴 정도지."

"관심이 있는 분야가 뭐요. 일자리? 어떤 일을 해도 높은 일당을 얻을 거요. 토목건축과 관련해서는 앞으로 몇 년간 쉴 틈이 없지. 우리 마을의 규모가 얼마나 크냐 하면, 주민들이 시장을 가려면 말을 타고 30분은 달려야 할 정도요. 그 중간에는 붉은 벌판이 있을 뿐이지만 언젠가는 개발되겠지. 그 언젠가가 언제가 될 것인지가 문제겠지만 말이오."

아스 마을은 낙원이라고 불릴 수 있을 정도로 주민들에 대한 혜택이 좋았다.

마을에 등록된 주민들은 모든 상업 시설을 공짜나 다름없이 이용할 수 있었으며, 주택이 한 채씩 지급된다. 공부를 위한 교육 시설과 병의 치료를 위해 신전도 무제한으로 활용할 수 있었다.

주민들에게 부여되는 의무는 거의 없었으며, 자식을 낳을 때마다 400골드의 포상금이 지급된다.

이주자들도 적극적으로 환영하면서 가족마다 300골드를 지급했다.

아스 마을의 출생률은 엄청났을 뿐만 아니라, 인근 마을에서 이주해 오는 주민들로 인하여 아침마다 영주성에는 대기 줄이

길게 늘어설 정도였다.

하벤 제국에 의해 점령된 지역에서는 주민들이 아르펜 왕국으로 돌아갈 수 없게 되었다. 하지만 제국 내 영토에서의 이동은 자유로웠기에 가장 살기 좋은 아스 마을로 몰리고 있는 것이었다.

로빈은 마을의 발전에 대해서 자신이 넘쳤다.

'돈을 얼마를 쓰든 초창기에 자리를 잡아야 한다. 6개월 정도 지나서 안정화 단계에 접어들면 그때부터는 하벤 제국 북부 최대의 도시 지위를 유지하는 것만으로도 상인들이 끊임없이 방문하고 주민들도 더 많아질 것이야.'

한 달 세금 수입은 17,000골드.

지출은 1,600만 골드!

수지타산은 따질 것도 없이 극악한 수준이었지만 개발의 열풍을 타게 되면 대도시로의 승급은 시간문제라고 보았다.

벌써 인구가 3만 명을 돌파했으니 초창기의 모라타보다도 급속한 발전이다.

물론 그 당시 북부는 위험하고 사람들의 주목도 받지 못하던 지역이기는 했지만, 아스 마을의 초반부 성장은 눈이 부실 정도였다.

'정치인들에게 바쳐야 하는 세금도 없고, 끊임없이 신경을 써야 하는 복잡한 규제도 존재하지 않는단 말이지. 아스 마을이 커지고 다른 마을들을 잡아먹다 보면 하벤 제국으로부터 독립하지 말라는 법도 없어. 장차 이곳은 아스 왕국이 될 것이다. 그리고 나는 로빈 국왕으로 불리게 될 테지.'

로빈은 큰 뜻을 품고 있었기에 막대한 양의 자금을 마을 개발에 계속 투입했다.

༄ ❦ ༄

에바루크 성의 영주 다인.

칼라모르 지역에서 벌어진 혼란은 그녀가 다스리는 영토에 아무 영향을 주지 못했다.

"반란군을 조직해서 영주님에게 저항하자고? 예끼, 이 사람아. 병사들에게 신고하기 전에 썩 꺼지게!"

"은혜도 모르는 인간이군. 우리가 이만큼 사는 것도 다 영주님의 은덕인 것을."

"칼라모르 왕국이 그립지 않냐고? 하벤 제국? 그런 건 잘 모르겠어. 그냥 살기 편하고 마음이 놓이니 지금이 가장 좋아. 행진하던 멋진 기사들을 보기 어려워진 점은 참 아쉽지만."

에바루크 성은 칼라모르 지역에서도 발전된 땅이었다.

다인은 영주로 부임하자마자 이곳의 세율부터 낮췄다.

하벤 제국의 영주들은 대부분 황궁에 바쳐야 하는 상당한 세금 외에도 자신이 막대한 재산을 착복했다.

자신의 이득을 챙기는 것은 물론이었고, 윗자리에 뇌물을 주어야만 더 좋은 영토를 획득할 수 있었기 때문이다.

하지만 다인은 검소한 생활을 하며 세율을 낮추었고 그나마도 에바루크 성을 발전시키는 데 썼다.

"영주님, 이번에 고겐이라는 상인이 왕국 최고의 비취를 많이 가져왔는데 구입할까요?"

"요즘 비취 가격이 어떻죠?"

"1년 내에 가장 낮은 가격이옵니다. 상인은 1개에 1,000골드씩 판다고 합니다. 좋은 품질의 비취이니만큼 영주님의 존엄을 세우기 위해서라도 20개 정도를 구입하심이……."

"40개 사세요. 그리고 나중에 소환술사들에게 1개에 1,500골드를 받고 파세요."

다인은 샤먼으로, 마법 연구, 소환, 전투 분야 등에 다양하게 지식이 많았다. 덕분에 영주로서도 상인들을 만나서 각종 재료들을 구입하고 되파는 방식으로 재정을 늘릴 수 있었다.

상업의 중심지이다 보니 치안을 확고하게 하고 고유의 문화를 융성하는 것만으로도 많은 상인들이 방문했다.

다인은 광장과 거리를 돌면서 수시로 주민들과 유저들의 생활을 확인했다.

"힐리아 님, 거의 한 달 만에 오셨네요."

"다인 영주님, 안녕하세요. 이곳에 오다가 도적 떼를 만나서 마차들을 몽땅 털려 버렸어요."

"저런… 근거지가 소므렌 자유도시 쪽이었죠?"

"넵. 뭐, 당분간은 이 부근에서 식료품 거래나 해야 될 것 같지만요."

"소므렌 근방으로 영주 직속의 상단이 갈 일이 있는데… 책임자로 임명해도 될까요?"

"정말요? 그래 주시면 완전 좋죠."

상인들과도 친한 관계를 유지했다.

대부분의 상인들은 교역을 위해서라도 떠돌이 생활을 하지만 도시와 마을과의 관계를 중요하게 여겼다. 교역을 하려면 물품을 사고파는 장소가 반드시 필요하기 때문이다.

"이곳 건물들은 노후화가 심하네요."

"새로 지을까요?"

"그러면 돈이 많이 드니… 내부를 새로 단장하는 정도로 하세요. 주민들에게 불편한 시설물들은 치워 주시구요. 이쪽 거리는 화가들을 고용해서 외벽을 새로 칠해 주세요. 주민들이 좋아하는 영웅들이나 기사들을 그리는 것도 괜찮겠죠?"

"옛. 주민들이 좋아할 것입니다, 영주님."

문화란 경제와 군사력 앞에서는 특별한 힘이 없다는 게 일반적인 인식이다.

하지만 칼라모르의 전통문화를 그대로 유지시키고 지원해 주는 것만으로도 주민들은 다인에게 큰 호감을 가졌다.

높은 주민 충성도를 바탕으로 하여 내정을 안정시켰으며, 지역 명성을 올려서 상품 거래를 활발하게 했다.

칼라모르의 숙련된 대장장이들과 재봉사, 광부 등이 안정된 삶을 찾아 에바루크 성으로 이주해 왔다.

유저들도 이곳을 편안하게 느끼기는 마찬가지였다.

큰 혼란이 없으며, 주민들이 행복해한다.

유저들도 가능하면 광장에서 쉬더라도 억압적이지 않은 즐거운 분위기를 훨씬 선호했다.

사냥터와 퀘스트에 대한 제한은 하벤 제국의 정책을 그대로 따르고 있었지만, 그렇더라도 에바루크 성을 활동 근거지로 삼는 유저들은 많이 있었다.

　현재 에바루크 성은 칼라모르의 수도 이상으로 발전한 영토가 되었으며, 유저들이 모이는 핵심 지역이 되었다.

　중앙 대륙에서도 가장 빨리 발전하고 있는 지역.

　하벤 제국의 혼란기에도 에바루크 성으로 오는 주민들은 늘어났고, 내부적인 경제력도 강해졌다.

　다인은 도시에만 머무르지 않고 병사들과 함께 수시로 원정을 떠났다.

　"칼슨 군단장님."

　"옛!"

　"몬스터 무리의 토벌이 끝나기 전에는 성으로 돌아가지 않습니다. 밤낮을 가리지 않고 단 1마리도 놓치지 않을 것입니다."

　"알겠습니다, 영주님!"

　다인은 병사들과 기사들을 거느리고 던전과 산맥을 휩쓸고 다녔다.

　매일 영주 업무와 사냥을 반복한다.

　그녀의 레벨도 물론이었지만 거느리고 있는 군대도 하루가 다르게 정예화되어 가고 있었다.

<hr />

　위드는 페어리의 안내를 따르며 그들의 여왕이 쉬고 있는 휴

식처로 향했다.

'화끈한 보상을 받을 수 있겠군. 역시 무기를 얻는 편이 좋겠지. 레드 스타는 찜찜해서 일상적인 사용에 제한이 너무 심하니 말이야.'

머릿속으로는 복잡하게 계산 중.

퀘스트가 성공했다면 얻을 수 있는 물건과 그것을 처분했을 때의 가격까지도 감안하고 있었다.

'요즘 시세 하락을 보면… 음, 그래도 최상위품은 역시 부르는 게 값이야. 갑옷도 처분하기에는 그리 나쁘지 않으니 양념 대신 프라이드 수준은 되지. 갑옷을 받기 위해서는 너무 좋은 걸 차고 있으면 안 되는데.'

위드는 길을 인도하는 페어리의 눈치를 보며 슬그머니 여신의 기사 갑옷을 착용 해제했다.

신성력과 마나를 발출하는 살아 있는 조각 재료이며 신의 눈물이라고 불리는 헬리움으로 직접 만든 갑옷.

이보다 더 좋은 걸 얻을 가능성은 작겠지만 그에 버금가거나 혹은 좋은 옵션이 걸린 갑옷을 구할 수도 있다.

던전이나 사냥터에 따라서 갑옷을 바꿔 입는 것으로도 전투 방식을 바꿀 수가 있는 것이다.

"음머어어어, 주인이 갑옷을 벗었다."

"골골골, 뭔가 수상쩍다."

즉시 쓸데없이 반응하는 누렁이와 금인이.

'돈 욕심이 난 거야.'

서윤은 위드의 내심을 충분히 짐작하기에 아무 말도 하지 않았다.

바르고 산맥 인근.

엘프의 숲과 드워프의 마을을 지나쳐서, 페어리들의 던전 입구에 도착했다.

페어리들이 그를 반기려는 것인지 근처에서 왱왱거리고 날아다니고 있었다.

"늦었다, 늦었어."

"꾸물대는 인간이야. 정말 인간들은 시간에 대해서는 엄격하지 못하지."

"여왕님의 진노가 대단할 거야, 꺄르륵. 저 인간은 죽어도 곱게 죽지 못할걸."

"큰 칼로 목을 친 다음에 소금으로 절여서 지옥으로 보내야 마땅해!"

"……."

기대를 잔뜩 품고 있었는데 초를 치는 페어리들.

위드도 이런 식으로 대접받는 것에는 익숙했다.

소싯적에 신문 배달이나 우유 배달을 하면서 아침마다 밀린 대금을 받기 위해 대문을 두들겼다가 욕을 먹은 게 어디 한두 회던가.

다만 페어리들은 정말 화가 난 게 아니고 장난으로 하는 말이었다.

위드는 페어리의 여왕을 만나기 위해 서윤과 조각 생명체들과 함께 던전 안으로 들어갔다.

테네이돈의 휴식처.

오래된 바위와 나무, 풀이 자란 웅덩이. 인간의 기준으로는 작은 샘이 있을 뿐이었지만, 페어리들에게는 호수처럼 넓었다.

바르고 성채 인근에 있는 이곳은 모험가들, 특히 자연과 친하지 않은 인간보다는 드워프들과 엘프들에게 방문 허락이 쉽게 나는 장소였다.

유저들 중에도 이 던전에 탐험과 퀘스트를 얻기 위해 들어온 이들이 상당수 있었다.

바르고 성채에서 시작한 유저, 위블로는 동영상으로도 퍼져서 유명한 경우였다.

위블로는 원래 레벨이 고작 14밖에 되지 않은 유저였다.

어디서 본 건 있어서 직업 같은 건 적성을 파악한 후에 늦게 구하는 편이 낫다면서 바르고 성채에서 자본금을 마련하기 위해서 아르바이트만 실컷 했다.

"음식 배달, 심부름요? 예, 금방 다녀올게요."

"설거지를 이만큼이나… 에휴, 불평이라니요. 아닙니다. 바로 시작해야죠."

"장작을 한 방 가득 쌓으면 2실버라고 듣고 왔습니다. 저를 고용해 주시면 안 되겠습니까?"

마을과 도시에서 유저들이 아르바이트를 하는 건 흔히 벌어지는 일이었다.

유저들 입장에는 주민들과 친해지면서 용돈 벌이도 한다.

〈로열 로드〉를 처음 시작하는 사람들은 그저 완전히 다른 환경에서 살아간다는 것만으로도 큰 재미를 느껴서 지루함도 몰랐다. 앞으로 자신이 이 세상에 잘 적응하기를 원하면서 장비를 맞추기 위한 아르바이트를 부지런히 했다.

위블로의 경우에는 식당 위주로만 아르바이트를 했다.

"정말 수고했네. 이렇게 깨끗한 그릇은 처음 보는군. 여기 31쿠퍼를 더 주지."

"고맙습니다!"

그는 부엌 청소와 설거지 퀘스트에 있어서만큼은 항상 목표 이상을 달성했다.

바쁜 사회생활을 하는 직장인이기 때문에 오랜 시간이 걸리는 다른 퀘스트들은 받아들이지를 못했다.

며칠에 한 번씩 올지 안 올지 모르는 사람에게 편지를 전달해 주거나 하는 부탁은 어쩔 수 없이 거절해야 했다.

식당의 설거지 의뢰만큼은 완벽함을 넘어서, 그의 손이 거치고 지나간 그릇은 방금 세공된 보석처럼 빛이 날 정도였다.

> 호칭 '혼신의 그릇 청소부'를 획득하였습니다.
> 그릇을 깨뜨리지 않고 깨끗하게 치우기란 쉬운 일이 아닙니다. 당신에게 맡겨진 그릇은 더럽거나 악취가 나더라도 완벽한 청결함을 자랑하도록 바뀌었습니다.

> 명성이 14 높아졌습니다.

그는 하루에도 서너 곳의 일감들을 처리했다.

초보일 때에는 설거지로도 명성과 친밀도가 무섭게 쌓인다.

여전히 무직이며, 레벨은 14.

그런 위블로에게 갑자기 페어리 여왕의 정중한 초대가 찾아들었다.

> **제목: 페어리 여왕의 초대다. 음우화하하핫!**

그는 게시판에 페어리의 여왕으로부터 초대가 왔다는 사실을 올리면서 대대적인 주목을 받았다. 설명만 하면 믿지 않는 유저들이 많을 것 같아서 처음부터 동영상을 올렸다.

> ㄴ 우오오오오. 대박입니다.
> ㄴ 〈로열 로드〉의 전문가인 제 입장에서는 전직 퀘스트가 발생하리라 생각되는군요. 아직 무직이라고 하셨지요? 분명히 어떤 조건을 만족시키신 겁니다.
> ㄴ 기가 막히네요. 테네이돈이라면 보통 명성으로는 만나 주지도 않을 텐데. 요정들은 까다로워서 그냥 만나러 갔다가는 친밀도만 대폭 깎이는데 직접 페어리를 시킨 초대라니!
> ㄴ 던전까지 가실 수는 있겠습니까? 제가 지금 바르고 성채인데요, 던전 바로 앞까지 호위해 드리죠.
> ㄴ 저도 대가 없이 도와드립니다.

호기심 많은 유저들의 참여로 위블로는 안전하게 페어리 여왕의 휴식처 던전 앞까지 왔다.

물론 퀘스트가 사실이었으니 생방송을 진행하는 방송국들도 있었다.

대책 없이 커져 버린 스케일!

모두의 기대를 안고 위블로는 테네이돈의 여왕을 만났다.

"거룩한 요정의 여왕님을 뵙겠습니다."

위블로는 당당하게 가슴에 손을 올리며 인사를 올렸다.

"저에게 맡기실 일이 있습니까? 비록 제 능력은 모자라지만 어떤 일이든 시켜 주시면 최선을 다해 보겠습니다. 넘어지고 쓰러져도 다시 일어나서 도전하고 싶습니다."

회사에도 여차하면 휴직계를 제출할 생각까지 하고 왔다.

베르사 대륙에서 새로운 영웅이 되는 것!

남자로서 품어 볼 만한 큰 꿈이었다.

최근 초등학생들의 꿈이 다크 게이머라든가 대도시의 영주, 드래곤 슬레이어라는 점도 연관이 조금은 있으리라.

"인간이여, 그대는 깨끗한 것을 좋아한다지요?"

"네? 그렇습니다만……."

"던전이 너무 더러워졌어요. 청소를 해 준다면 인간들의 금으로 3골드를 드리겠어요."

"청소요?"

"빨리 마쳐 준다면 2골드를 더 줄게요."

난이도 F급 청소 의뢰!

테네이돈의 퀘스트인 만큼 거부하지도 못하고 넓은 던전을 전부 청소해야 했다.

그 당시 게시판에서 최고의 조롱거리가 되기는 했지만, 훗날

위블로는 그래도 꽤 괜찮은 모험가로 성장했다.

입 싼 페어리들은 친해지면 좋은 정보들을 알려 준다.

모험가들이 수수께끼를 받아 들고 고민에 빠져들 때, 페어리들은 맞거나 틀리거나 많은 단서들을 준다.

게다가 위험한 상태에 빠지면 가끔씩 느닷없이 나타나서 텔레포트처럼 공간 이동을 해서 구해 주기도 했다.

물론 정말 희박한 확률로, 아주 가끔은 용암이나 바닷속으로 이동을 해 버리는 경우도 있었지만 말이다.

위드는 이미 한번 와 봤던 장소라서 쭉 여왕이 있는 곳을 향해서 걸었다.

테네이돈은 지난번에 봤던 것처럼 거대한 나무뿌리에 걸터앉아 있었다.

"인간이여, 오셨군요."

위드는 정중하게 한쪽 무릎을 꿇으며 인사했다.

"여왕님, 얼마나 고통이 심하셨습니까. 제가 드래곤의 유품을 구해 왔나이다."

"그대는 무심하게도 너무나도 늦으셨군요. 그동안 저의 고통은 버티기 힘들 정도로 심해지고 있었답니다."

테네이돈이 드래곤의 저주로 찢어진 날개를 파르르 떨었다.

위드는 고개를 절레절레 저었다.

"제가 늦은 것에 대해서는 변명할 여지가 없지만, 세상이 혼란스러웠습니다. 엠비뉴 교단을 물리쳐야 했고 직업으로 선배 조각사들이 품었던 숙원들을 해결해야 했으니… 많은 일들이 저를 기다리고 있었습니다."

"그만. 다른 말들은 듣고 싶지 않아요. 그대가 구해 온 드래
곤의 유품을 보고 싶군요."

"여기 있습니다."

위드는 품에서 가지고 있던 실버 드래곤 유스켈란타의 거울
을 꺼냈다.

다른 소유품 중에서는 레드 스타를 제외하고는 드래곤과 관
련된 물건이 딱히 없었던 것이다.

레드 스타는 유물이 아니라, 위드가 몰래 사용하는 도난품이
었다.

"정말 가져왔군요. 의뢰를 하긴 했지만, 사라진 드래곤의 유
품을 구하기란 대단히 어려운 일이라 크게 기대하진 않았는
데……. 제가 알려 준 방식을 따르지 않고 스스로 구해 오다니
역시 극지의 탐험가로 불릴 정도의 모험가로군요. 놀라워요."

> 페어리의 여왕 테네이돈이 감탄합니다.
> 명성이 2,698 증가합니다.

"정확히 이 물건이 여왕님께서 찾던 게 맞습니까?"

"원하던 물건과 정확하게 같진 않지만… 그의 유품은 맞으니
라투아스도 거부할 수 없을 거예요."

유스켈란타의 거울에 대해서는 위드도 많은 고민을 했다.

'이게 도대체 뭘까.'

시공을 초월하여 자신에게 귀속이 되었으니 무언가 틀림없
이 중요한 아이템이었다.

"감정!"

> 드래곤의 마력에 의해 방해를 받았습니다.
> 감정할 수 없는 물품입니다.

수십 번을 해 봐도 감정 불가능!

특수한 마법이나 지식이 부족한 경우에는 아무리 시도해도 감정을 할 수 없다.

모라타의 대도서관에서 마판의 상회 직원들을 통해서 거울에 대한 정보를 찾아보았지만 발견하지 못했다.

베르사 대륙의 역사 속에 귀중한 보물들은 대부분이 드래곤의 레어에 있으며 인간들은 존재조차 알지도 못한다는 이야기가 사실일 가능성이 컸다.

'어떤 기가 막힌 옵션이 붙어 있을 수도 있지만 반대의 경우도 배제하지 못하지. 어쨌든 써먹지 못할 물건이라면 퀘스트를 완료하는 데 활용하는 것도 좋을 거야.'

동시에 받을 수 있는 퀘스트는 단 3개!

직업 퀘스트 등은 별도로 진행할 수 있었지만, 사냥과 퀘스트를 함께 진행하며 효율을 올리려면 넉넉한 게 아니다.

이것으로 오랫동안 묵혀 놓았던 테네이돈의 퀘스트를 해결할 수 있다면 그다지 손해는 안 보는 장사이리라.

언젠가는 마침표를 찍어야 하는 일이었기에 위드는 미련을 덜고 넘겨주기로 했다.

"여기 있습니다."

띠링!

실버 드래곤 유스켈란타의 거울을 건네주었습니다.

드래곤의 저주 퀘스트 완료
붉은 갈대의 숲에 라투아스와 관련된 단서가 있는지는 확인되지 않았다. 하지만 모험의 큰 도약이 이루어져서 더 이상 알 필요는 없으리라.

경험치를 획득하였습니다.

명성이 121 증가했습니다.

페어리의 여왕 테네이돈을 기쁘게 만들어 찰나의 에너지를 1 얻었습니다.

난이도 C급의 퀘스트이기에 경험치는 1%밖에 늘지 않았다. 레벨이 435인 위드에게는 영 마음에 차지 않는 상황이었다.

그런데…….

띠링! 띠링! 띠링!

인간의 흔적 퀘스트 완료

드래곤의 옛 친구 퀘스트 완료

뼈를 남긴 신수 퀘스트 완료

마수 군단 토벌 퀘스트 완료

정령 구원 퀘스트 완료

인간의 고향 퀘스트 완료

불행하고 참혹하라 퀘스트 완료

샅샅이 수색하더라도 퀘스트 완료

드래곤의 유품 회수 퀘스트 완료

"푸커어어억!"

위드가 유스켈란타의 거울을 건네주고 난 이후로 완료된 연계 퀘스트의 홍수.

퀘스트의 제목만 보더라도 살 떨리는 내용이 다수 있었다.

'살벌하구나. 이거 적어도 6개월짜리였어. 중간에 방향을 잃고 헤매거나 특별한 재료를 모으라는 조건 등이 나왔다면 그 이상의 시간을 써야 했을 테고.'

조각술 최후의 비기 퀘스트를 진행하느라 상당한 시간을 허비하고 말았는데 덤으로 얻어걸린 소득이 있었다.

테네이돈과 관련된 엄청난 수의 연계 퀘스트들을 한꺼번에 처리한 것이다.

'만약 내가 혼돈의 드래곤을 해치우고 아이템을 얻지 못했다면… 혹은 어차피 이 세상으로 돌아오면 써먹지 못할 거란 생각에 관심도 두지 않았다면…….'

간발의 차이로 남아 있는 건 후회와 생고생뿐이었을 걸 떠올리니 새삼 가슴이 서늘했다.

그리고 위드의 입가를 찢어지게 만드는 메시지 창이 떴다.

띠링!

연속적인 퀘스트의 완료로 대량의 경험치를 얻었습니다.

레벨이 올랐습니다.

레벨이 올랐습니다.

레벨이 올랐습니다.

명성이 22,981 증가하였습니다.

베르사 대륙을 위한 퀘스트들을 진행하여 찰나의 에너지가 61 늘었습니다.

페어리 종족과의 친화도가 64 증가하였습니다.
그들은 당신을 보면 친밀함을 느끼고 장난을 걸고 싶어 합니다. 한가한 페어리들이 당신을 따라다니며 수다를 떨 수도 있습니다. 페어리들의 이야기는 대부분 바람처럼 흘려도 좋은 잡담일 테지만, 때로 귀중한 지식을 전달해 주기도 할 것입니다. 물론 가끔 그럴듯한 뻥을 치는 페어리도 있겠지만…….

현재까지 진행된 퀘스트에 대한 보상!

"쿠헤헤헤!"

위드는 찢어지려는 입가를 서둘러 단속했다.

비싸게 팔아먹을 수 있는 검이나 갑옷을 노리는 이상 페어리의 여왕에게 만족하는 모습을 굳이 보여 줄 필요는 없었다.

'우연치 않게 걸려들었지만 보상이 상당하군.'

올라간 레벨과 명성만 보더라도 절대 만만한 퀘스트들이 아니었다.

명성이야 현재 시점에서 크게 필요한 상황까진 아니지만 유명해지는 건 언제든 이점이 많다.

유명인이 나서면 용병 길드, 주민은 어떤 퀘스트든 선뜻 맡긴다. 고맙다면서 추가적인 보상까지도 기꺼이 베풀었으니 이름값은 높을수록 좋다.

더군다나 위드는 아르펜 왕국의 국왕이다.

국왕이 어렵거나 힘든 모험, 대륙을 구원하는 종류의 모험을 성공시키게 되면 주민들의 국가 충성도가 높아졌다.

이번의 연속적인 퀘스트 완수로 얻은 명성 증가는 사상 초유라고 할 수 있었으니 베르사 대륙 전체가 다시 위드의 이야기로 떠들썩해질 것이다.

테네이돈이 재잘거리며 말했다.

"비록 긴 시간을 기다리기는 했지만 무리한 부탁임에도 불구하고 잘 처리해 주셨군요. 인간 중에서 당신보다 뛰어난 모험가는 찾지 못할 거예요."

"과찬의 말씀이십니다, 여왕 폐하!"

보상을 받기 직전이니 더욱 극진한 존대를 하는 위드.

내놓는 물건과 바뀌는 상황에 따라서 맹비난이나 투덜거림, 심지어는 쌍욕도 가능했다.

"그대에게는 무언가 보상을 해 주어야 할 것 같은데… 제가 페어리라서 가진 물건이 많지 않군요."

"그, 그렇습니까?"

위드의 입가가 파르르 떨렸다.

"그대가 원한다면 요정의 샘을 구경시켜 주도록 하지요."

"요정의 샘이라면 들어 본 적이 있는데 말이죠."

위드의 머리가 맹렬하게 기억을 헤집었다.

요정의 샘!

직접 가 본 적은 당연히 없었지만 어딘가에서 그 장소에 대한 이야기를 들은 기억은 확실히 있었다.

'어디더라. 퀘스트가 발생했거나 자세하게 이야기를 나누었던 건 아닌데.'

수학과 외국어는 금세 잊어버려도 자잘한 꼼수와 단서는 오랫동안 간직하는 편리한 기억력.

사막의 대제왕 시절이었다.

쌍봉낙타를 타고 들른 오아시스 옆의 마을 입구에서 어떤 학자가 요정의 샘에 대하여 말했다.

"사막에는 물에 대한 전설이 많습니다요. 요정의 샘이라는 곳이 어딘가에는 존재하는데… 아쉽게도 간절히 물을 원하는 사막에 있지는 않고 요정들이 뛰어노는 다른 세상의 어딘가에 있다고 했습죠. 물을 마시면 육체의 나이가 어려지고 몸이 강건해지며 모든 병과 피로에서 회복되지요. 마법을 익힌 자는 머리가 좋아진다는데… 대제님은 믿기십니까요?"

사막의 대제왕으로 조각술 최후의 비기 퀘스트를 진행하던 때였다.

그 와중에도 어쨌든 정상적으로 전쟁의 시대에 존재하는 다른 퀘스트들을 받는 것은 가능했고, 위드의 레벨과 명성이 워낙에도 높아서 온갖 제안들이 들어왔다.

위드의 대답은 간단했다.

"시끄럽다. 헛소리 말고 꺼져라."

학자를 쫓아 버리고 끝난 일.

위드는 기억을 더듬으며 테네이돈을 향해 말했다.

"요정의 샘이라면 들은 적이 있습니다. 요정들의 세상에 존재하는 곳이 아닙니까?"

페어리들처럼 시공간과 차원을 넘나드는 요정들만이 갈 수 있는 장소로 알려져 있었다.

"놀랍군요. 인간들 중에 아직까지도 요정의 샘에 대해 아는 사람은 거의 없는데, 이름난 모험가인 당신은 정말 대단하군요. 당신은 도대체 앞으로 얼마나 많은 곳들을 돌아다니게 될까요?"

위드는 속으로만 생각했다.

'별로 원해서 돌아다닌 건 아니었습니다만.'

"요정의 샘은 정령계의 깊은 곳으로 연결되는 신비로운 장소랍니다. 그 생명력이 가득한 물을 마시게 되면 인간에게는 믿기 어려운 큰 힘이 주어지지요. 우리 페어리를 포함한 요정들이 연못과 물을 좋아하는 이유도 대부분 고향의 샘에서 태어났기 때문이에요."

"그렇게 특별한 장소라면 인간 중에는 아직 아무도 가 본 자가 없겠군요."

"그렇지는 않아요. 세상에는 뛰어난 모험가인 그대가 있지만, 요정과 페어리의 특별한 친구도 있답니다."

"그게 누구입니까?"

"인간들 사이에서는 유명하지 않지만, 페트라는 대단한 실력을 가진 화가가 있답니다."

"페트."

위드는 이 이름도 들은 적이 있었다.

요즘 들어서 게시판에 떠들썩하게 자주 등장하는 화가였다.

바르고 성채에 그림을 그려 놓았으며, 최근에는 중앙 대륙에서 헤르메스 길드를 비난하는 그림들을 그려서 치안을 떨어뜨리게 만드는 주범.

그의 그림은 기발한 상상력과 환상적인 솜씨로 조각사인 위드와 많은 비교가 되었다.

'음, 경쟁자가 이미 다녀간 장소란 말이지.'

"지금까지 일에 대한 보상으로 요정의 샘에 데려가 줄게요."

"보석이나 다른 물품은 없으십니까."

"인간들의 욕심은 언제 봐도 대단하군요. 페어리는 반짝이는 걸 좋아하지 않아요. 대신 이곳에 와서 페어리들에게 말하면 요정의 샘이 있는 정령계로 그대를 안내해 줄 거예요."

"고, 고맙습니다."

위드는 크게 실망했다.

'그래도 아직 손해인지 아닌지는 모르지.'

난이도가 높은 연계 퀘스트의 보상으로는 어쩐지 조금 미흡하다고도 느껴질 수 있었지만, 위드라고 요정의 샘이 주는 효과에 대해 확실히 알고 있는 건 아니다.

영구적인 신체 능력의 상승이 있다면 검이나 갑옷이 아니더라도 장기적으로 더 훌륭한 보상이랄 수 있었다.

위드의 가장 큰 약점인 낮은 생명력이나, 지식과 지혜를 높여 줄 수 있다면 말이다.

'전투에서도 아주 큰 쓸모가 있을 테고.'

위드는 조각술 최후의 비기를 마치고 돌아온 후 사냥을 하는 내내 생각했다.

'이 속도로 강해지는 건 한계가 있다. 더 좋은 사냥터가 간절하게 필요해.'

남들보다 많은 시간을 사냥에 투자하고, 특별한 스킬을 가지고 있다고 해도 레벨 올리는 속도 자체를 5~6배씩 빠르게 하기는 무리였다.

위드 스스로 바드레이와 그 주변 유저들의 레벨을 차근차근 뛰어넘기란 쉽지 않다고 느끼고 있었다.

'내가 레벨을 올리더라도 그놈들 역시 마찬가지로 놀진 않으니까. 그리고 나는 군대 단위의 전투가 벌어지기라도 한다면 조각술에 생명을 부여하거나 조각 부활술을 써서 레벨을 잃어버리고 약해질 수밖에 없는 노릇이고.'

적의 세력이라고 할 수 있는 헤르메스 길드에서는 중앙 대륙을 움켜쥐고 온갖 좋은 퀘스트와 사냥터를 독점하고 있었다.

길드 차원의 고급 정보들을 활용할 뿐만 아니라, 장비와 스킬의 지원은 말할 것도 없다.

헤르메스 길드원들은 일반 유저들보다 훨씬 좋은 환경에서 빠르게 성장하는 중이다.

정말 부담스러울 정도로 불합리한 세상.

위드는 어떻게 하면 더 빨리 성장할 수 있을까를 고민하다가 잔머리를 굴려서 중앙 대륙에서 해답을 찾았다.

중앙 대륙의 던전들!

특정 던전들은 탐험의 결과로 스탯이나 장비를 주기도 한다.

위드는 중앙 대륙에 있는 던전들을 대부분 경험해 보지 못했기 때문에 탐험으로 성장할 수 있는 여력이 충분히 있었다.

헤르메스 길드에서는 지금 반란군의 출현으로 인해서 정신이 없을 테니 정보가 알려진 알짜배기 던전들을 빠르게 해치우고 빠져나오면 된다.

몬스터의 경험치, 던전 돌파의 업적을 달성할 수가 있었다.

물론 그것만이라면 잔머리를 열심히 굴린 대가로는 섭섭하게 느껴질 수도 있으리라.

땅에 떨어진 만 원짜리를 잽싸게 줍는 정도의 단순한 일에 불과했으니까!

위드의 지휘 능력은 여러모로 검증을 마쳤을 뿐만 아니라, 명성으로도 따라올 수 없을 정도로 압도적.

반란군을 지휘하여 하벤 제국의 마을과 도시를 습격할 수도 있지 않겠는가.

〈마법의 대륙〉에서 명문 길드들을 상대로 싸웠던 전적은 어디 가는 게 아니다.

상황에 따라 필요하다면 네크로맨서의 능력도 거뜬히 사용할 수 있었다.

리치로 변신한 이후에 바르칸의 풀 세트를 착용하면 그의 3대 마법을 사용할 수 있다.

다크 룰, 데스 오라, 절대 마법 방어!

몬투스를 해치우고 얻은 악마 투구까지 착용한다면 개인으로서도 엄청난 전력을 쓸 수 있는 것이다.

폭풍처럼 날아드는 까마귀와 뼈 그리고 언데드의 향연!

대지 위에서 물결처럼 밀려오는 좀비와 듀라한, 고스트, 스펙터, 데스 나이트, 둠 나이트.

낡고 찢어진 시커먼 로브에 긴 스태프를 들고 지휘하는 훤칠한 키의 리치.

그 당당함이야말로 모든 네크로맨서들이 꿈에도 바라는 절대적인 모습이었다.

전쟁의 신의 재림!

'그야말로 완벽하게 이상적인 광경이겠지. 대재앙을 한 방 일으키고 나서 시체들로 단숨에 언데드들을 소환한다. 그리고 그건 정말 재미가 있을 거야. 헤르메스 길드와는 돌이킬 수 없는 사이가 되었으니 악화될 감정도 없는 이상, 이제부터는 먼저 치고 나가는 게 효과적인 방법이야.'

위드는 짧은 시간 동안 그렇게 머리를 굴리고 있었지만 자신에게 돌아올 대가에 대해서도 알고 있었다.

중앙 대륙에서 헤르메스 길드를 습격하는 것은 자신에게도 위험부담이 너무나도 크기 때문이었다.

온통 사방이 적들인 장소에서 혼자 활개를 치고 설친다. 언제 위험한 순간에 빠질지 모르기에 쉬운 문제가 아니었다.

'전쟁의 신으로 불리던 〈마법의 대륙〉 시절과 비슷하겠군. 지킬 게 없던 그 당시와는 여러모로 차이가 있겠지만……'

헤르메스 길드를 쓸어버리고 싶은 마음이 하루에도 몇 차례씩 들었지만 최종 결심은 조금씩 미루어졌다.

'인생은 가늘고 길게 살아야지. 좋은 게 좋은 거라고……'

그런데 테네이돈이 그에게 말했다.

"그대가 가져온 거울은 우리 페어리들이 운반하기에는 너무 무겁군요."

"네?"

고작해야 평범한 거울에 불과한데도 페어리의 작은 몸에 비한다면 대형 선박과도 같은 크기였다.

"일을 시작한 사람이 끝맺음도 해 주면 좋겠어요. 부디 부탁이니 그대가 라투아스에게 이 거울을 가져가 주세요."

띠링!

"크으윽!"

위드는 거절하고 싶었지만 연계 퀘스트의 마지막 단계일지도 모른다는 생각에 망설여졌다.

'이것까지 해결하면 좋은데. 연계 퀘스트의 보상은 보통 마지막에 대부분 몰려 있잖아. 내용으로 보더라도 거울을 가져다주는 것에 불과하니 위험은 없거나 적지 않을까?'

욕심 때문에 갈등은 되었지만 깨끗하게 결론을 내렸다.

'그래, 이놈의 인생은 잘나가다가 마지막에 이상하게 풀리는 경우가 많았어. 욕심이 생기더라도 여기서 접어야 돼.'

위드가 입을 열었다.

"여왕이시여, 이 일은 저로서도 부담이 큽니다. 여러 가지 많은 일들을 수행해야 하니 다른 한가한 사람에게⋯⋯."

"그대가 반드시 맡아 줄 걸로 알고 있어요."

퀘스트가 수락되었습니다.

선택권 박탈!

"그대는 고귀한 정신을 가지고 있으며 책임감도 강한 모험가이니 다른 인간에게 맡긴다는 건 상상도 할 수 없는 일이죠. 그건 대단한 실례가 될 거예요."

"그, 그렇습니다."

퀘스트를 받았더라도 예전처럼 잊고 다른 일에 전념하면 된다는 생각이 머릿속을 스치고 지나갔다.

공중에 둥둥 떠 있던 거울이 위드에게로 돌아왔다.

실버 드래곤 유스켈란타의 거울을 돌려받았습니다.
아이템의 상태가 확인 가능해졌습니다.

유스켈란타의 거울

유스켈란타가 자신의 모습을 비추어 보던 거울. 재질을 알 수 없는 특별한 '비늘'로 만들어져 있다. 실버 드래곤의 마력으로 인하여 소유하고 있는 것만으로도 특별한 효력이 발생한다.
내구력: 80/80
제한: 레벨 1,000. 힘과 지혜 최소 2,000 이상.
옵션: 매력 +122. 기품 +20. 모든 공격과 저주 마법을 31%의 확률로 반사한다. 하급 마법은 반사 확률 2배. 거울에 각인된 실버 드래곤 유스켈란타의 모습을 볼 수 있다. 하루에 한 번씩 원하는 지역이 아무리 멀더라도 거울을 통해 살필 수 있다. 다수의 적들이 다가오면 거울에 비친다. 하나의 강력한 적 혹은 다수의 적들을 봉인할 수 있다. 봉인된 적은 최소 하루에서 일주일간 거울 속에 갇혀 있다가 풀려난다.

드래곤의 물품인 만큼 놀라운 아이템.

단순 마법이 아니라 기적에 가까운 물건이었다.

'대박이었구나! 이런 걸 그냥 넘겨줘야 하다니.'

사용 제한이 높아서 대장장이 스킬로도 쓰진 못한다.

위드의 대장장이 스킬은 현재 고급 2레벨!

48%의 착용 제한을 줄여 주었지만 그래도 레벨 제한에 걸리는 물품이었다.

"단지, 그대는 여러 일을 맡고 해결하느라 너무 바빠서 제 부탁에 많은 시간을 소모하지 못할 것 같군요. 이 일은 최소한 30일 안에 해결해 주었으면 해요."

띠링!

라투아스의 레어 퀘스트에 시간제한이 생성되었습니다.
30일 안에 해결하지 않으면 퀘스트를 실패하게 됩니다.

요정들의 세상

위드는 테네이돈의 퀘스트를 받아들이면서 다른 꼼수를 떠올리기는 했다.

'30일을 기다려서 실패하면 된다. 명성이나 친밀도 등이 하락하겠지만, 그걸로 이번 일의 매듭을 지으면 되겠지.'

그러나 물품 전달이라는 퀘스트의 특성도 고려하지 않을 수 없었다.

테네이돈과 관계가 악화되는 것 정도는 감수할 수 있지만 거울을 받아야 하는 쪽인 드래곤 라투아스의 분노도 사게 될 터였다.

연계 퀘스트의 경우에는 일단 받아들이고 진행하는 도중에 실패하게 되면 더 큰 페널티가 부여된다.

의뢰가 드래곤과 연관되었다면 보통 찜찜한 게 아니었다.

'드래곤이 몬스터들을 풀어서 거울을 얻기 위해 나를 잡으려고 할 수도 있고… 직접 찾아 나설 수도 있겠지. 퀘스트의 난이

도나 내용을 감안한다면 드래곤이 움직일 수도 있고!'

헤르메스 길드 이상으로 껄끄러운 존재!

남들은 드래곤을 보는 것만으로도 그 압도적이고 아름다운 모습에 경탄을 금치 못하겠지만, 자신에게는 목숨이 걸린 문제였다.

'에라, 모르겠다. 당장은 할 일을 하고 발등에 불이 떨어지면 그때 고민을 해 봐야지.'

먹고살다 보면 나중에는 어떻게든 해결할 수 있으리라.

'근데 물건을 가져다준다면 배송 의뢰가 아닌가. 뭔가 익숙한 것 같은데.'

위드의 머릿속에 마지막까지 잊으려고 했던 택배 회사의 아르바이트 기억이 떠올랐다.

'떠올랐다. 그곳은 진짜 생지옥이었어!'

당장 현금을 준다는 말에 혹해서 추석부터 업무를 봐 준 적이 있었다.

그때 세상의 가혹함을 다시 한 번 깨달았다.

'이놈의 사회에는 빌어먹는 게 차라리 낫다고 여겨질 정도의 직업이 많고도 많구나!'

새벽의 우유 배달이나 신문 배달은 한마디로 미역국에 밥 말아 먹는 것만큼 쉽게 느껴질 정도의 난이도.

사과나 배를 박스째로 보내는 정도는 택배 회사에서 너무 흔히 벌어지는 일이었다.

대한민국의 역사와 기술을 거기서 다 경험할 수 있었다.

전자레인지, 오븐, 스피커, 전기밥솥, 식기세척기, 홍삼 원액기, 식품 건조기, 컴퓨터, 복합기, 스캐너, 온수 매트, 비데 등의 상품은 흔했고, 대형 텔레비전이나 세탁기, 냉장고, 가구 상품들은 특별히 말할 거리도 안 되었다.

스키용품, 골프채, 텐트, 낚시용품, 산악자전거, 유모차 등도 사람들은 택배로 보낸다.

그야말로 대한민국의 웬만한 제품들은 모두 운송되는 택배 공화국이라고 할 수 있었다.

정말 무시무시한 건 박스 안에 가득 차 있는 책과 생수!

쌀, 사과, 배, 귤, 곶감, 배추 등 농산물의 향연이야말로 생지옥!

"으으윽."

위드는 머리를 감싸 쥐었다.

이게 무슨 퀘스트가 시작되자마자 떠오르는 최악의 기억이란 말인가.

시작은 추석 대목을 위해서 임시직으로 고용된 것이었지만, 일을 마치고 받는 쏠쏠한 현금 때문에 추운 겨울과 설날까지도 택배 상하차 업무를 계속했다.

그때 이후로 정신적인 충격이 얼마나 컸는지 택배만 보면 치가 떨린다.

하다못해 네모난 상자, 혹은 폐지를 수집하는 할머니들만 보더라도 괴로움에 허리와 팔다리가 아파 왔다.

정신 건강을 위해서는 틀림없이 잊어버려야 하는 기억. 그러나 한 번만 경험하고 나면 나중에 힘든 일이 생겼을 때에도 강인한 정신력을 다져 주게 된다.

위드는 한겨울의 밤을 지새웠던 택배 상하차를 떠올리자 헤르메스 길드까지도 우습게 여겨졌다.

'그래, 이미 버린 인생. 헤르메스 길드, 무섭고 더러워서 내가 먼저 밟아 주지.'

중앙 대륙에서의 활약이 위험부담이 크거나 말거나 무슨 상관인가!

'나만 당할 수는 없으니 헤르메스 길드, 너희에게 지옥을 보여 주마.'

마음으로 생각만 하고 결심은 내리지 못하던 중앙 대륙에서의 역습.

전쟁의 신으로 불릴 만한 계획이 이렇게 전격적으로 결정되었다.

즉흥적인 건 아니었고, 길고 오랜 고민 끝에 같이 죽자는 마음으로 결단이 내려지게 된 것이다.

테네이돈이 날갯짓을 하더니 말했다.

"인간 중에서 믿을 수 있는 모험가가 맡아 주어서 고맙군요. 어려운 일은 아니니 꼭 성공해 주길 바라요."

"알겠습니다. 그리고 요정의 샘을 당장 보고 싶습니다."

"페어리를 따라가면 될 거예요."

위드는 시종 역할을 하는 페어리의 인도를 받아서 동굴 안의 기나긴 통로를 향해 걸었다.

서윤과 조각 생명체들이 따라오려고 했지만 페어리들에게

저지당했다.

"멈춰요! 요정계는 허락된 자만이 갈 수 있어요."

음머어어어!

"골골, 여기서 기다리겠다."

누렁이와 금인이는 즉시 멈추면서 크게 환영했다.

위드가 어딘가를 간다면 가슴이 조마조마했던 적이 한두 번이 아닌 것.

최근에는 특히 함께 사냥을 다니다 보니 심하게 혹사당해서 쉬고 싶었다.

서윤은 아쉽고 걱정 가득한 눈빛을 보냈다.

"조심하세요."

"아무 일도 없을 거야. 걱정하지 말고 안전한 이곳에서 기다려 줘."

위드는 서윤의 손을 잡았다. 얼굴이 맞닿을 정도로 가까운 거리에서 서로에게 뜨거운 눈빛을 보냈다.

"금방 다시 오겠죠?"

"물론이야. 우린 꼭 다시 함께할 수 있을 거야."

"그래도……."

"나를 믿어 줘. 1시간 안에 오도록 할게."

누렁이가 큰 눈을 끔벅거렸다.

"인간이란 참 이상하다, 음머어어어."

금인이도 동의한다는 듯이 고개를 끄덕였다.

"잠깐 떨어지는 건데 별짓을 다 한다, 골골골."

위드는 서윤을 달래 놓고 안내하는 페어리의 뒤를 따라갔다.

깊은 통로를 통해 지하로 계속 내려간다.

페어리의 날개에서부터 신비로운 금빛 가루들이 땅으로 떨어져서 빛났다.

동굴의 천장과 벽도 연달아 눈부신 빛을 냈다.

"놀라지 마세요. 그냥 멈추지 말고 따라오세요."

페어리가 정중하게 말했다. 그녀의 목소리가 동굴 속에서 묵직하게 울렸다.

"지하로 한참 내려가야 됩니까?"

"아뇨. 요정계로 이동하는 데 위치는 어디든 상관없어요."

"그러면 왜 가는 겁니까?"

"처음이니까 이래야 뭔가 있어 보이잖아요?"

역시 장난기가 넘치는 페어리.

위드는 금빛 가루들을 밟으면서 걸었다.

분명히 동굴 안인데 시원한 바람이 얼굴을 스쳐 지나간다는 느낌이 들었다.

파앗!

밝은 빛이 일어나더니 어느새 푸른 숲과 샘이 있는 장소에 도착했다.

"으음."

밝고 신비로운 광경.

하늘에는 무지개들이 셀 수도 없이 많았으며, 크고 작은 벌이나 나비들을 탄 페어리들이 날아다니고 있었다.

'이건 가히… 시골의 불나방과 비슷하지 않은가.'

띠링!

> 요정계에 도착하였습니다.
> 모험 역사에 새로운 여정을 추가하였습니다. 요정계에 찾아온 인간 방문자
> 로서 행운이 31 증가합니다. 요정들은 천진난만한 어린아이와 같지만 악인
> 에 대한 경계가 유난히 심합니다. 나쁜 짓을 저지른 악인의 상태에서 요정계
> 에 들어온다면 심각한 공격을 당하게 될 것입니다.

"요정계가 이렇게 생겼군."

위드는 주변을 둘러보고 나서 대략 견적을 뽑았다.

평화로워 보이는 세상.

발전한 도시는 없고, 페어리를 비롯한 여러 종족의 작은 요정들이 꽃이나 나무에서 살아가고 있는 것 같았다.

요정은 베르사 대륙에도 있었다.

유저들이 선택할 수도 있었는데, 오래전에 요정으로부터 전해진 힘이나 혈통을 가진 마을에서 시작하는 방식이었다.

실제로 직접 요정계에 와 본 유저는 페트와 위드, 단둘뿐이었다. 페어리들과 친해지기란 대단히 어려운 일이라서 앞으로도 요정계에 많은 유저들이 방문하기란 어려울 것이다.

위드에게로 요정의 샘에서 쉬고 있던 페어리들이 날아왔다.

"손님이다, 손님."

"어떻게 괴롭혀 줄까?"

"꺄르륵, 장난을 쳐야 돼. 밤새도록 재우지 않을 거야."

까불거리는 페어리들.

그렇지만 곧 위드에게 맑은 구슬을 주었다.

"여왕님이 그대에게 고마워하고 있어."

"이걸 받아. 가지면 좋은 일이 벌어질 거야."

"자연을 좋아하는 그대는 우리 요정들의 친구. 참고로 정령들도 그대를 좋아해."

페어리들이 선물을 주었습니다.

신비한 클로버
소유하고 있으며 행운을 3만큼 올려 주며, 전투 중에 생긴 불행한 일을 막아 주고 소모됩니다.

페어리가 기뻐합니다.
찰나의 에너지가 29 많아집니다.

"고맙다."

위드는 무뚝뚝하게 말하며 요정의 샘으로 다가갔다. 이들의 수다를 들어 주다 보면 끝이 없기 때문이었다.

띠링!

요정의 샘을 발견하였습니다.
위대한 모험의 여정에 새로운 발견물을 추가합니다. 통찰력이 3 증가합니다. 술집에서 모험을 자랑할 수 있습니다. 믿는 사람들에게는 높은 친밀도를 얻게 됩니다. 발견물을 보고할 시에는 보상으로 높은 명성과 돈을 받을 수 있을 것입니다.

요정의 샘에는 여러 요정들이 헤엄을 치거나, 물속에서 잠을 자며 가라앉아 있다.

"이 광경은 마치······."

페어리 외에도 머리에 뿔이 나 있는 희귀한 종족, 꼬마 아이의 모습을 한 작은 요정들도 눈에 띄었다.

"…파리들이 죽은 것 같군."

햇빛이 비치는 요정의 샘, 빛의 알갱이들이 수증기처럼 아름답게 일렁이고 있었지만 감수성이 메마른 위드에게는 고작 그 정도의 감상뿐!

위드는 요정들이 닿지 않도록 조심하며 샘에 손을 넣었다.

"으음, 온도는 딱 미지근하게 따뜻하군."

가까이에서 물장난을 치던 요정들이 난리법석을 피웠다.

"더, 더러워."

"물이 시커메졌다!"

요정들의 호들갑이야 익숙한 일.

위드는 손바닥에 물을 떠서 마셨다.

노가다를 종일 하고 나서 냉장고에 보관되어 있던 이온 음료를 마실 때처럼 시원한 청량감!

띠링!

요정의 샘의 물을 마셨습니다.
세상의 중심에서부터 솟구치는 샘. 요정들이 노는 이곳의 물은 자연의 생명력을 듬뿍 담고 있습니다.
지치고 피곤한 육체에 활력이 증가합니다. 신체의 피로가 100% 회복되었습니다. 깊은 수면과 휴양의 시간을 보낸 것처럼 육체와 정신력이 완전한 상태가 되었습니다. 생명력의 최대치가 13,980만큼 높아지게 됩니다. 마나의 최대치가 6,500만큼 높아지게 됩니다. 모든 스탯이 영구적으로 12씩 늘어납니다. 지식과 지혜가 10씩 증가합니다. 매력이 59 높아집니다. 육체적인 활발함으로 인하여 습득할 수 있는 경험치와 기술 숙련도의 향상 속도가 3% 빨라집니다. 자연과의 친화력이 61 증가합니다.

완벽한 신체 회복에 능력치 증가까지!

위드의 빈약하기 짝이 없던 생명력도 드디어 7만을 넘었다. 워리어라면 레벨 200대 중반에도 넘어설 수 있는 수준이었지만 이만하면 예술 계열 직업에서는 기적과도 같은 단계.

위드는 요정들의 눈치를 보며 샘의 물을 한 모금 더 마셨다.

꿀꺽.

갈증이 완전히 해소됩니다.
생명력의 최대치가 일주일간 5,400만큼 증가합니다.

샘의 물이 가진 생명력이 아직도 약간의 영향을 주었다. 한 모금으로는 최대의 효과를 발휘하기에 모자랐던 모양이다.

"에헴."

꿀꺽. 꿀꺽. 꿀꺽. 꿀꺽.

"더러워. 샘에 입을 대고 마시다니."

"으악! 인간이 물을 다 마시고 있어!"

"큰일 났어. 머리를 감으려고 하는 것 같아!"

⁂

웅성웅성.

중앙 대륙과 북부 대륙, 동쪽의 로자임 왕국과 세라보그 성 그리고 그 너머 오크들의 성채에서까지 주민들이 이야기하기 시작했다.

"요정에 대해 알고 있는가? 얼뜨기 모험가들은 만나지 못하는 한없이 신비롭고 특별한 존재들이라네. 이번에 위드라는 대모험가가 여왕의 부름을 받고 여러 가지 어려운 일들을 해결해 주었다는군."

"이미 들었겠지? 위드라는 모험가는 진정 이 대륙을 위해서 꼭 필요한 사람일 게야. 무척 바쁠 텐데 페어리들의 요청까지 언제 해결했는지 몰라."

"내 고민거리도 위드처럼 뛰어난 사람이 해결해 주면 좋으련만. 쉿. 누구에게도 말하지 않았는데, 아주 뛰어난 모험가가 오면 맡길 만한 일을 하나 알고 있다네. 자네에게는 절대 무리겠지만."

"쯧쯧, 검을 차고 다닌다고 해서 다 똑같은가. 내 자식은 위드라는 모험가처럼 키울 거야. 물론 힘들고 어렵겠지만 내 자식은 꼭 해낼 수 있을 거야. 그러자면 먼저 술과 도박부터 끊게 만들어야겠지만."

"취이익, 위드 인간 대장. 놀랍다. 무섭다. 취칫!"

베르사 대륙의 모든 유저들이 도시에 오면 귀가 따갑게 위드의 무용담을 듣게 되었다.

"조각술과 관련되어서 사막의 대제 퀘스트를 진행한 지 얼마 되지도 않았잖아?"

"그러게 말이야. 하벤 제국을 상대로 전쟁도 했는데."

"역시 전설의 노가다꾼이란 소문이 사실이었던 것일까."

유저들에게는 부러움과 시샘이 한꺼번에 생기게 될 수밖에 없었다.

아르펜 왕국의 국왕이라는 실질적인 직책에 최고의 모험가라는 명예는, 가히 권력과 영광을 동시에 가지고 있는 것과 마찬가지였으므로!

⌘

"저기… 인간아, 부탁이 있는데. 좀 어려운 일이야. 몇 가지 부탁을 들어주면 정말 인간들이 좋아하는 보물이 있는 장소를 알려 주지. 아직도 보물이 남아 있다면 네가 가져도 돼."

"싫어."

"호기심 많은 이들을 자극할 만한 이야기를 알고 있는데. 영웅이나 악마에 대한 이야기를 듣고 싶지?"

"관심 없다."

"나와 조금만 놀아 주면 솔깃한 이야기를 들려주지. 어때?"

"나는 원래 혼자 놀아."

위드에게 요정들이 다가와서 말을 건넸다.

친밀도를 가지지 않더라도 요정들은 장난을 치기 위해서라도 접근한다.

요정계에서 퀘스트를 받아서 진행하는 일도 흥미는 있었지만 아직 이 지역에 대해 아는 바가 전혀 없으니 관두기로 했다.

퀘스트 보상이 높은 몬스터 퇴치 같은 부탁만 받으면 행운이지만, 반면에 어렵지 않은 것 같아서 받아들였더니 터무니없이 규모가 커질 수도 있다.

명성이 워낙에 높다 보니 의뢰 수행에 있어서도 굉장히 조심해야 했다.

위드는 자신의 오른쪽 어깨에 드러누운 요정을 향해 질문을 던졌다.

"요정계는 얼마나 넓지?"

"결국 우리와 놀아 주려는 거구나? 인간들의 기준으로 어마 어마하게 넓어!"

"음, 아르펜 왕국을 알아?"

"알아! 거지들이 많은 곳."

"거, 거기보다 넓어?"

"천만 배쯤? 아니. 천억 배쯤 넓어!"

"······."

위드는 조금 의심스러웠다.

누구의 말이든 곧이곧대로 믿어서는 안 되는 게 사회다. 장난꾸러기 요정들의 말이라면 더할 나위 없다.

"산은 몇 개나 있어?"

"100개쯤? 아니, 200개?"

"바보야! 500개도 넘어!"

"호수는?"

"50개는 안 될 거야."

"맞아, 맞아."

"강은?"

"20개쯤 되려나?"

"아냐. 5개일 거야."

베르사 대륙보다 넓다는 건 과장이 분명했다. 그래도 요정계도 대륙처럼 구성된 모양이었다.

'하기야 손톱보다 작은 요정들에게 물어보는 건 애초부터 무리겠지.'

위드가 서 있는 곳은 숲이었지만, 그 너머 멀리로 비정상적으로 높은 산맥들도 보인다.

"그렇다면 퀘스트는 차차, 이곳에 대해 조금 더 알게 된 이후에나 기회를 보도록 해야지. 음, 좋은 사냥터가 있으면 자주 올 텐데."

한없이 평화로워 보이는 요정계이니 사냥터가 없을 수도 있지만 또 숨겨진 마수가 어딘가에 있을 가능성은 충분했다.

혹은 정상적인 신수라고 해도 다른 사람의 눈에만 띄지 않는다면 그대로 쓱싹!

"흠, 그럼 원래 세상으로 가 볼까."

위드는 몸을 돌려서 떠나려고 했다.

"가지 마. 가지 마."

"우리랑 놀자. 놀지 않으면 놀릴 거야?"

요정들이 붙잡은 것을 무시하고 가려고 했지만 불현듯 든 생각에 그 자리에 멈춰야 했다.

"여기까지 어떻게 왔는데 그냥 갈 수는 없지. 기념으로 물이라도 약간 떠 가도록 할까."

위드는 배낭에서 수통을 꺼내 요정의 샘의 물을 듬뿍 퍼 담았다.

신비한 생명력이 가득한 물이 초보용 나무 수통으로 꼴깍대며 들어가고 있었다.

"어디 볼까. 감정!"

"역시 기념이니까. 조금 더 챙겨 가야지."

위드는 그런 식으로 수통을 5개나 가득 채웠다.

"이제 가려나 봐."

"인간이 빨리 갔으면 좋겠어."

"어떻게 해. 샘의 귀중한 물이 줄어들어 버린 것 같아!"

요정들이 지켜보며 호들갑을 떨고 있었다.

실제로 샘의 물은 계속 중앙에서 솟구치고 있었기에 수위가
변하진 않았다. 하지만 요정들은 장난을 치는 듯이 떠드는 것
이었다.

이윽고 요정들은 두 눈을 크게 뜨며 경악을 금치 못했다.

"맙소사."

"저 인간… 지금……."

"흙을 파서 굽는데. 저게 뭐야?"

"본 적이 있어. 저건 인간들이 항아리라고 부르는 물건이야."

기념을 넘어서 물장사를 하기 위해 위드는 즉석에서 항아리
를 제조하고 있었다.

꒯꒒꒷꒦

서윤과 조각 생명체들은 위드가 돌아오기만을 기다리고 있

었다.

"부디 아무 일이 없어야 할 텐데."

"음머어어어, 절대 죽지 않을 거다! 난 안죽을 죽을 거다. 내 가죽보다 질긴 인간이다."

바하모르그도 한마디 했다.

"…약한 인간은 아니더군."

상당한 시간이 흐르고 나서 위드가 돌아왔다.

물장수처럼 등에 지게를 메고 양팔에는 2개의 큰 항아리를 달고 있었다.

"무사히 다녀왔어요?"

"응. 한몫 챙겨 왔어."

위드는 샘물을 가져오면서 요정계의 다양한 요정들에게 그다지 좋지 않은 첫인상을 만들었으며, 친밀도 역시 제법 하락했다.

"아무튼 인간들이란……."

"인간들이 요정계에 많이 오지 않았으면 좋겠어. 인간들이 많아지면 곤란해질 거야."

비난을 무릅쓰고 챙겨 온 요정의 샘물.

인간 망신은 다 시켰다. 조금 더 떠 왔다면 요정들의 태도가 적대적으로 변하였을 것이다.

그런데 원래의 세계로 돌아오자마자 메시지 창이 떴다.

띠링!

보유하고 있는 요정의 샘물에서 생명력의 원천이 빠져나가고 있습니다.
요정의 샘물의 효과가 감소합니다.

위드는 깊은 한숨을 내쉬었다.

"에휴, 그러면 그렇지."

특별한 효능 때문에 멀쩡한 상태로 팔 수만 있다면 부르는 게 값인 아이템!

하지만 '약은 약사에게'라는 말처럼 어디까지나 요정계에서 마셔야 제대로 효과를 보는 모양이었다.

위드가 수통을 들었다.

"감정!"

요정의 샘물
세상의 중심에서부터 솟구치는 샘물. 진하게 모여 있던 자연의 생명력이 빠르게 흩어지고 있다.
현재 농도: 54%

"이건 뭐, 금방 불량 식품이 되겠잖아."

성수나 일시적으로 힘이나 활력을 증가시켜 주는 포션류의 경우에는 약간의 농도 차이에도 효과가 크게 달라진다.

위드는 서윤에게 수통을 건넸다.

"어서 마셔 봐. 요정계에서 가져온 귀한 물이야."

"고마워요."

서윤은 머리카락을 걷고는 수통의 물을 마셨다.

"효과는 어때?"

"최대 생명력이 2,300 정도 늘었어요. 스탯도 전부 하나씩 올랐고요."

"음, 요정계에 있을 때보다 효과는 상당히 줄어들었지만 몸에 해롭거나 죽진 않는군."

임상 실험 완료!

위드는 조각 생명체들에게도 샘물을 나눠 주었다.

서윤이야 당연히 중요하지만, 조각 생명체들의 중요성도 그에 못지않았다. 조각 생명체들은 죽으면 그걸로 끝이기 때문에 더욱 아껴야 했다.

"항아리 하나는 여기에 없는 녀석들에게 먹이도록 하고, 나머지는 팔아야지."

위드가 챙겨야 할 조각 생명체만 해도 47마리나 되었다.

요정의 샘물의 판매는 마판에게 귓속말을 보내는 것으로 간단히 처리했다.

—최대 생명력과 마나, 스탯까지 높여 주는 좋은 상품이 있는데…….
—웃! 양이 얼마나 됩니까?
—지금은 한… 30명분?
—효과는요?
—지금은 성기사들이 축복받은 물을 마실 때와 비슷한 정도요. 시간이 지날수록 효과가 떨어지는 것 같으니 신속한 처분이 필요합니다.
—즉시 호구들을 알아보도록 하겠습니다. 참. 위드 님의 모험 성공에 대한 이야기가 마을마다 자자합니다. 축하드립니다.
—흐흐흐.

은밀하면서도 신속한 대화.

광장에서 직접 고객들을 찾는 건 시간도 오래 걸릴뿐더러 현장 판매의 특성상 가격도 비싸게 받기 힘들다.

마판의 인맥을 통해서 제대로 가격을 지불할 수 있는 고레벨 유저들에게 직접 파는 것이 좋았다.

그리고 불과 1시간 만에 200만 골드를 넘게 벌어들였다.

요정의 샘물이 늘려 주는 혜택은 기가 막힌 것이었지만 효과가 떨어졌다는 점 때문에 어쩔 수 없었다.

"물장사야말로 마진이 좋단 말이야."

위드는 샘물을 처분하고 얻은 돈을 세며 만족스러웠다.

한 달의 기한 안에 드래곤을 만나야 하지만 당장은 테네이돈의 일이 마무리되었다.

위드는 갈 곳을 결정했다.

"중앙 대륙으로 가야지."

하벤 제국이 자리 잡은 영토.

이제부턴 그곳에 가서 난장판을 만들어 줄 작정이었다.

나쁜 짓을 할 생각에 벌써부터 졸음이 달아나고 두뇌 회전이 빨라지고 있었다.

TO BE CONTINUED